북방의 하늘

2 · 학살의 제국에 맞서라

북방의 하늘 2 학살의 제국에 맞서라

발행일 2024년 3월 25일

지은이 소쿠리씨
펴낸이 손형국
펴낸곳 (주)북랩
편집인 선일영   편집 김은수, 배진용, 김부경, 김다빈
디자인 이현수, 김민하, 임진형, 안유경   제작 박기성, 구성우, 이창영, 배상진
마케팅 김회란, 박진관
출판등록 2004. 12. 1(제2012-000051호)
주소   서울특별시 금천구 가산디지털 1로 168, 우림라이온스밸리 B동 B113~115호, C동 B101호
홈페이지 www.book.co.kr
전화번호 (02)2026-5777   팩스 (02)3159-9637

ISBN   979-11-7224-031-8 03810 (종이책)   979-11-7224-032-5 05810 (전자책)

(주)북랩 성공출판의 파트너
북랩 홈페이지와 패밀리 사이트에서 다양한 출판 솔루션을 만나 보세요!
홈페이지 book.co.kr   • **블로그** blog.naver.com/essaybook   • **출판문의** book@book.co.kr

작가 연락처 문의 ▶ ask.book.co.kr
작가 연락처는 개인정보이므로 북랩에서 알려드릴 수 없습니다.

소쿠리씨 장편소설

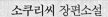

북방의 하늘

②

학살의 제국에 맞서라

북랩

작가의 말

사내는 길을 걸었다. 빗줄기가 드세던 어느 날, 한 저잣거리에 들어서자 붉은 깃발이 어지러이 나부끼는 그곳엔 내로라하는 사학자들이 패설을 늘어놓고 있었다. 그때한 모퉁이에서 황국 신민의 떠도는 영혼이라도 되고자 시대에 찌든 열등의식이 게워내는, 저 찬란한 식민 사관의 뜨거운 숭배와 찬양의 노래가 한목소리로 울려 퍼졌고…. 그들의 찬가와 잡설을 듣고 난 뒤로 사내는 진흙탕 길을 걸으면서 생각이 많아졌다. 이웃의 나라들은 역사의 재발견이 아닌 거짓과 날조까지를 서슴지 않는데도 지금껏 침략자들에 의해 주입된 식민 사학을 맹종할 뿐만 아니라 사료와 발굴로 확증된사실조차도 파도치듯 고개를 갸우뚱거리는, 소위 강단의 식민 사학자들. 그리하여 진창을 구르는 수레바퀴의 틈바귀에서 민족적 정체성과 제대로 된 역사의 규명이 없는특이한 나라가 되고 말았으니. 사내는 중얼거렸다. 왜 이 땅은 민족주의 역사를 저주하는가? 때마침 스치는 바람이 귀띔하기를, 존재 이유가 사라지기 때문이야. 그 같은간단명료한 얘기로 사내의 마음이 조금은 홀가분해져 고개를 끄덕였고, 그때 폭풍우의 수레에 얹혀 퍼덕이던 독수리가 꺼리며 탄식하기를, 외세에 덧대 기워진 비열한 되새김질이지. 그렇듯 버릇처럼 반복되는 역사의 굴레를 천하 만물이 들추어내던 순간들. …그런데, 역사는 어찌하여 무참히 짓밟힌 자들을 억누르며 착취하다가 기어코 조롱하고, 잔혹하게 짓밟은 자를 찬양하여 위대한 영웅으로 둔갑시키며, 그리하여 후세들은 영웅이 되기 위해 또다시 학살의 시대를 재현하려 드는가. 어디서부터 어긋난 것일까. 사내는 땅거죽을 내려다보며 가던 길을 마저 걸어갔다.

이 소설은 한국, 중국, 그리스의 문헌을 참조했다. 역사 현장의 유물 발굴과 국내외 학자들의 연구 논문을 기반으로 하는 합리적 추론으로 이야기를 구성했다. 알렉산드로스와 관련된 이야기는 당시와 후대에 작성된 그리스 사가들의 기록물에 의한 역사적 사실을 참고하여 재구성했다. 묘사에 있어 불명확한 고대 용어보다는 현대적인 용어를 사용했다.

차례

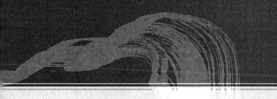

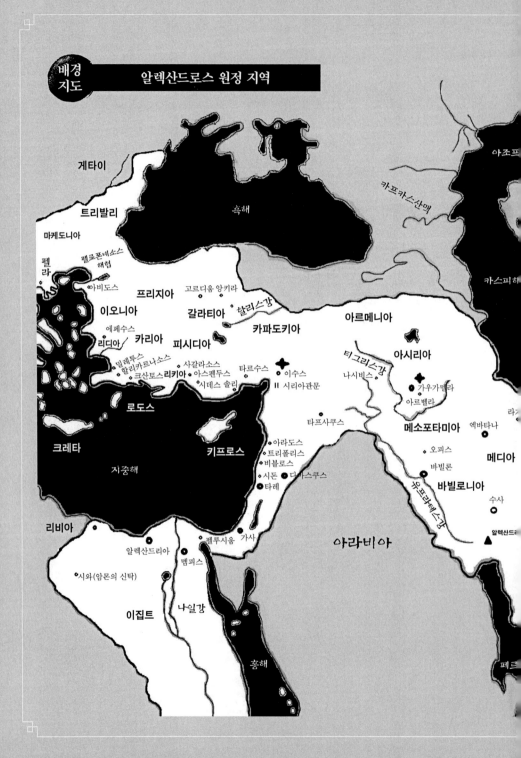

알렉산드로스 원정 지역

게타이

트리발리

마케도니아

펠라

펠로폰네소스 해협

아비도스

프리지아

흑해

카프카스산맥

아조프

고르디움 앙키라

갈라티아

할리스강

아르메니아

카스피해

이오니아

에페수스

리디아   카리아

피시디아

카파도키아

티그리스강

아시리아

밀레투스

할리카르나소스

크산토스 리키아

사갈라소스

아스펜두스

시데스 솔리

타르수스

이수스

ǁ 시리아관문

나시비스

가우가멜라

아르벨라

라

로도스

키프로스

타프사쿠스

메소포타미아

엑바타나

크레타

지중해

아라도스

트리폴리스

비블로스

시돈 다마스쿠스

티레

오피스

바빌론

메디아

유프라테스강

바빌로니아

수사

리비아

알렉산드리아

펠루시움

가사

아라비아

알렉산드

시와(암몬의 신탁)

멤피스

이집트

나일강

홍해

페르

배경 지도

발하슈 호

야랄 호

오렉사르테스강

스키타이

옥수스강

이식쿨 호

오시연합체

소그디아나

해씨왕국

부여국

마라칸다

후잔트

키로폴리스

파미르

나우타카

코리엔네요새

소그디아나 요새

알렉산드리아 옥수스

카라코람산맥

히르카니아

마르기아나

자드라카르타

박트라(자리아스파)

아오르노스

드라프사카

수시아

카스피관문

파르티아

아리아

박트리아나

아리가이움

알렉산드리아 카우카소스

마사가

오라

오르바티스

포로스왕국

아르타코아나

니케아

바지라

엠볼리마

탁실라왕국

페우켈라오티스

디르타라

아라코시아

탁실라

프라다

말리 시

드랑기아나

상갈라

브라흐마나 시

말리 수도

알렉산드리아

인더스강

르가데

르세폴리스

카르마니아

무지카누스왕국

르시아

알   산드리아 카르마니아

타르사막

푸라

아라비타이

옥시카누스왕국

인도

게드로시아

코칼라

람바키아

파탈라

시대적
배경

단기 1999년
(제46대 단군 임금 보을 재위 8년, 기원전 334년)

단기 2010년
(제46대 단군 임금 보을 재위 19년, 기원전 323년)

- 약 11년간의 역사 이야기-

**주요
등장인물**

- **히누리:** 을지의 아내. 소싯적 번조선의 공주.

- **을지:** 해씨족 원로. 용병 출신.

- **수로:** 히누리의 수양아들. 경당의 무술 교사.

- **하투르크:** 해씨족. 수라의 약혼자. 경당의 언어 교사.

- **태산:** 목동. 녹수의 오라버니. 수로와 동년배.

- **탁발무두:** 치우 부대의 장군.

- **바달:** 치우 부대의 치안대 장교.

- **우수크:** 해씨족의 부족장.

- **갈리아푸스:** 박트리아 왕국의 사절단 대표. 군인이자 외교관.

- **바투치:** 해씨족의 말 조련사. 페르시아 군대의 용병. 증거인.

- **아만타크:** 박트리아의 주민. 알렉산드로스 군대의 용병. 증거인.

- **스피타메네스:** 페르시아 제국의 기병대 장교. 증거인.

- **신불사:** 고리국의 칸. 한때 번조선의 장군이자 히누리의 연인.

- **멤논:** 페르시아 측의 용병 대장.

- **알렉산드로스:** 마케도니아의 왕.

- **왕의 친구들:** 헤파이스티온. 셀레우코스. 프톨레마이오스. 크라테로스.

- **필로타스:** 파르메니오 장군의 아들. 헤타이로이의 지휘관.

- **클레이토스:** 알렉산드로스의 친구이자 보병대의 장군.

- **칼리스테네스:** 알렉산드로스의 원정 기록관. 철학자.

그 외 다수.

1
나날이 시달리는 악몽의 근원

  푸른 하늘 아래 흰 눈이 덮인 장엄한 산세의 바위산. 모두가 신령
스럽게 여기는 하얀 산의 자락이 뻗어 내린 땅에 히타이트의 후예라
일컫는 해씨(해치, 헷) 족속이 살고 있다. 바로 그곳, 무심히 경배의
대상이 된 바위산에 돌풍이 몰아쳐 눈사태가 발생했다. 느닷없는 자
연의 변고에 혼비백산한 목동들이 황급히 부족장을 찾았고, 한참이
지나서야 지팡이를 짚은 노쇠한 몸집의 부족장이 창백한 낯빛으로
관사 앞에 모습을 드러냈다. 이미 불길한 징조를 묵시하듯 고랑같이
깊은 주름살에는 어둑한 그림자가 드리워져 있었다. 힘겨워 보이는
몸뚱이를 떠받치는 나무 지팡이가 부들부들 떨리고 있어 목동들의

불안을 더욱 부추겼다. 두터운 양털 덧옷을 뒤집어쓴 부족장 우수크는 지팡이에 의지하여 겨우 몸을 가누며 목동들을 향해 한껏 목소리를 높였는데….

"가서, 사람들에게 알려라. 내일 해님이 하늘 한가운데 머물 때 원로 회의를 열겠노라."

부족장이 가래 끓는 투박한 목소리로 떠듬떠듬 외칠 때에 하얀 두루마기를 입은 부족의 사제, 아물이 하늘을 우러러 두 손을 뻗으며 간구했다. 이윽고 사제가 전면에 나섰다.

"천신께서 타락한 세태를 개탄하시었소. 우리의 허물을 벗겨 내고 신의 노여움을 풀어야 할 때가 도래한 것이오. 이제 천신과 오만 가지 푸념이 한데 어우러지고자 하노니 신단에 올릴 제물을 속히 마련해야 할 것이오."

간간이 발생하는 산사태이지만 요즘은 세상이 하도 뒤숭숭한지라 목동들이 근심 속에 두려워할 때 마침 이곳을 지나던 페르시아 제국의 박트리아 사제와 그의 추종자 무리가 큰소리로 일갈했다.

"오! 먹구름이 드리웠도다. 알렉산드로스 군대가 이곳까지 쳐들어오리라는 신의 계시가 있었도다!" 그러면서 한시바삐 피신할 것을 권고했다. 자신들은 악의 손아귀로부터 달아나 이식쿨 호수 너머의 알타이족을 찾아가는 길이라고 했다. 거기서 대반격의 기회를 엿볼 것이라 했다. 이것은 자라투스트라 교(Zoroaster 教)를 믿는, 자신들이 받드는 지혜의 신, 하늘의 선한 신이며 전지전능한 최고의 창조신인 아후라마즈다의 계시라고 강조했다.

그랬다. 무엇이 선이고 악이냐. 세상의 모든 의문투성이와 불경스러운 것들. 분별과 다툼의 세상은 이제 그것에 대한 원망과 간구가 오직 한 방향으로 치달리고 있었다. 죽느냐, 죽이느냐.

하늘이 깜깜하다. 하늘…. 어딘가 있기는 하나. 잎사귀의 바람이 사라졌고 새들의 노래가 그친 지 오래다. 침묵조차 집어삼킬 어두운 세상이다. 대체 이곳은 어디일까. 언제 시작됐는지 모를 연기의 자의식이 거지중천에 떠도는 것 같다. 필시 수증기처럼 아무렇게나 흐트러져 있을 것이다. 뇌성벽력이었던 것일까. 세상이 한차례 끔뻑대더니 실낱같은 한 오라기의 빛이 칠흑의 어둠 저편에서 물뱀처럼 쑥 빠져나온다. 마침내 안개 속의 혼미한 세상. 아, 이것은 꿈이 아닐까. 허공의 바다에서 허우적대던 사내는 희뿌옇게 떠도는 의식을 간신히 붙잡고 안개 너머로 화급히 달아나다 알껍데기를 깨듯 실눈을 떴다. 헉! 겨우 숨이 터지는가 싶더니 외마디 신음 속에 고스란히 심중으로 가라앉는다.

어둠의 공허에 짓눌린 기진한 몰골로 사내, 을지가 침상 위에 꼼짝없이 누워 있다. 소용돌이치는 살상의 골짜기를 이제껏 망령되이 떠돌다가 홀연 빠져나왔다는 안도, 그것에 잇따른 곤혹스러운 불쾌감이 엄습하기라도? 아니면 혹시라도 우박처럼 쏟아질지 모를 눈앞의 긴박한 사태를 훔치려는…. 아니다. 육체가 아득히 의식되는 데

17

서 오는 허탈의 비릿한 감각인지도 모른다. 그래서일까. 을지는 숨죽이고 누운 채로 게슴츠레한 눈동자를 희번덕거리며 서서히 주위를 엿보듯 노려보았다.

닫힌 문틀. 벽에 걸린 활과 화살통. 장검. 단검. 갑옷. 투구. 각반. 방패. 그렇듯 손때 묻은 나의 무기들과 낯익은 것들. 그리고 내 곁에서 곤히 잠들어 있는 아내. 아, 그렇다면 어둠 속에서 헤매던 이것이…! 그리 넓지 않은 통나무집 안이 오늘따라 유난히 어둡다. 흙벽의 냄새가 빗물에 씻긴 듯 코끝이 산뜻하다. 먼 낯선 타지의 달래 향기가 갑자기 그립다. 얼굴 처박혀 황토밭에 짓눌러졌던 그 쌉싸름하고도 향긋한 풋내가. 아무튼 현재 지금은 어제와 같이 무사하다.

을지는 마음이 놓인 듯 숨을 가지런히 고르더니 이윽고 상체를 슬며시 일으켰다. 그렇다. 용병의 삶을 겪은 을지로선 이것은 꿈이 아닐지도 모른다. 꿈이 아니고 옛적 기억의 널브러진 파편 부스러기들이 매번 예리한 활촉으로 부활하여 깊은 밤 영혼의 저편에 무수히 박히는 것일지도 모른다. 이미 낌새를 알아차린 양들의 울부짖음. 커다란 눈알을 부라리는 칡소들의 드센 콧바람. 어둑한 대지의 거친 자갈을 짓밟으며 우당탕 떼 지어 몰려가는 멧돼지. 아니, 늑대 무리의 떠들썩한 한바탕 난동. 그럴 때 거품 내지르는 성난 말들의 질주,

…격렬한 질주.

"늑대가 지나갔어요. 방금 떼 지어."

바스락거리는 을지의 어수선한 몸짓에 히누리는 결국 기척을 냈다. 요즘 들어 부쩍 심해진 남편의 잠꼬대. 아 어쩌겠나, 가만 내버려 두자. 저러다 칼날에 내려앉은 서리꽃처럼 찰나에 사라지겠지. 그래서 히누리는 어둠 속에 먼저 눈을 떴어도 모른 척하고 그의 암울한 몸짓을 묵묵히 바라보기만 했었다.

"안 잤소?"

깜깜한 심야의 촌락을 들썩였을 야단법석이 방금 일어난 소란이라니. 을지는 꿈과 기억, 현실 감각이 순식간에 마구 뒤섞였다는 사실을 깨닫고는 쑵쓸한 기분에 육신이 더욱 가라앉는 듯했다.

"방금 깼어요."

아내의 목소리가 방금 깬 사람치곤 낭랑하다. 그런데 늑대 무리가 마을을 휩쓸고 지나갔다는데도 산천이 적막하다. 피부를 할퀴는 밤기운은 얼음장 같기만 하다.

"곳곳이 휩쓸고 다니는 것들뿐이군."

을지는 목구멍에 들러붙은 가래침을 뱉듯 투박하게 뇌까렸다. 그러고는 야밤의 서늘한 공기를 뒤흔들며 근처 탁자에 놓아둔 옷가지를 주섬주섬 챙긴다.

"바깥에 나가려고요? 아무 일도 없을 텐데."

기름등잔의 심지를 댕기면서 툭 던지는 아내의 느긋한 말씨에 을지는 두툼한 겉옷을 걸치려다 멈췄다. 늑대 무리는 그저 지나치기만 했을 뿐인데 그 거친 호흡과 포효에 부질없이 자기 심장만 요동친 게 아닌가 싶어 머쓱해졌다. 물결에 일렁이는 노을빛처럼 아내의 얼굴이 화사했다.

그러고 보니 나날이 악몽이다. 쉰두 번째의 해를 맞이한 육체는 점차 기력이 쇠해져 가고 정신마저 오랜 과거의 기억들에 현혹당하기만 한다. 생사를 넘나들던 용병의 삶. 대장장이와 상인의 길. 이제 돌아와 양치기의 생활. 그리고 앞으로는….

아내의 부드러운 목소리에 비로소 봄눈 슬듯 긴장이 풀린 을지는 달아난 잠을 다시 불러들일까도 했다. 하나 그러기엔 요즘의 바깥 공기가 여간 심상치 않은 것을…. 자칫 게을러질 버릇을 다그치기라도 하듯 그는 침상에서 몸을 일으켰다.

"그래도 혹시 모르잖소."

기왕에 잠을 설쳤으니 가축 울타리라도 살피겠다는 남편의 심사를 알아차리고 히누리는 덩달아 밖으로 나갈 몸짓을 부렸다. 그가 야밤에 바깥으로 나가는 걸 바라지 않는다. 말려도 굳이 나가야 한다면 언제까지고 동행할 것이다. 이것이 요즘 들어 갖게 된 히누리의 행동거지였다.

화로를 들여다보니 달궈 넣어 둔 자갈돌들이 시꺼멓다. 청동 솥의

물을 손에 적셔 떨어뜨리니 그래도 지지직대며 연기가 슬쩍 피어오른다. 을지는 장검을 집어 드는 아내를 물끄러미 쳐다보았다.

'아! 늑대 무리가 움직였다는 것은…?'

을지는 양어깨를 힘껏 오므렸다가 폈다. 마음속에 쌓였던 울분이 그의 붉디붉은 심장을 억눌렀다.

늦가을의 물빛처럼 남편의 안색이 달라지는데도 히누리는 잠긴 호숫가에 앉은 물새 소리를 냈다.

"회의하려는 이유가 뭘까요, 갑작스레?"

"산사태가 일어났다지 않소?"

아내의 무심한 물음에 을지는 시큰둥하게 대꾸했다. 흔히 치러 왔던 일 가지고 새삼스레 묻는다는 표정을 지었다.

"그러니까 내 말은…." 히누리는 뭔가 하려던 말을 멈추고 빙긋 미소를 지어 보였다.

을지는 질문 속에 드리운 아내의 의혹을 언뜻 알아챘으나 일상의 허드렛일로 넘어가려 했다. 급변하는 정세에 휘둘리어 범사의 일을 거기 얽매이게 하고 싶지 않았다. 을지는 옷매무시를 가다듬는 아내의 모습에서 눈을 떼지 않았다. 히누리는 악몽의 나날을 보내면서도 태연한 듯이 시늉하는 남편의 꿍꿍이속이 뭣보다 두려웠다. 히누리는 경직된 심신을 어루더듬으려고 남편 곁으로 가까이 다가 갔다.

막 선잠에서 깨어났음에도 아내의 자태는 우아하다. 나이가 들어 갈수록 그녀의 몸매는 풍만해졌으며 무두질한 얇은 양털 속에 하얀 모시로 감싼 젖무덤은 보란 듯이 팽팽하게 부풀어 올라와 있다. 을지는 문득 그녀가 번조선이라는 나라의 공주였다는 사실을 떠올렸다. 그는 주책없게도 심기가 요동쳐 새삼 그녀의 몸이 궁금해졌다.

그는 가만히 그녀의 하얀 목덜미와 불그스레한 뺨을 어루만졌다.

"히누리, 내 말을 귀담아들으세요. 요즘 들어 일상적이지 않은 현상들이 빈번히 일어나고 있다는 걸 그대도 알고 있을 것이오. 그것은 앞으로 벌어질 사건을 우리에게 귀띔하는 하늘의 징조가 아니겠소."

찬찬히 읊조리는 남편의 음울한 심정을 헤아리면서 히누리는 점차 아늑한 기분에서 깨어났다.

"그러니 오래지 않아 아이들을 불러들여 대책을 세워야 할 것 같소. 더 이상 미뤄서는 안 될 일이오."

낮은 목소리로 조용히 그러나 단호한 남편 을지의 말을 듣고 히누리는 가만히 고개를 숙였다.

'여태껏 말하지 않았어도 나는 알고 있다. 알렉산드로스 군대가 페르시아를 집어삼키고 질풍노도와 같이 박트리아 왕국을 짓밟고 머지않아 소그디아나(소그드) 왕국과 이곳 해씨족의 마을까지 덮치리라는 것을. 그러니 을지 자신은 아이들과 함께 전장으로 나서야겠노라고, 그것이 부족을 살리고 조상 히타이트의 전통과 명예를 지

키는 길이 될 것이라고, 그렇게 내게 부탁 아닌 통고를 날릴 테지.'

그러나 잠잠하다. 말이 끊어진 채 이어지지 않자, 히누리는 의아하여 고개를 들었다. 을지가 담담히 바라보고 있다. 뜻밖의 몸짓을 보이는 히누리의 아무 말이라도 기다린다는 듯이.

"더 할 말씀 없으세요?"

히누리가 의문을 가득 품은 얼굴로 묻자 그제야 을지는 미소를 머금으며 다정하게 말했다. 아내의 마음을 안다는 듯, 그 심정을 보듬듯이.

"나는 할 말 다 했어요. 난 그저 가족이 다들 평화로이 살아갈 수 있도록 그 대책을 세우자는 얘기요. 결론이 어떻게 날지는 나도 모르지."

히누리는 그만 피식, 하고 헛웃음이 나왔다. 이제 나이 마흔. 그만하면 살 만큼 산 나이가 아니겠는가. 무엇이 아쉬워 그 무엇이 두려워서 이처럼 아까운 날들을 걱정하며 근심 속에 보내려 하는가. 그 생각에 이르자 히누리는 그간에 잊고 살았던, 그러나 잊을 수 없었던 신불사의 모습이 불쑥 떠올랐다. 아니, 신불사의 얼굴은 이미 흐릿해졌고 그와 더불어 나눴던 기억들과 그의 몸짓과 말투도 아스라하다. 단지 그가 평소 주장했던 사상의 울림만이 공허하게 맴돌 뿐이다.

신불사, 그 사람은 무척이나 싸움터로 나서길 원했다. 한술 더 떠 전쟁의 불씨를 지피고 그 불꽃 더미에 자기 몸을 내던지기를 원했다. 평화를 간절히 바라고 있으나 절망뿐인 패배의 쓰라린 고통을 사전에 차단하기 위해 그 악의 싹수를 미리 도려내려 한다는 주장. 그의 외침을 얼마만큼 인정해야 하고 어디까지가 진실인지를. 칼날을 휘둘러 얻은 평화가, 그 칼날에 돋는 꽃이 얼마큼의 생명력과 아름다움을 지닐 수 있을 것인지…

아무리 생각해 봐도 나는 아직도 잘 모르겠다. 그러나 한편으로 세상, 대지에 발을 디디고 살아가는 세상의 사람들은 본래 악을 추구하려는 속성을 지닌 존재가 아닌가 하는 생각이 때때로 들곤 한다. 아니 처절하리만치 자각되는 요즘이다. 수로곶의 당골(천군(天君), 무당) 박고시라가 줄곧 읊조렸던 인간 부정. 그 삶의 부당한 이치가 요즘의 세태를 예견하고 풍자하여 쏟아 낸 참말이 아니겠는가. 서글프게도.

"그래요. 아이들도 다 컸으니만큼 세상 보는 눈이 생겼을 거예요."

히누리는 뇌성벽력에 땅이 갈라지고 천지가 요동치더라도 남편의 굳은 의지를 따라야겠다는 마음을, 그 마음이 흔들릴 때마다 되새기듯 다졌다. 한때 시뻘건 쇳덩이를 큰 망치로 내리치던 그의 억센 팔뚝이 새삼 두 눈에 들어왔고 히누리는 마치 그것에 의지하듯 아직 이울지 않은 그의 든든한 팔뚝을 보듬으며 밖으로 나섰다.

을지는 나이가 마흔 중반에 이르면서부터 서서히 카라반의 생활을 정리하기 시작했다. 황야를 거쳐야 하는 고뇌와 이따금 벌어지는 도적 떼와의 결투. 이러한 것들이 점차 노쇠해지는 기력으로는 감당하기 버거울 때가 많았다. 그리고 무엇보다도 한창 커 가는 아이들의 교육에 열심을 내고 싶었다. 그리하여 그는 고향에 완전히 뿌리를 내리고 양과 염소 등의 가축을 기르며 유유자적하는 양치기의 삶을 보내고 있다. 그런데 그러한 그를 세상이 가만두지 않았다.

평화는 이제 끝났다. 당연히 누려야 할 풍경이 흐트러지고 있다. 푸른 들판을 가르는 한 줄기 바람. 한가로이 떠도는 뭉게구름. 양 떼들의 권태로운 울음소리. 흥얼거리는 아낙네들의 노랫가락. 그리고 조랑말을 타고 꺼덕거리는 아이들의 몸짓까지도.

일개 젊은이의 부질없는 야망이 순박한 뭇사람들의 삶을 송두리째 앗아가고, 계속해서 앗아가려 하고 있다.

통나무집에서 백여 보 떨어져 있는 옴팡진 곳에 가축우리가 있다. 돌담을 둥그렇게 쌓아 울타리를 만들고 가죽으로 된 천막을 지붕처럼 덮어씌워 밤의 냉기와 짐승의 침입을 막아냈다. 한때 살상의 칼날을 거침없이 휘둘렀던 을지의 억센 손길이 그렁저렁 수십 마리의 양과 염소, 야크들을 길러내고 있다. 그런데 횃불을 손에 쥐고 집 주변을 느긋이 둘러보던 히누리와 을지의 발걸음이 돌연 빨라졌다. 예사롭지 않은 가축의 울음소리가 밤하늘에 울려 퍼진 것이다. 우리에 당도한 두 사람은 늑대의 발톱과 이빨이 할퀴고 물어뜯은 천막 울타리를 발견했다. 을지는 훼손된 그 안을 들여다보고는 벌컥 화를 냈다. "이런, 죽어 뒈질 놈의 새끼가!" 그는 욕지거리를 내뱉으며 장검을 빼 들었고 출입문을 강하게 발로 걷어찼다. 문짝이 떨어져 나갔고 급작스러운 행동에 히누리는 주춤 뒤로 물러섰다. 순간, 늑대 세 마리가 잇달아 뛰쳐나와 을지 앞으로 덤벼들었다. 을지는 전광석화와 같은 솜씨로 칼을 휘둘러 늑대들을 일거에 쓰러뜨렸다. 그러고는 낑낑거리며 숨을 헐떡이는 늑대들을 한 놈씩 연거푸 칼로 내려쳤다. 히누리는 이런 남편의 모습이 불현듯 두려웠다. 그의 눈빛에 살기가 서렸고 광기의 몸짓이 예측할 수 없는 뒷날의 공포를 예시하는 듯했다.

"을지! 그러지 말아요. 그만하면 됐어요!"

남편을 만류하며 다가서던 그때, 어둠 속에서 늑대 한 마리가 뒤늦게 뛰쳐나와 히누리를 덮쳤다. 그녀는 순간적으로 몸을 피하며 들고 있던 횃불로 후려쳤다. 깩! 일격에 나가떨어진 늑대가 달아나려 하자 잽싸게 던진 을지의 단검이 재차 늑대를 쓰러뜨렸다. 을지는 성큼 다가가 늑대의 머리통을 마구 내리쳤다. 검붉은 피가 사방으로 튀었고 그러기를 여러 번, 땡그랑! 강한 금속음 소리를 내며 칼날이 부러져 날아가자 그제야 손놀림을 멈췄다. 히누리는 이제 아무 말도 할 수가 없었다. 을지는 부러진 칼날의 끝을 서서히 두 눈 가까이 바싹 가져다 댔다. 그 와중에도 균열이 생긴 칼날의 결점을 살피려는 기색 같았다.

늑대 소동이 있고 난 뒤 남편과 함께 가축우리를 챙기고 돌아온 히누리는 뒤척이며 애써 잠을 청했고, 어느덧 새벽이 되었건만 그때까지도 도무지 잠을 이루지 못했다. 그런 그녀가 상처투성이인 을지의 그을린 등짝을 위로하듯 손으로 쓰다듬는다.

"잊고 있었네? 흠, 그때 납치범이 뭐가 좋다고 치료해 줬을까."

그녀는 잠시 과거를 회상하는 듯했다. 그러더니 혼잣말처럼 중얼거렸다. "설마, 이곳까지 쳐들어오진 않겠지."

바깥의 문짝이 을씨년스럽게 들썩거렸다. 등져 누운 을지는 세상사에 회의하고 버거워하는 아내의 근심을 덜어주고 싶었다.

"겁낼 것 없어요. 우리 히타이트야말로 용맹하기가 해치와 같지 않겠소. 그러니 하늘 아래 그 무엇보다도, 그 누구보다도…."

"그런데 문제는!" 히누리는 얼른 말을 가로챘다. 그의 입에서 무슨 말이 이어질지가 두려웠다.

"…해을지 당신, 그러니까 내 말은…."

그녀는 잠시 숨을 고르며 을지가 지녔을 의식의 흐름을 읽으려 했다. 그러면서 자신이 펼칠 얘기의 요점을 머릿속으로 곱씹어 보았다.

"내가 두려워하는 것은 용맹한 전사라고 자부하는 자들이 서로 칼을 맞대고 격돌하면 잔인한 살육이 불가피해진다는 사실입니다. 헤어나기 어렵다는 걸 뻔히 알면서도 격랑에 몸을 던진다는 얘기지요. 절대 돌이킬 수 없는 인명의 상실이고 절망인데도 어쩌자고 다들 생명을 함부로 다루는 것인지…."

을지는 현 시국에 대해 나름대로 가졌을 아내의 근심과 대응이 어떤 것인지를 알고 싶었다. 그래서 그는 자신이 생각하는 것들을 토로하는 히누리의 얘기를 묵묵히 듣기만 했다.

"이 년 전에 실만하치가 찾아와서 하던 얘기가 생각나네요. 당신도 알죠, 실만하치?"

"얘기로는 몇 번 들었지."

"그 사람이 말하기를, 배도라는 연나라 장수가 군사들을 이끌고 번조선의 안촌골과 험독(지금의 천진)에 쳐들어왔다고 해요. 그러니까 지금으로부터 9년 전의 일이죠. 그때 어쩐 일인지 대부여를 적대시하던 수유의 기후가 자청하여 번조선을 도와 군대를 파견했고, 진조선도 출병하여 힘을 합쳐 적군을 격파했었지요. 연합한 대부여는 이것에 멈추지 않고 적의 수도인 계성을 무너뜨리기 위해 곧장 진격까지 했었다고 해요. 결국 궁지에 몰린 연나라는 사신을 보내 사과하며 화친하기를 청하였다고 하죠. 화하족은 늘 그래왔어요. 자신들이 강하다 싶으면 무턱대고 남을 짓밟고 약해지면 비굴하게 엎드리고, 항상 그랬죠. 그래서 이번만은 그냥 물러날 수 없다 하여 연나라의 대신들과 자제들을 인질로 삼아 평화를 구축하려 했다고 하네요. 그 결과 아직은 전쟁 없이 다들 잘살고 있다고 하더군요. 한편으로 얼마나 다행인지 모르겠어요."

"흠, 그렇군. 때론 인질이 세상을 잔잔하게 만들 수도 있겠어. 그런데 이놈의 전쟁이 어찌하여 보잘것없는 한적한 산골까지 덮치려고 하는 것인지…."

　이즈음의 대부여(단군조선)는 임종을 앞둔 진조선의 천자인 여루 임금의 간곡한 요청을 받아들여 두 조선의 칸과 제후국의 왕들, 그리고 각처 부족장들의 추대에 힘입어, 세력이 미미한 그의 아들 보을이 간신히 즉위하여 통치하던 초엽이었다. 그런 만큼 실제 권력은 우가 대신 여표박과 그 아들들을 중심으로 하는 세력이 장악하고 있었고, 그들 집단이 펼치는 귀족 정치의 폐해가 점차 도를 넘어 나라 자체가 불의와 부패, 무능력이 난무하는 타락의 땅으로 빠져들던 시기였다. 그러다 보니 대부여 영역 전체에 대한 장악력을 상실하게 되어 각 부족의 연방 이탈은 물론이고 화하족의 침략에 시달리는 번조선을 지원할 군사력조차 갖추기 어려울 지경에 이르렀다.

　히누리가 말한 연나라의 대부여(단군조선) 침략은 단기 1994년, 보을 단군천자 재위 3년, 번조선의 칸인 수한 재위 2년, 그러니까 기원전 339년에 일어난 환란이다. 대부여의 왕권 교체기를 틈타 침략과 약탈을 일삼던 연나라는 결국 대부여의 역공에 당해 굴복했고, 항복의 표시로 인질들을 번조선으로 보냈었다. 그때 끌려간 인질 중에 진개라는 자가 있었는데 그는 이후 28년이라는 긴 억류 생활을 하게 된다. 그러는 동안 그는 번조선의 군사 기밀과 지리, 그리고 수유의 세력이 번조선의 왕위를 차지하는 데서 오는 어수선한 권력 체계와 민심의 동요, 그 약점 등을 파악한 뒤 귀국하게 된다. 언제까지고 침략의 야욕을 포기하지 않았던 화하족은 귀환한 진개의 보고와 부추김에 고무되어 그간에 갈고 닦았던 야수의 발톱을 기어이 드러내었고, 그리하여 연나라는 기원전 311년에 재차 군대를 일으켜 대부여의 방파제 역할을 하던 번조선을 침략하게 된다. 이때의 번조선은 수유의 기후가 전쟁 없이 오직 무력과 재물을 써서 번조선의 오가 대신과 관리들을 제압하였고, 강제된 그들의 옹립으로 마침내 칸의 자리를 차지하여 기자조선으로도 불리던 시기였다.

전쟁의 초반에는 한나(흉노)로부터 군사적 지원을 받기도 했었다. 옛적 상나라에 같은 뿌리를 두고 있다는 수유와의 역사적 동질성과 자신들의 영역 방어 차원에서의 참전이었지만 전투에서 패퇴한 그들이 북방으로 쫓겨 나감으로써 중단되고 말았다. 이후 번조선은 진조선의 군사 지원조차 받지 못한 채 수년간에 걸쳐 연나라와 전면전을 벌여야 했다. 결국 치열한 전투는 수적으로 열세였던 기자조선(번조선)의 후퇴로 일단락되었다. 결과는 참혹했다. 배달국 유민들의 근거지이자 단군조선의 버팀목이었던 험독과 수도 안덕향(지금의 산해관 지역으로 추정)이 철저히 파괴되었다. 기자조선의 대다수 사람은 연나라의 탄압과 강제 이주를 피해 치우천왕의 고토였던 청구(태산의 동북 지역)에 이어 또다시 단군조선의 본향인, 유구한 세월을 살아온 겨레의 땅을 버려야 했다. 그리하여 그들은 동쪽으로 이동하여 진조선의 요동 지역과 압록강 이남의 막조선 영역으로까지 옮겨 가게 된다. 이러한 여파로 진조선은 수도인 장당경의 대궐이 화재로 유실되는 등의 우여곡절을 겪게 되자 만주의 토문강 방면으로 천도하게 되고, 유민을 받아들였던 막조선은 유목과 농경이라는 관습과 생활 체제의 차이로 인해 두 집단 간에 대립과 갈등이 불거졌고 점차 확대되었다. 급기야 기자조선과 막조선의 두 세력 사이에 무력 충돌이 일어나게 되고, 결국 군사적 열세로 인해 굴복한 막조선의 주민들이 한강 이남으로 대거 물러나면서 2천여 년에 걸쳐 삼국의 조선 체제를 유지해 왔던 단군조선은 돌이킬 수 없는 민족적 분열에 휩싸이게 되고 만다.

이렇듯 유구한 세월을 유지해 왔던 단군조선의 광활한 영토와 제반 부족과의 연방 체제가 어이없게도 한 인질에 의해 하루아침에 무너지고 국운이 급격히 쇠퇴하게 되는 결정적 계기가 된 것이다. 이처럼 한순간의 선택이 도도한 역사의 물줄기를 바꾸게 될 줄을 히누리인들 어찌 예측이나 할 수 있었겠는가.

번조선의 공주로 태어나 한껏 시름에 겨워 살았던 히누리의 넋두리는 계속되었다.

"…해을지 당신을 만나 전쟁 없는 세상에서 살게 되어 차라리 잘된 일이라 여기며 살아온 나날이었는데, 이 같은 행복도 이제 이것으로 다하나 봅니다. 세상이 악의 소굴인 건지 전쟁이 나를 쫓는 것인지 참으로 모를 지경이네요."

을지는 아내의 말이 그치자마자 너스레웃음을 터트렸다. "하하하!" 그 소리에 줄곧 허공을 응시하며 말하던 히누리가 깜짝 놀라 고개를 돌렸다. 그녀는 곤혹스러운 표정을 지었다.

"당신답지 않구려. 두려워할 거 없어요. 까짓, 피하면 되지."

을지는 무겁게 짓누르는 공기를 흩트릴 생각에 슬쩍 아내의 푸념을 가벼이 받아넘기려 했다. 얼굴이 살짝 붉어진 히누리는 남편의 얼굴을 들여다보며 여전히 의미심장하게 말했다.

"그 어떤 명분을 갖다 붙이더라도 이 전쟁은 인간 세계를 향한 추악한 도발이 분명해요. 무수한 인명을 살상하고도 아직도 멈출 줄 모르는 미친 짓거리가 그 증거이겠지요. 절대, 도저히 용서할 수가 없어! 아, 그런데, 그럼에도 알렉산드로스라는 자의 광기! 소문만으로도 그 광기가 절망으로, 내게 진정 공포로 다가온답니다."

히누리는 불의에 맞서 응징을 말하다가도 정의의 무기력을 한탄하고, 악의 축출을 말하다가도 투쟁에서 비롯될 절규를 두려워하고 있다. 결국은 얽혀 가는 세상 형편을 풀어헤칠 뚜렷한 해법이 따로 있을 수 없다는 낙담, 그것이 그녀를 엄습하지 않을까 걱정되어 을지는 서둘러 말을 꺼냈다.

"신은 강한 자를 먼저 돕지."

을지는 몸을 뒤척이며 다시금 그녀를 바라보았다. 히누리의 얼굴은 어스름 새벽빛을 받아 차갑고 짙푸른 그늘을 드리웠고 윤곽만이 감돌 뿐이다. 그렇지만 을지는 자신의 눈빛이 그녀의 검푸른 눈동자에 비칠 수 있다면 평소보다 부드럽게 빛나기를 바랐다.

"사람들이 그랬어. 무시했는데, 근데 살아보니 정말 그렇더군. 그래도 괜찮아. 걱정하지 말아요."

을지는 가만히 그녀를 끌어안았다.

"우리는 매우 강해요. 강철 검만큼이나…."

히누리는 품속으로 파고들며 그의 이름을 불렀다. "해을지 당신."

을지는 가볍게 어깨를 으쓱했다.

"듣고 있소. 말해 보세요."

그녀는 회상하듯 나직이 콧소리를 내더니 또박또박 되새기듯이 말했다.

"우리는 우리 아이들과 지내 왔던 추억을 소중히 간직하고 있어요. 장남 수로, 둘째인 딸 수라, 쌍둥이 아들 셋째 도수와 넷째 천수, 다섯째인 딸 수정, 여섯째인 딸 수강, 그리고 아직도 아기 티가 물씬 나는 우리 막내아들 모수까지. 해을지 당신도 이 아이들을 무척이나 사랑했다는 걸 나는 알아요."

"당신도 참, 지금도 사랑하는걸."

"그렇죠? 그래요. 그러니 앞으로는 부족만을 생각할 게 아니라 가족도 생각해서 정 안 되면 우리 가족만이라도, 아이들을 데리고 멀리 안전한 곳으로 떠나는 거예요. 어때요?"

"내 말이 그 말이오."

을지의 이 한마디에 히누리의 몸짓이 머뭇거려졌다. 그 말이 의미하는 것은? 의문 속에 을지의 말이 이어졌다.

"설사 놈들이 이곳까지 들이닥치더라도 부족을 이끌고 북쪽으로 이동하면 그뿐입니다. 제아무리 난폭한 놈들이라도 대자연의 위력 앞에서는 어찌할 수 없을 것이오."

을지는 적과의 투쟁이 아니라 적으로부터의 도주를 노래하고 있다. 비록 상인이었고 지금은 목장을 돌보고 있다지만 한때 무공을 세운 용병 부대의 장수였던 사실을 뿌듯해하지 않았던가. 그러나 이것이 아내의 한숨을 돌리려는 임시방편일 리 없는 것. 필시 가족의 안위를 생각해서 내린 결단일 것이다. 북방의 사내들이란 비록 타인을 향해 냉철하고 비정할지라도 혈족에게 대해서만큼은 더없이 자애로운 자들이 아니던가.

히누리는 안도의 한숨을 내쉬었다. 전쟁의 광기에 휘둘리지 않겠다는 그의 의지를 읽고서 마음이 놓였다. 혹, 그가 아내의 의중을 헤아리다가 얼결에 내린 결단일지라도, 그랬더라도 의지의 번복은 없는 것이다. 히누리는 남편의 발언을 되짚어 강조할 생각에 거칠게 엎드리는 그의 등짝을 쓱쓱 문지르며 말했다.

"앞으로 딴마음 먹기 없기에요. 이젠 당신 나이도 생각하셔야죠. 어이구, 벌써 늙어 주름이 다 잡히네."

어느덧 새벽닭이 늘어지게 목청을 돋우는 그때 한 사내의 외침이 어스름이 깔린 새벽의 적막을 뒤흔들었다.

"알렉산드로스가 나타났다!"

날개를 퍼덕이던 독수리가 나뭇가지를 박차고 허공으로 날아올랐다.

"웬 호들갑이냐!"

"부족장님! 알렉산드로스가 글쎄 박트리아로 쳐들어온대요."

"허, 그놈의 주둥이!"

"늑대 사냥하듯이 사람들을 마구…!"

"허, 이놈 보소! 냉큼 이리 들어오지 못할까!"

저편 개천 건너 흙벽돌 관사에서 들려오는 목쉰 노인의 꾸지람과 소란에 마을의 새벽 공기가 다시금 흔들렸다가 적막해졌다.

때는 단기 2003년, 보을 단군 재위 12년. 기원전 330년, 음력 사월 중순의 어느 날 새벽에, 말굴(지금의 키르기스스탄, 마간 부근)에서 일어난 일이다.

2
늑대가 떼 지어 이동했다는 것은

날이 환하게 밝았다. 마을 사람들은 남녀노소 할 것 없이 이른 아침부터 부지런히 움직이고 있다. 울타리 밖의 초원으로 가축을 풀어놓고, 개울가와 샘터로 가서 물을 긷고, 아침을 준비하느라 집마다 청동화로에 연기가 피어올랐다. 양고기를 굽고 밀떡을 부쳤다. 치즈와 양의 젖을 먹었다. 이들은 타 부족과 달리 삶은 고기보다 꼬치구이를 좋아했고, 말의 젖을 발효시켜 만든 술을 즐겼다. 계절에 따라 가죽옷과 모시, 삼베옷에 바지를 즐겨 입었고 가죽신을 신었다. 그리고 머리카락을 뒤로 묶거나 상투처럼 동여매고 깃털이 달린 가죽 모자를 쓰고 다녔다.

해씨족 사람들은 밀과 보리, 기장을 주로 심으며 목축과 대장간 일이 적합한 산간 분지에 자리하고 있어 농사보다는 소와 양, 염소, 닭, 오리 등의 가축을 기르고 약간의 말을 방목한다. 그리고 철제 무기류와 정교한 솜씨가 요구되는 왕관 등의 귀금속 제품을 만들어 내었고 페르시아 제국 등지에 내다 파는 무역으로 부족의 생존과 번영을 도모하고 있었다.

스키타이 족속들이 대체로 그랬지만 특히 해씨족은 태생적으로 부귀와 영달을 누리는 데 있어 욕망이 적어 필요한 것들만 챙겼고 검소했으며 서로 나누는 것을 즐겼다. 따라서 이들의 삶은 외지인이

보기에 늘 초라했고 가난에 찌든 모습으로 비쳤다.

　해씨족은 유목을 위해 타지로 뿔뿔이 흩어진 무리들을 제외하고 인구가 대략 2만여 명이다. 을지는 그중에 1만여 명이 거주하는 말굴이라 불리는 마을에서 살고 있다. 그리고 이들 해씨 부족은 현재 오시족이 맹주로 있는 다섯 부족의 연합체에 속해 있다. 이 연합체는 해씨족을 비롯하여 오시, 히박크, 발티, 다부리, 이렇게 히타이트를 원류로 내세우는 인근의 부족들이 모여 결성된 조직체이다. 이들은 원래 번갈아 가며 3년 주기로 맹주의 권한을 행사하기로 되어 있었지만, 언제부터인가 가장 인구가 많고 경제력이 월등한 오시족이 왕국을 자처하며 맹주의 역할을 도맡고 있는 형국이다. 그럼에도 이 다섯 부족 간에 별다른 불협화음이 일어나지 않았다. 본래 느슨한 형태의 부족 연합체로서 부족들 각자가 자유와 자치를 누리는 전통을 유지하고 있었기 때문이다. 게다가 이들 연합체는 언어와 풍속이 비슷하여 뿌리가 같은 혈통의 히타이트 겨레이자 기마 족속이라는 유대감이 형성되어 있어 서로를 형제라 부르며 친밀한 관계를 유지했다.
　그런 사실을 익히 알고 있는 헬라스(지금의 그리스) 사람들은 이들과 주변의 기마 족속을 통칭하여 스키타이라 불렀다. 북방의 기마 족속 사람들이 펠로폰네소스 반도에 자리한 각 도시 국가의 사람들을 통칭하여 헬라라고 부르듯이.

을지의 아이들이 말을 몰고 달려왔다. "엄마!"

열 살배기 막내아들 모수가 조랑말에서 뛰어내려 히누리의 품에 와락 안긴다. 부모와 아침을 같이하려고 언덕배기에 터를 닦은 통나무집을 찾은 것이다.

을지 가족은 앞뜰에서 바라보이는 장엄한 설산을 우러르며 저마다 두 손 벌려 짧게 기도를 올렸다.

말굴 마을은 이곳 언덕배기 아래 개울이 흐르는 곳 저편의 멧부리 평원에 군락을 이루고 있다. 을지는 그곳 본가에서 살았다. 그러다가 마흔 중반에 본격적으로 목축을 시작하면서 이곳에 자그마한 통나무집을 짓고 현재 아내와 단둘이서 지내고 있다. 바로 위쪽 산등성이에 펼쳐져 있는 초원에다 가축을 풀어놓고 키우기 위해서이다. 처음에는 을지 혼자서 기거했었는데 언제부터인가 시절이 하도 수상해지자 히누리도 자청해서 이곳에 거주하다시피 머물게 되었다.

마을의 본가에는 이제 열일곱 살이 된 큰딸 수라가 동생들인 도수, 천수, 수강, 모수와 함께 지내면서 살림을 도맡고 있다. 그리고 스물두 살의 장남 수로는 먼 산 너머 자리한 부여족 고을에서 열네 살의 누이인 수정을 데리고 경당의 아이들을 가르치는 교사로 있다.

일찍이 히누리는 수로를 비롯한 자기 아이들을 교육하다가 점차 해씨족의 아이들까지 불러 모아 가르쳤다. 그러다가 작은 규모지만 글방 체계가 갖춰지자 진조선의 교육제도를 도입하여 이곳 말굴에 경당이라는 학당을 세웠고 그것은 나중에 부여고을에까지 이어졌다. 이곳의 경당은 무술과 기마술, 의약, 언어, 그리고 예법에 중점을 두는 교육 과정을 펼치고 있는데 특히 해씨족과 부여족 간의 교류에 역점을 두었다. 그러한 취지로 현재 수정이가 일 년 과정의 교환수업을 받기 위해 오라버니와 함께 머무는 것이다.

그러나 설립한 기간에 비해 경당은 히누리 혼자서 주도한 학당이라 발전이 더뎠다. 부족의 지원이 없었고 아이들은 대장장이, 목동, 대상 등의 직업을 가진 부모 따라 일찌감치 생업에 나섰기 때문에 부족민의 참여도 거의 없었다. 교육의 필요성이 현실적으로 와 닿지 않은 것이다. 그로 인해 히누리는 고아 등 소수의 아이를 데리고 교육에 나설 수밖에 없었다. 갖은 어려움을 극복하고 경당을 통해 성장한 제자들은 히누리가 맡았던 업무를 하나씩 넘겨받았고 지금껏 유지해 오고는 있지만, 그럼에도 교육기관의 역할로서는 미미한 수준에 머물러 있었다.

한편으로 수로가 말굴의 경당을 두고 굳이 부여고을의 교사를 맡은 데에는 히누리의 권유가 컸다. 그녀는 장남 수로가 부여족의 풍습과 문화생활 그리고 언어에 익숙해지기를 원했다. 천해(지금의 바이칼호) 부근에서 죽음을 무릅쓰고 얻은 아이였던 수로는 진조선에서 이주한 부모의 핏줄이 틀림없었고, 그러한 사실은 수로가 단군조선의 아이임을 입증하는 것이었다. 수로도 엄마 히누리로부터 이러한 출생 내력을 익히 들어 알고 있었다.

을지 가족은 통나무집 안 한가운데, 바닥에 깔린 양탄자 위에 빙 둘러앉았다. 검붉은 빛이 감도는 오지그릇들과 나무 쟁반들에는 삶은 메추리알, 구운 양고기, 밀떡, 치즈와 양젖이 수북이 담겨 있다.

"너희들에게 할 얘기가 있다. 명심해서 듣도록 해라."

식사 도중에 을지가 넌지시 분위기를 환기하자 히누리는 꿈쩍 놀라 대화를 끊으려 했다.

"무슨 말씀을 하시려고요. 아직은…?"

히누리는 밤사이 나눈 대화의 은밀한 계획이 아이들에 의해 외부로 누설될 것을 우려했다. 을지는 난색을 보이는 그녀를 향해 어깨를 으쓱하며 빙긋 웃어 보였다. "그런 얘기가 아니라오." 그러고는 아이들을 하나하나 둘러보며 발언을 이어 나갔다.

"아버지는 이따가 부족 회의에 참석해야 한다. 사흘을 꼬박 채운다고 봐야겠지. 그동안에 너희들은 엄마랑 해야 할 것들이 있다. 우선, 도수는 오늘 중으로 엄마와 함께 부여고을로 가거라. 천수는 아무 때라도 대장간에서 일할 수 있는 인부들을 최대한 알아두도록 해라. 그리고 수라는 수강, 모수를 데리고 평소처럼 지내다가 내일 엄마가 수로, 수정이랑 돌아오거든 그때 엄마의 지시에 따라 움직이면 된다. 다들 알겠지?"

쌍둥이 아들 천수가 두려운 기색을 띠며 물었다.

"아버지 갑자기 무슨 일이죠? 전쟁 때문인가요?"

"놀랄 일은 아니다. 혹시 모르니 하나씩 준비를 해두려는 거다."

"그런데 아버지, 저는 부여고을에 가서 뭘 하면 되는 거죠?"

을지는 아들 도수가 꺼드럭거리며 물어 오는 통에 그의 패기만만한 기세를 살피며 말했다.

"거기 가서는 엄마가 알아서 할 게다. 도수는 무조건 엄마를 보필하는 것이 임무다."

도수는 임무가 가소로운 듯 한숨이 삐져나왔다.

"어휴, 겨우 그거예요?"

선부른 젊은 혈기는 때때로 위기를 자초한다. 더욱이 지금은 전란의 와중이 아닌가. 을지는 아들 도수의 성급한 태도를 지적해 주려고 했다. 그러는 차에 천수가 또다시 물어 왔다.

"아버지, 대장장이 인원수만 확보하면 되는 것입니까?"

미심쩍어 묻는 그의 질문에 을지는 두루뭉술하게 답했다.

"그렇다. 아직 작업이 확정된 건 아니지만 서둘러야 할 것이고 최대한도로 많은 무기를 만들어 내야 할 게다."

이때 부모의 눈치를 보며 다소곳하게 앉아 있던 큰딸 수라가 조심스레 물었다.

"그런데 아버지, 제 혼인은 어떻게 치를 거죠?"

히누리가 짐짓 웃어 보이며 을지를 대신해서 대답했다.

"수라야, 걱정하지 않아도 돼. 혼사만큼은 천하의 그 무엇도 거스를 수 없는 부족의 큰 제사이고 잔칫날이란다. 이 엄마가 반드시 챙기마."

"엄마, 알렉산드로스 군대가 소그드(소그디아나)까지 정말로 오긴 올까요?"

거듭되는 수라의 물음에 이번에는 을지가 나서서 말했다.

"아버진 그러리라 생각한다만 확실한 건 아니다. 그놈들의 속을 들여다본 게 아니니까."

그러자 수라는 안달이 나는지 조급하게 말했다.

"그런데, 엄마. 그 사람이 얘기하길, 자기는 군대에 갈지도 모른대요."

히누리는 놀랐다. "그게 무슨 뚱딴지같은 소리냐? 하투르크가 그리 말했다는 얘기야?"

"네, 알렉산드로스가 박트리아를 침략하면 소그드까지 쳐들어올 게 분명하니 그때는 군대에 지원할 수밖에 없다고 하네요."

"누나, 소그드 군대 얘기하는 거야? 거긴 오합지졸이라던데?"

도수가 끼어들자 뒤따라 천수도 가세했다.

"말도 안 되는 소리야. 누나를 어찌 보고 자기 맘대로 그러지?"

히누리는 어처구니없다는 듯 한숨을 내쉬었다.

"휴! 하투르크는 내가 잘 안다. 걔는 무력과는 거리가 먼 아이다. 하프를 켜고 글을 가르치는 아이가 칼을 휘두르겠다니."

하투르크는 예전에 해씨족 아이들을 글방에서 가르칠 때 동갑내기인 수로와 어울리어 공부하던 아이였다. 지금은 경당에서 악기 연주와 소그드(아람) 문자를 가르치는 교사로 있다. 을지는 딸의 판단이 궁금해졌다.

"전쟁이 애들 놀이도 아니고, 절대 안 될 말이다. 그래, 수라 네 생각은 무엇이냐?"

"만약 그 사람이 내 말을 끝내 거절한다면 할 수 없죠."

히누리가 끔쩍 놀라 되물었다. "할 수 없다니?"

"혼사는 없던 일이 되겠죠."

수라는 뽀로통한 얼굴로 대답하곤 자리에서 벌떡 몸을 일으켰다.

식사를 마치고 가족 모두가 밖으로 나왔다. 을지는 사방을 둘러보며 의미심장하게 말했다.

"여기서 바라보면 사방이 트여 있다. 적군의 침입을 멀리서부터 한눈에 포착할 수 있다. 유사시 이곳을 경계 진지와 임시 대피소로 삼으면 좋을 것이다."

이곳에 을지가 지은 통나무집은 히누리의 제안을 받아들여 구들장으로 바닥을 다지고 진흙과 밀짚, 석회를 써서 나무 사이와 외벽을 메웠기에 따뜻하고 튼튼했다. 지붕은 얇은 석판을 기와 방식으로 올리고 석회로 발라 이따금 몰아치는 돌풍과 강우, 폭설을 버텨 냈다. 통나무집 뒤로는 높지 않으나 가파른 산봉우리가 있고 왼편 산등성이 쪽으로 해서 거슬러 올라가면 드넓은 초원이 펼쳐진다. 한쪽으로 내리막길이 꾸불꾸불 굽이져 있고 비탈진 구릉지가 저 아래 평원까지 울퉁불퉁 이어지는 푸른 풀밭의 앞뜰에는 엉겅퀴꽃과 각양각색의 야생초가 미풍에 나풀거리며 꽃향기를 더하고 있다. 오른편으로 백여 보쯤 걷다 보면 비탈이 가팔라지다가 낭떠러지가 나타나고 높진 않으나 험한 절벽 끄트머리 기슭으로 개천이 흐르고 있다.

거기 계곡 아래 개울이 흐르는 버드나무 숲 저편의 드넓은 멧부리 평원은 몇몇 야트막한 동산이 불거졌고 군락을 이룬 귀틀집과 흙벽돌집이 성곽을 형성하듯 빼곡히 모여 있다. 집 주변의 길가로는 키 높은 전나무들이 들어섰으며 마을의 변두리 쪽으로 황토밭과 과수원, 작은 연못이 널브러져 있다. 그러한 평원은 다시 자갈이 굴러다니는 언덕바지로 이어지고 그곳을 거슬러 오르다 보면 가파르게 깎아지른 절벽으로 형성된 바위산이 우뚝 버티고 있다. 그것은 잡초 하나 자랄 수 없고 사람의 접근조차 허락지 않는 높고 거대한 설산을 이루고 있는데, 지대가 높고 비교적 멀리 떨어져 있는 을지의 통나무집에서 바라보기에도 고개를 우러러야 할 정도이다.

바위산은 경외심을 품고 '흰산'이라 이름하지만, 평소에는 흔히 아바이(아버지)산이라 불러 친근감을 드러내었다. 해씨족 사람들에게 있어 흰산은 사시사철 눈이 남아 있어 하얀빛을 고스란히 지닌 신령한 산으로 받들어지고 있다. 바로 그 설산 너머로 병풍처럼 길게 능선을 뻗어가며 끝없이 펼쳐져 있는 또 다른 산과 산들이 겹겹이 보이는데, 그중의 한 산등성이를 1백 리가량 넘어가다 보면 나타나는 고원 지대에 바로 진조선 사람들이 이주하여 집단을 이루고 사는 '부여고을(부여군)'이 자리하고 있다.

부족장이 관장하는 관사 뒤편에 삼십 보 간격을 두고 사당이 자리 잡고 있다. 그 주변으로 사람들이 북적인다. 한낮에 열릴 부족 회의를 준비하느라 다들 바쁘게 움직이고 있다.

을지는 길을 떠나는 히누리와 도수를 동구 밖까지 배웅했다. 근처에 흐르는 실개울이 맑은 물소리를 내고 흐드러진 하얀 눈풀꽃이 꽃대 끝에 매달려 실바람에 하늘거린다. 을지는 말에서 내려 히누리가 탄 흑마의 콧잔등을 쓰다듬었다. 말을 다독여 기운을 불어넣으려는 것이다. 아버지를 빼닮은 건장한 체구의 아들 도수도 말에서 내려 애마의 목덜미를 감싸고 어루만지는데 히누리는 말에서 내리지 않는다. 을지는 안장으로 사용하는 카펫을 매만졌다.

"그새 낡았네. 돌아오면 두툼한 걸로 바꿔야겠어."

스키타이 족속은 유목에 필요한 이동 수단으로 말을 사용했고 하체의 압박과 마찰을 덜기 위해 가죽 장화와 바지, 그리고 말 등에는 카펫을 깔았다.

을지는 말에서 물러서며 히누리를 바라보았다.

"조심해서 다녀오시오."

"지척인데 별일 있겠어요. 애들 데리고 곧장 돌아올게요. 무엇보다 이번 부족 회의에서 어떤 얘기가 오갈지 그게 가장 궁금하답니다."

"해결책이 보이지 않는데 그저 불평만을 들먹이면 곤란하겠지요."

"회의 자체가 유명무실하다는 얘기가 있던데, 결국엔 부족장 의도대로 움직이더라고 하네요."

"부족의 대표가 아니라 왕처럼 군다는 지적도 있습니다. 대외적으로야 왕국을 표방해도 괜찮겠지마는…. 아무튼 나는 지켜만 볼 생각입니다."

"잘 생각하셨어요. 괜히 타인의 표적이 될 필요 없습니다."

흑마가 푸르르 입술을 떨며 한차례 몸통을 치켜든다.

"이 녀석이 있는 데서 얘길 꺼내 좀 그렇긴 한데, 가거든 잊지 말고 부여 말을 알아봐 주세요. 몇 마리나 구할 수 있는지 말이오."

히누리는 느닷없는 그의 주문에 의아한 기색을 띠었다.

"갑자기 그건 왜요?"

"이동하는 데엔 큰 덩치의 말보다 부여 말이 나을 것 같아서 그래요. 순하고 지구력도 뛰어나다고 그러니까."

미심쩍은 남편의 행동에 히누리는 문득 한 생각이 떠올랐다.

"참! 그리고 을지 당신. 아까 천수에게 건넨 대장장이 얘기. 우리 가족의 계획과는 무관한 일이라고 생각해도 되겠지요?"

"그렇다오. 부족 회의가 끝나면 뭣이 됐든 주문이 들어올 게 틀림없어요. 그러니 미리 준비해 두라는 얘기였어요, 허허허!"

을지가 헛되이 소리 내어 웃자, 히누리는 살짝 머리를 갸웃거렸다. 뒷말을 얼버무리려고 저러는 게 아닌가 하는 의구심이 든 것이다.

천수는 아버지의 대장간과 대장장이 기술을 이어받아 칼 종류와 화살촉, 투구, 갑옷 등 전쟁에 쓸 무기를 제조하는 일을 주로 하고 있다. 여러 종류의 철제 무기를 소량으로 만들어 내기 때문에 이렇게 만들어진 무기들은 틈틈이 알타이족 등의 북방 기마 족속에게 팔려 나갔다. 그들 중에 특히 알타이족은 직접 철광석과 금광석을 수레에 싣고 찾아와 물물교환 방식으로 거래하면서 제련 작업에도 참여했다. 부족한 원석을 제때 공급받기 위한 궁여지책으로 을지가 제안하여 이루어진 공동 작업이다. 이 작업을 통해 알타이족은 철제 무기의 가공 기술을 이어받고 있었다.

히누리는 을지의 주문이 그것들과 연계된 작업으로 생각하기로 했다. 을지를 전적으로 믿을 수밖에 없다. 쓰라린 기억은 신불사와의 갈등만으로 끝맺음이 되어야 한다. 의지의 번복은 없다.

"아버지, 다녀오겠습니다."

해도수가 아버지에게 넙죽 큰절을 드린 뒤 성큼 말에 올라 고삐를 잡아챘다. 히누리는 짐짓 입술을 악물며 엄포를 놓았다.

"딴맘 먹으면 가만 안 둬요, 아시겠죠? 얼른 다녀올게요."

그러고는 서둘러 말고삐를 돌렸다. "이라!" 두 사람은 말 옆구리를 보채며 달려 나갔고 이윽고 시야에서 멀어져 갔다. 을지는 마치 먼 길을 떠나보내는 사람인 양 그들을 멀거니 바라보다가 천천히 말에 올랐다.

저편 푸른 하늘에 양떼구름이 둥실 떠 있다.

을지는 대상으로 지내던 시절에 함께했던 마을의 조카를 찾았다.

"아니 아재! 하하, 마침 잘 오셨어요. 제가 최근에 만든 신궁을 한

번 보실래요?"

옛적에 자기 불찰로 잃어버린 조카 이사의 친구인 묘아리다. 그는 활과 화살대를 만드는 공방을 운영하고 있다.

"자네야 늘 신궁이라 말하지. 잘 지냈나?"

"그럼요. 다 아재 덕분입니다."

묘아리는 정말로 자랑하고 싶은 듯 옆방으로 들어가더니 적당한 크기의 활을 하나 꺼내 왔다. 그 활시위를 힘껏 당겨보고는 을지에게 건넨다.

"한번 당겨보세요. 이것은 무턱대고 쏠 수 있는 활이 아닙니다."

받아 든 을지가 활시위를 당겨보는데 예사로운 활이 아닌 듯 당긴 손이 부르르 떨리기까지 한다.

"흠, 이것 제법 요물이겠는데? 수련 없이 감당하기 힘들겠어. 대체 누가 쏠 거라고 만든 거냐?"

"임자가 나타나면 양보할 것이고 아니면 제가 쏘려고요. 명중률도 그렇고 사거리가 가히 압도적이죠."

"활의 장력이 엄청나군. 대체 무엇으로 만든 거지?"

"가문의 비밀이긴 한데요. 머, 슬쩍 귀띔하자면 물소 뿔이 대충 들어갑니다. 하하."

묘아리는 말하면서 의기양양한 표정을 지었다.

"물소 뿔? 흠, 언젠가 얼핏 주워들은 적이 있다네. 그래도 아무나 만들어 내진 못하겠지. 아무튼 대견하구먼. 그건 그렇고 자네 친구들도 다들 평안하신가? 거 누구더라, 두마 마을에서 대장간을 한다는 친구. 무악이라 했던가?"

"아, 걔는 미늘 갑옷이나 천막 같은 가죽을 다루는 친구이고 파미솔나가 주로 청동이나 쇠로 된 농기구와 생활 도구를 만들고 있죠."

을지는 고개를 끄덕였다. "그렇군."

"아재, 게네들이 필요하신가요? 부를까요?"

"아니 괜찮아. 작업장도 볼 겸 내가 직접 가지. 어때, 그동안 활은 많이 만들어 놨는가?"

"말도 맙쇼, 빌어먹을 것이! 암만 페르시아가 난리라 해도 여기까지 와서 찾진 않네요. 재고 땜에 들고 나가서 팔아야 하나 어쩌나 그러고 있습니다."

"팔지 말고 그대로 놔두게. 내가 전량 사들이겠네. 많을수록 좋아."

호기로운 을지의 주문에 금세 묘아리의 표정이 밝아졌다.

"아재는 팔 데가 많은가 봅니다. 확실히 발이 넓으세요."

"그건 그렇고, 자네 무술 연마는 어떻게 하고 있나?"

"어휴 아재, 제 나이 어느덧 마흔을 넘겼습니다. 근데 이 나이에 무술이라니요. 하하."

있는 그대로 고한 것이었지만 을지의 낯빛이 어두워지는 것을 본 그는 곧바로 고쳐 말했다.

"아뇨, 그것보단 뭐 일도 있었고…. 하하, 사실 게을러터져 손 놨다가 다시 슬슬 몸 풀고 있습니다. 시절이 흉흉하기도 해서 말이죠."

"잘했네. 뭣보다 말을 탄 상태서 활쏘기에 익숙하게끔 수련해야 하네. 젊은이들도 그런 궁술을 하루속히 배워야 할 텐데."

을지의 충고에 지금껏 무사 안일한 태도를 보이던 묘아리가 긴장한 듯 몸을 추스른다. 이 말의 뜻은 적과의 충돌이 있을 것이고 정면 승부가 아닌 유격전을 염두에 둬야 한다는 얘기가 아니겠는가. 그것은 상대가 대적하기 어려운 강적이라는 소리다.

을지 아재가, 히타이트의 후손이 그런 나약한 말을 꺼낸 것에 대해 묘아리는 실망보다 공포가 컸다.

"아재, 그럴 정도로 심각한가요? 헛소문에 불과한 게 아니군요."

"그렇다네. 머지않아 오시 연합군은, 아니 우리 해씨족이 먼저 히타이트의 깃발을 내걸고 자네들을 부를지 모르네. 자네들이 청년들을 지휘해야 할 날이 올지도 모른다네."

"네, 그렇군요. …아재, 그렇지만 전에 한번 연습해 보니 달릴 때 활쏘기는커녕 기마한 상태에서조차 정말 어렵더라고요. 저도 겨우 대충 쏘는 정도이고 애들은 아직 어림도 없습니다."

사실 그랬다. 기마 궁술은 을지도 예전에 아내에게 배워서 간신히 익힌 무술이다. 그마저도 조랑말과 혼연일체가 되고 가죽 바지에 장화를 신고 허벅지 근육의 힘이 강해야 어느 정도 조준이 가능했다. 그런 까닭에 조랑말보다 약간 큰 덩치에다 부리기가 순하다는 부여말을 떠올렸고 아내에게 부탁한 것이다. 앞날이 어떻게 전개될지 그 누구도 알지 못하니까.

외세와 동떨어져 있고 폐쇄적인 지형 지세로 해서 오랜 세월에 걸쳐 평화를 유지할 수 있었던 해씨족은 알렉산드로스의 정복 전쟁으로 인해 새로운 국면에 접어들게 되었다. 드디어 선조 히타이트의 용맹심을, 케케묵은 가죽 갑옷의 먼지를 털어내듯 끄집어내어야 하는 막다른 길에 들어서기 시작한 것이다.

이제 누가 막을 것인가. 히타이트의 분노와 투쟁심이 용솟음쳐 불끈 도드라질 근육과 힘줄로 맘껏 활시위를 당긴다 한들, 그 누가 제지할 수 있겠는가. 한껏 저항하는 말의 등에 올라 서슬 퍼런 칼을 드높이 치켜들고서, 적들을 향해 폭풍 질주하여 초원의 땅거죽을 도려내고 허공을 갈가리 찢으며 폭풍을 헤쳐 나가 야생마의 갈기를 휘날릴 때, 붉은 대지에 나뒹구는 핏덩어리를 저주하면서 그어느 누가 원망의 절규를 내지를 수 있겠는가. 용맹한 히타이트 전사들을 향해….

3
히타이트의 갑옷은 먼지에 덮인 채로

을지는 묘아리와 헤어진 뒤 조카 친구였던 무악과 파미솔나를 차례로 만났다. 그들이 만드는 물품들을 일일이 확인한 뒤 전쟁 물자로의 생산 전환을 요청했고 그것들의 구매를 약속했다. 을지는 물자를 확보하여 전장에 투입하려는 게 분명했다. 장삿속이든 부족을 위한 대비책이든 적어도 상인의 기질이 꿈틀대고 있는 것만큼은 확실했다.

을지는 한낮을 훌쩍 넘겨서야 사당 앞마당에 도착할 수 있었다.

여러 채의 귀틀집이 겹겹이 둘러싸고 있어 미로의 형태를 띤 사당은 새로이 건축한 흙벽돌의 부족장 관사와 달리 옛 모습 그대로를 간직하고 있었다. 야트막한 언덕의 기슭에 드리운 사당 주변으로 설산에서 비롯한 맑고 차가운 실개천이 흘러가고 키 작은 나무들이 빽빽이 들어차 있다.

사당 입구에는 양편으로 나란히 엎드린 돌짐승이 고개를 쳐들고 정면을 향해 포효한다. 마치 사악한 외세의 침입과 악령을 막아내고 물리치겠다는 의지의 형상을 하고 있는데, 부족 사람들도 그런 영험이 있을 거라 믿고 있다. 뿔과 사나운 이빨을 드러낸 사자와 도깨비가 뒤섞여 닮은 짐승. 부족 사람들은 궁전이나 신전 앞에 배치하는 이 짐승을 해치(혹은 해태)라 부르며 해씨족과 오랜 세월을 함께한 영물로 신성시했다.

재작년까지만 해도 이곳 귀틀집은 천신을 섬기는 사당과 관청의 기능을 겸하는 관사가 결합하여 있었다. 그러다가 종교와 정치가 분리되고 새로 건물을 지으면서 부족장의 관사가 떨어져 나가고 이곳은 제사장이 제사를 드리고 혼례 치르는 고유의 신전으로 남게 되었다.

그러니까 20년 전, 반강제로 납치되어 온 히누리가 바로 이곳에서 을지와 생각지도 못한 혼례를 치른 적이 있었다. 기억의 그곳.

귀틀집 뒷마당에는 북과 방울을 달아맨 고목이 세월의 풍파를 견딘 것에 감사하듯 하늘을 우러르고 그 아래에 치성의 돌무더기 제단이 있다. 이곳은 누구라도 자유로이 들러 돌멩이를 얹고 술이나 냉수를 뿌린다. 그리고 마음속에 담아둔 정성의 기도를 드릴 수 있는 지성소이다.

사당에서는 하늘에 바치는 제사가 끝나가고 있었다.

부족의 사제가 주관해서 치르는 제사에는 부족장 등, 부족의 중요한 인물들이 반드시 참석해야 했다. 그러나 누구도 을지의 불참에 관심을 두는 자가 없었다. 사실 을지는 해씨족은 물론이고 말굴 마을에서도 주목받는 인물이 아니었다. 급작스러운 부모의 사망으로 고아가 된 그는 열 살가량의 어린 시절부터 마흔 중반에 이를 때까지 고향에 진득이 눌러앉은 적이 없었다. 용병과 상인의 삶을 번갈아 가며 살았고 그런 까닭에 부족을 상대로 자신의 입지를 구축할 여지가 없었다. 그런 을지도 부족 회의에는 참석할 수 있었다. 오십을 넘긴 남자는 원로의 자격이 주어지며 모든 중요한 의결 사항에 투표권을 가졌다. 한편으로 을지 자신 스스로가 권력 지향을 싫어했다. 어려서부터 지금까지 오랜 세월을 뭇사람들과 뒤엉켜 살아온 까닭에 노후만이라도 고적한 초원에서 은둔의 시절을 만끽하고 싶었다.

을지는 사당이 비좁아 앞마당의 양탄자 자리에 무릎 꿇고 자리한 사람들 틈에 끼어들었다. 그리고 활짝 열린 문짝 넘어 마루에서 진행되는 제례 의식을 지켜보았다. 소머리를 올린 제사상 너머로 건너편 문짝이 열려 있고 어떠한 신상도 없는 허공이다. 청동 향로에서 피어오르는 하얀 연기가 하늘거리며 천장으로 날아오른다. 제사상 앞에 무릎 꿇고 앉아 주문을 외는 사제 아물의 방울 소리와 작은 북을 두들기는 젊은 보좌 사제들의 신명이 따사한 뜨락의 햇살을 받아 열기로 후끈거린다. 끝이 뾰족하게 올라간 고깔모자를 쓰고 모시 저고리에 모시 바지를 입고 버선발에 모시 두루마기를 걸친 그들의 예복은 모두 흰색이다. 반면에 사제들과 부족장을 제외한 일반 대중들은 삼베나 아마포, 가죽옷 등 평상복 차림의 옷가지를 입었고, 이렇듯 구색을 갖추지 않아도 제사에 참여할 수 있었다.

제사가 막바지에 다다를 즈음 을지 옆으로 한 사내가 다가왔다.

"역시 을지 형님이 맞는군요."

"이게 누구야? 바투치 아닌가!"

"맞습죠. 천하의 말몰이꾼, 바투치가 돌아왔습죠."

그는 야생마 조련에 뛰어난 솜씨를 발휘한 자였다. 그러다가 몇 해 전부터 페르시아 제국을 두루 다니며 군마를 조련하는 일을 했고, 급기야 적군과의 전투 끝에 전사했다는 소문이 부족민 사이에 나돌았던 인물이다. 그러한 그가 멀쩡하게 을지의 눈앞에 나타난 것이다.

"대체 어떻게 된 일인가?"

을지는 사내를 데리고 군중 뒤편의 전나무 그늘 속으로 물러났다.

"다들 자네가 죽었을 거라고 떠들어 댔는데 그게 아니었군. 살아 돌아와서 반갑네그려."

"말 마십죠. 뭐 죽다 살아난 거나 마찬가지였죠."

"자네의 무용담이 정말 궁금하다네. 아쉽게도 나는 부족 회의에 곧 들어가 봐야 해."

을지는 괜히 마음이 바빠졌다.

"아무튼 끝나고 아무 때나 내게 무용담을 들려주게나. 말술이라도 있어야겠지? 어디 한번 골방에 퍼질러 앉아 보자고."

그 말에 바투치가 배시시 웃는다.

"을지 형님, 제가 지금 그 무용담 때문에 여기 온 겁니다. 회의 중간에 전투 현장의 증거인으로 나서 달라고 하네요."

"그래?" 을지는 의구심이 짙게 들었다.

"…대체 무슨 증언을 원한다는 것이지?"

"글쎄요. 자세한 건 모르겠고 제가 피 마르도록 싸웠던 전투 상황을 알고 싶어 하는 게 아닐까요?"

"흠, 그거야 그렇겠네만."

을지는 잠시 생각에 잠겼다.

'…그래서 알아내어서 어떻게 하겠다는 것일까?'

외부에서 바라보이는 관사는 대략 네모진 형태를 취하고 있지만 실내의 회의장은 원탁이 연상될 정도로 원형의 공간이다. 높낮이가 없는 바닥에 두꺼운 양탄자가 깔려 있고 왕좌가 있는 부족장 외의 모든 참석자는 아무 데나 앉는 방식이다. 부족장과 열두 명의 참모진은 회의 진행의 편의상 한곳에 모여 앉았다. 을지는 이번에 처음으로 부족 회의에 참석했다. 원로 소집이 몇 차례 있었으나 그때는 참석하지 않았다. 을지가 보기에 사소한 안건이었고 따로 피력할 의견이 없기도 했다.

참석한 인원이 생각보다 많지 않았다. 그것마저도 회의가 진행될수록 숫자가 줄어들 게 뻔하다. 들리는 얘기로는 본인 의사에 따라 퇴장할 수가 있어서 원로들은 부족장과 참모들의 판단에 맡긴다는 둥, 여러 핑계를 대며 한둘씩 자리를 빠져나간다고 했다.

원로들은 대개 정치에 관심이 없다. 젊어서 용병과 카라반 등의 일선으로 뛰쳐나간 자들은 일찌거니 비명횡사했고, 아니면 낙마 등의 사고나 권력 다툼에 의한 의문의 죽음, 그리고 갖은 질병으로 다들 죽어 갔다. 그럼에도 여태껏 몸 성히 살아남은 이들은 대부분이 목가적 삶을 꾸려온 자들이다. 이러니 평소 정치에 관심 없었던 자들이 나이를 먹었다고 해서 불현듯 의욕이 생겨날 이유가 없는 것이다. 게다가 투표할 안건을 매듭짓지 못할 때는 사흘 밤낮을 꼼짝없이 갇혀 지내야 한다. 그러하니 지리멸렬한 회의에 열심을 낼 마음이 생기지 않을뿐더러 체력에도 한계가 있는 것이다.

그러나 을지는 이번 부족 회의만큼은 다를 거라는 기대를 했다. 전쟁과 관련된 시국의 문제이니만큼 모두가 진지한 의견을 제시할 것이라 봤다. 실상 선조 대대로 이어져 온 부족 전체의 운명이 걸린 중차대한 문제가 아니던가.

회의장의 한쪽 편에 화로와 석쇠가 놓여 있다. 그 주변의 탁자에는 물, 포도주, 말술 등의 음료. 대추야자, 아몬드, 포도, 살구 등의 과일. 그리고 초벌구이를 해둔 고기 종류. 이러한 먹을거리가 바구니와 질그릇, 항아리 등에 담겨 있다. 그것은 회의 중이라도 출출하면 언제든지 먹고 마실 수가 있다. 회의가 끝날 무렵에는 사제가 나서서 환각작용이 있는 삼의 줄기를, 때로는 건조한 양귀비의 열매 유액이나 뿌리, 잎을 별도로 제공한다. 회의에 참석한 원로들은 이것을 섭취하거나 숯불에 태운 연기를 흡입함으로써 그간에 쌓인 긴장과 피로를 풀었다.

부족 회의는 외무 담당의 마라치가 진행했다. 그는 옛적 히타이트 시대에 쓰였던 설형 문자의 문헌을 독해할 줄 알고 각 종족의 언어와 문자에도 능숙했다. 지금은 해씨족도 인근 소그디아나 상인들과의 교류로 시리아 지역의 아람 문자를 빌린 소그드 문자를 다들 사용하고 있다. 마라치가 인원을 파악한 결과 총 35명이 출석했고 투표권을 가진 부족민은 17명이었다. 투표권의 행사는 해씨족의 원로는 물론이고 나이와 상관없이 부족장과 사제, 그리고 두 마을의 촌장에게는 해당하나 12명의 참모와 3명의 보좌 사제는 무조건 제외된다. 물론 참고인으로 출석한 자들도 제외된다.

인원 파악이 끝난 뒤 부족장 우수크는 지팡이를 짚고 왕좌에서 몸을 일으켰다. 아직 기력이 회복되지 않아 비틀거리긴 했으나 어제보다는 비교적 꼿꼿한 자세를 취했다. 그는 부족 회의의 개회를 선언했다. 그러고는 거두절미하고 곧바로 본 안건으로 들어갔다.

"어제는 우리 부족의 아바이산이자 신령한 산인 흰산에 돌풍이 불고 눈사태가 쏟아지는 불미스러운 일이 일어났었소. 이러한 자연의 징조는 외세의 침략에 대해 경각심을 주고자 내린 천신의 충고인지라 오늘 원로들이 모인 회의를 긴급히 열게 된 것이오. 그런데 이를 심히 왜곡하려는 일부 무리가 있다고 하니 그저 개탄을 금치 못할 따름이오. 에, 각설하고 이번 부족 회의에는 두 가지 안건이 올라왔소이다. 하나는, 페르시아로 쳐들어온 마케도니아 군대에 대한 우리의 의견을 묻는 것이오. 다른 하나는, 이런 중차대한 시국에 노쇠한 부족장을 교체해야 합당하지 않겠느냐 하는 의견이올시다. 이 중에 부족장 교체의 안건은 지금 바로 결정을 내릴 수 있는 간단한 문제이니만큼 토론 없이 먼저 투표에 들어가려고 하오만. 이의 없겠지요?"

"네, 이의 없습니다." 사제의 즉각적인 동의 발언이 있자 몇몇 원로들도 찬동했고, 이에 생각난 듯 부족장이 말을 덧붙였다.

"아참, 참고로 드리는 말씀이오만 이미 전쟁은 터졌고 눈앞까지 적이 들이닥친 상황에서 더욱이나 혼란을 부추길 얼토당토않은 부족장의 교체 얘기가 지금 타당하겠느냐는 것이오. 내가 요즘 들어 몸살에다 다리가 불편해서 지팡이를 짚고 있긴 해도 아직까진 현명한 판단을 내릴 수 있는 올바른 정신을 지니고 있소이다. 자, 원로 여러분께서는 지금 즉시 결정해 주셨으면 하오."

외무 담당인 마라치가 벌떡 일어나 서둘러 투표를 진행했다.

"부족장의 교체를 원하시는 원로분께서는 손을 들어 주십시오."

투표가 일사천리로 진행되었고 거수한 원로는 아무도 없었다. 이것이 당연하다는 듯 부족장 우수크는 미소를 머금었다. 사실 그는 오늘이 아니더라도 수시로 자신에 대한 신임 문제를 원로들에게 묻곤 했다. 그것은 자기에게 불만을 품은 자들을 향한 경고처럼 여겨질 만했다. 누가 불신임을 요구했는지는 밝히지 않은 채로.

속전속결로 부족장의 재신임이 확정되었다. 우수크는 원로들을 향해 고개 숙여 경의를 드러내었다.

"원로 여러분의 현명한 결정에 대해 막중한 책임감을 느낀다오. 앞으로도 정성과 최선을 다해 부족을 이끌겠소이다. 우리 해씨족 전체 부족민의 단결과 안녕을 위해 따로 날짜를 잡아 잔치를 열도록 하겠소. 에, 그러면 지금부터는…"

문득 발언을 중단한 우수크는 푹신한 융단이 놓여 있는 왕좌에 가만가만 주저앉은 뒤 가볍게 한숨을 내쉬며 발언을 이어 나갔다.

"휴! 그러니까 에, 여기서 시국이 시국이니만큼 곧바로 중요 안건으로 넘어가겠소이다. 원로 여러분께서도 아시다시피 헬라 족속이 산다는 땅, 그곳의 마케도니아라는 나라에서 알렉산드로스라는 왕이 나타났고, 지금에 이르러 직접 군대를 이끌고 페르시아 제국으로 쳐들어왔다고 하오. 이미 시리아 지역과 가나안(페니키아), 그리고 빌어먹을 이집트(애굽)를 점령했고 한발 더 나아가 바빌론뿐만 아니라 페르시아 본토까지 치고 들어와 페르세폴리스까지 손아귀에 넣었다는 소식이오."

아이고! 그 말에 모두가 탄식의 소리를 내지른다.

"그럼, 거기서 전쟁을 끝내느냐 하면 그렇지 않다는 소문까지 떠돌고 있어 그게 문제이오."

계속되는 탄성과 함께 무심코 듣고 있던 원로 중 일부가 수군거린다. 대제국의 4대 수도 중에 중심지인 페르세폴리스가 점령당했다는 사실을 모르고 있었던 듯하다. 또한 전쟁이 앞으로도 지속될지 모른다는 얘기를 듣고는 당혹해하는 낯빛을 감추지 못한다. 을지는 이미 예상한 상황이라는 듯 가부좌를 튼 자세로 묵묵히 경청하고 있었다.

"아 물론 페르세폴리스 함락 이후 알렉산드로스는 아직 그곳에 머물러 있다고 하니 아직은 확실치 않은 소문이긴 하오. 아무튼 소문의 진위에 대해서는 직접 전쟁터에서 전투를 치르고 돌아온 증인 세 분을 모셨으니 이따가 그분들의 증언을 청취하도록 시간을 내겠소이다. 에, 그에 앞서 이번 회의에서 우리가 결정해야 할 요점이 무엇인지를 우리 외무대신이 발표할 것이오."

부족장이 호명하자 마라치가 몸을 일으켰다.

"부족장님을 대신해서 이번 안건에 대해 제가 세 가지로 압축해서 말씀드리겠습니다. 다른 게 아니라 이번 마케도니아와 페르시아 간의 전쟁에 있어 우리의 의견을 정리하자는 것인데 그것은 이번 전쟁에 우리 해치 왕국이 참전하느냐, 물자만을 지원하느냐, 중립을 지키느냐. 바로 이 셋 중의 하나를 선택해야 하는 것입니다. 그런데 생각보다 전쟁이 매우 다급하게 돌아가는 것 같습니다. 그러니 이 세 가지 방안을 놓고 원로 여러분께서는 되도록 신속히 결정을 내려 주셔야만 다음 단계로써 구체적인 대책을 세울 수가 있겠고, 아울러 곧 있을 오시 연합 회의에 출석해서도 우리가 결정한 사항을 가지고 협의에 나설 수가 있겠습니다. 에, 그리고 이 자리에는 증거인 세 분뿐만 아니라 특별히 박트리아 왕국에서 사절단을 보내왔는데 그중에 대표자께서 직접 이 자리에 참석하셨습니다. 그분이 이번 전쟁의 상황에 대해 자세히 파악하고 있다고 하시니 증언에 앞서 사절단 대표자를 이 자리에 모셔서 이번 전쟁의 대략적인 윤곽을 먼저 짚어보는 게 어떻겠습니까?"

이때 한 원로가 불만 섞인 표정으로 날 선 질문을 던졌다. 그는 파라마누이며 안골 마을의 촌장이다.

"알렉산드로스는 다리우스 3세와 한판 붙는 게 아니었소? 우리랑 무슨 상관이지요?"

주위가 술렁거렸다. 이에 파라마누를 지원하려는 듯 몇몇 원로가 가세했다.

"들리는 말에 의하면 다리우스 왕은 알렉산드로스 군대에 패해 도망쳤다고 하던데 그런 나약한 왕을, 그것도 타국의 왕을 우리가 지원할 이유가 없잖소?"

자유를 추구하는 해씨족은 타 종족을 굴복시켜 휘하에 두려는 페르시아 제국을 싫어한다. 그중에는 페르시아도 싫지만, 외세와 결탁하거나 복종하여 권력을 유지하려는 집단, 이를테면 박트리아의 호족들과 같은 집권 세력을 경멸하는 부류가 있다. 대부분이 안골 마을에 거주하는 그들은 오로지 히타이트의 영광과 부흥을 노래하는 겨레 중심의 세력으로서 이 자리의 파라마누도 그중의 한 사람이다. 그는 비교적 나이도 젊은 사십 대라 정치적 야심까지 품고 있는 촌장이다. 을지 자신도 어찌 보면 그들과 유사한 사상을 지녔다고 볼 수 있겠다. 그러나 정치에는 아예 관심이 없었던 만큼 그들과 친분을 맺을 기회도, 그럴 생각도 없었다.

회의가 산만해지자 이대로 두고 볼 수 없어 부족장이 나섰다.

"잠시 조용히 해주시오. 내가 아는 바로는 그럼 이것으로 전쟁이 끝나냐. 다리우스를 죽이거나 생포하고 나면 순순히 물러가느냐 하면 그렇지 않소. 곧 있을 메디아 정복은 물론이고 마르기아나와 아리아, 심지어 박트리아와 소그드까지 넘보는 중이라고 하오. 이 말을 전하는 이 순간에 어쩌면 새로이 진군을 시작했을지도 모르오. 모조리 파괴하기 위해서 말이오."

부족장은 파라마누의 발언으로 원로들이 안일에 빠지는 것을 경계했다. 그래서 마치 전쟁의 먹구름이 이곳까지 다다를 것처럼 무심코 발언의 수위를 높였다. 그가 어떻게 알렉산드로스의 속마음에 품은 야망까지를 알겠는가. 그런데 넘겨짚기식으로 막연하게 발언한 이것이 실제로 알렉산드로스의 야망이었고, 그렇게 움직이고 있었다.

페르세폴리스에서 4개월가량을 유유자적하며 보낸 알렉산드로스는 새로운 출정에 나서기에 앞서 궁중 파티를 거창하게 열고는 부하들과 흥청거렸다. 악사들은 반나체로 하프를 켜고 플루트를 불어 대었고 향유를 바른 무희들의 흐늘거리는 육체가 불빛을 받아 번들거렸다. 그때 술자리에서 아테네의 창녀 타이스가 만취한 알렉산드로스를 부추겨 그의 질투심에 불을 지폈고, 극도로 흥분한 알렉산드로스는 닥치는 대로 기름을 붓고 횃불을 마구 집어던졌다. 점점 격렬해지는 플루트와 하프, 타악기의 리듬에 맞춰 광란의 춤을 추는 무희들은 자지러지는 웃음소리를 터뜨렸다. 불은 삽시간에 수려하고 웅장한 궁전을 무너뜨렸고 궁전 안의 휘황찬란한 집기와 예술품과 수많은 문헌을 불살랐다. 그리하여 위대한 문명의 기억과 향기가 단숨에 잿더미가 되어 몇 개의 기둥과 조각품만을 남긴 채 흔적도 없이 허공으로 산산이 흩어졌다.

이것이 불과 며칠 전에 일어난 사건이라서 아직 전해 듣지 못했을 부족장으로서는 괜히 원로들을 으르는 발언이라 할 수 있었다. 만약 이 사실을 즉시 알았고 원로들에게 보고했다면 부족 회의는 처음부터 다른 관점에서 다뤄졌을지도 모른다. 그럼에도 다행이라 할 수 있는 점은 이러한 알렉산드로스의 광기가 증언에 나서는 사람들에 의해 밝혀질 게 분명하다는 것이었다.

아무튼 효과는 대단했다. 원로들은 새삼 긴장한 듯 자세를 추스르며 회의에 집중하려고 했다. 이를 눈치챈 부족장은 약삭빠르게 더욱더 위기감을 조성했다.

"에 흠, 게다가 더욱 심각한 것이, 놈들은 눈에 띄는 모든 족속이 눈꼴사나운지 우리와 인접한 소그드는 물론이고 이곳 오시 연합체마저 집어삼키려 한다는 소문이오. 그리되면 길목에 자리한 우리 해치 왕국부터 쳐들어올 게 분명하고 필시 우리 형제와 자녀들을 해치려 들 것이오."

우수크는 일부러 해씨(해치) 부족이 하나의 왕국임을 강조했다. 아무래도 박트리아 사절단을 의식하는 듯했다. 부족장이 연설하는 중에 바투치가 목침을 옮긴다. 을지 쪽으로 슬쩍 기대며 가만히 속삭였다.

"아무래도 냄새가 나는데 저 말이 사실일까요? 여기까지 쳐들어 올 이유가 없지 않나요?"

"글쎄다. 더 들어봐야 알겠네."

거침없이 내뱉던 부족장의 불길한 발언이 마무리되고 있었다.

"에, 그러니 이런저런 문제에 대해 장로님들께서 현명한 판단을 내려 주실 거라 믿고, 먼저 박트리아 사절단 대표자의 보고를 들은 후에 가차 없는 의견을 나누도록 하겠소이다. 그럼, 지금부터 사절단 대표자를 모시겠소이다."

4
신화적 영웅담에 왜들 열광하는 것인지

부족장 우수크의 발언이 끝난 뒤 사절단 대표가 자리에서 일어섰다. 원로들은 그를 향해 박수를 보냈다.

"저는 갈리아푸스라고 합니다. 바빌로니아 출신으로서 현재 박트리아 왕국의 외교관이며 얼마 전까지만 해도 알렉산드로스 군대와 전투를 치렀던 군인입니다."

평소 화려한 옷차림을 즐기는 페르시아 귀족들과는 달리, 그는 푸른색 튜닉에 은빛 벨트를 차고 양가죽의 긴 겉옷을 걸친 비교적 수수한 차림을 하고 있다. 삼십 대 중반쯤 되어 보이는 그는 올리브색 피부와 검고 깊은 눈에 덥수룩한 수염을 가졌다. 전투복을 착용하지 않았음에도 숱하게 전투를 치러서일까, 번뜩이는 살기가 그의 긴장된 육체에 배어 있는 것 같았다. 원로들은 막상 눈앞에서 일선의 군인을 대하게 되자 막연하게 여겼던 전쟁이 체감되는지 너나없이 수군거렸다. 갈리아푸스는 간략하게 자기소개를 끝낸 뒤 본격적으로 연설을 펼쳤다.

"원로분들 중에는 더러 알렉산드로스가 이곳 오지까지 올 이유가 있겠느냐는 의문을 가지실지도 모릅니다. 그런데 이것을 아서야 합니다. 알렉산드로스가 목표로 하는 것은 역사에 기록될 모든 세계의 정복입니다. 역사 속의 위대한 영웅으로 남으려는 것이지요. 그런 까닭에 눈앞에 보이는 모든 땅과 도시들을 남김없이 침략하려 들게 분명합니다. 이런 마당에 더욱이 불쾌한 것은 오로지 자신의 야망을 성취하기 위해 시작한 더러운 침략 전쟁이 막상 현실과 맞부딪치게 되자 그는 보물과 여자까지를 탐하게 되었다는 사실입니다. 병사들을 먹여 살릴 식량과 물자, 말, 무기, 돈, 심지어 욕정을 해소할 여자들까지 필요해져 닥치는 대로 이곳저곳을 들쑤시고 돌아다니는 작태를 보였고, 그것은 지금도 자행되고 있습니다. 어디든 누구든, 황야의 들개처럼 잔혹한 이빨을 드러내는 병사들의 손아귀에서 벗어날 수가 없게 된 것입니다."

갈리아푸스는 자칫 흥분해지기 쉬운 마음을 추스르고자 했다.

"음, 흠! 제 얘기가 다소 길어질 것 같아 앉아서 보고를 드리도록 하겠습니다."

그는 자리에 앉으며 편안한 자세를 취했다. 그런 뒤 이번 전쟁의 상황을 설명하기 시작했다. 그는 외모가 출중했고 발달한 근육질의 몸매를 지녔으며 연설 또한 유창했다. 군중을 휘어잡을 만한 거침없는 언변과 설득력이 있는 외교관을 파견했다는 사실은, 이번에 어떻게든 해씨족의 원로들을 설득하여 반드시 병력과 물자를 지원받고야 말겠다는 박트리아 측의 의지가 엿보이는 대목이었다.

"전황을 말씀드리기 전에 먼저 우리는 '알렉산드로스'라는 자의 정체를 알아야 합니다. 알렉산드로스가 이끄는 동맹 군대의 요직에는 그의 친구들이 포진하고 있습니다. 그 친구들은 모두 마케도니아 귀족 가문의 자제들로 소년 시절부터 궁정에 자주 출입했고 일부는 아예 체류하기도 했습니다. 자연히 알렉산드로스는 그 소년들과 사귀게 되었지요. 이러한 조치는 왕궁을 중심으로 국정이 돌아가게 하고, 유력한 가문들과 족장들의 이탈과 반란을 막기 위해 볼모로 잡아두는 수법입니다. 몇몇 중요한 친구의 이름을 들자면 이지적인 셀레우코스, 기회에 강하지만 매사 소극적인 프톨레마이오스, 저돌적인 크라테로스, 이성적이고 소신이 뚜렷한 필로타스, 지략을 갖췄으나 동성애가 의심되는 헤파이스티온 등이 있는데 물론 현재 모두가 장군으로 활약 중입니다.

그가 왕자로 있을 때 그의 아버지인 '필리포스 2세' 왕은 주변 국가를 수시로 침략하고 그곳 양민을 노예로 잡아들여 자신의 가문이 운영하는 광산에서 금, 은을 채굴하게 했습니다. 그렇게 재산과 권력을 확장해 나가는 가운데 자신이 누리는 명예와 영광이 제우스를 닮았다며 떠들어 대곤 했습니다. 전투 중에는 성난 숫염소처럼 눈앞에 어른거리는 상대를 향해 마구 돌진했고, 전투가 없을 때는 들소의 체구만큼 엄청나게 많은 술을 마셔 댔습니다. 밤새도록 방탕한 연회를 즐기고 온갖 퇴폐적인 쾌락을 맛보아야 직성이 풀렸다고 합니다. 이러다 보니 그의 어머니인 '올림피아스' 왕비는 칩거하면서 무미건조한 생활을 이어갔고 점차 종교의식에 몰두하는 생활로 변해 갔습니다. 자연히 왕과 왕비는 서로를 찾지 않았고 어쩌다 만나 봤자 아무런 희락도 느낄 수 없었을 것입니다. 왕비는 자신을 등한시하는 왕을 허깨비 보듯 대하면서 냉담하게 굴었다고 합니다.

그럼, 왕비에 대해 알아볼까요. 그녀는 본디부터 남편 못지않은 드센 성격의 소유자였습니다. 국왕이라는 남편의 지위와 바람기를 몹시도 질투했고, 따라서 아들 알렉산드로스가 왕이 되어 자신의 자존감과 권위를 되찾아 주길 갈망하고 있었습니다. 그녀는 왕실에서 여는 올림포스 신들의 종교의식에는 관심을 두지 않았고 오직 디오니소스라는 신만을 섬겼는데, 디오니소스는 인간의 정신에 파고

들어 인간을 변화시키고 거룩하게 이끄는 신령한 힘이 있다고 믿었습니다. 그녀는 밀교에 입문했고 한밤중에 벌어지는 디오니소스 축제에도 참석했다고 합니다. 그곳에서 환각제가 섞인 포도주를 마시고 타악기 소리에 맞춰 춤을 추다가 환각 상태에 빠져 정신을 잃거나 숲속을 내달리곤 했다고 합니다.

그녀는 몽롱한 환각 상태에서 신을 영접하곤 했다는데, 디오니소스 신자들은 디오니소스의 남근상에 담쟁이덩굴과 포도덩굴로 만든 관을 씌운 뒤 포도주로 디오니소스의 거대한 남근을 씻어 낸다고 합니다. 디오니소스 축제가 절정에 이르면 신자들은 디오니소스와 접촉하고 그의 정령을 받아들이기 위해 포도주를 마시고 짐승 같은 성교를 벌이곤 했다고 합니다. 그러고는 광적인 무아의 경지에 빠져들었고 남자들은 그럴 때마다 왕비의 알몸을 음탕한 욕망으로 대했을 것입니다. 왕비는 이처럼 디오니소스 신자들만이 아는 은밀한 장소에서 자신의 욕망을 충족하고 속마음에 묻혀 있던 야만적인 기질을 마음껏 분출했습니다. 제례 의식이 시작되면 가장 적극적이고도 거친 성질들을 아무렇게나 터뜨렸다가, 의식이 끝나면 언제 그랬냐는 듯 평소의 여인네들과 똑같은 생활로 돌아갔던 것입니다.

자, 그럼 이러한 부모들의 피를 물려받은 알렉산드로스의 소년 시절은 어땠을까요? 어느 날 그에게 기숙학교 교사인 레오니다스가 호메로스의 시 '일리아스'를 읽어 주었다고 합니다. 저야 읽을 이유가 없었지만, 왜냐. 우리 이곳 바빌로니아 지역에서 나온 대서사시 '길가메시'라는 위대한 작품이 있는데 그 쓸데없는 아류작을 읽어 대체 무엇을 하겠습니까마는, 그래도 알렉산드로스를 알기 위해 찾아 읽어 보았습니다. 일부 추종하는 사람들의 얘기로는 남자로서 갖추어야 할 명성의 기준과 행동의 규범들이 서사시에 들어 있다고들 하던데, 글쎄요? 뭐 아무튼 친구이자 동성애의 연인 사이이기도 한 헤파이스티온도 알렉산드로스와 함께 호메로스의 시에 감탄하여 두 소년은 넋을 잃고 이야기에 나오는 기상천외한 모험을 머릿속에 그렸다고 합니다. 그 소년들은 세상에서 가장 용맹하다는 남자들과 가장 아름답다고 하는 여자들이 등장하고, 신들마저 편을 갈라 싸웠던 일리아스의 전투를 진지하게 상상했습니다. 마치 상상이 실제 현실로 구현되기라도 할 듯이 말이지요. 그리하여 마침내 알렉산드로스는 자신을 둘러싼 우주와 운명, 그리고 자신이 누군지에 대해 완벽하게 이해를 끝냈다면서 소리 높여 외쳤다고 합니다.

영웅적 행동과 고통에의 인내, 명예와 인간 존중, 그리고 목숨을 바칠만한 희생에 대해서도 배웠다고 하는데, 그것은 분명 타인들이 왕이 될 자기를 향해 바쳐야 할 덕목을 요구한 것일 테지요. 아니, 전투와 살상이 극도로 미화되고 영웅시되는 황당한 설화 세계에 정신이 팔려 횡설수설하는 청년들을 한번 머릿속에 그려보십시오. 과연 그들이 추구할 게 무엇이겠습니까. 대체 무엇을 행동으로 옮기겠습니까. 더욱이 추악한 동성애를 귀족 사회의 규범인 양 허세 떠는 세계에서 보고 배운 청년들이 드디어 절대적 권력을 행사하는 왕과 그 최측근의 장수가 되어서 말이지요.

한편으로 알렉산드로스는 타고난 능력이 있어 배운 것을 응용하고 실행해 나가는 아이였긴 했나 봅니다. 그런데 문제는 마케도니아 사람들은 연회를 벌이면 늘 술과 음식을 지나치게 먹고 그 자리에서 바로 성교하는 등 연회를 난장판으로 만드는 못된 버릇이 있는데 그는 그것마저 배웠던 모양입니다. 이웃인 헬라 족속의 도시 국가 사람들은 그러한 행동을 기괴하고 무절제하다며 심히 비웃었다는데도 말이죠. 그런 와중에도 알렉산드로스는 부왕의 배려로 아리스토텔레스라는 철학자로부터 수학, 정치학, 철학 등 여러 학문을 개인 교습으로 배웠다고는 하는데, 그런 소년들이 정작 놀이할 때는 울타리에 사자를 가둬놓고서 긴 창으로 찔러 죽이는 사냥을 즐기고… 으흠.”

갈리아푸스는 장내 분위기가 묘하게 흐르는 걸 감지하고 연설을 중단했다. 조금 전까지만 해도 원로들은 흡사 야산에서 멧돼지와 정면으로 맞닥뜨린 양 긴장한 모습을 하고 있었다. 그런데 갈리아푸스의 연설이 마치 떠돌이 악사가 촌락마다 다니며 부르는 음담패설 섞인 노래처럼 들렸던 것일까. 원로들은 하나둘씩 포도주를 찾았고 점차 자유로운 자세로 턱을 괴거나 목침에 기댄 모습으로 이야기를 탐닉하고 있었다.

연설이 중단되자 파라마누가 다시 물어왔다.

"말씀 중에 죄송한데, 당신의 연설을 듣기만 해야 합니까? 아니면 연설 중이라도 우리가 질문을 할 수 있는 것입니까?"

"물론 제가 말씀드리는 중에도 궁금한 점이 있으시다면 언제든지 질문하셔도 됩니다."

"그렇다면 제가 질문 하나 하겠습니다. 지금 대표자께서 하시는 말씀이 정말로 사실입니까? 설령 사실이라 할지라도 우리가 알렉산드로스의 가족사와 지저분한 사생활까지 굳이 알아야 할 이유가 있는 것인지요?"

주변의 원로들이 구시렁거렸다.

"이봐, 파라마누. 딱딱한 이야기만 늘어놓자는 거야, 뭐야. 허허!"

"대체 왜 그러나? 사실이라는데 굳이 안 할 이유도 없지 않나."

"거참! 할 짓이 없기로서니 동성애라니 쯧쯧!"

"연설에 리라 연주를 곁들이면 좋았겠는데, 아쉽구먼그래."

박트리아 사절단의 대표자인 갈리아푸스는 뜻밖의 응대에 오히려 난감해했다. 연설의 의도와는 다르게 마케도니아 왕가, 특히 왕비의 음란한 생활에 방점을 찍은 일부 원로들의 비웃음에 당황한 것이다.

"다른 질문은 없으십니까?"

아무런 응대가 없자 갈리아푸스는 벌떡 일어나 탁자로 다가갔다.

분위기를 바꾸려는 조치 같았다. 그는 목이 마르는지 그곳에 놓인 물병을 들어 벌컥벌컥 들이켰다. '음담패설이라니, 이건 또 뭔 소리지?' 원로들의 태도가 기묘하게 흘러가는 바람에 그는 고개를 갸웃하며 혼잣소리로 중얼거렸다.

부족장과 사제는 원로들이 어떤 행동과 발언을 하든지 간에 관여치 않고 침묵을 지켰다. 그때까지 묵묵히 듣고 있던 을지가 꼿꼿이 앉은 자세로 물었다.

"혹시 대표자께서 알고 있다면 적군의 무기 종류와 전술이 어떠하고, 어느 수준의 전투력을 보유하고 있는지를 구체적으로 설명해 주셨으면 합니다."

갈리아푸스는 이 또한 뜻밖이라는 듯 질문을 던진 을지를 눈여겨 바라보았다. 부족장도 새삼 을지의 발언에 주목하여 부근에 있던 외무 담당 마라치를 손짓으로 부른 뒤 무언가 귓속말을 했다. 이윽고 갈리아푸스는 자리로 돌아가 아까와는 달리 똑바로 앉은 자세를 취했다. 그는 전쟁의 참상을 직접 겪지 않은 탓에 강 건너 불구경하듯이 하는 이곳 원로들에게 어떤 얘기를 들려줘야 좋을지 난감해했다.

목청을 가다듬으며 답변을 궁리하는 그때 한 원로가 나서서 말했다. 그는 두마 마을에 거주하는 널리 알려진 재력가로, 일찍이 페르세폴리스에 진출하여 북방과의 중개 무역으로 부를 축적한 사람이었다.

"나는 아란이라는 사람이올시다. 내가 아까 연설 중에 비웃었던 것은 마케도니아 왕가의 어리석음을 질타한 것이었소. 그처럼 음란하고 무절제한 자들이 세상을 정복하겠다고 설쳐 대니 가소롭기가 그지없소이다. 아무리 세상이 타락했기로서니 그따위 가당치 않은 만행을 저지르는 놈들을 하늘의 신께서 가만 내버려 두겠소이까?"

급박하게 돌아가는 전쟁의 판세를 살피지 못한 객기일까. 아니면 태생적으로 지닌 해씨족의 만용인 걸까. 패기만만하기 이를 데 없는 아란이라는 자의 배짱에 갈리아푸스는 언뜻 눈살을 찌푸렸다. 세상 물정 모르는 자들을 상대해야 하는 자신이 일순간 한심스러웠을 것이다. 그러나 그는 외교관의 기지를 발휘하여 고개를 끄덕였다. 마치 수긍한다는 듯이.

"그렇습니다. 당연한 말씀입니다. 아무리 불의가 판을 치더라도 결국은 정의 앞에 무릎을 꿇을 수밖에 없습니다. 역사가 그것을 증명해 줄 것입니다. 정의가 승리하기 위해서, 그 승리를 위해 제가 이 자리에 참석했고 여러분께서 제 연설을 수락해 주신 것입니다."

이 말에 원로들은 뜻밖에도 우렁찬 박수를 보냈다. 속마음으로는 반드시 정의가 승리하여 하루속히 이 전쟁이 끝나기를 모두가 바라는 것이다.

갈리아푸스는 다소 고무된 목소리로 연설을 이어갔다.

"조금 전의 발언은 저 자신이 격앙되어 아르가이 왕가의 음란한 사생활을 잡다하게 나열한 점이 없지 않았습니다. 그럼에도 거듭해서 강조하고 싶었던 이유는, 그가 음란과 살생을 가벼이 여기는 풍토에서 자라났기에 왕이 되고서도 전쟁을 일으키고 직접 전투 일선에 나선 장수가 되어 인간의 생명을 마치 사냥하듯 살상하고 여자와 아이들까지 강간하고 죽이고 노예로 팔아먹고, 휴! 지금도 그런 짓을 자행하고 있는 것입니다. 그럼에도 왕의 주변을 맴돌기 마련인 아첨꾼들은 알렉산드로스의 말과 행동을 우러러 추앙하면서, 이제는 그자를 신의 경지에까지 올려놓았다고 하더군요."

알렉산드로스의 만행이 봇물 터지듯 언급되자 원로들은 낯선 표정을 지었다. 설마하니 일국의 왕이 그럴 리가? 원로들은 연설자가 박트리아 군인이라는 점을 주목했다. 적국의 왕이라 그를 폄훼하는 게 아닐는지 했다.

"아무리 전쟁 중이라 해도 설마 왕이 되어 그런 짓을 하겠소?"

이때 을지 옆에 앉아 한 번씩 너스레를 떨던 바투치가 나섰다.

"그건 제가 증명하겠습니다. 사실입니다."

그러자 모두가 그를 주목했다. 야생마를 쉽사리 길들일 줄 아는 탁월한 솜씨로 각지에 이름을 날렸던 자라 원로들은 모두 바투치를 알고 있었다.

"그게 사실인가? 바투치 자네는 전장에서 직접 전투에 참여했다지?"

"그랬습죠. 저는 이 자리에 증거인으로 출석했습니다."

"그렇담 자네 증언을 들어보면 내막을 자세히 들여다볼 수 있을 것 같군."

이때 박트리아 사절단의 대표자 갈리아푸스가 주위를 환기했다.

"원로 여러분, 저를 주목해 주십시오. 그들이 저지른 전쟁 범죄에 대해서는 증인 분들도 계시니 차차 말씀드릴 것이고 우선, 제가 여러분의 질문에 대한 답변을 올리겠습니다. 제가 지금까지 드린 말씀은 모두 사실이며 앞으로 드릴 이야기도 사실임을 미리 밝힙니다. 물론 제가 직접 목격하고 읽은 것도 있지만 대개는 증언과 회자하는 이야기, 그리고 학자나 서기가 기술한 마케도니아 왕궁 기록물을 보관하는 문서실의 관리에게서 들은 내용을 여러분에게 알려드리는 것입니다. 그래야만 여러분께서 정확한 정보를 가지고 분명하게 판단하여 현명한 결정과 대책을 세울 수 있지 않겠습니까. 이제부터 몇 가지 질문 중에서 어째서 지금까지 얘기한 것들이 사실인지부터 말씀드리겠습니다."

원로들은 갈리아푸스의 연설이 사실인지 아닌지를 어떻게 이 자리에서 오로지 말을 통해 당장에 규명할 수 있다는 것인지, 그것이 궁금해져 잡담을 중단하고 그의 연설에 귀를 기울였다. 갈리아푸스는 원로들에게 자기 연설에 대한 신뢰와 감동을 갖게 하는 게 급선무라고 판단했다. 그래서 그는 자신이 겪은 지난날의 기억을 아주 생생하게 끄집어내려고 애썼다.

"저는 페르시아의 고관들을 모시고 마케도니아를 방문한 적이 있습니다. 저는 그날의 기억을 잊지 못합니다. 그때 당시 저는 스물여섯 살의 나이로 불사조 부대에 근무하고 있었는데 사절단을 호위할 장교를 뽑는다는 말이 있었고 때마침 그중의 한 명으로 제가 선발되었습니다.

어느 날 우리는 고관들을 호위하며 펠라 궁전의 연회장으로 들어섰습니다. 열두 명의 불사조 대원들로 구성된 호위병은 모두가 비슷한 크기의 늠름한 장신이었고 새까맣고 곱슬곱슬한 수염에다 긴 머리카락을 인두로 지져 화려하게 보이도록 다듬었습니다. 그리고 하늘색 아마포 튜닉을 입고 금실로 꿀벌을 수놓은 바지에 발까지 닿는 긴 황금색 겉옷을 걸쳤습니다. 어깨에는 수려한 곡선의 명궁과 여러 은빛 조각의 장식이 박힌 화살집을 메고 석류 모양의 황금 손잡이가 달린 창으로 양탄자가 깔린 바닥을 두드리며 당당하게 걸어갔습니다. 물론 허리에는 루비가 박힌 눈을 가진, 부조된 독수리의 황금 칼집이 허리띠에 매달려 있어 우리 대원들이 위풍당당하게 걸음을 옮길 때마다 황금 단검은 이리저리 흔들리면서 찬란한 금빛을 사방에 퍼뜨리곤 했습니다. 그때 프리기아의 총독이자 사절단의 대표인 아르사메스는 삼중의 관을 쓰고 있었고 꽃무늬의 바지에 은색의 용들을 수놓은 초록색 아마포 겉옷을 입고 산양 가죽으로 만든 신발을 신고 있었습니다. 총독뿐만 아니라 다른 고관들 역시 호화롭고 세련된 옷차림으로 등장했었지요. 이러한 치장은 페르시아 제국의 위용을 드러내어 감히 우리를 대적하지 못하게 하려는 의도였습니다.

환영식이 끝난 뒤 우리는 궁전에서 여러 날을 보냈습니다. 그때 저는 마케도니아 귀족은 물론 각지에서 끌려온 노예들 사이에서 회자하는 궁중의 비사를 들을 수가 있었습니다. 저는 페르시아어뿐만 아니라 헬라어 등 각 나라의 언어에 능통했기 때문에 가능했습니다. 여러분의 언어인 스키타이어도 제가 지금 잘하고 있지 않습니까. 필리포스 왕과 왕비에 관한 이야기를 그들에게서만 들은 게 아니라 궁전의 학자와 서기들이 쓴 기록물을 읽을 기회도 있었고, 거기다가 정적과의 정권 다툼에 밀려 페르시아에서 망명해 온 아르타바주스를 비롯한 몇 명의 페르시아 지도자들도 만났습니다. 물론 그들에게서도 이야기의 진실을 확인할 수 있었습니다."

"오, 그 사람들을 만났다고요? 제거되어 흔적도 없이 사라진 줄 알았더니만."

아르타바주스를 알고 있다는 아란과 몇몇 원로가 놀라워했다.

"저는 마음속으로 그들을 좋게 볼 수만은 없었습니다. 페르시아의 약점을 고해바쳤을지 모르니까요."

갈리아푸스의 강변에 아란 원로가 되물었다.

"그렇다면 그 사람들은 지금 어데서 무엇을 하는지 혹시 아시오?"

"확실치는 않으나 이번 알렉산드로스 군대에 합류하여 페르시아의 지리와 특이한 자연조건 등을 고자질하고, 정복한 지역의 부족들을 회유하는 일에 관여한다는 소문이 있긴 합니다만."

얘기를 듣던 파라마누가 몸을 들썩거렸다.

"놀라운 일이군. 권력 찬탈이라면 모두를 버릴 수 있다는 말인가?"

5
세파에 휩쓸리는 자들의 무기력증

갈리아푸스는 유리한 국면으로 바뀐 분위기를 좀 더 확실히 몰아붙여야 했다. 풍전등화와 같은 박트리아를 지켜 내기 위해서는 스키타이 세력들의 지원이 무엇보다 절실했다.

"그리고 사생활처럼 비칠 가정사 얘기가 필요했던 이유를 말씀드리겠습니다. 저는 그때 당시 젊은 군인이었기 때문에 어린 왕자에 관해 관심이 컸습니다. 비단 호감 때문만이 아니라 잠재된 적국의 왕자였기에 그에 관한 정보를 수집해 뒀다가 추후 필요할 경우 관계 당국에 보고하기 위한 일환으로 뒷조사를 수행했었습니다.

알렉산드로스는 26년 전에 그러한 부모 밑에서 태어났습니다. 물려받은 기질, 놓여 있는 환경, 배웠던 교육의 내용과 과정, 이러한 것들이 알렉산드로스의 성격과 행동을 결정짓는 게 아니겠습니까. 적을 알아야 그것에 대비할 수 있듯이 적군의 장수를 알아야 군대

의 움직임과 운용 방식을 파악할 수 있겠고 그에 맞는 적절한 대응
이 가능하지 않겠는가 하는 것입니다. 실제로 알렉산드로스는 커
갈수록 아버지와 유사한 행동을 많이 드러냈습니다. 아버지처럼 사
나운 공격성을 지닌 데다 화를 못 참고 갑작스럽게 분노를 터뜨리기
도 했습니다. 그리고 어머니의 영향으로 미지의 세계에 대한 충동과
호기심이 남달랐고 신비스러움을 갈망했습니다. 오만의 자존심과
질투심이 남달랐던 점도 어머니를 쏙 빼닮았습니다."

갈리아푸스가 실제로 겪었던 과거 사실을 언급하자 그것이 설득
력 있게 와 닿았는지 원로들은 점차 알렉산드로스에 관한 구체적
정보를 알고 싶어 했다. 어떻게 성장했고 어떤 사고방식을 지녔는지.
어떤 행동을 즐기며 어떤 결과를 가져왔는지. 그리고 지금은 어떤
상태에서 무엇을 추구하는지를.

"본격적으로 알렉산드로스라는 인물의 실제 모습과 전쟁 상황을
말씀드리기 전에 한 원로분께서 질문하셨던 적군의 군사력에 대해
간략하게 말씀드리겠습니다. 아직 페르시아에 비해 보잘것없는 해
군은 제외하고, 육군이 보유한 전투 장비는 대략 이렇습니다. 성을
무너뜨리기 위한 램(벽을 뚫는 해머)과 가교가 장착된 탑, 노포(투석
기) 등의 공성 무기. 말, 전차, 수레 등의 기동 무기. 긴 창과 칼, 활
등의 살상 무기. 투구, 방패, 각반, 갑옷 등의 방어 무기. 그 외에 전
투 상황에 따라 장비를 추가해서 만들어 내겠지만 현재까지는 그렇

습니다.

다음으로 군대 편제와 전투 대형을 말하자면, 크게 보병과 기병, 궁수 보병으로 나뉘는데 보병은 중무장 보병대, 경무장 보병대, 근위대가 있고 기병은 창기병과 정찰대, 왕실 기병 대대, 테살리아 기병대가 있습니다. 궁수 보병은 군대의 전체 병력 규모에 비해 매우 적은 숫자이며 제한된 임무를 수행하는 것으로 알고 있습니다. 그 외에 코린트 동맹군의 일환으로 참가한 헬라 기병, 아그리아니아 보병, 트라키아군, 용병 부대, 그리고 나중에 가담한 페니키아 군대가 있습니다."

연설을 듣던 중에 바투치가 귓속말로 물었다.

"형님, 놈들의 궁술은 정말 형편없었어요. 그런데도 페르시아가 이기지 못하는 건 무엇 때문이죠? 당시 제가 지휘관이 아니어서 전투 상황을 자세히는 모르겠는데 아무튼 놈들은 성을 무너뜨리고 많은 사람을 학살했었어요. 도저히 힘이 달리고 지쳐 대항할 수가 없겠더라고요."

을지는 아무 말도 하지 못했다. 나이 탓일까. 땅거미 지는 대지에 덩그러니 내던져진 외톨이 양의 신세가 된 것 같았다. 마음 한구석에 호젓한 바람이 불었고 외로움이 덮쳤다.

을지는 버텼던 몸을 슬쩍 늘어뜨리며 목침에 기대었다. 잠시 눈을 감으려는데 을지의 심정을 헤아리지 못하는 바투치가 또다시 말을 걸어왔다.

"속내를 보아하니 부족장은 이번 전쟁에 우리가 참전하기를 바라는 것 같습니다. 그러니 사절단을 불러들인 것이고. 을지 형님이 대장군이 되셔서 진두지휘하면 그럴싸하겠어요."

"그게 무슨 말이냐? 내가 군대를 이끌다니?"

"어휴, 충분히 자격이 되십니다. 을지 형님만큼 무공을 쌓은 자도 없고요."

"그게 아니라 나는 참전할 생각이 없다. 어리석은 짓이야. 만약 적이 침입한다면 우리 부족은 떠나야 해."

"떠나요? 왜…, 어디로요?"

"북쪽으로."

"그래요? …그렇다면 형님은 왜 굳이 알렉산드로스 군대의 전투력을 물으셨습니까? 알 필요가 없지 않나요?"

을지는 문득 할 말이 없어졌다. 그는 자신에게 반문했다.

'그러게, 왜 그랬을까. 알아내서 적이 만만하다면 대항하려 했던 것일까. 알아둬서 나쁠 게 없어서였을까.'

주절거리는 바투치의 말이 아득하게 들려왔다.

"그래요. 을지 형님이 용맹하신 줄은 일찍이 알고 있었지만, 지략까지 겸비하신 것 같습니다. 처음에는 애들 장난처럼 여겼었는데 막상 전쟁을 겪고 보니 참혹하기가 이를 데 없더라고요. 인간이 절대 저질러서는 안 되는 게 전쟁이더군요."

한편 두 사람이 대화를 나누는 중에도 갈리아푸스의 보고는 계속되고 있었다. 그는 원로들이 가졌을 긴장감을 더한층 고조시키고 싶어 했다. 전쟁의 실태를 흐지부지 덮어 버리게끔 가만 내버려 둘 수가 없었다.

"그들이 군대 대형을 이루고 전투를 벌이는 방식은 전장의 지형지물과 상대방의 전력과 전술에 따라 다양한 변화를 두더군요. 그래서 고정된 전투 대형이나 전술은 없다고 봐야 합니다. 따라서 여러 차례 벌어진 전투 과정에서 입수한 정보를 가지고 일반적인 전투 대형을 알려드릴 수밖에 없겠습니다만. 여기서 제 보고를 계속해서 들으시는 것보다는 우리 박트리아 병사의 증언을 듣는 게 더낫지 않을까 생각합니다. 그는 한때 불가피하게 적군의 편에 섰었지요. 그렇지만 전장에서 온갖 난관과 두려움을 극복한 끝에 고향으로 돌아왔고 적군의 전력에 대해 많은 정보를 제공해 주고 있는 용사입니다."

갈리아푸스가 손짓하자 부근에 앉은 한 날렵한 몸매의 사내가 몸을 일으켰다. 20대 후반으로 보이는 그가 자기소개를 했다.

"저는 아만타크라고 합니다. 일찍이 돈 좀 벌어볼 생각에 이곳저곳을 기웃거리다가 22살쯤 됐을 땐가요. 로도스섬에서 페니키아 상인의 배를 타고 아테네로 건너갔습니다. 돌이켜 보면 속아서 노예로 팔려 간 셈이었는데 거기서 우여곡절 끝에 아테네가 지원하는 동맹군 명목으로 마케도니아에 가게 되었어요. 나중에는 용병 부대의 기병으로 근무하게 되었죠. 제가 말을 좀 타거든요."

얘기를 듣던 바투치가 순간 화가 치미는 듯 큰소리를 냈다.

"아니 그럼 그때부터 지금까지 알렉산드로스 뒤를 졸졸 따라다니며 전쟁을 치렀다는 얘기요?"

뜻밖의 언성이 터져 나오는 바람에 아만타크는 자기를 몰아붙인다는 생각으로 당황해했다. 그래서 황급히 변명에 나섰다.

"아니 그렇지는 않습니다. 저는 반강제로 그놈들의 병사가 되었고 언제고 기회가 생긴다면 탈영할 생각으로… 흑흑!"

그는 탈영이라는 말에서 다부진 어깨가 어색하게 그간의 설움이 복받쳐 오르는지 울음을 터뜨렸다. 언성을 높였던 바투치는 쑥스러워 변명 섞인 소리를 덧붙였다.

"아니 내 말은 전쟁터를 전전한 만큼 고생이 이만저만 아니었겠다고 말한다는 것이 그만."

원로들은 헛기침하며 그가 눈물을 닦고 마음이 진정될 때까지 조용히 기다렸다. 그때 진행을 맡은 마라치가 고개를 절레절레 흔들며 손짓으로 바투치에게 경고했다. 참고인에게는 별도의 발언권이 없었다.

잠시 후 마음을 추스른 아만타크는 끊겼던 발언을 이어 나갔다.

"탈영을, 저는 여러 번 탈영을 시도하다가 마침내 이수스 전투 와중에 달아날 수 있었어요. 저는 탈주에 성공하자마자 곧장 말을 몰아 고향으로 달려왔고 여기 계시는 정보 장교님께 보고하게 된 것입니다."

갈리아푸스가 그의 말을 곧바로 받았다.

"네, 그렇습니다. 그렇게 되어 이곳으로 와서 증언도 하게 된 것입니다. 아만타크, 자네 증언은 내 보고가 마저 끝나면 하도록 하고 내가 언급하려던 질문의 답변부터 하게."

"넷, 알겠습니다."

아만타크는 을지의 질문에 관한 보충 설명을 하기 시작했다.

"알렉산드로스 군대는 육군과 해군이 있고 육군은 크게 보병대, 기병대, 궁수 부대가 있습니다. 보병대는 반드시 '팔랑크스'라는 밀집대형으로 전투를 치르는데 제일선에 서서 싸우는 부대가 '페제타이로이'라 부르는 중무장한 보병대입니다. 보병 친구들이라는 뜻이지요. 그들은 왼쪽 팔을 사용하기 위해 왼쪽 어깨에 은별이 박힌 원형 방패를 메고, 오른손에는 말채나무로 만든 긴 창을 쥐는데 창 길이가 무려 4미터가 넘어요. 두 손으로 잡고 휘둘러야 하는데 우리 페르시아 병사들이 이 긴 창을 앞세운 밀집대형 때문에 고전하는 것 같습니다. 각반과 투구를 썼으나 방패가 있어서인지 흉갑을 착용하지는 않았어요. 이 부대는 6개 대대이고 각 대대의 병력은 1천5백 명가량입니다. 그 외에 헬라스 동맹국들이 2만여 명을 지원했어요.

전투에서 보병대의 오른쪽 측면은 근위대가 지키는데 이들은 왕실 대대와 각각 1천 명의 병사가 있는 2개 대대로 구성된 정예 부대입니다. 청동 갑옷을 입었고, 방패에는 아르가이 왕가의 별 문양이 세 가지 색깔로 박혀 있어요. 첫 번째 대열에는 황갈색의 별, 두 번째 대열은 청동별의 방패, 그리고 마지막으로 은색별이 박힌 방패를 든 백전노장들이 정렬합니다. 병사들은 짧은 차양이 달린 투구를 쓰고 붉은색 튜닉과 망토를 입고 있죠.

다음으로 기병대의 정예 부대는 왕의 친구들이라는 뜻의 '헤타이로이'라는 창기병으로 역시 4미터에 가까운 긴 창을 휘두릅니다. 이 기병대는 각 지역의 귀족 출신들이 모였다고 하는데 복부까지를 덮는 무거운 갑옷에 차양이 넓은 투구로 무장하고 있어요. 그래서 그들의 군마는 테살리아산이라는 매우 튼튼한 말을 부리더군요. 1천8백 명의 병사들이 8개의 부대로 나뉘어 파르메니오 장군의 아들, 필로타스의 지휘를 받고 있습니다. 이 중에서 약 3백 명으로 이루어진 왕실의 기병 대대는 알렉산드로스의 호위대인데, 주요한 전투를 벌일 때 기병의 선두에 서서 돌격합니다.

그리고 보병대의 왼쪽에는 테살리아 기병대가 서는데 약 1천8백 명이 있습니다. 이들은 매번 우리 페르시아 기병대와 한판 붙곤 하는 힘든 임무를 수행하고 있어요. 그만큼 용맹한 자들이라 봐야 합니다. 그밖에 헬라스 지역에서 끌어모은 기병 1천5백 명과 짧은 창을 든 정찰대가 있습니다. 그리고 제가 근무했던 용병 기병들은 처음엔 1천 명 정도였는데 갈수록 많아지고 있더군요.

궁수 부대는 크레타와 마케도니아 병사들로 조직된 2개 부대의 궁수 병력이 있는데, 궁술 전투에 취약한 알렉산드로스 군대로서는 이따금 중요한 역할을 하는 부대라고나 할까요.

알렉산드로스 군대는 기본 편제가 보병 3만 2천여 명, 기병 6천여 명이었으나 현재는 병력이 부쩍 늘어난 상태라고 봐야 합니다. 점령지 주둔군과 전사자의 숫자를 빼더라도 전투가 끝날 때마다 용병이 가담하고 본국의 추가 징집 또한 계속되었으니까요. 에, 제가 말씀드릴 보고는 여기까지입니다."

갈리아푸스가 재빨리 그의 말을 이어받았다.

"자, 이것으로 질문에 대한 답변을 마치도록 하겠습니다. 추가 질문이 없으시다면 잠시 쉬었다가 알렉산드로스에 관한 정보를 말씀드리겠습니다."

원로들은 보고를 끝낸 아만타크에게 격려의 박수를 보냈다. 그들은 많은 것을 알고 있는 갈리아푸스의 정보력에 놀랐고, 알렉산드로스 군대의 병력 규모 때문이 아니라 장교들의 지휘 능력과 무기를 다루는 병사들의 전투력이, 그러한 것들이 결집한 군대의 전투 수준이 높은 까닭에 페르시아 군대가 연전연패하는 것 같다는 예감에 더욱 놀랐다. 원로들은 의기소침해졌다. 만약에 그들이 이곳까지 쳐들어온다면 과연 막아낼 수 있겠느냐는 불안감이 차츰 현실이 되어 엄습하는 것이다.

6
가지려고 짓밟는 것에 대하여

갈리아푸스는 목침에 기댄 채로 말술 사발을 한 모금 들이켰다. 열성을 다한 연설 때문인지 피곤한 기색이 얼굴에 서렸다. 사람들은 식탁에 놓여 있는 음식들로 요기를 때우고 휴식을 취했다. 그런 뒤 갈리아푸스의 연설이 계속되었다.

"알렉산드로스라는 인물의 됨됨이와 그의 정복 전쟁에 대해 알려고 한다면 우선 우리는 필리포스 왕의 암살 사건에 대해 짚고 넘어가지 않을 수가 없습니다."

안골 마을의 촌장이자 원로인 파라마누가 물었다.

"여러 일설 중에서 필리포스 왕의 암살 배후에 다리우스 3세가 개입되어 있고, 그것에 대한 정당한 응징으로 페르시아를 침략했다는 말이 떠돌던데 무엇이 진실입니까?"

갈리아푸스는 어이없다는 표정을 지으며 만지작거리던 포도알을 입 안에 밀어 넣었다.

"세상은 빤한 거짓이라도 능청스럽게 말하고 반복한다면 곧이곧대로 믿는 부류가 있습니다. 바로 그 점을 노리고 알렉산드로스는 전쟁의 명분으로 그것을 내세운 것입니다. 물론 자신이 그렇게 말함으로써 최면을 걸듯 감쪽같이 자신을 속일 수도 있겠지만, 적어도 죄책감 정도는 벗어날 수가 있을 테지요."

"그건 또 무슨 소리죠? 그렇다면 항간에 떠도는 소문처럼 알렉산드로스가 아버지를 죽였다는 말씀입니까?"

"그렇습니다."

갈리아푸스의 단호한 말 한마디에 장내가 술렁거린다. 음란과 살상, 그러한 폭력에 더한 패륜이라니!

"당신은 지금까지 해박한 지식과 정보를 가지고 설득력 있게 주장의 근거를 제시해 왔습니다. 부왕의 살해에 대해서는 어떤 근거를 보여줄 것인지 궁금합니다."

파라마누는 갈리아푸스에 대한 비판적 시각이 어느덧 누그러들었고 점차 그를 신뢰하는 기색이 역력했다.

"물론 직접적 증거는 없습니다. 외형상 음모에 가담한 자들은 모두 죽었으니까요. 하지만 너무도 뚜렷한 정황 증거가 사방에 널려 있었습니다. 다만 암살 주모자가 재빠르게 권력을 찬탈해 버렸기 때문에 밝혀내지 못했을 뿐입니다. 그 점에 대해 알아보겠습니다. 때는 지금으로부터 6년 전 여름. 알렉산드로스의 나이, 스무 살 때의 일입니다. 널리 알려진 사건의 전말은 이렇습니다.

테베를 방문한 필리포스 2세가 노천극장에 들르던 중 귀족이자 근위 대원인 파우사니아스라는 한 젊은이의 칼에 찔려 죽었습니다. 처음엔 평소 사이가 나빴던 아들 알렉산드로스와 그의 어머니 올림피아스가 이 암살에 연루되었다는 의심을 받았습니다. 하지만 뜻밖에도 린케스티스 제후 형제가 암살 공모 혐의로 처형당했고, 나중에는 페르시아 왕이 암살자를 매수했다며 비난했습니다.

당시 스무 살이던 알렉산드로스는 곧바로 권력을 잡은 뒤 부왕의 장례식을 서둘렀고 주변 인물들을 독살하거나 사고로 위장하여 모두 죽여 버렸습니다. 그러고는 펠로폰네소스로 달려가 헬라 족속을 불러 모은 뒤 자신이 아시아 원정의 지휘관을 맡겠다며 강력하게 외쳤다고 합니다."

원로들이 수군거렸다. 이 사건을 처음 접하는 원로도 있고 익히 들어 알고 있는 원로들도 있지만 모두가 필리포스 왕의 죽음에 대해 의혹을 품지는 않았다. 해씨족의 사고방식으로는 아들이 아버지를 죽인다는 경우를 이해하기 어려웠고 용납할 수도 없기 때문이었다.

"자, 얼핏 보면 단순하고도 명확하게 처리된 사건 같기만 한데, 그런데 뭔가 이상하지 않습니까? 계획된 암살인데 하필 테베라는 낯선 타국에서 범죄를 일으키고 야외극장이라는 노출된 장소에서, 더군다나 왕 주위에는 10여 명의 동료 근위 대원들이 호위하는 상황에서 칼로 찔렀느냐는 것입니다. 그리고 린케스티스 형제들이 역모했다면 그들은 어째서 그 즉시 군사를 이끌고 왕궁으로 나아가 권력을 장악하지 않고서 수수방관하고 있었냐는 것입니다. 알렉산드로스는 당시 암살된 왕과 함께 외국의 테베에 머물러 있었는데 말이죠. 일설에 의하면 필리포스 왕은 생전에 린케스티스 제후 형제와 함께 사냥을 즐겼고 제후의 저택에 며칠 머물기까지 했던 절친한 사이였다고 합니다. 그리고 암살된 그 무렵은 다리우스 왕이 페르시아 자국 내의 정권 다툼이라는 소용돌이 속에서 막 왕위에 오를 때였습니다. 아직 왕으로서의 기반을 갖추지 못한 어수선한 상황에서 먼 타국의 왕을 암살하는 책략을 꾸몄다는 게 말이나 될까요."

갈리아푸스가 한참 열변을 토하는 그때 두마 마을의 장로인 아란이 끼어들었다.

"그렇다고 해서 그런 정황들이 범죄자임을 확정지을 수 있는 건 아니잖습니까?"

"그렇습니다. 그래서 이 사건을 더욱 파고들어 가야 합니다. 아들 알렉산드로스는 그때 당시 왕실 근위대를 지휘하는 직책에 있었습니다. 암살 현장에도 있었고요. 도망치는 암살자를 생포할 수 있었음에도, 반드시 생포했어야 하는데도 암살자를 죽였습니다. 마치 즉결 처분을 집행하는 모습처럼 말입니다. 정상적이라면 암살 주모자나 가담자를 색출하기 위해서라도, 설령 암살자가 저항할지라도 상처를 입혀서라도 살렸어야 했습니다."

숨 돌릴 겨를도 없이 아란이 내처 물었다.

"그럼에도 끝까지 저항하면 체포하지 못할 수도 있잖습니까."

근처의 원로 몇몇이 수군거렸다.

"알렉산드로스는 범죄 규명보다도 아버지의 장례를 서둘렀습니다. 제가 보기에는 살인의 기억을 한시바삐 지우고 싶은 심리가 작용한 게 아닐까, 그리 생각될 정도입니다. 그 후로 알렉산드로스의 사촌과 후손들이 느닷없이 사고로 죽어 나가고 의문의 독살을 당했습니다."

평소 과묵한 두마 마을의 촌장 우르가 입을 열었다.

"황당한 일이로군. 그래도 그렇지, 아들이 아버지를 살해해서 무슨 이득이 있겠어요. 어차피 때가 되면 왕위를 이어받을 텐데 목숨을 건 패륜을 저지를 필요가 있겠어요?"

거듭되는 의문 제기에 갈리아푸스는 난감해했다. 그는 나무 탁자로 다가가 도기로 만든 길쭉한 물병을 집어 들었다. 갈증보다는 원로들에게 생각할 여지를 주려고 뜸을 들이는 듯했다. 물을 들이켜고 나서 갈리아푸스가 다시 입을 열었다.

"그렇게까지 의문을 표하시니 구체적으로 말씀드리지 않을 수 없군요. 그 당시 전후의 상황을 자세히 말씀드리자면 이렇습니다. 아들 알렉산드로스는 부왕 필리포스가 마케도니아의 강력한 가문인 아탈로스 장군의 딸 에우리디케와 결혼을 하자, 식장 피로연에서 어머니 올림피아스를 대신하여 분노를 터뜨렸습니다. 술에 취한 필리포스 왕이 식탁 위에 나둥그러지고 알렉산드로스가 칼을 빼 든 채로 고함을 지르는 등, 장내에 한바탕 대소동이 벌어졌습니다. 반역의 굴레를 뒤집어쓴 알렉산드로스는 그 즉시 외국으로 달아나야 했습니다.

그 후 필리포스 왕은 아들의 친한 친구들인 헤파이스티온, 페르디카스, 프톨레마이오스, 셀레우코스 등을 궁정에서 멀리 떨어진 외지로 좌천을 보내버렸지요. 이들은 군인으로 성장했고 요직을 맡아 주요 전투에 출정하여 무공을 세우는 장수로 자리매김하고 있었기 때문에, 한편으로 필리포스 왕은 이들을 견제할 필요가 있었을 것입니다. 아들의 기질을 눈치챘을 테니까요."

"그런데도 알렉산드로스는 재기했어. 무서운 자로군."

파라마누가 한탄하듯 외치자 갈리아푸스가 호응하여 맞받았다.

"바로 그것입니다. 머리가 비상하고 특히 권모술수에 뛰어나다고 봐야 하겠지요. 그 후 알렉산드로스는 심경에 무슨 바람이 불었는지 아버지를 찾아와 용서를 빌었고 아들을 마다할 수 없었던 아버지는 그를 용서하고 받아들입니다. 왕자의 입지를 되찾은 알렉산드로스는 왕실 근위대를 지휘하면서 아버지를 측근에서 보필하게 됩니다. 아버지를 따라 전쟁터로 나가서 혁혁한 무공을 세우기도 하면서 말이지요.

암살이 일어나는 그해 봄에 왕의 마지막 아내인 에우리디케가 아들을 낳습니다. 아기의 탄생은 수면 밑으로 가라앉았던 왕과 왕자 사이의 불편한 관계를 더욱더 차갑게 만들었습니다. 특히 어머니 올림피아스는 노발대발하여 아들을 부추겼습니다. '분명 저 아이에게 왕위를 물려줄 것이다. 그냥 둬서는 우린 끝장이야!'

드디어 오랫동안 마음속으로만 품었던 반란을 실행에 옮기기로 합니다. 알렉산드로스는 친구들과 함께 반란을 일으켰습니다. 변수가 많아 요동치기 쉬운 국내보다는 마케도니아와 적대적 국가인 테베가 암살 현장으로 적격이었을 것입니다. 그래서 자기를 추종하는 근위 대원 파우사니아스를 시켜 극장으로 들어가던 필리포스 왕을 단검으로 찌르게 한 것입니다. 작전대로 파우사니아스는 달아났고 이때 알렉산드로스가 명령을 내립니다. '저놈을 죽여라. 즉살하라.' 영문도 모른 채 명령을 받은 근위 대원들은 뒤쫓아 가서 그를 죽여 버린 것입니다. 부왕을 끌어안고 상태를 살피던 알렉산드로스는 불현듯 피로 얼룩진 옷차림을 한 채 혼자 숙소로 돌아갑니다.

여기서 저는 의심을 지울 수가 없습니다. 살해 전에 이미 겁에 질린 파우사니아스는 단검으로 심장이 아니라 옆구리를 찔렀고 그나마 제대로 찌르지 못했을 것이고 얼마든지 살릴 수 있는 백전노장의 아버지를 아들이 확인 사살한 게 아닐는지 하는 짙은 의혹을 품고 있습니다. 실제 단검 한방으로 사람이 죽기가 어렵지 않습니까?

숙소로 돌아온 알렉산드로스는 전령을 보내 친구들에게 펠라 왕궁에서 자기를 기다리도록 했습니다. 그리고 알렉산드로스는 갑옷을 입고 각반을 차고 정예 부대 병력을 이끌고 군중을 헤치며 걸어나갔습니다. '장례식 치를 준비를 서둘러라!' 아버지 시신의 수습을 부하에게 맡기고 그는 펠라로 돌아가 왕궁부터 점령했습니다. 사촌들과 왕가 친척들은 엄중한 감시를 받으며 연금되었고 근위대와 정찰대, 기병대가 도시로 진입하는 성문들을 장악했습니다.

알렉산드로스는 무장한 채 왕의 망토와 왕관을 쓰고 병사들 앞에 나타났습니다. 반란은 성공했고, 그는 왕위에 올랐음을 선포했습니다. 제가 이렇게까지 설명해도 의심이 가시지 않을 분들이 계실 것입니다. 생각이라는 게 쉽게 바뀌는 것이 아니니까요."

음모와 패륜으로 뒤범벅이 된 심각한 얘기임에도, 어쩌면 그래서일까. 도무지 실감을 하지 못하는 일부 원로들은 마치 옛날의 전설을 듣는 양 갈리아푸스를 멀뚱히 쳐다보고 있었다.

이야기에 빠져 뒷얘기가 궁금해진 아란이 물었다.

"에우리디케는 어떻게 됐습니까? 무사하지 못했을 것 같은데?"

"근위대 병사들이 그녀의 방을 찾았을 때 그녀는 풀어헤친 머리카락과 퉁퉁 부은 얼굴로 엉망진창이 된 방구석에 누워 있었습니다. 이미 죽은 아기를 가슴에 꼭 껴안고 있었다는데 그녀의 옷은 다 찢겼고 더러워진 머리카락에는 핏덩이가 달라붙어 있었으며 팔과 다리는 온통 멍투성이였다고 합니다. 결국 에우리디케는 별다른 치료 없이 살아남은 어린 첫째 딸과 함께 죽어 갔습니다. 알렉산드로스는 그녀를 위해 화려한 무덤을 지어 주었다고 하더군요."

"정말로 미친놈이군. 죽이고 화려한 무덤을?"

"질투에 눈먼 년, 올림피아스의 짓이 분명하렷다."

원로들은 분개했다. 두려움을 넘어 인류를 짓밟는 자에 대한 응징의 분노가 슬그머니 똬리를 틀기 시작했다.

페르시아 원정은 앞서 헬라스의 도시 국가들이 필리포스 왕에게 동의한 전쟁이었다. 그래서 필리포스 왕은 동방 원정을 시작했고 아시아 길목에 전초기지를 마련해 둔 상황이었다. 그런데 알렉산드로스는 나이가 스무 살이 되면서 뭔가에 쫓기는 듯 초조해졌다.

어느 날 그는 헤파이스티온과 함께 술잔을 나누다가 불현듯 주먹으로 탁자를 강하게 내려쳤다. 그 바람에 술병과 음식 담은 그릇들이 흐트러지고 바닥으로 나뒹굴었다. 알렉산드로스는 분을 이기지 못하여 자리에서 벌떡 몸을 일으켰다. 그는 방 안을 돌아다니며 고래고래 외쳤다.

"우리는 일리아스라는 대서사시를 두고두고 갈망하며 읽어 내려갔어. 그 서사시에 따르면 트로이아 전쟁이 일어난 지 어언 천 년이 되어 가고 있잖은가. 마침내, 새 천 년을 맞아 새로이 대서사시를 써 내려갈 아시아 정복 전쟁이 드디어 도래했는데, 그런데도 그 전쟁의 주인공, 세기의 영웅이 이 알렉산드로스와 헤파이스티온이 되지 못한다는 사실을 자네는 인정하고 싶은가?"

"정말 받아들이기가 힘드네. 하지만 어쩌겠나. 신은 우리 편이 아닌 것을."

"헤파이스티온, 그게 아닐세. 신들을 움직여 우리 편에 가담하도록 만드는 것일세. 그동안 우리가 얼마나 꿈꿔 왔던 영웅의 세계이던가! 절대로 포기할 수 없는 신화적 운명일세."

"듣고 보니 그렇군, 알렉산드로스! 자네가 원한다면 죽기를 각오하고 내 기꺼이 자네와 함께하겠네."

마침내 알렉산드로스는 꺾여야 하는 야망의 자화상에 분노했고, 화산처럼 끓어오르는 격정을 이기지 못하여 친구들과 반란을 일으켰다. 그리하여 드디어 아버지를 죽이고 왕위를 차지하여 목말랐던 아시아 정복을 이룰 수 있게 되었다. 역사에 길이 남을 대서사시를 쓸 수 있게 된 것이다. 위대한 영웅의 탄생을….

당시의 헬라스 족속들은 아버지라는 존재는 자기를 낳은, 존재하게 해준 은인이라는 인식을 가졌으면서도 언젠가는 그자를 뛰어넘어 극복해야 하는 존재로도 인식했었다. 그래서 헬라스 족속은 문학과 예술을 통해 자기 아버지를 죽이는 데서 자신이 성장하는 패륜의 이야기를 거침없이 쏟아 내곤 했다. 이런 헬라스 세계의 풍조에 익숙해진 알렉산드로스로서는 아무런 거리낌이 없었다. 왕권을 차지하고 유지하는 데 있어 부왕 또는 정적의 살해는 정당시되었다. 또한 영웅이 되기 위해서는 야만스러운 타 종족의 말살쯤은 무용담을 장식할 소재가 될 것이며 후세에 한 점 부끄럼 없는 자랑거리가 될 것이었다.

반란을 성공시킨 알렉산드로스와 친구들은 소아시아 원정 중인 아탈로스 장군과 파르메니오 장군의 처리 문제를 상의했다. 두 장군은 1만 5천여 명의 대군을 거느리고 있었다. 그들은 에우리디케의 아버지이자 필로포스 왕의 장인인 아탈로스 장군을 사령부에서 해임했다. 소아시아에 있던 아탈로스는 강제 귀국을 거부하고 저항하다가 결국 살해되었다. 이때 파르메니오 장군은 알렉산드로스에게 충성을 맹세했지만, 알렉산드로스는 그를 의심했다. 그의 아들인 친구 필로타스가 이곳 궁전에 있어 그 이유로 거짓 충성을 맹세했을 것이라 짐작했다. 마침내 논의 끝에 알렉산드로스는 파르메니오의 충정을 시험할 요량으로 아들 필로타스를 현지에 보내 장군을 소환하는 공문을 건네는 것으로 매듭지었다. 소환에 응한다면 아들의 안위 때문에 거짓 복종한다는 의혹에서 벗어나게 되는 것이다.

알렉산드로스는 왕위에 오르자마자 펠로폰네소스로 달려갔다. 그곳 헬라스 사람들을 모두 불러 모은 자리에서 외쳤다.

"페르시아 원정의 지휘를 내게 맡겨 주시오. 내가 반드시 아시아 원정을 성공시킬 것이오."

그러나 헬라스 전역에서 광범위한 반발과 소동이 일어났다. 마케도니아에 대한 반감이 심한 데다 아직 풋내기에 불과한 왕의 허풍을 신뢰할 수 없었다. 이에 당황한 알렉산드로스는 각지를 돌아다니며 호소와 함께 협박을 가하였고 마침내 테살리아 동맹과 델포이의 암피크티오니아 동맹뿐 아니라 펠로폰네소스 반도의 각 국가로부터 코린트 동맹의 지도자라는 인정을 받아내게 되었다. 알렉산드로스는 스파르타의 거부와 아테네의 반발을 무시하고, 최종적으로 코린트에서 대표자 회의를 소집하여 동맹의 총사령관으로 임명되었다.

왠지 불안하고 초조해 보이는 갈리아푸스는 피곤한 육신을 술로 풀려는 생각인지 포도주가 담긴 작은 항아리 하나를 자기 자리에 갖다 놓고 사발로 뜬 술을 잇달아 들이켰다. 증언이 거듭될수록 의기소침해진 을지는 닫혀 있는 봉창 틈으로 햇살이 비쳐 드는가 하여 기웃거렸다. 아직 해가 기울지는 않은 것 같다. 을지는 고단한 낯빛을 띠며 두 눈을 지그시 감고서 상념에 잠겨 들었다.

'지금쯤 아내 히누리는 부여고을에 도착했을 것이다. 경당을 둘러보고 아들 수로를 만나 이야기꽃을 피우며 이래저래 회포를 풀다가 숙소에서 하룻밤 자고 내일 아무 때나 돌아올 테지. 늦어도 그때까지는 회의가 끝날 것 같고 만약 지리멸렬하게 된다면 내 의견을 피력하고는 결론에 개의치 않고 퇴장하는 것도 괜찮을 것 같다. 나 자신도 그렇지만 내 이웃들의 기질을 봐서라도 적에게 항복하지는 않을 것이고 협상을 시도하다가 여의찮으면 화를 벌컥 내며 탁자를 걷어찰 테지. 그렇다면 아내의 부탁대로 우리 가족은 결국 이주를 결행할 수밖에는 없을 것이다. 초라한 모습이 될 테지만 그것이 내 가족에게는 최선인 것을…'

"아만타크!"

마라치의 호명 소리에 을지는 두 눈을 슬며시 뜨고 바라보았다. 아만타크가 벌떡 일어나더니 대뜸 탁자로 달려갔고 연거푸 포도주를 들이켰다. 그것이 원로들의 우려를 자아내게 했다. '박트리아 것들은 죄다 술독에 빠져 사는군! 그따위로 전쟁을 치르겠다니!' 마치 그런 환청이 원로들의 먹먹한 표정 위로 울려 퍼지는 것 같았다. 그러나 아만타크는 막상 증언을 시작하자 술에 이골이 난 주당인 듯 취기를 느낄 수 없을 정도로 또랑또랑한 목소리를 냈다.

"왕권을 찬탈한 이듬해 봄부터 알렉산드로스 군대는 곧장 트라키아로 진군했습니다. 이곳의 토착민들은 고작해야 수레와 작은 칼이 전부였더군요. 트라키아 사람들은 1천5백 명가량의 사상자를 내며 산비탈 너머로 달아났고 뒤를 따르던 여자들과 아이들은 모두 붙잡혔지요. 그들은 소지한 물건들을 죄다 빼앗겼고 노예로 전락했습니다.

그 뒤 알렉산드로스는 트리발리 땅으로 진군했습니다. 트라키아의 참혹한 소식을 전해 들은 시르무스 왕은 여자들과 아이들을 다뉴브강에 있는 페우체섬으로 피신시켰지요. 알렉산드로스는 트리발리 사람들이 도주 중이라는 전갈을 받자 곧바로 추격에 나섰고 결국 트리발리 사람 3천여 명이 목숨을 잃었어요. 마케도니아 측은 이때 기병 70명과 보병 40명 정도를 잃었다고 합니다."

"아니 무고한 사람들을 아무렇게나 죽여도 되는 거요?"

파라마누는 외쳤다. 막무가내로 타국을 침략하는 행위도 지탄받아 마땅한 일이지만 아무런 방비도 무기도 없는 자들을, 그것도 여자와 아이까지 무참하게 짓밟는 행위를 도저히 이해할 수 없었다.

"처음에 저희 병사들에게 명령을 하달하기로는, 동방 출정 이후의 국가 안위를 생각해야 한다. 그러니 성가신 적을 제거하여 후환을 없애야 한다. 뭐 그런 얘기였어요. 그런데 막상 전투에 임하고 보니 그들은 무기 하나 제대로 다룰 줄 모르는 선량한 사람들이더군요. 그래서 의아해했으나 명령에 따를 수밖에 없었죠. 나중에 보니까 빼앗은 물품과 포로가 된 자들을 노예로 팔아 군자금을 마련하고, 일부는 군대 행렬의 후미를 따르게 하면서 전쟁 물자를 실어 나르는 짐꾼으로 써먹고 있더군요."

"여자와 아이들을 짐꾼으로 부려 먹었다는 얘기요?"

"네, 그렇습니다. 나중에는 생포한 남자도 일부는 짐꾼으로 쓴 걸로 알고 있어요. 어린애나 어중간한 여자들은 팔아넘기고 나머지는 짐꾼으로 부려 먹었습니다. 그 와중에 죽기도 하고요."

"보아하니 하는 짓거리가 아낙네들을 겁탈했지 싶은데?"

"야영하면서 병사들이 여자들을 강간하는 일이 수시로 일어났습니다. 그럴 때 장교들은 모른 척하고 넘어갔죠."

"제기랄. 군대가 아니라 산적보다 더한 패거리 놈들이잖아."

전쟁이 만들어 내는 불가피한 불상사라 치부하며 넘어간다지만 애초에 이런 전쟁을 누가 시작했단 말이던가. 무슨 이유로.

파라마누는 분개하여 눈살을 잔뜩 찌푸렸다.

"알렉산드로스는 전투를 치른 지 사흘 만에 다뉴브강에 도착했습니다. 이곳 유역의 부족들은 대부분 켈트족 혈통이었고, 강은 여기서부터 동쪽으로 흘러 게타이와 스키타이의 땅을 지나 흑해로 흘러든다고 하더군요. 그래서 알렉산드로스는 이곳을 마케도니아의 북쪽 국경으로 삼고자 강 건너편에 살고 있는 게타이족을 공격했습니다. 목축과 농경을 하면서 평화롭게 살던 게타이족은 느닷없는 군대의 침략을 받곤 강기슭에서 막아섰으나 결국 이기지 못하여 도시로 달아났어요. 그러나 알렉산드로스가 기병대를 앞세워 계속해서 추격하자 그들은 여자들과 아이들을 말에 태운 채 외진 곳으로 달아났지요. 텅 빈 도시를 점령한 알렉산드로스는 값나가는 물품들을 챙긴 뒤 도시를 완전히 불태워 버렸습니다. 다시 들어와 정착하지 못하도록 말이죠.

알렉산드로스는 다뉴브강 기슭에 제단을 만들고 제우스와 헤라클레스, 그리고 다뉴브강에도 승리를 기뻐하는 감사의 제사를 올렸어요. 제가 그때야 알고 깜짝 놀랐던 것은 알렉산드로스는 자신이 헤라클레스의 자손이라고 믿었다는 사실이었어요. 결국 시작된 알렉산드로스의 잔인한 정복 전쟁이 일시적 분노가 아니라는 것을 눈치챈 각지의 켈트족과 부족들이 사절단을 보내왔었지요. 키가 크고 자존심이 강한 켈트족들은 멀리 떨어진 곳에 살고 있었고, 알렉산드로스 자신은 아시아 정복을 내세웠던 만큼 일단 켈트족과 친선 동맹을 맺기로 했습니다."

7
신은 강한 자의 편이라는데

기세등등해진 알렉산드로스는 여세를 몰아 기병 1천5백 명과 보병 4천 명을 이끌고 아시아의 목덜미를 창끝으로 찔러보고자 했다.

"어떤가? 이런 기세라면 잠든 사자에 불과한 페르시아 놈쯤이야 단숨에 처치할 수 있지 않을까?"

알렉산드로스는 회의 석상에서 참모들을 둘러보며 우쭐거렸다. 친구들로 구성된 참모들은 파안대소했다.

크라테로스가 근육질의 두 팔을 휘두르며 화답했다.

"그렇다마다. 당장에 놈들을 휩쓸어 버리세."

거듭되는 승전에 취해 모두가 아시아로의 진군을 낙관하고 있었다.

"그렇지 않네!" 그때 찬물을 끼얹듯 필로타스가 불쑥 끼어들자 모두 일시에 조용해졌다.

"아직은 시기상조야. 우선 병력이 매우 부족해. 아무리 우리 병사들이 용맹하고 무기가 뛰어날지라도 대군을 갖추지 않으면 일거에 당할 가능성이 높네."

　최고의 부대로 명망이 높은, 바로 그 헤타이로이를 지휘하는 필로타스가 아닌가. 용맹하고 지략이 뛰어난 그가 신중론을 내세우자 좀 전의 분위기와는 달리 선뜻 이의를 제기하는 자가 없었다. 그런 참모들의 모습을 지켜보던 알렉산드로스가 불쑥 한마디를 던졌다.

　"의외로 자네는 겁이 많군."

　그러고는 대수롭지 않다는 듯 웃어넘기자 그제야 주위의 친구들도 덩달아 한바탕 웃음을 터뜨렸다.

　"그러게. 필로타스 자네는 우리 막강한 군대를 지나치게 과소평가하고 있어."

　하하…! 친구들은 필로타스를 향해 장난치듯 짓궂게 놀려 대었다.

　패기만만한 승전의 군대는 진군을 계속했다. 거쳐 가는 지역마다 굴복했고 파괴되었다. 그러다 마침내 소아시아를 지키던 페르시아 측의 멤논 군대와 한바탕 전투를 벌이게 되었는데, 여기서 알렉산드로스 군대는 쓰라린 참패를 맛보고 말았다. 결국 알렉산드로스 군대는 아시아로의 진군이 좌절되고 말았다.

　이때 승리를 거둔 멤논은 페르시아 제국의 귀족과 총독들을 향해 열변을 터뜨렸다.

　"알렉산드로스의 더러운 침략 전쟁은 이대로 끝나지 않을 것입니다. 이참에 대군을 이끌고 패주하는 놈들을 추격하여 놈들의 땅에서 전쟁을 치러야 합니다. 놈들이 전쟁을 시작했으니 그 끝은 우리가 거둬야 합니다."

무고한 양민들의 고통이 없게 하려면, 참혹한 전장의 참상을 아시아가 아닌, 전쟁을 일으킨 그들 마케도니아의 땅에서 치르게 하자는 얘기였다. 그러나 용병 대장에 불과한 멤논의 계획은 그의 무공을 시기하는 귀족들과 총독들의 반대로 무산되고 말았다.

정권 다툼의 틈바구니에서 들러리로 왕위에 오른 다리우스 왕은 온건한 성품의 사람으로서 비교적 선정을 펼쳤다. 그러나 군사 분야에 있어서는 군인 출신이었음에도 나약하고 무능했다. 다행히 로도스섬 출신인 멤논의 용맹과 기지로 위기를 넘기긴 했으나 알렉산드로스의 야욕을 꺾으려면 지속 가능한 대책이 절실했다. 그럼에도 다리우스는 아무런 대비 없이 그저 낙관적인 안일한 시각으로 세상을 바라보고 있었다.

"마케도니아 군대의 패배를 알아차린 것일까요. 파이오니아 땅을 지나갈 때 반란 소식을 듣게 되었어요. 분노한 알렉산드로스는 반란군을 집요하게 추격하여 국경 도시인 펠리움 등지에서 전투를 벌였죠. 그런데 그런 와중에 테베의 반란 소식마저 접하게 되었습니다. 마케도니아로서는 오랫동안 헬라스의 세력 중에서 아테네의 반격을 가장 우려하고 있었는데 오히려 테베에서 저항이 일어난 것이죠. 알렉산드로스는 멤논에 의해 실추된 자신의 명성을 이 기회에

만회하고자 했죠. 또한 이 반란을 진압하지 않으면 마케도니아의 지배에 분개하고 있던 스파르타와 펠로폰네소스 반도의 다른 도시 국가들에까지 반란이 확산할 수도 있기 때문이었어요."

애기를 듣던 파라마누가 분개하여 주먹으로 바닥을 내리쳤고 몇몇 원로들이 탄식했다.

"참으로 아쉽게 됐군그래. 멤논 말대로 그때 진격했더라면 협공을 펼쳤을 것이고 그러면 이런 참극도 없었을 텐데, 쯧쯧."

알렉산드로스는 암피온 신전을 중심으로 유격전을 벌이는 테베 무장 병력과 치열한 전투를 벌였다. "놈들은 소수에 불과하다. 두려워 말고 돌격하라." 마침내 인해전술로 밀어붙인 전투 끝에 마케도니아 군대는 승리를 거두었고, 저항하지 못하게 된 테베 사람들을 향해 무차별 학살을 가했다. "집집이 뒤져라. 한 놈도 살려둬선 안 된다." 고래고래 외치는 알렉산드로스의 외침에 병사들은 민가로 쳐들어가 닥치는 대로 시민들을 살해했다. 그 숫자가 어림잡아 6천 명이 넘었다. "전리품을 모조리 챙겨라. 철수할 땐 반드시 집에다 불을 질러야 한다." 집은 약탈당하고 불태워졌으며 시민들은 맞서 싸우다가 목숨을 잃기도 했고 사원 제단에 매달려 간구하다가 최후를 맞기도 했다. 여자와 아이에게도 무자비하여 여자들은 강간당했고 아이들은 노예로 끌려갔다. 테베는 완전히 파괴된 것이다.

마른하늘에 날벼락이 한바탕 천지를 뒤흔들 때 알렉산드로스는 병사들을 향해 고래고래 외쳤다.

"화재에도 불타지 않은 건물과 조각품들이 있으면 모조리 때려 부숴 버려라. 추후 반란을 획책할 놈들에게 내리는 준엄한 경고가 되어야 하노라!"

잠시 후 전장의 선두에 서서 진두지휘하는 알렉산드로스 앞으로 필로타스가 황급히 달려와 가로막았다.

"알렉산드로스! 당장 병사들의 광란을 중지시키게. 야만적인 파괴뿐만 아니라 마구잡이로 여자들을 겁탈하고 있네."

"그래서?"

마치 남의 집 불구경하듯 너무도 태연한 모습에 필로타스는 꿈쩍놀라 목소리를 높였다.

"그래서라니? 지금 그게 왕으로서 할 말이라 생각하는가? 부질없이 많은 것이 파괴되고 죽어 간다는 말일세!"

"자네는 지금 전쟁하러 왔는가? 아니면 구호 작업을 하러 왔는가?"

그때 크라테로스가 피 묻은 칼을 들고 허겁지겁 달려왔다.

"알렉산드로스! 내가 반역자 포이닉스를 잡아 쳐 죽였다네. 다른 한 놈은 상처 입은 채로 붙잡혔는데 어떻게 할까?"

"딴 놈이라면 프로타이테스 말인가?"

"그렇다네."

"내가 가지. 내가 직접 놈의 대가리를 잘라 버리겠어."

알렉산드로스는 대화 중이던 필로타스를 내팽개친 채 크라테로스와 함께 화염에 휩싸인 건물 쪽으로 달려갔다.

"마케도니아는 테베와의 전쟁에서 3천 명 이상의 포로들을 매매하여 많은 돈을 벌었다고 하죠. 그 후 알렉산드로스는 군대를 이끌고 북쪽의 마케도니아로 돌아갔습니다. 알렉산드로스는 추수 감사 의식에 따라 제우스신에게 그 어느 때보다 제물을 많이 바쳤어요. 그때 이렇게 외쳤다고 하더군요. '우리가 승리하려면 강력해야 한다. 그러려면 적들보다 더욱 많은 제물을 신에게 바쳐야 한다.' 아무튼 알렉산드로스는 어딜 가든 무엇을 하든 늘 신을 찾고 신에게 제물을 바쳤습니다. 신은 언제까지고 자기편이기를 늘 간구했지요."

원로들은 알렉산드로스의 만행에 이력이 난 듯 시큰둥하게 증언을 듣고 있었다. 그런 그들 가운데 아란 원로가 혼잣소리처럼 중얼거렸다.

"그놈은 자기네 신이 내릴 운명을 가장 두려워하는 것 같군. 인간처럼 권모술수에다 불륜과 질투까지 부려 대는 하찮은 존재 앞에 그처럼 줄기차게 희생 제물을 갖다 바치고 고사를 지내는 걸 보면 분명 그놈은 실성한 게야. 정신적으로 굉장히 나약한 놈이 틀림없는 게야."

8

특히 권력은 자신의 행위를 당연시하고

히누리와 아들 도수는 부여고을에 당도했다. 정확하게 말하자면 산악의 분지와 초원 등에 두루 넓게 퍼져 형성된 1만 5천여 명의 부여고을(부여군) 중에서 그나마 가장 많이 모여 사는 이곳 7천여 명 인구의 마을, 부여골에 도착한 것이다. 처음 부여족이 정착한 지역이 이곳 부여골이며 여기를 기점으로 부여 사람들이 퍼져나갔다. 그런 까닭에 이곳에서 삼십 리가량 떨어진 외곽에는 치우 부대가 속한 부여 군대의 본부, 그리고 부족장과 참모들이 근무하는 관청과 소도까지 있어 부여군의 도읍지라 불러도 손색이 없는 마을이다.

어디선가 남녀 무리가 내지르는 기합 소리가 메아리 되어 쩌렁쩌렁 울린다. 히누리는 부여고을을 방문할 때마다 더없는 감흥에 젖어 들곤 했다. '우리 번조선 땅, 내 고향의 모습이 정녕 이랬을까. 이랬던 것 같기도 하고…'

마을 어귀에 숨어드는 바람결의 오색 깃발이 치렁치렁 매달린 고목. 그 아래 조약돌이 주섬주섬 얹혀 있는 고적한 돌탑. 근처에 오도카니 서 있는 한 쌍의 목각 장승. 하늘을 우러러 솟아오른 솟대. 밀짚을 머리에 인 돌담길 흙벽 집의 굴뚝. 이것이 영락없는 단군조선의 마을 풍경인 것을.

마을 어귀, 솟대 근처 느티나무에 사람들이 여기저기 무리 지어 웅성거리고 있다. '뭐지? 일하느라 인적 끊겨야 할 자리가 아니더냐.' 사람들은 말에서 내리는 히누리에게 멀찌감치 서서 인사를 건넸다. 그들은, 특히 나이가 많은 어르신들은 히누리가 대부여 제국의 번조선 공주였다는 사실을 알고 있어 나름 예의를 갖추고 대했다.

그들 무리 가운데 한 아낙이 잰걸음으로 가까이 다가왔다.

"마마! 오래간만에 오셨어요. 무척이나 뵙고 싶었답니다."

"오! 연수랑, 반가워라! 그동안 잘 지냈니?"

"네, 마마 덕분이에요. 마마와 가족분께서도 안녕하시기를 저희가 늘 기원하고 있답니다."

"참 고맙구나. 자네들도 안녕하길 빌겠네."

삼십 대 중반의 연수랑은 일찍이 부족을 오가며 히누리에게 해씨족의 언어를 가르쳤던 술루라는 부여족 노인의 딸이다. 그녀는 히누리가 설치한 경당의 수업을 통해 여러 학문과 무술을 터득했었다.

곁에 다가선 도수가 아는 체를 한다.

"누님, 제게는 언제 기척을 하시려는지요?"

그 말에 연수랑은 피식 웃어 보였다.

"넌 도수지? 벌써 장정이 다 됐구나. 의젓해졌어."

"누님은 더욱 아름다워지셨어요."

"어머, 그러니?"

호호! 연수랑은 소리 내어 웃으려다 멈칫 입술을 오므렸다. 히누리가 주위를 둘러보며 물었다.

"그런데 마을에 무슨 일이지? 사람들이 모여 있고."

연수랑은 마치 비밀을 말하려는 사람처럼 히누리에게 바짝 다가와 작은 소리로 말했다.

"누군가가 장승 하나를 훼손했답니다. 대장군 장승을요."

"아니 누가 그런 짓을?"

"어젯밤에 일어난 일 같은데 지금 부족장이 화가 잔뜩 나서 범인 색출에 나서는 중이랍니다."

"장승 훼손이야 아무것도 아니지만 생각하기 나름일 테지."

"그렇습니다, 마마. 부족장은 자기에게 내린 저주라며 노발대발입니다."

타 부족과 달리 부여족 고을은 부족장이 제사장을 겸하고 있다. 그러니 자기 얼굴에 먹칠을 가한 거나 마찬가지로 비쳤을 것이다.

"그렇겠네. 그런데… 하필 대장군 장승 하나만 그랬을까? 범인은 아직 모르고?"

"네. 지금 용의자 한 명을 붙잡아 조사 중이라는데 그가 누군지 아직 모르겠네요."

"알겠네. 나는 지금 경당으로 갈 것인데 나중에 시간 나거든 수로 숙소에서 봤으면 해. 올 때 되도록 사건 내막을 좀 더 알아 오면 좋겠다."

"마마, 그러겠습니다."

모였던 사람들이 한둘씩 흩어지는 가운데 히누리는 저편에 기우 뚱 넘어져 있는 훼손된 장승을 유심히 바라보았다. 장승의 몸뚱이 가 예리한 칼날에 난도질 되어 있었다. 히누리는 문득 소싯적의 일 이 떠올랐다. 경당의 졸업반 야전 시험 때에 길목을 가로막은 장승 을 칼로 쳐낸 일이 새삼 기억난 것이다. 그녀는 고개를 갸웃했다.

두 사람은 다시 말에 올라 저편 야산 기슭에 자리한 경당 쪽으로 향했다.

이곳 사람들은 본래 단군조선의 진한(진조선)에서 살았던 사람들 의 후손이다. 그러니까 단기 1908년, 구물 단군 재위 29년. 기원전 425년 음력(은력, 상나라 달력) 유월에 국난을 극복하고 새로이 나라 를 부흥시키고자 단군조선의 국호를 대부여로 개칭하고 진한, 번한, 마한, 이렇게 세 나라의 한을 조선으로 바꿔 부르기 시작했다. 그때 를 전후로 화하족의 침탈을 피해 산동(지금의 산둥반도)의 동이족이 바다 건너 요동으로 대거 넘어오고 번한의 험독(지금의 천진)과 어양 (지금의 북경 부근) 등지로 피신해 오는 등, 대혼란의 시기가 있었다. 바로 그 무렵 대흥안령산맥의 기슭에 거주하던 진한의 한 기마 부 족이 난세를 피해 서쪽의 초원으로 이동했고 숱한 고난 끝에 이 지 역에 정착한 것이다.

돌이켜 보자면, 그보다 훨씬 이른 시기에 인도와 미얀마 방면에서 빠져나와 동북쪽으로 진출한 남방의 화하족이 오랜 세월을 북방 맥족인 상나라(은나라)의 노예로 지내다가, 기원전 1046년에 마침내 상나라를 멸하고 반역한 귀족들의 도움으로 주나라를 세웠었다. 그때 상나라의 마지막 왕인 주왕과 인척 관계였던 기자가 무리들을 이끌고 동북쪽으로 퇴각했다. 단군조선은 이들을 받아들여 번조선과 고죽국의 접경지에 땅을 내어 주고 거기 정착하도록 했다. 기자는 자신이 머물게 된 정착지가 원래 옛 조상들이 살았던 땅인 만큼 하나의 국가이기를 원해 기자조선이라는 국호를 표명했다. 그러나 단군조선은 본래부터 삼국의 조선 체제로 이뤄진 나라인지라 이를 허용치 않고 연방의 한 부족 국가로 다루어 수유라 불렀다.

기원전 664년과 339년, 그리고 331년, 주나라의 제후국이었던 연나라는 단군조선을 침략하여 세 차례의 전면 전쟁을 일으켰고, 이 3백여 년의 시기 동안에 크고 작은 국지전이 무수히 벌어졌었다. 그런 혼란 가운데 단군조선의 번한과 수유, 고죽국, 웅족의 주민 중에 일부는 전쟁의 공포와 기아에서 벗어나기 위해 전란으로 황폐해진 고향 땅을 버리고 동으로 남으로 정처 없이 떠돌 수밖에 없었다.

이때의 수유는 단군조선(대부여)과 힘을 합쳐 연나라의 침략에 대항하긴 했으나 한편으로 인접한 번조선과 수시로 갈등을 일으켰고, 그 왕위 계승의 허점을 노려 호시탐탐 칸의 자리를 엿보았었다. 그러다가 단군조선이 쇠퇴기에 이른 기원전 323년 무렵, 마침내 수유의 기후가 번조선의 왕위를 차지하고, 그런 뒤 번조선은 나중에 수유와 통합하여 기자조선이라 명명하기에 이른다. 실상 상나라 계통의 맥족(한나(흉노), 수유)은 같은 형제국인 고죽국을 제외하고, 건국 이전부터 인근의 예족 계통인 동이(구이, 구려)족과 단군조선과는 앙숙지간으로 지냈었다. 모두가 같은 언어와 문화를 공유하는 북방의 예맥 족속이었음에도 서로 간에 황해(지금의 서해)와 중원의 패권을 다투는 쟁투가 끊이질 않았는데, 이것의 원인을 살펴 고대로 더욱 거슬러 올라가면 신시 배달국 시대에 이미 치우와 헌원의 숨 막히는 세기말적 대결이 상곡에서 벌어졌었고 그 여파가 지금껏 미치고 있는 것이었다.

이곳 부여고을은 고원 지대의 초원과 구릉지 야산에 소규모 마을 단위로 넓게 퍼져 목축을 주산업으로 하고 밀과 보리, 귀리 등의 농작물을 재배하여 자급하는 정도이다. 주산업인 육류 생산과 말 증식 외에 장인들이 소규모로 오지그릇과 금붙이, 직물 등을 생산하여 페르시아 제국 등지에 내다 파는 무역을 하고 있다.

이곳 사람들은 비록 단군조선의 강역을 떠났지만, 새로이 바뀐 대부여의 국호를 따라 그들 자신을 스스로 '부여족'이라 명명했고, 관할 거주 지역을 '부여고을(부여군)'이라 불렀다. 몸은 떠나왔어도 부여족의 정신과 본체는 응당 대부여(단군조선) 제국이고, 그 강역에 속하는 부족이라 생각하며 살아가고 있었다.

"어머니 오셨어요?"

수로가 민첩한 동작으로 사무실에 들어선다.

"그래 어미 왔다. 왠지 바쁜 모양이구나?"

"네 어머니."

수로는 손에 쥔 활과 화살집을 재빠르게 탁자 위에 내려놓는다.

"어머니 덕분에 하루하루를 바쁘게 지냅니다."

"원, 녀석도 참!"

수로는 어머니에게 넙죽 큰절을 올렸다.

"어머니도 안녕하시지요?" 수로가 빙긋 웃는다.

"그럼, 안녕하다마다. 아직도 그리 투덜댈 거면 이참에 말굴로 돌아갈까?"

수로는 자신의 호언처럼 바쁜 듯 재빠른 동작으로 가죽옷 속에 장착된 얇은 철 흉갑을 벗겨 낸다. 그 안에는 아마포를 둘렀다.

"참! 뭐라고 하셨죠? 방금 말굴이라 하셨습니까?"

"아니, 그것보다 넌 대체 뭐가 그리 바쁜 거냐?"

"아! 제가 그랬습니까? 하하, 좀 전에 무술 교육을 하느라 아직 긴장이 덜 풀려서 그런 모양입니다. 다음 수업 준비도 서둘러야 하고요."

수로는 동작만 그런 게 아니라, 말도 빨랐다.

"애 땜에 덩달아 정신이 없네. 마치고 오거든 보자."

"네, 그런데 그냥 절 보러 오신 거죠? 별일은 없으신 거죠?"

"그럼. 별일이야 있겠니. 참! 근데 마을에 소란이 있더구나."

"아 그거요. 아는 여자애가 어젯밤에 제게 와서 울며불며 하소연 하더군요."

"그건 또 무슨 소리냐?"

"이틀 전 야밤에 웬 괴한이 자기 방에 침입해서는 겁탈하고 사라 졌다는 얘기였습니다."

그녀의 부모와 오라버니가 가축을 돌보러 초원에 머무는 사이, 그런 일이 벌어졌다는 것이다.

"저런! 그래서 어떻게 됐느냐. 그 아이는?"

"지금 제 숙소에 수정이랑 같이 있습니다."

"난 장승 훼손 사건을 물어본 건데 그런 일이 또 있었구나."

그때야 수로는 하던 일을 멈추고 어머니를 유심히 바라보았다.

"어머니, 아무래도 그게 겁탈 사건과 관련이 있어 보입니다."

히누리는 다시금 소싯적 때의 일이 떠올랐다. 장승을 후려치는 행위는 신앙에 대한 경외심의 결여를 확연히 드러내는 위험천만한 일이었지만 히누리는 자신이 정한 목표를 성취하기 위해 아무 거리 낌 없이 장승을 쳐 냈었다. 그러니 그날의 심정에 빗대어 보자면 이 사건의 범인도 자신의 목적을 알리고 이루려는, 자신에게 절실했던 그 무언가가 있는 게 아닐는지 했다. 아니면 겁탈한 남정네에 대한 저주?

"이럴 게 아니구나. 일 마치거든 숙소로 오너라. 먼저 가서 그 아이 얼굴을 한번 봐야겠다."

"네 어머니. 그러세요. 수정이 혼자 두려니 신경이 쓰였거든요. 전
수업 마치는 대로 가겠습니다."

"수로야. 급한 거 없으니 서두르지는 마라."

"네, 알겠습니다."

나름 심각한 사건일 수 있는데도 수로의 얼굴에는 미소가 떠나지
않는다.

"형은 여기가 체질인 모양이야."

수로는 그제야 다가오는 도수를 반기며 동생의 어깨를 부러 툭툭
건드려 본다.

"이곳을 싫어하는 네가 어쩐 일이냐. 날 보러 온 거야? 이놈, 갈수
록 야물어지는데. 조금만 있으면 나를 능가하겠어. 하하."

"나야 뭐." 능청스럽게 어깨를 으쓱거린다.

"엄마를 호위해서 형을 데리러 온 거지."

"나를 왜?"

수로는 어머니를 힐끗 쳐다보았다.

"아무래도 집에 뭔 일이 생긴 것 같습니다?"

히누리는 가만히 미소를 지었다.

"무슨 일은. 그냥 오랜만에 얼굴 보면서 얘길 나누려는 거다. 아들
의견도 들어봐야지."

수로는 겉으로 태연해하는 어머니의 또 다른 표정을 읽었다. 내

의견을 들으시겠다고?

"참, 그런데 학장은 수업 들어간 거냐. 보이지 않네?"

수로는 다음 수업에 쓸 과제물을 챙기느라 정신이 없다.

"부족장의 호출을 받고 그리 갔습니다. 제가 그래서 더 바쁩니다."

"난 부족장이 어쩐지 맘에 들지가 않는구나. 갈수록 제 맘대로야."

"어머니, 마치는 대로 곧장 숙소로 달려가겠습니다."

수로는 가볍게 미소를 지어 보이곤 문밖으로 나섰다.

"도수야, 우리도 가자."

학장을 포함하여 총 다섯 명의 교사가 이십여 명의 수련생들을 가르치고 있다. 경당에는 자그마한 기숙사가 있고 그곳에 교사가 묵을 숙소도 있다. 그러나 수로는 집들이 옹기종기 모여 있는 마을 한가운데에 별채를 빌려 지내고 있다. 수업이 끝나면 어떻게든 외진 이곳에서 벗어나려고 했다.

부여족은 타 부족들이 끼친 영향 등으로 여러 제도가 변화되어 갔다. 그럼에도 제정일치와 종신제 같은 제도는 권력자가 은연중 부추겨 전통의 수호라는 이름으로 명맥을 유지할 수 있었다. 그러니 자연 타 부족보다 부족장의 교체가 제한적일 수밖에 없었다. 이것이 발목을 잡았다고나 할까. 어느 시기에 이르자 시대의 변화를 읽지 못해 무기력에 빠진 부족장은 실정을 거듭했고 이에 민심까지 잃게 되자 결국 작년 가을에 철옹성 같은 자리에서 축출되고 말았다. 그때 혁명의 선봉에 나섰던 두만수타가 부족민의 지지에 힘입어 새로이 부족장의 자리에 추대되었다. 사람들은 바야흐로 패기 넘치고 젊은 그가 혁신의 정치를 펼쳐, 부여고을에 새로운 활력을 불어넣어 줄 것이라는 희망을 품었다. 그러나 그런 기대감은 이내 무너졌고 오히려 악화하였다. 마치 혹을 떼려다가 더 큰 혹을 갖다 붙인 격이 된 것이다.

부여고을은 2백 명의 군대가 도시를 방어하는 임무를 맡고 있었다. 그중에서 삼십 명의 치우 부대가 평시에는 부족장의 경호와 치안을 담당했다. 두만수타는 바로 그 특별 조직의 치우 부대를 지휘하는 장군이었다. 그는 민심을 등에 업고 무기력한 부족장과 참모들은 물론이고 군대의 대장군, 장교들, 마을의 당골 등등, 부패하고 무능한 세력들을 일거에 몰아내고 집권에 성공한 인물이었다. 그런 만큼 부여족 사람들은 새로운 부족장에 대한 기대치가 높았다. 두만수타는 거사를 일으키는 중에 살상을 최소화했고 처형 대신 유배나 추방으로 죄를 물었으며 부정한 재물을 압수했다. 그리하여 군사력 강화 조처의 하나로 군대 병력을 3백 명으로 확충하면서 치우 부대 정예 병사를 오십 명으로 늘리고 무기 증강과 더불어 성곽 보수 등의 고을 정비에 자금을 투입했다. 그리고 부족을 함께 이끌어갈 인재를 새로 뽑는 등, 부족의 전반적인 개혁을 단숨에 이루어냈다.

그런데 실상은 빛깔 좋은 개살구에 지나지 않았다. 겉으로 보기에 개혁이었지 속으로는 더한 부패와 무능이 도사리고 있었다. 여러 의혹 중에서 중죄인을 추방에 그친 것 또한 인간적 연민이 아니라 은닉한 보물과의 맞교환 거래였다. 그러나 현 집권 세력이 저지른 다수의 범죄 행각은 교묘히 은폐되었고 아직은 부여고을의 일부 사람들만이 심중으로 느낄 뿐이지 뚜렷한 물증이 드러난 것은 아니었다.

단기 1999년, 보을 단군 재위 8년. 기원전 334년 봄이다.

9
재미로 저지르는 전쟁은 없다고들

알렉산드로스는 보병 3만 명과 기병 6천 명의 정예 병력을 이끌고 헬레스폰투스 해협으로 나아갔다. 오랫동안 갈고 닦았던 침략의 창 끝이 드디어 아시아를 겨눴고, 시궁창의 생쥐를 잡듯이 들쑤시고 다니기 시작한 것이다. 지고한 세상 앞에서 안하무인격이랄까. 무기를 휘두르며 진군하는 알렉산드로스 군대의 발길 아래에 그 무엇 하나 거칠 것이 없었다. 밤낮없이 자갈땅을 끌며 철그렁거리는 쇳덩이 소리와 애끊는 통곡에, 모든 가련한 자들은 자다가 말고 깨어나 옷가지를 부둥켜안으며 부리나케 달아나야 했다. 속절없이 당하는 자들의 육체는 난데없이 폭발하여 불덩이를 토해 내는 검붉은 용암 바다의 저주 앞에 내던져진 것 같았다. 우왕좌왕하여 어쩌지 못하는 자들의 발가벗겨진 모습이야말로 지진과 불길에 혼비백산하여 뒤꽁무니 빼는 뭇짐승의 몰골과 다를 바 없었다. 그러면 그럴수록 야만의 군대는 낄낄거리며 그것을 즐거이 누렸다. 오랜 훈련과 전쟁 준비. 수년간에 걸쳐 터득한 실전. 그리하여 도도해진 병사들의 사기는 하늘을 찔렀고 전투력이 최고조에 다다랐다. 알렉산드로스 군대는 오직 전진, 죽어도 전진만이 있을 뿐이었다.

알렉산드로스 군대는 트라키아의 국경에 자리한 세스토스에 도착했다. 알렉산드로스는 드디어 위대한 신화를 창조할 주인공으로서 우뚝 서게 되었다는 사실 앞에 뿌듯해했다. 그는 이번 원정에서 지대한 공헌을 할 것이라 기대되는 백전노장의 파르메니오 장군을 불렀다.

"장군, 귀하는 해협을 건너 아비도스까지 군대를 인솔해 가도록 하세요. 나는 근위대를 데리고 엘라이우스로 가겠소."

"왕이시여, 명령에 따르겠습니다."

파르메니오는 알렉산드로스의 반역을 알면서도 그를 지지했다. 그 옛날 자신의 품속에 곧잘 안기며 재롱을 피우던 어린 알렉산드로스였다. 그런 아이를 귀여워했던 기억이 아직 생생하게 남아 있지만 그 무엇보다도 아시아 정복 전쟁을 승리로 이끌 그의 배짱 두둑한 통솔력을 높이 산 이유가 가장 컸었다. 알렉산드로스는 젊은 패기만으로 덤벼들었다가 능구렁이 멤논에게 당한 치욕을 잊지 않았다. 그래서 그는 아시아 원정을 본격적으로 펼치는 일정 가운데 격전이 예상되는 지역에는 백전노장 파르메니오 장군을 군대 전면에 내세우기로 했다.

알렉산드로스는 근처 엘라이우스로 나아가 프로테실라오스의 무덤에 제물을 바쳤다. 일리아스 서사시에 등장하는 프로테실라오스는 헬라스 군대가 트로이아 원정에 나섰을 때 아가멤논의 병사 중 맨 처음 아시아 땅에 발을 들여놓은 인물이었다. 알렉산드로스는 프로테실라오스보다 더 큰 행운이 따르기를 기원하며 제례 의식을 올렸다.

알렉산드로스는 엘라이우스에서 승선하여 헬레스폰투스 해협을 항해했다. 아카이아까지 노를 저어 가는 도중에 포세이돈에게 제물로 황소를 바쳤다. 그리고 바다의 요정을 위해 황금 잔에 담긴 포도주를 검푸른 바다 위에 뿌렸다.

알렉산드로스가 외쳤다. "아시아는 창으로 얻는 상이로다!"

그리하여 무력으로써 아시아를 정벌하겠노라고, 이를 만천하에 선언한 알렉산드로스는 투구까지 걸친 완전 무장 차림으로 가장 먼저 배에서 내려 아시아 땅을 밟았다.

알렉산드로스는 해협의 출발과 상륙 지점에 각각 제우스, 아테나, 헤라클레스에게 바치는 제단을 지었다. 그리고 트로이아로 가서 전쟁의 신인 아테나 여신에게 제물을 바쳤다. 제례 의식이 끝난 뒤 이곳 신관은 거들먹거리며 신전의 유구한 역사를 자랑하기 시작했다.

"특히 저 방패는 트로이아 전쟁 때부터 보존되어 온 신의 방패입니다. 저 방패를 앞세우면 모든 적의 공격을 거뜬히 물리칠 수 있다고 알려진 신화 속의 영물입지요."

장황하게 설명하는 신관의 주장에 알렉산드로스의 마음이 솔깃해졌다. 그는 불현듯 자기 갑옷을 벗어 신관에게 건넸다.

"이 갑옷을 신전에 바치겠소. 신관은 그 답례로 저기 신전 벽에 걸려 있는 커다란 청동 방패를 내게 주시오. 일리아스에 등장한다는 저 방패를 가질 자격이 나에게 있다고 보는데 그대는 어찌 생각하시오?"

알렉산드로스의 느닷없는 요구에 신관은 일순간 당황하여 뭐라 대꾸해야 할지를 몰랐다. 어쨌거나 신의 방패라고까지 떠벌린 마당에 왕의 부탁을 감히 거절할 수가 없었다. 그 후 알렉산드로스는 전투에 나설 때면 근위대가 이 신의 방패를 그의 앞에 대령했다.

알렉산드로스는 이곳 지역민의 안내를 받아 자기 조상이라 믿는 아킬레우스의 무덤에 화관을 바쳤다.

"호메로스가 아킬레우스의 위업을 알리고 길이 보존했으니, 아킬레우스는 운이 좋은 사람이로다! 내게는 누가 있는가? 누가 나의 거룩한 위업을 노래할 것인가!"

알렉산드로스는 아리스토텔레스의 조카인 철학자 칼리스테네스를 고용하여 자신의 아시아 원정을 기록하게 했다. 칼리스테네스는 신화 속의 영웅과 엇비슷하게 묘사하라는 알렉산드로스의 지시를 그대로 따랐다.

알렉산드로스는 어릴 적부터 헤파이스티온 등의 친구들과 어울려 지내면서 야망을 키워 왔다. 절대 권력과 세계 정복, 끊임없이 찬양되는 신화와 전설적 영웅담의 구체적 실현, 신비로 가득한 아름다운 여자들과 끊임없는 탐닉, 그것을 뜨겁게 갈망했다. 마침내 그러한 것들이 본격적으로 시도되면서 알렉산드로스는 더욱더 신과 영웅들의 가호를 바라게 되었다. 그는 이른바 지상 최고의 영웅으로 등극하여 뭇사람들의 찬양과 노래를 받고 싶어 했다.

알렉산드로스 군대는 트로이아를 떠나 계속 진군하여 그라니코스강 기슭 가까이에 이르렀다. 그곳은 겨우내 얼어붙었던 폰티키스산의 눈이 녹아 강물이 불어나 있었다. 봄날이면 불어오는 하늬바람에 강가의 미루나무 잎사귀들이 흔들거렸다.

필로타스는 강기슭을 어슬렁거리며 곧 불어닥칠 피비린내 나는 전장의 참상을 머릿속에 그려보았다. 강의 지세가 예사롭지 않아 적과의 대치 상태에서는 도하가 불가능할 것 같았다. 일렁거리는 강물

속을 들여다볼 때 말발굽 소리가 들려왔고 곧이어 클레이토스가 강 둑에 모습을 드러냈다.

"필로타스, 대체 거기서 무엇 하는가?"

"보시다시피!"

필로타스가 소리치며 손에 쥔 하얀 수선화를 한 움큼 들어 보이자, 클레이토스는 어이없다는 듯 올라오라는 손짓을 보내며 독촉했다.

"후딱 올라오게나."

아무래도 다급한 일이 벌어진 듯싶어 필로타스는 강비탈을 성큼성큼 뛰듯이 걸어 올라갔다. 그리고는 친구 클레이토스의 어깨를 주먹으로 툭 건드리며 말했다.

"이거야 원, 한가로이 나풀대는 나비의 꿈을 시샘하다니, 하하."

클레이토스는 그의 농담을 한 귀로 흘리며 서둘러 말했다.

"작전 회의가 열렸다네. 꽃향기에 취해 있을 때가 아닐세."

그러면서 그는 말이 매여 있는 곳으로 바삐 걸어갔다. 그러자 클레이토스를 따라붙으며 필로타스가 말했다.

"아니, 무슨 회의가 있기에 이다지 호들갑인가?"

"이번 전투의 적장이 바로 멤논이라는군."

"무엇이, 멤논? 예전에 우리를 괴롭혔던 그 용병 대장 말인가?"

"그렇다네. 하지만 이젠 두려워해야 할 이유가 없지. 그때의 우리가 아니거든. 조사해 보니 우리가 전체 병력 숫자도 훨씬 많다네."

"물론 그렇겠지. 그렇긴 해도 놈은 무척 교활했어. 전략이 매우 뛰어난 놈이었다네. 조심하는 게 좋겠지."

두 사람은 이젠 대수롭지 않다는 듯 말을 내뱉었지만 내심 긴장하는 기색이 완연했다. 필로타스는 자칫 의기소침해질 수 있는 분위기를 털어 버리고자 수선화 꽃다발을 친구의 품에 덥석 안겼다.

"뭐지, 이 행위는? 드디어 내게 고백하는 건가? 하하!"

클레이토스의 허튼소리에 필로타스가 빙긋 웃는다.

"흠, 나는 그런 여유를 부릴 만큼 귀하신 몸이 아닐세."

"왕이나 원로가 아닌 걸 다행이라 해야 하나? 하하, 그건 그렇고 오랜만에 꽃향기를 맡아 보는군!"

두 사람은 동성애가 만연하는 세태를 넌지시 비꼬며 테살리아산 말에 올랐다. 우람한 몸집에 튼튼한 골격을 갖춰 중무장한 알렉산드로스 군대의 군마로 사용하고 있다. "이랴!" 말고삐를 틀어쥐며 그들은 진지를 향해 달려갔다.

알렉산드로스는 각 부대의 지휘관들을 소집하여 작전 회의를 열고 있었다. 페르시아 군대와 처음으로 맞붙게 되는 중요한 일전이 다가온 것이다. 클레이토스와 필로타스가 회의장 막사에 들어섰을 때는 마침 알렉산드로스가 작전을 지시하고 있었다. 이미 회의가 막바지에 다다른 분위기였다. 알렉산드로스는 뒤편의 자리에 가 앉는 두 사람을 힐끗 쳐다보았다.

"군대의 중앙은 페제타이로이 보병대를 배치하되 이중으로 밀집대형을 갖추시오. 기병대는 양쪽 날개에 배치하시오. 파르메니오 장군은 좌익을 지휘하시오. 나는 우익을 맡겠소. 좌익의 선두에는 칼라스가 지휘하는 테살리아 기병대가 서고, 그 뒤를 연합 기병대와 트라키아 기병이 따르시오. 반드시 크라테로스, 멜레아그로스, 필리포스의 보병대가 기병을 완벽하게 지원해야 하오. 놈들의 기병대가 어느 대열에 위치하든 반드시 맞상대해야 하오. 우익에는 헤타이로이 기병대, 궁수 보병, 아그리아니아 창병이 서고 그 지휘는 계속 필로타스가 맡으시오. 그 옆과 뒤로는 창기병과 니카노르의 수비 대대, 페르디카스와 코이노스의 보병대를 배치하시오. 자, 이제 돌아가서 전열이 갖춰지는 대로 내게 보고하시오."

일사천리로 지시를 끝낸 알렉산드로스는 자리에서 일어서려고 했다. 그때 파르메니오가 자리에서 벌떡 몸을 일으키더니 반대 의견을 펼쳤다.

"전하, 현재 상황으로 봤을 때 도하가 아니라 대치가 최선책일 것 같사옵니다. 그 강은 수심이 깊은 곳이 많고 강둑이 높고 가팔라서 위협적인 지대입니다. 그럼에도 무리해서 강을 건너게 되면 불리한 국면에 처한 상태에서 적의 공격을 받게 되옵니다. 그러면 적의 기병대가 우리보다 월등히 많아 우리가 패할 가능성이 높고 추후 우리 군대의 입지에도 악영향을 미치게 될 것입니다. 그러니 진지를 구축한 뒤 적의 동태를 살피면서 계속해서 대치하면 적군은 여러모

127

로 곤란해져 필시 물러날 것이고 그때 야밤을 이용하여 강을 건너는 것입니다."

생각지도 못한 반대 의견에 당황한 알렉산드로스는 주위에 포진한 지휘관들을 재빨리 휘둘러보았다. 이 같은 파르메니오의 의견에 지휘관들은 어떤 생각을 갖는지가 궁금했다. 아무런 의견 없이 모두가 침묵하자 알렉산드로스는 즉각 대응했다.

"알겠소, 파르메니오 장군. 그러나 우리는 헬레스폰투스 해협도 쉽게 건넌 군대가 아니오. 용맹하고 투지에 넘치는 우리 군대가 그깟 시냇물 하나 건너는 걸 두려워할 리가 없지 않소. 우리 군의 사기에도 도움이 되지 않을 나약한 발언 같소이다. 이만 마칩시다."

알렉산드로스가 막사 밖으로 휑하니 사라지자, 상황을 주시하던 지휘관들이 그제야 한둘씩 자리에서 몸을 일으켰다.

아무리 전술 구사 능력이 뛰어난 알렉산드로스라 한다지만 이처럼 일방적으로 밀어붙이는 작전 지시를 접하고 나니 헤타이로이의 사령관 필로타스는 맥이 풀리고 머릿속이 복잡해져 우두커니 턱을 괸 채 앉아 있었다.

곁에 앉은 클레이토스가 어이없어하며 중얼거렸다.

"어라, 이게 뭐야? 대장군님의 전략을 멋대로 무시하다니."

이 무렵 페르시아 군대는 연합 기병대와 헬라스 용병으로 구성된 보병대가 젤레이아 부근에 진을 치고 있었다. 페르시아 군대는 각 지역의 태수와 총독이, 그러니까 6명의 고관이 공동으로 지휘했다. 팜필리아의 총독인 아르사메스, 기병대 지휘관인 레오미트레스, 페티네스, 니파테스, 리디아와 이오니아의 총독인 스피트리다테스, 프리기아 북부의 총독인 아르시테스였다.

그날 밤, 본부 막사에서는 용병 부대의 지휘관 멤논이 탁자 위에 지도를 펼쳐 놓고 여러 고관과 함께 작전을 논의하고 있었다.

"적군들은 지금 이곳에 진을 치고 있다는 보고입니다."

멤논이 손가락으로 어느 한 지점을 가리키자, 고관들은 일제히 고개 숙여 펼쳐진 지도를 들여다보았다.

"거기가 구체적으로 어디지?"

아르사메스가 고개를 갸우뚱하며 묻자, 지도의 소유자인 멤논이 대답했다.

"그라니코스강 부근입니다. 놈들은 일단 이곳에서 진지를 구축할 작정인가 봅니다."

그러자 아르시테스는 가지가 네 군데로 뻗은 촛대를 치켜들고 지도를 좀 더 자세히 보려고 다가섰다. 멤논은 그들에게 알렉산드로스 군대의 이동 경로와 그곳의 지형지물을 손으로 짚어가며 설명했다.

잠시 후, 탁자를 중심으로 빙 둘러앉은 그들은 구체적인 대책을 거론했다. 로도스의 용병 대장인 멤논이 주장했다.

"아무래도 작전상 후퇴가 불가피합니다. 적군들이 수적으로 훨씬 우세합니다. 또한 놈들은 알렉산드로스가 직접 군대를 지휘하고 있습니다. 반면에 우리 군대는 다리우스 폐하가 부재한 상태이고 무기와 장비도 열악하여 여러모로 불리합니다."

멤논은 지휘 계통이 어수선한 탓에 일사불란한 명령의 전달이 불가능한 점을 은근히 지적했다.

"후퇴하면 적은 진군할 테고. 싸워 보지도 않고 패배한 것이나 매한가지 아닙니까?"

아르사메스가 시큰둥한 표정으로 이의를 제기하자 기병대 지휘관들은 당황하여 몸을 들썩거렸다. 반발하는 그들 중에 레오미트레스가 말했다.

"작전상 후퇴는 패배와 다릅니다. 적의 허점을 포착해서 역공할 기회를 얻게 되는 것이니까요."

전투가 뭔지도 모른 채 호의호식하며 지내던 총독들이 너나없이 지휘를 맡겠다고 나섰으니, 멤논은 이것을 심히 우려한 것이다. 벌써 그 조짐이 나타나고 있지 않은가. 이에 멤논은 강력하게 주장했다.

"무조건 후퇴가 아니라 농작물과 말 사료를 전부 불태우는 초토 작전을 쓰자는 것입니다. 그리하면 적들은 물자 부족에 허덕이게 될 것이고 식량을 구하기 위해 병력이 이리저리 흩어지며 사기가 저하될 것입니다. 그때 우리는 기동력으로 각개 전투를 펼쳐 하나씩 놈들의 군사력을 때려잡는 것입니다. 그렇게 되면 우리는 적을 몰아내고 승리를 쟁취할 수 있게 될 것입니다."

그러나 이 말에 총독 아르시테스는 즉각 반박했다.

"이곳은 더없이 소중한 나의 영지요. 내가 다스리는 곳은 집 한 채도 불태울 수 없소이다. 멤논, 당신은 적을 무찌르겠다는 생각보다도 우선 달아날 궁리만 하고 있잖소?"

이에 다른 총독들도 아르시테스를 지지했다.

"우리 손으로 우리의 거룩한 땅을 훼손한다는 건 말이 되지 않소. 어떻게든 맞서 싸울 대책을 세우는 게 최우선이오."

이 지역의 페르시아 귀족들은 필승의 전략보다도 집과 땅 등의 재산이 손실되는 것을 우려했다. 멤논의 주장대로 알렉산드로스는 빈약한 재정을 감수한 채로 모험을 감행했다. 그들은 보름치에 불과한 전쟁 자금과 식량만으로 침략을 전개했고, 추후 전쟁 수행에 필요한 물자와 자금은 점령지에서의 약탈과 공물 징수를 통해 채울 생각이었다. 이와 같은 적군의 실태를 빤히 알면서도 페르시아 측 귀족과 총독들은 당장 눈앞의 손실을 걱정했고 그만큼 군사 병법에 무지한 자들이었다. 그런 그들을 상대로 설득 속에 작전을 짜야 하는 멤논으로서는 끓어오르는 울화통을 삼키느라 긴 숨을 거듭 토해 내어야 했다.

멤논은 그들을 향해 다시금 강조해서 말했다.

"지금은 사사로이 대처할 때가 아닙니다. 제국의 존망이 걸린 중차대한 시기올시다. 재물을 보존하려다가 제국을 잃으면 재물의 손실은 물론이고 우리들의 육신과 영혼마저도 살아남기 어려울 것입니다. 부디 제가 제시한 초토 작전을 써서 적의 사기와 전열을 교란해야 합니다. 그런 다음 기동 작전으로 적의 전력을 와해시킨 이후에 다리우스 폐하께서 대군을 이끌고 출정하신다면 놈들을 완전히 섬멸할 수 있을 것입니다. 그리하여 달아나는 알렉산드로스 놈을 추격하여 마케도니아 그놈들의 땅에서 전쟁을 치르는 것입니다. 또한 이에 맞춰 해상의 함대들을 출정시켜 양면 작전으로 적에게 타격을 가하는 것입니다."

묵묵히 멤논의 주장을 듣던 아르시테스는 그의 말이 끝나자 잠시 생각에 잠기며 주변을 어슬렁거렸다. 다른 귀족들은 아르시테스의 발언을 기다렸다.

이윽고 침묵을 깨며 그가 말했다.

"멤논은 우리 제국의 군대를 지나치게 과소평가하는 것 같소. 대제국의 불사조 기병대 병력도 이곳에 와 있는데 뭐가 그리 걱정인 게요?"

힐끗 눈치를 살피던 리디아와 이오니아의 총독인 스피트리다테스가 끼어들었다.

"그렇소이다. 싸워 보지도 않고 우리 재물을 파괴한다는 건 있을 수 없는 일이오. 게다가 멤논 장군은 일찍이 알렉산드로스 놈을 격파한 적도 있잖소?"

"지금은 그때와 다릅니다. 지금의 놈들은 더욱 강화된 무기와 장비를 갖춘 상태에서 실전 경험이 많은 다수의 병력으로 정예화되어 있음을 알아야 합니다."

"제기랄! 그따위 패배 의식으로 대체 뭘 하겠소이까?"

"총독! 제 말은 그게 아니라…."

"다들 그만둬!"

둘 사이의 대화가 언쟁으로 번지려 하자 아르시테스가 신경질적으로 손을 내저으며 외쳤다. 그 바람에 촛대에 꽂힌 촛불들이 휘청거렸고 그중 세 갈래 촛대의 불이 꺼지는 통에 주위가 순식간에 어둠으로 변해 버렸다. 그러자 그들은 화들짝 놀라며 꺼진 심지에 불을 붙이느라 소란을 피웠다. 그들이 신봉하는 조로아스터교의 주신인 아후라마즈다의 세력이 쇠해질까 전전긍긍했다.

눈앞의 사소한 소동에도 쩔쩔매는 그들의 어리석은 행태를, 맴논은 팔짱 낀 채 묵묵히 바라보기만 했다.

10
인간의 야만성은 어디서부터 비롯되었나

아만타크의 증언이 전투 국면에 이르자 그의 목소리는 점차 빨라졌고 억양이 숨결 따라 오르내렸다.

"드디어 그라니코스강을 사이에 두고 강둑을 오가며 치열한 전투가 벌어졌습니다. 바위투성이의 강둑은 높고 가팔랐죠. 강바닥은 온통 진흙탕이었고요. 알렉산드로스 군대는 강을 건너 기슭으로 오르려 하고 우리 페르시아 군대는 이를 저지하는 가운데 백병전이 벌어졌어요. 페르시아 병사들은 짧은 창을 빼 들어 연달아 던졌고 알렉산드로스 군대는 긴 창을 내뻗어 찔러대기 시작했어요.

이 첫 번째 전투에서 알렉산드로스 군대는 심각한 피해를 보았지요. 페르시아 군대에는 가장 우수한 페르시아 기병대가 버티고 있었고 이를 지휘하는 장수 중 전장 한복판에는 용맹한 멤논과 그의 아들들이 있었기 때문이죠. 하지만 수적 열세였던 전투 장비와 병력이 화근이었어요. 물량 공세로 밀어붙이는 적의 숫자를 감당하지 못해 전세는 점차 불리해졌고 결국 이 전투에서 페르시아 기병대는 다수의 전사자를 내며 퇴각할 수밖에 없었죠. 전우의 시체를 밟고 올라서는 놈들의 인해전술을 도저히 당해낼 수 없었던 것이죠.

이때 미처 달아나지 못하고 진지에 남아 있었던 페르시아 측 용병들을 향해 알렉산드로스는 보병대와 기병대를 동원하여 총공격을 감행했어요. 하지만 용병들이 완강하게 저항하자 공격에 실패한 병사들은 주춤거렸고 전투가 혼전 상태에 빠졌지요. 그러자 알렉산드로스는 이를 타개하고자 용병들에게 항복을 권유했습니다. 그런데 말이죠. 막상 용병들이 항복하자 언제 그랬냐는 듯 마지막 한 명까지 모두 잔인하게 죽여 버렸습니다."

보고하던 아만타크가 잠시 숨을 돌리자 어이없다는 듯 장로들이 일제히 탄성을 질러 댔다.

"어이구! 이젠 별로 놀랍지도 않군."

"먼 선조 때부터 이르길, 이집트 놈들의 감춰진 이중성을 경계하라고 하셨지. 남방 것들이 저지르는 짓거리라는 게 도무지…"

먼 옛날 선조들의 카데시 전투를 문헌과 전설로 기억하는 원로들은 아직도 그들의 거짓과 허풍에 대해 앙금이 남은 듯 애꿎은 사건에는 늘 이집트를 끌어들였다. 여러 원로가 투덜대는 가운데 문득 파라마누가 물었다.

"항복해도 누군 살려주고 누군 죽이는 것 같던데 도대체 그 기준이 뭔가요?"

생각지 못한 질문에 아만타크는 당황해하는 기색을 보였다.

"글쎄요. 제가 볼 때는 기분 내키는 대로 결정하는 것 같습니다만. 대개는 처음부터 순순히 항복하면 살려 주고 저항하다 항복하면 죽이는 것 같더군요."

"그래도 전쟁포로를 그따위로 다루면 곤란하지. 사람의 목숨이…"

"그런데 말이오!" 파라마누의 말이 채 끝나기도 전에 한 원로가 버럭 언성을 높였다. 그의 이름은 아수탄으로 말굴 마을 사람이며 젊은 시절에 페르시아 기병대에서 장교 생활을 했던 인물이다. 이제는 기력이 다한 야윈 몸집의 그가 초조한 듯 반쯤 일으켜 세운 몸을 앞뒤로 흔들어 댔다.

"그런데 만약 놈들이 여기까지 쳐들어오면 순순히 항복하는 것이 어떻겠어요? 자식들과 초원을 지킬 수만 있다면 명예와 자존심은 잠시 접어두는 것도 괜찮지 싶은데."

노쇠한 아수탄의 이 말은 의외로 파급력이 컸다. 그의 군대 경력에서 나온 조언을 무시하기 어려웠다. 게다가 증언이 전개되면서 분노와 함께 공포 또한 커졌고 생명에 대한 집착이 원로들 사이에 눈덩이처럼 커졌다. 평소 같으면 명예를 건드리는 얘기를 꺼낼 수도 없었고 명예와 자존을 훼손하는 발언을 묵과하지도 않았다. 더군다나 항복은 오늘 의제의 세 가지 방법 중 어디에도 해당하지 않는 사항이었다. 그럼에도 오늘 왠지 침묵하는 시간이 길어져 갔다.

을지는 같은 마을에 사는 최장수 원로의 발언을 두둔해 주고 싶어졌다. 어쩌면 자기의 생각인 일시적 도피와 유사한 감정이며 마찬가지로 최고의 결과를 가져올 최고의 선택이 될지도 모른다는 생각이 문득 들어서였다.

모두가 침묵하는 가운데 을지가 몸을 일으켰다.

"제가 아수탄 어르신의 발언에 찬동하는 취지로 잠시 말씀드리려고 합니다. 우리 2만의 해씨족 중에 전투할 수 있는 장정과 여전사의 숫자를 다 합해 봐야 1만 명을 넘기기 어렵습니다. 그중의 태반은 물자의 생산과 운반 등에 동원되어야 하고요. 아니 무엇보다도 증언의 내용에 따르자면 알렉산드로스 군대와 대적한다는 것 자체가 절체절명의 위기라는 생각을 떨칠 수 없게 합니다. 페르시아 기병대도 단숨에 무너졌는데 장비와 병력이 열악한 우리야 오죽하겠습니까. 그러니 부족 전체가 북쪽으로 거주지를 옮겨 가는 게 어떻겠는가 하는 생각을 해봅니다. 당분간만이라도 말이죠. 그게 아니라면 우리 아수탄 원로의 발언처럼 일찌감치 항복하는 게 나을지도 모르겠습니다."

이때 갈리아푸스는 심각한 표정을 지으며 자세를 고쳐 앉았다. 군사 지원을 바라는 박트리아의 뜻에 어긋나기 때문이다. 부족장과 사제는 언뜻 난처한 몸짓을 지어 보이긴 했으나 한편으로 예상한 흐름이라는 듯 평상심을 유지하고 있었다.

을지는 발언을 마치고 자리에 앉았다. 그런데 그의 의견에도 대꾸조차 하는 원로가 없다. 찬동하거나 반발하거나, 그 어떤 의견도 없이.

잠시 후 부족장이 두어 차례 헛기침하자 회의를 진행하는 마라치가 부족장의 눈치를 살폈다. 그때 누군가가 중얼거렸다.

"우리도 연합체를 합치면 10만은 족히 되잖나?"

"무슨 소릴. 숫자가 아니라 군사력이 문제잖아."

마라치는 의기소침해진 회의 분위기를 서둘러 추슬러야 했다. 그가 자리에서 벌떡 일어났다.

"저기, 원로 여러분! 아직 증거인의 보고가 많이 남아 있습니다. 벌써 의견을 제시하려는 분위기인데 섣불리 판단할 문제가 아니니 만큼 좀 더 인내심을 가지고 발언을 경청하시는 게 어떻겠습니까? 정보를 충분히 습득하신 후에 자기 견해를 밝히셔도 늦지 않으니 그때 모두의 뜻을 모아 결정하는 회의가 되었으면 합니다."

"그럽시다." 원로들이 고개를 끄덕거리며 그 말에 동의를 표했다.

"그럼, 계속해서 증언하십시오."

외무관 마라치가 자리에 앉고, 아만타크의 증언이 계속되었다.

"전투가 끝난 다음 날, 알렉산드로스의 지시에 따라 전사자들을 땅에 묻어 주었습니다. 알렉산드로스는 부상자들을 찾아가 일일이 상처를 살펴보면서 어떤 상황에서 다쳤는지를 물어보았고 부상자들이 자신의 공적을 한껏 부풀려 말하는 것을 허락했다고 합니다. 아마도 그래야 병사들의 사기가 꺾이지 않을 것으로 생각한 모양입니다. 알렉산드로스는 페르시아 측의 용병으로 참전했다가 포로가 된 아테네인들을 사슬에 묶은 뒤 마케도니아로 보내 강제노동을 시키라고 명령했어요.

이럴 즈음에 그라니코스강에서 벌어진 전투 소식이 에페수스에 전해졌고 그곳을 수비하던 용병들은 두 척의 함선을 타고 달아났다고 합니다. 페르시아 기병대의 퇴각 자체도 충격이었지만 항복한 용병들을 무참하게 살해했다는 소식이 그들을 극심한 공포감에 휩싸이게 했던 것 같아요. 며칠 후 에페수스에 도착한 알렉산드로스는 자신을 지지하다가 추방된 사람들을 다시 불러들였어요."

알렉산드로스는 달아난 에페수스 귀족의 호화스러운 저택에다 숙소를 마련했다. 그는 참모들을 대동하고 군중 연설에 나설 채비를 차렸다. 아까부터 그의 신변을 우려하던 페르디카스가 다가와 귓속말했다.

"군중 앞에 노출되면 위험하지 않을까? 어디선가 노릴지도 모르잖아."

알렉산드로스는 붉은 망토를 어깨에 두르며 빙긋 웃었다.

"친구여! 그깟 반란군 잔당을 두려워해서야 어데 쓰겠는가. 걱정하지 말게나."

알렉산드로스는 광장의 한 벽면에 설치된 간이 무대에 올랐다. 그 즉시 황금별의 대형 방패를 든 근위대가 신의 방패를 중심으로 에워쌌다. 계단 위 연단에 올라선 알렉산드로스는 군중들을 위엄 있게 휘둘러본 뒤 점령군의 위세를 드높이기 위해 한층 소리 높여 외쳤다.

"정의로운 에페수스 사람들은 들어라. 필리포스 군대의 통치에 저항하여 투쟁했던 반란군 잔당들이 아직 어디엔가 숨어 있을 것이다. 당장 색출해서 끌고 와라. 놈들의 재판과 집행은 우리가 할 것이다. 이놈들뿐만이 아니다. 능구렁이 멤논과 연루된 놈들, 신전을 약탈한 놈들, 부왕 필리포스의 청동 조각상을 박살 낸 놈들, 옛 지배층과 연관된 놈들, 그런 놈들도 마찬가지다. 당장 잡아 와라!"

그때 화살 하나가 날아와 신의 방패를 때렸다. 그러자 연이어 화살들이 쏟아졌고 근위대 병사들은 결사적으로 왕의 몸을 완전히 방패로 덮었다. "놈들을 잡아라!" 주변을 지키던 근위대 병사들은 화살이 날아온 건물 속으로 달려 들어갔다.

군중들은 한바탕 소란에 놀랐고 두려웠지만 감히 자리를 떠나지 못했다. 화살 세례가 멈추자 간신히 목숨을 건진 알렉산드로스는 방패를 걷어치우고 중단된 연설을 계속 펼쳤다. 그의 목소리는 냉정을 유지하려는 몸짓과는 달리 격앙되어 있었다.

"바로 이렇다. 잔당들을 색출해야 하는 이유이다. 너희들이 가장 잘 알 것이다. 이웃 중에 누가 반란을 부추겼던 놈들인지. 아! 그리고 금은보화를 감춘 놈들을 찾아내어 압수한 재물과 함께 반드시 이 자리에 끌고 와라. 보상이 따를 것이다. 당장 서둘러라!"

알렉산드로스는 연단을 박차고 떠났다. 그러자 군중들은 뿔뿔이 흩어졌다. 몇 날에 걸쳐 점령군을 추종하는 자들은 일제히 도시를 뒤졌고 다수의 사람이 광장으로 끌려왔다. 잡혀 온 자들은 병사들에 의해 모두 감옥에 갇혔고 어떠한 변명도 허용되지 않았다.

그러던 어느 날 오후, 다시금 광장에 모습을 드러낸 알렉산드로스는 감옥에 갇힌 그들을 광장에 대령시켰다. 알렉산드로스는 잡혀 온 그들에게 재판은커녕 어떠한 변명의 기회도 주지 않았다.

그는 사형을 명령했다.

"오, 저런!" 다수의 무고한 사람들이 만인이 보는 앞에서 극형에 처해졌다.

"으악! 저리 죽인다고?"

현장에 있던 군중들은 몸서리쳤고 옷에다 똥오줌을 지리는 자들이 속출했다. 삽시간에 흉흉한 공기가 도시에 퍼졌고 위기감에 휩싸인 에페수스 사람들은 자신의 무고함을 드러내기 위해 애꿎은 사람들을 고발하기 시작했다. 그리고 잡혀 오는 족족 하나같이 극형에 처했다. 그러자 심지어는 개인적 원한이 있거나 탐욕에 사로잡힌 자들이 남몰래 타인을 해치는 일까지 들끓게 되었다.

필로타스를 위시한 참모들은 이런 사태를 묵과하고 넘어갈 수 없었다. 그들은 황급히 알렉산드로스를 찾았다. 그는 마침 저택 안마당에서 페르디카스와 술을 대작하고 있었다.

"아니, 다들 무슨 일인가?"

술좌석에서는 가급적 그의 심기를 건드리는 걸 꺼렸다. 모두가 발언을 주저할 때 헤파이스티온이 나섰다.

"알렉산드로스, 이러다간 도시 기능까지 훼손되겠네."

"아, 그 문제 때문인가? 그렇지 않아도 페르디카스와 얘기 나눴네. 더러 무고한 희생이 생기겠지. 하지만 무엇보다 반란의 뿌리를 뽑아야 해."

"알렉산드로스, 이곳은 우리에게 매우 중요한 항구라네. 헬라스와 바로 연결되는 물류의 거점이야. 이곳이 온전해야 전쟁 수행이 수월해진다네."

알렉산드로스는 둘러선 다른 친구들을 흘끔 바라보더니 잠시 생각에 잠겼다.

"알겠네. 나로서도 사태가 확산하는 걸 바라지 않아. 당장 복수 행위의 중단을 선포하게. 누가 나설 텐가?"

"내가 불미스러운 사태를 진압하겠네."

굳은 표정의 필로타스가 말했다. 그는 튜닉에 망토를 두른 친구들과는 달리 완전히 무장한 차림이었다.

소문은 급속도로 퍼져나갔다. 전쟁의 참상을 접한 각지의 사람들이 항복을 알려 왔다. 알렉산드로스는 프톨레마이오스를 보내 그곳들을 접수하도록 했다. 사태가 수습되자 알렉산드로스와 참모들, 그리고 이곳의 지도자들은 신전으로 향했다.

에페수스의 주택가는 야트막한 구릉지에 자리 잡고 있었다. 그곳을 지나는 길에 내려다보이는 부두는 오가는 배들로 붐볐다. 헬라스에서 생산된 물건들을 내리고 페르시아 제국에서 입수한 물건들을 싣고 있었다. 한편에서는 인부들의 떠들썩한 소란과 뒤섞이어 노예 상인들이 포로를 경매하느라 고래고래 고함을 지르고 있었다. 바로 이번 전쟁에서 잡혀 온 건장한 남자들과 앳된 여자들이었다. 공포의 눈망울을 연신 굴리는 그들의 탈진한 육체는 밧줄과 사슬에 꽁꽁 묶여 꼼짝달싹하지 못하고 있었다.

"에페수스는 참으로 활기에 넘치는 도시로군."

알렉산드로스의 호기로운 발언에 뒤따르던 이곳의 늙은 호족이 간드러지게 웃으며 맞장구쳤다.

"아하하! 참으로 그러하지요. 폐하, 빛나는 햇살이 바다에 녹아들어 푸른 물결로 넘실거리는 저기 저, 에게 바다를 바라보시옵소서."

그는 두 손을 모아 바다를 가리켰다. 알렉산드로스는 가던 길을 잠시 멈추고 그가 가리키는 부두 쪽의 바다를 바라보았다. 호족이 계속해서 읊조렸다.

"어디서 부는지 모를 나비 날갯짓보다 부드러운 순풍이, 갤리선 돛대들의 무수한 깃발들을 펄럭이게 하는 저 광경이야말로 승전한 군대의 행진만큼이나 압권입죠, 헤헤."

번들거리는 호족의 미사여구를 듣던 알렉산드로스는 눈살을 찌푸렸다. 잠시 멈췄던 걸음을 떼다가 힐끗 그를 쳐다보았다.

"자네는 검을 차는 것보다 부채를 드는 게 낫지 않을까?"

구릉지를 벗어난 큰길가에는 호화스러운 저택의 회랑들이 쭉 늘어서 있다. 마침내 도착한 신전 주위에는 행상인들로 붐볐고 그들은 부적과 작은 신상들, 특히 아폴론이나 아르테미스 신상을 팔고 있었다.

알렉산드로스는 아르테미스 여신에게 제물을 바쳤고, 무장한 병사들이 전투 대형으로 행진하는 의식을 펼쳤다.

11

광란의 도가니에서 살아남기

아만타크는 연설이 진행될수록 촉각을 곤두세운 전사의 심정으로 돌아간 듯 말투에 더욱 힘이 가해졌다.

"알렉산드로스는 밀레투스로 향했습니다. 페르시아 함대가 해안으로 접근했지만, 알렉산드로스는 해전을 피했어요. 페르시아 측에는 잘 훈련된 키프로스와 페니키아의 해군이 있었기 때문이죠. 그는 페르시아 병력이 항구 쪽으로 밀고 들어오지 못하도록 저지하는 선에 그치면서 오직 밀레투스 성벽을 허무는 것에 주력했어요. 알렉산드로스는 부하들에게 탑, 공성 망치 등을 이용한 공성 장비로 공격할 것을 명령했어요. 침략자 군대의 공격에 시달린 밀레투스 시민들과 용병대는 더러 탈출을 시도하기도 하고 끝끝내 저항도 하다가 대부분 성안에서 목숨을 잃었습니다."

리트모스 산 아래 자리한 밀레투스는 그 오른편으로 미칼레 곶이 돌출되어 있고 그 너머로 멀리 사모스섬이 어렴풋이 보인다. 왼편으로는 반도가 펼쳐져 있는데 2백 년 전에 페르시아에 의해 파괴되었던 도시를 건축가 히포다모스가 재건축했던 곳이다. 그곳에는 넓은 주도로와 구역을 연결하는 종도로가 방사형으로 도로망을 이루었고 가장 높은 지점에 대리석 등을 써서 건축한 신전이 세워져 있는

데 청동과 금은으로 장식된 신상들이 장엄하게 서 있었다. 신전의 중앙에는 광장이 있고 모든 길이 이곳으로 모여들었다. 그리고 이곳에서 탈레스가 밀레투스학파를 창시하는 등 수많은 철학자가 배출되기도 했다. 이처럼 유서 깊은 도시가 이번에는 알렉산드로스와 헬라스의 손에 의해 파괴되는 수모를 당한 것이다.

전투에서 살아남은 사람들이 해안에서 가까운 곳에 있는 라데스섬으로 피신했다. 도시를 손에 넣은 알렉산드로스는 작은 섬으로 달아난 사람들을 가만두지 않았다. 섬의 해안 지형은 가팔라서 상륙하려면 거의 벽을 기어오르다시피 해야 했다. 패잔병들은 죽기 살기로 응전했고 공격이 쉽지 않음을 깨달은 알렉산드로스는 공격을 중단했다.

"항복하면 살려주겠다. 무기를 버리고 나와라."

알렉산드로스의 항복 요구를 패잔병들은 거절했다. 이들은 헬라스 용병으로서 약 3백 명에 달했다.

"허튼수작일랑 집어치워라! 항복해도 개죽음이라는 걸 모를 줄 아느냐!"

알렉산드로스는 무기를 버리고 항복할 것을 거듭 권유했다.

"나를 믿어도 좋다. 그 대신 앞으로는 내 군대에서 충성을 다해 복무해야 한다."

패잔병들은 의논 끝에 결국 항복을 선택했다. 어차피 죽기는 매한

가지이니만큼 그의 회유를 믿어 보기로 한 것이다.

한참 뒤, 무기를 버리고 투항한 패잔병들은 초조한 낯빛으로 알렉산드로스 앞에 늘어섰다. 알렉산드로스는 그들의 초췌한 모습을 바라보며 엷은 미소를 지었다.

"왜들 두려워하느냐? 내 병사들을 죽인 행위들을 생각하면 정녕 괘씸하기가 이를 데 없지만 약속한 것이니 이번엔 살려 주겠다. 흠, 옷이 대체 그게 뭐냐. 용병 짓으로 모자라 야만족 꼴일세. 가서 군복을 바꿔 입도록 하라."

알렉산드로스는 용병들을 살려 주었다. 이전과 다르게 이 같은 의외의 조처를 내린 데는 그간의 사정이 있었다. 잦은 전투로 인해 병력 손실이 극심해져 병력의 추가 투입이 절실해졌기 때문이었다.

페르시아 함대는 넓은 바다에 진을 치고 헬라스 함대를 상대하기 위해 대치했으나 알렉산드로스 군대가 육지에 방어벽을 치자 밀레투스를 떠났다. 안도의 한숨을 내쉬는 알렉산드로스에게 친구인 에우메네스가 다가왔다. 그는 아테네 사람으로 재정을 담당하고 있었다.

"애물단지로 전락한 함대를 둬서 뭐 하나. 이참에 없애 버리는 게 낫지 않을까? 유지비가 너무 많이 들어. 얼마 못 가 자금이 고갈되고 말 거야."

재정 담당이 건넨 서류를 대충 훑어본 알렉산드로스는 고개를 끄덕거렸다.

"그렇군. 생각보다 경비 지출이 심한 것 같군."

"물론이지. 육군보다 세 배 이상이 든다네."

"아무튼 자네 말대로 함대를 해산해야겠어. 내게 기발한 생각이 하나 떠올랐네."

"그래? 우리 왕께서 또 무슨 비책을 쓸지 궁금해지는데?"

에우메네스와의 대화 중에 묘수가 떠오른 듯 알렉산드로스는 즉각 함장인 네아르코스를 불러 함대의 해산을 알렸다.

"함장, 당신도 알다시피 현재 우리는 함대를 유지할 만한 자금이 부족한 상황이오. 게다가 우리 함대는 페르시아 해군을 상대하기엔 아직 역부족이라는 사실을 알고 있을 것이오. 나는 배든 사람이든 내 병사들이 가능성 없는 전투에 투입되어 헛되이 희생당하는 걸 원치 않는 사람이야. 어차피 육군이 이미 대륙을 장악한 상황이기도 하니 구태여 함대를 보유하고 있을 이유가 없다고 보는데 어찌 생각하시오?"

네아르코스는 뜻밖의 통고에 깜짝 놀라 말을 더듬었다.

"저 전하, 지금 함대를 해산하시면 본토와의 연락은 어떻게 하시려고요?"

"육로가 있지 않나?"

얼결에 말을 내뱉고 난 뒤 알렉산드로스는 뭔가 혼선이 온 듯 머뭇거렸다. 그리고 보니 육지로 돌아서 가기에는 시일이 너무 많이 걸릴 것 같았다. 왕이 묘한 표정을 짓자, 네아르코스는 괜히 신경이 쓰였다. 왕의 심기를 잘못 건드린 게 아닌가 하여 안절부절못했다.

허리에 찬 칼집을 매만지며 주위를 어슬렁거리던 알렉산드로스는 생각을 추스르려는 듯 눈동자를 희번덕거리며 말했다.

"어! 그것은 말이지, 일시적이오. 함장과 선원들은 당분간 육지에 머물면서 추후 합류할 때를 기다리시오."

"전하, 명령을 받들어 함대를 일시 해산하겠습니다. 또한 후일에 대비하여 만반의 준비를 갖추도록 하겠습니다."

"그래요. 수고하시오, 함장."

함장이 물러간 뒤 알렉산드로스는 밖에서 대기 중이던 에우메네스를 다시 불렀다.

알렉산드로스는 페르시아 병력이 할리카르나소스 지역에 있다는 전갈을 받고 즉각 진군했다. 그가 지나가는 도시마다 무기를 버리고 맥없이 굴복했다. 그것은 태평성대를 누리는 동안에 권태와 무기력 속에 태연자약하다가 급작스레 고용한 용병들이고 보니 마치 굶주린 사자 앞에 던져진 영양의 몰골과 다를 바 없었다.

산비탈에는 올리브나무가 무성했다. 전운이 감도는 들판에는 양귀비꽃이 피었고 학들이 날아다녔다.

요란한 금속음을 내며 창과 방패를 앞세운 병사들이 행군하자 그것을 흉내 내느라 아이들이 들판을 뛰어다녔다. 뒤늦게 부랴부랴

집에서 뛰쳐나온 어른들은 도망치는 철부지 아이들을 데려가기에 바빴다.

할리카르나소스는 카리아 왕국의 마우솔루스 왕가가 수도로 정한 도시이다. 이곳에 도착한 알렉산드로스는 장기전을 예상하고 도시에서 떨어진 지점에다 진을 쳤다. 앞서 자신의 군대를 무찌른 적이 있는 숙적, 바로 그 멤논이 대비하고 있었기 때문이다.

멤논은 도심에 자리한 마우솔레움 부근에다 지휘 본부를 설치했다. 마우솔레움은 마우솔루스 왕가의 무덤이다. 멤논은 이곳에 잠든 영령들이 그들 자신의 도시를 수호해 주길 은근히 기대했다. 멤논은 그만큼 다급했다.

멤논은 고관들을 불러 모아 작전 회의를 열었다. 이 자리에는 주둔 부대의 페르시아인 사령관들과 용병 부대를 지휘하는 아테네 출신의 장교 헤피알테스와 트라시불로스 그리고 카리아의 총독인 오론토바테스, 이 지역의 왕인 오십 줄의 픽소다로스가 참석했다.

이 무렵 다리우스 왕은 뒤늦게나마 지략을 지닌 멤논에게 남부 아시아를 통할하고 함대 전체를 지휘할 수 있는 권한을 부여한 상황이었다.

"놈들은 공성 무기를 써서 성벽을 무너뜨립니다. 그걸 막아내야 합니다. 그것에 대비한 준비는 잘 되어 갑니까?"

오론토바테스가 대답했다.

"지시하신 대로 무기와 장비를 갖췄습니다. 모든 병사가 일사불란하게 움직일 것입니다."

멤논은 대답에 만족한다는 듯 고개를 끄덕였다.

"삼 교대로 나누어 성곽을 사수한다는 거 잊지 마세요. 충분한 휴식과 체력 안배가 승패를 좌우할 것입니다. 특히 유격대는 야간 침투에 온 힘을 다해야 합니다."

멤논은 참모들과 구체적 논의를 마친 뒤 막사 밖으로 빠져나왔다. 그리고 마우솔레움 주위를 걸었다. 서쪽 하늘로 해가 넘어가고 싸늘한 바람이 일었다. 보이지도 않는 새 떼들의 울음소리가 어디선가 들리는 듯했다. 그는 초반 전투 때 알렉산드로스 군대를 제압하지 못한 것이 못내 안타까워 두 눈을 질끈 감았다.

'그때 왜 어물쩍 넘겨 버렸을까…. 모든 걸 무시하고 독단으로라도 밀어붙였어야 했던 것을!'

그는 새들의 울음을 찾아 허공을 휘둘러보았다. 대세는 이미 기울어졌음을 차마 인정하기 싫어 부질없이 나부대는 몸짓 같았다. 한편으로 모든 삶 자체가 허망하기까지 했다.

"삶이란 본래 덧없거늘 무엇을 바란다고 저리 휘이휘이 싸다니는 것인지."

혼잣소리로 중얼거리던 멤논은 고뇌에 찬 표정으로 무덤을 우러러보았다. 돌로 지은 입방체 건물로, 이오니아식 기둥이 있는 회랑이 건물 전체를 에워싸고 있다. 건물 외벽에는 부조가 새겨져 있고 회랑 위에는 계단식 피라미드가 얹혀 있다. 피라미드 끝에는 죽은 왕과 청동의 네 마리 전차 모습이 조각되어 있다.

평소 누구에게도 의지하지 않았던 멤논은 난생처음으로 마우솔루스 왕가의 선령들을 향해 간곡히 호소했다.

"부디 탁월한 지략과 굴하지 않는 기백을 내려 주시어 이제금 이 몸과 모든 병사에게 강력한 힘이 되어 주실 것을 진정 바라나이다."

"도시 하나를 놓고 처음으로 수십 일에 걸쳐 공방전이 벌어졌습니다. 알렉산드로스 군대는 공략하기 쉬워 보이는 쪽의 성문을 공격했고 우리 페르시아 군대는 원거리 무기를 투척하여 진격을 막았죠. 그러자 알렉산드로스는 작전을 바꿔 부근의 민두스를 우선 공략하려고 했어요. 그곳을 장악하면 할리카르나소스를 점령하기가 수월해지기 때문이었죠. 알렉산드로스는 심야에 도시 가까이 다가갔고 보병들에게 성벽 밑에 호를 파서 무너뜨리라는 명령을 내렸어요. 민두스 사람들은 침략자 군대의 기습 공격을 필사적으로 저지했습니다. 결국 알렉산드로스는 다수의 병사만 잃은 채 다시 할리카르나소스 포위 공격으로 작전을 전환했어요. 그는 공성 무기를 사용했고 이윽고 두 개의 탑이 차례로 성벽과 함께 무너졌지요.

그런 와중에 멤논의 유격대가 잠입하여 공성 무기에 불을 질렀고 부분적으로 전투가 벌어지기도 했어요. 이때 알렉산드로스 군대는 3백여 명의 사상자를 냈습니다. 방어하기 어려운 야간 기습에 당했기 때문이었죠. 우여곡절 끝에 세 번째 탑을 무너뜨렸고 토대까지 허물면 완전히 성벽이 무너질 상황이었어요. 하지만 그곳 사람들은 초승달 모양으로 벽돌을 쌓아 순식간에 성벽의 틈을 메워 버렸죠.

멤논 군대의 한쪽 병력은 알렉산드로스가 위치한 무너진 벽 쪽에서, 다른 병력은 삼중의 문 쪽에서 적의 진입을 막았고, 공성 무기 쪽을 향해 횃불을 던졌습니다. 위기를 느낀 알렉산드로스 군대는 공성 탑 위에 올려놓은 투석기로 돌을 쉴 새 없이 날렸고 연달아 창과 화살을 쏘아 대어 간신히 멤논의 유격대 병력을 방어벽 안으로 몰아낼 수 있었지요. 이 전투로 알렉산드로스 군대는 극심한 손해를 입었어요. 그날 이후로 제가 장교로 진급할 정도였으니까요. 한마디로 알렉산드로스 군대의 패배였어요."

오론토바테스 총독은 멤논에게 아군의 피해 상황을 긴급히 알렸다.

"사령관님, 이대로 가다간 아무래도 성벽이 무너질 것 같습니다."

멤논은 망루 밖 성벽 아래를 내려다보곤 걸음을 이리저리 옮겨 가며 골똘히 생각에 잠겼다.

"총독, 이 위기 상황을 뚫을 방책이 없겠소?"

굳은 표정의 총독이 침묵하자 멤논은 결정을 내렸다.

"이곳의 역할은 이것으로 다했나 봅니다. 병사들을 철수시키되 섬과 고지, 두 군데로 나눠 방어하세요. 섬은 내가 맡겠소."

성벽 붕괴를 우려한 페르시아의 지휘관 멤논과 오론토바테스는 결국 철수 결정을 내렸다. 페르시아군은 아르코네스라는 섬의 요새와 살마키스라 불리는 고지로 후퇴했다.

날이 밝자 알렉산드로스 군대는 텅 빈 도시를 수중에 넣었다. 철커덕철커덕, 청동 갑옷으로 온몸을 감싼 레온나투스가 숨을 헐떡이며 달려왔다.

"놈들은 죄다 내뺐네. 어떻게 할까?"

알렉산드로스는 분노를 참지 못해 창을 들어 벽에다 쑤셔 댔다. 창날이 굉음을 내며 떨어져 나갔다.

"더 이상의 공격은 없다. 놈들이 다신 정착하지 못하도록 도시를 완전히 파괴하라."

계속해서 공격을 전개하기에는 또다시 시간이 많이 허비될 뿐 아니라 자칫 치명타를 입을 가능성까지 있었다. 이미 아군의 피해가 극심했다. 이번 전투에서 알렉산드로스 군대는 유난히 승리를 외치고 강조했다. 적군인 멤논 군대는 적어도 1천 명 이상의 병사를 잃었을 것이라 주장했다. 하지만 정작 그들은 근위대장과 궁수 부대장, 대대 지휘관을 포함하는 정예 장교들만 해도 실제로 40여 명을 잃었다. 알렉산드로스는 분풀이로 도시를 완전히 파괴했다. 그런 뒤 군대를 재정비하면서 프리기아로 떠날 채비를 서둘렀다.

알렉산드로스는 지휘관 회의를 소집했다. 여기서 부족한 병력의 보충과 병사들의 사기 진작이 시급한 문제로 대두되었다.

"우리 마케도니아 병사 중에 기혼자들이 많다고 들었는데 그들에게 휴가를 주는 것이 어떻겠나?"

알렉산드로스의 물음에 평소 의연한 태도를 보이는 셀레우코스가 대답했다. 그는 야전의 지휘관보다는 전략가로 더 잘 어울렸다.

"거 좋은 생각일세. 전투에 지쳐 온통 자식 생각뿐일 텐데 크나큰 위로가 되겠지. 그런데 다른 용병들은 어쩌고?"

그러자 매사에 몸을 사리며 소극적인 프톨레마이오스가 말했다. 그는 자기 자신을 무공이 뛰어나지 못한 자로 단정 지으면서 위태로워 보이는 전투에는 가급적 참전을 피했다.

"걔들은 보내면 그걸로 끝이라 곤란해. 어차피 장교가 휴가병을 인솔해 가야 하잖아. 그리 핑계를 대는 거지. 마케도니아에 가서 병력을 모집해 와야 한다, 그렇게 말이야. 뭐, 실제로도 그렇잖아."

항상 혈기에 넘치는 크라테로스가 주변을 서성이며 대꾸했다.

"병력이야 여기서도 얼마든지 구할 수 있잖은가."

알렉산드로스 곁에 앉아 있던 헤파이스티온이 말했다.

"다들 알다시피 이번에 고급 장교의 손실이 컸어. 무엇보다도 정예 병력의 보충이 절실하다네. 그래서 겸사겸사 귀향하는 거야. 그런데 필로타스 자네는 온종일 왜 아무 말이 없는가. 한마디 하게나."

여태껏 침묵을 지키던 필로타스는 귀찮은 듯 간신히 입을 뗐다.

"나는 할 말 없네. 다들 알아서 잘하니까."

참모들의 얘기를 묵묵히 듣던 알렉산드로스가 다시 말을 꺼냈다.

"헤파이스티온이 말했다시피 정예 병력이 필요한 실정이야. 페르디카스 자네가 책임지고 인솔 장교들이 귀대할 때 최대한 많은 기병과 보병을 모집해 오도록 지시하게나. 그리고 회의가 끝나는 대로 파르메니오 장군을 불러 주게."

회의가 끝나고 모두 자기 위치로 돌아간 뒤, 알렉산드로스는 호출받고 달려온 파르메니오 장군을 막사 밖으로 나가 맞았다.

알렉산드로스는 장군에게 환한 미소를 지어 보였다.

"장군님, 무사하셔서 기쁩니다."

노장 파르메니오는 서둘러 말에서 뛰어내렸다. 아직도 기력이 정정한 전사의 기품이 엿보였다.

"장군께서는 이번 전투에 지대한 공로를 세웠소이다. 백전노장의 장군 없이 어찌 이번 원정을 성공시킬 수 있었겠습니까, 하하."

"전하, 별말씀을 다 하십니다. 이 노쇠한 장군이야 말 위에서 호령한 것 외에 달리 뭐 있겠습니까. 모두 전하의 탁월한 영도력이 만든 결과입니다."

"이럴 게 아니라 다과를 들면서 얘길 나누시죠. 안으로 듭시다."

막사 안에서 두 사람은 다과를 나누며 담소했다.

"장군께서는 병력과 짐수레를 이끌고 사르디스로 향하세요. 그곳에서 모든 상황이 종료되면 곧바로 프리기아로 진군하세요."

"전하, 그렇게 하겠습니다."

파르메니오는 알렉산드로스의 지시에 순순히 응했다.

"아, 물론 나는 페르시아 함대가 육지에 진입하지 못하도록 남쪽 해안 지대를 장악할 생각이오."

사실 페르시아 제국의 내륙 지역은 현재 페르시아 군대가 어떤 움직임을 보이고 있는지, 알렉산드로스로서는 아직 상황 파악이 제대로 되지 않은 상태였다. 그런 까닭에 그는 부족한 병력으로 섣불리 진군하기가 꺼려졌다. 따라서 파르메니오 군대의 파견은 위험을 떠안은 정탐의 일환이기도 했다.

알렉산드로스가 이끄는 군대는 리키아부터 팜필리아까지 페르시아의 남쪽 해안 지대를 행군했다. 이 행군에서 전투 없이 수십 개의 소규모 마을로부터 항복을 받아내었다. 항복한 그들은 어김없이 물자를 제공해야만 했다.

12
반복되는 투쟁을 터득한 자들의 계략

한겨울로 접어들었을 때 알렉산드로스는 밀리아스, 파셀리스를 거쳐 페르가로 나아갔다. 진군 중에 알렉산드로스는 아스펜두스에서 온 사절단을 만났다.

"왕이시여, 저희는 불문곡직하고 항복하겠습니다. 그러니 저희 도시에 병력을 주둔시키지 않으시기를 간청드리옵니다."

마음이 흡족해진 알렉산드로스는 그들의 외모를 쭉 훑어보며 대답했다.

"보아하니 형편이 넉넉한 자들이로세. 자네들의 부탁을 들어주는 대신 내 병사들의 급여로 50달란트와 말들을 가져오게."

아스펜두스 사절단은 그의 단호한 요구를 차마 거절하지 못했다. 어쩔 수 없이 두 가지 요구에 합의하고는 그들의 도시로 돌아갔다. 그 후 알렉산드로스는 시데를 거쳐 실리움으로 향했다. 그러나 기습 작전만으로는 요새 도시인 실리움을 공략할 수가 없어 진퇴양난에 빠졌다. 병력이 모자라 인해전술을 시도할 수도 없었다. 그때 마침 아스펜두스 사람들이 합의를 이행하지 않는다는 소식을 듣고는 재차 그곳으로 진격했다.

두려움에 떨던 아스펜두스 사람들은 또다시 간청했다. 그러나 알렉산드로스는 약속을 어긴 것에 대해 더욱더 단호하게 조처했다.

"앞서 약속했던 군마들과 50달란트 외에 추가로 50달란트를 더 바치고 도시의 지도자들을 인질로 넘겨라. 또한 내가 임명하는 총독에게 복종하고 매년 마케도니아에 공물을 바쳐야 하며 토지 소유조사에 응해야 한다."

그런데 실상 그곳 사람들은 50달란트를 지급할 능력 자체가 없었다. 그럼에도 그의 명령에 아무도 이의를 제기하지 못했다. 알렉산드로스는 무리한 요구를 강요했고 그것은 불이행을 초래했다.

이곳의 사람들은 세련된 모양의 의복과 장신구로 치장했다. 또한 정돈되고 화사하게 꾸며진 도시에서 생활하고 있었다. 아마도 알렉산드로스는 이런 도시 분위기와 사람들의 외양에 혹한 나머지 그들이 부유할 거라 예단한 것 같았다. 아무튼 상대방의 형편 따위에는 아랑곳없다는 듯 알렉산드로스는 새로이 추가된 약조를 맺은 뒤 페르가로 돌아갔다.

알렉산드로스는 페르가 등지에서 용병들을 끌어모은 뒤 프리기아로 가기 위해 테르메소스를 경유했다. 테르메소스인은 피시디아 혈통의 아시아 종족으로 높고 가파른 고지에 자리 잡고 있어 길이 험했다. 알렉산드로스는 하찮은 야만족을 사냥하는 정도로만 생각하고 테르메소스인과 맞붙었으나 의외로 타격을 입고 말았다.

한편 불의의 습격을 당했음에도 용감무쌍하게 싸워 승리로 이끈 테르메소스의 부족장이 긴급회의를 소집했다.

"대관절 놈들이 누구이기에 함부로 남의 땅을 침범하여 살상과 약탈을 저지른다는 말이오?"

"족장님! 그놈은 알렉산드로스라고, 산적 무리의 두목인데 페르시아의 보물과 식량을 약탈하고 사람들을 노예로 팔아먹을 생각에 무턱대고 도시를 침략한다고 하옵니다. 또한 휘하의 무리들은 여자들을 눈에 띄는 대로 겁탈하고 아이들을 닥치는 대로 학살하는 매우 흉포한 놈들이라 하옵니다."

신하의 보고를 받자마자 부족장은 노발대발했다.

"천하에 있을 수 없는 일이로다. 감히 무고한 사람들을 벌레 잡듯 해치려 들다니. 어떻게든 우리는 우리의 땅과 백성들을 야만족들로 부터 죽기 살기로 지켜 내야 한다. 내가 직접 선봉에 서겠다. 모두 나를 따르라!"

알렉산드로스는 재차 공격을 감행했으나 병력의 손실만을 안은 채 물러나야 했다. 장기적인 포위 공격 없이는 테르메소스를 정복하기 힘들다고 판단한 그는 테르메소스인과의 전투를 포기하고 사갈라수스로 진군했다. 그러나 사갈라수스 역시 큰 도시로 이곳 주민들도 테르메소스인과 마찬가지로 다 같은 아시아 혈통이었다. 알고 보니 피시디아족은 모두가 뛰어난 전사였다. 그럼에도 알렉산드로스는 테르메소스에서 당한 수모를 이곳에서 복수하고자 했다.

"이곳의 피시디아족은 산악에서 저항했으나 산악 지형에 특화된 아그리아니아군의 공격이 운 좋게 성공을 거두면서 백병전으로 이어졌죠. 갑옷을 입지 않은 피시디아족은 완전 무장을 한 중무장 보병들과의 싸움에서 심각한 손실을 보고 무너졌어요. 이 전투에서 약 5백 명이 죽었으나 포로는 없었습니다. 피시디아족은 그곳 지형에 밝아 달아나기 쉬웠던 반면, 중무장한 마케도니아 병사들은 패잔병들을 추격하기 어려웠던 데다가 전원 사살하라는 명령을 받았기 때문이었죠. 알렉산드로스는 달아나는 피시디아족을 끈질기게 쫓다가 결국 힘에 부치자, 그들의 도시를 급습했고 연이어 다른 도시들도 공격해 나갔어요. 무력으로 정복했고 이미 달아난 일부 도시들은 무혈 입성하게 되었죠."

피시디아족의 도시들을 완전히 파괴한 알렉산드로스의 다음 목적지는 프리기아였다. 닷새 후 알렉산드로스는 케라이나이에 도착했다. 그러나 그곳은 앞서 파르메니오 장군의 군대가 진격하여 이미 도시를 휩쓸고 지나간 상황이었다. 이곳은 프리기아 총독의 관저가 있는 도시였다. 이곳의 수비대는 도시를 포기하고 요새로 숨어들었고 1천여 명의 카리아 병사와 헬라스 용병이 프리기아 총독의 지휘 아래 지키고 있었다. 따라서 알렉산드로스 군대는 손쉽게 도시에 진주할 수 있었다.

도시의 중심부에는 마르시아스강에서 흘러온 맑은 물이 고여 호수를 이뤘고 그곳 사방이 가파른 절벽의 꼭대기에 요새가 있었다. 알렉산드로스는 요새를 열흘 정도 포위했다가 적들이 꼼짝도 하지 않자 도시 외곽을 감시할 병력을 남긴 채 고르디움으로 향했다.

도시에 다다른 알렉산드로스는 잦은 전투로 인해 전사자가 급증하고 주둔군으로 병력이 차출되어 현재 자기 휘하에는 소규모 병력만이 남게 되자 혹시라도 일어날지 모를 반란을 우려했다.

그는 전령을 불렀다.

"당장 파르메니오 장군에게 가서 알려라. 장군이 직접 병사들을 이끌고 이곳 고르디움으로 마중 나와야 하노라."

그 후 얼마 지나지 않아 파르메니오는 병사들과 함께 마중을 나왔다. 그 무렵 휴가를 갔던 마케도니아 병사들 역시 새로 모집한 병사들을 이끌고 고르디움에서 합류했다.

이렇듯 부하를 의심하는 알렉산드로스의 돌발 행동은 어느 날 그가 꾼 꿈에서 비롯되었다. 할리카르나소스를 포위하던 무렵이었는데, 낮잠을 즐기던 중에 제비 한 마리가 성가시게 나는 꿈을 꾸었다. 제비는 알렉산드로스의 머리 주위로 빙빙 돌면서 경고라도 하듯 시끄럽게 울어 내더니 침대 여기저기에 날아가 앉았다. 그는 제비를 쫓아내려고 팔을 휘휘 내저었으나 제비는 머리맡에 내려앉더니 꼼짝달싹하지 않았다.

잠에서 깬 알렉산드로스는 전쟁터에 항상 대동하고 다니는 점쟁이 아리스탄데르를 불러 꿈에 관해 물어보았다.

주문 외듯 한참을 입속말로 웅얼거리던 점쟁이가 이렇게 해몽했다.

"친구의 배신이 있을 징조이고 음모가 발각될 것입니다."

"점쟁이의 예언이 있고 나서 알렉산드로스는 헤타이로이의 일원으로 왕과 가까운 사이였고 테살리아 기병대의 지휘관이기도 한 아에

로포스의 아들 알렉산드로스를 체포했고 곧바로 처형했습니다. 알렉산드로스 왕을 암살하려고 음모를 꾸몄다는 증거로는 시시네스라는 인물의 자백을 제시했었죠."

아만타크의 발언을 끊으며 파라마누가 불쑥 질문을 던졌다.

"그런데 많은 친구 중에 하필 그자를 지목했을까요? 정말로 반역을 꾸며서 그런 게 아닐까요?"

"글쎄요. 그런 이유까지는 잘 모르겠습니다."

증언하던 아만타크가 난처해하자 듣고 있던 갈리아푸스가 대신해서 설명에 나섰다.

"그것은 입수된 정보를 파악해야만 알 수 있습니다. 일찍이 필리포스 왕의 암살에 연루됐다며 처형당한 헤로메네스와 아라바에우스라는 자들이 있었는데 그들과는 형제지간이었습니다. 당연히 형제인 그자 역시 그때 처형당했어야 할 상황이긴 했습니다만, 그럼에도 그 당시 사형을 피할 수 있었던 까닭은 부왕이 죽었을 때 가장먼저 무장을 하고 궁으로 들어와 알렉산드로스를 지원했던 사람이었기에 용서해 주었다는 것입니다."

"아니 그런데 왜…?"

"그런데 왜 인제 와서 처형했느냐면…, 글쎄요?"

갈리아푸스도 그 점에 있어 해답을 찾기 어렵다는 듯 고개를 갸우뚱했다. 그러더니 자신 없는 말투로 설명을 덧붙였다.

"언젠가는 형제의 복수를 할 것이라 지레짐작하고 늘 마음속에 의혹을 품고 지냈던 것은 아닐까요?"

그의 대답에 파라마누도 자신의 궁금증을 마무리하려는 듯 추측의 발언을 더 했다.

"아마도 백일몽을 꾸다가 생긴 우발적 행동이 아니라 원죄, 그러니까 자신이 부왕에 대해 저질렀던 반란의 후유증이라 봐야 하지 않을까요?"

이런저런 대화가 원로들 사이에 오가는 가운데 을지는 자기 곁에 바짝 붙어 앉은 바투치에게 넌지시 말했다.

"증언을 들어보니 테살리아 기병대는 대단한 군대야. 그런 부대의 지휘관이니 후환이 두려웠겠지."

"아! 정말 그렇겠는데요?"

"게다가 내 짐작으로는, 지휘관 그자는 자기 형제들이 억울하게 죽었다는 걸 알고 있었어. 역적모의의 주모자가 누군지를 알고 있었다는 얘기지."

"아, 그래서 왕이 살해되자마자 바로 궁전으로 가서 알렉산드로스를 찾았군요. 그렇다면 반란의 주동자는…?"

"당연히 알렉산드로스이지."

하나씩 사건들이 펼쳐질 때마다 원로들은 더한층 궁금증이 꼬리를 치켜들긴 했으나 한편으로는 그 이유를 알 것 같아 절로 고개가 끄덕여졌다. 처음에 갈리아푸스가 어째서 알렉산드로스의 가족사를 거론하고 시답잖은 일리아스를 들먹이며 부왕의 암살을 놓고 시간을 죽여 가면서까지 열변을 토했는지를 이제야 알 것 같았다.

을지는 덧붙여 말했다.

"내 말이 맞는다면 알렉산드로스는 자기 부하들에 대한 처형을 멈추지 않을 거다."

그 말에 바투치가 깜짝 놀란다.

"정말로 그렇게 될까요?"

"처형이 계속해서 일어난다면 내 말이 맞는다는 얘기지. 알렉산드로스가 자기 아버지를 죽인 것이지."

"전쟁 와중인데도 만약 그런 조처를 한다면 그야말로 미친놈이겠네요. 형님, 근데 그건 모르시겠죠? 누굴 처형할지는."

을지는 질문을 받자마자 선뜻 대답했다.

"오랫동안 대규모 군대를 총지휘해 온 존경 받는 능력자, 파르메니오 장군이 될 게다. 그러려면 그의 아들 필로타스도 그냥 놔둘 수 없을 테지. 후환을 두려워하는 알렉산드로스이니까."

"아! 그렇겠네요. 게다가 필로타스는 막강한 헤타이로이 기병대를 진두지휘하는 사령관이니까요."

"오! 그렇군. 그건 내가 깜빡 놓쳤었군. 그것 때문에라도 필로타스 장군을 처단해야 하고 그러니 그의 아버지 또한…."

"이러나저러나 둘 다 처형당하는 건 확실하겠는데요?"

키오스섬은 멤논의 수중에 들어갔다. 다리우스 왕은 멤논을 페르시아 해군의 총사령관으로 임명하여 아시아 해안 전체 수비를 맡겼다. 앞서 말했다시피 멤논의 목표는 전장을 헬라스와 마케도니아 쪽으로 옮겨 가는 것이었다. 키오스섬을 장악한 뒤 멤논은 레스보스로 가서 섬들의 모든 도시를 수중에 넣었다. 멤논은 해안을 감시하면서 알렉산드로스가 바다를 통해 병력과 물자를 지원받지 못하도록 통제했다.

그러나 멤논은 과업을 끝내기도 전에 와병으로 세상을 떠나고 말았다. 멤논의 죽음은 이번 전쟁에서 페르시아에 가장 심각한 타격이 아닐 수 없었다.

히누리는 마을 숙소로 이어지는 샛길 언저리에서 병사들의 제지를 받았다. 한 장교와 병사 두 명이 기마한 상태로 길목을 지키고 있었다. 투구는 쓰지 않았으나 가죽으로 된 미늘 갑옷에 가죽 장화를 신은 것으로 보아 치우 부대의 기병이었다.

"작전 중이라 지나갈 수 없습니다. 학장님, 급하면 다른 길로 가십시오."

"장교님, 무슨 일인가요?"

장교는 잠시 그녀를 바라봤을 뿐 대답하지 않았다. 그는 말고삐를 돌리며 길목의 저편을 묵묵히 응시했다. 누군가를 기다리는 기색이다. 근처에 말 세 마리가 대기하는 걸로 봐서 그 말의 기병들이 작전 중인 듯했다. '조용한 민가에서 작전이라니?' 히누리는 장교의 옆얼굴을 힐끔 쳐다보았다. 옹골찬 인상이 언뜻 비정해 보였다. 뺨에 가늘고 짧은 칼자국이 있고 검붉은 콧수염을 기른 것이 안면이 있는 군인은 아니었다. 그러나 경당을 설립하고 초창기에 학장 직무를 수행했던 자기를 아는 걸로 봐서 경당 출신일지도 모르겠다.

그때 저편 골목 쪽에서 둔탁한 소리가 나는가 싶더니 병사 세 명이 오랏줄에 묶인 누군가를 붙든 채 모퉁이를 돌아 나오고 있다.

"어머니, 저리 피합시다. 마주치겠어요."

두 사람은 돌발 상황을 피할 생각에 부근 공터로 자리를 옮겼다. 체포된 자는 이십 대 초반으로 보이는 사내로 재갈을 물리고 양손을 뒤로 결박당한 채 붙들려 왔다. 사내는 히누리를 발견하자 달아나려는 듯 몸부림쳤고 기병은 오랏줄을 낚아채며 채찍으로 때렸다. 재갈 물린 사내는 물론이고 기병들도 외마디 소리 하나 없이 체포를 진행했다. 침묵은 은근히 공포를 조성했다. 기병들은 말에 올라탄 뒤 사내를 질질 끌고 가다시피 했다.

"어머니, 저 사내가 중죄라도 지은 모양입니다. 꽁꽁 묶였는데요."

"몸부림을 치고 저항하는 걸로 봐서 흉악범이거나 억울한 누명을 쓴 것일 수도 있겠어."

"근데 마을이 왜 이렇죠? 오자마자 뭣이 뒤숭숭합니다."

"얼른 숙소로 가자. 사건에 얽히게 될라."

두 사람은 서둘러 말고삐를 잡아챘다.

'어째서 치안대 기병들은 말을 놔두고 걸어서 잡으러 갔을까. 말발굽 소리에 범인이 달아날지 몰라서? 비무장 상태의 주민 한 명을 체포하려고 무장한 기병을 6명씩이나…. 혹시 장승 훼손의 범인인가? 대체 이번 부족장은 치우 부대를 어떤 식으로 운용하는 것일까. 은밀하고도 집요하게, 그러면서 서서히 공포심이 들게끔 부족민을 통제하려는 것일까?'

생각이 많아진 히누리는 숙소에서 뛰쳐나오는 딸 수정을 끌어안을 때까지 의혹투성이로 전락한 부족장 두만수타의 이모저모를 궁리했다.

"에구, 아직도 어린 티가 솔솔 나는구나."

"엄마 왜 이제 왔어? 얼마나 보고 싶었다고요."

"그랬구나. 이 엄마도 우리 수정이가 많이 보고 싶었다."

"수정아!"

엄마 품에서 수정이가 고개를 쳐들자, 도수가 빙그레 웃고 있다.

"깍! 오라버니네? 오라버니도 왔어?"

"그럼! 너 보러 왔지. 아하하!"

둘은 오누이 사이가 무색할 정도로 좋아서 펄쩍 뛰며 어쩔 줄 몰라 부둥켜안고 법석을 피운다.

"어휴! 꼴사납게 하는 짓들이. 떨어져서 어찌 살았을까 싶네."

겉으로 내뱉는 말과 달리 히누리는 아이들이 형제지간의 우애를

돈독히 하며 성장한 사실에 새삼 뿌듯해했다.

잠시 후 히누리는 정색하고 딸을 불렀다.

"애야 수정아."

"네, 엄마."

"집에 손님이 와 있다며?"

그제야 수정은 엄마를 쳐다보았다.

"아! 언니요?"

"어 그래."

수정은 엄마에게 다가오며 말했다.

"지금 제 방에 있어요."

"그 언니, 이 엄마랑 얘기 좀 나눠야겠다. 지금 볼 수 있을까?"

"음! 어려운 부탁은 아닌 것 같은데 제가 한번 물어볼게요."

"그래라. 엄마가 꼭 좀 봤으면 한다고 전해라."

수정이는 문을 열고 안으로 들어갔다. 방안의 여자애는 바깥마당에서 모녀가 나눈 얘기를 들었을는지 모른다.

잠시 후 문밖으로 고개를 내민 수정이가 가볍게 손짓했다.

"들어오세요. 괜찮다고 하네요."

여자애는 저항하느라 손목 주변으로 약간의 타박상과 멍 자국이 있을 뿐 몸 상태는 괜찮아 보였다. 그리고 겁탈을 당한 여자애치고는 침착했고 그날의 상황에 대한 설명도 찬찬히 조리 있게 말했다.

아쉬운 점은 두건을 뒤집어쓴 채로 범죄를 저질렀기에 범인의 얼굴을 보지 못했다는 것이다. 중년의 사내로 체격이 크고 술 냄새를 짙게 풍겼다고 한다. 그리고 왼손의 바닥 부분이 꺼칠한 게 칼에 맞아 생긴 흉터 같았고 그래서인지 군인처럼 느껴졌다고 한다.

진술을 들은 히누리는 범인을 찾기가 어렵겠다는 생각이 들었다. 군인이라! 하지만 문제는, 범인을 잡지 못하면 이런 일이 언제고 반복될 수 있다는 것이었다.

"참! 네 이름을 묻지 않았구나."

"녹수라고 합니다. 선조 땅의 강 이름을 잊으면 안 된다고 하면서 아버지가 지어 주셨어요."

녹수는 열여덟이라 했다. 윤이 나는 피부에 눈빛이 반짝거리고 뚜렷한 이목구비와 몸매에 낯빛까지 환하여 뭇 사내들이 반할 만큼 아리따운 아이였다.

"울고불고했대서 얼굴이 퉁퉁 부어오른 줄 알았건만 어쩜 곱기만 하구나."

"네? 제가 울었다고요?"

"그럼 아니냐?"

"어휴, 저는 울지 않는답니다. 아니 울긴 해도 사내 앞에서 찔찔 짜는 여자는 절대 아니죠."

하하. 히누리는 그만 웃음을 터뜨리고 말았다. 피해자를 위로할 생각에 줄곧 엄숙한 태도를 보인 자신이 민망스러워졌다.

"그래, 싹싹해서 참 좋다. 녹수야."

"네?"

히누리는 미소 지으며 그녀를 찬찬히 바라보았다.

"이 아줌마가 반드시 해결책을 찾아보마."

녹수도 방긋 미소를 지으며 고개를 끄덕였다.

"네."

안심시킬 생각에 그리 얘기를 꺼냈지만 어떻게 해야 범인을 찾아 낼 수 있을까. 더구나 상대가 군인이라면. 그러나 히누리는 여기서 멈출 생각이 없었다. 어린 여자애의 패기로, 의젓한 기상만으로 세상이 살아지는 것은 아니다. 어른들이 나서서 이들의 패기가 제때 발휘되게끔 멍석을 깔아 주고 손뼉 쳐서 한껏 북돋워야 하지 않겠나. 그래야 살아갈 수 있는 것이다. 그나마 이 척박한 세상에서.

13
전장에 나서는 병사들은 무슨 생각을 할까?

알렉산드로스는 부하들을 대동하고 고르디움 신전을 방문했다. 미다스 왕의 마차는 오래된 네 개의 바퀴와 윗부분에 반원형 난간 이 달린 모양이었다. 방향을 전환하는 장치는 채를 사용하는데 바퀴의 앞쪽 굴대에 연결된 가로대와 맞물려 있었다.

아만타크의 증언은 계속되었다.

"알렉산드로스는 아크로폴리스 높은 곳에 축조된 고르디우스와 그의 아들 미다스의 궁을 찾았습니다. 고르디우스의 수레와 멍에를 묶어놓은 매듭이 보고 싶었기 때문이겠죠. 멍에를 묶어놓은 매듭을 푸는 자가 페르시아 제국의 왕이 될 것이라는 전설이 있었는데 산딸나무 껍질로 만든 끈으로 묶은 매듭은 매우 교묘하게 얽혀 있어 어디가 시작이고 어디가 끝인지 그 누구도 알아낼 수 없었다고 합니다. 알렉산드로스 역시 아무리 용을 써도 매듭을 풀 수 없었어요. 부하들과 병사들은 숨죽인 채 지켜보고 있었죠. 그러자 알렉산드로스는 신경질적으로 칼을 빼내더니 그대로 칼을 내리쳐 단번에 매듭을 잘라버렸어요. 그러고는 곧바로 외쳤죠.

'내가 매듭을 풀었도다!'

부하들은 얼떨결에 큰소리로 환호했고 병사들은 검을 들어 자신들의 방패를 두들겨 댔습니다. 다음날 알렉산드로스는 계시를 내려준 신들에게 제물을 바치고 매듭을 풀었음을 선포했다고 합니다."

몇몇 원로들이 혀를 끌끌 차며 알렉산드로스의 기이한 행각을 질타했다.

"머저리 같은 놈이로군. 풀라고 했지, 누가 자르라고 했더냐."

"진짜 막무가내로 일을 저지를 놈이네. 큰일이로세."

"유물을 함부로 훼손하고도 남을 놈이로군. 사람이든 물건이든 남

171

아나는 게 없겠어. 허허, 그것참!"

예측할 수 없는 행위의 목격은 때로 상대방에게 공포를 안겨 주는 법이다. 원로들 가운데 몇몇은 그간에 누적된 긴장감 때문인지 몸을 들썩이며 포도주를 찾았다.

알렉산드로스는 갈라티아의 앙키라로 진군했다. 그곳에 주둔군을 배치하고 동쪽으로 다시 행군하여 할리스강에 도착했다. 그 강은 흑해로 흘러드는 거대한 강으로 헬라스인들은 이곳을 아시아 내륙 지방과의 경계로 여겼다. 알렉산드로스는 충성을 맹세한 카파도키아의 총독에게 지위를 보장해 주고 마케도니아 장교들에게 주둔군의 지휘를 맡겼다.

알렉산드로스 군대는 아무런 저항도 받지 않고 남쪽으로 진군하여 아르게오스 산이 솟아 있는 고원을 넘었다. 아르게오스 산은 항상 흰 눈으로 뒤덮여 있고 적갈색의 들판에는 염소와 양들이 떼를 지어 풀을 뜯고 있었다. 쟁기질을 마친 대부분 밭은 씨가 뿌려져 있었으나 누런 보리 그루터기가 있는 한쪽 밭에는 농부가 땅을 일구던 도중에 황급히 달아난 듯 쟁기가 덩그러니 던져져 있었다.

이틀에 걸쳐 행군하자 눈으로 덮인 타우루스산맥이 나타났다. 산들은 햇빛을 받아 하얗게 빛났고 붉은 노을 속에 타들어 갔다. 진군하는 모든 도시가, 수많은 부족과 마을들이 저항 없이 굴복했다.

닷새 동안 고원 위를 행군하자 킬리키아로 통하는 협로로 이어졌다. 알렉산드로스 군대는 킬리키아 관문으로 진군했다. 이윽고 지드누스강의 계곡과 킬리키아의 초록 들판에 도착했다. 선선하고 건조하던 고원 기후가 뜨겁고 습한 기후로 변하자, 병사들은 모두가 갑옷 속에 갇혀 비 오듯 땀을 흘렸다. 군대는 타르수스에 도착했다.

타르수스를 지키던 아르사메스는 적군의 등장에 마음이 바빠졌다. "제군들은 들어라. 안타깝게도 이 도시를 포기해야만 한다. 보물들과 귀한 물품들을 즉시 마차에 옮기도록 하라."

정찰대로부터 철군 소식을 보고받은 알렉산드로스는 기병대와 기동성이 뛰어난 경무장 보병대를 이끌고 최대한 빠르게 타르수스로 진격했다. 이에 아르사메스는 반출을 서둘렀고 시간이 촉박해서야 간신히 그곳을 빠져나갈 수 있었다.

아르사메스를 놓친 알렉산드로스는 잠시 타르수스에서 머물렀다. 그가 병치레를 겪은 것이다. 피로에 의한 탈진이라는데 수영을 즐기다가 더욱 악화했다고 한다. 그는 경련을 일으켰고 고열과 불면에 시달렸다. 그러나 의사가 처방한 물약으로 된 설사약을 먹고 점차 건강을 회복했다.

병상에서 일어난 알렉산드로스는 멈췄던 진군을 계속했다. 킬리키아와 아시리아의 경계선에 있는 시리아 관문(벨렌고개)으로 파르메니오 장군을 파견하고, 자신은 타르수스에서 출발하여 안키알로스에 도착했다.

아시리아의 마지막 왕 사르다나팔루스가 건설한 안키알로스는 주변의 성벽과 견고한 토대로 비춰 볼 때 처음부터 큰 규모로 설계된 도시였고 점차 발전하여 확장되었음이 분명했다. 성벽 옆에는 사르다나팔루스의 묘가 있고, 손뼉 치는 자세를 취한 그의 조각상과 아시리아 문자로 된 비문이 새겨져 있다.

"아나킨다락세스의 아들 사르다나팔루스가 단 하루 만에 타르수스와 안키알로스를 세웠도다. 오, 낯선 자여! 먹고 마시고 즐겨라. 인생에서 손뼉보다 가치 있는 일은 없기 때문이다."

안키알로스를 떠난 알렉산드로스는 솔리로 진군하여 그곳에 수비대를 배치한 뒤 은화 2백 달란트를 요구했다. 그 후 알렉산드로스는 고산 지대를 끼고 있는 칼리키아인을 쳐서 일부는 살해하고 나머지는 노예로 삼았다.

일주일 뒤 솔리로 돌아온 알렉산드로스는 먼 길을 숨차게 달려온 전령으로부터 뜻밖의 보고를 받았다.

"전하! 기쁜 소식입니다. 프톨레마이오스와 아산데르의 승전보입니다. 할리카르나소스와 민두스를 지키고 있던 페르시아의 오론토바테스를 격파했다고 합니다. 그리하여 코스섬과 트리오피움섬을 차지했다는 소식입니다."

이에 알렉산드로스는 속이 후련한 듯 모처럼 호탕하게 소리 내어 웃었다. 이미 병사했다지만 줄곧 자신을 억눌러 왔던 멤논에 대한 패배 의식으로부터 이제야 벗어날 수 있을 것 같았다.

"묵은 체증이 확 풀린 기분이구나. 내 어찌 그냥 있겠느냐. 이보게, 에우메네스. 내 병을 낫게 한 의술의 신인 아스클레피오스에게 제물을 바치고 병사 전체가 참여하는 행렬 의식을 열도록 하게. 또한 횃불 경주를 벌이고 운동 경기뿐 아니라 음악과 시를 겨루는 대회도 같이 열어야겠어."

함께한 참모 중에 재정 담당의 에우메네스가 대답했다.

"알겠네. 자금은 충분하니 지시한 대로 만반의 준비를 갖추겠네."

승전이 의외라는 듯 레온나투스가 한마디 내뱉었다.

"아쭈, 어쩐 일로? 프톨레마이오스가 제법인데?"

평소 묵묵히 제 할 일만 하는 리시마코스가 무심히 중얼거렸다.

"멤논이 없으니 싱겁게 이겨 버리는군, 허허."

그 말에 모두가 악몽 같았던 멤논의 지략과 용맹성을 떠올렸다.

충분히 휴식을 취한 알렉산드로스는 말루스로 진군했다. 그곳에서 신격화된 영웅인 암필로코스를 기리는 제사를 올렸다. 그가 말루스에 머물러 있을 무렵 다리우스와 페르시아 군대 전체가 아시리아 관문에서 이틀간 행군하면 닿는 소치에 주둔하고 있다는 보고를 받았다. 알렉산드로스는 다음 날 진군에 나서 이틀 뒤 미리안드로스 근방에 진을 쳤다.

필로타스는 두 팔을 머리에 괴고 강기슭의 경사진 풀밭에 누워 한

낮의 따사한 햇살을 즐기고 있었다. 그는 두 눈을 감고 어디선가 들려오는 작은 새소리와 여울목을 휘감아 도는 물방울 소리에 귀를 기울이느라 언뜻언뜻 입가에 미소가 번지곤 했다. 이제 곧 피비린내 나는 전쟁터로 화할 강가에서 이처럼 권태로운 자세로 누울 수 있다는 사실이 잠시나마 그에게 축복으로 와 닿았을 것 같다.

필로타스는 입술을 꼬물거리며 나지막하게 중얼거렸다.

"만약 이번에 내가 전사한다면 나는 죽어 어떤 느낌이 드는 걸까. 햇살, 소리, 바람결, 이 같은 것의 감각이 살아 있기나 할까. 어떤 이성이 있어 이 어리석은 광기의 시절을 한탄할까. 그런데…, 그런데 왜…?"

이때 멀리서 들려오는 말발굽 소리에 필로타스는 상념에서 벗어나 귀를 기울였다. 잠시 후 나무에 메워 둔 자기 애마 근처에서 말을 세우는 소리가 들려온다. 워워! 클레이토스 소리다.

필로타스는 그가 비탈을 내려올 때까지 지그시 두 눈을 감은 채 꼼짝하지 않고 있었다.

"이 사람, 역시 여기 있었구먼. 말만 덩그러니 놓고 있어 뭔 일이라도 생겼나 했네. 어서 일어나게. 지금 이럴 때가 아니네."

클레이토스가 가까이 다가오자 그제야 필로타스는 실눈을 뜨며 천천히 몸을 일으켰다.

"무슨 일인가? 몰래 빠져나와도 용케 나를 찾아내는군."

"지금 작전 회의가 한창일세. 자네를 얼마나 찾아다녔는지 아는가?"

"무슨 소릴. 모든 작전의 결정과 지시는 알렉산드로스의 몫이잖

나. 자기 맘에 들지 않는 모든 건의가 무시되는 마당에 회의가 무슨 소용이란 말인가."

"내 생각도 그래. 왕이랍시고 갈수록 막무가내로 고집을 부리고 광기마저 부려 대는 꼬락서니가 점점 친구들은 안중에도 없다시피 하네. 그래도 어쩌겠나. 필로타스, 어서 가세. 늦게라도 참석해야 하네."

클레이토스는 마음이 바쁜 듯 서둘러 비탈을 올랐고 그 뒤를 필로타스가 따랐다.

"그런데 여기 피나루스강에 있다는 거 어떻게 알았나?"

"자네는 틈만 나면 강을 찾지 않는가. 게다가 사전 답사를 나왔을 거라 짐작했지. 이곳 이수스를 전장으로 삼을 생각인가?"

"하하. 자네 추리력은 정말 대단하군 그래."

필리포스는 앞서가는 클레이토스의 불거진 엉덩이를 장난치듯 한 손으로 툭툭 건드렸다.

"허! 자네 장난은 여전하구먼. 이곳은 언제 죽을지 모를 전쟁터일세."

곧바로 필리포스의 얼굴이 어두워졌다. 그는 점차 이 전쟁에 대해 회의가 깊어진 상태였다.

"죽기 위해 사는 목숨 같다네. 갈수록 세상이…. "

한편 다리우스는 기병전을 벌이기에 좋고 수많은 병력을 지휘하기에 적합한 아시리아의 탁 트인 평원을 진지로 택했다. 그러나 알렉산드로스가 숙영지에 계속 머물며 진군할 움직임을 보이지 않자, 다리우스는 평원을 떠나지 말라는 한 참모의 냉철한 조언을 무시하고 성급하게 움직이기 시작했다. 협곡으로 끌어들이려는 필로타스의 작전에 사실상 말려든 것이다.

알렉산드로스는 섣부른 패기를 자제하고 이번에는 필로타스의 제안을 순순히 받아들였다. 드넓은 평원에서 적의 대군과 맞선다는 것은 비록 승리할지라도 많은 희생이 따르는 무모한 만용임을 어슴푸레 깨달은 것이다. 그라니코스강 전투에서의 막대한 희생을 잊지 않은 것이다.

판단력을 잃은 다리우스는 적의 군대가 두려움에 진군을 멈췄다고 생각하고 아마니아 관문이라 불리는 고지를 넘어 이수스로 나아갔다. 그는 곳곳마다 미끼로 던져 놓은 마케도니아 병사들을 무찌르면서 의기양양하게 피나루스강으로 진군했다.

아만타크는 그날의 기억에 격앙되어 팔을 휘두르는 등, 다소 격정적인 몸짓을 취했다.

"다리우스 군대는 포진한 자리에서 움직이지 않았고 알렉산드로스 군대는 천천히 진군했습니다. 그리하여 양쪽 군대는 서로 공격할 수 있는 거리에 다다랐죠. 투석 무기가 닿을 거리에 이르자 우익의 선두에 선 알렉산드로스와 필로타스의 헤타이로이 기병대는 전속력으로 말을 달려 강으로 돌진했습니다. 그러자 모든 병사가 궁수 부대의 화살을 피하고자 빠르게 돌격했어요. 그런데 이게 뭡니까. 용병으로 이루어진 페르시아군의 좌익 보병대는 얼마 못 가 곧바로 무너졌습니다. 이놈들은 싸울 의지가 애초부터 보이지 않았어요. 알렉산드로스는 이 점을 노려 기선 제압에 성공했고 적의 좌익을 측면으로 포위하면서 격퇴해 나갔어요. 여세를 몰아 다리우스가 있는 중앙으로 방향을 틀었지요. 이렇게 되면 겁이 많은 다리우스 왕이 기세에 눌려, 지레 뒤꽁무니를 뺄 거라 판단하고 전개한 작전이었습니다.

그러나 의외로 중앙의 전투 상황은 순조롭지 않았는데 다리우스 군대가 상대 진영의 틈이 가장 크게 벌어진 지점을 공략하여 격렬한 전투가 벌어지고 있었던 것이죠. 알렉산드로스의 테살리아 기병대와 마주한 페르시아 기병대는 강을 가로질러 달려와 맹공을 퍼붓기 시작했습니다. 치열한 접전이 펼쳐졌죠. 그런데 어이없게도 페르시아 군대는 헬라스 용병의 보병들이 마케도니아 보병대에 무너지고 다리우스가 후퇴하는 것을 확인한 순간부터 무너지기 시작했어요. 전세가 급격히 기울어지자, 페르시아 기병대와 보병대는 뒤엉켜 달아나기에 급급했고 테살리아 기병대는 그들을 뒤쫓으며 맹공격을 가했지요. 우왕좌왕하는 혼란 속에 페르시아군은 수많은 희생자를 낼 수밖에 없었습니다. 곳곳에 피가 터져 솟구치고 살점이 갈가리 찢겨 나가고 온갖 비명들과 괴성들, 말과 사람이 뒤섞여 울부짖는 아비규환 그 자체였습니다.

그처럼 험악한 전투의 소용돌이 속에서 저는 살아남았고 더 이상

피비린내 나는 전쟁을 버텨 낼 수가 없어 다음 날 심야에 탈주를 시도했습니다. 승리에 도취한 병사들이 밤새 떡이 되도록 술판을 벌일 때에 그 어수선한 분위기를 틈타 달아날 수가 있었어요."

아만타크의 증언이 끝났다. 침울한 분위기 속에 파라마누가 먼저 얘기를 꺼냈다.

"다리우스는 한때 무공도 세운 군인이었다면서 어째서 전략도 형편없고 겁까지 많은 나약한 왕이 되었을꼬."

"설령 자기가 죽을지언정 끝까지 군대를 지켰어야지."

"왕이란 모름지기 나라를 위해 목숨을 던질 줄 알아야지."

"그건 그렇고 곱상하게 생긴 사람이 무지 고생이 많았겠어. 우리 모두 위로의 박수라도 쳐 줍시다. 이 사람이 뭔 죄가 있겠나."

아란이 제의하자 원로들은 그제야 생각난 듯 아만타크에게 뒤늦은 격려의 박수를 보냈다.

바투치는 어이가 없는지 을지를 빤히 쳐다보며 따지듯이 물었다.

"위기에 처하면 지휘부가 물러나야 하는 건 맞지만 이건 너무 많이 지나친 거죠?"

을지는 안타깝다는 듯이 고개를 절레절레 저었다.

"어이없게도 지휘의 부재가 패전을 초래했어. 전쟁은 의외로 한 사람의 지휘관에 의해 판도가 달라지곤 해. 그리고 아무래도 이번 전쟁은 어설픈 헬라 용병들을 투입한 게 또 하나의 패착인 것 같다.

차라리 기병대만으로 유격전을 전개하는 게 나았을는지 몰라."

"혹시 사전에 헬라 용병의 일부라도 매수해서 감추어 뒀던 건 아닐까요?"

바투치는 일부러 두 눈에 힘을 주며 부릅뜨는 시늉을 했다.

"그건 또 무슨 말이냐?"

을지도 덩달아 두 눈에 힘이 들어갔다.

"그렇잖아요. 알렉산드로스는 이미 알고 그쪽으로 치고 들어가고 놈들은 슬쩍 빠져 달아나면서 길을 터주고. 결과가 계속 그런 식으로 전개되니까 의심이 갈 수밖에요."

"그런가?"

을지는 고개를 갸웃했다.

'어느 한쪽이 기상천외의 발상을 한 것일까? 바투치이거나, …그렇지만 설마?' 그러나 곧바로 씁쓸한 미소를 지었다. 어차피 마케도니아의 상대가 되지 못하는 아테네 용병들이다.

원로들이 이구동성으로 다리우스의 무능을 질타하는 가운데 한동안 침묵으로 일관하던 두마 마을의 촌장 우르가 입을 열었다.

"만약 우리도 전쟁을 준비해야 한다면 저런 겁쟁이가 아니라 지략과 용맹을 겸비한 자를 지휘관으로 삼아야 하지 않겠나. 대체 그런 인물이 우리에게 있긴 하나요?"

원로들은 일제히 부족장을 응시했다. 을지도 그가 어떤 해법을 제시할지 궁금해졌다. 부족장은 의외로 담담하게 말했다.

"우리가 누굽니까. 히타이트 자손 아닙니까. 우리는 남녀 모두가 전사이고 지휘관의 자질을 갖춘 자들이로소이다. 여하튼 지금 이렇게 아니라 증거인 두 분의 증언을 마저 다 듣고 우리의 앞날을 결정 짓도록 합시다. 에, 두 번째 증언을 듣기 전에 잠시 쉬도록 하겠소."

부족장 우수크는 지극히 당연하고도 평범한 얘기를 원로들에게 건넸을 뿐이다. 그럼에도 을지가 보기에는 뭔가 꿍꿍이속이 있는 것처럼 느껴졌다. 이런 시국에 부족장이 저리 담대할 수 있다는 것은 이미 별도로, 아마도 박트리아 측과 은밀한 논의가 있었고 뒤꿍무니로 무언가 결정을 내렸을 거라는 추측을 가질 만했다. 대관절 무슨 작당을 했을까.

다리우스는 10만에 달하는 군사를 가지고도 알렉산드로스 군대에 패해 무너졌다. 전차에 타고 있던 다리우스는 달아나다가 골짜기에 가로막히자, 전차를 버려야 했다. 방패와 망토, 활까지 집어던지고 말에 뛰어올라 필사적으로 도주했다. 알렉산드로스는 집요하게 추격을 펼쳤으나 날이 어둑해지자 돌아갈 수밖에 없었다.

다리우스가 지내던 막사도 알렉산드로스 수중에 들어갔다. 무두질한 가죽으로 만들어진 천막은 진홍빛과 금빛 커튼이 처져 있고 삼나무 기둥들이 천막을 떠받치고 있었다. 기둥에는 얇게 금박이 입혀진 조각이 되어 있고 천막 안의 바닥에는 화려한 문양의 카펫이 깔려 있었다. 아마포를 설치해 공간을 나눴는데 왕좌가 있는 큰

방, 식당, 침대가 있는 내실, 욕실이 갖춰져 있었다.

다리우스의 아내인 스타테이라, 아직 어린 아들, 엄마와 이름이 같은 큰딸 스타테이라 2세와 작은딸 바르시네. 그리고 이들의 시중을 들던 귀족 여인 다수가 포로로 붙잡혔다. 서사시 '일리아스'의 재연이랄까. 알렉산드로스의 두 눈에 비치는 고귀하고 아름다운 여자들은 현세 영웅의 운명적인 전리품이 되어 속절없이 순종해야만 했다.

보물은 3천 달란트만 발견되었다. 다리우스의 보물들과 온갖 물품들은 미리 다마스쿠스로 보내졌고 페르시아 장교들의 장비와 부인들 역시 그곳으로 이동한 뒤였다. 알렉산드로스는 다수의 전리품을 놓치고 허탕을 친 것에 분노가 치밀었다. 보물과 여자를 포기하는 것은 자신의 승전에 대한 모독이라 생각했다.

그는 즉각 파르메니오 장군을 다마스쿠스로 보냈다. 그곳에서 현지인들을 상대로 협박과 수색을 벌인 끝에 보물 일부를 기어코 확보했다. 비록 페르시아 귀족 부인들은 또다시 손아귀에서 놓쳐 버렸지만….

이수스 전투는 이렇게 종결되었다.

14
영웅이 되기 위해서는 얼마큼의 사람을 더 죽여야 하는지

스타테이라 왕후는 한때 절세의 미인으로 소문이 자자했다. 알렉산드로스는 오래전에 떠돌던 소문을 확인하고 싶어 다리우스의 아내인 그녀를 자신의 처소로 불렀다. 그의 앞에 나타난 중년의 그녀는 꽃처럼 화사한 미모를 잃지 않았고 기품 있는 중후한 아름다움이 온몸에서 발산되고 있었다. 동양의 신비로운 매력에 흠뻑 빠진 알렉산드로스는 용맹한 장수가 아니라 앳된 소년으로 돌아간 듯했다.

"왕비님, 그만 됐으니 거기 앉으시지요."

그녀는 왕의 부름을 받고 막사 안으로 발걸음을 떼긴 했으나 먼발치서 우뚝이 서 있기만 했다. 그러다가 왕의 독촉에 그녀는 연회용 침대로 다가가 귀퉁이에 살짝 걸터앉았다. 앉을 데라곤 그것밖에 없었다. 다리우스의 왕후는 금실과 은실을 섞어 짠 순모 옷을 입었고 옷자락이 무릎을 덮을 정도였다. 하나로 묶어 세세하게 땋은 머리카락은 청금석과 터키석 등의 보석으로 장식된 금관 안으로 감아올려져 있었다. 호박 색채의 눈 화장을 한 그녀는 타인의 시선을 압도하는 깊은 눈동자를 지녔고 곧은 콧날과 분홍빛 입술이 그녀의 낯빛을 우아하게 만들었다.

"남편이 눈앞에서 사라지니 기분이 어떻습니까?"

스타테이라는 왕의 질문이 무엇을 말하는 것인지 몰라 잠시 망설였다. 그러나 왕은 말없이 지켜보기만 하니 그녀는 별수 없이 대꾸해야 했다.

　"무슨 말씀인지? …부군이 없는 아낙은 달빛을 잃은 밤하늘이요, 태양을 잃은 꽃들의 두려움이겠지요. 세상의 즐거움과 빛이 사라진 동굴에서 수도승이라 한들 어떤 기분이 들까요?"

　알렉산드로스는 당연할 수 있는 대답에 놀라워했다. 그리고 자신을 낳아 준 올림피아스를 떠올렸다. 남편을 증오한 아내.

　알렉산드로스의 생각에 대체로 나이가 들면 권태와 싫증이 겹쳐 서로가 등한시하는 관계로 전락하는 줄로 알았다. 자기 부모의 문제가 아니라 원래 인간의 삶이 그런 것인 줄 알았다. 그래서 자신은 결혼 따위는 염두에 없었고 동성의 남자를 존중했으며 오직 본능이 요구하는 대로 뭇 여자들을 탐닉했을 뿐이었다. 오늘 이곳에 스타테이라를 부른 것도 오로지 전리품인 정욕의 대상으로써 그녀를 상대하려 했다.

　그런데 단 한 차례의 부질없는 질문에 그녀는 그의 심기를 괴롭힐 답변을 내놓은 것이다. 알렉산드로스는 질투가 아니라 묘한 괴리감에 빠졌다. 남녀 사이가 그렇다고? 저리도 아름다운 아내를 맞이했던 다리우스는 지금껏 얼마만큼의 행복을 누리며 살았던 것일까. 저 여인의 사랑은 남편과의 조화에서 나온 습성인가, 아니면 그녀의 고유한 심성에서 비롯된 것일까.

반나체의 알몸으로 반쯤 드러누운 알렉산드로스는 말없이 손을 들어 자기에게로 다가오기를 지시했다. 그녀는 이미 각오한 듯 스스럼없이 다가오며 한마디 했다.

"당신도 자기를 낳아 준 어머니가 있었을 테지요."

그 말에 알렉산드로스는 강한 모멸감을 느꼈다. 죄의식 없이 무수한 여인들을 겁탈했지만, 오늘만큼은 죄악의 구렁텅이로 빠질지도 모른다는 야릇한 공포감마저 감돌았다.

"아들 같은 놈의 몸뚱이가 얼마나 달콤한 것인지 오늘 알게 될 것이오. 그때 나에게 뭐라 호소할지 무척 궁금해지는군."

그는 포도주가 든 술잔을 들고 일어나더니 다가온 그녀의 입술을 열어 입 안으로 밀어 넣었다. 그녀는 순간 움찔하며 기침하는 바람에 포도주가 목덜미 아래로 주르르 흘러내렸다. 그는 찢겨 나갈 듯이 옷을 잡아 벗겼고 그녀의 몸을 강하게 끌어안았다. "억!" 그녀는 육감의 뜨거운 분출과 영육의 괴로움이 뒤엉긴 듯 묘한 신음을 내질렀고, 거칠게 밀어붙이는 완력에 침대 위로 쓰러졌다. 금관이 바닥에 굴러떨어졌고 옷가지와 장식품이 하나씩 그 위로 던져졌다.

환한 대낮에 숙소 막사 앞을 지키는 보초병들의 귀가 쫑긋해졌다.

알렉산드로스는 페니키아로 출발했다. 그곳의 사람들은 스스로 이르기를 가나안 사람이라 했다. 그는 마라토스에서 잠시 머물렀다가 진군을 재개했다. 가나안의 도시 국가 중에 비블로스와 시돈이 항복했다. 며칠 뒤 알렉산드로스는 티레(두로)에서 온 사절단을 만났다. 알렉산드로스는 마치 오랜 친구를 대하듯 입가에 잔잔한 미소를 지으며 말했다.

"티레에서 제의를 올리고 싶소. 바로 내 조상인 헤라클레스에게 말이오."

사람들에게 알려진 지 가장 오래된 사원이 티레에 있었다. 그런데 티레에서 숭배하던 헤라클레스는 알크메네의 아들이라는 아르고스의 헤라클레스가 아니었다. 이 헤라클레스는 시리아의 바알 신, 멜카르트였다. 카드모스가 페니키아(가나안)에서 테베로 와서 세멜레를 낳기 수백 년 전부터 이미 히타이트의 하투샤를 거쳐 티레에서 숭배되고 있던 인물이었다. 바알은 턱수염을 기르고, 둥글고 높은 모자와 치마를 입고, 양손에 생명과 죽음을 상징하는 도구를 든 모습으로 묘사되어 있었다.

사절단은 고개를 갸웃하더니 조심스레 말문을 열었다.

"저희 티레 시민들은 왕께서 원하는 모든 요구를 들어주겠으나 단 한 가지, 페르시아인과 마케도니아인을 성벽 안으로 들이는 것만은 곤란하다는 의견이 있었습니다. 그러하니 제사를 드리고 싶으시다면 옛 도시에 있는 신전에서 올리셨으면 합니다."

"뭐라고? 내게 이러쿵저러쿵 명령을 내리다니, 어딜 감히!"

알렉산드로스는 버럭 화를 내며 자리를 박차고 일어섰다.

알렉산드로스는 심기를 건드린 사절단을 곧장 돌려보낸 뒤 즉각 참모들을 호출했다. 친구들 대부분은 현지에 파견 나간 상황이었고 마침 헤파이스티온과 에우메네스가 머물러 있어 시돈 궁전에 차례로 나타났다. 사절단의 제안을 전해 들은 헤파이스티온은 응당 알렉산드로스의 분노에 동조했다.

"놈들이 우리의 아량을 무시해서뿐만이 아닐세. 페르시아가 바다를 장악하고 있는 상황에서 티레를 후방에 남겨둘 순 없네. 또한 이집트와 키프로스를 방치한 채 내륙을 공략할 수는 없는 일이야. 스파르타가 우리에게 적대적이고 아테네 또한 마지못해 우리 편을 드는 것일 뿐 언제든지 반란을 일으킬 수 있는 놈들이야."

"내 생각도 그래. 놈들이 함부로 거부한 만큼 명분도 생겼잖아. 이럴 때 티레를 무너뜨리면 페니키아 전체가 우리 차지가 되고 막대한 자금뿐만 아니라 막강한 페니키아 함대가 수중에 넘어오게 되는 것이야. 별도의 운영 자금 없이 우리가 함대를 지휘하게 되는 것이지."

에우메네스가 함대의 장악에 비중을 두고 말하자 헤파이스티온이 맞받아 언급했다.

"그렇지. 그리되면 키프로스 정도는 쉽게 공략할 수 있을 것이고 완전하게 해상의 패권을 쥐게 되는 것이지. 그러면 이집트 원정도 수월해질 것이고 해상을 장악하게 됨으로써 마케도니아의 안위도 저절로 보장된다네."

알렉산드로스는 흐뭇하여 소리 내어 웃었다.

"하하. 자네들도 내 생각과 다르지 않군. 티레를 정복하면 이번 전쟁의 승패가 판가름 난다네. 페르시아뿐만 아니라 아시아 전체를 수중에 넣게 되지. 자, 가서 모두에게 출정 사실을 알리게."

티레는 육지에 있는 옛 도시와 섬에 세워진 신도시, 이렇게 두 부분으로 나뉘어 있었다. 신도시는 150피트 높이의 성벽으로 둘러싸여 있고 성문이 두 군데에 있었다. 알렉산드로스는 티레의 옛 도시를 단번에 점령한 뒤 신도시를 포위 공격하기로 했다. 알렉산드로스의 계획은 본토 해안과 티레 섬 사이의 얕은 해협에 제방을 쌓는 것이었다.

알렉산드로스 병사들은 옛 도시를 단숨에 점령했다. 곧바로 도시를 파괴하고 거기서 나온 건축 자재들과 산에서 벌채한 레바논 삼나무 등으로 방파제를 쌓아 나갔다. 그리하여 마침내 총공격이 시작되었다. 그러나 무모한 계획은 티레군의 저항에 부딪혔고 한 달여 만에 막대한 물자 손실과 인명 피해를 본 채 실패로 끝났다. 티레군의 투석기와 화공선, 그리고 유격대의 기습 작전으로 그동안 쌓아올린 알렉산드로스 군대의 방파제와 공격 탑들이 부서지고 불태워진 것이다.

그러자 분노한 알렉산드로스는 병사들을 더한층 독려했다.

"해안 쪽부터 다시 제방을 더 넓게 쌓아라! 꾸물대지 말라!"

그날 밤, 필로타스는 보초병이 지키는 본부 막사의 출입문을 거칠게 열어젖혔다. 알렉산드로스는 연회용 침대에 비스듬히 누워 여종들의 시중을 받으며 술을 마시고 있었다. 맞은편에 앉은 그의 술친구는 크라테로스였다.

"어? 자네가 여긴 웬일인가?"

크라테로스의 물음을 무시한 채 필로타스는 단도직입적으로 말했다.

"알렉산드로스! 그대는 병사들을 무엇이라 생각하는가?"

알렉산드로스는 술에 취하기도 했지만, 느닷없는 친구의 침입과 질문에 어이가 없는 듯 아무런 대꾸 없이 바라보기만 했다. 당황한 크라테로스가 벌떡 일어나 필로타스의 앞을 제지했다.

"이 친구가 왜 이러나? 진정하고 차분하게 말하게. 아무리 알렉산드로스가 친구라지만 그래도 왕이 아닌가? 자, 자, 여기 앉아서 조목조목 말해 보게나."

"아닐세. 용건만 말하고 바로 나가봐야 하네. 사고를 수습해야 해."

"아니, 사고라니?"

"방파제를 쌓다가 많은 병사가 압사했다네."

"압사?"

크라테로스는 움찔 놀라 뒤로 물러섰다. 그제야 알렉산드로스는 침대에서 일어나 앉으며 필로타스에게 물었다.

"사고 때문에 그러는가?"

"알렉산드로스, 앞서도 누차 얘기했지만, 또다시 말할 수밖에 없네. 우수한 무기와 장비가 있음에도 병사들을 헛되이 희생시키는 전술을 나는 도무지 이해하지 못하겠고, 한편으로 비록 적이라지만 마구잡이로 죽이고 겁탈하는 병사들의 야만성을 제지하지 않는 행위도 그러하네. 제발 이제부터라도 기강을 바로 세우기를 바라는 마음에서 충언하는 것일세."

알렉산드로스는 취한 몸을 애써 가누며 크라테로스에게 고갯짓했다. 그의 의견을 듣고자 하는 몸짓이 분명했다. 크라테로스는 난처한 표정을 지으며 얼버무리듯이 주절거렸다.

"강간은 때로 병사들의 사기 진작에 도움이 되는 것일세. 그것마저 막으면 병사들이 목숨 걸고 싸우려 들겠는가. 에 또, 비록 우리 병사들의 희생이 많았다고 하더라도 결국은 이겼잖은가. 달리 어떤 전술을 써야 희생 없이 이길 수 있는 것인지 나로선 잘 모르겠네만 어쨌든 이겼다는 게 더 중요하지 않을까?"

필로타스는 입술을 굳게 다문 채 친구의 항변을 듣다가 허탈한 몸짓을 지어 보이며 알렉산드로스를 쳐다보았다. 하지만 그 또한 별다른 내색을 보이지 않자 곧장 문밖으로 나가려 했다.

그때 알렉산드로스가 그의 발걸음을 붙들었다.

"필로타스! 내 얘기를 듣고 가게. 보다시피 내 생각도 그래. 그리고 전투는 맞상대하는 것이지 꼼수를 부려서 무엇 하겠다는 것인가. 우리끼리이니 솔직히 말하건대 자금만 있으면 남아도는 게 용병들 아닌가."

그러자 크라테로스가 거들었다.

"그렇지. 전쟁하겠다면서 희생을 겁내서 되겠나! 아무튼 우리 측근들, 헤타이로이만 무사하면 되는 거 아냐?"

"그렇지, 그렇지!"

으하하! 술을 과하게 마신 탓인지 두 사람은 괴성에 가까운 소리를 내지르며 웃어 대었다. 어쩌면 고고한 자인 양 자처하는 눈앞의 필로타스를 조롱하는 비웃음인지도 모른다.

'다들 미쳤군!' 필로타스는 입속으로 웅얼거렸다.

"너무 꼿꼿하게 굴지 말고 이리 와서 한잔하게나."

필로타스는 크라테로스의 권유를 무시하고 황망히 그곳을 빠져나갔다. 두 눈을 게슴츠레 뜬 채 그의 퇴장을 지켜보던 알렉산드로스는 들고 있던 황금 술잔을 바닥에 내팽개쳐 버렸다.

며칠 뒤, 알렉산드로스는 전투선을 모으기 위해 근위대와 아그리아니아군을 이끌고 시돈으로 떠났다. 이때 이수스에서 다리우스가 패했다는 소식을 들은 키프로스의 제후들은 1백여 척의 배로 이루어진 함대를 이끌고 시돈으로 왔다. 아라두스와 비블로스의 군주와 제후들도 자신들의 배를 이끌고 알렉산드로스 군대에 합류했다. 시돈의 전함까지 더해 페니키아 배까지 얻은 알렉산드로스는 함대가 충분히 갖추어지자, 티레를 공격하기 위해 가능한 한 많은 병사를 배에 태웠다. 해전 전술보다 근접전이 중요하다고 예상한 것이다. 그는 여전히 인해전술의 성공 확률에 강한 애착을 보였다. 함대는 밀집대형으로 티레를 향해 진격했다.

격렬하게 전개된 근접전에도 티레군은 꿈쩍하지 않았고 알렉산드로스 군대의 피해는 갈수록 커져만 갔다. 하늘이 분노한 듯 폭풍우가 몰아치고 우레가 천지에 요동칠 때 한 젊은 보병 장교가 급하게 알렉산드로스를 찾았다. 그때 알렉산드로스는 임시로 설치된 막사에 우두커니 서 있었다. 바다에 있는 티레 성곽을 응시하는 그의 모습은 벼락을 맞은 고목처럼 분노에 이글거리고 있었다.

"일개 장교가 이 같은 혼란 중에 나를 찾다니. 그래 무엇이 문제이더냐?"

빗물에 흠뻑 젖은 장교는 왕의 위압적인 태도에 겁을 먹었다.

"그게 저, 다름이 아니라 스타테이라 왕후가 지금 출산 중이라고 하옵니다."

"이놈을 봤나! 여자가 아이 낳는 일이 어제오늘이 처음이더냐? 가만, …누구라고?"

보병 장교는 왕의 분노가 자기에게 미칠까 간신히 말을 내뱉었다.

"그것이, 저, 스타테이라 왕후라고, 그러니까…."

"스타테이라가!"

그러니까 알렉산드로스는 그날 정복자의 위력을 앞세워 스타테이라의 육체를 겁탈한 이후 다시는 까다로운 그녀를 찾지 않았었다. 언제 어디서든 자신을 즐겁게 해줄 여자들과 창녀들이 곳곳에 널렸는데 굳이 자신의 영웅적 행위와 도덕성을 훼손하는 그녀를 상대하고 싶지 않았다. 또한 티레를 정복할 준비로 바쁜 나날을 보냈고 교착 상태에 빠진 전투 상황을 해결하느라 딴 데 신경 쓸 겨를이 없었다.

알렉산드로스는 바깥에서 폭우와 맞서고 있는 보병 장교를 안으로 불러들였다.

"이리 가까이 다가오게."

알렉산드로스는 목소리를 낮춰 물었다.

"…누구의 아이라 하더냐?"

"전하, 소관은 모르는 일입니다."

"아, 물론 그렇겠지. 장교!"

"넷, 전하!"

알렉산드로스는 장교를 불러 놓고는 바쁜 걸음으로 막사 안을 오가며 생각에 골똘했다. 잠시 후 그가 말을 던졌다.

"당장 크라테로스 장군에게 달려가서 내가 찾는다고 전하라."

보병 장교가 명령을 받들어 나가려 하자 알렉산드로스는 별안간 생각난 듯 황급히 장교를 불러 세웠다. "장교!"

"넷, 전하!"

"그러니까…, 이수스 전투가 언제 있었나? 날짜를 아는가?"

"그것이 저, 그때 들판에 양귀비꽃이 피었던 걸로 기억합니다."

"엉…? 양귀비꽃이라…."

티레 주민들은 기원전 332년 1월부터 8월까지, 무려 7개월 동안을 포위 작전에 시달렸다.

외무 담당인 마라치가 다음 증거인으로 바투치를 소개했다. 그는 옷가지를 추스르며 자리에서 일어났다. 앉은 자세에서 발언한다는 것이 그로서는 직성이 풀리지 않았다. 추레한 원로들을 앞에 두고 보란 듯이 의젓하게 연설하고 싶은 것이다.

"에, 제가 누군지는 여기 계시는 원로님들께서 잘 아실 겁니다. 좀 전에 소개받은 대로 저는 말을 다루는 말몰이꾼입니다. 저는 페르시아 군대의 요청을 받고 아직 어린 망아지들을 군마로 양성하는 업무를 수행하고 있었습죠. 그러던 중 티레 수비대에게 군마를 공급할 일이 생겨 그곳으로 갔었습니다. 그런데 도착하자마자 티레 성벽이 폐쇄되고 저는 꼼짝없이 갇히는 신세가 되고 말았죠. 어쩐지 지나가는 길목마다 분위기가 뒤숭숭했고 황급히 달아나는 인파들이 자주 눈에 띄곤 하더라고요."

"참으로 어리석군, 쯧쯧. 알렉산드로스가 시돈을 점령하고 티레를 넘보던 중이었는데 그걸 몰랐다고?"

아란 원로가 한심하다는 듯 혀를 끌끌 찼다.

"생각 자체를 아예 못했었죠. 가나안 땅의 시돈과 티레(두로)는 오랜 역사를 자랑하는 도시 국가들의 중심지였다고 들었어요. 그 사람들이 지중해의 카르타고, 리비아, 크레타, 이베리아로 퍼져나갔고 그뿐만 아니라 펠로폰네소스 도시 국가들의 혈통과 문화까지 퍼뜨린, 그야말로 자기 조상들의 본토를, 아니 그럴지도 모를 페니키아를, 그것도 티레를 침략하리라고 누가 생각이나 했겠습니까. 침략하지 않더라도 어차피 그들은 무역으로 먹고사는 집단이라 얼마든지 알렉산드로스에게 협조할 사람들이었습니다. 뭐 어찌 됐든 저는 갇혔고 살기 위해 싸워야 했습니다. 술 퍼먹고 나면 더더욱 물불 안 가리고 난폭해진다는 알렉산드로스 군대를 상대로 말이죠."

"저런! 지지리도 재수가 없었구먼!"

여기저기서 탄식이 쏟아져 나왔다.

"용케 살아남았네. 다 죽고 노예로 끌려가고 그랬다던데?"

"뭐 저 같은 경우는 몇 년 질질 끌려다닌 게 아니라서 결론부터 말씀드리자면 여러분도 아시다시피 8개월을 버티던 성벽이 결국은 무너졌습니다. 항구에 군대가 들이닥쳐 도시는 쑥대밭이 되었고 지독한 살육전이 벌어졌었죠. 장기전을 치르는 동안 무수히 많은 동료의 죽음을 눈앞에서 지켜봐야 했던 알렉산드로스 병사들은 그때 이미 눈깔이 뒤집힌 상태였죠. 그런 탓에 무자비하게 잔인해져 닥치는 대로 무고한 양민들을 학살했습니다. 그리하여… 에, 또."

바투치는 말문이 막힌 듯 증언을 이어가지 못하고 우물쭈물했다.

"급히 고향에 오다 보니 따로 준비한 것도 없고, 실상 제가 말씀드릴 얘깃거리가 별로 없네요. 줄곧 티레의 성곽에서 싸운 기억밖에 없어서 말이죠."

"에계! 그게 다야?" 어디선가 들려온 그 소리에 바투치는 주눅이 들었다.

"제가 전쟁에 대해 자세히는 몰라도, 그래도 밥값은 해야겠고 에, 혹시 질문이 있으시면 제가 아는 만큼 성의껏 답변을 올리겠습니다."

바투치의 증언이 흐지부지 끝나 버리는 바람에 원로들도 덩달아 마땅한 질문거리가 떠오르지 않는 듯 팔짱을 끼거나 멀뚱히 허공을 응시하는 등 딴청을 피웠다.

증언이 이렇듯 대충 마무리되는 것인가 했다. 회의를 진행하는 마라치가 몸을 일으키려는데 그때 파라마누가 불쑥 질문을 던졌다.

"도대체 몇 사람이 죽었나? 수만 명은 족히 될 거라던데?"

그러자 그간에 묵혀 뒀던 궁금증이 불현듯 떠올랐는지 원로들의 질문이 여기저기서 봇물 터지듯 쏟아지기 시작했다.

"자네는 어떻게 살아남았는가?"

"참! 포로들을 십자가에 매달아 처형했다던데 그건 또 뭣이오?"

"살아남은 사람들은 어찌 됐는가?"

갑자기 쏟아진 질문 공세 속에 바투치가 목소리를 높였다.

"사망자 수는 모르겠고 하여간 엄청나게 죽었습니다. 십자가 사건은 제가 달아난 이후에 벌어진 일이라 잘 모르겠고요. 휴! 저는 어떻게든 살아남으려고 피투성이 시쳇더미 속에 숨어들었다가 그만 땅에 파묻혔답니다. 천만다행으로 엉성하게 흙을 뿌린 뒤 철수한 덕분에 손으로 헤집고 빠져나올 수가 있었죠."

"그렇다면 정말 운이 좋았군. 죽다 살아난 게로군."

여러 차례 질문과 대답이 오간 뒤 어찌 된 일인지 금기를 깨고 부족장이 질문을 던졌다.

"보고하는 게 아니라 질문을 받겠다고 하니 별수 없이 나도 질문 한마디 안 할 수가 없구먼. 뭔고 하니, 티레의 왕 아제밀코스를 살려 줬다는 소문이 있던데 왜 그랬는지 혹시 아는가?"

부족장의 질문에 바투치는 기가 살아난 듯 어깨를 들썩거렸다.

"네, 그건 제가 자세히 설명해 드릴 수 있겠네요. 티레는 오래전부터 내려온 고대 관습에 따라 멜카르트(바알, 헤라클레스)에게 예를 다하기 위해 매년 제사 절기가 되면 각처에 흩어졌던 사람들이 모여들었습니다. 아제밀코스 왕은 그런 이유로 성전의 도시를 방문한 각 도시의 고관들, 그리고 카르타고의 사절들과 함께 멜카르트 신전으로 피신했었습니다. 그래서 알렉산드로스는 자기 조상을 섬기는 자들을 죽일 수 없다며 용서해 주었던 것이죠."

그 말에 파라마누가 분개하여 언성을 높였다.

"완전히 자기 맘대로 행세하는군. 무고한 사람들을 마구 죽였고 그나마 살아남은 사람 중에 장교들과 지도자들을 색출하여 무려 2천여 명을 십자가에 못 박아 죽였다고 하더군요. 만인에게 경고하기 위해 그랬다나. 그 밖에도 도시에서 붙잡힌 3만 명 이상의 티레 시민들과 외국인들이 노예로 팔려 갔다고 하더이다. …참, 제기랄 것! 이게 아니지."

북받쳐 오르는 분노를 거침없이 내뱉던 파라마누가 문득 마음을 가라앉히며 말을 이었다.

"음…. 다름이 아니라 질문을 하려던 참이었는데 그만 화가 치미는 바람에… 에, 그러니까 질문이 뭐냐면, 바투치 자네가 치른 전투 경험이 듣고 싶다네. 어떻게 방어했기에 8개월을 버틸 수 있었고 그놈들은 어떤 방식으로 공격에 나섰기에 결국은 공략할 수 있었는지, 그러한 내용들을 우리가 알면 적의 침략에 대처할 방법을 찾는 데 다소라도 도움이 되지 않을까 하는 것이라네."

파라마누의 질문을 받은 바투치는 머리를 긁적이며 잠시 생각에 잠겼다. 그러다가 어눌하게 말문을 열었다.

"사실 요즘 전쟁의 악몽에 시달리고 있습니다. 될 수 있으면 태연한 척, 애써 아무렇지 않은 듯이 행동하고 있습니다만 그게 그리 쉽지 않네요. 뭐 어쩌겠습니까. 한번은 치러야 하는 일. 속 시원하게 얘기를 풀어내도록 하겠습니다. 그러니까 2년 전, 티레에서 일어난 일입니다.

티레는 높은 성벽으로 둘러싸인 섬 도시이고 티레 함대도 강력해서 적의 해상 공격을 막아내기에 충분한 요새였습니다. 그런 사실을 알고 있는 마케도니아 놈들은 성벽까지 도달할 제방을 쌓아서 공격하는 전략을 짰습니다. 그러나 우리의 방어 공격에 놈들은 큰 피해를 보고 물러났지요. 그 후에 놈들은 시돈과 키프로스의 함대와 병력을 동원하여 총공격에 나섰습니다. 우리 티레 수비대는 기름을 실은 배를 띄워 제방에 설치된 울타리와 공성 장비를 불태웠고 밀집대형으로 진격해 오는 함대를 저지하기 위해 돌덩어리를 바다에 던지곤 했습니다. 우리는 놈들의 포위 공격에 식량마저 고갈되어 주린 배를 감싸며 싸워야 했습니다. 우리는 성벽에 방어용 목탑들을 세워 투석 무기로 대응하고 배가 다가오면 불화살을 쏘아 막아냈습니다. 제방 맞은편에는 커다란 돌들을 단단히 쌓아 올려 방어했고요. 우리 티레 수비대는 유격 병사들을 보내 북쪽 항구를 봉쇄하고 있는 키프로스 군대를 공격하여 승리를 거두기도 했습니다.

하지만 일시적일 수밖에 없었죠. 놈들은 마음만 먹으면 얼마든지 병력을 추가로 끌어올 수 있었으니까요. 마침내 놈들은 성벽이 약한 지점을 찾아내었고 끈질기게 공격을 퍼부어 결국 성벽 일부가 무너졌습니다. 놈들은 그 틈새에 다리를 놓아 공격을 가해 왔지만 우리는 목숨을 걸고 막아냈습니다.

그 후 얼마나 시간이 흘렀던 것일까요. 한동안 공격 없이 잠잠하여 우리를 기진하게 만들더니 어느 날 온갖 배에 공성 장비들을 가득 싣고서 또다시 총공격을 가해 왔습니다. 이 공격으로 여러 성벽에 틈이 생겼고 놈들은 그곳에 사다리를 놓아 여러 방면에서 공격해 왔습니다. 그런 가운데 근위대 무리가 우리 쪽의 무너진 성벽으로 기어오르기 시작했습니다. 거긴 제가 방어하고 있었죠. 우리는 이즈음 다수의 티레 수비대가 죽거나 다친 상태라 창 한번 잡아본 적 없는 도시의 노약자들까지 동원되어 전투를 벌이던 중이었죠. 그러니 얼마나 한심스러웠겠습니까. 시체들을 집어던져 올라오는 놈들을 저지해야 할 정도였으니까요.

찌르고 죽이고 죽여도, 놈들은 꾸역꾸역 벌레처럼 기어오르더니 결국은 우리들을 제압하기 시작했죠. 우리 티레 수비대의 화살이 다 떨어지고 변변찮은 창만 손에 쥐어지게 됐을 때 놈들은 우리의 전투력이 소진된 걸 눈치챘습니다. 그때 한 마케도니아 장교가 자신의 뒤를 따르라며 머뭇거리는 병사들을 독려하더군요. 우리를 하찮게 보고 뒤늦게 뛰어오르던 그 장교 놈까지는 창으로 찔러 죽였으나 곧바로 뒤따라 올라온 놈들에게 결국 우리 티레 수비대의 장교가 희생되고 말았죠. 그러곤 와르르 무너졌습니다.

우리 오합지졸들은 창을 냅다 집어던지고 황급히 뒤돌아 야산과 구릉으로 달아나기에 급급했죠. 남들은 그런 우리를 보고 비겁하다고 손가락질하겠지만 우리는, 아니 저는 아무 정신이 없었습니다. 본능적으로 살아야 한다는 마음 하나밖에는 생각나는 게 없었습니다. 제 걸음이 그리 느려 보인 적은 그때 처음이었습니다. 아무 소리도 들리지 않더군요. 그저 꿈처럼 꿈을 꾸는 것처럼 정신이 몽롱했습니다. 달리다가 뒹굴었고 일어나 다시 달리다가 어느 구덩이에 처박혔다는 기억 이후로는 한동안 의식을 잃고 있었나 봅니다. 그러다가 정신을 차렸는데 사방이 깜깜한 땅속에 제가 있더군요. 어쨌거나 황망히 흙더미를 파헤치고 살아나올 수 있었습니다.

저는 천신만고 끝에 고향으로 돌아왔고 살아 돌아온 것만으로도 천운이라 생각합니다. 마지막으로 당부의 말씀을 드리자면, 어떡하든지 전쟁을 피해야 한다. 맞서지 않고 물러나는 것도 하나의 전법이다. 제 옆의 을지 원로께서 누누이 말씀하셨듯이 저도 이 말을 원로님들에게 전하면서 제 증언을 마칩니다."

원로들은 바투치를 향해 그간의 고뇌를 위로하는 박수를 보냈다. 대관절 그 어떤 말로 그의 마음을 달랠 수 있겠는가. 증언을 마친 바투치는 자기 자리에 털썩 주저앉았다.

을지는 겸연쩍은 듯 그의 손을 어루만졌다.

"자네 속도 모르고 무용담을 듣자고 했으니. 거참 미안하구먼."

"에구, 형님도 참. 정작 말을 내뱉고 나니 속이 다 후련한걸요. 하하!"

정말 후련한 것인지 일부러 그러는지 소탈하게 웃기까지 했다.

성벽이 적의 수중에 들어간 것을 파악한 티레의 주력군은 성벽을 포기했다. 티레와 시돈의 창건자인 아게노르의 신전으로 물러나 마지막 목숨을 걸고 알렉산드로스 군대와 맞서려 했다. 그러나 일부 병력이 전투를 포기하고 달아나는 바람에 전력이 와해한 상태였다. 알렉산드로스 군대는 도시를 점령하면서 그들을 가차 없이 몰살시켰다.

승리를 거둔 뒤 알렉산드로스는 헤라클레스에게 제물을 바쳤다.

마치 전투 중에 죽어 간 모든 자들의 숨과 살과 피를 제단에 자랑스럽게 바치는 것 같았다. 그리하여 완전군장을 갖춘 병사들이 위풍당당하게 거리를 행진했다. 신에게 경의를 표하는 행사에 함대도 참여했고, 신전 안에서 운동 경기와 횃불 계주도 열었다. 성벽을 무너뜨려 틈을 만들어 냈던 공성 장비와 해전 중에 포획한, 헤라클레스를 위한 제의 용도의 배도 자랑스레 신전에 바쳤다.

티레는 이렇게 정복당했다.

한편 알렉산드로스가 티레에서 포위 작전을 펼칠 때 다리우스 왕은 정중하게 사절단을 보냈다. 그가 보낸 서신의 내용은 이랬다.

"금화 1만 달란트를 제공할 테니 처와 아이들이 무사히 돌아오게 해줄 것을 정중히 부탁드리오. 또한 유프라테스강 서쪽에서부터 에게해까지의 영토 전부를 양보할 것이며 큰딸을 기꺼이 줄 수 있으니, 혼사로써 페르시아와 우호적인 동맹 관계를 맺었으면 하오."

서신을 읽은 파르메니오 장군이 말했다.

"소신이 왕이라면 그 조건을 받아들여 전쟁을 끝내고 더 이상의 모험을 하지 않겠습니다."

그는 전쟁의 저울추가 이미 기울어진 마당에 더 이상의 무모한 살상을 원하지 않았다. 그러나 파르메니오 장군의 간곡한 조언을 무시하고 알렉산드로스 왕은 되받아쳤다.

"내가 파르메니오라면 그랬겠지. 하지만 나는 알렉산드로스이니다리우스에게 다른 답을 보낼 것이오."

알렉산드로스는 의기양양하여 다음과 같이 외쳤다.

"나는 다리우스의 금화 따위 필요 없고 대륙 전체가 아닌 일부를 받아들일 생각도 없다. 보물을 포함하여 아시아 전체가 이미 내 것이다. 그리고 다리우스가 원하거나 말거나 내가 다리우스의 딸과 결혼하고 싶다면 내가 그렇게 할 것이다. 아리따운 여자들을 가지는 행위는 영웅들이 취해야 할 덕목이자 권리이다. 다리우스가 나의 은혜와 배려를 원한다면 직접 와서 내게 간절히 요청해야 한다."

이와 엇비슷한 내용의 전갈을 받은 다리우스는 협상할 의사를 단념했다. 그는 목숨을 건 전쟁 준비를 다시 시작했다.

15
신들은 더욱 강력한 자의 눈치를 살피고

이제 마지막 세 번째 증거인으로 스피타메네스라는 삼십 대 초반의 페르시아 기병대 장교가 소개되었다.

그는 지원군을 요청하러 박트리아에 왔다가 내친김에 갈리아푸스의 안내를 받아 이곳에 오게 되었다고 한다. 곱슬곱슬한 수염이 온통 턱을 덮은 그는 야전에서 목숨을 다투는 군인답게 곧은 자세와 강건한 체격을 지니고 있었다.

스피타메네스는 멤논 장군의 용병 부대와 연합하여 그라니코스 전투를 치렀고 일단 물러났다가 다리우스 왕과 함께 이수스 전투와 가우가멜라 전투를 치렀다. 결국 패퇴한 뒤 메디아에서 전열을 재정비하던 중에 당국의 지령을 받아 박트리아에 오게 되었다.

스피타메네스는 앞서 증언한 자들과의 중복을 피하려고 그 후에 일어난 사건부터 짚어 나가겠다고 했다. 그런데 그가 언급하는 증언들은 정보기관에 의해 입수된 내용들이 많았다.

"우리는 비록 패배의 연속이었지만 그럼에도 적의 동태를 꾸준하게 주시하고 있었습니다. 전쟁은 최후에 이기는 자가 진정한 승리자이니까요."

그의 증언은 이집트(애굽) 정복부터 언급되었다.

"알렉산드로스는 이집트를 겨냥했습니다. 그런데 가사(가자)는 페니키아에서 남쪽 이집트로 향하는 경로의 마지막 도시였습니다. 바다로부터 멀지 않고 도시 가까이 모래사장이 펼쳐져 있지요. 도시는 높은 언덕 위에 벽돌로 쌓아 올린 튼튼한 성벽으로 둘러싸여 있었습니다. 시리아 권역은 가사만 빼고 알렉산드로스의 지배하에 놓여 있었지요. 그런데 가사의 맹주 바티스는 그의 지배를 거부했습니다. 바티스는 아라비아 용병대를 모으고 장기적인 포위 공격에 대비하여 물자를 비축해 놓은 상황이었습니다."

알렉산드로스는 화관을 쓰고 희생 제물을 바치는 의식을 거행한 뒤 공성 장비를 동원하여 총공세에 나섰다. 가사 수비대는 다수의 사망자와 부상자를 내면서도 용감하게 저항했다. 알렉산드로스는 공격 중에 아라비아 용사가 뛰어올라 휘두른 칼이 목을 스치며 빗나가 간신히 목숨을 건질 수 있었다. 수치와 분노로 더욱 격앙된 알렉산드로스는 근위대의 선두에 서서 창을 찔러대며 성벽을 타고 넘으려 했다. 그때 가사 수비대가 쏜 투석기 화살이 알렉산드로스의 방패와 갑옷을 뚫고 어깨를 관통했다. "억!" 그는 외마디 비명을 지르며 나뒹굴었고 근위대 병사들이 왕을 신속하게 후송했다. 부상은 심각했고 쉽게 치료되지 않았다.

이후 알렉산드로스는 부상에서 회복되었다. 치료하느라 늦춰졌다가 재개된 공격에서 알렉산드로스는 중무장한 보병대를 투입했다. 토대가 약해진 성벽은 공성 장비의 공격을 받아 넓은 틈이 생겼고 그곳에 사다리를 대고 도시로 진입할 수 있게 되었다. 선두 부대들은 가사 수비대를 뚫은 뒤 성문을 부수어 군대 전체를 성안으로 불러들였다.

"도시가 함락되고 난 뒤에도 가사 수비대는 마지막까지 맞붙어 싸웠습니다. 모든 용사가 자기 자리를 지키다가 죽음을 맞았고, 여자와 아이들은 죽거나 강간당한 뒤 노예로 팔려 나갔습니다. 이 포위 공격은 두 달 동안 이어졌었는데, 가사 수비대 약 1만 명이 희생되었습니다. 또한 일리아스라는 서사시에서 아킬레우스가 헥토르의 시체를 트로이 성벽 주위로 끌고 다녔던 것처럼 알렉산드로스는 시체가 아니라 살아 있는 바티스를 전차 뒤에 매달고 성벽 둘레를 끌고 다녔습니다. 결국 시체가 되고 말았으니, 설화의 옛이야기를 실제로 재연한 것이 되겠지요. 저는 그 소식을 듣자마자 마치 번갯불에 맞은 양 온몸에 전율이 흐르더군요. 인간의 잔인성이 어디까지인지 정말 궁금했습니다. 그놈은 성벽을 재건하겠다며 주변에 흩어져 있는 부족들을 노예로 강제 동원했고, 그곳을 앞으로의 작전에 대비하는 요새로 삼았습니다."

알렉산드로스는 이집트로 향했고 가사를 떠난 지 일주일 만에 펠루시움에 도착했다. 이곳 펠루시움은 이집트에서 가장 중요하고 매우 굳건한 국경 요새로 이집트인들은 이곳에서 여러 번 침략군과 맞섰었다. 페니키아에서 해안을 따라 내려온 함대는 이미 펠루시움에 정박해 있었다.

한편 이집트의 페르시아인 총독이자 다리우스의 부하인 마자케스에게는 제대로 된 군대가 없었다. 전임 총독 사바케스가 이수스 전투에서 전사했고 다리우스는 도망쳤으며 대부분 지역이 정복당했다는 소식에 마자케스는 저항 없이 이집트의 문을 열어주었다. 또한 8백 달란트에 달하는 보물을 넘겨주었다.

알렉산드로스는 펠루시움에 수비대를 주둔시키고 함대에는 나일

강을 따라 상류의 멤피스까지 올라가라고 지시한 뒤, 자신은 사막을 건너 헬리오폴리스로 향했고 마침내 강을 건너 멤피스에 당도했다.

그는 이곳에서 운동 경기와 문학 강연을 개최했고 헬라스에서 가장 유명한 예술가들이 경연하기 위해 이곳을 찾았다. 우승자에게는 막대한 상금이 걸려 있었다.

알렉산드로스는 많은 신들 가운데 특히 아피스에게 제사를 올렸다. 신전을 향해 알렉산드로스와 신관들이 행렬을 이루며 걸어가자, 플루트와 하프의 반주에 맞춰 성가가 울려 퍼졌다. 기둥이 늘어서 있는 신전 뜰에서 신관들이 입구에 나란히 섰고 알렉산드로스는 홀로 신전 안으로 들어갔다. 마치 신의 반열에 오른 것 같은 기분에 절로 몸이 우쭐거려졌다.

주변이 어두운 신전 한가운데 향로에서는 연기가 은은하게 피어오르고 화강암 반석 위에는 신상이 우뚝 서 있었다. 숫양의 머리를 한 신상에는 루비 눈과 금박을 입힌 뿔이 달려 있었다. 즐비한 기둥들이 시트론 나무의 천장을 받치고 있었다.

알렉산드로스는 움켜쥔 가루를 향로 속에다 휙 뿌렸다. 그러자 향의 연기와 냄새가 물씬 피어올랐고 분위기에 취한 듯 그는 더없이 자애로운 표정을 지어 보였다. 그는 뒷짐을 지며 신전의 구석구석을 경이에 찬 눈빛으로 둘러보다가 이따금 부조된 벽면을 손으로 더듬어 보곤 했다.

이윽고 알렉산드로스가 성가와 환호로 뒤덮인 신전 밖으로 걸어 나오자 이에 신관은 준비한 황소 한 마리를 그에게 인도했다. 절차에 따라 알렉산드로스는 황소의 이마에 화관을 씌워 주고 경의를 표했다. 그리고 어린 양을 잡아 아몬 신에게 제물로 바쳤다.

아피스는 멤피스에서 숭배하던 프타 신의 황소이다. 이집트를 정복한 페르시아의 캄비세스 왕은 아피스를 칼로 찔렀지만, 신들이 틀어쥐고 있는 운명에 몰입되어 있던 알렉산드로스는 이집트인의 종교를 존중했다. 그들의 환심을 산 알렉산드로스는 테베에서 파라오로 추대되었다.

알렉산드로스는 강 하류로 내려가 카노부스에 다다랐다. 그리고 마레오티스 호수를 돌아, 어느 한 지역에 도착했다. 야자수들이 빼곡하게 늘어선 섬과 해변을 둘러싼 아름다운 평야에 매혹된 알렉산드로스는 그의 이름을 따서 도시를 세우고 싶어 했다. 지금껏 유구한 역사를 이어 내려온 수많은 도시들을 태연스레 파괴하고 다녔던 알렉산드로스였다. 그랬던 그가 이날 이후로 '알렉산드리아'라는 이름의 여러 도시를 세우게 되는데 이곳은 그중 최초로 건설되는 가장 큰 도시이다.

어느 날, 알렉산드로스는 리비아에 있는 암몬 신전에서 신탁을 직접 받고 싶었다. 암몬은 일찍이 헬라스 사람들에게 알려졌고 제우스와 동일시되었던 신이다. 그곳은 페르세우스와 헤라클레스가 신탁 받았던 신전이라 전해오기에 알렉산드로스는 그들과 비슷한 수준의 명성을 갈망했다.

"나에게는 두 영웅의 피가 흐르고 있고 그들이 제우스의 혈통이라는 전설이 있는 만큼 나 자신도 그런 점에서 암몬의 혈통이라고 느껴진다. 나는 제우스와 암몬의 아들이다."

알렉산드로스는 자신의 혈통을 비로소 확인했노라고 선언하고 싶어졌다. 그러기 위해서라도 암몬 신전의 방문이 필요했다.

기원전 332년 겨울. 알렉산드로스는 암몬 신전에 도착했다. 사막 한가운데 유일하게 물이 흘렀고 올리브 나무와 대추야자 등의 과실수들이 우거져 있었다. 이곳에서는 천연소금이 채굴되었는데 신관들은 이 소금을 이집트로 보내 제물 용도로 사용하게 했다.

"암몬 신께서는 왕의 방문을 환영하십니다."

신관들은 차가운 물 잔과 야자열매가 담긴 바구니를 들고 알렉산드로스를 맞았다.

"나는 암몬 신의 신탁을 원합니다. 내가 정녕코 신의 아들인지 알고 싶습니다."

알렉산드로스는 두려운 경외감으로 신전과 주변의 땅을 둘러보았다. 그리고 간구하기 시작했다. 멀뚱히 하늘을 올려다보다가, 작고 낡은 신전의 벽에 머리를 맞대고 기대어 있다가, 무언가 중얼거리며 신에게 질문을 했다. 그렇게 한참을 간구하던 그는 드디어 염원하던 응답을 받은 듯 두 손을 허공으로 쭉 내뻗었다. 그러고는 초점 잃은 두 눈동자를 하늘 향해 우러르며 외쳤다.

"나 알렉산드로스에게 마침내 신께서 내려오셨도다!"

어느새 사제가 다가와 신의 계시를 알렸다.

"아몬 신께서 신탁을 내리시기를, 왕께서는 정녕 신의 아들이라 하였사옵니다."

"오! 그렇소? 나도 방금 응답을 받긴 하였소만 정말 뿌듯한 일이 아닐 수 없군요."

알렉산드로스는 고대하던 신탁을 이뤘다고 자부하며 당당하게 이집트로 돌아갔다.

어느덧 봄이 찾아왔고, 알렉산드로스는 멤피스를 떠나 페니키아로 진군하여 티레에 머물렀다. 그런 어느 날, 아직 폐허 상태 그대로인 도시를 내려다보며 알렉산드로스는 야산 중턱에서 낮잠을 즐기고 있었다. 여기저기서 피어나는 뭇 들꽃들의 향기가 작은 새들의 지저귀는 소리와 어울리어 은은하게 퍼져 나간다. 얼마쯤 지났을까. 앳된 여종이 기슭에서부터 달려와서는 겨우 숨을 가누며 작은 목소리로 속삭이듯 왕을 깨웠다.

"전하, 일어나 보시어요. 급한 일이라 하옵니다."

야전 침대에 드러누운 채 선잠에서 깬 알렉산드로스는 부스스한 얼굴을 문지르며 반라의 몸을 일으켰다.

"응? 어, 너로구나."

그는 갈증이 나는지 근처 바구니에 담긴 포도알을 입에 넣어 깨물었다.

"그래 무슨 일이냐? 염병이 또다시 돌기라도 한 것이냐?"

"그것이…, 저기 장군님께서…"

여종이 대답할 새도 없이 저편에서 셀레우코스가 잰걸음으로 올라오며 소리쳤다.

"내가 깨우시라 그랬네. 중요한 사항이야."

잠시 후 가까이 다가온 그는 여종을 손짓으로 물리쳤다.

"펠로폰네소스 반도에서 소동이 일어났다는 보고야. 스파르타의 아기스 왕이 주도해서 반란을 일으켰다고 하는군."

"역시 아기스 그놈이 말썽이로군. 자네 생각에 누구를 보내면 괜찮을 것 같은가?"

"암포테로스 장교와 휘하의 부대를 파견하는 게 좋을 것 같네."

"그런가? 물론 그 장교에 대해선 자네가 잘 알 테지?"

"물론이지. 그는 유능한 장교야. 사태를 제대로 수습할 거야."

"본국에 가면 안티파트로스 장군의 지휘를 받을 테니 문제 될 거야 없겠지. 그 장교에게 전달하게. 이번 페르시아 원정에 동의한 헬라스 도시 중, 스파르타의 명령에 따르지 않는 도시들을 지원하라고 지시하게나."

"알겠네. 그렇게 명령을 하달하겠네."

알렉산드로스는 기원전 331년 8월에 타프사쿠스에 도착했다. 그리고 메소포타미아를 통과했다. 강을 건넌 뒤에는 바빌론으로 가는 직선 경로보다 다른 길을 택했다. 말먹이와 여러 물자를 구하기가 쉬웠고 더위도 덜했기 때문이다.

9월 20일 밤. 병사들이 쉬는 동안 개기월식 현상이 있었다. 이를 목격한 알렉산드로스는 불안감을 떨치기 위해 신적 존재인 달과 해와 땅에 희생 제물을 바치는 제의를 올렸다. 알렉산드로스는 아리스탄데르를 불러 점괘를 물었다. 그는 처음부터 전장을 따라다니며 예언했던 점술가이다.

"오늘 밤의 현상은 전하에게 길조입니다. 이달 안으로 전투가 벌어질 것입니다. 또한 희생 제물들이 승리의 징조를 보였습니다."

알렉산드로스는 기이한 자연 현상도 자기를 위해 움직인다는 사실에 매우 흡족해했다. 그러다가 새삼 리비아에서 암몬의 신탁을 받은 사실이 떠올랐다. 그는 밤하늘을 향해 두 팔을 쭉 뻗으며 긴 숨을 들이쉬었다. 마치 천상의 신성한 정기를 온몸에 받아들이겠다는 듯이.

알렉산드로스는 아투리아를 지나 계속 진군했다. 강을 건넌 지 나흘째 되는 날에 페르시아 기병대 몇 명을 생포했다. 이들로부터 멀지 않은 곳에 다리우스가 주둔하고 있다는 정보를 입수했다.

"우리 군대는 아르벨라에서 120킬로미터 떨어진 부모두스강 부근의 가우가멜라에 진을 쳤는데 이곳 지대는 탁 트인 평원이었습니다. 이수스 전투의 패착 가운데 하나였던 기병들의 전투 공간이 협소했다는 지적을 수용해서였습니다. 그러나 그것은 병력이 많았던 그때의 상황이었지 이번에 만약 적군의 병력이 더 많다면 이 작전은 또 하나의 패착이 되겠지요. 정확한 통계를 내지 못했지만 실제로 그랬던 것 같습니다."

"저런! 마구잡이로 전쟁을 치렀구먼."

"그래서야 적을 무찌를 수 있겠나."

여기저기서 원로들이 혀를 끌끌 찼다. 빈축을 살 게 분명한데도 페르시아 장교는 자신들의 잘못을 여실히 드러내었다.

"우리 다리우스 군대는 기병, 보병, 전차병, 궁수 보병, 코끼리 병력으로 편성되었고 군대 배치는 대략 이랬습니다.

좌익에는 다에군과 아라코티아군의 지원을 받는 박트리아 기병대가 배치되었고 그 옆에는 페르시아 기병대와 보병대가 섞여 있었습니다. 그 옆에는 수시아나군, 카두시아군이 차례로 섰고, 이렇게 구성된 좌익은 중앙까지 포진했습니다. 우익에는 시리아와 메소포타미아, 메디아의 지원 병사들이 자리 잡았고 그 옆으로 파르티아군과 사카이군, 타푸리악순, 히루키니아의 병사들이 차례로 섰습니다.

그리고 중앙 옆으로는 알바니아군과 사케시니아군이 배치되었고 바로 중앙에는 다리우스 왕과 그의 친지들, 페르시아 왕실 경호대,

아리아인들, 카리아인들, 메디아 궁수 보병들이 자리 잡았습니다. 그 뒤에는 욱시이군, 바빌로니아군, 페르시아만에서 온 부대들, 시타케니아군이 길게 정렬했습니다.

적군의 우익과 마주 보는 좌익의 선두에는 박트리아군, 낫 전차가 섰고 코끼리들과 전차가 왕실 기병 대대를 근접 지원하도록 배치되었습니다. 페르시아군 우익의 선두에는 낫 전차와 아르메니아와 카파도키아의 기병대가 섰습니다. 그리고 에…, 헬라스의 아테네 용병대는 두 부대로 나뉘어 각각 다리우스와 페르시아 근위대 옆에 서서 적군의 보병대 맞은편에 배치되었습니다. 그런데… 으흠!"

연설 중에 스피타메네스가 갑자기 한숨을 내지른다. 기억을 되살리며 증언하다 보니 산화한 전우들의 모습이라도 불현듯 떠오른 것일까. 그는 다음 말을 잇지 못한 채 긴 호흡으로 숨결을 가누었다.

머뭇거리는 스피타메네스의 모습에 몇몇 원로들이 졸다 깨어난 사람처럼 어리둥절해했다.

"저기 그런데 말이죠. 병력의 인원수를 말하지 않으시는데?"

페르시아 장교의 불편한 기색에 아랑곳하지 않고 파라마누가 질문을 던지자, 옆에 앉은 다른 원로도 답답한 듯 볼멘소리를 냈다.

"근데 무슨 군대가 잡동사니같이 많습니까. 연합 훈련도 없었을 텐데 그래서야 부대 간에 호흡이나 맞겠습니까?"

그러자 한편에서는 들을세라 작은 소리로 수군거렸다.

"허, 거참! 패잔병만 끌어모은 거 아냐?"

"그리해서 이긴다면 그야말로 기적이겠지."

이미 전쟁의 결과를 알고 있는 원로들이었기에 입방아 찧기가 어렵지 않았다. 반면에 스피타메네스는 곤혹스러워 더욱 말을 잇기 힘들어했다. 거칠게 숨을 몰아쉰 뒤 끊겼던 보고를 다시 이어가는 스피타메네스는 지금껏 순탄하게 발언했던 모습과는 달리 이따금 떠듬거렸다.

"제가 원로 여러분께 말씀드리기가 민망해서 병력 숫자를 차마 밝히지 못했는데 전 병력을 합해 봐야 3만을 넘지 못합니다. 진을 친와중에도 변심하여 줄행랑을 놓는 용병들이 부지기수였으니까요. 여러분도 아시다시피 우리 제국의 군대는 정규군인 페르시아 기병대와 소수의 보병대를 제외하면 각 도시의 수비대이거나 용병들로 조직되어 있지 않습니까. 이러한데 그들의 태반이 죽었거나 포로가 되었고 이미 많은 도시가 항복했거나 적에게 합류한 상황에서 도저히 병력을 끌어모을 수가 없었습니다."

파라마누는 더욱 인상을 찌푸렸다. 그는 페르시아 측의 병력 배치를 지적했다.

"그런데 어째서 매번 전투 때마다 헬라 용병이라는 보병대는 적군의 보병대와 맞붙었던 것입니까? 싸워봤자 지기만 하고, 그것도 제대로 싸워 보지도 않고 달아나는 졸개들이라고 증언하던데 말입니다. 좀 이상하지 않습니까?"

"사실, 말씀드리는 저 자신도 그 점이 이상하긴 했습니다만 묘하게도 대치 자체가 그런 식으로 되어 버렸습니다. 지금 와서 원인을 파악할 수도 없는 일이고, 제가 잠시 말을 중단한 것도 어리석은 짓이었다는 걸 느꼈기에 가슴이 답답해져 절로 한숨이 나왔던 것입니다."

그러자 두마 마을의 아란이 탄식했다.

"아테네의 영광은 먼 과거였고 지금은 마케도니아에 굴복하는 군사력인데 어찌하여 그 패잔병에 불과한 아테네 보병들을 용병으로 채용했단 말이오? 그러니 거기가 뚫리고 밀릴 수밖에 없는 노릇이지."

스피타메네스는 구차한 변명을 해서라도 자조하는 원로들의 불편한 심기를 되돌려야 했다.

"자금마저 떨어져 용병을 모집할 수도 없었는데 그나마 자발적으로 모여든 의병들이었습니다. 제가 앞서 말씀드린 병사들의 면면을 살펴보십시오. 그들은 침략을 거부하고 살상에 분노하여 전장에 집결한 의로운 병사들이었습니다. 전투의 결과는 여러분께서 이미 아시다시피 패했으며 후퇴해야 했습니다. 우리 군대는 적에게 일차 타격을 가한 것으로 만족하고 훗날의 승리를 기약하기 위해 후퇴를 결정한 것입니다. 그리고 어찌하여 왕이라는 자가 비겁하게 달아나느냐, 그런 질타가 있는 줄로 압니다. 알렉산드로스가 바라는 대로 다리우스 폐하께서 전사하시어 그자가 페르시아 제국의 왕으로 군림하게 내버려 두느냐, 아니면 달아나서라도 왕의 존재를 드러내어 끝끝내 그자를 괴롭히느냐, 그런 선택의 정당성은 저마다 생각하기 나름이겠지요. 아무튼 다리우스 폐하께서는 자신이 존재하기를 선택하셨습니다. 저는 왕을 모셔야 하는 근위대 군인인 만큼 폐하의 의지를 따를 수밖에 없는 상황입니다."

그제야 아란 원로는 수긍이 가는 듯 고개를 끄덕였다.

"듣고 보니 그렇군요. 우리는 장교님의 충정을 받아들여야 할 것 같습니다. 군인의 몸으로 승전에 대한 갈망이야 오죽하겠습니까. 우리 모두 장교님의 보고에 귀를 기울이도록 합시다."

"그럽시다."

원로들은 스피타메네스의 언변에 감동한 듯 격려의 박수를 보냈다. 한숨 돌린 스피타메네스는 잠시 목을 축인 뒤 보고를 이어 나갔다.

"'이 땅에 두 왕은 없다.'라고 외치며 알렉산드로스는 우리를 뒤쫓았으나 따라붙지 못했습니다. 그는 왕좌만큼이나 보물에 대한 집착이 강한 자라서 우리를 놓치자 곧바로 아르벨라로 진군했습니다. 페르시아 왕이 보유한 물품과 보물들이 그곳에 보관되어 있을 것으로 판단했던 것 같습니다."

16
힘이 없는 자는 당장 밖이 두렵지

녹수와 이런저런 얘기를 나누다 보니 히누리는 그녀를 눈여겨보게 되었고 문득 수로의 배필감으로 손색이 없을 영특한 아이라는 생각이 물씬 들었다. 경당에서의 수업은 가축의 이동과 일손 문제 등 가내 사정으로 인해 한 해 정도밖에 다니지 못했으나 그때부터 수로를 잘 따랐던 것 같았다.

"스승님은 언제쯤 오세요? 집에 오라버니가 와 있을지도 모르는데…."

녹수는 오라버니 때문인지 자기 집에 돌아가고 싶어 했다. 녹수의 오라버니는 태산이라는 목동으로 부모를 도와 목축업을 크게 하고 있다. 그는 수로와 스물두 살의 동갑내기이다.

"잠시만 기다려 줄래? 수로가 오거든 움직이자. 곧 올 게다."

히누리는 부족장의 개입 없이는 이번 사건을 해결하기 어려울 것이라 봤다. 범인이 군인일 가능성과 그에 따른 수사권 발동을 염두에 뒀을 때 부족장의 재가를 거치지 않는 암묵적 수사로는 가능할 것 같지 않았다. 아무튼 어떤 구체적 행동을 취하기 전에 일단 수로의 정보와 판단을 들어보고 싶었다.

조금 떨어진 곳에서 개 짖는 소리가 들리더니 이윽고 앞마당에서 인기척이 느껴졌다.

"수로가 벌써 왔나?"

무심코 문을 연 히누리는 깜짝 놀랐다. 아까 봤던 치우 부대 장교가 병사들을 이끌고 담장 앞에 떡하니 서 있는 게 아닌가.

"무슨 일이죠?" 히누리는 반발적으로 소리를 내질렀다.

장교는 예의 냉엄한 표정으로 자신의 임무를 읊었다.

"이곳에 녹수라는 아이가 와 있는 줄 압니다. 그 아이를 데려오라는 치우 부대 장군님의 지시입니다."

그 말을 듣자마자 히누리는 성큼 마당으로 나섰다.

"아니, 아이에게 무슨 죄가 있다고 그러시오? 죄명과 이유를 제시하세요."

"뭔가 오해를 하셨나 봅니다. 죄를 묻는 게 아니라 범죄 사건의 참고인으로 도움이 될 만한 의견을 듣고자 동행을 요청하는 것입니다."

"아! 이런." 히누리는 순간 경솔하게 행동한 자신을 탓했다.

"죄송하게 됐습니다, 장교님."

약간의 소란이 있자 도수가 후다닥 밖으로 뛰쳐나왔다.

"어머니 무슨 일이죠?"

"별일 아니다. 물어볼 말이 있다며 녹수 보고 잠시 가자는구나. 녹수에게 알려라."

장교를 힐끗 보곤 도수가 다시 안으로 들어갔다. 히누리는 장교에게 물었다.

"장승 훼손과 관련이 있나요?"

"그렇습니다."

"그렇담 걔는 아는 게 없는 것 같던데 나오거든 물어보고 여기서 끝내도록 하시죠?"

"수사 담당은 따로 있습니다. 일단은 수사대까지 가야 합니다."

"녹수에게 무엇을 물을 것인지 알아야 하겠고, 저도 따라나서야 하겠네요."

히누리는 이참에 치우 부대 장군이든 부족장이든 그 누가 되었든 간에 만나서 겁탈 사건을 알리고 해결책을 세우리라 마음먹었다.

그러나 장교는 단호하게 거절했다.

"당사자 외는 접근할 수 없습니다."

잠시 후, 두툼한 가죽 겉옷을 걸친 녹수가 문을 열고 나온다. 히누리는 다가가 녹수의 어깨를 부드럽게 감싸며 미소를 지어 보였다.

"가거든 기회 봐서 네 문제도 진술해라. 그리되면 아마 수사에 착수할 것이다. 나도 따라갔으면 좋겠지마는 그러지 못한다는구나. 나중에 수로 오면 네 오라버니가 집에 왔는지 찾아가 보마."

녹수는 밝게 빛나는 밤색 머리카락을 쓸어내리며 미소를 짓는다. 그녀의 표정이 환하다.

"네, 아주머니 고맙습니다. 수로 스승님 오시면 덕분에 잘 쉬었다고 전해 주세요."

"알겠다."

녹수는 울타리 밖에 대기 중이던 병사들을 따라 마을 어귀 쪽으로 걸어갔다.

"참! 잠시만. 장교님."

히누리가 갑자기 장교를 불러 세웠다.

"인솔자의 이름을 알고 싶습니다. 기억해 두려고요."

혹시라도 녹수에게 불미스러운 일이 생길까 봐 장교의 이름을 알아둬야 했다. 장교는 입버릇처럼 자신의 신분과 이름을 밝혔다.

"치우 부대 치안대 장교로 근무하는 바달이라고 합니다."

"바달…. 네, 감사합니다."

장교는 가볍게 묵례하곤 맨 뒤에서 일행을 따랐다. 잠시 후 또각거리는 말발굽 소리가 아득히 멀어져 갔다.

히누리는 정신이 혼란하여 두어 차례 머리를 흔들었다. 부여고을에 오자마자 마치 기다렸다는 듯 복잡다단한 일들이 자기 앞에 와르르 쏟아지는 것 같았다.

검독수리의 날갯짓 속에 저편 서산으로 노을이 물들어 간다. 어스름이 스멀스멀 깃드는 마을 돌담길의 황토 흙집마다 야트막한 굴뚝에서 하얀 연기가 모락모락 피어오르고….

수로는 말을 저벅저벅 걸리면서 숙소를 향해 가고 있었다. 그의 침울한 표정이 노을빛을 받아 더욱 어둑하다. 학장은 오지 않았고 치우 부대가 경당을 들쑤시느라 어수선했다. 한 병사의 귀띔에 의하면 학장이 범죄에 연루되었다는 것이다. 그 범죄가 장승 훼손과 연관된 것인지는 분명치 않으나 경당이 압수수색까지 당하는 걸로 봐서는 예사로운 일이 아닌 듯했다.

수로는 샛길로 가는 갈림길에 접어들면서 모퉁이 저편의 한 돌담집을 응시했다. 그곳은 녹수가 사는 집이다. 이 부근은 돌담이 높고 마당이 넓은 데다 언뜻 봐도 잘 지어진 집들이 적당한 간격을 두고 배치되어 있어 부유한 사람들이 기거하는 구역이라는 걸 바로 알 수 있겠다. 녹수 가족이 온 것일까. 대문짝이 휑하니 열려 있는데도 인기척이 없어 수로는 그냥 지나칠 수가 없었다. 아니, 사실상 집 안을 샅샅이 살펴볼 것을 작정하고 일부러 찾아온 길이라 봐야 했다.

수로는 지척에 말을 묶어놓은 뒤, 마당 안으로 들어섰다.

"이보시오. 거기 누구 없소?"

수로는 가만히 단검을 뽑아 들었다. 그리고 걸음을 옮겨 내부 통로의 문을 열었고 주위를 두리번거리다가 한쪽 편의 방문을 슬쩍 열어보았다. 실내는 어둑했으나 겁탈을 당했을 때 어질러졌을 광경이 그대로 눈앞에 펼쳐진 것 같았다. 나둥그러진 가재도구며 옷가지들이 어수선하게 널브러져 있다. 그러고 보니 녹수의 겁탈 사실을 들은 이후로 범죄 현장이랄 수 있는 이곳을 찾지 않았었다.

사실 찾을 이유가 없었다. 녹수의 진술을 듣는 그날 이미 사건 발생으로부터 하루가 지났고 설령 범죄자의 흔적을 찾아낸다 한들 증거가 될 리 만무하다고 봤다. 누구의 짓인지 짐작이 갔기 때문이었다. 군인. 그것도 치우 부대의 군인. 그 정도만 되어도 수사가 힘들고, 수사한들 겉핥기로 끝난다. 이때까지 그래왔고 요즘이라고 달라질 리 없는 것이다. 똑같은 부류의 자들이 근무하고 있으니까. 그런데 문제는 더 심각했다. 치우 부대의 군인 중에서도 장교, 아니 장교가 아니라 장군이라는 점이다. 그것이 확정적이라고는 할 수 없지만.

그러나 녹수의 진술에 따르면 그자는 겁탈 중에 신음하며 "치우!"라고 외마디 소리를 내질렀다는 것이다. 그 호령은 치우 부대의 장군이 공격 명령을 내릴 때 서두에 붙이는 수사이다. 그리고 왼손바닥의 칼자국. 이것만 확인되면 범인은 확정되는 것이다. 그러나 그럼에도 체포할 수 없고 죄를 물을 수가 없다. 그는 장군이고 수사 권한을 가진 부대의 지휘관이기 때문이다. 그래서 수로는 의기소침하여 범죄자를 찾아낼 생각 자체를 포기한 것이다.

의외로 아닐 수도 있으니까. 그렇게 핑계 대고 둘러대면서.

그런데 오늘 느닷없이 치우 부대의 병사들이 들이닥쳐 경당을 초토화했다. 비록 학장의 범죄 연루를 묻는 수사였다지만 수로는 이에 실망하고 한편으론 분개했다. 막무가내식의 수사. 안하무인의 행동. 처음 보는 그들의 만행이 아니었지만, 그래서 혁명이 일어났고, 세상이 바뀌었다고 생각했지만, 여전히 그들은 똑같은 행위를 반복하고 있었다. 그래서 수로는 자신의 무기력을 한탄하고 자신에게 분노하여 이곳 방 안까지 찾아온 것인지도 모른다. 자신은 우연히 들른 것으로 생각하겠지만.

　수로는 뒷마당에 있는 헛간과 마구간을 둘러보았다. 다시 안으로 들어와 가죽신을 신은 채 삐걱거리는 마루에 올라섰다. 그 자리서 가만히 어느 한 편의 방 안을 기웃거렸다. 아무래도 이곳이 녹수의 방인 것 같았다. 수로는 천천히 방 안으로 들어섰다. 어질러진 방 안에서 아무 흔적이라도 찾을 수 있기를 바랐다. 그는 쭈그리고 앉아 뭔가를 유심히 살펴보았다. 그러다 수로는 깜짝 놀랐다. 뜻밖에도 방바닥에 깔린 양탄자 위로 잔뜩 묻어 있는 발자국들. 그것도 한 두어 군데가 아니라 고의로 밟은 듯이 어지러이 널린 발자국들. 그것은 기병들이 착용하는 가죽 장화의 표식이었다.

　언제, 무엇 때문에 왔지? 흙이 채 마르지 않은 걸로 봐서 오늘 오후 경당을 뒤질 때와 엇비슷한 시각에 들이닥친 게 분명했다. 무엇 때문에 왔는지 또한 답이 나와 있다. 혹시 남아 있을지 모를 증거를 확인하고 훼손하고 수거하려는 목적에서였겠지. 이제 범인은 확정된 거나 마찬가지다. 치우 부대의 장군이거나 아무튼 그쪽의 사람들.

　이때 방문 밖에서 뭔가 부스럭거렸고 수로는 반사적으로 단검을 날렸다. 캭! 외마디 굉음과 동시에 들짐승으로 보이는 호리호리한 물체의 그림자가 재빠르게 달아난다. 수로는 황급히 통로 밖으로 나서며 주위를 휘둘러보았다. 재빠르게 장검을 빼 들자, 칼집과 맞부딪히는 소리가 섬뜩하게 울렸다.

"누구냐!"

잠시 침묵이 흐르는가 싶더니 앞마당의 곳간 안에서 사람 목소리가 들려왔다.

"나는 옆집 사람이오. 무기도 없소이다."

곳간 문짝이 열리고 웬 사내가 모습을 드러냈다. 수로는 경계를 늦추지 않았다.

"못 보던 사람인데 여긴 어쩐 일이오?"

"나는 옆집에 사오. 이 집의 젊은이가 치안대에 잡혀갔다오. 그래서 주인 없는 말을 잠시 돌봐 주는 중이라오."

"잡혀가다니요? 녹수 오라버니 말인가요?"

"그렇소. 태산의 누이가 녹수잖소."

기병의 발자국과 흐트러진 가재도구들. 그렇다면 필시 강제로 연행한 것이 틀림없으렷다. 경당에서의 만행처럼.

"그런데 왜 곳간에?"

"말에게 줄 먹이를 찾던 중이라오."

"왜 곳간에 숨어 있었느냐를 묻는 겁니다."

"찾느라고…. 사실은 말 기척이 있어서 기병이 또 들이닥쳤나 싶어 얼결에 숨은 거요. 무섭기도 했고."

수로는 사내 얘기의 사실 여부를 표정에서 읽으려 했다.

"…알겠습니다. 말먹이 챙겨 가세요. 가실 때 문은 잘 닫아 주시고요."

수로는 서둘러 대문 밖으로 나갔다. 묶어 둔 말에 뛰어올라 다급히 숙소로 향했다. 샛길로 달려 나가니 오르막 골목길의 황토집 여기저기서 아이들이 떠드는 소리로 왁자지껄하다. 그러고 보니 어느덧 저녁 시간이다. 어디선가 고기 굽는 냄새가 진동한다.

수로는 말고삐를 당겨 다시 천천히 걷게 했다. 서둘러서 될 일이 아니다. 침착해야 한다.

히누리는 그리 넓지 않은 집 안을 눈어림으로 둘러보았다.

"밥은 제대로 먹고 다니는 거냐? 뭣이 어설퍼서."

"여기서는 대부분 잠만 잡니다. 경당 사택에서 같이 먹으니까요."

연수랑은 남편과 함께 히누리 가족이 먹을 음식을 손수레에 싣고서 찾아왔다. 완두콩 수프와 샐러드, 구운 오리고기와 양고기, 양젖 치즈, 석류즙 등이 바구니마다 넉넉했다.

"뭘 이리도 정성스레 챙겨왔는가? 이내 돌아갈 몸인데 그랬네."

연수랑은 빙긋이 웃으며 말했다.

"장승 사건이 후딱 끝나겠어요? 마마님이야 결국은 끝장을 보고 가실 거잖습니까, 후후!"

그녀와 남편은 그간의 부여고을 사정을 낱낱이 고한 뒤 돌아갔다.

히누리는 자녀와 둘러앉아 저녁을 먹으면서 조금 전에 들은 여러 정보에 대해 수로와 의견을 나눴다. 연수랑 내외와 수로의 얘기를 종합해 보면 부족장이나 일면식도 없는 치우 부대의 장군을 만나는

227

시도가 무의미할 것 같았다. 이 늦은 시각에 만나 주지도 않을뿐더러 해결에도 미온적일 게 분명해 보였다.

　그렇다면 방법은 뭘까. 수로의 의견대로 내일 겁탈 사건을 신고는 하되 그들과는 별도로 직접 범인 색출에 나서거나 여차하면 부족 회의의 개최를 요구하여 거기서 따지는 것이다. 이런저런 대책을 놓고 히누리는 식사를 마칠 때까지 곰곰이 생각했다.

　"부족장이 그 정도로 타락한 자인 줄은 짐작도 하지 못했네."

　"저도 처음엔 소문으로만 들어 설마 했습니다. 그런데 고을이 점점 묘한 분위기로 돌아가더라고요. 아까 경당에 들이닥친 병사들의 안하무인격 태도를 보고는 이거 정말 예삿일이 아니라는 생각이 들었습니다. 장승이나 녹수 문제만 봐도 그렇잖습니까."

　"너 말이 사실이라면 정말로 큰일이네. 치우 부대도 믿을 수가 없고. 근본적인 대책을 세워야겠는데 길이 보이지 않는구나."

　"저도 답답한 나날을 보냈었는데 특히 이번 녹수 사건을 접하고는 분노가 치밀어 죽겠습니다. 더군다나 황당하게도 녹수와 태산까지 잡혀갔다는 게… 이게 도대체가!"

　수로는 새삼 화가 치미는지 말을 제대로 잇지 못한다. 옆에서 인상을 찡그리며 듣고만 있던 도수가 더럭 말을 던진다.

　"갈아엎으세요. 그러면 간단하잖아요."

　순간 방 안이 얼어붙은 듯 적막에 잠긴다. 모두가 도수의 얼굴을

바라보았다. '오!'하고 자신의 의견에 감탄하는 모습일 거라 생각되었
는지 도수는 어깨를 으쓱대며 의기양양하게 말을 덧붙였다.

"악의 괴수를 처단하고 새로운 세상을…."

"얘가 지금!"

히누리는 다급하게 도수의 말을 가로챘다.

"반란을 말하는 게냐, 지금?"

"헤헤. 혁명이죠."

놀라는 표정을 짓는 히누리와 달리 수로는 의외로 아우의 말을 담
담하게 받아들인다.

"내 아우 참 대단하구나. 장난말처럼 들리긴 한다만 아무튼 용기
는 가상하다. 하지만 무슨 수로 그 많은 병사들을 상대한단 말이냐.
나도 오면서 이것저것 생각을 안 해 본 게 아니다. 그러나 별수 없더
라. 지켜볼 수밖에는."

"이런! 그 늠름하던 형님의 모습은 다 어디로 갔지? 완전히 샌님이
됐잖아, 어휴!"

"도수야. 말버릇이 그게 뭐냐. 세상에 뛰어들 땐 형님처럼 매사에
신중해야 하는 법이다."

어머니의 훈계에 다시 조용해졌다. 이때 수정이가 입을 열었다.

"당장 면회부터 가 보셔야 하지 않나요? 언니도 그렇고 오라버니
도 아직 잡혀 있잖아요."

"그렇구나. 수정이 말이 옳다."

히누리가 자리를 박차고 일어나자, 모두가 그녀를 따라 몸을 일으켰다.

"수로는 나를 따라오너라."

"어머니! 저도 가렵니다."

도수도 따라나서려고 하자 히누리는 그를 제지했다.

"너는 여기 있어라. 수정이 혼자 둘 수 없잖니."

"그렇지만 제 임무는…."

히누리는 도수의 말을 흘려들으며 방을 나섰다. 수로는 지시에 따르라는 듯 아우의 어깨를 툭툭 친 뒤 한마디를 던졌다.

"지금은 면회를 가는 길이다. 혁명이 아니라."

수로는 빙긋 웃어 보이곤 어머니의 뒤를 따라나섰다.

히누리와 수로는 치우 부대 앞마당에 도착했다. 이곳은 야산 중턱에 있는 군대 본부와 거리를 두고 앞쪽 기슭에 자리하고 있다. 대장군 마고탄이 이끄는 부여 군대 산하에 속해 있지만 독립적으로 운용되는 부대이다. 높은 돌담이 성채처럼 둘러싸고 있는 정문의 위병소에는 세 명의 병사가 보초를 서고 있었다.

"왠지 두렵구나!" 히누리가 혼잣소리로 중얼거렸다.

두 사람은 타고 온 말을 공용으로 설치된 말말뚝에 묶은 뒤 정문으로 걸어갔다. 아까 오는 길에 혹시나 하여 녹수 집을 둘러보았지만, 집 안은 호롱불 하나 없이 깜깜했다. 오누이는 아직 이곳에 붙들려 있는 게 틀림없었다. 수로는 보초병에게 자기 신원을 밝히고 오누이의 면회를 신청했다. 잠시 후 본부로 달려갔던 병사가 돌아와 두 사람을 어느 한 공간으로 데려갔다. 그런데 그곳은 면회실이 아니라 뜻밖에도 수사대 장교의 집무실이었다.

젊은 삼십 대의 장교는 탁자 넘어 의자에 근엄한 자세로 앉아 있었다. 인솔한 병사가 물러난 뒤 장교는 문 앞에서 머뭇거리는 두 사람을 향해 손짓으로 멀리 맞은편 의자를 가리켰다.

"저기 의자에 가 앉으시게." 반말 투였지만 목소리는 부드러웠다.

장교와 거리를 두고 마주 보는 곳에 의자가 여러 개 놓여 있었다. 히누리와 수로는 서로 널찍이 떨어져서 앉았다. 장교는 이 모습을 보고 배시시 웃었다. 이것이 만일의 사태에 대비한 자리 배치임을 장교는 아는 것일까. 아니면 모자지간의 갈등이라 생각하는 것일까.

"그래, 무슨 일로 오셨다고?"

수사대 장교는 병사가 이미 용건을 보고했을 텐데도 번거롭게 되묻고 있다. 히누리는 순순히 대답했다.

"여기 오누이가 와 있어서 면회를 신청했습니다."

"그들과 어떻게 되는 사이인가? 아무런 관계가 없는 걸로 알고 있습니다만."

장교의 말을 듣고 보니 사실 그랬다. 순간적으로 난감하여 머뭇거릴 때 수로가 재빨리 대답했다.

"녹수는 경당에 다녔던 수련생이었고 얼마 전에 재입문을 문의해 온 사제 사이라 관계가 없다고 할 수 없습니다."

장교는 당돌하게 말하는 수로를 다시금 주목했다. 그는 의자에서 천천히 몸을 일으켰다.

"우리가 이 늦은 밤에 고작 그런 사유로 면회를 받아 줄 정도로 한가로운 사람들이 아니올시다. 아시겠어요?"

히누리는 속으로 발끈했다. 그러나 겉으로 미소를 띠며 내색을 감췄다.

"저는 경당의 첫 설립자였습니다. 그런 경당이 오늘 압수수색을 당했고 학장까지 소환된 데 대해 그냥 묵과하고 넘어갈 수만은 없는 일 아니겠습니까?"

"오! 첫 설립자라…."

그는 마치 그 문제를 놓고 고심한다는 듯 거들먹거리며 주위를 어슬렁거렸다.

"설마 공범자로 같이 체포당하고 싶으신 건 아니겠죠?"

그러자 수로가 언성을 높였다.

"공범자라뇨? 그건 또 무슨 말씀입니까?"

"오호! 젊은 혈기에 나대지 말게나. 여기가 어딘가. 자네 골방이라 생각하는 건 아니겠지?"

히누리는 아들에게 차분하게 대응하라는 눈짓을 보냈다.

"소리만 컸던 겁니다. 어머니."

수로는 어머니를 향해 의연하다는 듯 미소를 지어 보였다. 그리고 다시금 장교를 향했다.

"장교님, 말씀해 주십시오. 어째서 공범자가, 그저 마음 하나 먹기에 따라 될 수도 있고 안 될 수도 있다는 것입니까?"

장교는 수로의 질문에 허를 찔린 듯 당황한 기색이 완연했다. 두 사람 앞에서 한껏 부풀렸던 허세가 무너진 듯 우물쭈물하며 답을 내놓지 못했다. 수로가 상대방의 허점을 노려 몰아붙인다는 것을 눈치챈 히누리도 가세했다. 소싯적 공주 시절에 활약했던 여전사로서의 당돌한 기상이 되살아나는 듯했다.

"장교님. 참고인으로 온 녹수와 체포된 그 오라버니의 범죄가 무엇인지 증거 제시와 함께 당장 이 자리에서 밝혀 주시고 만약 미심쩍으면 내일 당장 부족 회의 소집을 요구할 것입니다. 그럼에도 사건이 해결되지 않을 때는 해치 왕국으로 돌아가서 대책을 마련할 것이외다."

두 사람의 느닷없는 당돌한 행동에 장교는 어이없어하는 표정을 지었다. 그러다가 점차 이를 악물며 얼굴이 상기되는 것이, 마치 당장에라도 본때를 보여주고 싶은 충동을 억누르고 있는 것 같았다. 장교는 해씨 무리까지 들먹이며 자신을 협박했다고 생각되었을 것이다. 사실 히누리는 그런 의도로 으름장을 놓은 것이다. 쓸모가 있다면 지푸라기라도 잡아야 했다. 주위를 쳇바퀴 돌듯 오가던 장교의 발걸음이 거칠어졌다. 당장에라도 무슨 일이 터질 것만 같은 일촉즉발의 분위기였다.

　어수선하게 주위를 오가던 수사대 장교가 한순간 걸음을 멈추더니 의자에 털썩 주저앉는다. 그는 숨소리를 거칠게 토하며 신경질적으로 목소리를 내질렀다.

　"당신은 한때 번조선의 공주이자 전사였고 아사달의 부족장까지 역임한, 화려했던 과거를 잘 알고 있소이다. 그러나 이 점을 명심하시오. 여기는 새로운 국가로서 부여군이고, 나는 새로이 혁명을 일으킨 군대의 장교, 수사대 대장 아라문이라는 사실이오. 그 반면에 당신은 대체 뭐요? 이제 당신은 아이들의 어미이자 을지라는 목동의 촌부로서 일개 평민에 지나지 않는 아낙네, 그저 미천한 아낙네에 불과하다는 것이지. 그런 당신들을 굳이 이 자리에 부른 건 함부로 나대지 말라는 경고를 하기 위함이야. 내 당장 엄하게 처벌하고 싶지마는 윗선의 장군께서 친히 지켜보고 계시니만큼 이 사실을 망각하지 않길 바라며 오늘은 그냥 돌려보내겠소."

　장황하게 말을 떠벌려 놓고는 대답을 기다린다는 듯이 장교는 후속 조치 없이 두 사람을 응시하고만 있다. 잠시 침묵이 흘렀다. 수로는 어머니의 대처를 기다렸다. 이윽고 히누리는 담대한 모습으로 의자에서 일어섰다.

　"고맙소이다. 저도 오늘은 이만 돌아가겠소이다."

말이 떨어지기가 바쁘게 장교는 밖의 병사를 거칠게 불렀다.

"여봐라!"

고함에 병사가 급히 안으로 뛰어들었다.

"저 두 사람을 지금 당장 부대 밖으로 내보내라."

"넷! 알겠습니다."

병사가 명령을 하달받는 사이, 두 사람은 재빨리 앞장서서 문밖으로 향했다. 그들을 향해 장교의 고함이 날아들었다.

"목격자가 이미 진술했어! 당신들도 무사하지 못해!"

정문을 나서면서 수로가 말했다.

"목격자가 진술했다는 게 무슨 말이죠?"

"설마 거짓부렁으로 목격자를 내세우겠니? 홧김에 씨부렁거린 소리일 거다."

"그럴까요? 아무튼 아라문이라는 저놈은 겁탈한 범죄자가 아니더군요."

히누리는 고개를 끄덕였다. 그녀도 대화 중에 유심히 봤지만, 장교는 손바닥에 흉터가 없었다.

"이쯤 되면 장군의 지시야. 자신의 범죄가 드러날 것 같아 피해자를 죄수로 만들어 버렸어. 이제 어떡하지?"

"어머니, 녹수를 억울하게 만들어서는 안 됩니다."

겁탈당한 것도 모자라 장승 훼손의 범인으로까지 몰리게 되면 두

235

고두고 더할 수 없는 상처로 남게 될 것이다.

"장군을 잡기 위해선 부족장을 상대해야 해."

"설마 부족장도 한통속은 아니겠지요?"

그 말에 히누리는 미처 생각지 못한 얘기라는 듯 의아한 표정을 지었다.

"수로야. 부족장은 부족 전체를 다스리는 사람이다. 아무리 타락했기로서니 설마 죄를 범한 부하를 감싸고 억울한 양민을 내치기야 하겠니?"

과연 그럴까? 수로는 미심쩍은지 고개를 갸우뚱했다. 지난날 어머니의 통치 철학이 누구에게나 적용되는 건 아니지 않은가.

"참! 어머니 그거 아셨어요? 아까 장교의 분노에 자칫 당할 뻔했어요."

"알다마다. 사전에 내린 장군의 지시대로 따랐기 망정이지 아니면 바로 당했을 것이다. 성질머리가 보통이 아니었어."

"이러다간 가만히 앉아서 당하겠어요. 내일 일찌감치 우리가 먼저 움직여야겠습니다, 어머니."

"옛날의 권세가 이럴 땐 아쉽게 다가오는구나."

그 말에 수로는 빙그레 미소를 머금었다.

"흠, 어머니. 홀홀 다 털어 버리고 그냥 말굴로 돌아갈까요?"

"어이구! 빈말하고는. 어서 숙소로 돌아가자. 좀 쉬어야겠다."

어찌 보면 허투루 꺼낸 물음이 아닐 수 있었지만, 히누리는 아들의 우려를 농담으로 넘겨 버렸다.

두 사람은 말말뚝에 묶인 고삐를 풀고 말에 올랐다. 멀리 어둠 속
에서 아라문이 노려보는 것 같은 기묘한 기분에 히누리는 가래침을
뱉듯 거칠게 내뱉었다.

"이놈들! 다 때려잡고 싶어."

17
신들도 전쟁을 부추기고 전리품을 챙겼으니만큼

기원전 331년 10월 1일에 벌어진 가우가멜라 전투는 페르시아 군
대의 패주로 끝이 났다. 다리우스는 전장을 벗어나자마자 아르메니
아 산을 거쳐 곧장 메디아로 향했다. 전투 중에 다리우스 옆에 배치
되었던 박트리아 기병대와 소수의 근위대, 몇몇 친지가 그와 함께했
고 퇴각 도중에 외국 용병 2천여 명이 자발적으로 합류했다.

기진맥진한 몸을 이끌고 능선을 따라 퇴군하던 다리우스는 험난
한 가시밭길을 걸으면서도 묵묵히 자신을 따르는 병사들을 격려하
기 위해 말을 돌려세웠다.

"다들 지쳤는가? 이제 다 와 가노라. 지금껏 메디아는 페르시아와
한 몸통이 되어 위대한 제국을 이뤄냈도다. 분명 알렉산드로스는 메

디아를 두려워할 것이다. 일찍이 강력한 왕조를 구축했던 땅이었던 만큼 필시 용맹한 군대가 주둔해 있을 것으로 생각할 테지. 그자는 분명 바빌로니아로 향할 것이다. 바빌론 사람들은 우리 페르시아가 그들의 제국을 정복했고, 그들이 부리던 노예들을 해방한 것에 대한 적개심이 여전하여 지금도 페르시아의 지배를 달갑게 여기고 있지 않으니 말이다. 하지만 병사들이여, 조금만 더 힘을 내라. 뜨거운 열정과 용기의 화신, 메디아가 이제 우리를 기다리노라!"

다리우스의 짐작대로 알렉산드로스는 아르벨라에서 바빌론으로 향했다. 바빌론에 당도하자 온통 성벽으로 둘러싸인 도시가 펼쳐졌다. 유프라테스강 너머에는 돌다리로 연결된 왕궁들이 산재해 있었고 유약으로 빛깔을 낸 다채로운 색깔의 도자기 벽돌을 붙인 왕궁들이 아름다운 자태를 드러내고 있었다. 강가의 공원에는 온갖 종류의 나무들이 늘어서 있고 그곳에 새들이 둥지를 틀었다.

알렉산드로스 군대는 직각으로 교차하는 곧고 넓은 길을 따라 의기양양하게 행군했다. 도로들은 테라코타와 아스팔트 재료를 섞어 포장한 것이었다. 여기저기서 모여든 청년들이 꽃을 던져 환영했다.

알렉산드로스의 힘찬 걸음걸이에 맞춰 한 발 뒤처져 걷는 헤파이스티온이 들뜬 목소리로 외쳤다. "그래, 바로 이것이야!"

친구가 감탄사를 연발했고, 알렉산드로스는 으쓱해져 슬쩍 고개 돌리며 소리쳤다.

"그래 친구야, 이것이야말로 위대한 영웅에게 바치는 진정한 환영이지. 우리가 오랫동안 꿈꿔 왔던 세계라고!"

알렉산드로스는 높이가 1백여 미터에 이르는 이슈타르 대문을 지나갔다. 벽면에는 날개 달린 황소들의 모습이 타일로 형상화되어 있었다. 성안의 사람들은 탑의 난간과 성벽 위에 모여 군대의 행렬을 환호했다. 신관인 칼데아인들과 행정관들이 점령군의 왕인 알렉산드로스를 맞았고 그를 에사길라 정상에 자리한 마르두크(벨) 신전으로 안내했다. 마르두크 신전은 계단식 신전으로 드넓은 성소의 한가운데에 있었다. 알렉산드로스는 계단을 딛고 맨 위의 사당으로 올라갔다. 알렉산드로스는 종교의식과 관련된 문제는 칼데아인의 조언을 받았고 특히 마르두크에게 제사를 드릴 때는 그들의 지시를 그대로 따랐다.

그날 밤, 비췻빛의 하늘엔 별들이 총총했다. 알렉산드로스는 충성을 맹세한 고관들을 초대해 성대한 잔치를 벌였다. 귀한 재료를 사용한 고급 요리들과 포도주, 독한 술이 식탁에 올랐고 아시아의 무희들이 반라의 춤을 추었다. 그때 바빌론의 한 호족이 흥에 겨워하는 알렉산드로스의 연회용 침대로 다가왔다. 그는 품속에 감췄던 커다란 황금 잔을 내밀었다.

"폐하, 제 술잔을 받아 주시오면 더없는 영광이겠사옵니다."

"하하, 그거 좋지."

거나하게 취한 알렉산드로스는 짧은 키톤만 걸치고 시중드는 창녀의 엉덩이를 한 차례 손바닥으로 내리쳤다.

"어디 한 잔 따라 보게."

바빌론의 호족은 식탁에 놓인 독한 술을 들어 조심스레 황금 잔에 따랐다.

"잔은 폐하의 것입니다."

"하하, 아무렴 그렇고말고. 근데 자네는 누구인가?"

"옛 폐하! 헤헤, 저로 말씀드리자면…."

바빌론의 밤이 흥청거렸다. 먹고 마시고 취하는 광란의 잔치가 연일 불야성을 이뤘다.

알렉산드로스의 다음 목표는 수사였다. 오래전부터 나라를 이루고 독립을 유지해 왔던 엘람 왕국의 수도였으며, 현재 페르시아 제국의 4대 수도 중 하나인 수사는 겨울에 왕이 거주하는 곳이다. 바빌론에서 수사까지 가는 데는 20일이 걸렸다. 수사로 가는 길에는 티그리스강의 지류인 파스티그리스강이 흘렀고 초원에는 가축들과 말들이 떼 지어 풀을 뜯고 있었다. 주변으로는 과일나무들이 자라고 초록의 수풀이 무성한 풍요로운 대지였다.

수사는 성벽과 탑들이 에워싼 평지에 있고 뒤로는 엘람의 산맥들이 펼쳐져 있다. 산봉우리는 눈으로 덮였으나 산등성이는 전나무들로 초록빛을 띠고 있었다. 성벽과 탑들은 타일로 꾸며져 있었고 금과 은으로 도금한 청동의 양각 장식들이 흙벽에 붙어 있었다.

수사에 입성한 알렉산드로스는 은화 5만 달란트와 보물, 그리고 역대 왕들이 소유했던 귀중품들까지 손에 넣었다. 그뿐만 아니라 크세르크세스가 헬라스에서 가져왔던 보물까지 획득할 수 있었다.

수사에서 알렉산드로스는 토착민의 제사 방식에 따라 제물을 바치고 운동 경기와 횃불 계주를 벌였다. 한편 마케도니아에서 모집한 보병 6천 명과 기병 5백 명을 포함하여, 총 1만 5천 명에 달하는 정예 병력이 수사에 도착했다.

수사에 머물던 어느 날, 고적한 궁전의 분위기에 매료되어 밤늦게까지 술을 마신 알렉산드로스는 술에 취해 근위대 병사들을 뿌리친 뒤 야외에 설치된 한 천막을 찾았다. 출입구에 드리운 아마포로 짠 천을 한 손으로 들치고 들여다보는데, 그곳에는 다리우스의 가족들이 기거하고 있었다.

여자들은 사내의 등장에 외마디 비명을 질렀고, 그 소리에 덩달아 놀란 알렉산드로스는 정신을 차리려는 듯 두 눈을 치켜뜨며 실내를 휘둘러보았다. 마침 그중에 큰딸 스타테이라의 모습이 한눈에 쏙 들어왔다. 그녀는 알렉산드로스의 갑작스러운 등장에 놀라 옷감으로 몸을 가리고 있었다. 마침 멱을 감으려던 참인지 그녀 앞에 나무 욕조가 놓였고 거기에 김이 모락모락 피어오르고 있었다. 알렉산드로스는 멋쩍은 듯 피식 웃어 보이며 뒤로 돌아서 그곳을 빠져나갔다.

다음 날, 다리우스 왕의 일가족은 시중드는 귀족 부인들과 함께 궁전의 방으로 거처를 옮겨 그곳에서 지내게 되었다. 그리고 며칠이 지난 뒤 알렉산드로스는 근위대 병사를 시켜 큰딸 스타테이라를 자기 숙소로 데려오게 했다. 병사가 사라진 뒤 드디어 스타테이라가 그의 앞에 모습을 드러냈다. 깊은 밤인데도 스타테이라는 자신을 보호하려는 듯 가죽 바지에 아래로 늘어지는 상의를 입고 허리엔 금빛 벨트를 찼다. 그리고 무릎까지 내려오는 무두질한 양가죽 외투를 걸친 차림이었다.

"내게 가까이 오시겠소?"

기름등잔의 불빛을 받은 스타테이라는 한 걸음씩 내디디며 다가올 때마다 더없이 풍성한 몸매를 드러냈다. 검은 머릿결에 짙고 깊은 눈을 가진 그녀는 그윽한 눈빛을 발산했다. 알렉산드로스는 신비한 자태를 드러내는 그녀에게서 여태껏 느끼지 못한 황홀한 감정에 휩싸였다.

"제 아버지를 어떻게 하실 건가요?"

뜬금없는 질문에 왕은 허둥댔다.

"그러니까… 에, 그것이…."

가냘프게 떨리는 자신의 목소리에 알렉산드로스는 문득 정신이 들었다. 그는 다가온 그녀를 침대 위로 쓰러뜨렸다. 영웅이 마땅히 가져야 할 전리품이 아니던가! "아!" 그녀는 갑작스러운 움직임에 외마디 신음을 내질렀다. 그가 황급히 그녀의 회색 외투를 벗기자, 봉긋한 젖가슴이 언뜻 삐져나왔다. 그는 초록색 리넨의 튜닉을 벗겼고 발그스레한 젖꼭지가 그의 거친 손바닥에 묻혔다. 그는 바지를 벗길 겨를도 없이 그녀의 몸 위로 쓰러졌다. "쨍그랑!" 한껏 분위기를 내려고 준비해 뒀던, 탁자 위에 덩그러니 놓인 포도주 술병과 황금 술잔, 과일 접시가 결국 허둥대는 발길에 차여 와장창 나뒹굴었다.

그 후 알렉산드로스는 페르시아를 향해 출발했다. 가는 길에 파시티그리스강을 건너 욱시이족의 영토로 쳐들어갔다. 그곳의 평지에 거주하는 부족들은 곧바로 항복했으나 페르시아의 지배를 받은 적이 없는 산간지대의 부족들은 자유를 외치며 반발했다. 그들이 저항하자 알렉산드로스는 생포한 현지인을 불러들였다.

"돌아가라. 가거든 통행료를 지급할 생각이니 내일 아침에 고갯마루 길목에서 만났으면 한다고 전하라."

지시를 받은 현지인이 돌아간 뒤 알렉산드로스는 부상에서 회복한 페르디카스를 불렀다.

"나는 오늘 밤 근위대를 데리고 적지에 침투할 것이네. 자네도 부대원을 이끌고 나를 따르게."

알렉산드로스는 수사에서 온 안내원들을 거느리고 어둠을 틈타 욱시이의 땅으로 잠입했다. 새벽녘에 아무도 예상하지 못한 험한 길을 거쳐 욱시이 마을에 도착한 알렉산드로스는 병사들에게 외쳤다.

"가서 마음껏 야만족들을 도륙하라. 뭣 하느냐, 돌격하라!"

병사들은 노약자와 부녀자만 남은 마을을 기습적으로 덮쳤다. 그들은 집단으로 강간을 저지른 데 이어 인명 살상과 약탈을 감행했다. 약탈자의 손아귀에서 간신히 살아남은 소수의 주민은 고지의 산으로 달아났다. 이제 알렉산드로스는 욱시이족이 최대한의 병력을 소집해서 기다리고 있을 고갯마루로 향했다.

그는 페르디카스에게 지시했다.

"달아나는 놈들은 언제나 고지로 달아나더군. 자네는 병사들을 데리고 놈들이 달아날 만한 고지를 먼저 점령해 놓도록 하게. 올라오는 족족 모조리 사살하게."

약속한 대로 욱시이족 남자들이 고갯마루에 모여 있자 알렉산드로스는 병사들을 이끌고 거침없이 돌격했다. 이에 놀란 욱시이족은 황급히 도망쳤으나 가장 유리한 고지마저 빼앗긴 마당이라 속수무책으로 당했고 뿔뿔이 흩어져 달아났다. 일부는 도주하다가 목숨을 잃었고, 그보다 많은 이들이 가파른 산길에서 죽었다.

살육전이 끝났다. 간신히 목숨을 건진 일부의 욱시이족은 페르시아 제국과 동떨어진 목축 생활을 해 온 까닭에 돈도 없고 경작지도 없었다. 그래서 일 년에 말 1백 마리, 노새 5백 마리, 양 3만 마리의 공물을 바치는 조건으로 고향에서 살 수 있게 되었다.

알렉산드로스의 다음 목표는 페르세폴리스에 있는 막대한 보물을 다른 곳으로 빼돌리지 못하게 막는 것이었다. 그는 페르시아 관문에서 그 지역의 태수인 아리오바르자네스와 맞닥뜨리게 되었다. 알렉산드로스는 진군을 중지시켰다가 이튿날에 고개를 공격했다. 그러나 수비대들이 언덕 위에서 돌을 던지고 투석기로 무기를 쏘아대자 일단 후방 진지로 후퇴해야 했다.

알렉산드로스는 사로잡은 포로들로부터 고개를 넘을 수 있는 우회로 정보를 입수했다. 어둠을 틈타 움직이기 시작한 알렉산드로스는 전초 기지들을 하나씩 습격하여 제압했고 날이 밝기 직전에 아리오바르자네스의 본진을 기습 공격했다. 백병전이 벌어졌고 수비대 병사들 대부분이 처참한 최후를 맞았다. 아리오바르자네스와 소수의 기병대는 산으로 도망쳤다.

이제 알렉산드로스는 강을 향해 전속력으로 달려갔다. 강에는 다리가 준비되어 있어 전혀 힘들이지 않고 건널 수 있었다. 페르세폴리스로 향하는 알렉산드로스 군대의 행군 속도가 어찌나 빨랐던지 페르세폴리스의 수비대는 도시의 보물을 빼돌릴 새도 없었다. 보물은 금화 12만 달란트에 달했다.

페르세폴리스까지 점령한 알렉산드로스는 나날을 자아도취 속에서 보냈다. 주위의 아첨꾼들은 알렉산드로스를 제왕과 영웅의 반열에 오른 신적 존재라고까지 떠받들었다. 알렉산드로스는 뿌듯해진 감정과 호기를 맘껏 누릴 생각에 모처럼 한 아름다운 여인과 왕궁 산책에 나섰다. 그 여인은 이 궁전에서 생활한 적이 있는 다리우스의 큰딸, 스타테이라 공주였다.

알렉산드로스는 공주 앞에 서면 의외로 숫기 없는 사내처럼 행동이 굼떴고, 공주의 눈치를 살피며 매사에 신중히 대하는 듯했다. 평소에 보이던 오만과 패기의 모습이라곤 눈곱만큼도 찾아볼 수가 없었다.

공주는 정면을 응시하며 바람의 여신인 양 부드러운 자태로 거닐었고, 알렉산드로스는 반걸음 처진 옆에서 그녀의 걸음 따라 보조를 맞춰 가며 느릿느릿 걸음을 떼었다. 기품 있는 말씨와 몸짓, 늘 사려 깊은 마음으로 타인을 대하는 그녀의 행동 앞에 알렉산드로스는 허투루 그녀를 범접하지 못했다.

페르세폴리스는 언제나 삼나무 향기와 향냄새가 은은하게 풍겼고 자줏빛과 금빛의 기둥이 숲처럼 늘어서 있다. 사이프러스, 포플러, 플라타너스 등의 수목이 늘어선 정원으로 둘러싸인 왕궁은 날개 달린 황소들과 독수리 머리, 페르시아 역대 왕들의 모습이 아트리움의 거대한 기둥들에 새겨져 있다. 그리고 왕궁 계단의 양쪽 벽에는 페르시아 황제와 속국 가신들이 행렬하는 모습이 부조되어 있다.

손끝에 와 닿는 오돌토돌한 감촉. 그녀가 늘 접해 왔던 친숙한 석재의 촉감과 시선에 마음이 느긋해진 스타테이라는 어느덧 입꼬리에 미소가 머물렀고, 이따금 가벼운 고갯짓이 알렉산드로스의 눈빛을 향하곤 했다. 그리고 왕궁의 곳곳을 두루 다니면서 눈앞에 펼쳐지는 풍경의 아름다움에 도취하여 가만히 시를 읊조렸다. 당대의 시인이 노래한 시구인 듯했다.

"…이젠가 그젠가 화원 풀숲의 꽃잎들이 하늘거렸다네. 콧노래에 자꾸만 하느작거렸다네. 장인의 숨결에 황소의 날개가 돋아났다지. 궁중의 여인네 눈가에 온통 보랏빛이 물들었다지. 살갗에 아른거리는 삼나무 향기 때문에, 새록새록 피어나는 이 미친 사랑 때문에…"

어느덧 다정해진 두 사람의 발걸음은 자연스레 궁전 안으로 옮겨갔다.

왕좌가 있는 홀은 1백여 개의 기둥들이 천장을 떠받치고 있고 벽과 천장에는 조각과 그림이 장식되어 있다. 왕좌는 향기 나는 시트론 나무와 상아로 만들어졌고 귀금속으로 장식되어 있는데 루비 눈이 박힌 독수리 두 마리가 왕좌를 받쳐주고 있다. 왕좌 뒤쪽 벽에는 우산과 타조 깃털로 만든 부채가 기대어져 있다.

알렉산드로스는 다른 곳으로 가려는 스타테이라 공주의 손목을 가볍게 붙들었다. 언뜻 놀라 바라보는 그녀에게 쑥스러운 듯 미소를 지으며 그가 말했다.

"이제껏 공주가 나를 인도했으니, 지금부터는 내가 공주를 인도하리다. 공주님, 잠시 이 방으로 가실까요?"

왕의 의도를 알지 못해 그녀가 머뭇거리자, 알렉산드로스는 재빨리 거대한 방문을 힘껏 밀었다. 둔중한 문이 삐꺽 열리고 손을 뻗어 권유하는 그의 요구에 이끌려 다가간 공주는 방 안을 들여다보고 놀라움을 감추지 못했다. 그곳은 보물을 보관하는 밀실이었다.

"아아! 이런 곳이 있었군요. 저는 처음 봐요."

"공주님이 허락하신다면 잠시 구경하고 갈까요?"

공주는 성큼 방 안으로 걸어 들어갔다. 온갖 호화로운 장식품을 착용하며 곱게 자란 그녀로서도 눈부시도록 화려한 보물들 앞에서 감탄을 금치 못했다.

왕실의 찬란한 보물은 아케메네스 대왕의 인장과 다리우스 1세의 초상이 찍힌 금은 주괴가 수천 개에 이르고, 화살을 쏘는 자세의 초상이 찍힌 '다릭'이라는 금화는 수십 개의 들통에 가득 담겨 있었다. 바구니에는 보석들이 그득했고 갖가지 청동 제품들과 목걸이, 촛대, 석상, 그림들, 그리고 무기류가 있었다. 깃털로 장식된 투구와 갑옷, 여러 형태의 단검들, 금박을 한 청동 방패, 각반, 가죽 허리띠, 청금석과 산호로 장식된 벨트, 에나멜이나 금을 입힌 타일들, 상아 가면, 목걸이, 왕관들, 황금과 호박 등의 보석으로 장식된 홀과 지휘봉, 다양한 색상의 직물들이 진열되어 있었다.

스타테이라가 진귀한 보물들을 둘러보며 황홀해할 때 알렉산드로스는 그녀의 뒤로 가서 어깨를 끌어안았다.

"공주의 몸은 늘 꽃향내를 머금는 것 같으오."

그러면서 비췻빛 에메랄드가 박힌 황금 목걸이를 가만히 목에다 걸어 주었다.

"라벤더 향이에요. 어제 왕께서 몸종을 시켜 제게 선물하신 그것이에요."

스타테이라는 목덜미에 와 닿는 간지러움에 몸을 가벼이 움츠렸고, 알렉산드로스는 그런 그녀의 뺨을 어루만지며 입술을 더듬었다.

"공주의 향기에 그만 황홀경에 빠지고 말았소."

말하는 중에 그의 숨소리가 점점 거칠어지자, 그녀는 무심히 몸을 비틀었다.

"망측하게 여기서 이러시면, …아!"

알렉산드로스는 그녀의 허리를 끌어안으며 엉덩이를 강하게 짓눌렀다.

"아니 되옵니다. 어찌 짐승이나 하는 짓을, …아아!"

알렉산드로스는 그녀를 벽 쪽으로 밀어붙이려다 그만 보물 바구니와 함께 바닥으로 쓰러지고 말았다. 그때 여인네들의 온갖 장신구들이 눈처럼 흩어져 내린다. 두 사람은 밀치고 당기는 몸부림 속에서 점점 격렬해졌다.

며칠 뒤 알렉산드로스는 부근에 있는 파사르가데를 방문했다. 이곳은 키루스가 세운 페르시아의 옛 수도로 초기 국왕들의 거주지였으나 지금은 농민과 목동이 사는 작은 도시이다. 도시의 중앙에 최초로 건설한 공원이 키루스의 옛 왕궁을 에워싸고 있다. 정원에는 장미 덤불과 측백나무, 금작아, 주목, 노간주나무 등 관상용 관목들이 초록빛을 내뿜고 있다. 그 정원 옆에 키루스 1세의 무덤이 있었다. 그러나 알렉산드로스는 무덤을 참배하지 않았다. 노예 제도를 폐지하고 바빌론에 억류되어 있던 히브리 족속을 해방한 키루스의 처사가 마음에 들지 않았기 때문이다.

"도무지 이해하기 힘든 짓이로다. 아무튼 혼자 잘난 체하기는…"

그는 혼잣소리로 중얼거리더니 근처에서 따르는 근위대의 코이누스 장교를 불러 세웠다.

"이보게, 키루스는 뭘 숭배했나? 자라투스트라 신자였던가?"

"확실치는 않지만, 아닌 걸로 알고 있습니다."

부하의 대답에 알렉산드로스는 고개를 갸웃했다.

"그런데 왜? …그런데 왜, 노예를 거부하는 것이지? 인간이라면 응당 편하게 살고 싶은 게 도리 아닌가? 그놈은 설마 야만족에게도 금화를 지급했다는 소린 아니겠지?"

투덜거리는 알렉산드로스의 말에서 그가 얼마나 동방의 피지배민을 인간 이하로 취급하고 있는 것인지 짐작이 가고도 남는다. 그의 스승 아리스토텔레스도 왕이 된 그에게 당부하기를, 야만인에게는 자비가 아니라 억압과 폭력으로 다스려야 한다고 주문했었다.

알렉산드로스는 이곳에서 키루스 1세의 보물과 6천 달란트를 차지했다.

스피타메네스는 이어서 충격적인 사실 하나를 전했다. 그것은 페르세폴리스 궁전이 며칠 전에 방화로 인해 소실되었다는 얘기였다.

기원전 330년 음력 4월 중반. 페르세폴리스에서 4개월간의 체류가 끝나갈 즈음에 일어난 사건이다. 사실 이전부터 알렉산드로스는 페르세폴리스 궁전의 웅장함과 진열된 휘황찬란한 미술품들을 질시하여 파괴와 해체를 들먹이곤 했었다. 그래서인지 그는 재정 담당 에우메네스를 시켜 자금이 될 만한 보물 전부를 이제 곧 진군할 엑바타나로 옮길 것을 지시했다. 이것을 눈치챈 파르메니오 장군은 궁전을 보존해야 한다고 주장했다.

"이미 전하의 재산이 된 궁전을 파괴하는 것은 현명치 않습니다. 백성들이 전하를 바라보기를, 아시아를 통치하는 왕이 아니라 정복하고 지나가는 침략자로 인식하게 되면 백성들의 인심과 지지를 얻을 수 없게 되옵니다."

그러한 파르메니오의 역설에도 불구하고 알렉산드로스는 술에 취한 어느 날 밤, 불꽃놀이를 하듯 횃불을 들어 하늘에 집어 던진 것이다. 그러니까 그날은 출정을 앞두고 페르세폴리스에서의 휴식을 마무리하기 위해 연회를 열었다. 거대한 왕궁의 방마다 등불이 밝혀졌고 요리사들은 진수성찬을 준비했다. 연회의 시중을 드는 여종들은 헬라스의 풍습에 따라 반나체로 돌아다녔다. 식탁 위에는 황금잔과 은잔들이 놓였고 백합 등 갖가지 꽃을 꽂아 놓은 화병들이 놓였다.

초대된 사람들은 황금 항아리에 담긴 포도주 원액을 물 타지 않고 그대로 마셔 댔다. 음란과 술주정이 절정에 다다랐을 때 아테네 창녀인 타이스가 플루트와 타악기 연주 소리에 맞춰 격렬한 춤을 추기 시작했다. 짧은 키톤을 걸친 타이스가 격정적인 춤사위를 보일 때마다 그녀의 엉덩이와 음부가 슬쩍슬쩍 드러났다. 그러자 술에 취한 사람들은 음란한 말들을 마구 던졌고 그녀가 선정적인 동작을 보일 때마다 뜨겁게 열광했다.

절정의 몸부림 끝에 타이스는 벽에 걸린 횃불을 움켜쥐었다. 그런 뒤 연회용 침대에 반쯤 드러누워 크레타 창녀와 시시덕거리던 알렉산드로스에게 다가가 횃불을 건넸다.

"눈에 보이는 것들은 시기심에 괴로움만 더하는 법입니다. 이걸로 태워 없애 버리세요."

그 말에 알렉산드로스는 침대에서 벌떡 몸을 일으켰다.

"아하하, 너는 항상 술자리를 흥겹게 만드는구나. 참으로 옳도다. 내 마음속을 어찌 그리 속속들이 들여다봤느냐?"

그는 곧장 달려가더니 궁전 안의 가구들을 향해 횃불을 집어 던졌다. 일순 얼어붙은 듯 주위가 조용해졌다. 타오르는 불길을 그 누구도 끌 엄두를 내지 못했다. 사람들은 왕의 행동에 잠시 놀랐으나 알렉산드로스가 재차 횃불을 빼 들어 집어던지자 곧 그들도 괴성을 질러 댔다. 그들은 흥분하여 여기저기 흩어져서 횃불을 마구 던져 댔다. 타이스는 또 다른 횃불을 집어 들곤 놀라 달아나는 크레타 창녀의 발가벗은 몸뚱이를 뒤쫓았고 이글거리는 횃불로 후려쳤다.

회오리 되어 허공으로 치닫는 시뻘건 불길은 삽시간에 궁전 전체를 불바다로 만들었다.

18
폭풍 전야의 고요가 가장 두려울 뿐

박수와 함께 스피타메네스의 연설이 끝났다. 이제 마지막 증언도 끝났고 원로들의 토의에 이어 결정을 내려야 하는 시간이 되었다. 부족장이 자리에서 일어났다. 그는 여전히 몸이 흔들거렸다.

"증언이 모두 끝났소. 이제는 원로 여러분의 의견과 결정만이 남았소이다. 여러 증언을 듣는 가운데 나 자신도 마음속에 깃든 여러 방안과 생각들이 교차하긴 하오만 먼저 여러분의 의견을 듣고 나서 피력해 보려고 하오. 이제부턴 순서 없이 아무나 의견을 제시해 보시오, 으흠."

우수크는 다시 자리에 앉은 뒤 두 눈을 지그시 감는다. 사제 아물은 물끄러미 주위를 둘러보았다. 잠시 헛기침이 오갈 뿐 먼저 의견을 제시하는 자가 없다. 그러자 원로들은 지금껏 질문을 거침없이 쏟아 냈던 파라마누에게 은근슬쩍 시선을 돌렸다. 시선을 의식한 파라마누가 자리에서 일어났다. 그의 표정이 그다지 밝지 않다.

"보아하니 대세는 이미 기울어진 것 같습니다. 한번 꺾인 갈대는 다시 일어설 수 없듯이 페르시아 제국의 몰락은 시간문제일 것 같습니다. 그러니만큼 중립을 지키다가 놈들이 이곳까지 몰려오면 그때 우리는 사절단을 보내어 항복의 뜻을 전하는 것입니다. 그 방법밖에는 없는 것 같습니다."

말하는 자신이 굴욕감을 느끼는지 그는 주저앉듯 털썩 자리에 앉았다. 또다시 침묵이 몰려왔다. 항상 대내외적인 일에 있어 강경한 태도를 견지하던 안골 마을의 촌장마저 이런 의견을 제시하자 원로들은 이 상황에서 최선의 대책은 항복밖에 없음을 인식하는 듯했다.

"쭉 생각해 봤지만 아무래도 항복밖엔 없겠어."

누군가 넋두리를 늘어놓을 때 이번에는 두마 마을의 촌장 우르가 착 가라앉은 목소리로 말했다.

"원로 여러분의 심정은 충분히 알고도 남습니다. 저도 이미 맥이 풀려 만사가 귀찮아질 정도이니까요. 그렇다고 토론 초반부터 항복이 거론된다는 건 너무 지나친 속단이지 않나 하는 생각입니다. 항복할 땐 항복하고, 질 땐 지더라도 적군에 관한 대략의 분석 정도는 짚고 넘어가야 하지 않겠냐 하는 것입니다. 에…, 전쟁이 불가피하다는 전제하에 말하자면, 어떻게 해야 승리를 거둘 수 있겠느냐 하는 것인데 그러려면 적의 약점을 최대한 알아내야겠지요. 내가 봤을 때 적군의 최대 장점은 미치광이의 광기라 할 정도로 저돌적이면서도 술수까지 부릴 줄 아는 알렉산드로스 왕이 지휘관으로 있다는 것인데, 바로 그 점을 역으로 이용한다면 알렉산드로스 자체가 적군의 최대 약점이 될 수도 있지 않을까 하는 게 제 생각입니다. 그런 시각으로 알렉산드로스의 이모저모를 살펴보는 게 어떻겠느냐 하는 것이 제 생각이올시다."

모처럼 의견을 제시한 우르의 발언에 공감이 가는지 원로들은 증언을 통해 느낀 알렉산드로스의 단점을 저마다 피력하기 시작했다. 요약하면 이러했다.

보아하니 그놈은 귀신이라면 맥을 못 추는 만큼 종교를 이용해서 침략을 막는 것입니다. 그놈은 재물과 여색을 탐하는 자이니, 그것으로 구워삶는 게 어떨까요? 호화찬란한 금관을 만들어 화해의 선물로 줍시다. 성질 급한 놈이 분명하니 화를 돋우는 전술을 구사하는 것입니다. 미인에 환장한 놈일 테니 여전사를 첩자로 보내어 암살합시다. 불경스럽긴 하겠으나 우리 천신님을 헤라클레스라 속여 일단 위기를 넘기는 것입니다.

그 외에도 잡다한 의견들이 쏟아졌으나 그러한 의견들은 항복할 때나 다소 유용할까, 전투에 있어 구체적으로 적용할 만한 내용은 아니었다. 어느덧 원로들의 의견이 시들해질 즈음에 을지가 발언권을 얻어 자리에서 몸을 일으켰다.

"제가 한 말씀 올리겠습니다. 세 분의 증언을 마저 다 듣고 나니 어떻게든 적과 항전해야겠다는 생각이 뇌리에 가득합니다."

그러자 이건 또 무슨 소린가 하여 원로들이 웅성거렸다.

"물론 우리 부족 전체가 살아남기를 원하고 그러려면 집단 이주가 가장 나은 대책이 되겠습니다만, 자신의 힘이 강하다고 해서 타인의 생명과 재물을 스스럼없이 약탈하고 짓밟는 놈들의 더러운 행위 앞에 우리가 무기력하게 굴복한다는 것은 후손에게 씻을 수 없는 치욕을 안기게 될 것이라는 생각입니다. 항복은 죄의식 없는 더러운 침략자의 발등에 축복과 찬양을 표하는 입맞춤과 다를 바 없습니다. 더군다나 항복은 우리에게 더 큰 화근을 불러올지도 모릅니다. 앞서 증언 중에 놈들은 마음이 내키는 대로 살상을 저지른다고 했는데 저는 그 문제를 이렇게 풀이하고 싶습니다. 약한 세력은 노예로 부려 먹기 위해 살려주고 강한 세력은 죽여 후환을 없앤다. 만약 제 추측이 옳다면 우리 해씨족은 항복해도 몰살을 피할 수 없지 않을까 하는 것입니다. 가만히 앉아서 죽게 되는 것이지요."

을지의 발언에 장내가 드세게 요동쳤다. 원로들은 자기 가까이에 있는 상대방을 쳐다보면서 마구 넋두리를 쏟아 내었다. 미처 생각지도 못한 발상의 언급에 분노와 탄식이, 절망과 증오가 교차하는 것이다. 이때 박트리아의 외교관이자 기병대 장교인 갈리아푸스는 이 소동을 이용하고자 했다. 발언권이 없는데도 불구하고 그는 벌떡 일어나 큰 소리로 외쳤다.

"원로 여러분. 방법은 단 하나뿐입니다. 강력한 힘을 가진 스키타이족이 일거에 모두 들고일어나 알렉산드로스와 맞서는 것입니다. 그러면 이길 수 있습니다. 만약 그게 어렵다면, 힘을 하나로 모으기가 힘들다면, 우리 박트리아에 군사 지원을 해서라도 적의 침략을 멀찌감치 차단하는 것입니다. 해치 왕국의 원로 여러분, 제 의견에 귀 기울여 주십시오. 어떻습니까? 박트리아가 대신해서 막아내겠습니다. 정 어렵다면 후방에서 물자만이라도 지원해 주시기를 간곡히 부탁드리는 바입니다."

마침내 부족장이 나섰다. 그러나 그의 발언은 단순했다.

"에, 다들 피로하실 거요. 대충 마무리가 되어 가는 것 같으니 우리 술 한 사발씩 드시면서 마저 토론합시다."

참모들이 나서서 술잔을 돌리느라 어수선할 때 사제 아물은 자신의 처방에 따라 약재로도 두루 쓰이는 대마를 준비했다.

"이번에는 빨리도 나오는군. 벌써 끝난 게야?"

이윽고 원로들은 신과의 경계에 접촉한 것만 같은 환각의 기운을 즐겼고, 점차 심신이 느긋해졌다. 매캐한 대마의 연기가 금세 자욱이 퍼져 갔다. 긴장과 갈등이 연기에 묻혀 둥둥 허공으로 떠다니는 것 같았다.

"이번 회의는 대충 이걸로 끝나겠구먼."

누군가가 노곤한 목소리로 그렇게 중얼거렸다.

사소한 이해득실을 놓고 꼬치꼬치 따지는 문제가 아니라서 일찌 감치 결론에 도달할 수 있었던 것일까. 부족의 존망을 다투는 문제 이며 그것의 유일한 돌파구가 항전 아니면 도망으로 귀결되다 보니 회의를 질질 끌 이유가 없는 모양이었다.

부족장은 회의를 마무리 짓고자 노쇠한 몸을 일으켰다.

"에, 오늘 하루 만에 최종 결정을 내린다면 성급함이 있다 할 것이 오. 그럼에도 뜻깊은 증언과 보고와 토론을 거치다 보니 우리는 한 꺼번에 많은 지혜를 얻게 되었소. 그런 까닭에 짧은 시간임에도 명 확한 결론에 이르게끔 된 게 아닌가 싶으오. 에, 여러 원로님의 충 정 어린 의견에 따라 다음과 같이 임시 결정을 내리려고 하오.

첫째, 대외적으로 중립을 천명한다. 둘째, 박트리아 왕국과의 개별 적인 용병 참여와 물자 제공을 최대한 허용한다. 셋째, 알렉산드로 스 군대가 우리 해치 왕국을 위협할 때는 전황의 추이에 따라 항전 또는 후퇴를 결정짓고 즉각 실행에 들어간다.

이상의 결정에 반대 의견이나 건설적 조언이 있으신 원로께서는 추 후 언제든지 의견 개진이 가능할 것이오. 그럼, 이상의 대원칙을 가지 고 저희 참모들이 세부적 대책을 세운 뒤 이른 시일 내에 다시 원로 여러분의 고견을 들을 것이니 그 점을 참고해 주시길 바라겠소."

부족장이 최종 발표를 마치자, 외무 담당 마라치가 자리에서 일어 났다.

"이의가 없으시면 이로써 긴급 부족 회의를 마치도록 하겠습니다.

박수로 마무리하시죠."

원로들은 찬동의 박수를 보냈다. 이윽고 밖에서 대기하던 남녀 요리사들이 회의장 안으로 들어왔다. 만찬을 위해 고기를 굽는 등 음식 장만을 시작했다. 비록 홍겨울 리 없는 회의였지만 박트리아 사절단을 맞이하는 잔치를 베풀어야 했기에 겸사겸사 뒤풀이를 벌이는 것이다.

을지는 바투치와 건배하며 덕담을 나눴다.

"아무쪼록 이 어려운 시기에 건강하게나."

"을지 형님도 건강을 챙기십쇼. 뭐 하여간 오늘 회의는 형님 의견대로 항전에 후퇴까지 채택됐으니 다행입지요."

"그러게나 말이다. 아무튼 나는 후퇴, 그러니까 집단 이주를 먼저 염두에 두고 준비해 나갈 걸세. 그때는 자네도 나를 도와줘야 하네."

"물론입죠. 언제든 불러 주세요. 한걸음에 달려오겠습니다. 하하."

이때 두 사람이 대화를 나누는 곳으로 갈리아푸스와 스피타메네스가 다가왔다.

"잠시 자리를 같이해도 되겠습니까?"

그들은 토론 중에 을지를 주목하고 있었다. 아무래도 군사적 식견을 갖춘 자와 의도적으로 친분을 맺으려는 것 같았다. 원로들은 아무도 퇴장하지 않았다. 뜻 맞는 사람끼리 모여 앉아 속마음까지 털어놓으려는 분위기였다. 그만큼 생사를 다투는 문제여서이랄까.

침상에 누워 잠자고 있는데 신불사가 방문을 열고 들어온다. 그는 히누리 곁에 다가와 빙긋 웃으며 그녀를 깨운다. "히누리 뭐 하시오. 지금 밖에는 꽃들이 만발한 데 이리 잠만 자고 있어 어쩌자는 게요, 하하." 낭랑한 웃음소리에 잠에서 깬 히누리는 어리둥절하여 손목을 잡아 인도하는 신불사에 이끌려 밖으로 나선다. "신불사 그대는 어찌하여 여기까지 오시었소?" 바깥은 샛노란 보름달이 남쪽 하늘을 휘영청 밝히고 있다. 어디선가 소쩍새 울음이 구성지게 들려온다. 신불사 장수는 머리칼을 동여매고 수염을 짧게 깎았다. "아! 그대는 아직도 젊었을 때의 모습 그대로군요." 그러자 신불사는 여전히 빙긋 웃으며 말한다. "히누리 당신의 모습을 돌아보오. 정녕 아리따운 공주가 아니겠소." 각색의 화장과 금붙이로 몸치장을 한 히누리 공주는 산뜻한 비단옷으로 차려입고 능수버들이 늘어진 호젓한 냇가를 거닐고 있다. "이것이 정녕 꿈은 아니겠지요?" 신불사의 그윽한 두 눈이 히누리의 얼굴을 들여다본다. "우리의 사랑이 꿈일 리가요?" 흐드러지게 피어나는 두 사람의 밤 나들이를 시샘하듯 냇물 소리가 새삼 낭랑하게 들려온다. "시방 소쩍새가 우네?" 히누리는 슬며시 신불사의 손을 잡는다. "저기로 가요." 신불사는 무척이나 평화로운 얼굴빛으로 히누리를 바라보며 빙긋 웃는다. 그러나 일순 그의 옷깃에 불꽃이 피더니 불길이 치솟는다. '아아, 불이… 불꽃이!'

히누리는 벌떡 몸을 일으켰다. 꿈이다. 워낙에 꿈이 생생하여 히누리는 밖으로 뛰쳐나갔다. 그녀는 담장 밖으로까지 나가 하늘을 올려다보고 주변을 두리번거렸다. 달은 없지만 무수한 별들이 쏟아지는 한밤이다.

이십 년도 지난 일이 생뚱맞게 꿈에 나타난다는 것이….

그러고 보니 신불사의 화재 꿈 덕분에 목숨을 건진 적이 있지 않았던가. 평소에 그가 한 말처럼 그녀를 지켜 주려고 꿈에서까지 달려온 것일까. 그렇다면 오늘 밤에도 그는 뭔가를 알려 주려고 달려왔다는 말인가. 히누리는 피식 웃었다. 오늘 한꺼번에 사건들이 터지다 보니 신경이 예민해진 탓이라 보았다. 히누리는 다수가 절대적으로 신봉하는 종교와 신들에게 절대 의지하지 않았다. 그런데도 미신처럼 일개 꿈에 휘둘려 불안해한다는 건 있을 수 없는 일이다. 어쨌든 그녀는 꿈에 신불사를 봐서 좋았다. 단잠에서 깨어났지만, 추억을 되새기는 이 밤이 그럴듯하다. 그는 지금 무엇을 하고 있을까.

바로 그때 발걸음 소리와 함께 이방인의 말소리가 두런두런 들려왔다. 험준한 산맥 아래로 내려와 인도 북부의 한 지역에 정착했다는 사카족의 말씨이다. "다 와 간다." 그러는 것 같았다.

히누리는 인근 풀숲으로 몸을 숨겼다. 버릇되어 늘 장검을 소지하는 것에 스스로 감사하며 안도했다. 이방인은 두 명으로 복면을 쓰고 장검을 소지했다. 이곳에 사카족이 있다는 것은 용병을 의미했다. 부여 군대에는 여러 족속과의 연계를 위해 통역에 필요한 소수의 용병이 근무하고 있었다. 필시 그들 중의 두 명을 자객으로 보내어 암살을 도모하려는 것이 분명했다.

히누리는 어둠 속에서 그들의 동태를 예의 주시했다. 자객들은 일개 병사일 뿐 전문적인 암살자가 아니었다. 어설픈 몸짓으로 담장 주변을 기웃거리더니 어깨에 멨던 가죽 자루를 땅바닥에 조심스레 내렸다. 기름 냄새. 기름이 담긴 자루로 불을 지르려는 모양이다. 불은 금방 타오를 것이고 방 안의 아이들은 피할 겨를이 없을 것이다. 이것은 히누리 혼자서 즉각 해결해야 할 사태였다.

히누리는 온 신경을 하나로 모았다. 얼굴에는 땀방울이 비 오듯 쏟아졌다. 이것은 이십여 년 만에 치르는 결투이자 살인이 될 것이었다. 칼을 휘두를 때까지의 기회는 단 한 번이다. 기회의 포착이 무엇보다도 중요하다. 자객들은 주머니에서 부시쌈지를 찾느라 뒤적거렸다. "네가 챙겼잖아. 잘 찾아봐." 그런저런 사카족의 말이 나지막이 들려왔다.

'보아하니 졸개들이야. 담대히 나서자.'

히누리는 정신을 집중했다. 서서히 뽑아 든 장검을 꽉 움켜쥔 채 몸을 낮춰 자객들에게 재빨리 다가갔다. 그녀는 내달리면서 오랫동안 손 놓고 살았던 무술이 제발 녹슬지 않았기를 간절히 바랐다.

한줄기 회오리바람이 획 이는가 싶더니, 얍! 칼을 휘두를 때 자신도 모르게 기합이 터져 나왔다. 칼 놀림은 부싯돌을 켜느라 정신이 팔린 자객 한 명의 목을 정확하게 날렸다. 핏방울이 허공에 흩날렸다. 놀란 동료 자객이 기름 자루를 냅다 집어던지며 칼을 뽑아 응수에 나섰다. 얍! 얍! 히누리는 거듭해서 기합을 내질렀고 버티는 자객의 숨통을 찔렀다. 억! 자객은 고꾸라졌고 피를 마구 쏟아 냈다. 기합과 비명이 뒤섞이는 소리에 잠에서 깬 아이들이 달려 나왔다.

지극히 짧은 결투였음에도 히누리는 기진한 듯 힘없이 칼을 떨어뜨렸다.

다음 날 아침, 동이 트자마자 히누리와 아이들은 부족장과의 면담을 요청했다. 정체불명의 두 자객이 주검 되어 널브러진 간밤의 암살 미수 사건만으로도 충분히 요구할 만한 것이었으며 부족장 역시 이를 외면하고 넘어갈 수 없는 사건이었다.

면담이 성사되어 히누리와 아이들은 병사를 따랐고 회랑을 굽이 돌더니 구석진 방에 이르렀다. 그곳은 비교적 넓으나 좁은 청동 출입문과 봉창을 제외하면 석회를 바른 밀폐된 공간이라 흡사 취조실을 연상케 했다. 부대도 아니고 관청에 이런 시설이라니.

내부에는 가재도구라곤 출입구 쪽에 긴 의자 하나와 먼 쪽의 벽에 놓인 긴 의자 하나가 전부였다. 히누리와 아이들은 출입구에서 먼 쪽의 벽에 놓인 긴 의자에 착석했다. 안내하는 병사가 어디선가 작은 의자 하나를 가져와 중앙에 배치했다.

잠시 후, 부족장 두만수타가 나타났고 그 뒤를 문제의 인물인 치우 부대의 장군, 탁발무두가 따랐다. 뜻밖의 상황에 히누리는 긴장했다. 겁탈 사건의 유력한 용의자가 부족장과 함께 나타남으로써 일이 꼬이는 게 아닐는지 했다.

두 사람은 맞은편 긴 의자에 나란히 앉았다.

"면담하실 분은 앞으로 나와 앉으세요."

부족장의 말에 히누리가 앞으로 나섰다. 그녀가 중앙에 놓인 의자에 다가가 앉자 그제야 부족장은 배시시 웃었다.

"공주님은 여전히 아름다우십니다. 무술도 출중하시고."

부족장은 그녀가 소싯적 번조선의 공주였던 만큼 나름 신경 써서 대하는 듯했다. 몇 달 만에 보는 부족장은 얼굴뿐만 아니라 몸 전체가 실룩실룩 살이 쪘다. 그동안에 이골이 난 권태와 나태가 거기 착달라붙은 듯했다.

히누리는 볼썽사납고 한심스럽기 짝이 없는 심정을 애써 감춘 채 부족장과 의례적인 대화를 나눈 뒤 본격적으로 면담 요청 사유를 조목조목 밝혔다.

'장승 훼손 사건. 경당 압수수색과 학장 구금. 오누이 체포. 자객 침입 사건.'

이런 일련의 사건에 대한 치우 부대의 수사 방향과 결과를 묻고 개입의 적절성을 따졌다. 특히 여러 정황으로 볼 때 자객들이 부여 군대의 용병일 가능성을 지적했다. 이와 같은 여러 물음에도 부족장은 원론적인 답변만 거듭할 뿐이었다.

"현재 여러 가능성을 염두에 두고 수사 중이니 기다려 주셨으면 합니다."

히누리는 이런 부족장의 미온적인 태도를 묵과할 수 없어 사건의 핵심에 근접하는 추론을 전개했다.

"이번 사건들은 결코 별개의 사건이 아닙니다. 표면적으로는 장승 훼손 사건이 일어났고 그것을 수사하는 과정처럼 보입니다만. 사실 그 전에 부녀자 겁탈 사건이 일어났었습니다."

이 말에 두 사람, 부족장과 장군이 꿈쩍 놀란다. 그러나 대꾸는 없이 침묵 속에 히누리의 얘기를 의미심장하게 듣고 있다.

"바로 녹수라는 소녀입니다. 아이가 여기 잡혀 있으니 모르시지는 않겠지요. 겁탈 사건이 있고 다음 날 밤, 장승이 훼손되자 치우 부대는 용의자로 즉각 소녀의 오라버니를 지목했고 연이어 소녀까지 체포했습니다. 마찬가지로 소녀와의 연루 혐의로 학장도 체포했고요. 현재 죄를 문책하는 과정에 있겠지요. 자, 어떻게 해서 이런 조치가 즉각적으로 전개될 수 있었을까요. 바로 겁탈 사건을 치우 부대 쪽에서 이미 알고 있었다는 얘깁니다. 피해자는 신고도 하지 않았는데 말이죠."

이때 치우 부대의 장군이 손바닥으로 자기 무릎을 탁, 하고 내리쳤다. 히누리의 말을 중단시킨 뒤 그가 말참견했다.

"그러니까 공주님 말씀으로는 우리 치우 부대 중의 누군가가 소녀

265

를 겁탈했고 범죄를 은폐하기 위해 피해자를 오히려 장승 훼손의 범인으로 몰아가고 있다, 그런 주장이신 거죠? 또한 훼손을 사주한 배경으로 눈엣가시 같은 학장을 부러 겨냥했다는 말씀이고…"

탁발무두는 의외로 차분하게 사건의 맥을 짚어보려는 성의를 보였다. 히누리는 일순 당황했다. 도무지 유력한 범죄자로서의 모습을 찾아볼 수가 없었다. 정녕, 거짓부렁을 밥 먹듯이 하는 뻔뻔한 인간이런가!

"그렇습니다."

히누리는 딴소리가 치고 들어올세라 재빨리 대답했다.

히누리가 군 관계자와 심리전을 펼치는 그때 댓 걸음 떨어진 뒤편의 긴 의자에 착석한 수로는 부족장을 응시했다. 현재 제도상의 도움을 바랄 수 있는 유일한 존재로서의 그가 어떤 반응을 보일 것인지 궁금해졌기 때문이다.

부족장은 흠흠, 헛기침을 두어 차례 내지를 뿐 별도의 언급을 하지 않았다. 탁발무두가 거듭 물어왔다.

"공주님께서는 이번 사건들이 하나로 연결되는 범죄라고 말씀하셨는데 그렇다면 중대한 범죄에 해당하는 장승 훼손을 누가 무슨 연유로 저질렀다고 보십니까?"

히누리는 답변 중에 장군의 왼손바닥이 노출되기를 바랐다. 유무가 확인되어야만 기존 생각의 신속한 전환이 가능할 것이니까.

"글쎄요, 그것까진 확인되지 않았습니다. 하지만 오누이가 그러지 않은 건 분명한 사실입니다. 훼손된 다음 날에 오라버니가 초목지에서 돌아왔고 녹수는 그때 당시 수로 숙소에 있었으니까요. 한 가지 제가 조심스레 유추해서 말씀드리자면, 겁탈 사건을 아는 어떤 제삼자가 장승을 훼손하여 만인에게 알리려 했다는 것입니다."

그 말에 부족장과 장군의 몸짓이 들썩거렸다.

"아니, 그렇담 그 제삼자는 중형을 각오하고서라도 고발을 감행했다는 말씀이지요?"

이때 히누리는 그의 말이 암시되어 한 생각이 번뜩 떠올랐다.

"그렇습니다. 중형을 각오할 정도로 제삼자인 그녀는 치욕에 몸을 떨었던 것이지요."

"그녀라고요?"

"그렇습니다. 장승을 훼손한 사람은 여자이고 아마도 그녀 역시 예전에 겁탈당한 경험이 있었을 것입니다."

갑자기 부족장의 인상이 찡그러지며 몸짓이 번잡스러워진다.

"아니 여자인 걸 어떻게 아쇼? 더구나 겁탈이라니."

히누리는 자기 말의 신빙성에 의문을 품고 부족장이 점점 대화를 귀찮아하는 게 아닌가 하여 조바심이 났다.

"부족장님, 제 말이 사실입니다. 장승에 찍힌 칼날의 자국을 살피면 알 수 있습니다. 여자가 단검을 휘두를 때 나타나는 자국이 있습니다."

그때 탁발무두가 부족장에게 무언가 귓속말을 했다. 그들의 얘기는 상당히 길게 이어졌다. 이에 히누리는 긴장했다. 불길한 예감이 뇌리를 스쳤다. 하지만 어떠한 대응책도 떠오르지 않았다. 더군다나 면담에 앞서 무기를 해제한 상태라 비무장이었다.

궁지에 몰린 히누리는 얼른 뒤를 돌아보았고 의외로 수로는 씽긋 미소를 지으며 왼손바닥을 슬쩍 들어 보였다. 왼손?

히누리는 몸을 바로 하며 앞을 주시했다. 이럴 수가! 치우 부대의 장군은 흉터가 없었다. 귓속말로 밀담하느라 들고나는 새에 언뜻언뜻 비치는 그의 왼쪽 손바닥에는 아무런 상처가 없는 것이다.

부족장이 말하고 장군은 듣다가 나중엔 장군이 말이 많아지자, 부족장은 인상이 찡그러졌고 급기야 화를 벌컥 냈다.

"이 새끼가 많이 컸구먼! 야, 군소리 집어치우고 후딱 뛰어가라고, 응! 가거든 아라문 새끼 잽싸게 날아오라고 해."

부족장의 호통에 탁발무두는 벌떡 자리에서 몸을 일으켰다. 그리고 곧바로 히누리를 향해 겸연쩍은 듯 말을 꺼냈다.

"저기 공주님, 그러니까…"

무척 상기된 얼굴의 탁발무두는 억양이 고조되어 있었다. 히누리는 판단에 착오가 생긴 데다가 예상치 못한 방향으로 상황이 급변하자 지레짐작을 멈추고 현재 처한 사태에 집중했다.

'막말을 내뱉는 부족장이라니!'

"아무래도 공주님의 진술처럼 수사 방향에 문제가 있었던 것 같습니다. 지금까지는 아라문 장교가 전담해서 수사해 왔습니다만 제가 직접 원점에서 다시 수사를 진행하도록 하겠습니다."

탁발무두 장군은 묵례한 뒤 서둘러 그 자리에서 물러났다.

히누리는 부족장이 비록 장군에게 너무 과한 막말을 하긴 했어도 수사의 실책을 책망하느라 일시 화가 치밀어 그랬을 것으로 생각하려고 했다. 그러나 이어지는 부족장의 태도는 더욱더 가관이었다.

'이게 두만수타의 숨겨진 본성이었나?'

장군이 나가고, 잠시 거들먹거리는 몸짓으로 딴청을 피우던 부족장이 억지로 썩은 미소를 지으며 능청스레 얘기를 꺼냈다.

"공주님도 참 집요하십니다. 그깟 여자애 하나 때문에 자기 목숨을 내걸 정도로 그게, 그렇게나…. 거참!"

"부족장님 그게 무슨 말씀인지…?"

그러고 보니 부족장은 누구나 타인 앞에서는 노출되기 꺼리는 본성을, 그것도 비열한 본성을 노골적으로 히누리 앞에서 드러내고 있었다. 이것은 무엇을 암시하는 것일까.

그의 막말은 농도를 더해 가고 있었다.

"이 새끼는 대체 수사를 어떤 식으로 한 게야. 빤히 다 알잖아. 아낙한테 뒈지기나 하고."

그가 정체를 드러내고 있다. 자신의 안방이니 막가겠다는 얘기다.

곧 병사들이 들이닥칠 게 뻔하다.

부족장이 빈정거리며 자리에서 일어섰다.

"진술 하나면 끝이지, 개뿔은!"

일촉즉발의 상황에서 뒤에 있던 수로가 외쳤다.

"부족장님!"

출입문 쪽으로 몸을 돌리던 부족장이 힐끗 쳐다보았다.

"왼쪽 손바닥의 상처를 보여주시오."

부족장은 뜬금없는 수로의 요구에 자기 손바닥을 내려다본 뒤 무심결에 그것을 들어 올렸다.

"이것 말인가? 어때, 왕이 될 자국처럼 보이지 않는가?"

그는 껄껄 웃으며 한 소리를 덧붙였다.

"대관절 아낙네가 내는 자국은 어떤 거요. 참나, 어이가 없어서 말이야!"

전광석화가 따로 없었다. 가죽신이 연달아 표창처럼 부족장의 얼굴로 날아들었고 그가 움찔하며 회피하는 사이, 수로가 냉큼 뛰어올라 두만수타의 몸을 낚아채 바닥에 쓰러뜨려 짓눌렀다. 뒤질세라 도수가 따라붙어 두만수타의 입을 가죽신으로 재갈 물렸다.

삽시간에 벌어진 결투에 히누리는 어안이 벙벙했으나 곧 입술에 미소가 번졌다.

"역시 내 아들들이구나!"

도수와 수정이가 부족장을 인질로 붙들고 있는 동안, 히누리와 수로는 태연한 몸짓을 내보이며 보초병을 지나쳤고 그 즉시 탁발무두 장군을 찾았다. 다행히 그는 자신의 집무실로 가는 도중이었다. 히누리는 장군에게 자초지종을 설명했다. 장군은 놀라워했고 분개했으나 금세 차분해지면서 히누리를 자신의 집무실로 데려갔다. 그곳에서 탁발무두는 바달 장교를 호출했고, 눈치채지 못하게 두만수타의 심복 아라문 장교를 체포해서 가두라고 지시했다.

　"지금 당장 학장과 오누이를 석방하도록 조치하겠습니다."

　그런 뒤 장군은 부여 군대의 본부로 달려가 마고탄 대장군에게 보고하고 사태에 대한 대책을 협의했다. 억류한 부족장을 바달 장교에게 넘긴 히누리와 아이들은 곧바로 학장과 오누이를 맞이했다.

　"마마가 아니었으면 저희는 죽은 목숨이었습니다. 죄를 막무가내로 뒤집어씌우는데 정말 하늘이 노랬습니다."

　중년의 남자인 학장은 얼굴에 멍 자국이 언뜻언뜻 비쳤다.

　"그동안 정말 애간장 많이 태우셨지요? 학장님, 이젠 마음 푹 놓으셔도 됩니다."

　녹수는 수더분한 마을 아낙인 줄 알았던 히누리의 힘과 활약에 새삼 경탄해 마지않았다.

　"아주머니는, 아니 마마는 우리 여자들의 표상이세요. 따르고, 배우고, 그래서 닮아가고 싶습니다."

　"넌 정말 참으로 씩씩한 아이로구나."

히누리는 앙증맞은 이 아이를 며느리 삼으면 좋겠다는 생각을 또다시 했다. 그러나 수로는 별 관심이 없는 듯 학장과의 대화에 몰두했다. 그들은 서로를 격려하며 회포를 푼 뒤 각자의 집으로 돌아갔다.

그러나 히누리와 수로는 말굴 마을로 돌아갈 수 없었다. 사태의 수습과 곧바로 열릴 재판에 증거인으로 출석해야 했다.

다음 날 히누리는 도수와 수정을 먼저 말굴로 떠나보냈다.

"가거든 아버지를 잘 보살펴 드려라."

"알겠습니다. 어머니." 도수는 말머리를 돌려 떠나가면서 소리 높여 외쳤다. "형은 멋졌어! 최고의 전사였어, 하하!"

어머니 곁에 다가선 수로는 두 손 들어 아우들의 여정을 기원했다.

19
불의의 세력에 굴복해서는 안 돼

부여고을은 새로운 지각 변동을 겪어야 했다. "어휴! 세상이 바뀐 지 얼마나 됐다고 이러냐." 사람들은 막연히 불안해했다.

부족장과 심복 아라문이 체포되고 내각인 오가 조직의 수장과 구성원들은 해체되었다. 이러한 조치에 반발한 마가의 수장인 하눌치와 추종 세력들은 무장 해제를 거부하고 산속으로 숨어들었다. 그들을 추격할 진압군의 지휘관으로 바달 장교가 임명되었다. 언제 반군으로 둔갑하여 출몰할 줄 모르기에 이를 사전에 제거하기 위한 소탕 작전이 불가피해진 것이다. 부여 군대의 대장군인 마고탄은 비상령을 내리고 경계 근무에 들어가면서 촌장들이 참여하는 부족 회의의 개최를 알렸다.

"비상시에 발동하는 부족 회의를 사흗날에 열겠노라."

사흘 뒤에 열릴 부족 회의에서 군대의 수장인 마고탄은 이번 사태의 재판관까지 겸하게 되는 것이다.

부족 회의가 하루 만에 끝난 뒤 을지는 본가에서 아이들과 함께 지내며 아내가 돌아오기를 기다렸다. 부족 회의의 임시 결정은 항전 아니면 후퇴였다. 그러나 을지로서는 이미 이주하기로 마음먹었기에 그에 따르는 구체적 방안을 궁리하는 데에 많은 시간을 보냈다.

어스름이 내려앉을 무렵 도수와 수정이 돌아왔다. 을지는 부여고을에서 일어난 사건들을 전해 듣고 놀라움을 감추지 못했다. 비록 그들 부여족과 끈끈한 혈맥을 잇는 일국의 공주였다고 해도 한 부족의 집단을 상대로 하는 정치에 깊숙이 개입해도 괜찮을지 의문이 들지 않을 수 없었다. 그렇다고 해서 무턱대고 부여고을로 달려갈 수도 없는 일이었다.

밤늦어서야 천수가 집으로 돌아왔다. 대장간 일에 투입될 수 있는 사람을 확보하느라 마을 세 군데를 돌아다녔다고 한다. 조수를 포함하여 대략 1백여 명의 대장장이를 모을 수 있다고 했다.

"수고했다. 네 엄마가 오면 바로 시작하자."

"그런데 아버지, 만든 무기를 어디다 파실 건데요?"

"박트리아 군대에도 보내고 우리도 쓰고 두루 쓸 데가 많다."

"박트리아…. 거긴 선금을 준다던가요?"

"주면 좋겠는데 안 줘도 보내야 한다. 당장 침략을 막아야 해."

"철광석이라도 많이 받을 수만 있다면야 뭐 그럭저럭…. 그런데 인부들의 임금도 그렇고, 자금이 모자라지 않습니까?"

"아버지 금화 많이 벌어 놨다. 놔뒀다가 어디다 쓰겠나."

을지는 아이들을 한군데로 불러 모았다. 수로를 제외한 수라, 도수, 천수, 수정, 수강, 모수 이렇게 아들딸 모두가 둘러앉았다.

을지는 딸 세 명에게 일렀다. 앞으로 매일 같이 전투복과 겨울옷을 만들 재료와 도구, 그리고 인부들을 끌어모아 작업해야 하니 엄마를 잘 도와야 한다고. 아들들에게는 자기를 도와 무기를 만들고 수집하고 공급하는 작업에 힘써야 한다고 말했다. 그리고 아이들 모두에게 틈틈이 무술 수련도 연마해야 한다며 경각심을 주었다.

앞으로의 계획을 대략 설명한 뒤 을지는 아이들에게 다시금 강조했다.

"증언에 따르자면 페르시아 군대는 싸우기만 하면 졌다. 처음엔 지휘력이 문제이고 장비와 무기가 문제였다가 결국은 병력 숫자마저 밀리게 되었다. 이제는 속수무책으로 당하는 일만 남은 것 같다. 그렇다고 해서 위대한 히타이트의 후손이라 자긍하는 우리마저 앉아서 당할 수는 없는 일이다. 물론 우리 부족은 이번 회의에서 항전 또는 후퇴를 결정했다. 아무튼 우리 가족은 이주를 생각하고 있고 우리와 함께할 일행의 몫까지 그에 따르는 준비를 해야 한다. 내가 너희에게 준비시킨 것들이 그 일환이기도 하고, 후퇴하면서도 방어 무기가 필요하기에 갖추려는 것이다. 물론 여분의 무기들은 박트리아와 소그드 군대에 넘기게 될 것이다. 여기까지 질문있는가?"

마치 지휘관 같은 아버지의 엄중한 설명에 분위기가 전장의 밤처럼 을씨년스러워졌고 아이들은 두 눈을 끔뻑거렸다.

"아버지, 다음 말씀은 무엇인지요. 무시무시해집니다."

열 살 먹은 막내아들 모수가 두 손을 감싸 쥐며 물었다.

하하. 을지는 웃었다. 전쟁의 공포를 겪지 않은 아이들도 어른들의 행동거지에 위축이 되는 것일까.

"아무 걱정하지 마라. 준비만 철저하면 두려울 것 하나 없다. 내가 너희에게 하나 물어볼 말이 있다. 이미 말했듯이 페르시아는 전투하면 패배했다. 그 이유가 지휘력이고 무기이고 병력이라고 했다. 그런데 아버지가 보기에 지휘와 병력은 상황과 환경을 적절히 이용하면 얼마든지 극복할 수 있다고 본다. 문제는 무기인데 흠, 알렉산드로스 군대의 기병대는 차양을 두른 투구부터 두껍고 긴 청동 갑옷까

275

지 착용하고 4미터 길이의 긴 창을 휘두른다고 한다. 보병대도 마찬가지로 청동 투구와 긴 창에 방패를 어깨에 착용했다고 한다. 내 생각엔 이런 무기 때문에 페르시아 군대가, 특히 용맹하다는 불사조 기병대조차 맥을 못 췄다고 본다. 자, 너희들에게 묻겠다. 어떻게 해야 이런 무기의 열세를 극복하고 이겨 낼 수 있겠느냐?"

기다렸다는 듯이 도수가 즉각 대답했다.

"아버지, 활을 쏴서 말을 쓰러뜨리면 됩니다."

"허허, 싱겁게도 금세 알아차리는구나. 그렇다. 말을 쓰러뜨리면 되는 것인데 페르시아 기병대는 테살리아 기병대와 창으로 맞대결했다. 그게 일차 패착이다."

"아니 그 간단한 전술을 몰랐다는 말씀이세요? 페르시아 궁수 병사는 대체 누굴 상대한 것이지요?"

"많지 않은 궁수의 화살은 기묘하게도 대형 방패로 무장한 보병대를 향했다. 그렇게 된 데에는 아마도 알렉산드로스가 페르시아 측의 병력 배치를 멀리서 눈여겨본 뒤 재배치를 통해 그렇게 유도했을 것이다. 지휘관의 능력 차이가 거기서도 나타나는 것이지."

천수가 대화에 끼어들었다.

"아버지는 페르시아 궁수가 많지 않다고 하셨는데 왜 그렇죠? 먼 거리서부터 적을 사살할 수 있는 유일한 무기인데 말이죠."

"페르시아는 영토가 넓다. 넓은 제국을 신속히 오가며 다스리기에는 기병대만 한 군대가 또 없다. 그래서 보병은 용병과 지역의 수비대로 대충 얼버무렸던 게다. 더군다나 생각보다 활은 만들기도 어렵고 다루기도 쉽지 않다. 우리가 활을 잘 다룬다고 해서 모든 족속이 그러리라 생각할 수 없는 것이, 페르시아 족속은 우리와 달리 활에 취약하다. 잘해 보려고 해도 체질상 안 맞는 모양이더라. 그런데 우리보다 활을 더욱 잘 쏘는 족속이 따로 있다. 누군지 알겠느냐?"

"부여족입니다, 아버지." 수정이가 말하곤 빙긋 웃는다.

을지도 따라 웃었다. 웃어야 할 이유가 딱히 없었으나 을지는 딱딱해진 대화 분위기를 부드럽게 가져가고 싶었다.

"부여고을에 살았다고 잘 아는구나. 네 엄마를 봐라. 얼마나 활을 잘 쏘더냐. 부여족은 활을 만드는 것도 뛰어나고 화살도 능란하게 잘 쏜다. 특히 기마한 상태에서, 아직 확인이 필요하다만 말이 달리는 상황에서도, 그것도 달아나는 역동작에서도 활을 쏠 줄 아는 무시무시한 무사들이 많다는 얘기까지 네 엄마한테서 들었다. 평화로운 세상이라 호들갑이 섞였거니 하고 넘겼지만, 그게 사실이라면 엄청난 전술이 되는 것이란다. 네 엄마 오면 알게 되겠지."

"그게 사실이라면 정말 엄청난 무술이 되겠는데요?"

도수는 들뜬 나머지 벌떡 일어나 벽에 걸린 활을 챙긴다.

"어머니가 빨리 오시면 좋겠어요. 후다닥 배울 자신이 있거든요."

"녀석, 패기 한번 좋구나. 그건 그렇고 알렉산드로스 군대를 이겨낼 방법은 다들 못 찾은 게냐?"

아버지의 거듭되는 물음에 모수가 신난 듯 목소리를 높였다.

"아빠, 우리 모두 활쏘기를 배우면 되겠어요."

"그래? 그런데 말만 쓰러뜨려서 해결될까? 긴 창을 든 기병과 방패를 든 보병대의 군사들은 어쩌고?"

수강이도 대화에 끼어들고 싶은지 불쑥 얘기를 꺼냈다.

"화살로 목을 노리면 되잖아요?"

"어느 명사수가? 몇 명이나?"

음! 모두 말문이 막혔다. 페르시아가 질 수밖에 없구나. 4미터라는 어마어마한 긴 창과 커다란 방패, 그리고 차양으로 얼굴을 가린 투구와 전신을 덮은 두꺼운 갑옷이라니.

"시간적 여유가 있으니 천천히 생각해도 된다. 어쩌면 너희들 엄마가 답을 찾을지도 모르겠구나."

그때 천수가 뭔가 궁리하는 듯 두 눈을 멀뚱거리며 얘기를 꺼냈다.

"아버지. 음…, 제 생각인데 물고기를 잡는 작살이 있잖습니까?"

"그런데 왜?"

"그걸 창대에 달아 무기로 쓰면 적의 창을 꺾어 누르면서 찌를 수 있지 않을까요?"

"지금 삼지창 얘기를 하는 거냐?"

"삼지창? 아, 제가 직접 본 적은 없지만 그런 게 있다고 얘기 듣긴 했었는데…. 그러네요, 제가 보기엔 작살, 아니 삼지창 같은 무기가 적의 긴 창을 맞상대하기에 적당하지 않을까요?"

을지는 아들 천수의 생각이 대견하기만 했다.

"좋은 생각이다. 아버지는 적군의 중무장 기병에 대항할 무기로 활 외에 언월도를 생각했었다. 천수 말을 듣고 보니 삼지창도 만들어야겠구나."

"그런데 아버지?"

맏딸 수라가 의아한 표정을 지으며 물어 왔다.

"그래, 말해 보아라."

"아버진 앞서 이주를 말씀하시고선 지금은 전투를 생각하고 계십니다. 이길 방법이 왜 필요한 거죠?"

"네 엄마는 우리 가족만이라도 이주하자고 했다. 그러나 나는 될 수 있으면 우리 부족 사람들과 다 함께 이주하고 싶은 것이다. 그러려면 무기가 있어야 하고 비단 알렉산드로스 군대가 아니더라도 이동할 때 맞닥뜨릴 여러 위험에도 대비해야 한다. 그래서 그렇다."

"그런데 아버지는 알렉산드로스 군대의 무기에 대처할 방법을 물으셨잖아요."

"그랬나? 그랬구나. …그건, 그건 말이다."

을지는 궁해진 대답을 에둘러대었다.

"그건 말이다. 이길 병법이 나오면 페르시아 군대에 알려 주고, 우리도 적의 기습에 대비할 수가 있을 테고, 그래서이다. 더군다나 나중에 가면 우리 부족 중에서도 전쟁을 원하는 부류가 반드시 나오게 되어 있다. 그때 그들에게 힘을 불어넣어 줄 수가 있다면 우리가 준비하는 것들이 무의미하지만은 않을 것이다."

이때 도수가 여태껏 자기 생각을 참았다는 듯 의미심장한 말을 던졌다.

"아버지 저는 우리 가족만의 이주를 원하지 않습니다. 적어도 우리 해씨족 전체의 이주를 원하고 그게 불가능하다면 전쟁을 벌이는 것입니다. 알렉산드로스 군대와 한판 붙어야 합니다."

아들 도수가 생각지도 못한 강경 발언을 쏟아 내는 바람에 을지는 끔쩍 놀라 순간적으로 말문을 잃고 말았다. 그러자 급기야 천수도 나섰고 심지어는 수정이도 그랬다.

"아버지 제 생각도 마찬가지입니다. 적에게 꽁무니를 보이긴 싫습니다. 기꺼이 한판 붙겠습니다."

"아버지, 부여족은 말을 잘 타고 활을 잘 쏩니다. 그들과 연합해서 싸우는 거예요. 절대로 물러설 수는 없습니다."

다시 도수가 나섰다.

"아버지는 엄마의 당부 때문에 후퇴하시려는 거죠? 아버지, 이제라도 어머니를 설득하셔서 적을 무찌를 준비를 하셔야 합니다. …아버지!"

을지는 거듭되는 아이들의 강경한 태도에 당혹감을 감추지 못했다. 전쟁은 젊은 패기만으로 가능한 놀이가 아니다. 그럼에도 히타이트의 기백을 이어받은 아이들의 치기 어린 의욕을 무조건 나무랄 수만은 없었다.

을지는 잠시 침묵했다가 태연한 척 말을 꺼냈다.

"그래, 아무튼 알겠다. 엄마가 오거든 그때 다시 상의하자. 분명한 건 아버지는 후퇴다. 네 엄마 때문이 아니라 이 아버지의 판단으로 내려진 결정이고, 이것도 하나의 전략이라는 점을 기억해라. 오늘은 이만 마치자."

아이들이 주섬주섬 자리에서 일어났다. 을지는 아무래도 아이들의 시큰둥한 태도가 걱정되어 군소리처럼 얘기를 덧붙였다.

"얘들아, 아버지 말을 마저 명심해서 들어라. 병아리를 노리는 검독수리도 사방을 두루 살핀 뒤 움직인단다. 패기라는 발톱은 때로 감춰둘 줄 알아야 하는 것이야."

다음 날부터 을지는 아이들과 함께 하나씩 준비를 해 나갔다. 마을과 떨어진 변두리를 다니면서 대규모 대장간이 들어설 터를 살펴보고, 자재 매입과 공방 건설에 도움이 될 사람들을 만났다.

한편 히누리는 부족 회의에 대비하여 부여고을 사람들을 만났다. 그런데 한 가지 주목할 것은 그 누구도 알렉산드로스 군대의 침략에 관해 관심이 없다는 사실이었다. 침략 사실을 모를뿐더러 알아도 남의 일이며 이곳까지 쳐들어오지는 못한다고 생각하고 있었다. 어째서 이리도 태평스러운 것일까.

부족장의 범죄에 대한 수사는 치우 부대의 탁발무두 장군이 직접 지휘했다. 학장과 오누이는 증거인으로서의 진술을 위해 치우 부대를 수시로 들락거렸다. 한편 마가의 하눌치 무리를 소탕하러 나섰던 바달 장교가 빈손으로 돌아왔다. 일당들은 소그디아나 국경을 넘어 어디론가 멀리 달아났다는 보고였다. 오가의 내각 중에서 달아난 병무의 마가를 제외하고 내무의 우가와 법무의 구가, 재무의 양가가 추가로 체포되었다. 아직까진 외무의 저가만이 유일하게 혐의에서 벗어나 있었다.

히누리는 재판이 끝나는 즉시 말굴로 돌아가려 했다. 혼자서 일을 꾸려 나가고 있을 남편 을지가 걱정되었다. 시간을 아끼려면 재판 전에 부여 말을 알아봐야 했다.

수로의 안내로 한 야산을 찾은 히누리는 수천 마리에 이르는 목장의 규모에 놀랐고 푸르른 산야를 거침없이 뛰노는 말들의 뛰어난 골격과 근육에 감탄했다. 마을 어귀에서 잠시 잠깐 만나는 부여 말을 지금껏 건성으로 봐 왔기에 이렇게까지 감탄을 자아내게 될 줄은 미처 몰랐다. 더구나 유순도 하여 한 번의 교감으로 말 등에 오를 수 있었다.

수로가 한 백마의 목덜미를 끌어안으며 자랑스레 말했다.

"어머니, 이 녀석은 한 번씩 올 때마다 제가 예뻐하고 즐겨 탔던 애마입니다. 눈부시게 하얀 놈이라 햇살이라 이름 지어 줬지요. 민첩하고 영리한 놈입니다."

아들이 권유한 햇살이라는 부여 말에 오르자 이십여 년 동안 멀

리하고 살았던 단군조선의 땅을 내딛는 감흥마저 일었다. 히누리
는 불현듯 부여 말을 타고 한량없이 산야를 질주하고 싶어졌다. 이
랴 핫!

수로는 부모님이 주신 선물이라 어쩌지 못한 페르시아 말을 이참
에 부여 말로 바꾸려 했다. 덩치가 작아 회전할 때 매우 민첩하고,
달릴 때 진동이 적어 피로가 덜하면서 화살의 적중률도 높기 때문
이다. 더군다나 생존력도 강해 알아서 눈밭을 파헤쳐 풀을 찾아 뜯
어먹기까지 하는 것이다.

그러나 히누리의 만류로 교체를 미뤄야 했다. 일단 어머니와 함께
말굴로 돌아가야 한다는 얘기였다.

"어머니, 굳이 말굴까지 가서 들어야 할 이유가 있습니까?"

"아버지께서 긴히 할 말이 있어서 그래."

"의견 교환보다는 뭔가 저를 설득하려는 것 같습니다. 뭐 되도록
부모님의 뜻을 따르겠습니다."

"수로야, 그런 소리 마라. 네 아버지 말씀을 듣고 나서 나름대로
의견 제시도 해야 한다. 자신의 문제는 자기가 결정하는 거야."

"알겠어요, 어머니. 그건 그렇고 아까 물어보니까 말은 얼마든지
구해 줄 수 있답니다. 여기 말고도 부여족 사람들이 운영하는 크고
작은 목장이 각처에 흩어져 있다고 하네요."

먼 선조들이 본향을 떠나 이주해 오면서 타고 왔던 말들이 이처럼
많은 종자를 퍼트린 것이다.

"어휴! 생각 같아서는 많을수록 좋겠지만 네 아버지가 몇 마리나 살 돈이 있을는지 모르겠다. 장사해서 금덩이를 모으고 그러긴 하더라만 얼마나 남아 있을는지가. 필요로 따진다면야 만 마리 정도는 있어야 그럭저럭 해결되지 않을까 싶다만."

수로가 깜짝 놀란다.

"그렇게나 많이요? 기병이 거기 앉으면 대군인데요? 설마 어디 전쟁터라도 나서려는 건 아니겠지요?"

"아우 머리야. 난 모르겠구나. 네 아버지에게 가서 물어봐라. 전쟁터에 나갈 말로 쓸 건지 이동할 말로 쓸 것인지…."

뜻하지 않은 어머니의 민감한 태도에 수로는 고개를 갸웃했다.

드디어 부족 회의가 개최되었고 일차적으로 재판이 열렸다. 임시 부족장이 된 부여 군대의 대장군이 재판관이 된 가운데, 수사를 지휘한 치우 부대의 장군이 죄인들의 범죄 사실을 고발하고 촌장들이 죄의 유무를 판단하는 방식이다. 그리고 범죄인으로 전락한 전 부족장과 아내, 치우 부대의 장교, 오가의 수장 세 명과 담당관들이 땅바닥에 무릎 꿇린 채 결박당해 있었다.

탁발무두는 전 부족장인 두만수타의 죄상을 촌장들에게 고했다.

'녹수라는 여자를 겁탈한 사실. 그 사실을 은폐하려고 피해자와 오라버니, 학장을 구속한 사실. 자객을 보내 암살을 시도한 사실.'

이런 일련의 범죄 행각과 직권 남용 외에도 추가로 밝혀낸 범죄가 있었다.

'아내와 함께 공금을 빼돌린 사실. 무능한 오가를 구성하여 민생을 어지럽힌 사실. 오가의 수장들 및 담당관들의 공금 유용과 횡령을 알면서도 방치한 사실. 상습적으로 부녀자들을 추행하고 겁탈한 사실. 매사에 거짓과 조작을 일삼아 단군조선의 홍익인간 정신을 훼손한 사실.'

이러한 죄상들을 낱낱이 밝힌 뒤, 이어서 증거인들이 차례로 나와 재판관 앞에서 자신이 보고 듣고 겪은 일을 하나하나 진술했다.

장시간에 걸친 진술이 모두 끝나자, 탁발무두는 이러한 범죄를 주도한 두만수타와 아내, 이를 은폐하고 조작하는 데에 조직을 동원한 아라문, 그리고 오가의 수장 세 명과 담당관들의 직권 남용과 직무 유기, 횡령 등등의 죄목을 고한 뒤 촌장들과 재판관에게 일괄적으로 사형을 요청했다.

두만수타는 이것에 반발하여 전면 무죄를 주장했다.

"아니 도대체 뭐가 잘못됐다는 얘깁니까? 거 뭐야, 직무와 관련해서는 해석자의 판단에 따라 얼마든지 달라질 수 있는 문제가 아니겠습니까. 더군다나 겁탈이 다 뭡니까. 아니 세상에 여자가 없어서 그깟 아낙네를 겁탈하다니요. 이따위 짓거리들은 나를 제거하려고 아무렇게나 날조해서 뒤집어씌운 중상모략에 불과한 것이오."

그는 절절히 무죄를 주장하면서 증거 제시를 강력히 요구했다. 두만수타의 강변을 묵묵히 듣고 있던 탁발무두가 다시 앞으로 나섰다.

"미수에 그쳤고 신분 노출을 우려해 채택하지 않았습니다만 상황이 이러하니 하는 수 없이 또 다른 증거인을 이 자리에 출석시켜야겠습니다."

그가 새로이 부른 증거인은 비월이라는 이십 대 초반의 여자였다. 그녀는 회색 가죽옷에 가죽 장화를 신고 머리카락을 짧게 자른 것이, 마치 비정한 여전사의 패기를 지닌 자태였다.

"보름 전쯤 야밤이었어요. 잠결에 눈을 뜨니 웬 사내 세 명이 제 몸을 찍어 누른 채로 두 손을 결박하고 재갈을 물리더군요. 워낙 순식간에 일어난 일이라 저항할 겨를이 없었습니다. 순간 직감했죠. 군인들이고 날 폭행하려 한다는 것을요. 그 군인들이 어둠 속으로 사라진 뒤 곧바로 복면을 쓴 벌거숭이 남자가 제 몸을 덮쳤습니다. 제 옷을 벗기느라 그자가 씩씩거릴 때마다 술 냄새가 코를 찔렀고, 나이 들고 비계가 잔뜩 낀 군인은 전직 장군이자 부족장인 두만수타라는 생각이 문득 뇌리를 스쳤죠. 저는 끝내 저항했고 그자는 들개처럼 아무렇게나 사정하곤 꽁무니를 뺐습니다."

"거짓말이다!"

두만수타가 버럭 고함을 내질렀다.

"분명 눈을 가리지 않았다고 말했다. 정체가 드러날 게 빤한데도 멀뚱히 바라보게 했다는 게 대체 말이 되느냐!"

그 말에 비월은 분노하여 맞받아쳤다.

"강간당하는 여자의 절망을 즐기고 싶어서였겠지요. 제가 실제로 제시할 증거로는 저 사람, 두만수타의 왼쪽 허벅지와 복부 쪽으로 발톱 자국이 두어 군데 길게 나 있을 것입니다. 제가 저 사람에게 폭행당할 때 저항하면서 발톱으로 찍어 흔적을 남기려 했습니다."

그러자 두만수타는 즉각 자신의 발언을 정정했다. 관계를 맺긴 했으나 겁탈이 아니라 화대를 지급한 매음이라 외쳤다.

이것이 결정적으로 촌장들의 분노를 불러일으켰다. 소문으로만 흘러듣고 설마 하며 치부했던 의혹들이 한꺼번에 노출되는 작태를 두만수타는 보여주고 있었다. 한 족속을 대표하는 부족장이라는 자의 일상화된 거짓부렁이 코앞에서 목격되자 마치 부여족 자체가 거짓의 겨레인 양 싸잡아 매도되는 것 같았다. 촌장들은 수치심에 부들부들 몸을 떨었다. 죄의 경중을 가릴 것 없이 촌장들은 전원 유죄를 인정하고 사형을 주문했다.

임시 재판관인 마고탄 대장군은 이번 사건을 바라보는 민심의 분노와 추후의 보복을 우려하여 모두에게 가차 없이 사형을 선고했다.

"두만수타 외 죄수 전원을 참형에 처하노라."

재판이 끝났다. 앞서 예고한 대로 새로운 부족장을 추대하는 회의가 진행될 차례이다. 다음 회의를 준비하느라 분주할 때 두 사람은 회의장을 빠져나왔다.

관청 앞마당에는 재판 결과가 궁금한 사람들이 삼삼오오 모여서

숙덕거리고 있었다. 이윽고 저편 뒷문으로 죄수들이 오랏줄에 묶여 나오자, 몇몇 사람들은 환호했고 그곳으로 우르르 몰려갔다.

"우리 히타이트 선조들은 평상시 재판에서는 사형을 금지하였다고 들었습니다. 어떤 제도가 합당한 것인지 잠시 의문이 들었습니다."

수로는 아직도 자신이 히타이트의 아들이라 생각했다. 부여족의 피를 물려받았다고 익히 들었지만 전혀 실감이 나지 않는 것이다. 히누리는 멀리 형장으로 끌려가는 죄수들의 모습을 물끄러미 바라보았다. 그리고 하늘을 힐끗 올려다보더니 곁에 서 있는 수로에게 말했다.

"권력은 본래 덧없는 것이다. 욕망에 휘둘린 자들은 권력을 추구하고, 그러한 자들이 권력을 잡으면 자신의 정욕과 죄악의 늪에 빠져 헤어 나오지 못하게 된다. 그러니 아예 피하라."

"어머니, 저도 그렇게 생각합니다. 다만 우려되는 것은 인간의 한계가 그러하다 하여 멀리할 때 결국은 탐욕에 물든 자들이 집권하게 되고 따라서 세상은 더욱 어지러워질 게 아니겠습니까?"

"그래서 이 어미는 때로 우울하다. 그런데…."

히누리는 잠시 생각하는 듯했다. 그러다가 다시 입술을 뗐다.

"그런데 늘 하늘을 우러러보며 상념에 잠기던 한 장수가 있었다. 천신과 운명을 따르던 사람이었지. 권력을 추구하진 않았으나 불의 앞에 물러설 줄 모르던 그 사람은 결국 원하지 않아도 칸의 자리에 올랐다."

"신불사 장군이라는 그분 말씀이죠?"

"그래. 그는 나라를 이루고 선정을 베푼다는 소문을 들었다. 그렇게 보면 더러운 정치라고 내팽개칠 게 아니라 선한 자들이 적극적으로 나서야 하는 세상일의 하나인지도 모르겠구나. 새삼스레 또 생각이 나네."

히누리는 요즘 갑작스레 신불사가 떠오르는 이유가 기묘하게도 정치판에 얽혀드는 바람에 그러리라 생각했다. 수로는 대화 분위기를 바꿀 생각에 화제를 돌렸다.

"참! 우리 이제 뭐 하죠? 부여고을은 언제 떠나시려고요?"

"오늘은 어째 어중간하구나. 내일 아침에 출발하자. 근데 수로야."

어머니는 불러 놓고 어딘가를 주목하느라 말을 잊어먹은 듯했다.

"네, 말씀하세요."

수로는 어머니가 시선을 놓지 않는 한 곳을 바라보았다. 저편에 녹수가 오라버니와 함께 걷고 있었다.

"얘, 수로야."

하하. 수로가 소리 내어 웃었다.

"저쪽으로 갈까요?"

수로의 웃음소리에 녹수가 돌아보았고, 오누이는 히누리와 수로를 향해 인사를 꾸벅했다. 히누리가 그쪽으로 가려 하자 오누이가 알고 먼저 뛰어왔다.

"마마, 안녕하세요. 인사가 늦었어요."

티끌 하나 없이 싹싹한 녹수가 밝은 목소리로 인사한다.

"재판이 잘 끝나 다행이다. 녹수는 앞으로 어떻게 지낼 거냐?"

"경당에 마저 다녔으면 해요."

히누리의 눈에는 여전히 녹수가 아리땁고 기특했다.

"어구 저런! 잘된 일이겠지? 그러면 태산 자네는?"

"저는 부모님에게 가봐야 합니다. 많이 기다리실 거예요."

"녹수 혼자 두고?"

"같이 가면 좋겠지만 누이가 공부하고 싶어 하니 뭐 어쩌겠어요. 수로 교사께서 잘 돌봐 주시길 바랄 수밖에요."

수로는 격려하듯 녹수의 어깨를 두드렸다.

"정 걱정되거든 기숙사에 들어가. 언제든지 열려 있으니까."

"우린 내일 떠난다."

히누리의 말에 녹수가 깜짝 놀란다.

"내일요? 수로 스승님도 같이 가시나요?"

수로는 고개를 가로저었다.

"어, 교사가 제자 두고 어데 가겠나. 나는 갔다가 바로 돌아올 거야."

"네 에!" 녹수는 어정쩡한 미소를 지어 보였다.

그때 수로 곁으로 다가서려는 누이의 몸을 잡아채며 오라버니가 넙죽 인사를 올린다.

"가자, 녹수야! 저흰 이만 가 볼게요. 일이 있어서…."

오누이가 길을 재촉하자 물끄러미 바라보던 수로가 말했다.

"어머니는 녹수가 마음에 드시나 봅니다."

"이런, 그런 눈치는 있으면서 어찌 녹수의 마음은 모르느냐?"

"녹수요? 걔가 왜요?"

히누리는 어이가 없어 허탈한 웃음을 지었다.

"참! 이럴 게 아니라 시간도 있고 하니 단궁이나 보러 갈까요?"

수로가 불쑥 엉뚱한 제안을 하자 히누리가 반색한다.

"단궁? 아니, 조선의 활을 두고 한 말이더냐?"

"그럼요, 어머니."

"아! 참으로 오랜 세월 잊고 살았구나. 거기가 어디냐?"

20
운명을 거부해도 잇따르는

두 사람은 말을 달려 이십 리 밖의 야산에 있는 한 공방을 찾아갔다. 그곳에는 연로한 장인과 조수로 보이는 사내 댓 명이 활을 만드는 작업에 열심을 내고 있었다. 방해하는 듯싶어 머뭇거리는데 장인이 먼저 말을 걸어 왔다.

"이보시오. 활을 보러 왔소?"

얼른 수로가 대답했다. "네 그렇습니다."

"이리 와서 구경들 하시오."

완성된 활들이 군데군데 비치된 공방 안으로 두 사람은 가까이 다가갔다.

"보아하니 예사로운 분 같지 않은데 어디서 오셨소?"

"어르신, 산 너머 해치 마을에서 왔습니다."

히누리가 대화에 나서는 동안 수로는 판매하려고 진열한 활들을 이리저리 살폈다. 페르시아 활이 다수이고 북방 족속, 특히 해씨족이 쓸 만한 작은 활도 더러 보였다.

장인은 작업하던 일손을 마저 놀린다.

"그곳 사람들도 활을 잘 만들던데 여기까지 온 게요?"

"어르신, 조선 활은 어떻게 만드나 궁금해서 들렀습니다."

단궁을 언급하자 장인은 히누리를 힐끔 올려다보았다.

"요즘은 다들 페르시아 활을 만들지요."

"아니 왜요?"

"그들이 많이 사 가니까. 팔려야 먹고살 게 아니겠소. 그렇지만 나는 따로 단궁도 만들고 있다오. 선조로부터 물려받은 비법을 까먹으면 안 되잖소."

"네 어르신. 당연히 그러셔야죠."

히누리는 장인의 자부심이 느껴져 절로 미소가 감돌았다. 그녀는 작업 과정을 살피려는 듯 연로한 장인 곁으로 다가가 가만히 쪼그려 앉았다.

"외지 사람들은 찾아와도 묻질 않아. 뭐가 이리 작으냐며 빈정거리곤 넙죽 페르시아 활을 사 가지. 그나마 우리 군대서 우리 활을 사 가니까 명맥이 유지되는 거라오."

"저는 여기 부여인도 스키타이 활을 쓰는가 했지요. …아무튼 조선 활은 작아도 탄력이 좋잖아요. 사거리가 길고 명중률이 높을 텐데, 그걸 모르나?"

그 말에 장인은 히누리를 힐끗 쳐다보았다.

"잘 아시는구먼. 근데 그뿐만이 아니지요. 실전이 가장 중요한 게 아니겠소. 페르시아 활은 본때 있게 크고 장식을 붙이기도 해서 그럭저럭 두고 볼만하기는 한데 막상 한판 붙으면 맥을 못 추지."

"거추장스럽기도 하고 의도한 대로 명중이 잘 안 되겠죠."

"허 참, 정말 잘 아시는 분이시네. 본래 전사이셨나?"

"당연히 우리 것은 화살 길이가 짧아 적이 사용할 엄두도 못 내지만 우리는 날아든 적 화살을 바로 꽂아 쏠 수가 있어서 엄청난 효과를 거둘 수 있어요. 전투할 때 화살이 남아도는걸요."

장인은 일손을 멈추고 몸을 일으켰다.

"이런 귀한 분이 오셨는데 내 그냥 있을 수 없지. 내가 아끼는 놈이 하나 있는데 그놈을 선물로 드리겠소. 받아 주시오."

히누리는 장인의 거동을 말리려다 그만두었다. 진심에서 우러나오는 성의를 무시해서는 안 될 것 같았다. 무엇보다 고이 간직한 활이라는 말에 강한 호기심이 일었다.

장인은 나무 곽 안에 말아 놓은 가죽을 꺼내 그 속에서 활대를 집어 들었다. 얼핏 보기에도 생기가 도는 활 같았다.

"활이 작아도 탄성이 탁월한 것이 조선 활의 비법이라오. 이것이 본토의 활만큼 못하다는 게 아쉽긴 하지만 그래도 다른 활보다는…."

"어째서 그렇지요?"

"발전된 기법의 차이도 있겠지만 그곳의 재료, 기후, 습도, 뭐 그런 것들이 영향을 미친다고 봐야 하겠죠. 이것, 시위만 달면 되니까 좀 기다리시오."

장인은 능숙한 솜씨로 탱탱한 시위를 활대에 장착하기 시작했다.

"그렇담 제가 기쁜 마음으로 받겠습니다. 대신에 이런 단궁을 많이 만들어 주시겠어요? 제가 모두 사겠습니다."

"그러시려오?" 장인은 흔쾌히 그 제안을 받아들였다.

"활을 아시는 전사에게 납품하는 만큼 내 후하게 쳐서 드리겠소. 세상이 어지러우니만큼 대비하는 게 나을 것이오."

이때 멀리서 말발굽 소리가 요란하게 들려온다.

"뭔 일이지? 치우 부대 기병들이 오는구먼."

장인은 말발굽 소리만 듣고도 누군지를 알아냈다.

잠시 후 기병대가 나타났다. 바달 장교가 말에서 내렸고 기병 세 명이 주위 경계에 나섰다. 장교는 히누리에게 다가섰다.

"여기 계셨군요. 한참을 찾았습니다."

히누리는 의아해했다. "무슨 일이죠?"

"부족 회의에서 촌장 다수가 공주님을 부족장 후보로 추천하셨습니다. 그래서 공주님을 호위하고자 달려왔습니다. 추대가 확정될 때까지 되도록 이동하지 마시고 한데 머물러 계셨으면 합니다."

"제가요?"

히누리는 어이가 없어 말문이 막혔다. 올 것이 왔나 싶기도 했다. 늘 꼬리표처럼 달라붙었던 짊어짐. 운명을 거부하고 믿지 않았으나 숙명처럼 따라다니는 지긋지긋한 인생의 여정. 그토록 바라고 마침내 이뤘던 평범한 아낙의 삶이 이로써 끝맺음 되는가 싶었다.

어머니의 심정을 알 리 없는 수로는 은근히 기대를 품었다. 어머니가 부여족의 우두머리가 된다면 자신이 그간 품었던 청사진이 조금은 펼쳐질 수 있을 것 같았다. 수로의 바람은 경당 수업을 의무 교육으로 해서 모두가 교육을 이수하게 하는 것이었다.

그러나 그것은 수로의 바람일 뿐이다. 표정이 어두워진 히누리가 곁에 다가선 수로에게 말했다.

"난 싫다."

"아니…. 어머니 왜요?"

"이리도 험난한 시국에 부족의 운명을 떠안으라니."

수로는 생각하는 듯 머뭇거리다가 장교에게 물었다.

"추천을 받아도 추대가 안 될 수는 없습니까?"

"마지막까지 반대자가 있거나 다수의 후보가 있으면 안 될 수도 있다고 들었습니다."

"후보자가 스스로 포기하면요?"

"글쎄요? 추천이 취소되면 몰라도 후보자는 하늘의 명령이라 포기할 수가 없을 텐데요? 또한 추대되면 일단 수락해야 하는 걸로 알고 있습니다만."

둘의 대화를 듣고 있던 히누리가 말했다.

"장교님, 내 아들은 어딜 가든 상관없는 거죠?"

"그렇습니다."

"수로야, 아버지에게 달려가서 알려라."

"어머니, 아직은 모르잖습니까. 앞으로 어찌 될지."

그렇구나. 히누리는 막연히 초조해졌다. 또 한 번 인생의 변곡점에 이른 것 같아 옛일들이 주마등처럼 스쳐 갔다. '어림없는 소리야. 나는 해씨족의 사람일 뿐.' 하마터면 그렇게 소리 내어 말할 뻔했다.

"수로야, 일단 돌아가자."

"네 그러세요, 어머니."

히누리는 작업대에서 일손을 서두르는 장인에게 다가갔다. 일어서려는 그의 투박한 손을 꼭 잡았다.

"어르신, 훗날에 들르겠습니다. 몇 개가 됐든 조선 활을 전부 살 것이니 짬짬이 만들어 주셨으면 해요."

당황한 기색을 감추지 못한 장인이 꾸벅 고개를 숙였다.

"허허 이런! 공주님이신 줄도 모르고. 내 당장 단궁을 만들겠소이다. 근데 이 활은 어떻게 하지? 아직 온전히 매달지 못했다오."

"소중한 물건은 다음에 같이 찾을게요, 어르신."

"아니, 아니지! 공주님, 잠시만 기다려 주시겠어요? 훗날은 또 어찌 될지 모르는 일. 내 후딱 완성해 드리겠소이다."

장인은 작업에 속도를 내어 주름진 손을 바삐 움직였다. 히누리는 자리에서 일어나 장인의 마무리 작업을 지켜보았다. 잠시 후 빼어난 단궁이 완성되었고, 히누리는 거기에 어울릴 화살이 담긴 화살집까지 건네받았다.

"어르신 같은 장인이 계시니 왠지 마음이 든든해집니다."

"과찬의 말씀을…. 아무쪼록 적군을 무찌르는 데 이 단궁이 제 몫을 다했으면 합니다."

히누리는 거듭 감사의 인사를 올린 뒤 장교를 돌아보았다.

"장교님 가시지요. 숙소로 돌아가야겠어요."

두 사람은 말에 올랐다. 그리고 장교와 기병들이 그 뒤를 따랐다.

숙소로 돌아온 히누리는 난감했다. 앞으로의 여로에 어떤 풍경이 펼쳐질지 가늠조차 하기 어려웠다. 가만 돌이켜보자니, 스무째 해가 지나는 동안에 희로애락을 함께했던 해씨족과의 삶이 바람결처럼 스쳐 지나갔다. 냇가 물낯 위로 무심히 떨어지는 단풍 잎사귀의 파문, 그처럼 마냥 무념하기만 했노라고…. 그렇게 가벼이 넘겨 버리려 해도, 그러기에는 슬픔과 기쁨을 넘나들었던 세월이 겹겹이 쌓여 뇌리에 떠돌았다. 앞날을 생각할지라도, 만약 이대로 추대가 확정된다면 남편과 의논했던 이주 계획은 어떻게 되며 함께 걸어가야 할 가족의 삶은 또 어떤 행로에 놓일 것인지 그저 막막하게만 느껴졌다.

"네 아버지와 계획한 일들을 포기할 수 없어."

"어머니, 이곳으로 우리 가족이 옮겨 올 수는 없는가요?"

"응? 글쎄다…. 아무튼 난 그렇게 요구했지. 가족만이라도 이주하자고. 아버지도 동의했지."

"그런데요?"

"네 아버지의 본심은 전쟁이야. 아니, 아니지. 네 아버진 최소한 부족 전체가 해를 입지 않고 화마에서 벗어나는 것이야. 그런데 그것이 뜻대로 되지 않고 궁지에 몰리게 된다면 아마도, 그것은… 아, 뒷일은 생각도 하기 싫구나. 내가 네 아버지 곁에 머물러야 그나마 네 아버지의 혈기를 가라앉힐 수 있을 것이다."

"어머니, 그럼 저는 앞으로 무엇을 해야 할까요?"

"아버지 일을 도와야 해. 네 아버지 생각도 그래."

수로는 문득 자기가 왜 말굴에 가야 하는지 그 이유가 명확해졌다고 생각했다. 돌아가서 아버지 곁에 머물며 아버지가 계획한 일을 도와야 한다는 얘기다. 물론 선택은 자기 몫이라며 누누이 어머니가 말씀하셨지만, 어찌 아버지의 뜻을 나 몰라라 할 수 있겠는가.

히누리에 못지않은 고민이 수로에게도 덜컥 생겨 버린 것이다.

"오늘 받은 단궁은 우리 수로가 지녀야 구색이 맞을 것이야. 아무쪼록 잘 챙겨 둬라."

수로는 어머니의 말에 아무런 감흥이 일지 않았다. 본격적으로 무기를 다뤄야 하는 세상이 도래했다고 일러 주는 것 같았다. 가물거리는 호롱불 때문일까. 그저 세상이 몽환적 상태로 떠도는 것처럼 느껴졌다.

바달 장교와 기병 한 명은 본부와의 연락을 위해 일시 돌아가고 남은 병사 두 명이 담장 밖에서 보초를 서고 있었다. 그러나 오늘 내로 결정되리라던 추대가 늦춰지기만 하더니 밤늦어서야 바달 장교가 달려왔다. 부족장의 추대가 불발되어 내일 오전에 회의가 속개된다는 얘기였다. 결국 오늘을 넘기고 만 것이다.

"장교님, 무슨 일로 늦춰지는지 혹시 아십니까?"

"마고탄 대장군께서 반대 의견을 내시는 걸로 알고 있습니다."

히누리는 그 이유를 물으려다가 머뭇거렸다. 그러자 장교가 덧붙여서 설명했다.

"후보자가 비록 번조선의 공주였고 아사달의 부족장을 지냈다지만 현재는 해씨 부족의 사람에 속하여 해씨족 남편과 아이들을 거느린 아낙네인 만큼 그런 사람을 부여족의 칸으로 옹립할 수 없다는 것이 표면적 이유였습니다."

"표면적? 그렇담 또 다른 이유가 있나요?"

"다른 후보자 추천이 없어서인지 대장군께서 뒤늦게 직접 후보자로 나섰습니다. 물론 추천의 형식을 빌리긴 했습니다만 아무래도 꿰맞춘 듯 어색해 보였습니다."

이때 수로가 대화에 끼어들었다.

"어머니, 오늘 밤이 위기일지도 모르겠습니다."

그 말에 장교는 의미심장한 눈빛을 띠었다. 뭔가 아는 눈치였으나 발설하기를 주저하는 것 같았다. 이를 이상히 여긴 히누리가 미심쩍은 마음에 에둘러 물었다.

"촌장님들은 회의장 내에서 숙식하며 머무르시겠지요?"

당연히 그래야 한다는 듯이 꺼낸 그녀의 질문에 장교는 멈칫했다.

"네? 아, 공주님. 그런데, 그게 말입니다."

장교는 그런 절차를 모르는 듯했다.

"대장군께서는 촌장님들을 돌려보내고 내일 오전에 다시 모이라고 했습니다."

"아니, 나랏일을 어찌 그런 식으로!"

히누리는 놀랐다. 촌장들을 매수하거나 협박하여 추대에 심대한 영향을 끼칠 수 있다는 사실을 어찌 사람들은 모른단 말이던가. 히누리가 개탄하며 어처구니없어하자, 바달은 서둘러 자기가 아는 정보를 일러 주었다.

"휘하의 장교를 시켜 촌장들을 상대로 회유할 가능성이 있긴 합니다. 이것에 대해 탁발무두 장군께서 유심히 지켜보고 계시는 걸로 압니다만. 지금이 위기 상황인 건 분명한 것 같습니다."

"장교님은 이제 어쩌실 건가요?"

"저는 별도로 지시받은 건 없고 단지 공주님을 호위하라는 기존 명령을 따르는 것밖엔 없습니다."

저 멀리서 대지를 가르는 회오리바람이 부는 듯 스산한 소리가 들려왔다. 히누리는 할 말을 잃은 채 침묵 속에 우두커니 서 있었다. 그때 그들의 머리 위로 별똥별이 긴 꼬리를 끌다가 스러져 갔다. 히누리는 결단을 내렸다. 비록 부족장으로의 옹립을 바라지 않는다고 할지라도 그냥 이대로 가만히 앉아 불의가 승리하는 꼴을 보고 싶지는 않았다.

"장교님, 치우 부대로 갑시다. 자세한 내막을 알아봐야겠어요."

히누리와 아들 수로, 그리고 장교 바달과 병사 세 명은 치우 부대 정문 앞 위병소에 도착했다. 그곳에는 전투대 병사 댓 명이 입구를 통제하고 있었다.

"장교님, 무슨 일입니까?"

치안대 장교인 줄 알면서도 검문하는 무례를 당하자, 바달은 인상을 찡그렸다.

"무슨 일이라니? 보면 모르느냐?"

"지금은 아무도 움직이지 못합니다."

평상시와 다른 미묘한 기류에 바달은 신경이 곤두섰다.

"이런 멍청한 놈을 봤나. 대체 누구의 지시냐?"

버럭 호통치는 바달 장교의 위력에 위병들이 움츠러들었다.

"그게 저, 대장군님의 긴급 명령입니다."

"네 이놈, 썩 비키지 못할까!"

순간, 장교 바달의 군마가 요동치면서 위협을 가했고 위병들은 주
춤 뒤로 물러섰다. 이때 기회를 놓칠세라 히누리와 바달의 일행들은
거침없이 본부 쪽을 향해 달려 들어갔다. 위병들은 별수 없다는 듯
멍하니 쳐다볼 뿐이었다.

치우 부대 사령관인 탁발무두 장군의 집무실 앞마당에는 평상시
와 달리 무장을 갖춘 전투대 보병 세 명이 보초를 서고 있었다. 그
들 역시 말에서 뛰어내린 바달과 일행의 출입을 가로막았다. 살벌한
분위기가 그들 사이에 감돌았다.

"나는 탁발무두 장군님을 호위하는 치안대 장교 바달이다."

그때 마침 문을 열고 나서던 한 보병 장교와 맞닥뜨렸다. 바달은
의혹이 강하게 일었다. '왜 저 장교는 저기서 나오는가?' 마음이 다급
해진 바달은 서둘러 보초병들을 향해 목소리를 높였다.

"나는 이곳 치안대 장교다. 직속 장군과의 면담을 가로막는 행위
는 도저히 묵과할 수 없는 항명이다."

보병 장교가 다가오며 소리쳤다.

"썩 물러나시오. 그렇지 않으면 무력을 사용하겠소."

그 말에 보초병들은 잽싸게 칼을 빼 들었다. 그러자 바달이 외쳤다.

"이보게, 같은 군대에 속한 아군이건만 이게 무슨 짓인가?"

"그러니 당장 돌아가 대기하라는 얘기요. 이건 대장군님의 지엄한 명령이야."

바달은 뒤로 물러나더니 별수 없다는 듯 칼을 빼 들었다. 히누리와 수로도 반사적으로 칼을 뽑아 들었다.

"명령을 어기는 자는 즉결 처분이다. 여봐라! 당장에 이자들을 처단하라."

핏발 선 보병 장교의 명령이 떨어지자, 우물쭈물하던 보초병들이 바달과 기병들을 향해 덤벼들었다. 얏! 칼이 맞부딪혀 불꽃이 튀고 날카로운 금속음이 회랑을 휘젓고 돌아다녔다.

히누리와 수로는 급작스러운 상황 돌변에 일단 한발 물러섰다. 이곳의 군대를 상대로 무력을 사용하는 행위는 구설에 휘말릴 수 있는 문제였다. 엄밀히 따져 외국인 신분이라 할 그들이 아니던가.

바달이 휘두른 칼이 한 보초병의 팔뚝을 내리쳤다. 보초병은 외마디 비명 속에 칼을 놓치며 비틀거리다가 땅바닥으로 쓰러졌다. 이때 치우 부대 막사에서 대기 중이던 기병들과 보병들이 문을 밀치며 우르르 나타났다. 야밤에 일어난 병영 내의 사소한 다툼이라 생각하고 비무장 상태로 구경삼아 몰려나온 것 같았다. 잠시 후, 병사들은 자신의 지휘관이 서로 대적하는 모습에 당황해하다가 이내 분위기가 어수선해졌다. 서로 간에 가벼운 실랑이가 일어났고 점차 뒤엉키며 몸싸움으로 번져갔다. 자칫 아군끼리의 전투로까지 확대될 기세였다.

상황은 일촉즉발의 위기로까지 치달았다. 바달은 병사들의 소요가 확산할 것을 우려하여 결투를 피하고자 했다. 얼핏 보아 인원이 칠십여 명에 달하였고 치안대와 수사대, 그리고 전투대 소속의 병사들이었다. 이것을 한눈에 파악한 바달은 결투를 피한 뒤 비탈진 오르막에 올라서서 그들을 향해 소리쳤다.

"이봐 제군들! 모두 멈춰라. 나는 치우 부대의 장교, 바달이다."

추상과 같은 호령에 격정으로 치닫던 몸싸움을 일시 중단한 병사들이 바달을 주목했다.

"내 말을 들어보라, 제군들! 우리가 누구인가. 우리는 대부여 군대의 자랑스러운 전사들이다. 우리 전사들은 불의한 자들에 의해 고용된 용병이 아니라 겨레의 생명과 재산을 지키기 위해 뭉친 의로운 군대가 아닌가. 자, 여기를 보라. 지금은 비상시국이다. 그런데 지휘해야 할 우리의 장군께서 밖에 나오시지 않고 숨죽이고 계신다. 이 난리 중에도 말이다. 이것이 무엇을 의미하는가. 장군에게 변고가 있지 않고서야 어찌 이리 조용할 수 있겠는가. 대체 이 앞에서 보초를 선 자들은 지금껏 무엇을 지키고 있었는지 되묻지 않을 수 없다. 자, 장교. 이제 안에 계시는 장군님을 불러 주시게."

병사들은 바달의 연설을 경청하는 사이에 평정심을 되찾은 듯했다. 반면에 보병 장교는 당황하여 칼을 치켜든 채로 주절주절 말을 내뱉었다.

"병사들아! 저 반역자는 쓸데없는 허튼소리로 우리를 현혹하고 있도다. 대장군님의 명령을 거역하는 저 역적을 냉큼 처단하라!"

그러자 바달이 보병 장교 앞으로 쑥 다가섰다.

"저기 부상병을 데려가서 치료하라. 이놈은 내가 직접 맡겠다."

그러자 대열 속에서 의무 병사가 나타나 상처 입어 쓰러져 있는 보초병을 챙겼다. 의무 병사는 상처 부위 쪽의 옷을 찢어 식초와 포도주로 상처를 씻어 낸 뒤 으깬 당아욱의 젖은 헝겊을 붙이고 붕대로 감아 지혈했다. 그러고는 동료들과 함께 부상자를 신속하게 호송했다.

드디어 병사들이 한발 물러선 가운데 장교끼리의 담판 대결이 벌어졌다. 그러는 사이에 치안대 병사 몇몇이 장군의 집무실 문을 몰래 열고 안으로 들어갔다.

탁발무두 장군은 밧줄에 묶인 채 억류된 상태에 놓여 있었다. 보초를 서고 있던 병사 두 명은 완강히 저항하다가 사살되었고 장군은 무사히 구출되었다. 밖에서는 바달 장교와 대적했던 보병 장교가 옆구리에 상처를 입은 채 무릎 꿇려져 있었다. 잠시 후, 집무실 문이 열리고 짐짓 태연한 자세를 취하며 장군이 나타나자, 병사들은 눈치 속에 머뭇머뭇하며 장군의 입에서 터져 나올 명령을 숨죽

여 기다렸다. 분개한 듯 표정이 굳은 탁발무두는 큰 소리로 명령을
내렸다.

"병사들은 나를 따르라. 반역자 마고탄을 체포하러 가겠노라."

그러자 장군의 명령을 받들어 장교 바달은 즉각 말에 뛰어올랐다.
그리고 운집한 병사들을 독려했다.

"전 병력은 즉시 연병장에 집결하여 대오를 갖춰라. 장수들은 각
자 맡은바 전투 체계를 점검하라."

병사들은 무장을 위해 막사로, 그리고 마구간으로 달려갔다. 부상
한 보병 장교는 어디론가 끌려갔다.

"공주님, 이쪽으로 오시지요."

장군은 저편 건물에 우두커니 서 있는 히누리와 수로를 불렀다.

"잠시 본부에 다녀오려고 합니다. 그동안 제 집무실에서 편히 쉬
도록 하십시오."

다가온 히누리가 걱정되어 말했다.

"장군님, 문제없겠습니까?"

장군은 미소를 씩 지어 보였다. 그러나 얼굴에 묻어나는 긴장감을
감추지는 못했다.

"아무렴요. 별일 없이 금방 해결될 겁니다. 대장군하고는 대화로
풀 수 있는 사이올시다."

잠시 후 말에 오른 장군이 나아갔고 한 기병 장교가 그 뒤를 따랐
다. 이윽고 장군은 연병장에 집결하여 대오를 이룬 무장 병사들을

격려한 뒤 선두에서 지휘했고 뒤이어 장수들의 구령 속에 병사들이 행군을 시작했다. 군대의 행렬을 먼발치서 지켜보던 수로는 뭔가 미심적은 듯 머리를 긁적였다.

"왜, 걱정되느냐?"

"요 며칠 제가 알아본 바로는, 탁발무두 장군은 지혜가 있고 판단력이 뛰어나긴 하나 사람이 유순하고 무술이 약한 게 흠이라고 하더군요. 어머니, 군인이라면 사람이 마냥 좋기만 해서는 곤란하지 않겠습니까?"

"…그가 그렇다고?"

히누리는 침묵 속에 주변을 서성거렸다.

부여 군대의 본부에서는 병사들의 기합 소리가 간간이 들려올 뿐 분쟁과 관련지을 어떠한 조짐도 보이지 않았다. 모든 갈등과 충돌이 대화로 해결되는 것 같았다.

생각보다 이르게 탁발무두 장군이 돌아왔다. 표정이 무척 밝았다.

"공주님, 많이 기다리셨지요?"

"장군님, 어떻게 됐습니까?"

그는 청동 투구와 상체를 가렸던 미늘 갑옷을 벗었다.

"다행히 담판을 짓고 무난한 합의에 이르렀습니다. 부족장 후보 추천을 당장 철회하고 순차적으로 대장군 직책에서 물러나기로 했습니다."

"…그렇습니까?"

히누리는 합의 내용이 뭔가 좀 미심쩍었다. 그러나 이내 멋쩍은 미소를 지었다. 수로로부터 들은 선입견 때문일 거라 생각되었다.

"네, 아무튼 무사히 끝나 다행입니다. 혹 내전이라도 일어나면 어쩌나 하고 무척 걱정됐었답니다, 흠."

히누리와 수로는 집무실 한편에 배치된 원탁에 다가가 앉았다. 히누리는 이번 사건의 꼬투리가 자기에게서 비롯된 것 같아 그가 돌아올 때까지 마음 한구석이 가시방석에 앉은 기분으로 노심초사했었다. 만에 하나라도 인명 살상의 무력 충돌이 벌어진다면 부여족의 앞날이 어떻게 전개될지 모르는 일이었다.

"아무래도 외지인을 추천한 것이 분란을 일으켰나 봅니다."

탁발무두는 황급히 손사래를 쳤다.

"아닙니다, 공주님. 이것은 우리의 문제입니다. 반드시 풀어야 할 숙제였고요."

"우여곡절 속에서도 우리가 선명한 군대로 자리매김한 것이 참으로 자랑스럽습니다."

"대장군도 사람이 좋아 마무리가 잘된 것이지요."

"부족장의 공백이 아직 불안하긴 합니다만."

히누리가 우려를 표명하자 탁발무두는 작심한 듯 힘주어 말했다.

"공주님, 이번 부족장 추대에 공주님이 추천되신 것 아시지요? 내일 반드시 승낙해 주셔야 합니다."

"장군님, 저는 자격이 없습니다."

"공주님, 이러시면 곤란한 것이 마고탄 대장군의 주장과 다름이 없어지게 됩니다."

"그렇다면 장군님께서 자리에 오르시는 건 어떻습니까? 지혜로우셔서 부족을 잘 이끄실 것 같습니다."

"오! 천만의 말씀입니다. 공주님, 보십시오. 정권이 바뀐 지 얼마 되지 않아 벌써 삐걱대고 있잖습니까. 정치 경험이 없고 인생 공부도 허술한 자들이 집권해서 이 사달이 난 것입니다. 우리 군인들이야 무술과 전투 말고 달리 뭣을 알겠습니까. 갑옷을 벗으면 그저 벌거숭이 노릇을 하는 존재일 뿐입니다. 반면에 공주님께서는 대부여의 경당을 통해 제반 학문을 터득하셨고 군대 참모와 부족장 직책을 두루 거친 유능한 경험자가 아니겠습니까. 지금의 우리 부여고을은 이처럼 공주님같이 해박하고 선량한 분이 집권하셔야 흐트러진 부족을 제대로 이끌어 갈 수가 있습니다."

탁발무두 장군은 히누리의 과거를 속속들이 아는 것처럼 말했다. 그녀의 뒷조사를 따로 했던 것일까.

"장군님, 어쩜 그리도 저에 관해 잘 아시는지요?"

"아, 그런가요? 제가 일부러 알려고 한 건 아닙니다. 에…, 혹시 실만하치라는 자를 아시는지요?"

"실만하치요? 아, 알지요. 그런데 어떻게…?"

"목단이라는 이름도 아시겠네요?"

"목단이!"

"아시는군요."

"그럼요. 알다마다요. 만나셨군요?"

"재작년쯤이던가요. 귀금속과 독극물을 팔러 왔었습니다."

"아니, 독극물은 왜?" 히누리는 멈칫했다.

장군이 말하는 독극물은 독소 성분이 강한 식물의 즙을 내어 만든 무기류의 하나로 주로 궁수들이 암암리에 사용하는데, 이것이 묻은 화살촉을 맞게 되면 가벼운 상처에도 치명적인 타격을 가할 수 있는 위험한 물질이다.

"군대에서 쓸 일이 있을까 해서 얼마큼 사 뒀지요."

"아 네, 그러셨군요. 예전에 두어 번쯤 목단이 남편 되는 분이 나를 만나러 왔었어요. 그 후로는 연락이 끊겨 궁금했었는데 이곳에는 그 후로도 들렀었군요. 가시버시가 같이 왔던가요?"

"아뇨, 동료들과 왔었는데 집에 두고 온 각시와 아이 얘기를 많이 하더군요. 무척이나 금슬 좋은 가시버시 같았습니다."

"그럴 거예요. 목단이 애도 워낙에 붙임성이 좋고 싹싹해서."

히누리는 혼잣말로 중얼거렸다. '말굴은 왜 안 들렀을까? 하기야 안 죽고 살아 있으면 됐지, 뭐.'

그런데 대화가 거듭될수록 장군은 두 눈을 끔벅거리며 몸이 처지는 등, 피로한 기색을 보였다. 몸에 열이 나면서 갈증이 나는지 연신

물을 들이켜기도 했다. 극도의 긴장 속에 담판까지 짓고 온 마당이라 심신이 고달픈 게 당연할 것이었다.

"어쩐다? 이러실 게 아니라 잠시라도 눈을 붙이셔야 할 텐데요."

걱정되어 히누리가 휴식을 권했으나 장군은 고개를 가로저었다.

"아 아닙니다. 저 보다도…, 저는 특별 경계 근무에 임해야 합니다. 저야 낮에 한숨 돌리면 되는 것이고. 저기 누추하더라도 장교 막사로 가시죠. 공주님께서 주무셔야 제가 마음이 놓이겠습니다."

"그럼 그러시죠. 아무래도 제가 움직여야 장군님께서 편하게 쉬실 것 같습니다. 수로야, 일어나자."

"네, 어머니."

두 사람과 장군은 자리에서 일어났다. 집무실의 출입문 앞까지 배웅 나온 장군을 뒤로하고 두 사람은 보초병의 안내를 받으며 장교 막사로 향했다.

21
악은 기다려 주지 않는다

작은 날짐승들이 이파리를 뒤흔들며 부산하게 나뭇가지를 타고 오르내린다. 푸른 새들이 갓밝이의 동녘 하늘로 푸르르 날아가는 그때 멀리 수탉이 울어 대었고 성가시어 뒤척이던 히누리는 문득 깜짝 놀라 두 눈을 번쩍 뜨고 노려보았다. 침상이 삐걱거렸고 저편의 수로가 몸을 뒤척였다. 밤잠을 설쳐야 했던 낯선 공간의 지루했던 긴 밤이…. 히누리는 고단한 몸을 일으켜 막사 문을 지그시 열고 찬 공기가 스미는 바깥을 내다보았다. 지휘 본부 쪽에서 병사 몇몇이 웅성거리는 소리가 들릴 뿐 병영은 아직 푸른빛이 도는 어스름에서 채 깨어나지 않은 모습이었다.

'임무 교대를 하나?'

히누리는 그때 마침 군의관과 의무병이 구급함을 챙겨 들고 허둥지둥 지나쳐 가기에 무심히 물어보았다.

"저기 병사님, 별일 없는 거죠?"

의무병은 달려가면서 재빨리 말했다.

"장군님께서 돌연사하셨습니다."

"네…?"

"갑자기 심장이 멈췄다고 합니다."

병사는 본부 쪽으로 달음박질하면서 그렇게 외쳤다. 탁발무두 장군의 변고 소식에 다급해진 히누리는 서둘러 수로를 흔들어 깨웠다.

"얘야, 큰일 났다. 어서 일어나라."

수로가 벌떡 몸을 일으켰다.

"벌써 날이 샜나요? 아으!"

"놀라지 말고 들어라. 장군의 심장이 멈췄다고 한다."

"넷? 장군이요?"

"쉿! 얼른 여길 빠져나가자."

"이게 우연일 리가?"

수로는 장군의 불상사가 하필 군대의 소요를 진압한 어젯밤 사이 벌어진 것에 대해 강한 의구심이 들지 않을 수 없었다.

"소굴 속에 들어앉은 기분이구나. 수로야, 그 누구와 마주쳐도 절대 내색하지 마라."

히누리는 탁발무두 장군의 죽음이 긴장과 과로 누적으로 인해 빚어진 돌발 사태일 거라 믿고 싶었지만 그럼에도 타살에 의한 죽음이라는 의혹이 강하게 일어 긴장하지 않을 수 없었다. 올 것이 왔구나 싶기도 하고 한편으로는 대장군 측에서 이런 상황을 호기로 삼아 다시금 정권에의 야욕을 노골화할 가능성을 우려했다. 만약 그렇게 된다면 앞서 탁발무두 장군에게 가했던 위협처럼 자신에게도 상황에 따라 언제든지 폭력적 권력을 휘두를 수 있는 게 아니겠는가.

말을 걸리어 위병소까지 온 두 사람은 아무렇지 않은 듯 위병에게 물었다.

"본부 쪽으로 초병이 달려가던데 무슨 일인가요?"

"좀 전에 비상사태가 발생한 것 같긴 합니다만 아직 연락받은 것은 없습니다."

이제 막 주검을 발견한 긴급 상황이라 그런지 아직 위병에게까지 전달되지 않은 모양이다. 히누리는 불현듯 바달 장교가 떠올랐고 그

313

의 행보가 궁금해졌다.

"바달 장교님은요?"

"장교님은 근무 교대 후 주무시러 들어갔습니다."

두 사람은 위병소 정문을 나선 뒤 그제야 말에 올랐고 여명의 새벽을 헤치고 마을로 달려갔다.

연수랑의 집에 은신한 두 사람은 출입을 삼가면서 그녀가 전하는 바깥소식에 귀를 기울였다.

"공주님, 부족 회의가 다시 열렸다고 합니다."

그곳에서 들려온 소식으로는 탁발무두 장군이 심장마비로 사망했다고 한다. 마고탄 대장군은 12명의 촌장 중에서 겨우 3명의 추천을 받았음에도 불구하고 철회 없이 버티면서 회의를 주관하고 있다고 한다.

"어머니, 애초에 탁발무두의 얘기와는 딴판입니다. 변심한 게 분명합니다."

"빈말을 일삼는 자가 부족장이 되어서는 안 될 일이야."

"어머니가 나서야 합니다. 악한 무리가 득세하게 내버려 둘 순 없습니다."

"수로야, 이 어미가 어떻게 했으면 좋겠느냐?"

"어머니 당장 회의장으로 가세요. 가서 당당히 촌장들에게 소견을 밝히셔야 합니다."

"그들이 나를 반길까? 원칙에 어긋난다는 말이 있던데."

"어차피 추천받았다는 대장군도 거기 있고, 더군다나 그는 추대에 영향을 끼치고 있습니다."

히누리는 잠시 새로이 각오를 다지는 듯했다.

"알겠다. 가자. 가서 부딪혀 보자."

곁에서 애기를 듣고 있던 연수랑의 얼굴에 활짝 생기가 돌았다. 그녀는 신명이 나는 듯 몸을 들썩거렸다.

"마마, 저는 마을 사람들에게 알려 관청 앞마당으로 모이도록 하겠습니다."

"그래 주겠나. 그리하면 내게 큰 힘이 될 걸세."

그들은 자리에서 서둘러 몸을 일으켰다.

히누리와 수로가 말을 몰아 회의가 열리는 관청 앞마당에 도착했을 때는 이미 많은 군중이 운집해 있었다. 그들은 말에서 내리는 히누리를 열렬히 환영했다. 수로는 군중들 사이에 끼어들었다. 히누리는 반갑게 맞이하는 그들을 향해 고개 숙여 인사한 뒤 원형 회의장 안으로 들어갔다.

잠시 후 히누리가 회의장에 모습을 드러내자, 다수의 촌장이 자리에서 일어나며 박수로 그녀를 따뜻하게 맞이했다. 그중에 한 촌장이 소리쳤다. 그는 부여골의 촌장 아사라크이다.

"우리의 공주님께서 오셨습니다. 우리 모두 공주님을 이 자리에 모시고 추천된 소감을 들어보는 게 어떻겠습니까?"

"좋습니다!"

이구동성으로 즉각 찬동이 쏟아졌다. 그러자 대장군은 당황하여 자리에서 벌떡 몸을 일으켰다.

"거 무슨 소리요? 진행의 결정은 내가 합니다. 다들 자리에 앉으세요."

대장군의 위압적 말투에 눌려 촌장들이 머뭇거릴 때 앞서 그 아사라크 촌장이 다시 외쳤다.

"당신은 정식 부족장도 아니고 군인일 따름이오. 현재 부족장의 추대를 눈앞에 둔 상황에서 단순히 진행을 맡고 있을 뿐인 게요. 그러니 우리 촌장들을 향해 경거망동하는 행위를 중지하시길 바라오."

그렇소! 다수의 촌장이 또다시 찬동하는 박수를 보냈다. 히누리는 이런 우호적인 기세를 놓치지 않으려고 즉시 발언에 나섰다.

"해님같이 희고 밝아 배달의 겨레요, 하늘님의 뜻을 받드는 단군의 자손이라, 늘 우리가 의롭다고 함을 대표하시는 촌장님들께 변변치 못한 제가 한 말씀 올리겠습니다. 인간은 나약하여 자기 잘못을 놓고 변명하다가 거짓을 말합니다. 인간은 비겁하여 불의에 눈감다가 강자를 추종하는 악에 물듭니다. 인간은 타락하여 물질을 놓고 탐욕을 일삼다가 거짓과 악의 요구에 따라 고귀한 생명을 해칩니다. 촌장 여러분, 정치는 권모술수가 아닙니다. 그런데도 권모술수에 능한 자들은 정치를 하려고 하고, 정치를 하면서 권모술수를 더욱 터득하려 합니다. 이런 자들이 정치 일선에 나서서는 결코 안 되는 것이며 나서도록 내버려 둬서도 안 됩니다. 그래서 저는 선언합니다. 부족장으로 저를 추대하시면 기꺼이 화답하겠습니다. 홍익인간의 정신을 이어받아 부여고을을 의로운 나라로 이끌겠습니다."

히누리는 연설을 끝낸 뒤 그 자리에 넙죽 엎드려 촌장들에게 큰절을 올렸다. 촌장들은 환호와 함께 힘찬 박수를 보냈다. 그러자 대장군은 또다시 벌떡 일어섰다. 이번에는 분노를 두 눈에 머금은 듯했다.

"히누리 저 여자는 해씨족의 아낙네에 불과하오. 더구나 탁발무두 장군을 독살한 용의자의 선상에 오른 인물이오."

"그게 무슨 말이오? 독살이라니?" 촌장들이 술렁거렸다.

분위기에 압도된 대장군이 떠듬거리며 말했다.

"그러니까 에…, 좀 전에 수사대 장수로부터 보고 받은 내용이오. 장군의 사망 원인은 음독에 의한 살인이라는 얘기였소."

그러자 아사라크가 발끈하여 소리쳤다.

"여태껏 심장마비라더니 독살은 또 웬 말이오? 믿을 수 없도다."

장내 분위기가 점차 험악해지자 대장군은 서둘러 입구로 향했다. 그러면서 문밖에 대기 중이던 보초병을 불렀다.

"여봐라, 보초병!"

히누리는 망설였다. 이럴 때는 어떻게 해야 하나!

"내게 칼을 다오, 이놈아, 어서!"

순간, 히누리는 충동적으로 행동하는 대장군에게 돌진하여 그의 몸을 덮쳤고 단번에 둘은 뒤엉키어 나뒹굴었다.

"이년이! 어딜 감히!"

마고탄은 품속에 지녔던 단검을 꺼내어 공격하려다 그만 손에서 놓치고 말았다. 아까부터 강경 발언을 쏟아 내었던 아사라크가 가세하여 히누리를 도왔고, 그리하여 단숨에 마고탄을 제압했다. 돌발 사태에 뒤따라 들어온 보초병들은 어리둥절하여 어찌할 바를 몰랐다. 호기를 놓칠세라 히누리가 그들 앞에 우뚝 섰다.

"병사들은 들으시오. 탁발무두 장군의 살인범이자 나를 해치려고 한 살인 미수범을 잡았소. 당장 저자를 포박하시오."

눈치를 살피던 보초병들의 상급자가 이내 정세를 파악한 듯 순순히 오랏줄을 꺼내 들었다.

"장수는 당장 치우 부대로 달려가서 바달 장교를 찾으세요. 그리고 히누리가 여기 있다고 전하세요."

명령을 받은 상급자는 급히 회의장을 빠져나갔다.

수사대가 올 때까지 마고탄을 무릎 꿇려 포박해 둔 채로 촌장들은 회의를 속개했다. 사태가 어떤 방향으로 흘러갈지 모르는 만큼 촌장들은 일사천리로 추천을 종료하고 만장일치 속에 히누리를 부족장으로 추대했음을 선포했다. 히누리는 즉시 추대를 수락했다. 그러면서 그녀는 속으로 한탄했다. '세상이 또 왜 이렇게 휩쓸려 떠내려가나. 내가 알지 못하는 어떤 뿌리가 있어 이런 열매로 이어지나. 아니면 운명의 장난이라도 있다는 말이더냐.'

부족장이 된 히누리는 부족 회의의 폐회를 선언했다.

바깥에서 초조하게 기다리던 수로는 폐회 소식과 함께 그 결과를 전해 듣고는 군중들과 함께 환호하며 기뻐했다. 수로는 회의장 안으로 냅다 달려 들어갔다. 탁발무두 장군의 의문사에 대해 누구보다도 의혹의 눈으로 지켜보았던 바달 장교는 전투대 장수로부터 보고를 받자마자 곧장 관청으로 달려갔다.

이제 부족장이 된 히누리는 치안대 기병들을 이끌고 온 바달을 맞아 그의 공적을 칭찬한 뒤 직위가 박탈된 마고탄을 넘겼다.

"반역 행위에 가담한 자들을 철저히 색출해 내도록 하세요. 장교님만 믿겠습니다."

"넷, 부족장님. 지시대로 거행하겠습니다."

바달 장교와 기병들은 체포된 전 대장군을 군대 본부로 압송했다.

부여고을의 전 부족민이 운집한 가운데 조촐하게 대관식이 열렸다. 하얀 모시 두루마기를 입은 히누리는 청동거울을 가슴에 두르고 청동 단검을 황금 허리띠에 찬 뒤 왕좌에 앉았다. 촌장 아사라크는 무릎 꿇고 두 손 모아 보석들이 치렁치렁 달린 금관을 부족장에게 바쳤다. 히누리는 곱게 땋아 올린 머릿결 위로 가만히 금관을 얹었다. 그때 관사 앞의 넓은 뜨락에 모인 부족민이 일제히 엎드리어 삼배를 올리며 부족장의 즉위를 세상에 알렸다.

히누리는 부족장이 된 소감을 밝혔다.

"모름지기 일국의 수장은 겨레와 나라를 위해 자신의 한목숨을 기꺼이 내던질 수 있어야 합니다. 가족과 개인의 영달을 생각했던 지난날의 허물을 단숨에 끊어 내고 오직 부여고을의 영광과 번영을 위해 부족장으로서 최선을 다할 것을 한님, 환웅, 단군의 세 어른 앞에 충심으로 맹세합니다."

히누리는 즉위 즉시 부족장의 직무를 시작했다. 그녀는 한시바삐 갖춰야 할 과제로 군대의 재편성과 오가의 재건을 꼽았다. 이미 내각 참모들과 고위직 군인들이 다수 상실된 상태에서 새로운 지휘 체계의 정립과 군대 기강의 확립이 시급해진 것이다.

"무엇보다 군대를 키워야 해. 알렉산드로스의 침략이 어디까지 전개될지 알지 못하니까."

"어머니, 저는 내일이라도 말굴로 돌아갈 생각입니다."

"아니 갑자기 왜?"

히누리는 의아한 기색을 띠다가 피식 미소를 머금었다.

"아, 이런 정신머리하고는. 아버지께서 많이 기다리시겠지."

"그런데 어머니. 대장군이 범인인 걸 어떻게 아셨습니까?"

히누리의 대답은 간단했다.

"우리가 범인이 아니니까."

"아, 그렇겠네요. 그날 밤, 탁발무두의 행적은 그게 다였죠. 대장군을 만나고 이후 우리를 만나고."

"마고탄 그자가 나를 콕 지목하여 독살을 들먹일 때 눈치챘지. 독살인 걸 그는 어떻게 단번에 알았을까."

"그자가 먹을 것에다 독을 탔기에 아는 것이죠."

"바로 그거야."

두 사람은 마음이 후련한 듯 모처럼 소리 내어 함박웃음을 터뜨렸다. "나 이런! 웃을 일이 아닌 것을." 그러더니 히누리는 주위의 눈치를 봤다.

"흠, 아무튼 아들아. 눈앞에 처한 상황에서 적이 누구인지 즉각 파악해야 하고 낌새가 포착되면 즉각 반격해야 한다. 우물쭈물하여 다음 기회를 노린다면 그걸로 끝이다. 악은 기다려 주지 않는다. 예전에 신불사가 그랬어."

히누리는 또다시 그의 이름을 들먹이는 것이 겸연쩍었지만 얘기를 멈추지는 않았다.

"그 사람은 모든 면에 앞서면서도 술수에는 한발 늦었어. 왜 그랬을까?"

히누리는 한참을 원망했었던 해인 오라버니까지 생각이 났다.

"왜 그랬지요?"

"확정된 적군이 아니면 순진하게 사람을 신뢰했었다. 술수조차도 당하기 전까지는 진실로 믿는 것이지."

"어머니 그건 저도 어려워요. 술수라는 걸 어떻게 알고 제압하죠? 그랬다가 정말로 사실이면 그땐 더 큰 낭패를 맛보게 되잖습니까?"

"무슨 소리? 네가 그렇다고? 그럴 리가. 너는 얼마 전에 아라문과 두만수타의 거짓을 알고 선공을 가했어. 결국 이겨 냈고."

"그건 그의 행실에서 이미 거짓이 노출된 상태였어요. 그래서 제압할 수 있었던 것이죠."

"이번 마고탄은 먼저 독살 얘기를 꺼내서 알 수 있었다?"

"그럼요."

히누리는 수로의 단언에 맞장구를 쳤다.

"그래, 그렇구나. 이런!"

더한 낭패가 히누리의 머릿속을 헤집는 듯했다.

'권모술수에 당하기 쉬운 구조, 그것이 정의라니!'

세상일에, 인간사에는 선으로 이끄는 뚜렷한 해답이 있을 수 없을 것 같다는 예감 앞에 그녀는 신불사의 모습을 흉내 내듯 무심히 하늘을 우러렀다. 파랗게 물든 하늘과 산들바람에 밀려 고요히 떠가는 구름, 그곳에 감도는 새들의 날갯짓과 침묵 속에서 그는 무엇을 찾으려 했던 것일까. 덧없음의 몸짓이었을까. 그녀는 한참을 우러르다가 문득 박고시라를 떠올렸다.

'그분을 뵙고 싶구나. 어떻게 지내시는지. 그때 그분은 내게 무슨 말씀을 들려주셨더라.'

다음 날 수로는 해씨족이 사는 말굴로 돌아갔다. 아버지를 뵙고 형제들과 해후한 수로는 그간에 있었던 부여고을의 실상을 설명하고 그곳의 부족장이 된 어머니의 근황을 알렸다. 을지는 상기된 표정으로 이따금 고개를 주억거리더니 별다른 언급 없이 자리에서 일어났다. 밤공기를 쐬며 서성이던 을지는 밖으로 나온 수로에게 말을 건넸다.

"아들아, 다 잘될 것이다. 우선 내 할 일부터 해놓고, 그리고 네 엄마를 만나러 가 봐야겠다."

수로는 어깨가 축 처져 보이는 아버지에게 힘을 불어넣어 주고 싶었다.

"아버지, 제가 대신해서 아버지 일을 돕겠습니다."

"교사 일은 어쩌고? 네 엄마 일도 그렇고."

"어머니도 그걸 바라셨습니다. 아버지를 도우라고요."

을지는 말없이 수로의 어깨를 감싸 안았다.

"아버지, 세상은 정의롭게 흘러가고 그 순리를 따르는 자들에게 천운도 따르더라고요."

수로는 아버지를 위로하고 싶었다. 아들의 격려에 을지는 마음을 다잡았다.

"그래, 천신께선 늘 우리를 돌봐 주시지. 수로야, 이제부터 아버지가 하려는 일을 네게 설명하마. 잘 듣고 좋은 의견 있으면 말해 보거라. …참! 그런데 수로야."

"네, 아버지."

"싸우지 말고 달아나자, 가족만 생각하자, 네 엄만 매번 그래 놓고 인제 와서 덜컥 부족을 떠맡아 어쩌겠다는 거냐. 이젠 싸우겠대?"

그 말에 수로는 흠칫 놀랐다.

"그럼, 아버지는 후퇴를 생각하세요? 싸워 보지도 않고서요?"

을지 역시 놀란 기색으로 수로를 응시했다. 장남 수로 역시도 젊은 패기를 주체하지 못하는가 싶었다. 을지는 가만히 하늘을 올려다보았다.

"아버지."

"응?"

"아버지는 하늘에 무엇이 있기에 그리도 자주 올려다보십니까?"

"엉? 내가 그랬었나? …글쎄다."

"요즘은 어머니도 종종 그러시더라고요."

"…세상일을 도와 달라는 간구이겠지."

"아버지, 알렉산드로스라는 자는 헬라의 잡다한 신들을 섬긴다고 들었습니다. 다른 나라와 부족들이 섬기는 신들에게조차 제사를 드린다고 합니다. 그런데도 그놈은 버젓이 죄 없는 사람들을 죽이며 돌아다닙니다. 우리네 천신과는 다른 존재의 신들이라서 그런가요?"

을지는 뜬금없는 수로의 질문에 선뜻 말문을 열지 못했다.

"그건 말이다. 음… 본래 신이란 자고로 선하신 천신 한 분뿐이시다. 그런데 헬라와 아리안과 같은 족속들이 자기네 형편에 따라 마구잡이로 잡다한 신들을 끌어들이고 만들어 냈다고 나는 본다. 심지어 페르시아는 자라투스트라의 영향으로 악한 신까지 등장시켰지. 하지만 우리 천신께서는 반드시 선을 행하라고 하셨다. 그러니 있다고 주장하는 그들의 신들이 정녕 신이라면 설마하니 나쁜 짓을 하라고 시키진 않았겠지. 그런데도 악을 행한다면 그건 나쁜 놈들이 제멋대로 신을 갖고 놀았든가, 아니면 그놈들의 신은 가짜이든가. …아무튼 그러니까 그들 마음속에는 실상 아무것도 없다는 얘기겠지."

용병과 상인이라는 고된 삶 속에 세상을 두루 돌아다녔던, 그러한 체험으로 터득한 아버지의 종교적 견해에 수로는 귀를 기울이지 않을 수 없었다.

"저는 사실 믿기지 않았습니다, 신의 존재가…. 단지 자연의 이치에 조금씩 눈이 뜨이고 만물의 순리를 기대했을 뿐이었죠. 그런데 아버지의 말씀을 듣고 나니 사람들을 선으로 이끄는 것들이 신의 향기일지 모른다는 생각이 문득 들었습니다. 어쩌면 거기서 신의 흔적을 찾을 수 있을지도 모르겠습니다만…."

을지는 딱히 할 말이 없어 밤하늘의 별들을 우러러보았다. 수로는 아버지의 시선을 따라 밤하늘의 장엄한 기운을 호흡하고자 했다.

한편 히누리는 부여고을 사람들의 각별한 지지와 도움 속에 무사히 대관식과 부대 행사를 치렀고, 또한 제사장을 겸해야 하는 칸의 직무를 오랜 부여족의 관습에 따라 수락했다. 하지만 그럼에도 그녀로서는 제사장이라는 자리가 어색하기 이를 데 없었다. 신의 존재를 회의하는 자신이 만인이 보는 앞에서 보이지 않는 천신을 태연하게 섬겨야 한다는 것이…. 가능한 한 제사 의식을 멀리하는 가운데 히누리는 오가의 참모로 합류한 몇몇 촌장들과 함께 부여고을의 제도 들을 전반적으로 점검해 나가기 시작했다.

그러는 와중에 독극물에 의한 타살이라는 수사 결과가 나왔고, 결국 마고탄 전 대장군과 그의 지시에 따랐던 몇몇 장수가 형장의 이슬로 사라졌다. 사건이 마무리된 이후 바달 장교는 공적을 인정받아 장군으로 승진하면서 공석이던 치우 부대의 지휘관이 되었다. 그리고 부여 군대를 이끌 대장군으로는 한시적으로 아사라크 촌장이 겸직하였다.

때는 단기 2003년, 보을 단군 재위 12년. 기원전 330년, 음력 유월이다.

을지와 히누리는 각자의 땅에서 각자의 일을 진행해 나갔다. 가끔 수로가 말굴과 부여고을을 오가며 서로의 안부와 정보를 전했다.

을지는 외곽에 새로이 설치 중인 대규모 대장간 외에도 부족 내에 사용할 수 있는 대장간과 공방을 총동원하여 투구, 미늘 갑옷, 장검, 언월도, 삼지창, 활과 화살, 가죽 방패, 표창, 손도끼 등의 무기류와 가죽 외투, 천막, 양탄자, 말린 치즈, 육포 등의 물품과 비상식량, 그리고 기름, 역청, 숯, 석탄, 수레, 마차 등의 난방과 이동에 필요한 물자를 확보하는 데 전력을 다했다.

한편 부여고을의 히누리는 부족민 전체가 이동 수단을 보유하게

끔 부여 말과 나귀를 최대한 확보하고, 경당의 교사를 최대한 늘려 노약자를 제외한 부족민 전원에게 기마와 궁술, 응급조치 등의 기초 군사 교육을 시행하도록 했다. 그리고 부여 군대를 궁기병 체제로 전환하되 요새에서의 전투에 대비하는 보병 능력 역시 갖출 수 있도록 훈련 내용을 보강했다. 부족민 전원이 활과 화살, 장검, 미늘 갑옷을 소지하도록 했고 희망자는 계속해서 무술을 연마할 수 있도록 조치했다. 히누리는 이와 같은 군사력 강화 정책을 펼치기 위한 자금 마련의 하나로 금광석, 철광석 등의 광물 생산을 확대하는 한편 새로운 광산의 개발을 추진해 나갔다.

22
욕망을 따라 움직이는 수레바퀴

전력을 보강한 알렉산드로스는 엑바타나로 진군했다. 메디아 지역에 다리우스가 머물고 있다는 정보를 입수했기 때문이다. 다리우스는 자기를 따르는 장교의 여자들과 아이들, 그리고 아직 보존하고 있는 보물과 장비들을 카스피해 관문으로 보내고 자신은 겨우 끌어모은 병사들과 함께 엑바타나에 머물러 있었다.

알렉산드로스는 진군하는 도중에 예정에 없던 파라에타카이를 침략했다. 그의 눈에 띈 모든 부족과 인간들을 자기 발밑에 두지 않고서는 직성이 풀리지 않았다. 단숨에 그들을 섬멸하고 재물을 약탈한 뒤 엑바타나에 도착한 알렉산드로스는 다리우스 병력이 후퇴했다는 소식을 듣고 추격에 나섰으나 또다시 놓치고 말았다.

만년설로 덮인 자그로스 산에 자리한 엑바타나 도시는 그 옛날 메디아 왕국의 수도였고 지금은 페르시아 제국의 왕이 여름철에 기거하는 수도로 사용되고 있다. 한때 을지가 호위했던 카르로스 상인이 살았던 고향이기도 하다. 궁전은 금박을 입힌 벽돌로 성벽을 쌓아서 해가 질 때면 하얀 눈 속에서 보석처럼 빛이 났다.

만에 하나 우려했던 메디아의 군사력이 실상 아무런 반격 없이 싱겁게 끝이 나버리자, 알렉산드로스는 이제 전쟁의 승패는 결정되었다고 판단했다. 그리하여 이곳 엑바타나에서 헬라스 동맹의 연합 체제를 해제하기로 했다.

"지휘관들과의 의논 끝에 내린 결정이다. 테살리아 기병대와 연합 부대를 해산하고 에게 바다로 돌려보내기로 했다. 귀향하는 병사들에게는 약속된 급여를 모두 지급하겠다."

연병장에 운집한 병사들이 웅성거렸다. 특히 페르시아 기병대를 상대로 무공을 쌓았던 테살리아 기병대 병사들의 동요가 극심했다.

"극심한 전투를 치르고 살아남은 우리들의 의견은 무시하고 독단적으로 결정을 내리시다니요. 너무하지 않습니까?"

"계속해서 근무하고 싶은 병사들은 어떻게 하실 겁니까?"

알렉산드로스를 대신해서 연합 군대의 해체를 발표하던 셀레우코스는 뜻밖의 요구에 당황해했다. 모두가 이 지긋지긋한 전쟁으로부터 해방되기만을 바라는 줄로 알았다. 아무튼 이것에 대한 대비책도 이미 의논이 되어 있었다.

"연합 군대는 해체하되 용병의 자격으로 계속해서 복무할 수 있다. 그것을 원하는 병사들은 누구든 급여 대장에 등록하면 된다. 보수는 기존의 용병 체계에 준해서 지급될 것이다."

그러자 병사들의 상당수가 자발적으로 재입대를 원했다. 전세가 이미 이쪽으로 기울어져 이제는 전사할 확률이 적은 데다 척박한 고향 산골로 돌아가 봐야 따로 할 일이 막막했다. 더욱이 이곳에는 아테네 창녀가 중심이 된 창녀 집단이 있어 마음껏 정욕을 발산할 수 있었고 마음만 먹으면 언제든지 현지의 페르시아 여자와 혼인을 치를 수가 있었다.

다음 날, 알렉산드로스는 파르메니오 장군을 시켜 징발한 페르시아의 보물들을 엑바타나 성채로 옮기고 하르팔루스에게 넘겨 안전하게 보관할 것을 지시했다. 보물은 18만 달란트에 이르렀다. 그런데 지금까지 재정을 담당했던 에우메네스는 잠시 볼일 보고 오겠다며 말을 타고 나간 뒤로 무슨 영문인지 아직 돌아오지 않고 있었다. 사고로 인한 실종인지 아니면 예전의 버릇처럼 무단이탈인지 도저히 알 수 없었다.

그날 늦은 오후, 알렉산드로스 군대가 엑바타나에 주둔 중이라는 소식을 접한 일단의 페르시아인 무리가 알렉산드로스를 찾아왔다. 그들의 우두머리는 다리우스의 선왕이며 비명횡사한 오쿠스의 아들, 비스타네스라는 자였다.

"다리우스는 오쿠스 대왕을 독살한 세력들에 의해 부당하게 옹립된 왕입니다. 그는 이미 닷새 전에 이곳을 떠났습니다. 그는 이곳 메디아에서 7천 달란트에 달하는 금화와 수많은 보물을 가져갔습니다. 그가 이끄는 전체 병력은 기병이 약 3천 명이며 보병은 6천 명 정도입니다."

비스타네스의 두 눈은 복수심으로 이글거렸다.

"알겠다. 자네들이 이곳 메디아에서 머무르는 것을 허락하겠다."

알렉산드로스는 다리우스와 보물이라는 목표를 향해 곧장 행군할 채비를 차렸다. 그러나 뜻밖에 파르메니오는 메디아에서의 잔류를 강력히 요청했다.

"소신은 이제 늙고 기력이 쇠하여 더 이상 임무를 수행하기가 어렵습니다. 이제 전세는 결판난 것이나 마찬가지이니 소신이 전투에 관여하지 않아도 전하께옵서는 충분히 대업을 이루실 것입니다."

알렉산드로스는 그의 완강한 고집을 꺾을 수 없음을 느꼈다.

"알겠소. 노 장군의 육체는 필시 피곤이 누적되어 엉망진창일 것이오. 충분히 휴식을 취하셨다가 추후 본 대열에 합류하시기를 바라오."

알렉산드로스는 그 후 파르메니오의 복귀를 간곡히 바랐지만 무슨 이유에서인지 그는 연로한 육체를 명분으로 내세우며 끝끝내 본대에 합류하지 않았다. 노쇠한 기력의 언급 외엔 오직 침묵으로 일관했기에 아무도 그의 속마음을 알 길이 없었다.

알렉산드로스 군대는 헤타이로이, 전위 정찰대, 에리기우스가 지휘하는 용병 기병대, 마케도니아 중무장 보병대, 궁수 보병들, 아그리아니아군으로 구성되었다. 알렉산드로스는 다리우스를 잡기 위해 가일층 행군 속도를 높여 나갔다. 이 때문에 많은 병사가 행군 속도를 따라잡지 못해 낙오했고 지쳐 쓰러진 말들도 상당히 많았다. 이렇듯 병력의 손실을 감수하면서까지 속도를 늦추지 않고 내달린 알렉산드로스는 단숨에 라가이에 도착했다. 이 속도대로 하루만 더 행군하면 카스피해 관문에 도착할 수 있었다. 그러나 다리우스는 이미 이 관문을 통과한 뒤였다.

한편 다리우스 군대는 후퇴하는 과정에서 많은 의병이 의욕을 잃고 대열에서 이탈했다. 적군이 강행군에 지쳤을 때 기습적으로 유격 전술을 펼쳐서 적의 배후를 쳐야 승산이 있건마는, 그러한 의지와 능력조차 보이지 않는 지휘부를 향해 환멸을 느끼는 자들이 속속 생겨났다.

"제기랄! 이게 뭐야!"

"도망만 다니려고 자원한 게 아니잖아. 나 돌아가야겠어."

그들은 꺾인 날개를 펴 보려는 시도도 하지 못한 채 대부분이 고향으로 뿔뿔이 흩어졌다.

알렉산드로스는 파르티아를 향해 나아갔다. 첫날은 카스피해 관문 가까이에서 행군을 멈추었고, 둘째 날에는 관문을 지나 경작지가 끝날 때까지 계속 나아갔다. 얼마쯤 행군을 전개했을까. 척후병이 놀란 눈으로 허겁지겁 달려왔다.

"왕이시여, 여기 너머로는 마을이 전혀 없사옵니다."

보고를 받은 알렉산드로스는 보병대 장교인 코이누스를 불렀다.

"아무래도 자네가 나서야겠다. 마을을 수색해서 식량을 징발하라."

코이누스는 병사들을 풀어 근처의 마을을 찾게 했고 식량이 될 만한 것들은 무엇이든 징발해 오라고 지시했다. 그러던 차에 바빌로니아의 귀족이라는 두 사람이 알렉산드로스를 찾아왔다.

"지극히 위대하시고 만인의 왕이신 알렉산드로스시여. 폐하의 마음이 봄날의 수선화를 본 듯 즐거워하실 소식을 가지고 왔나이다. 다리우스와 함께 도주하는 무리가 있사온데 그들이 다리우스를 폐위시킨 뒤 현재 감금 중이라고 하옵니다."

"폐위라니? 대체 누구의 짓이냐?"

"무리 중에 기병대의 지휘관인 나바르자네스, 아라코티아와 드랑기아나의 태수인 바르사엔테스, 그리고 박트라의 태수인 베수스가 주동이 되어 폐위시켰다고 하옵니다."

"그놈들은 지금 어디 있느냐?"

대답을 듣자마자 알렉산드로스는 징발 나간 병사들을 내버려 둔 채 행군을 재개했다. 하루속히 따라잡기 위해 정예 병사들을 데리고 이틀에 걸쳐 철야 행군을 감행했다. 그러나 고생 끝에 목적지에 도착했지만, 이번에도 다리우스는 이미 떠났고 진지는 비어 있었다.

"분명 거짓이 아니렷다!"

병사들의 강압적인 태도에 혼비백산한 주민들이 고했다.

"틀림없습죠. 베수스가 왕이 된 게 분명하지요. 다리우스는 베수스의 통제를 받았고 덮개 마차에 실려 있는 것을 봤습죠."

실제로 다리우스는 베수스에게 왕권을 이양했다. 다리우스의 후퇴에 동행했던 박트리아 기병대와 페르시아인들은 베수스에게 왕의 예를 올렸다. 그러나 아르타바주스와 다리우스의 아들들, 그리고 헬라스 용병대는 다리우스에 대한 충성을 차마 저버릴 수가 없었다. 그리하여 그들은 베수스의 세력으로부터 이탈하여 계곡으로 숨어들었다. 다리우스의 친척이기도 한 베수스는 이곳이 한때 자신이 다스렸던 지역이기도 하여 당분간 군대의 총지휘를 맡게 되었다.

이 소식을 듣고 알렉산드로스는 추격의 고삐를 죄기로 마음을 굳혔다. 마침내 다리우스와 일행이 전날 머물렀던 마을에 도착했다.

"놈들을 따라잡을 지름길이 없느냐?"

알렉산드로스가 직접 주민들을 신문했다.

"그것이 저, 지름길이 하나 있긴 한데요. 황무지에다 물조차 없는 곳이라 탈진하기 십상입지요."

"군말은 필요 없다. 그 지름길이 어디냐?"

"하지만 누구도 거기 가려고 하지 않을 것입니다."

"그럼, 네놈이 가면 되겠구나. 속히 앞장서거라."

자리를 박차고 일어난 알렉산드로스는 보병대와 여타 부대의 장교 중에서 가장 강인하고 건장한 장교 5백여 명을 뽑아 무장시킨 뒤 기병들의 말을 타고 따르도록 했다. 그 외의 병력은 베수스 무리가 지나간 길로 기본 대형을 이루며 따라오도록 지시했다.

알렉산드로스는 땅거미가 질 무렵에 출발하여 밤새 약 80킬로미터를 내달렸다. 풀 한 포기 나지 않는 황무지와 언덕배기를 지나 동틀 무렵이 되어서야 저 멀리 황야를 가로질러 퇴각하는 페르시아 군대를 간신히 발견할 수 있게 되었다.

후퇴하는 페르시아 잔병들은 무장도 제대로 하지 않은 채 흐트러진 대형으로 느릿느릿 행군하고 있었다. 검푸른 새벽어둠의 땅거죽으로 내려앉던 침울한 공기가 갓밝이 빛살에 바스러지려 할 즈음에, 선두 행렬에 선 베수스는 지친 말을 걸리며 꾸벅꾸벅 졸고 있었다. 그때 귓가에 투박한 말발굽 소리가 아득히 들려오더니 뒤이어 일단의 군대가 그림자를 끌며 비탈에서 홀연히 모습을 드러내었다. 그제야 베수스를 비롯한 페르시아 잔병들은 악몽에서 깨나듯 화들짝 놀라며 숨 가쁘게 전투태세를 갖춰야 했다.

"오, 신이시여! 결국 이렇게 되어야 하는 운명이나이까?"

맞서 싸우라는 베수스의 다급한 외침에도 항전하는 잔병들은 극소수에 불과했고, 대부분은 달아나기에 급급했다. 그나마 대적하려고 나서던 자들도 적군의 사리사 앞에 속수무책으로 쓰러지는 동료들을 목격하고는 황망히 뒤꽁무니를 빼기에 바빴다. 낙담한 베수스와 그 일행들은 다리우스가 탄 마차를 채찍으로 몰아가며 화급히 달아나기 시작했다. 하지만 덮개 마차는 흙먼지를 일으키며 내달렸으나 속력이 매우 느렸고 이내 알렉산드로스의 추격을 허용하기에 이르렀다. 궁지에 몰리자 베수스와 일행은 하는 수 없이 덮개 마차를 내팽개치고, 준마로 무장한 기병대와 함께 북쪽의 협곡으로 달아나 버렸다.

그토록 찾아 헤매었던 페르시아 제국의 다리우스 왕, 그자를 마침내 붙잡았으니 이 얼마나 간절히 고대하던 순간이던가. 드디어 알렉산드로스는 덮개 마차 안에 앉아 있는 다리우스와 마주하게 된 것이다. 그런데 분위기가 묘했다. 다리우스는 쫓겨 다니는 패잔 군주답게 먼지를 뒤집어쓴 초라한 몰골로 자기 앞에 무릎 꿇고 목숨을 구걸할 줄로 알았다. 하지만 그의 태도는 상상했던 것과 딴판이었다.

기품 있는 외모와 전투복 너머로 엿보이는 탄탄한 몸매, 투구를 벗고 있어 드러난 우뚝하게 각진 콧날과 검고 긴 머리카락, 숱이 많은 콧수염과 구불구불하게 턱을 덮은 수염, 그리고 부드럽고 따뜻한 눈빛을 한 다리우스는 초연한 표정으로 미소를 머금고 있었다.

반면에 알렉산드로스는 초췌한 얼굴에 퀭한 눈을 하고서 식은땀을 흘리며 연신 가쁜 숨을 몰아쉬었다. 며칠을 추격하느라 제때 자지 못하고 강행군한 탓이 컸다.

"어처구니없는 놈일세. 왜 실실 웃고, 지랄이냐?"

기분이 언짢아진 알렉산드로스가 까칠하게 쏘아붙이자, 다리우스는 미소를 거두었다.

"그랬나? 나도 모르게 미소를 짓고 있었군."

"참으로 한심한 놈이로다. 제 죽을 날도 모르고 이러고 앉았다니."

"그런데 자네 몰골이 우습다고 생각되지 않는가?"

"네놈을 잡으려고 잠 한숨 못 자 그렇다, 왜."

다리우스는 누군가가 산사나무에서 꺾어다 준 하얀 꽃 뭉치와 잎사귀를 손에 들고 있다가 무릎에 가만 내려놓는다. 그것에 시선이 간 알렉산드로스는 문득 마차 안에 꽃향기가 그윽하다는 게 느껴져 코를 실룩거렸다.

"나는 왕관을 벗었노라. 그러니 밤새 편히 자게 되는 것을."

다리우스의 의연한 말투에 알렉산드로스는 분노했다. 절로 온몸에 힘이 가해졌고 오른손이 부르르 떨렸다.

"이런 미친놈을 봤나!"

겁이 많아 여태 도망 다닌 줄로 알았건만 의외로 그는 죽음 앞에 담대했다. 불현듯 다리우스가 두려운 존재로 다가왔고 알렉산드로스는 자신의 잔인성을 드러내야 했다.

"자네 아버지를 죽였듯이 나를 죽이겠지."

알렉산드로스의 충혈된 두 눈이 휘둥그레졌다.

"…네놈이 그걸 어찌 아느냐?"

"손에 쥔 단검이 그때 그 단검이 아니더냐."

알렉산드로스는 그의 말을 듣자마자 옛 기억이 되살아나는 듯 자기 손에 쥐어진 단검을 서서히 들여다보았다. 먼동이 트여 희끄무레 밝아 오는 한 줄기 빛이 칼끝에 번득였다. 칼날을 따라 시선을 옮기니 비쳐 드는 핏빛이 아롱지어 저절로 인상이 찌푸려졌다.

알렉산드로스는 자신도 모르게 케케묵은 말 한마디를 주술처럼 내질렀다.

"두 명의 왕은 없으니까!"

알렉산드로스는 단검을 번쩍 들어 다리우스의 심장을 푹 찔렀다. 언뜻 스타테이라의 미소가 그에게서 엿보였다.

부하들이 마차에 다가왔을 때는 피를 많이 흘린 다리우스가 숨을 거둔 뒤였다. 알렉산드로스는 뒤로 물러서며 중얼거렸다.

"도망간 놈들이 다리우스를 찔렀도다."

알렉산드로스는 머리칼에 허옇게 달라붙은 흙먼지를 쓸어내렸다.

알렉산드로스는 다리우스의 시신을 암매장했다. 만에 하나라도 신들의 세계에서 부활할지 몰라 은근히 두려웠다. 살아 있어서 두렵지 않았던 존재가 죽어 불현듯 꿈에라도 좇아오려나 하여 정신이 황망해졌다. 그리고 무덤이 세상에 알려지면 언젠가 사람들이 그를 무덤에서 일으켜 세우고 자신이 건설한 제국에 해방과 자유의 기운이 망령처럼 번질까 두려웠다. 그래서 다리우스를 토막 내고 불을 질러 거듭거듭 죽음에 이르게 했다.

알렉산드로스는 전투를 치르고 나면 매번 신을 향한 희생 제물을 바치고 경외를 드러내는 제사를 올렸었다. 그러나 이번 다리우스의 죽음 앞에서는 그러지 않았다. 어떠한 형태의 제사를 치르든지 간에 그것은 다리우스를 신격화하는 제사로 바쳐질 것 같은 두려움이 온몸에 엄습했기 때문이다.

깊은 잠을 자고 난 뒤 다음 날 깨어난 알렉산드로스는 일시적 혼돈과 망상에서 벗어난 것처럼 보였다. 그는 페르시아 사람들에게 다리우스 시신을 페르세폴리스로 보내어 선왕들의 왕릉에 함께 묻히도록 했다고 선전했다. 그래야 다리우스의 딸 스타테이라의 마음이 돌아서는 데 도움이 될 것 같았다. 실상 알렉산드로스는 수많은 여자의 환심을 사며 영웅의 화신처럼 지내 왔으나 스타테이라의 마음만은 얻지 못했었다. 비록 육신의 정복은 그의 강권으로 가능했을지라도.

오십 세가량의 다리우스 3세는 이렇게 최후를 맞았다. 기원전 330년 7월에 사망했다. 이로써 기원전 559년 키루스 2세에 의해 세워진 페르시아의 아케메네스 왕조는 멸망하고 말았다.

알렉산드로스는 아름다운 여자, 스타테이라를 자기 아내로 삼았다. 그러나 정식으로 결혼식을 올리지는 않았고 만방에 선포하지도 않았다. 전장의 숙소 막사에서 스타테이라에게 구혼했고 그녀의 응답을 받았으며 헤파이스티온을 비롯한 몇몇 친구가 증인으로 참석한 것이 전부였다.

그날 밤 신방에서 스타테이라는 자신을 품에 안은 알렉산드로스에게 소곤거렸다.

"내 어머니는 순조로이 출산할 수 있었어요. 다산의 경험이 그걸 말해 주지요. 그렇지만 당신을 원망하진 않겠어요. 이것 또한 신이 정한 운명 중의 하나일 거예요."

다리우스 왕이 죽었어도 전쟁은 계속되었다. 이쯤 되면 학살이 목적인 것처럼 비칠 만했다. 다리우스를 쫓는 동안 뒤에 처졌던 부대들이 합류하자 알렉산드로스는 박트리아로 가는 길 왼편에 자리한 히르카니아로 진군했다.

군대가 밟고 지나가는 곳마다 대지는 붉은 석류꽃들이 우수수 떨어져 핏빛으로 짓이겨졌다. 그는 계속해서 마르디아 지역을 침략하여 초토화했다. 그곳 주민들도 참변을 피할 수 없었다. 처음에 마르디아 사람들은 알렉산드로스가 공격해 온다는 사실을 두려워하지 않았다. 땅이 거칠어서, 아니 땅이 노하여 거칠어지려나 싶어, 가축을 잡아도 그 피가 땅을 적실까 두려워하여 경외감을 품고 가축을 다루는 사람들이었다.

그때 그런 사람들을 대표하는 자리에 앉았던 부족장이 그랬다.

"두려워 마라. 우리는 그들을 해코지한 적이 없다. 우리는 그들을 손님으로 따듯이 맞이할 것이다. 그러면 되는 것이다."

지형이 험한 곳에서 오랜 세월을 외세에 의해 침략당한 적 없이 살아온 까닭에, 아무런 잘못이 없는 그들로서는 알렉산드로스 군대의 잔인성을 알 리가 없었다.

여러 전투를 마무리한 알렉산드로스는 히르카니아의 수도인 자드라카르타에서 머물며 관습에 따라 신에게 제사를 올리고 운동 경기를 열었다. 알렉산드로스는 이곳에 스타테이라 공주를 머물게 하고, 후궁들과 페르시아 궁정의 사람들은 여전히 원정대를 따르도록 했다. 그런 뒤 파르티아를 거쳐 아리아 국경으로 향했다.

이때 아리아의 수시아(지금의 메셰드)라는 도시에서 태수 사티바르자네스가 알렉산드로스를 찾아왔다. 그에게 충성을 맹세하겠다는 것이다. 알렉산드로스는 그에게 계속 태수의 직을 맡기는 한편 헤타이로이의 일원인 아나시푸스와 40여 명의 창기병들을 함께 파견했다.

이 무렵 일단의 페르시아 사람들이 알렉산드로스를 찾아왔다.

"베수스는 스스로를 아시아의 왕이라 칭했습니다. 베수스는 왕의 망토를 두르고 터번도 윗부분이 수직이 되도록 착용하여 왕의 상징을 드러냈을 뿐만 아니라 이름까지 아르타크세르크세스로 바꾸었다고 합니다. 베수스는 박트리아로 도망쳤던 페르시아 병사들과 상당한 숫자의 박트리아군을 다시 끌어모았다고 합니다. 그리고 스키타이로부터 병력 지원을 받기 위해 밀사를 보냈다는 소문도 들려오고 있습니다."

알렉산드로스는 그들의 얘기를 곧이곧대로 믿었다. 특히 아시아의 왕이라는 말에 분노했다.

"극형에 처할 놈이로구나. 감히 아시아의 왕을 제멋대로 칭하다니!"

알렉산드로스는 재집결한 전군을 이끌고 당장 박트리아로 진군했다. 그곳으로 가는 길에 아리아의 태수 사티바르자네스가 아낙시푸스와 그의 부하 40여 명을 모두 죽였다는 소식이 입수되었다.

처음에 사티바르자네스는 다리우스 왕이 죽어 더 이상 페르시아에 충성할 이유가 없다고 생각하여 알렉산드로스에게 충성을 맹세했었다. 그러나 아낙시푸스와 그의 부하들은 태수인 자신의 지시를 거부할 뿐만 아니라 심지어 침략군 행세를 하면서 재물의 약탈과 부녀자 겁탈을 일삼았다. 결국 분노한 군중의 칼에 맞아 그들이 죽게 되었고, 그러자 사티바르자네스는 궁여지책으로 반기를 들 수밖에 없었다.

"제국의 신민들이여! 그대들의 충정을 알고 불의에 대한 분노를 알고 있다. 이제 그 분노를 가라앉히고 충정을 새로이 하라! 내가 그대들과 함께할 것이다. 의로운 그대들과 함께하여 제국을 바로 세우겠노라!"

사티바르자네스는 무장한 아리아인들을 아르타코아나 궁궐에 집결시킨 뒤 휘하의 군대를 이끌고 바로 베수스에게 달려갔다. 그리고 기회가 있을 때마다 알렉산드로스 군대에 대한 공격을 측면에서 지원하기로 했다.

이 사실을 보고받은 알렉산드로스는 계획을 변경하여 사티바르자네스와 아리아인들을 향해 전속력으로 달렸다. 그리고 이틀 만에 약 120킬로미터를 주파하여 아르타코아나에 도착했다. 그러자 사티바르자네스는 소규모의 기병들과 함께 황급히 달아났고 병사 대부분은 뿔뿔이 흩어졌다. 알렉산드로스는 반란에 관여했거나 반란이 일어났을 때 마을을 떠난 사람들을 끝까지 색출하여 죽이거나 노예로 팔아 버렸다. 그리고 페르시아인인 아르사케스를 아리아 총독으로 임명했다.

알렉산드로스는 궁전이 있는 드랑기아나(자랑기아, 아라코티아 서쪽)에 도착했다. 이 지역은 다리우스를 마차에 태우고 달아날 때 일행 중의 한 명이었던 바르사엔테스가 다스리고 있었다. 알렉산드로스가 오고 있다는 소식을 들은 바르사엔테스는 인더스강 서쪽의 아리안들이 있는 곳으로 급히 피신했다. 그러나 아리안들은 오히려 그를 체포하여 알렉산드로스에게 보내 버렸다. 후환이 두려워 내린 조처였다. 바르사엔테스는 다리우스에게 반역한 죄로 즉각 처형되었다.

이곳 드랑기아나에서 알렉산드로스는 헤타이로이 기병대의 지휘관, 필로타스의 반역 음모를 알게 되었다. 아니, 반역 사실을 알게 되었다기보다는 음모를 주장하는 풋내기가 느닷없이 등장한 것이다. 그리하여 알렉산드로스의 지시를 받은 장교들이 필로타스의 숙소에 들이닥쳤다.

"장군은 지금 당장 무기를 버리고 갑옷을 벗으시오. 지금부터는 죄수의 신분임을 명심하시오."

"이번엔 나야?"

필로타스는 마치 사태를 예감한 사람처럼 순순히 체포에 응했다.

부당하게도 즉각 밀실로 끌려간 필로타스는 여러 장교로부터 돌아가며 고문을 받았다.

"나는 암살 음모를 주동한 사실이 없다. 아니 음모 자체를 알지 못한다."

그는 혐의에 대해 완강히 부인했으며 자신의 결백을 강하게 주장했다. 사실 필로타스는 마음만 먹으면 거추장스러운 역적모의 따위 필요 없이 아무 때나 알렉산드로스를 처치할 수 있는 위치에 있었다. 알렉산드로스는 밤마다 술을 마시고 취해 잠들었으며 필로타스는 왕과의 대작은 물론 왕의 숙소 또한 자유로이 드나들 수 있었기 때문이다. 그런데도 무슨 영문인지 알렉산드로스는 오랜 친구인 그의 죄과를 물으며 혹독하게 고문을 가했다.

필로타스가 입을 열지 않자, 알렉산드로스가 직접 고문에 가담했다.

"너는 이제 더 이상 내 친구가 아니다. 여태껏 왕인 나를 무시했을 때 알아봤어야 했다. 지금이라도 음모를 알아냈으니 그나마 다행이겠지. 자, 그냥 순순히 실토하지 그래."

결국 필로타스는 이렇게 말했다.

"내가 어떤 말을 하든지 너는 믿지 않는다. 고문을 통해 네가 확보할 수 있고 신뢰를 얻을 수 있을 유일한 말은 네 머릿속의 생각을 확정 지어 줄 그런 말이 아니겠는가. 난 이제 지쳤다. 자, 무슨 말이 듣고 싶은가. 고문을 끝낼 수 있는 말을 들려주겠다."

"내 머릿속에 이미 답이 있다고?"

알렉산드로스는 그의 당연한 주장에도 분노했다.

"아냐! 아니라고! 너는 지금 궤변을 늘어놓고 있어. 나를 또다시 모독하고 있다고!"

마침내 필로타스는 마케도니아인들이 모인 자리에서 재판받았다. 필로타스의 절친한 친구인 클레이토스 장군은 슬그머니 자리에서 이탈하여 먼발치에 모여 있는 용병들의 무리 속으로 끼어들었다.

알렉산드로스는 엄중하게 혐의를 추궁했고 필로타스는 최후로 항변했다. 그러자 음모를 폭로한 사람들이 한 명씩 등장하여 필로타스와 공모자들의 죄에 대해 잡다한 증거들을 제시했다. 알렉산드로스는 필로타스의 연인 '안티고네'를 강제로 내세워 침대에서 필로타스로부터 들었다는 얘기를 눈물범벅 속에 진술하게 했다.

그리고 마지막으로 케발리누스라는 마케도니아 소년 기사가 등장하여 진술했다. 그는 식은땀을 흘리며 시종일관 벌벌 떨고 있었다.

"저는 왕에게 전달해야 할 중요한 정보가 있어 그러니 자리를 마련해 달라고 부탁했습니다. 그런데도 필로타스는 왕과 만날 기회를 두 번이나 외면했습니다."

사실 필로타스에게 불리한 증거는 이것뿐이었다. 그런데 알고 보니 그 정보가 알렉산드로스에 대한 반역 음모와 관련된 것이라고 했다. 알렉산드로스는 필로타스를 심문하여 자백을 받아냈다고 주장했다.

필로타스는 최후로 말했다.

"고작 풋내기 소년 기사가 찾아와 왕과의 면담을 요청한다고 해서 장군의 신분인 내가 들어줘야만 하는가. 두 번째로 찾아와 중요한 정보가 있으니, 어떻게든 왕을 만나야겠다고 말한다고 해서 들어줘야 하는가. 그처럼 중요한 정보라면 내게 그 정보를 공개하든지 직접 왕을 만났어야 했다. 더군다나 암살 음모의 주동자가 나라고 주장하면서 이 소년은 왜 하필 바쁜 나를 콕 집어 찾아와서는 왕과의 면담을 요청했는가. …그래, 알겠다. 앞서 죽어 간 동료들처럼 나도 그렇게 죽는 것임을 알고 있노라. 알렉산드로스, 그만 괴롭히고 이제 나를 죽여라."

재판정에 커다란 소란이 일었다. "닥쳐라!" 알렉산드로스가 호통을 치자 장내는 일시에 조용해졌다.

"궤변의 달콤한 혓바닥으로 선량한 군중들을 현혹하는구나! 이 소년 기사는 그 당시 주동자가 누군지 모르는 상태였다. 소년, 그렇지 않은가?"

알렉산드로스의 호통에 소년 기사는 눈물까지 쏟아 냈다.

"그, 그렇습니다. 저는 아, 아무것도 몰랐습니다."

"어떤가? 필로타스는 무죄인가, 유죄인가? 당장 정의로운 판결이 내려져야 할 것이다!"

결국 필로타스는 배심원들에 의해 사형이 선고되었다. 클레이토스는 울분에 치를 떨었고 다른 친구들은 두 눈을 휘둥그레 굴리거나 질끈 감으며 오직 침묵을 지킬 뿐이었다.

필로타스 장군은 곧장 사형이 집행되어 창에 찔려 죽었다. 음모에 연루됐다고 고발된 다른 사람들도 같은 운명을 맞았다.

아버지인 파르메니오 장군 역시 죽음을 피할 수 없었다. 아들의 음모가 사실이든 아니든 자기와 관련이 없다는 그의 주장을 알렉산드로스는 받아들이지 않았다. 그의 결백을 인정한다고 해도 아들을 처형하고도 파르메니오를 살려두는 것은 대단히 위험한 일인 것이다. 왜냐하면 파르메니오는 명망 높은 인물이며 알렉산드로스와 맞먹는 영향력을 군 전체에 끼쳐 왔기 때문이다. 마케도니아인의 부대는 물론이고 알렉산드로스의 명령을 받아 특수 임무를 수행했던 용병들에게도 마찬가지로 명망이 높았다.

마케도니아와 알렉산드로스에게 충성을 다했던 파르메니오 장군은 여전히 메디아 지역에 머물러 있었다. 알렉산드로스는 헤타이로이 소속인 폴리다마스를 몰래 메디아로 보내, 파르메니오 휘하의 장교인 클리안데르, 시탈케스, 메니다스에게 밀서를 전달했고, 결국 파르메니오는 이들 세 명의 손에 의해 처형되었다.

"나는 이미 두 아들을 이번 전쟁에서 잃었다. 헥토르와 니카노르, 그러한데 하나 남은 장남 필로타스마저 치욕스러운 고문 끝에 처형되었다. 이제는 나로구나. 광기의 전쟁에 휘둘려 무수한 생명을 앗아간 죄과를 이제야 겨우 치르는구나."

노 장군 파르메니오는 눈앞에 펼쳐진 참담한 현실을 직시하며 비참하고도 쓸쓸한 최후를 맞았다.

이와 같은 사건들이 일어난 뒤 알렉산드로스는 헤타이로이를 두 개의 사단으로 나눴다. 대규모의 기병대를 한 사람에게만 맡기는 것은 위험하다고 판단한 것이다. 특히 헤타이로이는 알렉산드로스 군대의 기병대 중에서 가장 강력한 정예 부대이기 때문에 더욱 그럴 필요가 있다고 생각했다.

23

패기로 싸워 봐야 하루살이인 것을

때는 단기 2003년, 보을 단군 재위 12년. 기원전 330년, 음력 구월의 어느 날이다.

구렁이 담 넘어가듯 서서히 백성의 숨통을 조여 가던 두만수타의 타락한 정치와 잇단 권력 다툼으로 어수선했던 부여고을이 부족장의 취임 이후 점차 평정을 되찾자, 히누리는 개인 자격으로 해씨 부족을 방문했다. 치우 부대의 호위 분대를 대동하고 말굴 마을에 다다른 그녀는 맨 먼저 가족을 만나 회포를 풀었다.

"해을지 당신, 몸은 여전히 건강하시지요?"

"그럼요, 건강하다마다요. 당신 얼굴을 보니 참으로 생기가 도는 것 같으오."

"생기라…. 제가 그러하다는 말씀은 아니시겠지요?"

을지는 고개를 가볍게 저었다.

"오, 아니요. 그대는 더욱 곱기만 한 것을. 아무래도 정치가 당신의 신명을 깨우나 봅니다."

"별말씀을요. 시름에 겨워 잠 못 이룰 때가 많답니다."

을지는 짓궂은 미소를 거두고 아내의 고충을 안다는 듯 가만히 그녀를 끌어안았다. 히누리는 그간에 쌓인 온갖 묵은 피곤이 한꺼번에 쏟아지는 듯했다.

"오늘은 다 내려놓고 잠만 잤으면 해요."

히누리는 주술에 걸린 여자처럼 낯익은 침실에 들자마자 잠에 곯
아떨어졌다.

다음 날, 잔치 분위기로 떠들썩한 아침을 맞았다. 밀 빵, 양젖 치
즈, 우유, 병아리콩을 넣어 삶은 닭죽에 이어 청둥오리, 멧돼지 등,
야생의 고기를 꼬치에 꿰어 요리한 음식들이 식탁에 차려졌다. 오랜
만에 온 가족이 모여 다채로운 요리를 즐기며 정담을 나누었다.

아침 식사가 끝나자 모처럼 가족회의가 열렸다. 히누리는 그간
궁금했던 아이들의 일상생활을 일일이 확인했다. 그 가운데 수라에
게는 혹시라도 마음이 다치지 않을까 싶어 눈치를 살피며 조심스레
물었다.

"하투르크하고는 어떻게 되어 가니?"

"그럭저럭 지내고 있어요. 전쟁이 변수겠죠."

수라의 표정이 시큰둥하다.

"아직도 그 아이는 생각을 바꾸지 않은 게냐?"

"요즘은 모르겠어요. 사실 안 만난 지 좀 됐어요."

히누리는 일단 더 이상 묻지 않는 게 나을 것 같아 화제를 을지에
게 돌렸다.

"당신이 계획한 일들은 잘 되어 가나요?"

"그대가 없는 동안 많은 일을 벌여 놨는데 앞으로가 걱정이오."

"자금 때문이지요? 지금껏 돈은 어데서 마련해 쓰셨을까?"

"그동안 모아 뒀던 금덩이가 있잖소. 그리고 무기와 물자를 공급하면 아직까진 원자재나 돈으로 받고 있으니 아무튼 괜찮긴 해요. 이것도 장사라면 장사가 아니겠소."

"그런데 걱정이라면?"

"큰일이오. 뭣보다 일손이 달린다오. 용병으로 자원하는 젊은이들이 많아져서 그래요."

해씨족은 박트리아를 지원하기로 했다. 그 지원책의 하나로 장정들이 박트리아 군대에 지원하는 것을 묵인했다.

"그래요? 그러다 소중한 생명들이 헛되이 스러지면 어떡하라고?"

"멋모르고 패기만으로 덤비는 애들이 있어 안쓰럽긴 하오만."

"…그런데요?"

을지가 말을 멈추자, 히누리는 뒷말이 궁금해졌다.

"그래도 어쩌겠소. 내 힘으로는 막을 재간이 없어요. 다행히 유능한 지휘관을 만나 살아남는다면 그나마 전사로 거듭나지 않을까 싶긴 하오만…."

을지는 짐작건대 군대 경험이라곤 없는 부족의 젊은이들이 막강한 알렉산드로스 군대와 대적해 봤자 헛된 희생만 치를 것이라 봤다. 군사력과 관련된 대화를 남편 을지와 나누는 중에 히누리는 문득 이곳 해씨족 청년들을 포섭하여 부여 군대의 경험과 훈련 체계를 접목하면 괜찮지 않을까 하는 생각이 떠올랐다.

'정녕 강력한 히타이트 전사로 거듭나지 않을까?'

히누리가 해씨 부족을 떠난 이후로, 사람들의 예상을 비웃기라도 하듯 알렉산드로스 군대의 진격은 흡사 폭풍 속을 휘달리는 먹구름처럼 순식간에 전개되고 있었다. 그뿐만이 아니라 박트리아 침략 또한 기정사실화되었기 때문에 그 초조함은 극도에 달했다. 전란에 대비하여 기존에 구축한 모든 판단과 준비와 결정이 허공으로 산산이 흩어져 버린 것만 같은 공황 상태에까지 이르렀다.

이것이, 이런 공포 분위기가 페르시아 군대를 주눅 들게 하고 무기력한 정신력으로 몰아넣은 게 아니겠는가 했다. '그걸 새삼스레 알았다고 한들, 그래서 인제 와서 어쩌라고!' 그러한 좌절과 무기력이 해씨 족속의 부족장과 내각, 그리고 원로 등의 중심 인사들 사이에 꼬리를 물며 퍼져 나갔다. 부족장 우수크는 이런 위기의 상황에서 비로소 을지의 활약과 그의 과거 경력을 눈여겨보게 되었고, 뒤늦게나마 그의 행보에 맞춰 부족 차원의 지원을 물심양면으로 아끼지 않게 되었다.

불과 5개월여의 짧은 기간이었지만 해씨족의 마을은 지난날의 풍경과 판이하게 변모되어 있었다. 목가적 분위기에서 촌각을 다투는 수송 부대의 모습을 방불케 했다. 부족 사람들은 저마다 할당된 작업에 뛰어들어 하루하루를 분주하게 보냈다.

"참! 수로는 이곳 경당에서 청년들을 가르치고 있어요."

"대장간 일은 어쩌고요? 일손이 모자란다면서요."

"천수가 있지 않소. 그 아이가 참으로 대장장이의 자질을 타고났더군. 서투른 사람들을 가르쳐 가면서 어쩌나 잘해 내던지."

도수가 옆에서 한소리 거들었다.

"어머니, 우리 모두 각자의 몫을 다하고 있답니다."

"그러니? 참으로 다행이구나."

"어머니, 제가 구상한 게 하나 있는데 들어보시겠어요? 군대 조직에 관한 것인데 아버지도 좋다고 하셨습니다."

수로의 돌발적 제안에 히누리는 긴장했다.

"군대 조직을, 네가?"

히누리는 아들 수로가 군대를 들먹이는 바람에 마음이 착잡해졌다. 하지만 이미 산야에 횡하니 떠도는 전쟁의 광풍을 어찌하겠는가.

수로는 용병에 가담하지 않은 남녀 청년들을 모아 기병 전술을 가르치고 있다. 이주할 때 적과의 교전에 대비한 교육이라 알려졌지만 실상 군대 편제를 갖춘 군사 조직체의 성격을 띠었다. 조직이 없는 전사는 막상 전장에 던져지면 오합지졸로 전락한다는 을지의 충고를 받아들여 수로는 새로운 편제를 내세웠다.

새로운 편성 체계는 이랬다.

12명의 병사가 모여 분대를 이루고, 3개의 분대가 모여 소대를 이루고, 3개의 소대가 모여 중대를 이루고, 이렇게 중대가 모여 대대를 이루고, 대대가 모여 부대를 이룬다. 이리하여 1천 명의 병사가 1개 부대를 형성하는 것이다.

병사들은 기병대와 보병대로 나뉘되 공통 사항으로 기마와 궁술을 터득해야 했다. 1개 분대 혹은 소대 중의 3/4 병력이 기병이며, 병사 유형과 무기 종류는 전투 상황에 따라 달리 배치할 수 있다. 기병대는 활을 쏘는 기병, 장검으로 찌르는 기병, 언월도를 휘두르는 기병, 정찰 및 유격 기병으로 나뉜다. 보병대는 청동 투구, 철제 미늘 갑옷, 창과 장검으로 무장한 보병, 방패와 삼지창으로 무장한 보병, 가죽 갑옷과 활로 무장한 보병, 정찰 및 유격 보병으로 나뉜다.

처음에 을지는 수로의 이와 같은 군대 편제의 내용을 듣고 전투에 부적절한 편성이라 했다. 너무 잘게 병사들을 나눴다는 것이다. 특히 지휘 체계에 혼선을 초래할 것이라고 했다. 그러나 수로의 설명을 듣고는 깜짝 놀랐다. 거기엔 생각지 못한 비책이 숨어 있었다. 12명의 분대 단위로 유격 전투가 가능하며, 지휘관을 잃으면 다음 순위 병사가 즉각 지휘하고 절반의 병력을 잃으면 연계 분대에 합류한다는 것이다. 그러니까 지휘관과 병사들을 잃는 손실이 발생하더라도 작전 수행에 필요한 지휘와 병력 보강이 즉각적으로 이뤄질 수 있게 되는 것이다.

페르시아 군대가 다리우스 왕을 기점으로 해서 출격한 까닭에 그의 지휘 체계가 무너지자마자 오합지졸로 변하더라는 증언을 들은 적이 있는 을지로서는 그것에 대한 대책이 될 수 있으며 전투를 지속해서 수행하는 데 있어 필수적이라는 생각이 든 것이다.

히누리도 마찬가지였다. 수로의 발상을 칭찬하고 수로가 맡은 경당의 역할을 지지했다. 히누리 자신도 부여고을의 경당을 비상 교육 체제로 전환하여 운영하고 있었다. 나중에 히누리는 수로의 이 같은 군대 편제를 부여 군대에도 적용해 추후 연합 군대의 기틀을 확립하는 데 결정적인 역할을 하게 된다.

가족회의가 막바지에 이르렀을 때 한 청년이 찾아왔다. 수라와 혼인을 약속한 연인 하투르크였다. 두마 마을에 살고 있고 경당에서 악기 연주와 소그드 문자를 가르치고 있다.

"어서 들어와. 아침은 어떻게 하고?"

히누리는 그를 반가이 맞아 주었다.

"네, 먹었습니다."

하투르크는 을지를 비롯한 가족에게 일일이 고개 숙여 인사했고, 모두가 그를 반겼다.

"어서 와. 오랜만이네." 수로가 그의 어깨를 툭 건드렸다.

"근데 수라 얼굴 보기엔 좀 이른 시각 아닌가?"

수로는 농담을 던지며 눈으로 누이 수라를 찾았다. 하지만 어쩐 일인지 저편에 물러선 수라는 토라진 듯 볼멘 표정을 짓고 있다. 그러고 보니 하투르크의 표정도 상기된 것이 평소의 모습과 달랐다.

"수로, 지금은 학장님이 오셨다는 소식 듣고 찾아뵈러 온 거야."

하투르크는 어릴 적에 히누리가 가르쳤던 글방에서 수로와 함께 공부했었다.

"저런, 내게 인사 온 거라니. 고맙기도 하지."

히누리는 도기 찻잔을 가져왔다. 김이 모락모락 피어오른다.

"따끈한 잎 차야. 마시게."

"네, 학장님. 그런데 저, 긴히 드릴 말씀이 있습니다. 가족이 다 모인 자리에서 말씀을 드려야 할 것 같아서…"

그는 눈치를 보며 다음 말을 잇지 않고 머뭇거렸다. 시간을 벌 양으로 일부러 차를 마시는 것 같았다. 그 모습에 수라는 입술을 실룩거리며 노골적으로 불만을 드러냈다.

"그래 말해 보게나. 할 말이 뭐지?"

낌새가 수상하여 히누리가 독촉하자 하투르크는 그제야 입술을 떼었다.

"실은, 군인이 되기로 했습니다."

을지가 문득 놀랐다. "자네가?"

"네. 그렇습니다. 용병이 아니라 정식으로 소그드 군대에 지원 입대하기로 했습니다."

을지는 어이없어하며 두 팔을 벌렸다.

"허허, 이런! 이 어려운 시국에 군대라니. 더군다나 왜 하필 소그드 군대인가? 거기는 제대로 된 군대가 아닌 걸로 아는데. 훈련도 부실하고 그저 오합지졸에 불과하지 않은가."

소그드인은 북방 족속의 한 부류에 속하나 오래전부터 유목과 농경보다는 제조와 무역에 힘을 쏟으면서 그 방면으로 경험을 축적해 온 상인 집단이 오랫동안 나라를 이루며 살고 있었다. 따라서 군사력만을 본다면 유명무실한 군대를 보유한 나라였다. 그러니 이런 나라의 군대에 지원한다는 것은 전선으로 뛰쳐나가 봤자 하루살이 목숨밖에 될 수 없는 위험한 선택이라 봐야 했다.

이런 속사정을 알고 있기나 하는지 그의 대답은 을지가 듣기에 무척이나 엉뚱했다.

"알고 있습니다. 하지만 저는 군사력보다는 일국의 문화 능력에 높은 가치를 두고 있습니다. 저는 소그드의 문화와 전통을 지키기 위해 참전하려는 것입니다."

"그럼, 우리 해씨족의 전통은 어쩌고!"

참고 참았던 수라의 분노가 터진 것일까. 그녀는 벌컥 소리를 내질렀다. 하투르크는 수라의 그런 모습이 낯선 듯 당황해하는 기색을 보였다.

"그건 저, 그건 말이야!"

그때 을지가 나섰다. "이보게, 하투르크!"

모두가 을지를 주목했다. 그는 격앙된 분위기를 추스를 겸 주위를 둘러보며 뜸을 들이다가 찬찬히 얘기를 꺼냈다.

"모름지기 전쟁터는 문인들이 나서는 곳이 아닐세. 각자 제 할 일들이 따로 있는 법이야. 그러한데 샌님 같은 자네가 대체 칼은 어떻게 휘두르겠다는 것인지, 돌아가는 현실이나 제대로 살펴보고 이러는 것인지 나로선 묻지 않을 수가 없네. …말해 보게나."

하투르크는 식은땀이 흐르는지 연신 얼굴을 매만지며 물음에 대답하지 못했다. 보기에 안쓰러운 듯 수라가 하투르크에게 다가가더니 그의 팔을 잡아끌었다. 그러자 그는 팔을 뿌리쳤다.

"잠깐만! …아직 말할 게 있어."

그는 마침내 두 눈을 부릅뜨며 힘주어 말했다.

"왜 무기로만 전쟁한다고 생각하십니까. 심리전도 있고 상황에 따른 전술 변화도 있지 않겠습니까?"

그러자 히누리가 대뜸 말했다.

"어느 누가 갓 들어온 신병을 참모로 쓰겠나? 그건 그렇고 우리 아이하고는 어찌 얘기가 됐느냐?"

이 말에 하투르크는 다시 의기소침해졌다.

"물론 수라는…, 지금은 반대하고 있습니다만 제가 참전을 끝내고 돌아오면 그땐 나를 이해해 줄 것입니다."

"누구 맘대로. 가는 순간 그땐 끝이야. 끝이라고!"

분을 참지 못하고 수라가 밖으로 뛰쳐나간다. 이에 하투르크가 뒤따르려다 미처 할 말을 다 하지 못한 듯 재빠르게 뇌까렸다.

"아직 저를 잘 모르고 계시는 것 같습니다! 저는…."

을지가 곧바로 맞받아쳤다.

"모르다니? 자네는 오직 자네만 생각하는가?"

"저는, 제가…." 그는 잠시 말을 더듬거렸다. "제가 가진 신념을 지켜야 합니다. 제가 존재하는 이유이기도 하고요."

"그렇다면 당장 가서 자네의 신념을 실행에 옮기게나. 그러나 내 딸은 그대로 두게. 자네 의지의 대상이 아닐세."

하투르크는 상기된 얼굴로 주먹을 불끈 쥐었다.

"뭣 하는가!"

을지의 호통에 하투르크는 바깥으로 뛰쳐나갔다.

하투르크의 등장으로 햇살 속의 뿌연 먼지처럼 일렁댔던 소동이 차츰 그늘이 되어 가라앉았다.

히누리는 한참 턱을 괴느라 생긴 주름을 문지르며 말했다.

"…괜찮을까요?"

"뭣이 말이오?"

"수라가 상처받지나 않을는지."

"가만 내버려 둡시다. 시간이 해결해 주지 않겠소."

"…그럴까요?"

히누리는 착잡해진 심경을 떨치려는 듯 자리에서 벌떡 몸을 일으켰다. 팔을 뻗어 을지의 허리를 감싸 안는다.

"밖으로 나가 당신이 만든 결과물들, 대장간이랑 이것저것 두루

구경하고 싶습니다."

24
전쟁광의 군사와 싸워서 이기려면

부족장 관사에서 만찬이 열렸다. 부족장 내외가 주최한 자리에 을지 내외가 참석했고 마라치 외무관이 배석했다.

"어서 오시어요. 저는 에바트라고 합니다."

인사를 건네는 그녀는 노쇠한 부족장의 아내라기엔 무척 젊어 보였다. 마주한 인상이 마치 푸른 소나무에 앉으려는 한 마리의 학을 보는 듯했다. 뺨을 맞대니 콧속으로 장미에서 추출한 향유의 냄새가 한껏 풍겨 온다. 히누리는 문득 화강암 욕조에 쑥과 꽃을 띄우고 부드러운 모시 천으로 몸을 씻던 공주 시절의 정경이 스쳐 지나갔다. 화친의 뺨을 떼고, 미소 속에 서로 눈빛을 마주치는데 갈색빛의 눈 화장을 곱게 한 에바트의 땋은 머릿결에서 재스민꽃의 향기가 아련히 피어오른다. 그녀는 가슴 부분이 파인 키톤을 입고 푸른색의 스톨을 두른 옷차림에 어울리려는 듯 말씨가 고분고분하고 몸짓에 예절이 배어 있어 우아하고 부드러웠다. 환히 드러난 앞가슴에는 호박 목걸이가 빛나고 있다. 그녀의 이러한 화사함은 손님을 맞는 의

전의 하나이겠지만 그래도 히누리는 그녀가 무척 부러웠다. 자신도 여자인 것을, 잊고 산 세월이 무던히도 흐른 것 같았다.

자기소개와 안부를 의례적으로 나눈 뒤 참석자들은 준비된 식탁에 마주 앉았다. 어디서 꺾어 왔는지 군데군데 배치된 흰색과 노란색의 마거릿 꽃이 도기에 담겨 화사한 분위기를 자아낸다. 집사가 손을 씻을 수 있도록 물 주전자와 대야를 가져왔다. 리넨 수건으로 물기 젖은 손을 훔치고 건네니 집사는 세면도구를 걷어 문밖으로 걸어 나갔다. 곧이어 남녀 요리사들이 하나씩 들여오는 음식들이 연회장의 널찍한 식탁을 가득 채워 나갔다. 참석자들은 가벼운 잡담만으로 시간을 보냈고 주로 에바트가 대화를 이끌었다. 그녀는 소그디아나의 수도인 마라칸다의 귀족 가문 출신이라 했다. 그래서 그런지 문화와 예술에 관한 소양이 남달랐다.

식사가 마무리되어 갈 즈음 마라치가 화제를 바꾸려는 듯 운을 떼었다. 그는 지금껏 한 번도 대화에 끼어들지 않았었다. 아마 지금부터는 시국 전반에 관한 의견을 본격적으로 나누려는 모양이었다.

"우리는 여러 차례 부족 회의를 거치는 동안 나름대로 대비책을 세워 왔습니다만, 막상 다리우스 왕이 전사하고 적의 침략이 문턱까지 다다르니 잠시 방향성을 잃고 좌충우돌하는 파행을 보이기도 했었습니다. 물론 지금도 많은 부분이 혼돈에 처한 상황이긴 합니다. 하지만 그럼에도 우리 아란 원로와, 특히 을지 원로께서 개인재산을 터시고 인재 확보와 대장간 확충 등 많은 부분에 노력을 기울이시어 무기류와 옷가지 등등, 많은 전쟁 물자를 신속히 만들 수 있게 되었습니다. 박트리아와 소그디아나에 약속했던 지원 또한 충족시킬 수 있게 되었지요. 지금은 우리 부족장님의 전격적인 지원으로 부족 차원에서 가일층 무기류 생산을 증대하고 있는 상황입니다. 특히 소그디아나로부터 생산에 필요한 원자재를 충분히 공급받고 판매 대금까지 넉넉히 받고 있어 우리네 살림살이가 일시적이나마 나아지고 있기도 합니다. 아무쪼록 오늘 만찬에 참석하신 두 부족장님 내외께서 당면한 시국을 헤쳐 나갈 지혜의 말씀을 서로 충분히 나누는 시간이 되셨으면 합니다."

마라치의 발언이 끝난 뒤 우수크가 흐뭇한 듯이 웃으며 말했다.

"하하, 우리 외무대신이 참으로 말씀을 잘한단 말일세. 에 흠흠."

부족장은 잠시 헛기침하고는 말을 이었다.

"에, 우리 을지 원로께서는 용병 대장으로서의 경험이 많고 지혜가 깊으시어 이처럼 전쟁 물자에 대한 대비를 완벽하게 해 오시는 걸로 알고 있소이다. 다시 한 번 부족을 대표해서 깊은 감사를 드리는 바이오. 에, 그런데 물자는 충분한데 그럼에도 페르시아 군대는 물론이고 아리아군이나 박트리아군마저도 적군에 대해 맥을 못 춘다는 사실이오. 왜 그렇지요? 우리는 이런 의문을 가지고 오늘 이 자리를 마련했다고 봐도 무방할 것 같소이다. 왜 무기력하게 지기만 하느냐. 이런 의문점에 대해 경험이 많으신 우리 을지 원로의 조언을 들을까

하는 것이라오. 에….”

그는 언뜻 을지의 눈치를 보다가 마무리를 지었다.

“음식은 충분히 준비되어 있으니, 요리를 계속해서 즐기시다가 지혜의 샘이 솟아나면 그때 서슴없이 말씀하시면 되겠습니다. 어험.”

요리사가 빈 접시를 가져가고 석류 주스와 무화과, 아몬드, 호두, 자두 등을 내온다. 이곳에서는 구할 수 없는 귀한 음식들이 즐비한 것이 아무래도 소그디아나 중개 상인을 통해 공급받은 게 분명했다. 헬라스인이 즐겨 입는 의상이나 향유, 호박 목걸이, 도자기까지 줄줄이….

을지는 목을 축일 겸 유리 사발에 담긴 포도주를 들이켰다. 맛을 음미할 줄 몰라도 꽤 오랫동안 깊은 동굴에서 저장된 고가의 포도주 같았다. 그가 말을 꺼냈다.

“제 경험은 과거 소싯적에 겪은 것들이라 하루가 다르게 바뀌는 무기와 전법 앞에 어떤 도움이 될지 모르겠습니다만, 그래도 저번 부족 회의 때에 실제로 경험했던 증거인들의 얘기를 듣고 나서 나름 깨우친 것들이 몇 군데 있어 그것을 말해 보려고 합니다. 적군은 기병이든 보병이든 모두 4미터가 넘는, ‘사리사’라고 하는 긴 창을 들고 있습니다. 그러니 맞상대해 봐야 먼저 창에 찔려 죽게 됩니다. 도무지 이길 수 없는 노릇이죠.”

우수크는 문득 불안해져 얘기를 서둘렀다.

"겨우 그것 때문이오? 그렇다면 우리도 4미터 넘는 창을 쓰면 되잖소?"

외무관이 얼른 대꾸했다.

"부족장님, 그 문제는 페르시아 병사가 창을 빼앗아 사용해 봤다고 합니다. 그런데 적군은 갑옷에 방패로써 창을 막을 수 있고 각개 전투가 아닌 밀집대형으로 공격해 오기 때문에 벌집 쑤신 듯이 공격 당하게 되더라는 겁니다. 게다가…."

"게다가? 또 뭣이 있는가?"

부족장의 섣부른 참견이 불안감을 더욱 부추겼다.

"게다가 창이 4미터가 넘어 제 맘대로 다루기가 어려웠다고 합니다. 적군들은 이미 많은 훈련을 쌓았기 때문에 능수능란하게 휘두른다는군요."

우수크는 히누리를 바라보았다. 군대가 있는 부족장의 의견을 듣고 싶었다.

"그렇담 우리도 군대를 만들어 훈련을 쌓으면 되잖겠소? 부여족은 군대가 있다면서요?"

해씨족은 군대가 없다. 부족장이 관할하는 경비대 인력이 스무 명 남짓 있을 뿐이다. 맹주를 자처하는 연합체의 오시조차도 겨우 1백여 명의 병사에 지나지 않는다. 먼 선조 때는 남녀 모두가 막강한 전사였다지만 지금은 잠재된 기질만이 언뜻언뜻 패기에 묻어날 뿐이다. 부족장 우수크는 요즘 들어 자기 부족의 청년들이 용병으로 지원하는 것에 대해 안타까움을 드러냈다. 자국 군대의 양성 없이 타국에서 무모한 죽음을 맞는 것은 아닌지 우려했다.

부족장이 묻기에 히누리는 무심히 대답했다.

"우리 부여고을은 얼마 전부터 5백 명 정도의 군대를 보유하고 있습니다. 앞으로도 계속해서 병력을 확충할 계획입니다."

을지가 그녀의 말을 받아 덧붙였다.

"그런데 단순히 군대를 만들고 병력을 증강한다고 해서 해결될 문제가 아닙니다. 이미 페르시아 전역을 점령하다시피 한 적군을 숫자로 이기는 것은 이제 불가능합니다."

"아무렴 그렇겠지요. 이젠 돌이킬 수 없는 일…."

낙담하여 낯빛이 어두워진 우수크가 별안간에 묘수가 떠오른 듯 버럭 목소리를 높였다.

"참, 그렇지! 전차가 어떻겠소? 우리 선조들은 일찍이 천하무적의 강력한 전차를 몰고 적들을 섬멸하잖았소. 우리에겐 강철바퀴를 만드는 장인이 버젓이 있소이다."

부족장이 현실과 괴리된 전략을 제시하는 바람에 을지는 일순간 난감하여 머뭇거렸다.

"그것이 저, 전차라는 장비는… 전차는 지금의 전세에 어울리지 않는 무기라고 봐야 합니다."

"그렇소? …그렇다면 아무것도 할 수 없다는 얘기가 아닌가요?"

부족장의 우려 섞인 되물음에 을지는 작정한 듯 자신의 의견을 피력해 나갔다.

"지금부터 제가 드리는 말씀을 잘 들어 주셨으면 합니다. 긴 창은 이제 더 이상 문제가 아닙니다. 우리에겐 활이 있으니까요. 그러나 적군은 일단 숫자가 많고 갑옷과 방패로 무장되어 있습니다. 바로 이것을 이겨 내야만 우리에게도 승전이 찾아오게 될 텐데요. 천신께서 우리를 도울 유일한 극복의 방법은, 바로 자연환경을 최대한 이용하는 것입니다."

"자연을…?" 우수크는 고개를 갸우뚱거렸다.

히누리도 을지의 돌발적인 전략에 의문을 표했다.

"어떻게요?"

을지는 자신의 주장에 확신을 더하려는 듯 주먹을 불끈 쥐며 찬찬히 얘기를 풀어 나갔다.

"그러니까, 광활한 벌판에서는 적군이 추격해 오게끔 적당한 간격을 두고 도주하는 것입니다. 가파르고 좁은 협곡에서는 매복 공격을 가해 적군을 흐트러뜨리고, 무더운 날이나 사막 같은 지역에서 적군이 갑옷을 벗어 던지게끔 만드는 것입니다. 추운 날에는 차가워진 갑옷과 투구로 인해 적군의 몸이 얼어붙게 만들고, 밤에는 잠들지 못하게끔 혼란에 빠트리는 것입니다. 물론 이런 전략들은 계절과 장소를 염두에 두고 차근차근 접근해 나가야 할 문제이긴 합니다."

"그런데, 그렇다면 우리는 언제쯤 공격을 하게 되오?"

"적군과 말이 추격으로 지쳤을 때, 대열이 흐트러져 갈피를 잡지 못할 때, 갑옷을 벗었을 때, 거동이 취약하거나 휴식할 때, 그러할 때 화살을 무기로 하는 기습 공격이 가장 성과가 크겠지요. 이것을 실행하려면 우선은 군대가 있어야 합니다. 군대를 지원할 후방 지원대 역시 필요하고요. 그래서 부족 전체의 일치단결이 중요한 것입니다. 몇 명이 되었든 군대가 조직되면 일사불란하게 움직여야 합니다. 병력 전체가 유격대처럼 전투해야 한다는 얘기지요. 그러려면 적군이 여기 들어올 때까지 기다려서는 안 됩니다. 나가서 막아야 합니다."

"그렇게 하면 여긴 안전하다는 얘기요?"

"가장 위험합니다."

"위험하다고요? 그런데 왜 나가서 싸우려는 거죠?"

"우리 군대가 적군을 공격하면 필시 적군은 알렉산드로스의 진두지휘 아래 우리 부족을 향해 대규모 공격을 가해 올 게 분명합니다. 증언을 통해 그렇게 당한 부족들의 사례가 많지 않았습니까."

"처참하게 몰살당했지. 마을도 완전히 초토화되었고요."

"놈들은 노예로 써먹기 어렵고 후환이 두려운 강한 부족, 그리고 놈들이 봐서 야만스럽다고 느끼는 부족들은 가차 없이 몰살을 자행했습니다. 결코 우리를 가만두지 않을 것입니다."

"우리가 이기지 못하면 몰살당한다는 얘기잖소. 그런데 우리에겐 시간이 필요하고 당장 이기지는 못할 테니 그렇담 미리 도망가야 한다는 얘기 아니요?"

"그래서 드리는 제안인데 이곳을 군대만 머무르는 요새로 만드는 것입니다."

"그럼, 부족 사람들은 어떻게 하고요?"

"우리 군대뿐만 아니라 박트리아와 소그드, 그리고 여타 스키타이 부족들에게 필요한 물자를 계속 지원하려면 우리 부족이 멀리 이주해서는 안 됩니다. 그래서 드리는 말씀인데 지세가 힘해 이동이 번거롭긴 해도 1백 리 정도라 멀다고 할 수 없는 부여족 마을로 옮겨 가는 것입니다."

"부여족 마을로요?"

기상천외의 발상에 모두가 놀랐다. 침략 때문에 노예로 전락하는 경우가 아니라면, 부족 간의 연합은 있어도 타 부족과 한 공간에 뒤섞여 사는 경우는 생소했기 때문이다.

"한시가 급한 데다 이제 곧 겨울에 접어들어 이주가 쉬울 리 없습니다. 그래서 합류를 생각한 것이고 또한 부족한 인력을 활용하기 위한 고육지책이기도 합니다. 바로 부여고을이 병참기지가 되어 이곳 군대 주둔지로 물자를 공급해 주는 것입니다. 이곳에서는 군대의 훈련은 물론 적의 침략을 막는 요새로 사용하게 되고요."

다시 히누리가 나섰다. 남편 을지의 전략적 의도를 충분히 알아차렸고 확신이 갔다. 그러나 을지의 제안이 뜻밖인 까닭에 우수크와 마라치는 아직도 어리둥절한 표정이었다. 시국 문제가 거론되자 그 때부터 줄곧 말 한마디 하지 않은 에바트는 여전히 잔잔한 눈빛 속에 대화를 경청하고 있었다.

"해씨족이 원한다면 부여족은 기꺼이 받아들이겠습니다. 지금은 공멸이 아니라 다 함께 생존할 전략이 절실히 필요하기 때문이지요. 남편 해을지의 제안대로 부여고을이 땅과 집과 인력, 물품 등 필요한 것을 제공하겠습니다. 이곳의 대장간과 공방의 갖은 장비와 인력을 옮겨 간 뒤 곧바로 생산에 들어갈 수 있도록 조처하겠습니다."

확신에 믿음을 더하기 위해 을지가 이어서 말을 받았다.

"부여족이 물자와 군대의 훈련을 제공하고 우리 말굴 마을이 요새화된다면 그때부터는 장정을 계속해서 훈련하여 병력을 꾸준히 확충해 나가는 것입니다. 그러면 군대를 어떻게 조직하느냐, 모든 병력이 능수능란하게 말을 타고 활을 제대로 쏠 줄 알게 훈련하는 것입니다. 기동력과 살상력이 가장 중요하니까요. 그렇게 조직된 군대는 어떻게 싸우느냐 하면, 현재 투쟁을 벌이고 있는 박트리아 군대와 연합 없이 별개의 군대로 단독 작전을 수행하는 것입니다. 적군의 측면을 공격하곤 빠지고, 야간에 공격하곤 빠지고, 후미에 뒤따르는 군수 물자를 제거하곤 빠지고, 그렇듯 끊임없이 적군을 괴롭히며 점차 괴멸하는 것입니다."

히누리가 틈을 주지 않고 다시금 말을 이어받았다.

"여기 있는 말들은 사람의 이동과 물자 공급의 용도로 사용하고,

전투 군마로는 민첩하고 지구력이 좋은 부여 말을 쓰는 게 좋겠습니다. 부여 말은 사람과 친화력이 좋아 훈련을 거치면 말이 달리는 중에도 활을 쏠 수가 있습니다."

"엉? 내가 지금 잘못 들었나?" 부족장이 놀라 되물었다.

"지금 뭐라 하셨소? 달리면서 활을 쏜다고요?"

"그렇습니다. 우리 부여 군대에는 그런 무사가 상당수 있습니다. 5백 전사 모두가 말을 타지만 그중 2백 명가량이 앞으로 달려 나가면서 활을 쏘고 그중에 정예 전사 1백여 명이 후퇴하면서도 뒤로 돌아 활을 쏠 줄 안답니다. 우리는 그들을 무사라 부르며 특별히 관리하고 있습니다."

이 말에 우수크와 마라치는 놀란 입을 다물지 못했다. '설마하니, 그럴 리가!'

"그러니 부여 군마가 필요하고 기마 훈련이 필요한 것입니다. 적군과 상대할 때 당연히 이런 이점을 충분히 발휘할 수 있는 세부적인 전술이 있어야 하겠지요. 그런 전술 개발을 지금 우리 아들 수로가 궁리해 가면서 훈련에 임하고 있습니다."

"아! 아드님이 그런 훈련을 하고 있다고요? 부여 군대랑 같이…?"

"아뇨, 이곳 경당에서 기마 훈련을 시키고 있답니다. 여기 해씨족 청년들과 함께 말이지요."

"아참, 그랬던가?"

부족장은 열린 입을 다물지 못했다.

이때, 보조 요리사들이 남은 그릇과 접시를 치우러 들어왔고 한 요리사는 포도주가 든 암포라 항아리를 들고 왔다. 의례적으로 이때쯤이면 본격적인 술자리가 펼쳐지게 되어 있는 것이다. 그런데 부족장은 이들을 모두 물리쳤다. 그러다가 무슨 생각이 들었는지 나가는 한 요리사를 불러 세웠다.

"이보게 호루시크, 잠시 멈추게. 포도주는 여기 놔두고 말린 과일 좀 내오게나."

부족장 우수크는 어쩐지 들뜬 듯했다.

"지금 아드님을 만날 수 있겠어요? 이 자리에 부르면 좋겠는데."

히누리가 얼른 대답했다.

"아직 경당에 있을 것 같은데 부를까요?"

이때 유랑 단체의 여자 악사들이 하프와 플루트를 들고 연회장 한가운데로 등장한다. 그녀들은 색색의 끈으로 머리를 묶었고 짧은 튜닉을 걸쳤다. 춤과 노래와 연주로 연회 분위기를 한껏 띄우는 악사들인데, 같은 여자인 히누리가 보기에 뭔가 어색했고 지금의 만찬 분위기와도 동떨어져 보였다.

아니나 다를까, 에바트가 눈살을 찌푸리며 다급히 손사래를 쳤다. 그녀들은 눈치를 보며 허둥대다 황급히 자리에서 물러났다. 아마도 전달이 제대로 안 된 것 같았다.

"내 이런! 지금이 이러고 놀 때인가!"

귀빈을 접대하는 의전 절차에 따라 대령한 것일 뿐인데 부족장은 괜스레 근처에 앉은 마라치에게 핀잔을 주었다.

"지금 이럴 게 아니라…."

그러면서 마음이 급해졌는지 불편한 다리를 서둘러 일으켜 세웠다.

"내 직접 경당으로 달려가서 이 두 눈으로 확인하고 싶소이다."

경당으로 달려간 사람들은 수로가 실시하는 야간 공격의 훈련을 참관했다. 유격 훈련은 이제 막 절정으로 치닫고 있었다.

말발굽 소리를 죽이며 적진에 다가가고, 말에서 내려 보초병의 등 뒤를 덮쳐 단검으로 목을 찌르고, 장검을 사용하여 취침 중인 병사들을 처치하고, 역청을 바른 불화살을 쏘아 적의 막사를 불태우고, 뛰쳐나오는 적들을 화살로 쓰러뜨린 뒤 후퇴하고….

실전에 가까운 훈련이 끝난 뒤 우수크는 자기 가까이에 수로를 앉혀 놓고 여러 가지 질문을 던졌다. 그 질문은 수로의 지휘 능력과 지혜를 살피려는 의도가 분명했다.

'군대를 맡긴다면 지휘할 수 있겠느냐? 지휘할 수 있다.'

'군대 병력은 몇 명이 있어야 하나? 많으면 좋겠지만 1만의 병력으로 충분하다.'

'1만의 병력을 어떤 식으로 운영할 것이냐? 여기서 수로는 앞서 부모에게 들려주었던 군대 편제를 설명했다.'

'진군하던 1만 병력이 알렉산드로스 대군과 평원에서 맞닥뜨렸다. 어떻게 할 것인지 구체적인 전술이 있는가? 평원이니만큼 멀리서부터 서로 간에 발견되었을 것이다. 먼저 1만 기병의 진군을 중지시킨다. 그리고 기마 상태에서 활을 쏠 줄 아는 궁기병들이 적군을 향해 질주하다가 사거리에 진입하면 화살을 날리면서 계속 진격한다. 화살은 먼저 적 기병의 말들과 지휘관을 노린다. 필시 적군은 잠시 당황하다가 완전 무장을 한 기병들이 먼저 달려 나올 것이다. 그때 일제히 후퇴하면서 뒤로 쏠 수 있는 기병이 후미에서 달리며 계속해서 화살을 쏘아 댄다. 후방에서 포진하고 있던 나머지 우리 기병들이 멈춰 선 상태에서 적군들이 사거리에 들어오면 화살을 비 오듯 쏟아붓는다. 그런 뒤 일제히 퇴각한다. 아마도 앞서 달려온 적의 기병들은 말이 죽거나 놀라 쓰러지거나 뒤엉키어 엉망진창이 됐을 확률이 높다. 적의 보병들은 아직 까마득히 멀리서 달려오고 있고 기병들은 추락해 죽거나 기세가 꺾여 추격 의지를 상실할 것이다. 설령 추격한다고 해도 우리 군마를 따라잡지 못한다. 이미 다리우스 군대를 추격하는 과정에서 입증이 된 사실이다. 적군의 말들은 중무장에 혹사당해 속도가 더욱 느리다. 이렇듯 지역과 상황에 따라 다각적인 전술을 구사할 것이고 반드시 그래야만 적군을 궁지에 몰아넣을 수가 있다.'

대답을 다 들은 우수크는 감탄하여 저도 모르게 손뼉을 쳤다. 이런 젊은이가 우리 해씨족에 있었다니!

"이보게, 수로. 내 지금껏 젊은이들의 패기를 과소평가하고, 아니

지. 비웃었다고 봐야겠지. 그런데 오늘 내 판단이 잘못됐음을 절감
했다네."

"부족장님, 그런데 성곽이나 좁은 공간에서 놈들과 맞닥뜨렸을 때
의 대처에 대해서는 묻지 않으셨습니다."

"그랬었나? 흠, 그렇담 어디 말해 보게. 어떤 전략이 있는지."

지략과 무공을 갖춘 히타이트 청년의 늠름한 태도를 지켜본 부족
장은 마음 한편에 안도감이 드는지 가볍게 한숨을 내쉬었다.

"무엇보다 포위되는 상황에 부닥치지 않도록 해야 합니다. 놈들은
갑옷을 입고 긴 창과 방패로 무장한 병사들이라 포위 공격에 특화
된 군대입니다. 성곽을 파괴하는 장비들도 갖추고 있고요. 놈들을
상대할 때는 우리의 특장점인 치고 빠지기 전술을 구사해야만 놈들
을 격퇴할 수 있습니다. 그런데 만약 불가피하게 포위되었을 때는 그
중에 약한 고리를 찾아내어 전 화력을 한곳에, 특히 불화살을 써서
집중적으로 퍼붓는 것이지요. 그런 뒤 그쪽을 뚫고 나가 역공으로
기동전을 펼치는 것입니다."

"포위되면 안 되고 재빨리 포위망을 벗어나야 한다는 건 알겠네
만, 그런데 혼란스러운 전투 와중에 적의 약한 고리를 쉽사리 파악
해 낼 수 있을까 하는 점이 걸린다네."

"의외로 밀집대형의 보병들이 위치한 곳입니다. 망토를 두르고 모
여 있기에 불화살에 취약할 것이고 그 혼란을 틈타 일거에 말발굽
으로 짓이겨 흩뜨릴 수가 있습니다."

우수크는 흡족한 듯 미소 속에 연신 고개를 끄덕였다.

"자네와 같은 젊은이가 이 시국에 부족을 이끌 때라는 생각이 들었네. 그리고 보면 알렉산드로스라는 놈도 젊지 않은가. 아마도 자네 나이와 엇비슷할 걸세. 그러니 어디 한번 맞붙어 꺾어 보는 것이 어떻겠나?"

"아니, 아직 부족한 아이를…!"

느닷없는 부족장의 주문에 히누리가 화들짝 놀랐고 을지 역시도 어이없었다는 듯 어깨를 들썩거렸다. 반면에 마라치는 찬동의 표시로 손뼉을 쳤다.

"부족장님, 그렇습니다. 군대를 이끌 지휘관으로 손색이 없을 것 같습니다."

부족장은 빙그레 웃으며 고개를 절레절레 저었다.

"아닐세. 창설될 우리 군대의 지휘관은 을지 원로께서 맡아 주셔야 하네."

"아니, …그러면요?"

마라치의 두 눈이 똥그레졌다.

"수로는 내 뒤를 이어 부족장이 되어야 하네."

"네?" 그곳에 자리한 모든 이들이 깜짝 놀란다.

"쉿! 아직은 우리만 아는 비밀이라오. 마라치, 자네는 내일 당장 긴급 부족 회의를 열 수 있도록 조치하게."

마라치는 허둥대었다.

"부족장님, 아무리 그렇지만 이리 급작스레 자리 변동이 생기면 부족 전체가 혼란에 빠질지도 모르고…."

"어허, 말이 많구나. 난 이미 늙어 기력이 쇠하네. 난국을 헤쳐 나가기가 힘들어."

"그렇지만 반발이 심할 텐데 어떻게 하시려고요?"

"그러니 비밀로 하라는 게다. 내일 경비 인력을 총동원하여 회의장 주변을 지키라고 하게. 누구든 반항할 기미가 보이면 무조건 체포하라고 지시하게. 불가피하면 사살해도 돼. 이건 대의를 위한 일이야."

마라치는 자신에게 지시하는 부족장의 얘기가 좀처럼 믿기지 않았다. 언제까지고 부족장의 자리에서 내려오지 않을 것 같은, 독재자의 태도와 발언으로 일관했던 그가 한순간에 마음을 바꿀 수 있다는 사실 앞에 어리둥절하기만 했다.

부족장은 을지와 히누리를 번갈아 바라보며 계속해서 말했다.

"혹시 내게 하실 말씀 있으시오?"

두 사람은 말문이 막힌 듯 선뜻 얘기를 꺼내지 못했다.

"아참, 당사자인 수로 청년에게 먼저 물어봐야 하나?"

그러면서 우수크는 가까이에 자리한 수로를 바라보았다. 재빨리 상황을 파악한 수로는 결심이 선 듯 패기 있게 말했다.

"부족이 저를 필요로 한다면 저는 기꺼이 응하겠습니다."

"오! 확실히 늠름한 청년이구먼."

부족장은 히누리를 바라보았다.

"어때 괜찮으시겠어요?"

히누리는 을지와 수로의 표정을 살피며 호흡을 가다듬었다.

"휴! 좋습니다. 우리 부여족도 전력을 다해 돕겠습니다. 알렉산드로스가 저지른 침략 행위야말로 만인에게 해를 끼치는 죄악이요, 철천지원수가 될 테니까요."

25
이기려면 준비하라

다음 날 한낮에 긴급을 알리는 부족 회의가 열렸다. 우수크는 새로운 부족장의 옹립을 선언한 뒤 자신의 후계자로 수로를 전면에 내세웠다.

"원로 여러분! 우리 히타이트 선조들의 찬란했던 영광은 어데 가고 현재 우리 해치 겨레는 전쟁의 공포에 휩싸여 전전긍긍하고 있소이다. 이럴 수는 없는 게요. 우리가 누굽니까. 대제국의 기마민족 아닙니까. 그러하니 어떻게든 위대한 선조의 영광된 전통을 이어 나갈 적임자를 찾아내어 촉박한 이 위기를 반드시 이겨 내어야 하는 것이오. 그런데 때마침 그토록 바라고 기원했던 소원을 우리 천신께서 드디어 들어주신 것이오. 우리의 젊은 샛별이자 우리 부족의 앞길을 밝힐 지도자가 등장한 것이오. 우리 해치 겨레의 자랑이자 용병 대장이셨던 아버지의 아들, 멀리 단군 천자 땅의 공주이셨던 어머니의 아들, 바로 수로라는 젊은이라오. 원로 여러분께서는 우리들의 아들이기도 한 수로의 등장을 반기시어 부디 천신의 뜻이기도 한 그를 부족장으로 옹립해 주십사 하고 정중히 부탁드리는 바이올시다."

긴박하게 전개되는 부족장 선출에다 뜻밖의 후계자 추천까지 더하자 원로들은 어리둥절해했다.

"왜 하필 수로인가?"

결국 부족장의 예상대로 파라마누를 위시한 안골 마을 측의 거센 반발에 직면했다.

"그자의 어머니는 현재 부여족의 부족장이잖소."

남자 못지않은 능력의 여자들이 많았음에도 해씨족 여자들은 원로원의 진입은 물론 어떠한 형태의 지도자 반열에도 오르지 못했다. 이즈음의 동방 세계는 무엇보다 신의 반열에 여자가 많이 올랐으며 여자를 추대하여 왕이나 지도자로 섬기는 경우가 종종 있었고, 질시하는 권력 지향의 남자들을 제외하고는 그것에 대해 반감이 없는 사회 분위기였다. 그런데도 유독 해씨족만큼은 여자들에게 많은 권력과 발언권을 주었던 선조 히타이트 시대 때보다 오히려 퇴행하여 남성 우월의 풍조를 다져 갔고 당연시했다. 그런 측면에서 여자인 히누리의 정치 간여를 우회적으로 비난하려고까지 했다.

한바탕 옥신각신한 끝에 반발 세력 쪽에서도 후보자를 내세웠는데 안골 마을의 촌장 파라마누였다. 그러나 그는 정견 발표에서 현 시국에 대한 구체적인 방책을 제대로 제시하지 못해 원로들의 지지를 얻는 데 실패했다. 반면에 수로의 당당한 연설을 듣고 감복한 원로들은 수로를 향해 손을 들어 줬고, 마침내 그의 부족장 옹립을 절대다수가 찬성하기에 이르렀다.

드디어 우수크는 수로를 지명한 뒤 그가 해씨족의 후임 부족장으로 등극할 존귀한 인물임을 정식으로 선포했다.

며칠 뒤 해씨족은 히타이트 연합체의 사절단과 전체 부족민이 운집한 가운데 대관식을 열었다. 수상한 시절이니만큼 권력의 누수를 한시라도 내버려 둘 수가 없었다.

수로는 모시로 된 저고리와 바지를 입고 겉에 흰 두루마기를 걸친 모습으로 사당에 나타났다. 그는 준비된 제단에 나아가 제물과 향을 바쳤다. 이윽고 아물 사제가 무릎 꿇은 신임 부족장의 상투 튼 머리 위에 보석들이 촘촘히 박힌 황금 왕관을 씌워 주었다. 이제 정식으로 부족장이 된 수로는 제단의 거적자리에서 일어나 부족민의 환호에 손을 들어 답한 뒤 옥좌에 다가가 앉았다.

드디어 해씨족의 사람들은 큰북을 울려 히타이트 후예의 땅에 새로운 부족장이 권좌에 올랐음을 세상에 알렸다.

며칠 뒤, 우수크는 부족장 자리에서 물러나 모처럼 한가한 한낮의 햇살을 누렸다. 침상 옆에 나란히 침상을 펼치고 드러누운 아물 사제에게 그가 가만히 속삭였다.

"자네, 졸고 있는가?"

"졸긴요. 날이 따사하니 사지가 나른하긴 하네요. …말씀하세요."

아물 사제는 실눈을 떴다가 도로 감는다.

"자네는 인간을 어떻게 생각하나? 추악한가?"

"인간은 불쌍한 존재일 따름입니다. 그저 그래요."

우수크는 여전히 두 눈을 감은 채로 읊조렸다.

"인간은 추악하다고 말하는 사람들이 있다. 그러면서 자신은 추악해지지 않으려고 도를 닦는 사람이 있고, 인간은 온갖 수를 써 봐야 별수 없다며 두루뭉술하게 사는 사람도 있다. 이러든 저러든 그 선에서 끝내면 그걸로 다행이겠지. 그런데 개중에는 어차피 피차 추악한 인간들이니 물불 안 가리고 짓밟아야 하고 어떻게든 이겨 내야 한다면서 물밑에서 움직이는 사람들이 있다. 이렇듯 겉으로 시시덕거리는 그들이 정치를 하면 어떻게 되겠나?"

"세상은 더욱 혼탁해지고 칼부림이 끊일 새가 없겠지요."

"우리 해씨(해치) 사람들이 육체는 거칠어도 심성이 착해서 다행이었어. 부족장 옹립도 욕심 없이 잘 치러졌고 말이야. 세상이 쑥대밭이라 선두에 나서기가 겁나서 그런 것도 있었겠지만, 아마도 그랬겠지. …아무튼 앞으로가 문제이긴 한데 어때, 다들 잘해 낼 것 같은가?"

"천신께서 지금까지 우리 해치 자손을 잘 돌봐 주셨잖습니까. 앞으로도 우리 해치 자손은 천년만년 길이길이 세상에 빛을 발하며 살아가게 될 것입니다."

"자네, 혹시 돌팔이는 아니겠지?"

"에구, 부족장님도 참! 저는 예언자는 아니어도 하늘님을 정성으로 섬기는 제사장이옵지요."

하하! 우수크는 한바탕 크게 웃었다.

"저는 아직도 믿기지 않는답니다. 결코 권좌에서 물러나지 않으실 것 같더니만…"

우수크는 대꾸하지 않았다. 여태껏 자신을 괴롭히던 육신과 정신의 고통에서 비로소 벗어난 듯 입가에 담담한 미소를 머금었다.

햇살이 노쇠한 그들의 육신을 따사하게 비추었다.

부족장이 된 수로는 일사천리로 해씨족을 혁신시켜 나갔다. 평소에 부족의 미래를 설계해 놓지 않고서는 이처럼 빠르게 추진하기가 쉽지 않은 것들이었다. 그는 어머니로부터 배운, 단군조선 이래로 채택했던 내각의 오가 제도를 계승하고 젊은 인재들을 대거 불러들여 신구의 조화를 꾀했다. 그리고 부족의 장정들을 소집하여 본격적인 군사 훈련에 돌입했다. 이 무렵 을지의 조카뻘인 묘아리, 무악, 파미솔나 등이 제자들에게 공방을 맡긴 뒤 장교로 참여했고, 말 조런사 바투치 등등의 전투 경험이 많은 용병 출신이 속속 훈련소에 들어왔다. 그들은 교관으로 임명되어 신병들의 훈련에 투입되었다. 앞으로 그들에 의해 수로가 구상한 새로운 편제의 군대가 창설될 것이다.

처음에 원로들은 오가의 설치를 놓고 부여를 추종하는 게 아니냐며 반발했으나 수로의 설명을 듣고는 곧바로 수긍했다. 이제 곧 창설할 해치 군대의 지원 세력이 부여이며, 해씨족은 오가의 내각과 함께 체제 정비를 마치는 대로 부여고을로 이전하여 거기서 정사를 펼쳐야 하기 때문이다. 한편으로 부여고을은 부여 군대의 편제를 해치 군대의 편제에 맞춰 재편성했다. 부여 군대는 해치 군대와 합쳐져 하나의 군대로 거듭 창설될 예정인 것이다.

수로는 군대 운영에 있어 단궁과 부여 말의 습득을 최우선 과제로 삼았다. 부여 말은 상당 부분 건초에 의존하는 타 품종의 말과 달리 덩치가 작아 사료 소비가 적은 데다 스스로 눈밭을 헤쳐 가며 그 속의 풀을 찾아내는 능력을 지녔고 지구력까지 좋아 유격 전투 시에 가장 유용하다고 봤다. 단궁은 작으면서 탄력이 좋아 사거리가 길고 명중률이 높은 데다 화살까지 짧아 적군이 사용할 수 없다는 장점이 있고, 진동이 적은 부여 말을 몰며 활을 쏘는 데 있어 최적의 무기라 봤다.

을지는 물자의 생산과 공급 체계, 그에 따르는 인력을 부여고을로 신속하게 옮겼다. 수라와 천수, 그 외의 어린 동생들이 어머니가 있는 부여고을로 이주했고 도수는 수로 형님을 돕겠다며 말굴에 잔류했다. 을지는 조만간에 전쟁 물자를 생산하고 공급하는 상인의 위치에서 해치 군대를 지휘할 장군으로 탈바꿈하게 될 것이다. 그는 마을의 조카인 묘아리를 위시한 용병 출신들과 함께 전술 개발과 훈련에 돌입했고, 여기에 부족장 수로가 가세하여 의견을 보탰다.

드디어 물자 생산을 위한 장비와 인력 배치가 완료되자 히누리 부족장은 30여 명의 치안대 병력을 제외한 부여 군대 전체와 군마로 사용할 다수의 부여 말을 해씨족의 말굴 마을로 이동 배치했다. 5백 명에 달하는 부여 병사들은 교관의 신분으로 해씨족 장정들을 교육하고, 추후 각 부대에 배치되어 소속 병사들을 이끌 장수와 장교가 될 것이다.

이와 함께 히누리는 내년 봄에 있을 해씨족의 대규모 이주에 대비하여 부여고을 외곽의 땅을 새로이 개간하고 집과 창고 등을 짓도록 지시했다. 그리고 앞서 장정들을 모집하여 기초 훈련을 시켰던 5천여 명에 달하는 기병대 신병들을 바달 장군의 인솔하에 해씨족의 훈련소로 이동시켰다.

언제이고 자기 목덜미를 노릴 것만 같은 거대한 정적, 밤낮없이 불길한 예감에 허덕이게 했던 필로타스와 파르메니오 장군을 일거에 제거한 뒤 알렉산드로스는 주변 상황이 안정되자 다시 박트리아에 있는 베수스를 찾아 진격했다. 이 과정에서 드랑기아나, 게드로시아, 아라코티아 등의 지역을 제압하고 아라코티아 총독으로 메논을 임명했다.

그리고 주변 지역에 거주하는 아리안(인도) 부족들까지 정벌하러 나섰다. 쌓인 눈을 헤치고 행군하느라 병사들은 극심한 피로와 물자 부족에 시달렸다. 하얗게 뒤덮인 눈밭 속에서 민가를 찾지 못해 애를 먹다가 저녁연기를 보고서야 겨우 위치를 파악할 수 있었다. 그들은 허기를 이기지 못해 닥치는 대로 식량을 탈취했고 이를 거역하면 당연하다는 듯이 죽여 버렸다.

그 무렵 사티바르자네스가 베수스로부터 지원받은 기병 2천 명을 이끌고 아리아로 돌아온 뒤 아리아인들이 다시 반란을 일으켰다는 보고가 들어왔다. 알렉산드로스는 페르시아의 장교 아르타바주스와 헤타이로이 소속인 에리기우스, 카라누스를 아리아로 출동시켰다. 그러면서 파르티아의 태수 프라타페르네스에게도 아리아인들을 공격하라고 명령했다. 이윽고 에리기우스와 카라누스의 병사들은 사티바르자네스의 부대를 공격했다.

때는 단기 2003년, 보을 단군 재위 12년. 기원전 330년, 음력 십이월 하순이다.

기본적으로 해야 할 일들이 대략 이루어진 뒤 해씨족과 부여족,

이 양쪽의 부족장은 내각의 참모들을 대동하고 말굴 마을에서 회담했다. 이처럼 서둘러 회담을 개최한 까닭은 알렉산드로스 군대가 결국 예상대로 박트리아를 침공했고 여세를 몰아 소그디아나까지 진출하려는 야욕을 보여 대책 마련이 시급해서였다.

회담 자리에 앉자마자 이제는 해씨족의 부족장이 된 아들 수로가 먼저 운을 떼었다.

"부여고을 부족장님, 사티바르자네스 군대가 알렉산드로스의 부하가 이끄는 병사들에게 공격당한 것은 잘 아시죠? 아리아 주민들은 정의로웠고 용감하게 대적했습니다만 결국 패하고 말았습니다. 사티바르자네스는 비록 무모했다고는 하지만 죽음을 두려워하지 않는 기상으로 적군과 육탄전을 벌인 끝에 그만 창에 찔려 전사했다고 합니다."

"저런! 그래서요?"

"지휘관을 잃고 전의를 상실한 페르시아군이 뿔뿔이 흩어졌다는 소식입니다."

'큰일이로군!' 히누리는 그 외침을 속으로 삼키며 주위를 흘끗 둘러보았다. 회담에 참석한 모두는 의기소침한 듯 꿀 먹은 벙어리가 되어 맞은편의 상대방을 멀뚱히 바라볼 뿐이었다.

이번 회담에서 양측은 부족과 군대의 통합에 따른 제반 제도의 신설과 보완 등을 논의했고, 제반 사항에 대해 합의에 이르렀다. 여기서 주목할 점은 통합되는 부족의 명칭과 내각 구조는 부여족의 제도, 그러니까 '부여'와 '오가'를 따르되 부족의 원로가 참여하는 원로 정치 체제의 왕국임을 표방하며 부여족의 부족장이 다스리고, 부여 군대가 주축이 되어 통합되는 '해치 군대'의 병력과 군사 영역은 해씨 족의 부족장이 대장군이 되어 전권을 갖고 지휘한다는 내용이었다.

이 조약은 내년 음력 정월 초하룻날, 해가 동녘에 떠오르는 시점 부터 발효하기로 했다. 이렇듯 전쟁에 대비하여 눈코 뜰 새 없이 바쁘게 움직이다 보니 어느덧 한 해가 저물어 가고 있었다.

때는 단기 2004년, 보을 단군 재위 13년. 기원전 329년, 봄이다.

눈 쌓인 들판에 냉이가 파릇파릇 비집고 돋아날 때쯤 해씨 부족 의 주민들은 부여고을, 즉 부여국으로의 이주를 마쳤고 해씨 부족 에 주둔하는 군대는 통합되어 해치 군대로 거듭났다. 무기류와 전쟁 물자의 생산과 공급은 부여국에서 정상적으로 이루어졌고, 아란 원 로의 물질적 지원으로 말굴 마을의 멧부리 지역에 진지를 구축한 해치 군대의 병사들은 가일층 훈련에 매진했다.

훈련을 받는 총병력은 1만 5천 명에 육박했고 그중에 해씨족 여 자가 주축이 되어 결성된 여전사는 5천 명가량 되었다. 여전사들은 '호위 부대'라 하여 특수 전투를 펼칠 '유격 부대'와 더불어 별개의 단위로 편성된 독립 부대에 속했고, 전투 현장에 직접 투입되기보다 는 부분적인 특수 임무와 함께 물자와 인력의 이동을 경호하는 역할을 전담했다.

산마루에 뭉게구름이 둥실 떠가고 터질 듯이 부푼 꽃봉오리들이 흰나비와 어울리어 야산에 흐드러진 어느 봄날의 오후이다.

전투 장비 등에 들어갈 가죽과 옷감을 생산하는 작업장에 있어야 할 수라가 난데없이 히누리가 근무하는 궁전으로 달려왔다. 그리고 충격적인 사실을 알렸다. 소그디아나의 수도인 마라칸다(현재의 사마르칸트)로 떠나야 한다는 얘기였다. 그것도 당장.

"대체 왜? 하투르크 때문이냐?"

수라는 자신에게 불어닥친 열띤 감정을 추스르지 못해 쩔쩔매었다.

"엄마, 그이가 사람을 보내왔어요. 군수품을 실어 나르는 마차 편으로 말이에요."

"걔가 왜?"

히누리는 딸의 들뜬 마음을 진정시키려 했다.

"얘야, 그런다고 서두를 일이 아니다. 신중히 생각해야 해."

움켜쥔 파피루스 쪽지를 내민 수라의 손이 부들부들 떨렸다. 하투르크가 보내온 편지인 모양이다.

"자기에겐 죽어도 내가 있어야 한대요, 엄마. 날갯죽지가 부러져 자기는 날 수가 없다고 해요."

딸의 애처로운 호소에도 히누리는 애써 태연해지려 했다. 그곳은 7백 리가 넘는 땅이고, 전쟁으로 쑥대밭이 될지도 모를 땅이다.

"혼인도 하지 않았는데 그 사람과 살겠다는 얘기냐?"

"언약했으면 됐지, 그런 치레가 무슨…."

수라는 문득 말을 중단하고 엄마의 눈치를 살폈다.

"아니, 그곳에 가서 사당에 절하고 혼인 서약도 할 거예요."

히누리의 얼굴에 근심이 가득해졌다.

"소그드는 전쟁의 화마에 휩쓸릴 게 분명해. 위험하단다, 수라야."

히누리는 박트리아를 침략 중인 알렉산드로스가 도주하는 베수스를 잡기 위해서라도 소그디아나까지 침략할 거라 봤다. 엄마의 우려 섞인 반대에 수라의 마음이 격정적으로 치달았다.

"엄마는 처음에 제게 그랬어요. 우리 가족만 이주해서 살 거라고요."

"얘야, 상황이 그때랑 너무도 많이 달라졌단다."

"그래요. 상황이 지금은 군인들을 모으고 군대를 키우고 있죠. 평화를 꿈꾼다던 엄마도 이제 곧 그 위험하다는 전쟁을 치를 거잖아요. 그런데 저는 왜죠?"

히누리는 수라의 두 뺨을 양손으로 격하게 어루만졌다.

"넌 달라. 내 딸이니까. 아니 아냐, 그게 아니지. 넌 너무 여린 아이야. 그래서 그래."

"지금껏 저, 고민 무지 많이 했어요. 엄마, 이건 즉흥적으로 내린 결정이 아니라고요."

눈물까지 비치는 수라의 절절한 눈빛이 새삼 히누리의 마음에 꽂혔고 가슴이 아파져 왔다.

"이런, 바보 같이! …휴, 엄마는 이젠 네가 하투르크를 잊어먹은 줄 알았다."

잠시 둘 사이에 침묵이 흘렀다.

"…그 사람을 사랑할 자신은 있는 거고?"

"엄마, 지금의 선택을 후회하지 않을 거예요."

히누리는 한시도 딸에게서 시선을 떼지 못했다.

"정녕 네 삶의 행복이 소그디아나에 있는 것일까?"

돌이킬 수 없는 딸의 마음이라는 걸 알면서도 히누리는 거듭 딸의 심경 변화를 간구했다.

"엄마, 저도 그 사람이 없으니, 날개가 꺾인 듯 늘 아팠어요."

"에구 저런! 별수 없구나. 네 뜻대로 할 수밖에는. 진정 그렇담 가거라."

엄마의 승낙이 떨어지자, 수라는 다시금 온몸을 부르르 떨었다.

"엄마, 고마워요!"

수라는 와락 엄마 품에 안겨들었다.

"떠나겠다는 딸에게 이 어미가 뭘 해줘야 좋을지 모르겠다."

어쩌지 못해 내린 승낙인 것을 빤히 아는 수라는 한편으로 가슴이 쓰라렸다.

"제가 타던 말을 가져갈게요. 엄마, 그거면 됐어요."

"알겠다. 다 큰 자식을 마냥 품 안에 둘 수도 없는 일이고."

수라는 말이 끝나기가 바쁘게 엄마 뺨에 뽀뽀를 해대며 작별을 고한다.

"엄마, 갈게요. 그동안 잘 지내세요."

"아니, 지금 바로 떠나는 것이냐?"

"네, 엄마. 밖에서 사람이 기다리고 있어요. 가서 연락드릴게요."

수라는 문밖을 나서려다 냉큼 달려와 엄마 품에 다시 안긴다.

"엄마, 가서 그의 힘이 되어 줄 거예요. 걱정하지 마세요."

수라는 갑자기 격정에 휩싸여 눈물을 펑펑 쏟아 낸다. 일순 당황한 히누리의 눈가에도 눈물이 비쳤다.

"왜, 왜? 울지 마. 왜 울어!"

히누리는 수라를 다독였다.

"수라야, 아무 일 없을 거다. 여기 걱정하지 말고 가거든 잘살아라."

히누리는 급히 주변을 휘둘러보다가 자기 귀에 걸린 귀걸이를 빼서 수라 손에 쥐여 주었다.

"지나가는 길이면 아버지를 만나 뵙도록 해."

"네, 엄마. 그런데 이건 왜요? 없어도 되는데."

수라는 자기 손바닥에 놓인 귀걸이를 만지작거린다.

"어릴 적에 네가 무던히도 탐내어서 가지고 놀던 보석이란다, 후!"

"내가 그랬나? 흠, 고이 간직할게요. 엄마, 안녕히 계세요."

손등으로 눈물을 훔치며 수라는 서둘러 밖으로 나간다. "참!" 수라는 가다 말고 우뚝 멈춰 섰다.

"동생들에게 전해 주세요. 아까 작별을 하긴 했는데 워낙 경황이 없어서. 참! 막내 모수를 보지 못했네. 내가 사랑한다고 모두에게 전해 주시고요."

아직도 뭔가 미련이 남는 듯 머뭇대던 수라는 문을 박차고 뛰쳐나갔다. 딸의 뒷모습이라도 두 눈에 담을 생각에 히누리는 문지방 가까이 다가섰다. 두 사내의 호위 속에 길을 나서는 딸의 모습…

시대의 역류에 휩쓸려 떠다니는 젊은이들의 삶이, 자신도 일찍이 그러했듯 누누이 되풀이되는 세상이 진정 원망스러웠다.

이윽고 수라는 병사로 짐작되는 두 사내와 함께 말을 타고 사라졌다. 히누리는 막상 딸이 눈앞에서 떠나가자 그제야 이게 꿈인지 생시인지 몰라 그 자리에 선 채로 망연자실했다.

26
타자의 자유 의지를 멸시하는

땅이 녹고 훈훈한 바람이 불자 알렉산드로스는 힌두쿠시산맥으로 향했다. 알렉산드로스는 이곳에 도시를 세우고 알렉산드리아 카우카소(베그람으로 추정)라는 이름을 붙였다. 그리고 전통적인 종교의식을 올린 뒤 산맥을 넘었다.

힌두쿠시산맥은 아시아의 일반적인 산맥보다 높으며 그가 넘어간

지대는 대부분 황량하기까지 했다. 이곳은 실피움과 테레빈 나무 외에 다른 식물들을 볼 수 없을 만큼 척박했다. 그럼에도 주민들이 살고 있었고 많은 양과 소가 풀을 뜯고 있었다.

"쥐새끼처럼 어데 숨었나? 사람은 별로 없는데 짐승 새끼들은 왜이리 많아. 병사들의 식량으로 챙겨 놔라."

장교들은 독려했고, 병사들은 눈에 보이는 족족 가축을 잡아들여 도살하느라 동분서주했다.

한편 베수스는 1만 5천여 명의 병력으로 알렉산드로스 군대의 진격을 막기 위해 저항했다. 그가 한때 박트라의 태수였을 때 통솔했던, 지금은 갈리아푸스가 지휘하는 박트리아와 소그디아나의 기병대, 페르시아 기병대 장교 출신인 스피타메네스의 병사들, 박트리아 왕인 옥시아르테스의 근위 병사들, 아무다리야강 안쪽에 사는 다에 병사 등이 연합하여 이 같은 병력을 갖춘 것이다.

베수스는 주변 지역을 초토화하는 작전으로 알렉산드로스의 진군을 차단하려 했다. 그러나 때늦은 초토화 작전은 늘 후미에 따라붙는 수송대 인부들에 의해 헛된 수고에 가까웠다. 알렉산드로스는 베수스의 방해 공작에도 불구하고 계속해서 전진했고, 쌓인 눈과 부족한 물자도 그를 멈추게 하지 못했다.

알렉산드로스가 지척에 있다는 보고를 받은 베수스는 배를 타고 아무다리야(옥수스)강을 건넜다. 그런 뒤에 배를 불태우고 소그디아나의 나우타카로 전 병력이 후퇴했다.

"왕이시여, 왜 이렇게 후퇴만 하시옵니까?"

현재 박트리아 기병대의 지휘관인 갈리아푸스의 푸념에 베수스가 궁여지책에 가까운 답을 꺼냈다.

"우리는 병력과 장비가 열세이니 놈들을 지치게 만들어야 하오."

"그렇지만 적의 사기를 꺾고 조금의 전과라도 거두기 위해서는 때때로 역습을 가해야 마땅하지 않겠습니까?"

거기서 베수스는 머무적거렸다. 도무지 역공할 엄두를 내지 못하는 자신을 책망하는 듯했다. 다리우스의 무능을 탓하며 강제로 폐위까지 시켰건만 막상 적군과 맞부딪히자, 자신 또한 어찌하지 못하는 무기력에 강한 수치감을 느낀 것이다. 그러자 주력이었던 박트리아와 소그디아나 기병대의 병사들은 다리우스에 이어 베수스마저 교전을 피한다는 사실을 확인하고는, 크게 실망하여 삼삼오오 무리를 지으며 흩어졌다.

한편 알렉산드로스는 드라프사카에서 잠시 행군을 멈추고 병사들에게 휴식을 취하게 한 뒤, 다시 박트리아 왕국의 주요 도시인 아오르노스와 박트라(자리아스파)로 향했다. 두 도시 모두 저항 없이 항복했다. 박트라는 숲이 무성한 오아시스 한가운데에 자리하고 있었다. 작렬하는 태양과 거친 황야를 행군하느라 지친 군대는 그곳에 주둔하면서 휴식을 취했다.

황금별이 새겨진 붉은 깃발의 알렉산드로스 군대가 진군했다는 소식에 박트리아의 각 도시와 마을들이 자진해서 항복해 왔다. 나머지 지역에서도 거의 저항이 없었다. 강력하리라 생각한 박트리아가 이 정도라면 허울 좋은 군대를 보유한 소그디아나는 거저먹기일 거라 생각되었다.

의기양양해진 알렉산드로스의 다음 목표는 아무다리야강이었다. 힌두쿠시산맥에서 발원하여 아랄해로 흘러드는 아무다리야강은 알렉산드로스 군대가 지금까지 아시아에서 만난 강 중 가장 거대한 강이다. 강물의 폭이 약 1천2백 미터에 이르는 데다 수심은 강폭으로 짐작할 수 있는 것보다 훨씬 더 깊어서 도저히 건널 수 없어 보였다. 더욱이 물살도 빠르고 강바닥이 모래로 되어 있어 말뚝을 박기도 어려웠다. 설상가상으로 목재도 부족했다.

"우리는 해협도 건넜다. 수많은 강을 건넜고 해전까지 치른 군대다. 그런데 이깟 야만족의 강을 건너지 못한다면 역사가 우리를 비웃을 것이다. 당장 도강을 서둘러라!"

알렉산드로스는 험난한 주변의 환경을 무시하고 도강을 준비했다. 그러자 일부의 병사들이 불만을 드러냈고 특히 잔류했던 테살리아 기병대의 반발이 심했다. 이대로 강을 건너면 말과 함께 익사할 가능성이 있었고 강을 건너서 진군하다 보면 강력한 기마민족인 스키타이와의 일전도 불사해야 할지 모르기 때문이었다.

병사들은 알렉산드로스가 전투든 탐험이든 모험을 즐기는 자라는 사실을 익히 알고 있었다. 그러니 이제 페르시아 군대는 몰락했고 전투는 시들해졌으며 진군해 봤자 더 이상 박진감 넘치는 모험이 있을 수 없다는 생각에 알렉산드로스는 험준한 산맥을 넘고 깊은 강을 건너려 한다고 지레짐작했다. 알렉산드로스 자신은 모험을 즐길 수 있어 좋을지 모르나 병사들의 처지에서는 고역이 아닐 수 없었다.

불과 얼마 전에도 산맥을 넘을 때 비탈길을 오르기가 힘들어 하역하는 말을 줄여야 했고 그로 인한 물자 부족으로 극심한 식량 부족과 한파에 시달렸었다. 병사들은 행군 도중에 산골의 민가를 급습하여 식량을 탈취했고 타던 말을 죽여서 끼니를 때워야 했었다. 동상과 기아로 일부 병사들은 픽픽 쓰러지기까지 했다.

아직도 그러한 악몽들이 기억에 생생한 병사들로서는 그것이 새로운 두려움으로 와 닿을 수밖에 없었다. 앞으로는 적과의 전투보다도 알렉산드로스의 모험심으로 말미암은 자연재해로 어처구니없는 죽임을 당할 가능성이 대두된 것이다.

이와 같은 병사들의 나약한 정신 상태를 눈치챈 알렉산드로스는 화가 치밀어 일갈했다.

"나 알렉산드로스는 모험과 개척이 두려워 뒷걸음치는 비겁한 병사는 필요 없다. 그러한 자는 군대에서 당장 떠나라."

알렉산드로스는 앞서 징집 해제 때 군대에 남았던 테살리아 지원병들과 동상 등의 부상으로 더 이상 전투가 어렵다고 호소하는 마케도니아 병사들을 모두 고향으로 돌려보냈다. 그리고 헤타이로이 소속인 스타사노르를 아리아로 보내, 앞서 임명했던 태수 아르사케스를 반역 혐의로 체포한 뒤 처형하고 대신하여 그 자리를 잇게 했다.

알렉산드로스는 천막으로 쓰는 가죽들을 모아 나무껍질과 마른 짚 따위를 채워 묶은 다음 물이 새지 않도록 꼼꼼히 꿰매라고 지시했다. 지시에 따라 가죽 안을 채우고 꿰매는 작업을 한 지 여러 날 만에 전군이 강을 건널 수 있는 카누가 완성되었다.

도강하는 와중에 병사들의 우려대로 또다시 다수의 인명과 물자의 손실을 겪었다. 간신히 강을 건넌 알렉산드로스는 베수스가 머무는 지역을 향해 전속력으로 진군했다. 전투 없이 병사들이 희생된 만큼 이번엔 끝장을 보리라 다짐했다. 그때 광란의 추격을 받고 공포에 빠진 페르시아인들이 다급하게 전갈을 보내왔다. 지휘관과 병사들을 보내 주면 베수스를 체포하여 인계하겠다는 것이다. 사실상 그들은 이미 베수스를 체포한 상태에서 흥정해 온 것이었다.

알렉산드로스는 그들을 향해 호령했다.

"베수스를 발가벗겨 쇠사슬로 목줄을 맨 상태로 끌고 와라. 나와 나의 군대가 지나가는 길의 오른편에 세워 놓으라."

드디어 온몸이 묶인 채로 길가에 서 있는 베수스를 발견한 알렉산드로스는 전차를 세운 뒤 버럭 호통을 쳤다.

"네놈은 어찌하여 주군이자 친지인 다리우스를 치욕스럽게 쇠사슬로 묶어서 끌고 다녔는가? 그리고도 죽여야 직성이 풀리겠던가?"

그 말에 베수스는 어이없다는 듯 즉각 응수했다.

"하늘 무서운 줄 모르고 어디서 개나발이냐! 나를 쇠사슬로 묶어 끌고 오게 한 놈은 바로 네놈이 아니더냐. 무고한 자들을 마구잡이로 죽이다 보니 마침내 혼쭐이 빠진 게로구나. 퉤!"

베수스의 이 말이 설득력이 있는 것은, 다리우스를 마차에 매달고 돌아다녀서는 도주할 수 없기 때문이다. 맹추격하는 알렉산드로스의 말이 쇠사슬에 묶여 간신히 걷는 사람의 걸음보다 느려서야 말이 되겠는가.

"이놈 봐라? 병사는 뭐 하느냐! 저놈을 당장에 매질하라!"

베수스가 자신을 모욕하며 거역하는 발언을 토해 내자 알렉산드로스는 분을 참지 못했다. 왕의 명령에 병사는 채찍을 가했고 내리칠 때마다 베수스에게 욕설을 퍼부었다.

"이놈의 새끼가 어느 안전이라고 주둥이를 함부로! 이놈의 새끼가!"

이런 굴욕적인 처벌을 받은 뒤 베수스는 마차 뒤에 쇠사슬로 묶인 채 박트라로 끌려갔다.

힌두쿠시산맥을 오르고 아무다리야강까지 이르는 과정에서 마케도니아군은 수많은 말을 잃은 상태였다. 알렉산드로스는 기병대를 강화하기 위해 주변 지역을 돌아다니며 새 말들을 마구잡이로 노획했다. 거역하는 주민들은 가차 없이 죽여 버렸다.

그런 뒤 소그디아나의 수도인 마라칸다를 향해 나아갔다. 무엇보다도 군자금의 확보와 짐꾼으로 쓸 노예가 필요했다. 그곳은 강변에 자리 잡은 도시로 소그디아나인과 스키타이인이 수시로 교류하는 무역 지대였다. 해씨족을 비롯한 스키타이인들은 가축, 가죽, 보석, 사금, 철제 도구와 무기류 등을 가져왔고, 인도에서 오는 카라반들도 향신료와 옷감, 보석, 공예품 등을 싣고 산악지대의 오솔길을 넘고 넘어 찾아드는 도시였다.

그곳으로 진군하는 동안 아무런 저항이 없었고 마라칸다는 순순히 항복했다. 박트리아에 예속된 군대라 그런지 소그디아나 병력 역시 저항 없이 무장을 해제했고 알렉산드로스의 예상대로 소그디아나 주요 지역을 두루 다니며 요구하는 대로 군대를 주둔시킬 수 있었다.

며칠 뒤, 오렉사르테스강의 한 지류에 다다른 알렉산드로스 군대는 진지를 구축했다. 그리고 평소와 다름없이 마케도니아 병사의 한 무리가 식량을 구하러 나갔다가 지역의 부족민에게 살해당하는 사건이 벌어졌다. 사건의 발단은 마치 점령군이 전리품을 노획하듯이 민가를 급습하여 식량과 가축을 마구잡이로 빼앗아 갔고 심지어 마을의 처자들까지 겁탈한 것이다. 이에 분노한 부족민들은 병사들을 공격한 후 사방이 절벽으로 된 가파른 산속의 진지로 숨어버렸다.

이 소식을 들은 알렉산드로스는 가장 기동성이 뛰어난 병사들을 이끌고 공격에 나섰다. 마케도니아 병사들은 깎아지른 오르막에 거점을 마련하려고 애썼으나 투척 무기의 공격에 후퇴할 수밖에 없었다. 이 과정에서 많은 병사가 다쳤고 알렉산드로스도 다리에 화살을 맞아 종아리뼈가 부러졌다. 그런 부상 속에서도 알렉산드로스는 집요하게 공격을 펼쳤고 끝내 진지를 점령했다. 주민들은 분노한 알렉산드로스의 칼에 찔려 죽기도 했지만, 낭떠러지 밑으로 몸을 던져 죽은 자들도 많았다. 3만 명의 부족민 가운데 살아서 도망친 자들은 많아야 8천 명 정도였다.

이러한 전투가 일어나고 며칠 뒤, 아비안이라 불리는 스키타이의 한 부족이 사절단을 보내왔다. 이것에 고무된 알렉산드로스는 그들을 환대했고 이어서 헤타이로이의 일부 장교들을 사절단과 함께 그곳으로 보냈다. 표면적인 이유는 정식으로 우호조약을 맺기 위해서였다지만 진짜 목적은 지리상의 특성, 관습, 인구, 군사 장비 등등, 스키타이 족속에 관한 구체적인 정보를 입수하기 위해서였다.

일찍이 페르시아 대제국을 건설한 키루스 대왕이 스키타이족의 무공을 무시하고 이곳으로 쳐들어왔다가 스키타이족의 공격을 받고 목숨을 잃은 사건이 있었다. 또한 후대의 다리우스 1세도 스키타이족을 쫓다가 혼쭐이 났으며, 훨씬 옛적의 메디아 시대에는 반세기 가까이 스키타이족의 속국으로 전락하기까지 했었다. 이러한 일련의 역사를 익히 알고 있는 알렉산드로스는 쉽사리 스키타이의 땅을 밟으려 하지 않았다. 오히려 당사자인 스키타이족들은 이런 알렉산드로스의 불안한 심리를 알아채지 못하고 있었다.

알렉산드로스는 오렉사르테스강 유역에 도시를 건설하여 '가장 먼 알렉산드리아'라는 뜻의 알렉산드리아 에스카테(지금의 후잔트)라는 이름을 붙일 계획을 세웠다. 그것은 북쪽으로의 진군, 즉 스키타이의 땅을 침략하지 않겠다는 선언과 다를 바 없었다. 알렉산드로스는 이러한 구상을 즉각 만방에 선포했다. 맑고 풍부한 수량의 강물이 흐르고 큰 호수가 있는 이곳에 도시를 건설하게 된다면 매우 중요한 도시로 번창할 거라는 생각이 들었고 아울러 강 넘어 스키타이 부족들의 침략을 방어할 훌륭한 요새가 될 것이라 봤다.

그러나 알렉산드로스의 야심과는 달리 오렉사르테스강 유역의 소그디아나 부족들은 자유롭고 자주적인 삶을 선택했다. 이들은 자기들의 도시에 무단으로 들어와 주둔해 있던 마케도니아 수비대를 죽이고 자체 군사력을 강화하기 시작했다. 소그디아나인 대부분과 일부 박트리아인들도 이러한 적대적 움직임에 가담했다.

처음에 알렉산드로스는 박트리아를 무너뜨리면 군사적으로 예속되어 있던 허약한 소그디아나는 저절로 무릎을 꿇을 것으로 생각했다. 그런데 예상과 달리 박트리아 군대는 저항 없이 굴복했고, 소그디아나가 강력한 저항에 나선 것이다. 알렉산드로스는 식민주의에 길들지 않은 소그디아나인들의 성숙한 자유 의지와 도덕의식을 간과했다.

이런 사태가 벌어지게 된 또 다른 이유로는 알렉산드로스 군대의 잔혹한 횡포와 그에 따른 공포심의 발로이기도 했지만, 알렉산드로스가 회의를 명분으로 각 지역의 지도자들에게 박트리아의 수도인 박트라로 모이라고 명령했기 때문이었다. 그것은 각 부족의 지도자들을 일거에 잡아들여 지역 전체를 단숨에 장악하려는 계략이 숨어 있다는 판단으로 비롯된 것이었다.

소그디아나인들의 저항 소식이 전해지자 곧바로 대응책이 마련되었다. 알렉산드로스는 보병대의 각 중대에 성곽 공격용 사닥다리를 준비시키고 자신은 주둔지에서 가장 가까운 도시인 가자로 출발했다. 척후병들은 저항 지역의 주민들이 7개 도시에 피신해 있다는 소식을 알려 왔다. 알렉산드로스는 그중 가장 큰 도시이자 가장 많은 주민이 모여 있는 키로폴리스로 크라테루스를 파견하여 도시 가까이 진을 친 후 참호를 파고 방책을 세우고 공성 무기를 조립하라고 지시했다. 키로폴리스 수비대의 관심을 크라테루스의 부대에 집중시킴으로써 그들이 다른 도시로 지원군을 보내지 못하게 하려는 의도였다.

가자에 도착한 알렉산드로스는 성벽 사방에 사닥다리를 설치하고 즉각 공격을 개시했다. 성벽은 그리 높지 않은 흙벽이었다. 중무장한 보병들이 전진하는 동안 물매, 활, 투창을 다루는 병사들은 성벽의 수비대를 향해 공격을 퍼부었고 투석기까지 동원했다. 몰아치는 공격으로 성벽의 수비가 뚫리자, 마케도니아 병사들은 사다리를 고정하고 재빠르게 올라갔다. 도시 안에 있던 모든 남자는 알렉산 드로스의 지시에 따라 몰살되었고 여자와 아이들은 값나가는 물건 들과 함께 전리품으로 포획되었다. 지체하지 않고 곧장 다음 도시로 진군한 알렉산드로스는 똑같은 방식으로 도시를 점령한 뒤 주민들 을 가혹하게 처리했다. 세 번째 도시는 진군한 이튿날 첫 공격을 가 하자마자 곧바로 함락되었다.

보병대가 이런 작전을 벌이는 동안 다른 두 도시로 향한 기병대 의 임무는 주민들이 달아나지 못하도록 감시하는 것이었다. 이웃 도시들이 함락되고 알렉산드로스가 곧 들이닥칠 것이라는 소식이 전해지면 주민들이 뿔뿔이 흩어질 것을 예상한 대책이었다. 알렉산 드로스의 추측이 들어맞았다. 기병대는 주민들이 달아나기 직전에 아슬아슬하게 도착했다. 아직 정복되지 않은 두 도시의 주민들은 인근 도시에서 시커먼 연기가 피어오르는 것을 보았고, 소수의 생 존자로부터 도시가 함락되었다는 소식을 듣고 황급히 달아나려 했 다. 그러나 그들은 기병대가 쳐놓은 그물망으로 들어간 물고기 신 세가 되어 비참한 죽음을 피해 갈 수 없었다. 이로써 7개 도시 중 에서 5개 마을이 이틀 만에 정복되었고 여자와 아이들은 노예로 끌려갔다.

이제 알렉산드로스는 가장 큰 도시인 키로폴리스로 향했다. 진군하는 한길 저 멀리 카라반 행렬이 군대를 피해 허겁지겁 달아나고 있었다. 겁에 질린 상인들은 몸집이 크고 털이 많으며 혹이 둘 달린 낙타를 타고 있었다. 창을 든 기병대 병사들이 다가가자, 낙타들은 구슬픈 울음소리를 내었다.

키루스가 세운 이 도시의 성벽은 다른 곳보다 높게 둘러쳐져 있었다. 성안에 숨은 주민 수도 다른 도시보다 훨씬 더 많았으며 그중에는 일대에서 가장 뛰어난 전사들이 있었다. 키로폴리스 정복은 쉽지 않은 과제였다.

일단 도시 안으로 들어간 병사들은 가장 가까운 문들을 부수어 바깥의 병사들을 안으로 불러들였다. 키로폴리스의 수비대는 도시가 이미 장악되었음에도 저항을 멈추지 않았다. 그 와중에 알렉산드로스는 머리와 목에 돌을 맞았고, 크라테루스는 화살을 맞았으며, 그 외에도 많은 지휘관이 다쳤다. 이렇듯 저항은 완강했지만 결국 마케도니아군은 수비대를 도시 중심지에서 몰아냈고 외벽 공격도 성공을 거두었다. 수비대들이 축출된 뒤에야 성벽은 완전히 장악되었다.

이 도시의 수비대는 약 1만 5천 명에 달했다. 그러나 첫 번째 작전에서 8천여 명이 전사했고 나머지 병사들은 중앙의 성채로 달아났다. 알렉산드로스 병사들은 성채를 둘러싼 뒤 패주병들을 철저하게 감시했다. 하루가 지나 식수가 바닥이 나자, 패주병들은 백기를 들었다. 항복하는 자를 설마 죽이기야, 그랬었다.

일곱 번째 도시는 손쉽게 정복되었다. 알렉산드로스 군대는 도시를 습격하여 이곳의 사람들도 마찬가지로 몰살했다.

을지는 해치 군대의 무와탈리부대를 이끌고 참전의 장도에 올랐다. 박트리아가 점령당하고 베수스가 붙잡힌 가운데 소그디아나의 수도 마라칸다는 물론이고 변방의 각 부족마저 몰살당했다는 소식을 접하게 되자 더 이상 멧부리에 안주하고 있을 수만은 없게 되었다. 이 부대는 그간의 훈련을 통해 가장 뛰어난 성적을 거둔 1천여 명의 병사들을 우선 선발하여 구성한 최정예 부대였고, 을지는 그 옛날 용맹을 떨쳤던 히타이트 왕의 이름을 따서 '무와탈리부대'라 명명했다.

애초에 을지가 구상한 이주와 퇴각은 이즈음 해치 군대 내에서 섣부른 속단으로 간주했다. 젊은 병사들의 사기를 꺾을 뿐이라는 강경 기류가 대세였다. 소그디아나의 다른 도시들도 마찬가지여서 알렉산드로스 군대의 시퍼런 창날 앞에서 각 부족민은 부족의 영광과 가족의 안녕을 지키려고 안간힘을 다했다. 그러나 결국 피비린내 나는 무력에 의해 하나씩 짓밟혀 갔다. 그들 가운데 간신히 목숨을 건져 이곳 멧부리로 도망쳐 온 자들의 몰골과 증언만으로도 차마 눈 뜨고 볼 수 없는 전장의 참상이 훤히 그려질 지경이었다.

이처럼 참혹한 전장의 실상을 목격한 해치 군대의 병사들은 너나

없이 결사 항전의 결기를 다졌다. 비겁한 공포가 아니라 의로운 분노가 젊은 심장을 뛰게 하고 붉은 피를 끓게 했다.

수로는 을지와 대면한 자리에서 이렇게 말했다.

"아버지, 저는 잠시 부족장의 자리에 있었고 지금은 명색이 대장군입니다. 그러나 허울만 그러할 뿐 저는 실전 경험이라곤 없는 풋내기에 불과합니다. 이번 출격에 아버지를 따르고 싶습니다."

을지는 자기 무릎을 '탁' 쳤다.

"그 말이 나오길 기다렸다. 나와 함께 전투를 치른다면 필시 탁월한 지휘관으로 거듭날 것이라 믿는다. 아들아, 같이 가자!"

궁기병으로 조직된 유격 전사의 무와탈리부대는 흙먼지를 일으키며 초원을 거침없이 달려 나갔다. 들판엔 시원한 바람이 불었고 키 작은 나무들 주위로 노란 마거릿 꽃과 자줏빛 엉겅퀴꽃이 햇살 속에 나풀거렸다.

알렉산드로스는 새로운 도시를 세울 부지의 방비를 강화하는 한편, 잔류할 헬라스 용병들을 도와서 도시 건설에 동원될 일부 짐꾼들과 노예를 자처한 주변의 부족들, 그리고 현역 복무가 어려운 마케도니아 병사들을 이곳 후잔트에 정착시키기로 했다. 그것을 기념하기 위해 관례에 따라 종교의식을 올리고 운동 경기와 승마 시합을 열었다. 그런 뒤 알렉산드로스는 군대를 이끌고 강변을 따라 진군하며 저항군의 은신처가 될 만한 마을들을 초토화했다. 그러던 중에 알렉산드로스가 머무는 진지 내 숙소로 전령이 급히 달려왔다.

"폐하! 마라칸다 요새에 주둔하고 있는 우리 마케도니아 수비대를 스피타메네스 군대가 봉쇄했다고 합니다."

"그래서?"

알렉산드로스는 이날따라 늦잠을 잤다. 늦은 아침 식사로 멧돼지 구이를 먹으며 막 포도주를 들이켜려던 참이었다. 무미건조한 그의 짧은 되물음에 전령은 보고할 말을 잃은 듯 일순 허둥댔다.

"그래서…, 그러니까, 그게 지원군이 필요하다는 요청이었습니다."

"보고할 내용이 고작 그게 전부인가?"

"그리고 그게 저, 아시아 계통의 스키타이족이 1천여 명의 무리를 이끌고 오렉사르테스강 기슭에 도착했다고 합니다."

스키타이족의 참전이라는 보고에 알렉산드로스는 마시던 은잔을 집어던졌다.

"뭘 꾸물대느냐! 계속 보고하라!"

알렉산드로스는 식탁 위 음식 그릇을 내팽개치며 자리에서 벌떡 몸을 일으켰다. 다가오던 여종이 깜짝 놀라 뒤로 물러선다.

전령은 허둥댔다.

"그게 저, 강 넘어 북쪽 산악에 거주하는 이 부족은 우리 군대에 대해 적대감을 품고 있고, 예전부터 소그디아나 군대를 물자 지원해 왔으며, 우리 군대와 군사적 충돌이 발생하면 상호 병력을 지원하기로 합의한 동맹 관계라는 소문이 있습니다. 이상입니다."

"당장 가서 카라누스를 불러라!"

알렉산드로스는 이번 사태에 대처하기 위해 안드로마쿠스, 메네데무스, 카라누스에게 헤타이로이 60명, 카라누스의 용병 8백 명, 용병대 보병 약 1천5백 명으로 구성된 병력을 붙여 마라칸다 요새로 파견했다. 이때 통역관인 파르누케스도 따르도록 했다. 리키아 출신인 그는 이 지역의 언어에 능통했고 원주민들을 설득하고 다루는 데 뛰어난 솜씨를 보인 인물이었다.

파견 병력이 급히 출격하고 얼마쯤 시간이 흘렀을까. 이번에는 알렉산드로스가 주둔한 강 너머로 일단의 무리가 나타났다. 그들은 나팔을 불규칙하게 불어 대는 등, 주위를 소란스럽게 만들었다.

"저놈들은 또 무엇이냐?"

강을 건너 허겁지겁 달려 온 정찰 장교가 왕에게 보고했다.

"폐하, 적의 병력은 대략 3천 명 정도이며 혼합된 집단으로 보입니다. 소그디아나 부족과 박트리아군 외에 특히 스키타이족까지 가세한 것 같습니다."

"아니, 스키타이 놈들은 또 왜? 제 놈들 땅을 쳐들어간 것도 아닌데 왜들 지랄이지?"

알렉산드로스는 스키타이 말만 들어도 신경이 곤두섰다. 입에서 절로 육두문자가 쏟아져 나왔다. 그는 강가로 나아가 쳐들어온 그들을 주시할 뿐 예전처럼 먼저 공격을 시도하진 않았다. 그러나 혼합 군대 역시 강 너머에서 꿈쩍하지 않았다.

지루한 대치가 이어졌다. 그러다가 마침내 무리의 지휘관으로 보이는 한 사내, 낯익은 얼굴의 갈리아푸스가 강가에 모습을 드러내었고 곧이어 박트리아의 왕 옥시아르테스와 바로 그 곁에는 또 하나의 얼굴, 하투르크가 말을 걸리면서 따르고 있었다.

앞서 베수스에게 크게 실망한 갈리아푸스는 자신이 이끌던 박트리아 기병대를 해산시켰었다. 그러나 추후 소그디아나인들의 투쟁이 확인되자 병사들을 재결집시켰고, 여기에 패잔병 상태로 떠돌던 소그디아나의 일부 병력이 합세하여 새로이 군대를 결성한 것이다. 무리 중의 스키타이군은 해씨족의 장정들이 앞서 용병으로 지원했던 바로 그 병력이며, 하투르크는 이들 용병과 함께하는 심리전 장교로 활약하고 있었다.

갈리아푸스 병력이 주둔하는 지점은 강폭이 그리 넓지 않아서 활을 겨누는 병사들의 모습이 강물에 비쳤고 알렉산드로스를 모욕하는 고함까지 들려왔다. 주로 그의 치기 어린 영웅 흉내와 망나니만도 못한 인간상을 조롱하는 것들이었다. 이러한 언동은 알렉산드로스의 심기를 매우 불편하게 만들었다. 놈들에게 합당한 대접을 해주리라 마음먹은 알렉산드로스는 강을 건너기 위한 가죽 도구를 준비하도록 지시했다. 그러나 출발 전에 올린 제사에서 좋지 않은 징조가 나타났고, 뜻밖의 징조에 당황한 알렉산드로스는 분노를 억누르며 일단 공격을 접어야 했다.

알렉산드로스 군대가 공격할 기미를 보이지 않자 갈리아푸스 군대의 척후병들은 그날 밤늦도록 나팔과 피리를 불어 대어 알렉산드로스 병사들을 불면과 불안에 시달리게 했다. 이러한 적군의 도발이 밤낮없이 계속되자 알렉산드로스는 다시 한번 제사를 올렸다.

그런 뒤 알렉산드로스는 점쟁이 아리스탄데르를 호출했다.

"이번에는 점괘가 어떻게 나왔는가?"

아리스탄데르는 식은땀을 뻘뻘 흘리며 쩔쩔맸다. 알렉산드로스의 울화통 터질 분노와 스키타이군의 위용을 잘 알고 있기에 징조 또한 헷갈릴 수밖에 없었을 것이다. 그는 두려운 심사를 어쩌지 못해 숨넘어가는 소리를 내며 간신히 읊조렸다.

"폐하, 이번에도 위험한 징조가 나타났습니다."

그러자 화가 치밀어 오른 알렉산드로스는 냅다 고함을 질렀다.

"크세르크세스의 아버지 다리우스가 당했던 것처럼 되라고? 아시아 대부분을 정복한 영웅이 고작 스키타이 무리의 조롱거리로 전락하라고? 어림도 없도다. 차라리 최악의 위험에 맞서겠노라! 지금 당장 도강하여 전투를 치르겠노라!"

드디어 알렉산드로스 군대는 강을 건널 때 사용할 가죽을 준비하고 완전 무장을 한 차림으로 강둑에 정렬했다. 알렉산드로스는 건너편 강가에서 말을 타고 돌아다니는 갈리아푸스 군대를 향해 투석기로 무기를 발사하도록 명령했다. 돌덩이가 날아들자, 선제공격에 당한 몇몇 기병들이 말에서 떨어졌다. 장거리 투석기의 위력에 놀란 갈리아푸스 군대는 강에서 조금 떨어진 곳으로 물러났다. 적들의 당황한 기색을 확인한 알렉산드로스는 부하들에게 명령했다. "나팔을 울려라. 진격하라!" 그리고 가장 먼저 강 건너편에 도착한 궁수 보병과 투석기 병사들에게 화살과 돌을 계속 쏘게 하여 기병대가 강을 건널 때까지 적군이 보병 본대에 접근하지 못하도록 조치했다. 이윽고 모든 병사가 건너편 강둑에 집결할 즈음 갈리아푸스 군대는 마케도니아의 전초 보병 부대를 에워싸고 화살 공격을 퍼부었다. 이에 알렉산드로스는 용병 연대와 창기병 대대로 하여금 선두에 나서서 공격할 것을 명령했다. 이것을 파악한 갈리아푸스 군대는 일제히 말에 뛰어올라 재빨리 퇴각하기 시작했다.

한순간에 무기력하게 당한 알렉산드로스는 기병대, 궁수 보병들, 아그리아니아군, 발라크루스가 지휘하는 경무장 보병들로 구성된 혼성 부대에 진격을 명령했다. 잠시 후 적군의 진격이 생각보다 느리게 전개되자 갈리아푸스 군대는 퇴각을 멈춘 뒤 새로이 포진했다. 이를 확인한 알렉산드로스는 기병의 공격이 가능한 거리에 도달하자 최정예 병력인 헤타이로이 3개 연대와 창기병 전체에게 명령을 내렸다. "바로 이때다! 전력을 다해 돌격하라!" 그리고 자신은 종대로 배열한 나머지 기병들의 선두에서 전속력으로 돌진했다. 그러자 이때를 기다렸다는 듯 뇌성벽력같이 화살을 마구 퍼부은 갈리아푸스 군대는 또다시 달아나기 시작했고, 알렉산드로스 군대와의 간격이 좁혀질 것 같으면서도 끝끝내 추격을 허용하지 않았다. 불볕더위 속에서 전력을 다해 추격하던 마케도니아 병사들은 기진맥진했고 심한 갈증에 시달렸다. 그러는 와중에 간간이 진로를 바꿔 매복한 뒤 공격하는 갈리아푸스 군대의 역습에 알렉산드로스가 이끄는 최정예 기병대인 헤타이로이는 속수무책으로 당하기만 했다. 알렉산드로스도 물웅덩이가 나타날 때면 물을 마셔 대다가 그만 설사병에 걸리고 말았다. 알렉산드로스의 상태는 생각보다 심각했고 결국 막사로 옮겨졌다.

벼르고 별러서 처음으로 무공을 세운 갈리아푸스 군대는 승리의 노래를 외쳐 부르며 진지가 있는 계곡으로 숨어들었다. 이 소식은 즉각 부여국의 왕인 히누리와 해치 군대의 바달 장군에게도 전해졌다. 한편 오렉사르테스강 상류에 진출한 을지와 수로의 무와탈리부대는 여전히 그곳에 진지를 구축한 채 움직이지 않았다. 이 전투 이후 얼마 지나지 않아 갈리아푸스 군대의 하투르크는 첩자 열 명을 알렉산드로스에게 보내면서 스키타이 왕이 보낸 사절인 양 위장하게 했다. 첩자의 대표자는 알렉산드로스의 몸 상태와 군대의 분위기를 은밀히 파악하면서 왕의 의견을 전달했다. 실상 스키타이의 왕은 하투르크가 되는 셈이었다.

"에, 지난번에 일어났던 전투 상황은 정처 없이 떠돌아다니는 한

갓 도적 떼의 소행에 지나지 않으며, 나약하기 이를 데 없는 도적들이 일으킨 지극히 유치하고도 악의적인 공격에 의한 충돌이었을 뿐, 우리 스키타이족의 공식적인 결정이 아니었습니다. 그러니 왕께서는 영육의 안위를 잘 헤아리시어 앞으로 쌍방의 군대가 우호적인 관계를 유지할 수 있게 되길 간곡히 바랍니다."

알렉산드로스는 스키타이 왕의 해명을 곧이곧대로 믿지 않았으나 곧바로 군사 행동을 전개하기에는 매우 어려운 상황에 놓여 있었다. 별수 없이 그로서는 스키타이 왕에게 정중한 답변을 보낼 수밖에 없었다. 실상 하투르크가 보낸 서신에는 알렉산드로스 군대의 무능과 무기력을 교묘히 비꼬면서 패배 의식과 공포심을 무의식중에 갖게 하려는, 고도의 심리전이 들어가 있는 내용이었다. 스키타이족이 하찮게 여기는 일개 도적 떼, 그 애송이들에게 가차 없이 농락당한 군대라니!

그러는 중에 마라칸다 요새에서 포위되었던 마케도니아 주둔군은 스피타메네스 부대의 포위망을 뚫고자 기습 공격에 나섰으나 되레 인명 손실만을 안은 채 요새 안으로 달아나는 치욕을 당했다.

얼마 후, 스피타메네스는 알렉산드로스의 파견 부대가 접근하자 포위망을 풀고 도시 쪽으로 철수했다. 이때 카라누스와 부하들은 그들을 이 지역에서 완전히 몰아낼 생각에 전속력으로 추격했고 소그디아나 국경에까지 이르게 되었다. 이러한 추격의 막바지에 알렉산드로스의 파견 부대는 을지와 수로가 이끄는 무와탈리부대와 격돌하게 되었다. 양측 누구도 예상치 못한 무와탈리부대의 등장은 스피타메네스로 하여금 용기를 갖게 했다. 그리하여 그는 더 이상의 후퇴 없이 알렉산드로스의 파견 부대와 맞붙기로 결심했다. 예전에 스피타메네스는 해씨족의 부족 회의에 참석하여 그들의 지원을 요청한 적이 있었고, 그날 만찬 때에 을지와 많은 대화를 나누면서 서로 간에 유대감을 쌓은 적이 있었다.

스피타메네스 부대는 을지의 도움을 받아 스키타이 국경 근처의 평지에 진을 쳤다. 그리고 근접전을 피하라는 을지의 조언에 따라 파견 부대의 보병 대형을 에워싼 채 화살 공격만을 감행했다. 이에 궁지에 몰린 알렉산드로스의 파견 부대가 돌격해 오자 부여 말을 타고 달리는 무와탈리부대가 사정거리 안팎을 오가며 집중 사격을 가했다. 기운이 넘치는 해치 군대의 말들에 비해 알렉산드로스 군대의 말들은 오랜 행군과 굶주림으로 기력이 다한 상태였다. 알렉산드로스의 파견 부대는 후퇴하다가 버티기도 하면서 수비에 전력을 다했지만, 무와탈리부대의 위력을 감당하기에는 역부족이어서 많은 병사가 다치고 죽어 갔다.

드디어 알렉산드로스의 부하들은 방진 대형으로 후퇴한 끝에 폴리티메투스강에 이르게 되었다. 강 근처에는 작은 숲이 있어서 적의 화살을 어느 정도 막아 줄 뿐만 아니라 방패를 앞세운 보병대로서는 적의 진격을 막고 방어하기에 적절한 공간이 될 수 있을 것이었다. 그러나 시간만 다소 끌 수 있을 뿐, 스피타메네스의 부대와 무와탈리부대의 공격에 속수무책인 것은 매한가지였다. 결국 기병대의 지휘를 맡은 카라누스가 자기 병사들과 말들을 강 건너로 보내기 시작했다. 이 모습을 지켜본 안드로마쿠스의 보병들이 기병대의 뒤를 쫓아 달아났고 가파른 강둑 아래로 허겁지겁 내려가서는 물속으로 뛰어들기 시작했다.

이러한 적군들의 퇴각을 내버려 두고 싶지 않았던 두 부대는 언월도와 장검을 휘두르며 맹공격을 가했고 간신히 살아남은 알렉산드로스의 병사들은 강 가운데 있는 작은 섬으로 피신했다. 그러자 을지의 무와탈리부대와 스피타메네스의 부대는 섬을 에워싼 가운데 화살을 퍼부었다. 알렉산드로스의 파견 부대는 3천 명이던 보병 모두가 전사했으며 8백 명의 기병 중 극히 소수의 기병만이 달아날 수 있었다.

참변을 당했다는 보고를 접한 알렉산드로스는 격노했다. 스피타메네스 부대와 그들을 도왔다는 정체불명의 부족을 격퇴하기 위해 헤타이로이의 절반, 근위대 전체, 아그리아니아군, 궁수 보병 그리고 보병대 중에서 가장 민첩한 병사들을 이끌고 마라칸다로 진군했다. 알렉산드로스는 사흘 만에 약 3백 킬로미터를 달렸고 나흘째 동틀 무렵에 도시 근처에 도착했다. 그러나 그때는 상황이 종료된 지 한참 지난 뒤였다. 전투를 끝낸 뒤 을지의 무와탈리부대는 곧장 어디론가 사라졌고, 알렉산드로스가 쫓아온다는 소식에 스피타메네스 부대 역시 요새 포위를 푼 뒤 이미 퇴각하고 없었다.

알렉산드로스는 격전지에 당도하자 여건이 닿는 대로 전사자들을 땅에 묻어 주었다. 그런 뒤 다시 사막 끝까지 적들을 추격하겠노라 외치며 한참을 떠돌아다니다가 요새로 돌아왔다. 그 후로 분노를 삭이지 못한 알렉산드로스는 차례로 그 지역을 돌아다니며 마을을 철저히 파괴했다. 요새에 피신해 있던 많은 주민이 마케도니아군을 향한 공격에 가담했을 거라는 억측을 사실로 단정 짓고서 농사와 생업에 종사하던 주민들을 처참하게 몰살해 버렸다.

한편 무와탈리부대의 병사들과 함께 멧부리로 원대 복귀한 을지는 이 소식에 분개하여 다시 출격하기를 원했으나 수로와 참모들의 강경한 조언을 받아들일 수밖에 없었다. 곧 닥쳐올 혹한기에 대비해야 했고 알렉산드로스 군대와 겨룬 경험을 토대로 해치 군대 전체에 대한 전술과 훈련을 강화해야 했다. 전투에 잇달아 패배한 알렉산드로스가 광분한 상태에서 무고한 주민들을 마구 학살한다고 하여도 살상이 하루아침에 일어난 일이 아닌 만큼 쉽사리 감정에 휩쓸려 움직일 상황이 아니었다. 이럴수록 훈련에 온 열정을 다하고 더욱 강력한 군대로 거듭날 수 있도록 냉철하게 대처해야 했다.

알렉산드로스는 폴리티메투스(지금의 자라프샨)강이 흐르는 지역 전체를 돌아다니면서 여자와 아이를 가릴 것 없이 주민을 몰살하고 초토화했다. 폴리티메투스강이 끝나는 지점은 사막이었고 그때야 잔인한 토벌 작전을 끝낸 알렉산드로스는 자리아스파(박트라)로 가서 혹한기를 보냈다. 앞서 각지각처로 임무를 띠고 파견 떠났던 부하들이 속속 자리아스파로 합류했다.

기묘하게도 겨울철만 되면 알렉산드로스는 궁전에 칩거하면서 더한층 음주 가무를 즐겼다. 추위에 약한 병사들인 데다 방한용 물품마저 부족한 상황에서 무리하게 전투를 이어 나갈 이유가 없기는 했다. 하지만 천지 사방이 야만족들이라 투덜대며 매일 같이 살상을 일삼고 돌아다녔던 그인지라 겨울철의 공백이 못내 권태로웠던 것일까.

알렉산드로스는 친구들과 참모들을 불러 모은 자리에서 자신들의 내부 문제와 점령지에 임명한 총독들의 자질 등을 놓고 시시비비를 따지기 시작했다. 그러면서 마치 연극의 무대처럼 재판을 열고 단죄하여 겨우내 살상을 만끽하는 시간을 보내었다.

27
권력 선상에 서면 신의 뜻마저 저울질하게 되고

그러던 어느 날, 알렉산드로스는 카를테루스라는 자를 박트라 궁궐로 불렀다. 투박한 쇠가죽 외투를 걸친 삼십 대 초반의 젊은이인 그는 박트리아의 철학자이며 '자라투스트라 교'의 성직자라고 했다. 맞은편 의자에 다가와 앉길 권하는 알렉산드로스의 호의를 정중히 거절하며 전란에 시달린 고단한 모습에도 불구하고 카를테루스는 두 손 모아 서 있기를 원했다.

"나의 스승이신 아리스토텔레스는 이곳 동방이 야만의 땅이라 말씀하셨다. 그런데 생각과 달리 실제로는 고매한 구석이 참 많더군. 그렇게 메디아와 바빌론, 페르시아와 수사는 그렇다 치고 이곳 촌구석에까지 문명이 퍼져 있고 사람들 사이에 철학이 회자한다고 하니 정말 놀라지 않을 수 없군. 게다가 기묘한 종교의 발생지라고 하니 내 그대에게 묻지 않을 수 없구나. 도대체 '자라투스트라'라는 자가 누구냐?"

알렉산드로스는 자라투스트라 교를 기묘하다고 표현했다. 그럴 수밖에 없는 것이 세상의 신들은 인간의 감정을 가지며, 인간의 삶과 운명에 깊숙이 개입하는 다신교의 시대이고, 사람들은 그러한 신들을 숭배하여 짐승을 죽이고 제물로 바쳐, 자신들의 앞길에 행운과 축복이 깃들기를 바라며 살아가고 있었다. 비록 왕의 신분이며 스스로 영웅적 신의 반열이라 주창할지라도 알렉산드로스 역시 마찬가지로 세속적 종교의식을 추종하는 처지에서, 자라투스트라 교는 그것과 판이한 교리를 설파하고 있기에 기묘하다고 말한 것이다.

오만한 태도를 보이는 알렉산드로스에게 맞서려는 듯 카를테루스는 자세를 더욱 꼿꼿이 세우며 말했다. 말하는 중에 그의 날렵한 두 눈에는 때때로 불꽃이 이글거렸다.

"위대하신 성자 자라투스트라는 천년도 더한 우매한 시대에 태어나서서 삼십 세에 '아후라마즈다'를 만나 진리를 깨우치시고 세상을 선한 빛의 세계로 인도하시기 위해 진리를 설파하신 분이십니다."

그는 자라투스트라의 소개를 넘어 자신들이 믿고 따르는 성자의 가르침을 왕에게 전도하려는 것처럼 보였다.

"그 후 천년이라는 세월이 유유히 흘러갔건만 세상은 아직도 사람과 짐승을 신들의 제물로 바치고, 그것을 구실로 삼아 마약에 취하고 독주를 마시며 음란에 빠져 성욕과 탐욕의 분출에 몰두하는 행태를 제사랍시고 지내고 있습니다. 그리하여 세상에는 악의 세력이 출몰하여 거짓을 말하고 도둑질과 약탈과 강간과 착취와 살인을 저지르고 마침내 전쟁을 일으켜 거룩한 땅에 더러운 피를 흘리는 지경에 처하곤 합니다. 질투하고 분노하는 신들을 숭배하는 세상이고 보니 이러한 인간들의 작태 또한 당연하겠지요. 선을 따르는 우리들이 가르치는 진리는 별다른 것이 아닙니다. 이것을 아셔야 합니다. 우주 만물에는 인간을 빼닮은 잡다한 신들이 따로 존재하는 것이 아닙니다. 그것은 인간들이 지어낸 허상이며 이야기에 불과합니다. 수메르의 만담이 각 나라에 퍼져 그들의 신화와 종교가 되었고, 히타이트 족속의 전설이 헬라스와 페니키아 상인들에 의해 전파되어 그들의 신으로, 신화로 둔갑하였습니다. 어떻게 해서 피조물에 불과한 그들이 신이 되고, 더구나 인간의 운명을 결정짓는 절대적 신이 될 수 있겠습니까?"

　이것은 헬라스의 신들과 자신의 신적 영웅성을 거부하고 모독하는 소리다. 알렉산드로스는 화가 치밀어 올랐으나 그것을 억눌렀다. 자라투스트라의 교리가 아니라 일부러 자신을 빗대어 조롱하는 소리처럼 들리기까지 했다. 알렉산드로스는 종교와 철학을 논하고자 부른 자리인 만큼 화를 삼키며 냅다 언성을 높였다.

　"대체 너희들이 말하는 진리가 무엇인지 빨리 내게 말하라. 도대체가 듣기에 심히 성가시구나. '자라투스트라'는 대관절 어떤 신이냐?"

　그러자 카를테루스는 오히려 말문을 닫고 알렉산드로스를 유심히 바라보기만 했다. 알렉산드로스는 그의 행동을 보고 순간 멈칫했다. 누추하기 이를 데 없는 겉옷을 걸친 몸에서 나오는 기운이 예사롭지 않게 느껴졌다. 알렉산드로스는 헛기침하며 그가 다시 말을 꺼내기를 기다렸다. 그러다 문득 자기 스스로가 야만족 앞에서 분노를 조절했다는 것에 대해 의문이 들어 고개를 갸웃했다.

　잠시 후 카를테루스는 생각을 가다듬은 듯 다시금 말문을 열었다.

　"거듭 말씀드리지만, 자라투스트라는 신이 아닙니다. 진리를 우리에게 설파하신 예언자일 따름입니다. 우리는 '아후라마즈다'라는 신을 섬기고 따릅니다. 아후라마즈다는 우주 만물을 창조하신 유일한 조물주로서 선한 빛이고 지혜의 주이시며 진리 그 자체로써 성령, 생명, 밝음, 정의, 불멸, 예언과 계시를 통해 우리를 선으로 이끄시는 창조주이십니다. 우주의 법칙과 질서를 창조하신 그분은 양성적 측면을 모두 지니고 있고 태초부터 존재했고 지금도 존재하며 앞으로도 존재하는 절대적인 존재로서 시간과 공간에 얽매이지 않고 형체와 변화도 없고 그 무엇과 비길 데가 없으며 그 자체로 완전무결한 존재이십니다. 우리는 우주 만물을 창조하신 조물주 아후라마즈다의 거룩한 뜻을 받들어…."

"잠깐만!" 알렉산드로스가 그의 말을 가로챘다.

"잠시 멈춰라. 너희들은 유일신을 믿는다면서 또 다른 여러 신들을 섬기는 걸로 알고 있다. 어찌 된 것이냐?"

"아후라마즈다는 유일한 창조주이십니다. 우리의 다른 신인 천사들은 최종적이고도 궁극적인, 만물의 주인이 되시는 아후라마즈다를 돕는 선한 영으로서 우리의 선한 의지에 깃들어 함께 악의 세력과 싸워 나가는 존재들입니다."

"어이가 없군. 선을 표방한다는 종교 집단이 악에 맞서 투쟁을 벌이는 것이라고? 그래서 다리우스의 아케메네스 왕조가 자라투스트라를 신봉한 게로군. 종교를 앞세워 권세 속에 통치하려고 말이야."

"그렇지 않습니다. 우리는 자라투스트라의 가르침을 받아 세 가지의 좋은 행실, 즉 '좋은 생각', '좋은 말', '좋은 행동'을 하며 살아갈 것을 다짐합니다. 그러니까 사람의 본성이 선하다면, 다시 말해 아후라마즈다의 길을 따른다면, 좋은 생각이 좋은 말을 낳고 결국 다른 이들에게 좋은 행동을 하며 더불어 살아갈 수 있게 됩니다. 이것이 악을 물리치는 무기가 되는 것입니다."

"참으로 순진한 노릇이로다. 겨우 그깟 행실로 악을 물리칠 수 있다고 생각했다니? 그런데 참으로 기이하도다. 선하다는 유일신이 무슨 억하심정으로 악을 만든 것이더냐?"

말을 마치고 알렉산드로스는 배시시 웃었다. 그것은 조롱에 가까운 비웃음이었다. 카를테루스는 그러한 모습을 보고 잠시 두 눈을 감았다가 번쩍 뜨고는, 신중히 답변했다.

"우리 주님은 오직 선한 것들로만 창조하셨습니다. 그런데 세상에 악이 만연한 것을 눈치채시고 기도 중이던 자라투스트라에게 나타나서서 환상 속에 진리를 깨우치게 이끌어 주셨습니다. 선은 반드시 승리합니다. 본래 악이 존재했던 것이 아니어서 선과 악은 동등하지 않으며 결국 악과 어둠은 패배하여 멸망에 이르게끔 되어 있습니다. 그러니 우리 주님의 선을 따르는 인간들은 단순히 믿는 것에 그치지 않고 자유 의지를 적극적으로 발휘하여 악의 세력에 맞서서 투쟁해야 합니다. 그리하면 결국엔 평화와 화합, 도덕적 생활을 통한 번영을 이루게 되는 선한 세상이 도래하게 될 것입니다."

"참으로 허황한 꿈을 꾸는 자로다. 그런데 하나 물어보자. 도대체 악이 무엇이냐? 어떻게 누가 무엇을 악이라 감히 재단할 수 있다는 말이냐? 도대체 완전하다는 신이 악마의 창궐을 눈치채지 못했다는 게 말이나 되는 소리더냐?"

"그것은 저, …다름이 아니라."

카를테루스는 잠시 머뭇거렸다. 그러나 여기서 말수에 밀려 기운이 꺾여서는 안 된다는 생각이 미쳤는지 서둘러 말을 이어 나갔다.

"그것은, …그러니까 지금 드리는 말씀은 자라투스트라 성자가 전하는 지혜가 아니고 스승의 가르침도 아닌, 명상으로 깨친 제 개인적 견해인지라 무척 조심스럽긴 합니다. 흠흠, 그것이 무엇이냐면, 창조주이신 아후라마즈다께서는 세상을 선하게 만드셨으나 인간에 의해 악이 형성되었고 인간의 악한 기운에 의해 거듭 악마가 생겨나는 것입니다. 악은 선으로 이끄는 진리에 대적하여 생명을 해치는 정신들이며, 그것을 행동으로 옮기는 것들이 악마입니다."

"가르치지 않은 말이라 하면서 실없이 잘도 주절주절 지껄이다니? 자네도 이제 곧 이단자로 찍힐 날이 머지않은 것 같군. 아까부터 줄곧 궁금한 게 하나 있었는데 어디 물어보자. 자네는 내가 무엇이라 생각하는가?"

"그게 무슨 말씀인지? …폐하는 왕이십니다."

"악마가 아니고?"

"생각해 본 적이 없습니다."

"그렇담 지금 생각해 보고 말하라."

카를테루스는 알렉산드로스가 필시 자기를 해할 구실을 찾는 거라는 생각이 들었다. 자칫 말을 잘못할 땐 가차 없이 자기 목이 날아갈지도 모른다는 생각이 미쳤다. 그는 가볍게 몸을 떨었고 그래서 더 이상 말을 꺼낼 수가 없었다.

"나는 말이야. 달리 이 땅에 온 게 아니야."

궁지에 몰린 카를테루스의 대답을 기다리지 않고 알렉산드로스가 먼저 말을 꺼냈다. 아까와는 달리 일순 말소리가 부드러웠고 태도가 너그러워졌다.

"나는 이 미개한 땅에 도시를 건설해서 야만스러운 족속들을 인간답게 살게 하려고 온 것이야. 헬라스의 위대한 문명을 동방에 전파하여 그들이 문명의 단맛을 맛보고 즐기게 하려는 것이지. 이런 나의 과업을 왜곡하고 무시하는 세력이 있기에 자네 말대로 악의 무리들을 친히 소탕하는 것일세. 이 땅에도 어둠을 몰아낼 빛이 있어야 하지 않겠나. 내가 바로 그 빛일세."

말을 마친 뒤 알렉산드로스는 카를테루스를 물끄러미 바라보았다. 성직자인 그가 어떤 반응을 보일 것인지 궁금해하는 기색이었다.

알렉산드로스가 자기 자신을 '빛'이라 단정 지었으니만큼 그의 정체를 규정짓기 위해서라도 이제 카를테루스는 아무 말이든 꺼내어야 했다.

"우리는 동방의 전통과 문명 속에서 살아왔을 뿐입니다. 대다수 사람은 헬라의 문명에 대해 잘 알지 못합니다. 상인들을 통해 무시로 문명의 융합이 있어 왔지만, 이번 혼란을 계기로 더욱더 서로 간에 교류하고 화합한다면 더할 나위 없는 문명을 이루어 나가게 될 것이라 봅니다."

당연한 얘기이고, 알렉산드로스의 말에 맞장구를 쳐 준 발언인데도 알렉산드로스는 불쾌한 심기를 노골적으로 드러냈다.

"무슨 소리를! 비록 페르시아의 의복과 문물이 다양하고 화려할지라도, 제아무리 갖가지 먹을 것이 풍성하고 넘쳐날지라도, 단지 그것뿐이다. 위대한 헬라스의 학문과 예술, 제반 민주적 법률과 사회제도, 심지어 운동 경기와 무기까지도 우리 헬라스 문명은 페르시아를 압도하고 있다. 너희들은 이런 위대한 문명을 고스란히 받아들이는 것일 뿐 결코 융합되는 것이 아니다."

"무엇이든지 일방적이어서는 안 되며 일방적일 수도 없습니다. 우리도 나름 인간에게 도움이 될 올바른 제도와 문화를 가지고 있습니다만…"

"그래서 제대로 된 인간 형상 하나 만들어 내지 못하는 것이냐? 어딜 가나 기이한 괴물의 형상만 있을 뿐, 신과 인간의 당당한 육체를 묘사한 조각품을 본 적이 없다. 이것 하나만 보더라도 이 땅이 얼마나 미개하고 음울한 소굴인지를 알 수 있도다."

"석고를 뜨고 쇳물을 부어 만든 인간의 청동상을 우리라고 못 만드는 게 아닙니다. 돌을 가지고, 그것으로 조각하고 기둥을 세우고 집을 짓기도 합니다. 다만 형체가 없는 신이시라 인간이 감히 묘사하지 못하는 것이며 묘사해서도 안 되는 것입니다. 앞서 말했듯이 인간은 신이 될 수 없고 불완전한 존재라 인간을 조각하지 않는 것입니다. 손으로 만들어진 형상을 가지고 자칫 신이라 떠받드는 우를 범하지 않게 하려고 그렇게 하는 것입니다."

무심결에 자신이 속한 세계를 두둔하고자 한 발언이 알렉산드로스의 심기를 결정적으로 뒤틀리게 했다. 알렉산드로스가 본래의 성질을 억제하고 진정할 수 있었던 것은 카를테루스가 성직자이기 때문이다. 철학자요, 예언자이며, 명색이 페르시아 왕들이 섬기던 신의 사제이기에 분노를 억누를 수 있었다. 혹시 있을지도 모를 신에게 밉보여서는 안 되는 것이다. 전쟁을 치르면서 각처의 무수한 신을 받아들이고 제물을 바친 이유가 그러했다. 그들의 신으로부터도 행운과 축복을 기대했고, 그들 역시 속하는지도 모를 신의 세계에 자기 자신 역시 합류되기를 갈망했기 때문이었다.

그렇지만 알렉산드로스는 카를테루스의 설교에 회유되고 싶지 않았다. 자기 말이 매번 무시당하고 자신을 현혹하며 자기 심장 깊숙이에 간직해 왔던 신의 세계를 노골적으로 조롱하는 것 같은 교리의 설명에 오히려 강한 반감마저 들었다. 아니, 카를테루스의 태도가 무작정 싫었다. 지금까지 마주친 뭇 사제들은 모두 자신들의 신을 대하듯 자기를 깍듯이 모셨다. 그러한데 이놈은 대체 무엇이란 말인가? 알렉산드로스는 거드름을 피우는 카를테루스를 내치고 싶어 시중에 떠도는 자라투스트라 교의 기이한 행태를 들먹였다.

"그렇다면 인간이 아닌 불이 정녕 신이더냐? 한갓 횃불 따위를 믿는 더러운 집단들이 오히려 악마를 물리치고 진리를 수호하겠다는 등 마구 떠들어 대고 있다. 적반하장도 이만저만이 아니거늘, 어디 또 할 말이 있거든 읊어 보아라."

카를테루스는 분노를 억누르고 있는 알렉산드로스의 심기를 살폈다. 거스를 수 없는 지엄한 왕의 노골적인 경고가 있었음에도, 그러나 그는 결코 물러설 생각이 없었다. 아후라마즈다를 모욕하는 불경이라 느꼈다. 이것도 하나의 영적 전쟁이 아니겠는가.

"우리는 불을 숭상하지 않습니다. 하루 다섯 차례 열리는 예배에 소중히 쓰이기에 어둠을 밝히는 불을 귀히 다루는 것입니다. 창조주의 피조물인 공기, 땅, 불, 물, 사람의 마음까지도 더럽히지 않으려 하는 것이기에 우리는 짐승을 죽여 저주의 피로 땅을 더럽히는 제사와, 사람의 시신을 땅에 묻는 것, 마약에 취해 마음을 더럽히는 것, 이 모두를 금기시하는 것입니다."

알렉산드로스는 화를 참지 못하고 버럭 소리를 내질렀다.

"참으로 황당하고 억지스럽구나. 그래서 죽은 네 부모 형제의 시신을 묻지 않고 황야에 내던져 굶주린 들개의 밥이 되고 독수리의 먹이가 되도록 방치한다는 것이냐?"

이제 카를테루스는 어떡하든지 해명해야 했다. 궁지에 몰리면 어떤 불상사가 불어닥칠지 알 수 없었다.

"우리 부모 형제의 시신이 땅과 불을 더럽힐지 몰라 화장이나 매장을 하지 않는다기보다는, 단지 그것은 오랜 선조 대로부터 이어

져 내려온 풍습으로써 영혼의 하늘길을 독수리에게 맡긴다는 의미
에서 비롯된 고유의 장례 예식이었습니다."

알렉산드로스는 더 이상 분노를 참지 못하고 왕좌에서 벌떡 몸을 일
으켰다. 고상한 철학적 논의에서 벗어나 감정싸움에까지 이른 것이다.

"근위병은 어데 갔느냐! 이봐, 근위대!"

꿈쩍 놀란 카를테루스는 반사적으로 찬가를 부르기 시작했다.

"내 주는 나를 사랑하사 의로운 길을 일러 주시고, 외롭고 힘겨운
날마다 나를 붙드시어 위로해 주시었네. 내 주를 나 영원히 숭배하
노니 주는 기뻐하시어 나를 악에서 건져 내어 주시네. 오늘도 고난
의 땅에서…."

알렉산드로스는 애잔하게 부르는 그의 노래조차 귀에 거슬렸다.
왕의 외침에 근위대 장교와 사병들이 부리나케 달려왔고, 급변한 상
황에 당황한 철학자는 저항도 하지 못하고 두 손이 뒤로 결박당한
채 끌려 나가야 했다.

이대로 수모를 당할 수 없다는 듯 카를테루스가 외쳤다.

"대체 왜 이러십니까? 내가 무슨 죄를 지었다고 이러십니까?"

알렉산드로스는 분을 가라앉히지 못했다. 오히려 그의 항변은 알
렉산드로스의 폭력성에 부채질을 더했다.

"네놈의 주둥이로 왕을 능멸한 죄다. 저놈을 당장 처단하라."

"이럴 수는 없는 일이오. 생각이 다르다고 죽을죄라니!"

카를테루스는 몸부림치며 저항했지만 그럴수록 채찍으로 호되게

맞으며 질질 끌려 나갔다. 그 모습을 지켜보던 알렉산드로스는 언뜻 한 생각이 들었는지 병사들을 불러 세웠다.

"여봐라! 그놈을 죽지 않을 만큼 매질한 뒤 노예로 처분하라!"

알렉산드로스는 전체가 모이는 장교 회의를 열었다. 그는 회의 석상에 베수스를 대령시키고 다리우스에 대한 배반 행위를 질타했다. 베수스는 아무런 항변도 하지 않았다. 그는 이미 기진하여 몸을 추스를 기운조차 없었다. 알렉산드로스는 베수스의 코와 귀를 자른 뒤 엑바타나로 끌고 가서 그의 동족인 메디아인과 페르시아인 앞에서 공개 처형하도록 지시했다.

거듭되는 야만적 행위 속에서 알렉산드로스는 헬라스인들이 거부하는 동방의 풍습과 화려함을 점차 추종하기 시작했고, 야만적인 제국의 왕들이 부하들을 하급자로 대하는 전제 군주 체제를 흠모하여 부하들이 그것에 따르도록 강권했다. 이와 같은 이유로 해서 마케도니아인들 중에는 알렉산드로스를 싫어하는 무리가 서서히 생겨났다. 실제로 페르시아 대제국의 문명은 무력을 앞세운 마케도니아의 문명을 압도하고도 남음이 있어 알렉산드로스는 서서히 그것에 주눅이 들고 있었다.

헤라클레스의 후손이라 자처하는 알렉산드로스는 먼 선조 때부터 입었던 마케도니아 의복 대신 메디아의 의복을 입고, 오랫동안 썼던 투구 대신 페르시아의 뾰족한 모자를 자랑스레 걸쳤다. 헬라스인 특히 마케도니아 병사들의 눈에는 이런 왕의 작태가 우스꽝스러웠다.

'도대체가 패배자의 의복과 왕관이라니!'

마케도니아인들이 돌아서서 내뱉는 조롱과는 별도로 알렉산드로스는 조금씩 우울 증세에 시달렸다. 늘 자랑하여 내비쳤던 강건한 신체와 고귀한 혈통. 그 어느 곳을 넘나들더라도 쟁취하는 영웅적 승리. 리비아와 지중해를 누비며 유럽뿐만 아니라 아시아까지 자신의 제국으로 만들겠다는 그 원대한 야망을 이루는 것.

이제는 그것조차도 자신을 행복하게 만들 수 없을 거라는 사실을 알렉산드로스는 조금씩 자각해 가고 있었다.

마케도니아에서는 디오니소스를 기리는 축제가 매년 개최되고, 알렉산드로스도 이날이 되면 제사를 올렸다. 그런데 올해는 무슨 이유인지 제우스의 쌍둥이 아들이라는 폴리데우케스와 카스토르에게 제사를 올렸다. 이날 벌어진 술자리에서 사람들은 거나하게 취했다.

여기서 몇몇 간신들이 알렉산드로스에 대해 아첨을 늘어놓았다. 폴리데우케스와 카스토르의 업적은 알렉산드로스의 위대한 업적과 비교될 수 없다고 했고, 이미 취한 자들은 알렉산드로스를 헤라클레스보다 더한 반열에 올려놓기까지 했다. 그 자리에는 전제 군주를 표방하는 알렉산드로스의 변화에 대해 노골적으로 불만을 드러냈던 클레이토스도 있었다.

사실 알렉산드로스의 친구들은 페르세폴리스의 화재 사건 이후로 왕과 술자리를 갖는 것을 꺼렸다. 그뿐만 아니라 측근의 참모로 남는 것도 두려워하여 될 수 있는 대로 파견이나 주둔지로 빠져나가는 것을 선호했다. 언제나 친구들의 선봉에 섰던 필로타스의 처형 이후로 더욱더 왕의 시야에서 멀어져 있기를 원했다. 그런데 이날따라 평소 알렉산드로스가 동방의 풍습을 좇는 것과 왕에게 아첨 떠는 조신들을 못마땅하게 여기던 클레이토스가 우연히 같은 공간에 자리한 것이다. 결국 클레이토스는 간신들의 감언이설에 화를 벌컥 내며 대화에 끼어들었다.

"신들을 모욕하는 말을 더는 참을 수가 없구나. 옛적의 위대한 영웅들을 무엇 때문에 희생시키려 드는 것이냐. 내가 묻는다. 그리도 알렉산드로스 왕을 치켜세우고 싶은가. 치켜세워야 직성이 풀리겠는가. 제발 정신들을 차려라. 이따위 작대는 알렉산드로스를 부끄럽게 만드는 짓이다. 알렉산드로스의 영예를 드높이는 게 절대 아니란 말이다. 너희 아첨꾼들은 왕이 이룬 업적을 헛되이 과장하는 바람에 오히려 왕의 명예를 실추시켰다. 지금껏 쌓은 모든 위업은 개인적인 업적이 아니라 마케도니아 전체의 성취인 것을 모르느냐"

이 주장에 알렉산드로스는 마음이 언짢아졌다. 하지만 어수선한 상황은 여기서 끝나지 않았다. 잠시 떠들썩한 분위기가 진정되는가 싶더니 다른 이들이 알렉산드로스의 비위를 맞추려고 필리포스 부왕의 이야기를 꺼낸 것이다. 이들은 터무니없게도 필리포스가 이룬 성과는 매우 평범하고 일반적이라고 떠들었다. 그러자 술에 취해 인내심을 잃은 클레이토스는 필리포스 부왕의 업적을 부풀리고 알렉산드로스의 업적을 깎아내리기 시작했다. 클레이토스는 마구 떠들어 댔고 특히 그라니코스에서 페르시아 기병대와 싸울 때 자신이 알렉산드로스의 목숨을 구한 일을 들먹였다.

클레이토스는 유난스레 오른손을 치켜들며 외쳤다.

"그날 전하를 구한 것이 바로 이 손이올시다."

친구의 모욕적인 술주정에 화가 난 알렉산드로스는 클레이토스에게 덤빌 듯이 벌떡 일어났다. 그러자 주변의 사람들이 왕을 만류했다. 클레이토스는 절친한 사이인 필로타스가 처형당할 때 어떠한 변론도 해주지 않았던 자신을 늘 자책해 왔다. 그것이 오늘 한꺼번에 터져 나온 것이다. 그는 왕이 듣기 싫어할 말들을 연신 쏟아 냈고, 알렉산드로스는 분노하여 큰소리로 근위병을 불렀다.

"근위병! 도대체 다들 어디 있느냐. 내게 창을 다오!"

하지만 아무도 대답하지 않았다. 그러자 알렉산드로스가 외쳤다.

"이런 제기랄! 나는 허울 좋은 왕에 불과한 놈인가? 쇠사슬에 묶인 채 베수스 무리에게 끌려다니던 다리우스와 똑같은 신세가 된 것인가?"

이제 아무도 알렉산드로스를 말릴 수 없었다. 그는 잽싸게 달려가 근위병의 창을 낚아챈 뒤 클레이토스의 심장을 찌르고 말았다.

알렉산드로스는 클레이토스를 죽인 뒤 얼마 지나지 않아 자신이 저지른 일에 경악을 금치 못했다. 술에 취했을 때의 일을 기억하지 못하는 듯했다.

"내가 친구를 죽였다고? 그것도 클레이토스를?"

알렉산드로스는 자책하면서 사흘 동안 식음을 전폐한 채 누워 있었다. 그는 위로받고자 트라키아의 소피스트인 아낙사르쿠스를 불러들였다. 그는 왕의 심기를 풀어 주는 데 주안점을 둔 것 같았다.

"제우스 옆에는 항상 정의의 여신이 등장하는데 그 이유를 아십니까? 그것은 제우스가 무슨 행위를 하든지 간에 언제나 정당하다는 것을 보여주기 위해서입니다. 그렇듯이 위대한 왕의 모든 행위는 언제나 정당하다고 생각해야 합니다. 왕이 먼저 그렇게 생각해야 다른 사람들도 그렇게 생각하고 따르게 됩니다."

철학자의 달콤한 이 말은 한동안 그를 고무시켰다. 알렉산드로스의 오만한 육체에 신의 옷을 입힌 격이 되었다.

칼리스테네스는 이 말이 세상에 널리 퍼져 세상의 모든 군주와 강한 자들이 맹목적으로 추종하게 될까 두려웠다. 알렉산드로스의 아시아 원정 기록을 기술하느라 늘 지척에서 살피던 칼리스테네스는 이 말을 엿듣고 수치심에 몸을 떨었다. 같은 철학자의 측면에서 봤을 때 절대 거론될 수 없는 허튼 막말에 불과했다.

언제부터인가 알렉산드로스는 자신을 향해 무릎 꿇고 절하는 배례를 원했다. 이것은 자신의 아버지가 암몬-제우스라 생각하여 자기 자신도 신들과 동급의 대접을 받고 싶어 했다. 더욱이 그에게 아첨하는 사람도 많았는데 소피스트인 아낙사르쿠스와 아르고스의 시인 아기스가 특히 심했다. 그러나 이러한 변화에 찬성하지 않는 사람들 또한 많았는데 그중에는 아리스토텔레스의 조카이자 제자인 올린투스 출신의 칼리스테네스도 있었다. 그는 원정 기록을 작성하면서 때때로 알렉산드로스라는 인물을 신화 속의 영웅과 버금갈 정도로 묘사하곤 했지만 철학적 사유만큼은 줏대가 있었다.

"내가 지금 쓰고 있는 역사서가 아니면 알렉산드로스와 그의 업적은 잊히고 말 것이다. 나는 오로지 알렉산드로스의 명성을 세상에 알리기 위해 동방까지 왔다. 사람들이 알렉산드로스를 신의 혈통으로 여기게 된다면 그건 그의 출생에 관한 어머니 올림피아스의 터무니없는 태몽 이야기 때문이 아니라 내가 기록하는 역사서 덕분이다."

이처럼 호언장담했던 철학자 칼리스테네스는 그 언젠가 알렉산드로스 왕과 함께하는 술자리에서 이제는 처형당하고 없는 필로타스 장군의 질문을 받았었다.

"그대는 아테네 사람 중에서 가장 명망 높은 사람이 누구라고 생각하는가요?"

필로타스는 아마도 칼리스테네스의 작은 아버지인 아리스토텔레스를 염두에 두고 물었을 것이다. 그 당시 아리스토텔레스는 헬라스 사회에서 명망 높은 철학자였다. 그러나 칼리스테네스의 대답은 엉뚱했다. 어쩌면 곁에 앉은 알렉산드로스가 들으라고 일부러 그렇게 말했는지도 모른다.

칼리스테네스는 거침없이 대답했다.

"하르모디우스와 아리스토게이톤이오. 그들은 폭군을 죽이고 무책임한 정부를 무너뜨렸기 때문이오."

그러자 필로타스가 재차 물었다.

"그럼, 그대는 폭군을 살해한 자가 헬라스 사회에서 망명할 곳이 있다고 생각하는가요?"

이에 칼리스테네스는 주저 없이 대답했다.

"다른 모든 국가에서 받아 주지 않아도 아테네에서만큼은 무사할 것이오. 아테네인들은 헤라클레스의 자녀들을 위해 당시 헬라스의 절대 군주였던 에우리스테우스 왕과 싸운 적도 있잖소."

그러한 둘의 대화는 페르시아에 심취하여 절대 군주를 갈망하는 알렉산드로스의 심기를 건드리기에 충분했다. 그러한 일련의 사소한 일화들이 누적되어 역모에 휩쓸려 죽게 되었다고도 볼 수 있다. 필로타스가 그렇게 해서 허망하게 당했다면 칼리스테네스는 과연…

이런 불미스러운 역모 사건들이 과연 알렉산드로스의 심기와 어떤 연계성을 갖는 것인지가 불확실한 가운데 칼리스테네스는 배례와 예법 등의 문제를 놓고 사사건건 알렉산드로스의 조치에 반발했다.

알렉산드로스는 자신의 궁정에 있던 소피스트들과 페르시아 및 메디아의 귀족들을 연회에 불러 모은 뒤 이 문제를 논의했다.

먼저 아낙사르쿠스가 운을 뗐다.

"디오니소스나 헤라클레스보다 알렉산드로스 왕께서 더욱 위대한 신의 자격을 갖추셨습니다. 폐하께서는 두 신을 뛰어넘는 찬란한 업적을 이루시었습니다. 디오니소스는 테베인이고 헤라클레스는 아르고스인이라서 마케도니아와의 연관성은 단지 폐하에게 헤라클레스의 피가 흐른다는 사실 하나뿐입니다. 그러니 마케도니아 사람들은 두 신들보다도 자국의 왕에게 경의를 표하는 것이 타당한 줄로 압니다. 폐하께서 세상을 하직한 이후에는 신으로 추앙될 게 분명하니 그때 가서 숭배하는 것보다 지금부터 존경을 드러내는 태도가 훨씬 나은 줄로 압니다."

알렉산드로스의 본심을 꿰차고 있던 사람들은 아낙사르쿠스의 말에 찬동하여 그 즉시 엎드려 머리를 조아렸다. 하지만 그 자리에 있던 마케도니아인들은 동의할 수 없었기에 아무 말도 하지 않았다.

그때 칼리스테네스가 불쑥 끼어들었다.

"저는 인간 중에 최고의 공경을 받을 분은 전하라고 생각합니다. 하지만 인간의 공경과 신의 숭배는 엄연히 다릅니다. 신전과 조각상을 세우고 춤과 성가를 지어 바치는 것은 성역에 해당하는 행위입니다. 신에게는 제물을 바치고 신성한 술을 뿌리지요. 그러나 그 어느 것도 배례의 의식만큼 중요하진 않을 것입니다. 사람들은 뺨 인사로 서로를 환대하지만, 우리보다 훨씬 고귀한 곳의 옥좌에 앉아 계시는 신과 접촉하는 것은 허용되지 않습니다. 우리가 땅에 엎드려 경의를 바치는 것은 이 때문입니다. 그러나 영웅과 반신반인에게는 신과는 다른 의식을 올립니다. 따라서 이러한 차이를 무시하는 것은 잘못입니다. 우리는 인간들에게 실제 모습보다 더 훌륭하게 보이도록 터무니없는 경의를 표해서는 안 됩니다. 자칫 신을 인간과 동일선상에 두는 꼴이 되어 불경스럽게도 신을 격하시켜서는 안 되는 것입니다. 신에게 바칠 공경을 인간에게 표하거나 이를 허용한 사람들에게 신이 분노하는 것은 당연한 일입니다. 전하는 가장 용감하며 모든 지휘관 중에서 가장 탁월하다는 명성을 지닌 분입니다. 이렇듯 전하에게 진실과 참된 도리를 전하겠다는 분명한 목적을 가지고 호출되어 온 아낙사르쿠스, 당신이야말로 지금 내가 하는 말을 가장 먼저 해야 했을 사람입니다. 이상한 주장을 하는 사람들의 입을 막아야 할 사람이라는 말입니다. 그런데 이런 식으로 앞장을 서는 건 수치스러운 짓입니다. 당신은 페르시아의 풍습을 지켜 온 사람의 조언자가 아니라 마케도니아의 법으로 살아온 선조를 둔 사람의 조언자라는 사실을 명심해야 합니다. 게다가 헤라클레스는 그가 살아 있을 때든 죽은 뒤에든 델포이의 아폴로 신탁이 있기 전까지는 헬라스인에게 신으로 숭배되지 않았습니다. 전하, 부디 헬라스를 기억하실 것을 간청하나이다. 전하가 이 원정을 시작한 건 오로지 헬라스를 위한 것이었습니다. 이 배례 문제에 대해 야만족에게는 야만스러운 풍습을 지키게 하고 헬라스인과 마케도니아인은 헬라스의 전통대로 전하를 인간으로서 공경하라고 명하셔야 하지 않겠습니까? 무릎을 꿇고 엎드리는 예절을 처음으로 받은 자는 캄비세스의 아들 키루스였고, 그 후로 이 굴욕적인 관습이 페르시아에 전해졌다고 합니다. 그리하여 그 잘난 키루스의 오만이야말로 가난하나 자유민이던 스키타이족에게 무참히 꺾였다는 사실을 기억하셔야 합니다. 다리우스 1세 역시 스키타이족에게 혼쭐이 났습니다. 크세르크세스가 아테네와 스파르타에게, 아르타크세르크세스가 클레아르쿠스와 크세노폰의 만인대에게 당한 것처럼 말입니다. 그리고 이제 전하는 또 다른 다리우스 3세의 오만을 꺾어 버리셨습니다. 아무도 땅에 머리를 대고 전하에게 절하지 않았는데도 말입니다. 이 같은 배례 행위는 전하께서도 혐오하시는 스키타이족의 고유한 버릇임을 잊어서는 아니 되옵니다."

칼리스테네스의 위험천만한 발언을 듣고 알렉산드로스는 몹시 분개했으나 마케도니아인들은 그의 말에 크게 공감했다. 이런 분위기를 알아차린 알렉산드로스는 큰 소리로 외쳤다.

"앞으로 마케도니아인이 무릎 꿇고 내게 절할 일은 없을 것이다. 그러니 이 일은 제발 잊으라."

그 외침에 침묵이 흘렀다. 잠시 후 페르시아의 상급 장교들이 일어나더니 한 사람씩 차례로 왕 앞에 다가와 엎드렸다. 헤타이로이의 일원인 레온나투스는 페르시아 장교 중에서 한 명의 자세를 유심히 살피다가 그만 웃음을 터뜨렸다.

"아하하! 뭣이 저리 어설퍼. 나귀가 자빠지는 몰골이잖나."

이 같은 조롱에 알렉산드로스는 화가 치밀어 올랐으나 두 눈을 질끈 감으며 참아야 했다. 나중에 시동의 반역 음모에 칼리스테네스가 가담했다는 혐의를, 알렉산드로스가 쉽게 믿어버린 데는 이러한 일이 계기가 되었을 것이다.

알렉산드로스의 아버지 필리포스는 마케도니아 귀족의 자제들이 소년이 되면 왕의 개인 시동으로 일하는 관례를 만들었다. 이 소년들에게는 왕의 신변을 돌보고 잠든 왕을 지키는 임무가 주어졌다. 또한 왕이 승마에 나설 때면 말을 가져와 왕이 말 위에 오르는 것을 돕기도 하고 사냥에서는 선의의 경쟁자 역할도 했다.

그런 시동 가운데 한 명인 소폴리스의 아들 헤르몰라우스라는 소년은 철학에 관심이 있었고 칼리스테네스와 친한 사이였다.

어느 날 알렉산드로스가 사냥하던 중에 수돼지 한 마리가 왕을 향해 달려들었다. 그것을 본 헤르몰라우스는 왕이 돼지를 공격하기 전에 칼을 휘둘러 그만 돼지를 죽이고 말았다. 사냥할 기회를 놓친 알렉산드로스는 크게 화를 내었다.

"저놈을 당장 채찍질하라! 저 시건방진 놈의 말도 당장 빼앗아라!"

다른 소년들 앞에서 고압적인 처벌을 받고 몹시 감정이 상한 헤르몰라우스는 아민타스의 아들이자 절친한 친구인 소스트라투스에게 하소연했다.

"내 인생에 있어 가장 치욕스러워! 이 지독한 모욕을 되갚아 주기 전까지는 살아가야 할 의미가 더 이상 없어졌어!"

헤르몰라우스를 아꼈던 소스트라투스는 젊은 혈기를 주체하지 못해 설득당하고 말았다.

"친구야, 우리가 알렉산드로스를 죽여 버리자. 타락한 왕은 더 이상 왕의 자격이 없는 거야."

두 소년은 알렉산드로스를 살해할 것을 결의했다. 그 외에 몇몇 친구들도 이 음모에 가담했다.

음모 가담자 가운데 한 명인 에피메네스에게는 헤르몰라우스와 마찬가지로 메난데르의 아들인 카리클레스라는 절친한 친구가 있었다. 에피메네스는 살해 계획이 실패한 다음 날 카리클레스에게 이 비밀을 털어놓았다. 그러자 카리클레스는 에피메네스의 형제 에우릴로코스에게 이 이야기를 옮겼고, 에우릴로코스는 알렉산드로스의 막사로 찾아가 왕의 근위병에게 보고했다. 그리고 근위병은 알렉산드로스에게 전말을 고했다.

알렉산드로스는 에우릴로코스가 언급한 소년들을 모두 체포하라고 명령했다. 소년들은 고문을 견디지 못해 죄를 인정했고 연루된 사람들의 이름을 실토했다. 소년들은 이 모의를 강력히 선동한 자가 바로 칼리스테네스라고 털어놓았다. 그러나 실상은 단지 알렉산드로스가 칼리스테네스에 관한 최악의 내용들을 의심 없이 받아들였을 뿐이었다. 이미 칼리스테네스에게 좋지 않은 감정을 품었던 데다가 그가 헤르몰라우스와 가까운 사이였기 때문이었다.

재판정에 선 헤르몰라우스는 죄를 솔직하게 자백했으며, 알렉산드로스의 비인간적인 오만을 계속 참는 자는 명예를 지킬 수 없다고 선언했다. 그런 뒤 알렉산드로스의 죄를 낱낱이 나열했다.

'필로타스 장군을 부당하게 살해한 것. 필로타스의 아버지 파르메니오 장군을 독단적으로 처형하고, 같은 이유로 다른 장교들을 사형에 처한 것. 만취하여 클레이토스를 죽인 것. 페르시아 의복을 착용한 것. 배례 의무를 시행하려고 꿍꿍이를 꾸몄으며 아직도 전제 군주의 꿈을 포기하지 않은 것. 폭음에 취해 잠드는 것.'

그러면서 그는 마지막으로 말했다.

"참을 수 없는 이러한 악행으로부터 나 자신과 마케도니아인들이 하루속히 벗어나길 바란다."

헤르몰라우스와 체포된 다른 소년들은 모두 그 자리에서 돌에 맞아 죽었다. 칼리스테네스는 고문을 받고 쇠사슬에 묶인 채 군대가 이동할 때마다 끌려다니다가 결국 교수형을 당했다.

28
학살의 제국에 맞서라

때는 단기 2005년, 보을 단군 재위 14년. 기원전 328년, 봄이다.

박트리아의 수도인 박트라에서 혹한기를 보낸 알렉산드로스는 추위가 풀리기 바쁘게 연병장에 장교들을 소집했다. "고르기아스!"

"넷!" 장교의 몸 상태와 기력을 확인한 알렉산드로스는 연달아 장교의 이름을 불렀다. "아탈루스, 폴리스페르콘, 멜레아그로스."

"넷, 폐하!" 왕의 호명에 부름을 받은 장교들이 일제히 우렁차게 기합을 넣었다.

"너희 네 명은 박트리아에 남아라. 주민들을 엄중히 감시하고 만약 복종을 거부하는 주민들이 있거든 즉각 처단하여 소란이 확산하지 않도록 하라."

"넷! 명령을 받들어 치안 유지에 전력을 다하겠습니다."

"나는 아무다리야강을 건너 소그디아나로 들어갈 것이다. 모든 장교는 소속된 부대를 이끌고 나를 따르라!"

알렉산드로스는 소그디아나 주민들이 자신이 임명한 총독에게 반발하여 요새에 숨어들었다는 보고를 받고 그 지역으로 향했다. 총독은 아르타바주스로서 일찍이 정치적 박해를 피해 마케도니아로 망명했던 인물이다. 그는 이번 원정 때에 알렉산드로스와 동행하여 페르시아의 지형 안내와 원주민 설득에 참여했었다. 알렉산드로스는 그의 공적을 인정하여 연로한 그를 소그디아나 총독으로 임명했었다.

알렉산드로스는 이번 원정에서 가능한 한 모든 부족을 모조리 해체하리라 결심하고 오랜 친구들로 구성된 참모들과 은밀히 작전을 짜 났었다. 작년에 소그디아나를 손쉽게 정복했다는 이유로 그들을 어설프게 다뤘고 그 때문에 저항이 드세졌다고 판단한 것이다.

알렉산드로스 군대가 강변에서 야영을 준비할 때 샘물이 솟고 주변에서는 기름이 솟아났다. 알렉산드로스는 점쟁이의 요구에 따라 신묘한 자연 현상을 기념하여 제사를 올렸다.

점괘를 보던 예언자 아리스탄데르가 중얼거렸다.

"솟아나는 이 기름이 어두운 밤을 지킬 것이고 따뜻한 음식을 제공해 줄 것이다. 앞으로 많은 어려움이 닥치겠지만 끝내는 승리에 이르리라는 징조이도다."

알렉산드로스는 병력을 다섯으로 나누었다. 헤파이스티온, 프톨레마이오스, 페르디카스, 코이누스와 총독 아르타바주스에게 각각 지휘를 맡기고 자신은 다섯 번째 군대를 맡아 마라칸다 쪽으로 진군했다. 4개 부대의 지휘관들은 지역을 지날 때마다 부족이 지키는 요새를 습격하여 모조리 섬멸하거나 항복을 받아내어 노예로 팔아치웠다. 인신매매를 전담하는 아테네 상인들이 늘 군대의 후미에 따라붙었다. 이 같은 조치는 기존 원주민을 완전히 파괴하여 새로운 부족을 형성하기 위해서였다.

소그디아나 대부분 지역에서 이 같은 작전을 수행한 뒤 마라칸다에서 전군이 집결하자 알렉산드로스는 헤파이스티온을 파견했다. 그리하여 점령한 여러 도시에다 마케도니아 수비대와 그간 짐꾼으로 부렸던 타국의 포로들과 부상한 용병들을 새로이 정착시켰다. 그 동안 자신의 군대를 끈질기게 괴롭혀 온 스피타메네스가 은신하고 있다는 스키타이족 인근 지역에는 코이누스와 아르타바주스를 파견했다. 그리고 자신은 나머지 군대를 이끌고 아직 저항군의 세력권에 있는 소그디아나의 다른 지역들로 출격했다.

알렉산드로스 자신은 스키타이족과 전투를 치를 때마다 매번 험난한 고비를 넘겨야 했고, 역사적으로도 전사로서의 평판이 자자했던 족속들인 만큼 가능하면 그들과의 직접적인 전투를 회피하고자 했다. 스키타이의 한 부족을 방문하고 돌아온 사절단의 보고에 의하면, 그들은 별도의 군대가 없어도 남녀노소 할 것 없이 말을 자유자재로 부리며 말 위에서 칼을 능수능란하게 휘두른다는 것이었다. 이러한 보고를 접한 알렉산드로스는 스키타이의 정벌을 완전히 포기했다.

한편 멧부리의 해치 군대 본부에서는 군사 회의를 열고 앞으로의 대책을 논의했다. 부여국의 왕 히누리와 해치 군대의 대장군 수로를 비롯하여 을지 장군과 바달 장군, 각 부대에 배속된 장교와 장수들이 모두 한자리에 모인 것이다.

해치 군대가 창설된 이후로 1년여의 기간 동안 병사들은 가일층 군사 훈련에 매진했고 군대로서의 기틀을 다져 왔다. 첫 출격에서 무공을 세웠던 무와탈리부대의 병사들은 1만 5천여 명의 병력을 1천여 명 단위로 나눈 15개 부대의 장교와 장수로 임명되어 각기 배치되었다. 그중 5천여 명의 여전사들로 구성된 호위 부대는 연수랑을 수장으로 임명하여 행정 업무를 담당하게 했고, 일선의 지휘관으로는 해씨족의 여전사인 아세무트를 장군으로 임명하여 내세웠다.

한편 히타이트의 연합체에서 기병 5천 명의 지원이 있었다. 이들 병력 중 일부는 말굴 요새의 수비를 맡게 했고 나머지 병력은 하투르크가 가담한 갈리아푸스 군대에 파견하여 그들을 돕게 했다.

군대 조직의 체계를 세운 부여국은 이제 군대 운영에 있어 상황에 흔들리지 않는 확고한 원칙을 수립해야 했다. 그리하여 그들이 오랜 시간에 걸쳐 논의하여 내린 결정은 이러했다.

'소그디아나와의 무역을 방해하는 세력. 소그디아나의 영토와 주민을 공격하는 세력. 이러한 세력들의 행위는 우리 부여국을 위협하는 적대 행위와 같으므로 즉각 해치 군대를 출동시켜 이에 대응한다. 단, 불가피한 경우를 제외하고 소그디아나 측 군대 또는 여타 부족들과 연합하여 전투를 전개한다.'

군사 회의가 종료되었다. 별다른 잡음 없이 끝나게 되어 한숨 돌린 히누리는 가까이에 앉은 을지에게 말했다.

"알렉산드로스 군대는 오렉사르테스강에서 진군을 멈췄어요. 소그드인들의 거주가 끝나는 지역과 정확히 일치하는 것이지요. 놈들의 정복 전쟁은 거기까지일까요?"

"아마도 그런 것 같소. 우리와 지척인 후잔트 마을에서 작정한 듯이 진군을 멈춰 버렸어요."

옆자리에 앉은 수로가 을지의 말을 받았다.

"놈들은 위대한 히타이트 전사와의 전투를 겁내는 게 분명합니다. 정보에 의하면 우리 외에도 북방 기마 족속의 땅은 한 뼘도 침략하지 않았고 우발적인 전투 외에 어떠한 살상도 저지르지 않았다고 합니다."

그러자 부근에 있던 바달 장군이 말을 거들었다.

"그렇다면 알렉산드로스 군대가 우리 부여국을 해코지하지 않는 한 굳이 남의 나라 일에 간섭하지 않는 편이 더 낫지 않을까요? 괜히 건드려 봤자 피차간에 대형 참사를 불러일으키게 될 테니까 말입니다."

이에 장교로 복무 중인 묘아리도 거들었다.

"듣고 보니 정말 그렇겠는데요? 괜히 우리 젊은이들을 사지로 내몰 이유가 없겠습니다."

분위기가 묘하게 돌아가자, 수로가 즉각 반론에 나섰다.

"그렇지만 서로 의좋게 지냈던 이웃 부족들의 고통을 무시할 수만은 없지 않겠습니까? 더구나 무고한 학살을 목격한 마당이니 더욱이 외면해서는 안 될 줄로 압니다만…"

"이런!" 히누리는 수로의 발언을 황급히 끊었다.

"회의를 끝내 놓고는 내가 공연한 말을 꺼낸 것 같군요. 에, 다소 우리의 희생이 따르더라도 정의라는 놈을 세상 속에 그냥 묻어버릴 수는 없지 않겠어요? 또한 우리는 홍익인간이라는 고귀한 정신을 이어가야 할 겨레인 만큼 매사에 의를 다하는 정책을 펼쳐야 하지 않겠느냐 하는 마음입니다. 아무튼 오늘 내린 대원칙에 대해 모두가 찬동한 만큼 이것에 합당한 군사 조치가 곧 전개될 거라 봅니다. 바로 후잔트가 그 본보기가 되겠네요. 후잔트는 우리 말굴과 가까이에 위치하고 소그디아나와의 무역을 중개하는 길목입니다. 또한 마라칸다로 나아가는 주요한 요충지인지라 적들이 장악했을 때는 언제든지 우리를 위협할 수 있는 요새이자 병참기지가 될 수 있습니다. 이런 곳을 적대 세력이 영구히 주둔하게 내버려 둘 수는 없는 일 아니겠습니까. 조만간 후잔트를 해방할 군대 파병이 있어야 할 줄로 압니다. 학살의 제국에 맞선다는 것은 막연히 소그디아나를 돕는 행위로 그치는 게 아니라 우리의 생존과도 직결되는 문제입니다. 그럼, 회의도 끝난 마당이니 다들 그만 일어날까요?"

사사로운 감정에 휘둘리지 않는 그녀의 신속한 결단에 을지는 마음속으로 감탄을 금치 못했다. 히누리는 회의장 자리에서 서둘러 몸을 일으켰다. 그녀는 지금의 시국 현황에 역행하는 대화가 계속해서 전개되는 것을 우려했다. 그러니 이 상황에서 모든 이견을 종결시켜야 했다. 토론이 세부 사항으로 빠져들수록 저마다의 견해 차이가 더욱 심해질 게 분명하기 때문이었다.

알렉산드로스 군대와 쫓고 쫓기는 전황을 펼친 스피타메네스는 기병대를 이끌고 소그디아나를 떠나 마사게타이족의 땅으로 향했다. 카스피해 동쪽에 거주하는 마사게타이족은 스키타이족의 한 분파로, 예전에 키루스 대왕의 침략을 물리치면서 그를 전사시킨 전력이 있는 탁월한 용사들이었다.

스피타메네스 부대는 이곳에서 기병 6백 명을 지원받은 뒤 다시 후방으로 잠입하여 박트리아의 한 요새로 접근했다. 기회를 엿보던 스피타메네스는 요새의 병사들이 눈치채기 전에 기습 공격하여 알렉산드로스 수비대를 와해시켰고 장교를 포로로 잡았다. 이어서 그는 박트라로 접근하여 다시금 기습 공격을 펼쳤으나 마침 그곳의 수비대는 징발하러 나가고 없었고 보초병들은 달아나 버려 진지에는 부상병들만 남아 있었다. 박트리아의 수도를 지키는 수비대인 만큼 치열한 전투까지를 각오했지만 의외로 싱겁게 끝나 버린 것이다. 스피타메네스 부대는 하는 수 없이 그곳의 주민들이 약탈당한 소 떼를 되찾는 것으로 만족할 수밖에 없었다.

이때 박트라의 군대 막사에는 건강이 나빴던 헤타이로이 기병 몇 명이 드러누워 있었는데 그중에는 한때 박트라에서 왕의 안위를 책임졌던 페이토와 하프 연주자인 아리스토니쿠스도 있었다. 이들은 스피타메네스의 관용으로 살아남았으나 겉보기와는 다르게 말을 타고 무기를 들 수 있을 만큼 회복된 상태였었다. 그런 까닭에 그들은 도시 수비대가 징발을 끝내고 막사로 돌아오자 달아났던 보초병들과 소년 기사들을 불러 모은 뒤 야밤을 틈타 민가를 불시에 덮쳤다. 이 공격으로 회수당한 소 떼를 도로 빼앗고 가축을 지키려던 주민들을 죽여 버렸다.

뒤늦게 이 소식을 듣고 달려와 마을의 폐허를 목격한 스피타메네스는 한숨을 내질렀다. "참으로 잔인하도다!"

피비린내 나는 살상으로 무감각해졌던 그의 살갗이 새삼 오그라들었다. 그는 자신이 저지른 무모한 관용을 자책했다.

만행을 저지른 알렉산드로스 수비대는 의기양양하게 도시로 돌아가다가 마침 근처에 매복해 있던 스피타메네스 부대의 전사들에게 걸려들었다. 이 전투에서 헤타이로이 7명과 용병 60여 명이 죽었고 하프 연주자가 아닌 전투병으로 나섰던 아리스토니쿠스도 전사했다. 페이토는 전투 중에 또다시 상처를 입고 포로가 되었다.

이러한 사실을 보고받은 알렉산드로스는 승리할 가능성이 없는 전투에 자기 군대가 노출되는 걸 원치 않았지만, 때마침 중무장한 기병대를 보유한 크라테루스 부대가 소그디아나 북쪽에서 작전 중이라 일단 선제공격을 시도해 보기로 했다. 어쩌면 그의 억눌린 분노가 막다른 결투에 불을 지폈는지도 모른다. 알렉산드로스는 즉시 전령을 보냈고 명령을 받자마자 크라테루스 부대는 기병만을 따로 뽑아 마사게타이족을 공격하러 나섰다.

크라테루스 기병대는 한참을 달린 끝에 국경에 닿았다. 먼발치서 알렉산드로스 군대를 목격한 일단의 마사게타이족 기병 무리가 벌판으로 물러났다. 그러자 크라테루스는 후퇴하는 적을 가소롭게 여겨 본때를 보여주리라 작정했다.

"지금의 스키타이 놈들은 그 옛날 전설의 전사들이 아니다. 한갓 야만족에 불과한 조무래기에 지나지 않도다. 두려워 말고 마음껏 도륙하라!"

그리하여 추격전을 펼쳤고 드디어 마사게타이족을 상대로 치열한 전투를 벌였다. 그러나 말을 자유자재로 부리며 능수능란하게 칼을 휘두르는 마사게타이족의 용맹 앞에 긴 창을 들고 투구를 쓰고 갑옷으로 무장했다고 한들 별수 없었다. 퇴각과 돌격을 반복하면서 중무장한 창기병들을 짓밟던 마사게타이족이 사막 깊숙이 물러나자 자칫 함정에 빠질 수 있겠다고 느낀 크라테루스는 병력 손실을 줄이기 위해 추격을 포기해야 했다. 마사게타이족과의 전투로 1천 5백여 명의 기병대 중에 이미 3백 명 이상이 죽어 나갔던 것이다.

퇴각을 서두르는 그때 일단의 기병들이 저 멀리서 먼지를 일으키며 나타났다. 을지가 지휘하는 유격 부대의 전사들이었다. 그들은 체구가 작고 털이 거친 부여 말을 탔다. 말은 돋을새김한 금속으로 이마 장식을 했고 눈부신 금박의 장식들이 목 주위를 감쌌으며 복부에는 검붉은 카펫을 늘어뜨렸다. 그리고 가죽끈을 말 등에 둘러 예리한 쇳조각의 표창이 든 주머니와 비상식량인 육포, 치즈, 물을 담은 가죽 주머니를 장착했다.

그러한 말에 올라탄 전사들은 어깨에 단궁을 멨고 짧은 화살집을 장착했다. 깃털로 장식한 가죽 모자를 눌러쓰고 쇠 미늘로 보강한 가죽 갑옷을 흉부에 둘렀으며 무두질한 가죽 바지에 긴 가죽 장화를 신었다. 그리고 허리띠에는 단검과 손도끼, 길쭉한 형태의 강철 장검을 찼다.

정체불명의 무리가 퇴각하는 크라테루스 기병대의 앞길을 가로막자, 그들은 허겁지겁 말을 붙들어 세웠다. 뜻밖의 복병에 심히 당황해하는 기색을 보였다.

"어디서 굴러다니던 조랑말 새끼들이냐! 저놈들은 대체 뭐 하는 녀석들이냐?"

크라테루스는 옆에 다가선 부하들에게 버럭 고함을 내질렀다.

"글쎄올시다. 도적 떼가 아닐까요?"

적에게 숨 돌릴 기회를 주지 않겠다는 듯 을지는 곧장 전투 개시를 명령했다. 그러자 5백여 명의 유격 기병 중 제1선에 선 2백여 명의 기병들이 적군을 향해 돌격했다. 이에 크라테루스 기병대는 밀집 대형을 이루며 긴 창을 일제히 겨누었다. 넓은 차양이 있는 청동 투구와 복부까지를 덮는 청동 갑옷으로 무장한 알렉산드로스 기병대는 적의 말들이 사정권 가까이 다가오면 일제히 맞서 돌격하여 4미터의 긴 창으로 마구 쑤셔 대는 전법을 사용했고 이번에도 어김없이 그러한 전법을 구사할 작정이었다.

크라테루스가 보기에 돌격해 오는 적들은 여태껏 싸워 왔던 페르시아 기병대의 전술과 다름없어 보였다. 그렇듯 을지의 유격 기병들은 흙먼지를 일으키며 드세게 말을 몰아 적진의 정면으로 달려갔다. 그러나 어느 지점에 이르자 바투치의 지휘를 받는 유격 기병들은 독수리가 날개를 펼치듯 흩어지며 일제히 활을 빼 들었고 적진을 향해 화살을 마구 쏘아 대었다. 그러자 앞 선에서 돌격 대기 중이던 크라테루스 기병대의 말들이 퍽퍽 쓰러졌다. 처음 보는 을지 기병들의 궁술에 크라테루스는 경악했다. 말들이 화살을 맞고 예닐곱씩 퍽퍽 나자빠지는 통에 대열은 흐트러졌고 낙마한 병사들은 우왕좌왕했다.

크라테루스는 당하고 있을 수만 없어 황급히 명령을 내렸다.

"돌격하라! 대열을 유지하라!"

명령이 떨어지자, 크라테루스 기병대의 중무장한 창기병들은 달려오는 적을 향해 맹렬히 돌격했다. 그러나 날개를 펼친 대형의 적군을 상대하려니 자연 전열이 흐트러질 수밖에 없었다. 둔중한 갑옷의 창기병들은 연달아 고꾸라지는 말들과 함께 여지없이 거친 땅바닥으로 나뒹굴었다. 말들의 울부짖음과 땅거죽을 때리는 쇳소리가 천지 사방에 요동쳤다.

"퇴각하라!" 유격 기병들은 바투치 장교의 명령에 따라 일제히 말의 방향을 돌렸다. 이윽고 본진에 합류한 유격 기병들은 병력의 후미로 빠졌고 화살을 장착한 채 기다리던 제2선의 기병 3백여 명이 달려드는 적을 향해 일제히 화살을 쏘아 댔다.

추격해 오던 크라테루스 창기병들은 또다시 추풍낙엽처럼 픽픽 쓰러져 갔다. 그러자 크라테루스는 후퇴를 명령했다. "후퇴하라! 진지로 퇴각하라!" 명령이 떨어지자 요행히 화살을 피한 크라테루스 기병들은 허둥지둥 말고삐를 돌려 달아나기에 바빴다.

이때 후미에서 화살을 공급받고 한숨 돌린 바투치의 유격 기병들이 또다시 선두에 나섰고, 달아나는 적의 기병들을 추격했다. 말을 잃고 땅바닥에 나뒹굴다가 달아나는 크라테루스 기병들은 노루 사냥하듯 쫓는 제2선의 유격 기병들의 장검에 목덜미를 맞고 쓰러져 갔다. 말을 타고 달아나던 적의 잔존 기병들도 뒤쫓은 바투치의 유격 기병들의 화살과 장검에 맞아 속절없이 고꾸라졌다.

을지의 유격 부대 병사들은 비명을 질러 대는 적군에게 결단코 관용을 베풀지 않았다.

구사일생으로 살아 돌아온 크라테루스로부터 애매모호한 전과를 보고받은 알렉산드로스는 잠시 절망과 분노에 휘둘렸으나 부하들을 모두 잃고 패배한 그를 질책하지는 않았다. 헬라스인 모두가 알고 있는 그 유명한 정복자 키루스 대왕조차도 죽음에 이르게 한 마사게타이족을 상대로, 소수 병력을 이끌고 전투를 벌인 것만으로도 가상하다는 생각이었다. 그런 데다가 적군의 피해 또한 상당하여 수천 명을 사살했다는 보고까지 태연하게 올렸으니 당연히 고개를 끄덕이며 전과를 치하하지 않을 수 없었다.

물론 알렉산드로스는 그의 말을 전적으로 신뢰하진 않았다. 그러나 크라테루스는 그의 오랜 친구이고 군대에 미칠 사기 진작을 위해서라도 때때로 허풍이 필요하다는 걸 알고 있었다. 실제로 크라테루스는 기진맥진했고 심하게 다친 상태에 처해 있어 장기간의 치료와 휴식이 불가피한 그의 과장된 보고를 순순히 받아들인 것이다. 알렉산드로스는 승전했다고 주장한 크라테루스를 후방에서 요양하게 하고, 비전투병인데도 용감하게 싸우다 전사한 하프 연주자 아리스토니쿠스를 기리는 청동상을 만들어 만인의 귀감이 되게 하라고 지시했다.

그 후로 알렉산드로스는 자신의 명령 없이는 스키타이 땅을 밟지 말라는 지시를 전군에 내렸다. 그에 따라 소그디아나 저항군을 섬멸하려는 작전에 차질이 빚어졌다. 그렇지 않아도 소그디아나 저항군은 전황이 불리해지면 스키타이 영토 너머로 달아나기 일쑤였기 때문이다.

한편 하투르크가 심리전 장교로 근무하는 갈리아푸스와 옥시사르테스의 연합 군대는 주로 소그디아나를 짓밟는 알렉산드로스 군대와 야전에서 맞상대하는 전술을 취했다. 그리고 스피타메네스 부대는 주로 박트리아 지역을 오가며 요새와 진지에 주둔 중인 알렉산드로스 수비대를 상대로 기습 작전을 펼쳤다. 이들 부대는 부족한 병력과 물자를 스키타이족으로부터 지원받았고 때때로 수로가 지휘하는 해치 군대와 연합 작전을 펼치기도 했다.

알렉산드로스 군대는 벌판과 계곡을 오가며 벌이는 전투에서 치고 빠지는 저항군의 궁술과 기동력에 속수무책으로 당했고, 별다른 전과를 거두지 못한 채 거듭해서 병력의 손실만을 가져왔다. 그렇다고 소수의 저항군을 섬멸하고자 점령지에 흩어져 있는 병력을 모두 불러 모아 전군을 투입할 형편도 아니었다.

결국 알렉산드로스 군대는 점령지의 확대보다는 확보된 요새를 지키는 전략으로 전환했다. 이에 따라 알렉산드로스 군대의 침략에 의한 학살은 일시 멈추게 되었지만, 그로 인해 저항군이 그들을 몰아내는 전략 역시 한계를 보이게 되었다. 그들이 보유한 투석기와 방패, 긴 창과 갑옷을 물리치면서 요새를 탈환할 수 있을 만큼의 적절한 수단이 없었고 특히 보병이 절대적으로 부족했기 때문이었다.

알렉산드로스 군대와 소그디아나 저항군들이 각기 자기들에게 유리한 국면을 노리느라 답보 상태에 빠진 가운데 일단의 무리가 알렉산드로스를 찾아왔다. 그들은 알렉산드로스로서는 금시초문인 부여족을 들먹여 가며 야만족의 타도를 외쳤다. 부여족은 스키타이와 다른 족속이니 결코 스키타이족이 합세하지 않을 것이라 말하면서 알렉산드로스를 안심시켰다.

그들은 부여고을이 두만수타 체제일 때에 마가의 수장을 맡았다가 부패 혐의를 받자 달아난 하눌치와 남은 세력들이었다. 그들은 부여족이 소그디아나 저항군에게 무기와 물자, 병력까지를 지원한다고 말하면서도 스키타이족의 한 분파인 해씨족과 연합하여 단일 국가와 단일 군대까지 이룬 사실은 감추었다. 하눌치는 어떡하든 오로지 자기를 도탄에 빠트린 히누리와 부여족에 대한 복수에만 골몰했다.

하지만 게걸스럽게 자기 얘기를 쏟아 내는 사내, 자기 부족의 파괴를 타국 군대에 의뢰하는 이 사내를 어디까지 신뢰할 수 있을까. 노쇠한 하눌치의 모습을 흘겨보며 알렉산드로스는 내키지 않는 듯 시큰둥했다. 그러한 왕의 태도를 읽고 하눌치는 더욱 열변을 토했다.

"폐하, 제게 약간의 기병대를 붙여 주신다면 그야말로 부여족을 쑥대밭으로 만들어 드리겠습니다."

"어허, 어떻게 말이냐? 저들은 군대까지 있다면서?"

스키타이족들은 대부분이 별도의 정규 군대가 없다. 평소 생업을 하다가 위기가 닥치면 그때 부족민 전원이 전사가 되어 전쟁에 나서는 체제이다. 그래도 용맹을 떨치는 부족들인데 그들과 뒤섞여 사는 부여족은 군대까지 조직한 세력이라니.

"그들의 군대는 부여족 고을로부터 멀리 떨어져 있습니다. 우리는 우회해서 고을로 몰래 침투할 것입니다. 물자를 생산하는 인력과 장비들을 죄다 초토화하면 소그디아나 군대는 물론이고 스키타이족들도 큰 타격을 입게 될 것입니다. 그리되면 폐하께서는 이 지역의 점령을 공고히 하실 수 있게 되는 것입니다."

스키타이가 타격을 입게 된다는 얘기에 귀가 솔깃해졌으나 알렉산드로스로서는 그래도 신뢰가 가지 않았다.

"만약 성공한다고 치면, 그래서 자네가 얻는 이득은 무엇인가?"

"저는 단지 폐하가 건설할 제국에서 살아가게 되면 그걸로 족할 따름입니다."

"그래? 자네는 우리가 이루려는 세계를 알고 있기는 한가?"

"폐하께서는 페르시아 문명을 존중하면서 헬라의 문명을 이곳에 접목하고 계십니다. 저는 그런 폐하의 정신과 사상을 우러르고자 할 따름입니다."

알렉산드로스는 공연히 기분이 좋아졌다.

"아까 기병대를 붙여 달라고 했는데 병력 몇 명을 원하는가?"

"부여족은 고을의 치안 병력이 1백 명에 불과합니다. 그 외는 여자와 아이, 일꾼들이 있을 뿐입니다. 기병 5백이면 요새를 초토화하고 돌아올 수 있습니다."

"알겠다. 용병대로 조직된 기병, 1천 명을 주겠다. 알아서 데려가라."

"황공하옵나이다. 폐하!"

하눌치는 자신의 부탁을 들어준 알렉산드로스에게 무릎 꿇고 엎드려 무한의 감사를 표했다. 하눌치가 물러난 뒤 알렉산드로스는 용병 부대를 지휘하고 있는 에리기우스 장교를 긴급히 호출했다. 이같은 부대의 파견 소식을 전해 들은 셀레우코스 장군이 급히 달려왔다.

"자기 부족을 저주하여 멸망의 구렁텅이에 빠트리겠다. 과연 그런 자를 신뢰해도 괜찮을까?"

"한 번 배신한 놈은 계속해서 배신의 길을 택할 가능성이 높지."

"금괴를 주겠다고 하면 나라까지 팔아먹을 놈은 봤어도 이 뭐야, 아무런 보상도 없이…?"

그 말에 알렉산드로스는 빙그레 웃음을 지어 보였다.

"어차피 한 번 써 보고 판단할 것이니 걱정하지 말게나. 곧 에리기우스가 올 것이야. 이왕 왔으니 같이 작전을 짜 보는 건 어때?"

긴박하게 전개되는 알렉산드로스와 하눌치의 책략을 알아채지 못한 을지는 사전에 계획한 작전대로 5천의 해치 군대를 이끌고 후잔트로 나아갔다. 아직 요새를 완전히 구축하지 못한 알렉산드로스 점령군은 느닷없는 스키타이 군대의 출몰에 놀란 나머지 투석기와 방패들을 앞세운 채 시가전 방비에 나섰다.

"구덩이를 파라! 어서 빨리 해자를 만들어라!"

그들은 말뚝을 박아 방책을 세우고 진흙을 쌓아 올려 진지들을 도시 곳곳에 구축해 놓았다. 그러나 역동적인 기병들을 상대하기에는 보잘것없는 방어벽이었다. 알렉산드로스는 전략적 요충지답게 중무장한 보병대 위주로 병력을 배치해 놓았지만, 용맹한 해치 군대를 상대하기에는 역부족이었다. 그들의 최대 약점은 뜻밖에도 그들이 전투 때마다 내세워 위용을 떨쳤던 밀집대형의 전투 방식에 있었다.

해치 군대의 기병들이 내뿜는 불화살이 대형 방패 넘어 알렉산드로스 보병들의 군복에 옮겨붙었고 단숨에 혼란 속으로 몰아넣었다. 기병들은 멀리서 화살을 퍼부었고 당황하여 후퇴하는 보병들의 등짝에 마구 날아가 박혔다. 점령군 보병들이 4미터가 넘는 사리사와 대형 방패로 저항하자 해치 군대의 전사들은 둔중한 언월도를 휘둘러 방패와 창끝의 나무를 빠갰고 투구를 두른 보병의 머리와 어깻죽지를 사정없이 내리쳤다. 기병들은 흩어져 달아나는 보병들을 뒤쫓아 가며 강철 장검을 휘둘렀다.

맞대응하기 위해 나타난 일단의 알렉산드로스 창기병들은 노련하게 말을 부리는 해치 군대의 기병에 농락당하며 무기력하게 쓰러져 갔다. 좁은 시가지에서 치르는 해치 군대의 기병 전술은 이러했다. 일단 멀리서 달려오는 적군은 활을 쏘아 말을 쓰러뜨리고, 다가온 적군이 창으로 찌를 때에는 장검으로 쳐내면서 그대로 달려들어 적군의 팔이나 목덜미, 연이어 말의 꽁무니를 내리치는 것이다. 근접전에서는 뾰족한 표창을 날려 말을 놀라게 하거나 주저앉힌 뒤 가차없이 장검으로 내리치는 것이다. 이러한 전법은 몸놀림이 기민한 체구의 부여 말을 능수능란하게 다룰 줄 아는, 기마 족속의 무사들에 의해 발현될 수 있는 것이었다.

전투는 한나절 만에 종료되었다. 다음 날, 을지의 해치 군대가 휴식을 취하며 전열을 가다듬고 있을 때 대장군 수로가 추가로 5천의 군대를 이끌고 나타났다. 수로는 을지의 전과를 확인하고 병력과 무기를 재배치한 뒤 키로폴리스를 우회하여 곧장 소그디아나의 수도인 마라칸다로 향했다. 그곳에는 페르시아인 총독 아르타바주스가 카르누스와 함께 도시를 지키고 있었다.

이날 수로의 해치 군대가 마라칸다를 공격한다는 전갈을 받고 갈리아푸스 군대가 그곳 외곽에 도착했다. 이어서 해치 군대도 야심한 밤이 되어 갈리아푸스 군대와 합류했다. 연합을 이룬 해치 군대는 지체하지 않고 1만 5천여의 병력으로 야간 총공세를 감행했다. 알렉산드로스의 지원군이 도착하기 전에 도시에 주둔 중인 적군을 섬멸하고자 했다.

먼저 성문과 성곽 너머의 적군을 향해 일제히 불화살을 날렸다. 이것을 신호로 사전에 후잔트의 패주병 틈에 섞여 몰래 잠입했던 유격 전사들이 군대 막사에 불을 질렀고 후방에서 적군들을 공격했다. 불타올라 무너진 성문을 기병들이 일제히 돌파하여 도시 곳곳을 휘젓고 다녔다. 장검과 화살의 위력에 알렉산드로스 군대의 병사들이 속절없이 쓰러져 갔다. 해치 군대의 날쌘 기동력 앞에 점령군은 달아날 엄두를 내지 못했고 수로의 연합 군대는 항복을 받아들이지도 않았다.

새벽녘에 이르러 알렉산드로스 군대의 점령군과 부역자들 모두가 처참한 죽음을 맞았다. 그러나 아르타바주스와 카르누스의 시신은 찾을 수가 없었다. 아무래도 스키타이군의 총공격이 시작되자 패배를 직감하고는 개전 초기에 약삭빠르게 달아난 듯했다.

한편 해치 군대와 갈리아푸스 군대가 협공을 벌일 때에 스피타메네스 부대도 가만히 있지 않았다. 마라칸다로 진입하는 길목에 매복해 있다가 그날 새벽 무렵 알렉산드로스 군대의 지원군이 지나갈 때 기습 공격을 가한 것이다. 이때 병력을 이끌던 코이누스 부대는 큰 손실을 보고 와해하여 원래 주둔한 진지로 부리나케 퇴각해야 했다.

전투를 승전으로 이끈 해치 군대의 을지와 수로, 스피타메네스, 갈리아푸스, 옥시사르테스, 그리고 장교들 모두가 마라칸다 궁전에 모였다. 그들은 전사한 전우들을 추모하는 제사를 지낸 뒤 새로이 결의를 다졌다. 여기서 수로는 경당의 친구이자 수라의 약혼자인 하투르크를 만났다.

"하투르크, 그간 잘 지냈는가? 어려운 선택이었을 텐데 멋지게 극복해 내다니! 친구로서 무척이나 자랑스럽네."

"수로! 자네는 뛰어난 무사야. 탁월한 지휘관이 될 줄 알았지."

두 사람은 굳게 맞잡은 손을 좀처럼 뗄 줄 몰랐다. 하투르크의 두 눈은 생기로 가득 찼다.

"우리가 힘을 합치면 무엇이든 못 할 게 없겠지. 서로 연합해서 기필코 적을 물리치세."

수로의 의기에 하투르크가 화답했다.

"아무렴, 우리의 목숨이 다하는 날까지 뜨겁게 투쟁해야지. 반드시 당한 만큼 되갚아야 하고말고."

문득 수로의 얼굴에 그늘이 비치자 하투르크는 얼른 화제를 돌렸다.

"아참! 그렇지. 자네 누이는 무사하다네."

"그렇군! 사실 무척 궁금했었네. 점령군의 억압 속에 어떻게 살아내나 그랬지."

"줄곧 나와 함께 지냈다가 아무래도 위험해질 것 같아 아리아마제스로 피신했다네."

"…그래?"

수로는 문득 맞잡은 손을 떼며 우려의 낯빛을 띠었다. 그러자 하투르크는 좀 더 구체적인 언급으로 수로를 안심시키려 했다.

"옥시사르테스 왕이 권했다네. 자기 아내와 딸들도 거기 있다기에 안전하리라 생각했지. 그 어느 곳보다 지내기가 좋지 않겠나."

"아버지도 누이 소식을 궁금해하셨어. 그런데 아리아마제스라…. 왕의 가족들이라 더한층 표적이 되지 않을까?"

하투르크는 누이를 생각하는 수로의 걱정을 덜기 위해 과장된 몸짓을 지어 보였다.

"수로! 한 가지 소식을 전할 게 있는데 자네가 어찌 생각할지 모르겠지만 에…, 수라와 나, 그러니까 에, …우린 결혼했다네."

그 말을 듣자마자 수로는 하투르크를 덥석 끌어안았다.

"고맙네, 하투르크!"

천지에 요란한 울음소리를 내며 검독수리와 갈까마귀가 파란 하늘을 뒤덮는다. 을지와 수로를 비롯한 저항군 부대들은 각자의 주둔지를 향해 신속히 철수에 나섰다. 분노한 알렉산드로스가 대군을 이끌고 진격해 오리라 판단했다. 이윽고 저항군이 떠나고 난 도시에는 타다 남은 잿더미와 뿌연 잿빛 연기가 헛것처럼 폐허 된 도시를 휘돌았다. 검붉은 대지에 내려앉은 갖은 새의 무리가 한바탕 군무를 춤추는 양 활짝 뻗은 검은 날개를 너울거리며 시신의 주위를 어지러이 맴돌았다. 꺄악…, 빼약….

을지는 검붉은 대지를 또각또각 밟고 나아가는 말 등에 앉아 나직한 소리로 흥얼거렸다.

"…나는 간다, 새들의 계곡으로. 거기엔 달이 떠오른다네. 흰 구름이 떼까마귀와 노니고, 붉은 땅은 파란 꽃과 어울리는데. 깃털은 창공에 흩어지려는데, 지친 날갯짓 저 독수리. 나는 가노라, 새들의 계곡으로. 거기엔 내 고향 땅의 둥근 달이 떠오른다네. 달뜬 꽃들이 흔들리어 가벼이 춤을 추고, 길 떠나는 옷깃에 낯선 바람이 돋아나려는데…"

그것은 마치 신명에 겨워 읊조리는 주문처럼 들렸다. 수로는 을지 옆으로 애마 햇살을 바짝 붙여 걸렸다. 그러나 말을 건네지는 않았고 아버지가 흥얼거리는 노랫가락을 귀담아들으려 했다.

잠시 후 을지는 콧노래를 그쳤다.

"죽은 조카가 평소 조랑말 등에 앉아 리라를 켜며 부르던 노래였다. 오늘 갑자기 떠올라 불러 봤다. 이 아비가 마지막으로 용병을 했을 때다. 그러니까 한 20여 년쯤 되었나? 카르로스라는, 메디아 상인을 따라 동쪽의 '주나라'라는 땅으로 물건을 팔러 갔을 때였지. 그때 사막 횡단 중에 그 노인이 말했었다. '인간은 동물성을 극복하고 신성으로 나아가기 위해 종교가 필요하고 이성의 깨침이 요구되는 줄로 알았다. 그러나 막상 삶을 살아갈수록, 역사에 눈을 뜨게 될수록 인간은 모두가 추구하던 그 이성에 의해 동물성보다 더한 악에 물들게 된다는 사실을 비로소 깨달았다.' 그와 같은 말씀을 그는 내게 들려주셨다. 그런데 내 경호의 불찰로 해서 안타까운 죽음을 맞으셨던 그날의 기억들이 오늘따라 새록새록 돋아나는구나."

수로는 아버지의 회억에 대해 어떠한 말로 화답해야 좋을지 몰랐다. 지난한 세월을 살아온 분들의 무게를 어찌 이루 다 헤아릴 수 있겠으며 무수한 생명들이 한낱 미물의 먹잇감으로 전락하는 모습 앞에서 어찌 인간의 존엄성과 이성의 가치를 들먹일 수 있겠는가.

을지는 아들 수로가 묵묵히 자기 곁을 따르는 모습을 보곤 다시금 콧노래를 흥얼거렸다. 수로는 아버지의 노래가 심중의 갈증을 게우려는 몸짓이며 한탄인 것이 느껴져 가슴이 울컥 뜨거워졌다.

이제 명확해졌다. 학살의 제국에 맞서 끝끝내 투쟁하는 길만이 정넝 자신이 걸어가야 할 삶이요, 의로운 행위인 것을…. 지금 몸에 부딪는 바람을 헤치고 꿋꿋이 나아가야 한다는 것을.

29
내부의 적에 의해 무너진다던데

바로 그날 밤, 하눌치 일당은 에리기우스가 지휘하는 용병 부대의 기병을 대동하고 협곡을 지나 부여국 외곽에 이르렀다. 하눌치는 목동으로 위장한 부하를 정찰병으로 보내 부여고을의 상황을 염탐하게 했고, 모두가 잠들 때까지 산악 기슭에 병력을 은폐했다. 기병들은 페르시아 군대와 전투할 때 끌어모은 헬라스와 시리아 지역의 용병들이며, 두터운 가죽 갑옷을 걸쳤고 무기로는 페르시아의 창과 칼을 사용했다.

고단한 하루의 작업을 끝내고 저녁을 즐겼던 사람들이 한둘씩 잠자리에 들면서 부여고을의 밤은 점점 깊어만 갔다.

한때 치우 부대의 근거지였던 건물에는 여전사들로 구성된 호위 부대 중에서 6백여 명의 2개 대대 병력이 임무를 교대하기 위해 잠시 머물러 있었다. 그중 부여족 출신의 비월 장교가 전쟁 물자를 싣고 갈 수송대를 경호하는 1개 대대를 지휘하고 있었다. 부여 군대의 본부로 사용했던 야산 중턱의 건물에는 30명의 근위대를 포함한 1백여 명의 치안 병력이 상주하고, 예전에 관청이었던 궁전에는 현재 히누리와 아이들을 위시하여 행정 업무를 맡은 관리들이 거주하고 있다.

밤은 더욱 깊어져 갔다. 궁전과 부대 막사를 중심으로 보초 섰던 병사들이 방심하여 졸고 있을 때 갑자기 고을 곳곳에서 불길이 피어올랐다. 하눌치 일당과 에리기우스의 용병 부대가 공격을 개시한 것이다. 에리기우스의 용병들은 우선 기선 제압을 위해 들고 있던 횃불을 던져 가며 궁전과 부대 막사를 집중적으로 공격했다.

막사는 일순간 혼란에 빠졌고 잠에서 채 깨어나지 못한 여전사들이 우왕좌왕하다가 침략군의 공격에 쓰러져 갔다. 이윽고 비상사태를 알리는 꽹과리와 피리 소리가 요란하게 울려 댔다. 여기저기서 터져 오르는 불길과 함께 괴성과 비명이 밤하늘을 뒤흔들었다. 매캐한 연기가 궁전 내부에 자욱한 가운데 근위대 장교인 공손추가 급히 히누리를 찾았다.

"임금님! 적들이 침입했습니다. 당장 피하셔야 합니다."

이미 전투복과 무장을 갖춘 히누리는 장교와 함께 자리를 옮겼다.

"적이라면, 알렉산드로스 군대입니까? 오가 대신들은요?"

"아직은 아무것도 모릅니다. 일단 대피소로 피하셔서 옥체를 보존하셔야 합니다."

벌써 밖에서는 아우성과 말발굽 소리, 온갖 소음들로 가득하다.

적의 내습이 코앞에 닥친 듯하다.

"장교님, 아이들은요?"

"대원들이 지금 피신시키고 있습니다."

"숨을 게 아니라 당장 지휘소로 가야 하지 않나요?"

"그러기에는 적군이 이미 궁전 안으로 침입했습니다. 지원군이 올 때까지 은신하셔야 합니다."

궁전도 예외가 아니어서 하눌치 일당과 에리기우스의 용병들이 들이닥친 상태였다. 보초병들은 속절없이 쓰러졌고 문짝들이 발길질에 나가떨어졌다. 하눌치가 히누리를 찾아 궁전을 뒤질 때 히누리는 지하에 구축한 은신처로 몸을 피했고 그곳에는 아이들이 먼저 와 있었다. 그곳은 예전에 식량 등을 저장해 두던 창고였다.

부여고을은 점점 더 불타올랐고 마을 전체가 혼란에 빠졌다. 호위부대의 여전사들은 모든 힘을 다해 싸웠으나 기습적인 선제공격을 당한 데다 병력의 부족으로 점점 궁지에 몰렸다. 마가 대신 아사라크를 비롯하여 부여고을 외곽의 촌락에서 달려온 우가 대신 파라마누 등, 오가의 대신들이 비상 체제에 따르는 장소에 속속 집결하였고, 꽹과리를 쳐서 전체 주민의 무장과 투쟁을 촉구했다. 이곳의 사제가 된 아물이 허둥대며 뒤늦게 나타나 이전 부족장 우수크의 안부를 물었고 무사하다는 파라마누의 말을 듣고서야 그는 한시름을 놓았다.

한편 마을의 외곽 기슭에 자리한 경당에도 하눌치 일당의 안내로 에리기우스의 용병들이 쳐들어왔다. 교사들과 기숙사에 있던 수련생들은 신속히 무장하여 화살을 쏘는 등 방어에 나섰으나 불을 지르며 날뛰는 용병들의 공격을 막아내지 못했다.

녹수는 이곳 경당에서 수업받으며 기숙사에 기거하던 중이었다. 그녀도 잠결에 용병들의 공격을 받았고 대항하며 피신하다가 한 용병과 마주쳤다. 별수 없이 결투를 벌여야 했고 거칠게 윽박지르는 용병의 칼날에 결국 쓰러지고 말았다. 용병은 피를 쏟으며 쓰러진 그녀의 미모와 불거져 나온 젖가슴에 육체가 격동했다.

"살려 주…"

죽은 줄 알았던 그녀가 가냘프게 꼼지락거리자, 비명과 아우성의 혼란에도 아랑곳없이 근처 으슥한 데로 그녀를 질질 끌고 갔다. 용병은 전장에서 수많은 여자를 농락한 듯 익숙한 몸놀림으로 녹수의 옷을 벗겼고 정욕을 맘껏 분출했다. 이윽고 바지춤을 추스르며 몸을 일으킨 용병은 확인 사살하듯 칼을 들어 내려쳤다.

얼마쯤 시간이 흐른 뒤 주민들로 이루어진 기병들과 궁수들이 속속 집결했고 각자 설정된 배치 지역의 매복에 나섰다.

"기병들은 나를 따르라!"

마가의 진두지휘에 따라 기병들은 격전지로 나아갔고, 행렬과 매복에 합류하는 기병과 궁수들이 갈수록 늘어났다. 매복한 주민들은 공방을 노려 침투한 하눌치의 무리들을 상대로 전투를 벌여야 했다. 드넓은 부대 막사 부근에서는 초접전 상태의 마상 결투가 벌어지고 있었다.

창으로 윽박지르며 밀어붙이는 알렉산드로스 군대의 인해전술을 이기지 못하고 수세에 몰린 비월의 여전사들과 치안대 병사들은 참호와 방책 등의 지형지물로 엄폐한 가운데, 표창을 던지고 장검을 휘두르는 방식으로 적의 접근을 막는 데에 급급했다. 그러다가 뒤늦게 합류한 아사라크와 주민들이 적의 후미에서 협공에 나서자 비로소 숨통이 트인 여전사들은 반격에 나섰고 마침내 전세를 뒤집는 데 성공했다. 적군과의 대치 간격이 벌어지자, 본래의 전투 방식을 되찾아 화살을 조준해서 사격할 수 있게 된 것이다.

호위 부대와 치안대 병력, 그리고 아사라크와 주민들이 합세하여 에리기우스의 용병들과 전투를 벌이는 가운데 비월이 이끄는 대대는 화살을 겨눠 적들을 가격했고 용병들은 말과 함께 나뒹굴었다. 정확하고 강력한 화살이 위력을 더하자 마침내 에리기우스의 용병대는 겁에 질려 퇴각하는 자들이 생겨났고 이로써 전세가 급격히 기울어졌다.

적들이 허겁지겁 도주할 때 비월이 선두에 나서며 외쳤다.

"모두 말에 오르라! 추격하라!"

한 놈도 살려 보내선 안 된다는 장교 비월의 명령을 받고 후미에 대기 중이던 말에 오른 여전사들은 일제히 방책 너머로 달려 나갔다. 아라라라랏!

침략은 가능할지언정 후퇴는 불가능하다. 제멋대로의 도주는 절대 용납할 수 없는 것이다.

이럴 즈음 치안대 병력의 경호로 위기를 넘긴 히누리와 아이들은 근위 대원 십여 명의 호위 속에 오가의 대신들이 모여 있는 비상 지휘소로 이동했다. 그때 불길에 휩싸인 마을 골목길에서 일단의 무리와 맞닥뜨렸는데 그들은 바로 하눌치와 그 일당들이었다. 무리의 숫자가 적어도 30여 명은 되어 보였다.

장교 공손추가 소리쳤다.

"아니. 저놈은 하눌치가 아니더냐?"

하눌치도 고함을 내질렀다.

"저년이 쥐새끼같이 어데 숨었나 했도. 제 발로 걸어 들어오다니, 으하하!"

장교 공손추가 다급하게 말했다.

"임금님, 자제분과 함께 속히 이곳을 벗어나십시오."

"나도 싸우겠소."

"안 됩니다. 임금은 본래 차후의 국가와 백성을 염두에 두고 거동하셔야 합니다. 여긴 저희에게 맡기고 어서 피하십시오. 여봐라, 병사! 임금님을 모시고 여길 떠나라, 어서!"

히누리는 일단 방어 능력이 없는 어린아이들을 방치할 수 없었다. 속히 전투 현장을 벗어날 수밖에 없어 호위하는 한 병사를 따라 말을 돌렸다. 그때 천수가 다시 말고삐를 당겼다.

"어머니, 아우들과 먼저 가십시오. 저는 적들을 무찌른 뒤 뒤따르겠습니다."

"천수야! 그게 무슨 소리냐. 아직 어린 것이…."

"어머니, 저는 전사입니다. 비겁하게 물러서고 싶지 않습니다."

그 순간 히누리는 얼결에 튀어나온 자기 말과 행동을 후회했다. 대의 앞에서 일국의 왕이 된 이상, 목숨에 연연해서는 아니 되는 것을.

"그래, 싸워라! 이 어미도 나서서 싸우겠다. 병사! 이 아이들을 데리고 먼저 가시오."

장교가 화들짝 놀란다.

"임금님! 정녕 이러시면…."

히누리는 목소리를 드높였다.

"장교, 정녕 죽기로 싸우면 운명도 감복하지 않겠소. 내, 병사들과 생사를 함께하리다."

"나도 싸울 수 있는데…."

곁에서 수정이가 주절댔다.

왕의 결심을 꺾지 못한 장교는 병사에게 신호를 보냈다. 병사는 즉시 수정, 수강, 모수, 이렇게 세 아이와 함께 말을 몰아 달려갔다. 얼핏 봐도 근위대는 수적 열세였다. 그러나 장교는 물러설 생각이 없었다.

"대원들은 들어라. 천신과 임금께서 우리와 함께하신다. 저놈 하눌치는 우리 부여족을 배반하고 적에게 달라붙은 철천지원수이도다. 결투는 대가리가 많다고 이기는 게 결단코 아니다. 우리에겐 드높은 무공이 있지 않은가. 놈들에게 본때를 보여주자. 제군들아, 싸우자. 놈들을 처단하자!"

근위대 병사들은 왕의 참전과 장교의 독려에 의기충천해졌다. 모두가 칼을 번쩍 치켜들며 마을이 떠나갈 듯이 괴성을 질러 댔다. 아라라라랏!

드디어 하눌치 일당과 근위대 병사들 간에 피할 수 없는 일전이 벌어지게 되었다. 히누리는 장검을 빼 들었다. 심상찮은 주변 기운에 말들이 허둥대며 히힝 울어댔다. 근위대의 말들은 모두 솜으로 귓구멍을 틀어막은 상태였다.

"돌격하라!" 근위대 장교의 외침에 대원들은 돌격했고 때맞춰 선두에 따르던 한 대원이 꽹과리를 요란하게 울려 댔다. 그 소리에 화들짝 놀란 하눌치 일당의 말들이 요동치면서 대열이 흐트러졌고 기회를 놓칠세라 앞장선 근위대 병사들이 언월도를 휘두르기 시작했다.

하눌치 일당들은 요동치는 말 위에서 떨어져 짓밟히거나 손쓸 겨를 없이 근위대 병사들의 칼날을 맞고 쓰러져 갔다.

"흩어져서 싸워라!" 하눌치가 외쳐 대자 무리들은 좁다란 골목을 벗어나 주변의 밭들과 민가의 마당 쪽으로 뿔뿔이 흩어졌다. 공손

추는 결단코 놈들을 살려 보낼 수가 없었다.

"놈들을 놓치지 말라! 처단하라!"

장교의 명령에 병사들은 하눌치 일당들을 뒤쫓으며 공격을 가했다. 천수는 축대 넘어 밭으로 달아나는 적을 쫓았고, 애송이 놈이 엉겨 붙는다고 생각한 털북숭이 사내는 말을 돌려 대결에 나섰다. 사내는 천수를 가소로이 여겨 칼을 마구 휘둘렀으나 이를 막아낸 천수는 사내의 옆구리를 찔렀고 휘청거리는 등짝을 내려쳤다. 사내는 나뒹굴었고 이것을 목격한 몇몇 일당이 합세하여 천수에게로 달려들었다.

히누리는 물러서지 않고 공격해 들어오는 무리들과 맞싸웠다. 몇몇 근위대 병사들이 왕을 호위하며 결투를 벌였고 히누리도 적극적으로 대결을 벌여 적들의 목덜미를 노렸다. 잠시 후 꽹과리 소리를 듣고 달려온 주민들이 여기저기서 집중 사격을 가했고 하눌치 무리들은 꼼짝달싹하지 못한 채 고꾸라졌다. 이때 하눌치가 한 병사의 언월도에 맞아 땅바닥으로 나뒹굴었고 뒤이은 병사의 칼날에 목이 삭둑 떨어져 나갔다. 머리통이 땅바닥에 나뒹굴자 하눌치는 이게 무슨 상황인지 알려는 듯 잠시 두 눈을 휘둥그레 움직였다.

마침내 전투가 끝났다. 상처를 입고 쓰러져 신음하는 적병들은 분노의 칼날을 맞고 죽어야 했다. 부상을 치료해 주기엔 부여족 사람들의 희생이 너무 컸다. 에리기우스의 용병 부대는 완전히 퇴각했다. 얼마큼의 병력이 살아서 돌아갔는지는 알 수 없으나 그들의 사체를 거둬들여 따로 화장하고 묻느라 여러 날을 허비해야 했다.

참으로 피해가 컸다. 수많은 부녀자와 아이들, 노인들이 불에 타 죽거나 용병들의 창에 찔려 죽었다. 그리고 장렬하게 전사한 2백여 명의 치안대 병사들과 호위 부대의 여전사들, 그리고 주민을 이끌고 싸웠던 아사라크, 비월, 천수에 이르기까지….

히누리는 허무하게 죽어 간 부족민을 화장하여 대형 고인돌 아래에 묻었다. 사람들은 지천으로 피어난 백합꽃을 꺾어다가 고인돌 앞에 놓으며 하늘을 우러러 기도를 올렸다. 그들 가운데는 녹수의 오라버니 태산의 모습도 보였다. 히누리는 높이 솟은 고깔모자를 쓰고 청동거울을 멘 제사장의 모습으로 유명을 달리한 이들을 추도하는 제사를 올렸다.

"아무 죄 없는 어린아이들까지 도륙하다니…!"

오랜 제사 의식이 끝나고 사람들은 뿔뿔이 흩어졌지만, 그녀는 무릎 꿇은 상태에서 한참을 자책하며 보냈다. 제단에 놓인 청동 단검을 땅속으로 깊숙이 찔러넣으며 그녀는 시리도록 푸르른 하늘을 우러렀다. 잔인하고 악한 인간에게 기댈 수 없는 세상이라면 그 누구에게 간구할 수 있을까 했다. 그녀는 진정 천신을 바랐다. 난생처음으로….

그나마 다행인 것은 마을 외곽에 새로이 주거지를 마련한 해씨족의 피해는 극히 미미했다는 사실이었다. 만약 해씨족의 주민들이 피해를 보았다면 타 부족의 정권 장악에 대한 불신과 불만이 터져 나왔을는지 모르고 자칫 민심의 동요로 이어질 수도 있었다. 수로와 을지의 해치 군대는 아직 전장에서 귀대하지 않았으나 전령의 전갈을 받고 이번 참상에 대해 알고 있었다. 그러나 하눌치 무리와의 전투에서 천수가 전사했다는 사실을 모르고 있었다.

임무를 마치고 귀대한 을지와 수로는 부여고을의 참상을 목격하고 전율했다. 그리고 쌍둥이 형제를 잃은 도수는 오열했고 분노를 참지 못해 소동을 피웠다. 부여족 사람들 또한 마찬가지로 같은 부여족 출신에 의해, 그것도 적국의 군대를 끌어들여 동족의 생명을 앗아간 것에 대해 이루 말할 수 없는 분노와 치욕에 빠졌다.

그러나 당장은 딱히 응징할 방법이 없었다. 아니, 방법이 없다기보다는 우선은 원상 복구를 서둘러야 했다. 상당한 수량의 장비와 비축된 물자가 화재로 소실되었고 다수의 장인과 일꾼들이 목숨을 잃은 상황이라 예전처럼 회복이 되려면 상당한 시일이 소요될 것 같았다.

말굴 마을이 소그디아나와 국경을 이루는 군사 요충지인 까닭에 그곳을 중심으로 진지를 구축하고 군대를 주둔시켰는데 뜻밖에도 후방의 부여고을이 공격당할 줄은 미처 생각지 못한 것이다. 물론 부여국의 지리와 정세를 잘 아는 동족의 배반으로 빚어진 참사이긴 했지만, 아무튼 주민들의 불안을 덜기 위해서라도 부여고을을 수비할 병력 파견이 불가피해졌다. 군사 회의를 거쳐 보병을 대폭 강화한 5천의 병력이 부여고을에 배치되었고 바달 장군이 부대의 지휘를 맡았다.

한편으로 세상이 조용했다. 후잔트와 마라칸다의 점령군이 몰살 당했다는 소식을 접하게 되면 알렉산드로스는 당장에라도 각지에 흩어져 있는 전군을 소집하여 일제히 그곳으로 진격하리라 예상했다. 그간에 그가 취했던 행태로 보건대 분명 그러하리라 판단했다. 그러나 조용했다. 알렉산드로스는 몇 날이고 마라칸다를 찾지 않았다. 두 도시는 폐허 상태로 방치되었고 어떠한 군사적 조치도 없었다. 그와 마찬가지로 갈리아푸스와 스피타메네스의 군대도 아무 움직임 없이 사태를 관망하고 있었다.

거두지 못한 수많은 시신이 널브러져 있어서일까. 주변의 부족 중에는 여름철인데도 한기에 몸을 떠는 자들이 많았고 알지 못할 설사와 복통, 피부병 등의 괴질에 걸려 신음하는 자들이 많았다. 이렇듯 떠도는 괴질을 제외하면 한편으로 언제 전쟁이 있었나 싶을 정도로 세상은 일면 평화로워 보이기까지 했다.

파란 아이리스꽃들이 바람 이는 들판을 휘덮었다.

어느덧 대지에 찬바람이 휘돌아다녔다. 소그디아나의 바위산에는 이동이 느리고 전투 능력이 없는 수많은 주민이 피신해 있었으며 그 중에는 알렉산드로스에게 투항을 거부했던 박트리아의 왕 옥시아르테스의 아내와 딸들도 머물러 있었다. 을지의 큰딸 수라도 호족 부인들과 어울려 지내고 있었다. 옥시아르테스는 피난민 거류지로 사용하는 바위산 요새를 알렉산드로스가 굳이 병력을 소모하면서 까지 침략하지는 않을 것으로 생각하고 이곳으로 가족을 피신시킨 것이다.

그러나 알렉산드로스는 아리아마제스라 불리는 바위산이 소그디 아나의 최후 거점으로 그곳이 무너지면 소그디아나의 저항이 급격 히 위축될 것이라 봤다. 그것이 아니라면, 단순히 옥시아르테스의 딸인 록사네의 미모를 확인하고 싶어서였는지도 모르겠다. 그 당시 세간의 평판이 자자했으니까. 아무튼 그는 공격을 결정한 것이다. 어찌 보면 무기력한 민간인의 대량 학살만큼 그들의 사기를 떨어뜨 리고 공포에 휘말리게 얽어매는 장치도 없을 것 같다. 어차피 살상 을 염두에 두고 일으킨 전쟁에 무슨 짓인들 못 할까.

무기력하고 나약해 보였던 소그디아나는 의외로 박트리아보다 강 력하게 저항했으며 알렉산드로스 군대를 계속해서 괴롭혔다. 이러 한 저항과 승전의 바탕에는 스키타이족의 군사적 지원이 크게 한몫 했으나 한편으로는 페르시아의 식민주의에 사로잡혀 쉽사리 굴종했 던 박트리아의 호족들과는 달리 자주 의식이 매우 강했던 소그디아 나 주민의 드센 기질이 발현되었기 때문이라 할 수 있었다.

을지는 만류하는 히누리와 아들 수로를 설득하여 1천 명의 정예 유격 부대, 이른바 두 번째로 무와탈리부대를 소집시켰다. 을지는 알렉산드로스 군대를 소그디아나 지역에서 모조리 몰아내고 싶어 했다.

"아들아, 고맙다. 귀대할 날이 언제가 될지 모르겠지만 적군이 물러나고 학살이 그친 그날이었으면 좋겠구나."

이 땅에 평화가 깃들 수만 있다면 언제까지고 바람이 되어 전장을 휘돌 수 있다는 아버지의 의지를 엿보고 수로는 절로 숙연해졌다.

"아버지! 천신의 가호를 받아 무사하시기를 기원하겠습니다."

"하하, 그렇군. 내겐 천신이 함께하시지. 천신께서는 언제나 죽음으로부터 나를 건져 주셨지."

그러다 호기롭게 내뱉은 자기 말이 민망한 듯 을지는 문득 하늘을 우러러보았다.

'그런데…, 이미 죽은 자들은 또 무엇이란 말인가? 그들의 믿음이 헛된 것이었다고 감히 누가 말할 수 있겠는가!'

부대 사열을 끝내고 드디어 출격을 앞둔 그때 태산이 다급히 말을 몰아 달려왔다.

"장군님! 저도 가겠습니다!"

그러자 근처에 있던 수로가 서둘러 제지했다.

"태산! 여긴 정예 부대라네."

수로는 아직 훈련병에 불과한 태산의 참전을 우려했다. 그러나 을지는 그의 훈련 성과와 집념을 눈여겨봐 왔던 터라 단번에 그의 요청을 수락했다.

"알겠네. 자네도 나와 같이 가자."

을지는 늘어선 무와탈리부대의 전사들을 향해 외쳤다.

"전사들이여, 가자!"

이랴! 을지가 말고삐를 치며 쏜살같이 달려 나갔다. 그러자 뒤따라 내닫는 수많은 전사들의 거친 말발굽에 대지가 뒤흔들렸고 먼지가 뿌옇게 피어올랐다.

을지의 무와탈리부대는 후잔트를 먼저 들렀다. 적들은 퇴각 이후로 얼씬거리지 않았고 일찍이 달아났던 원주민들이 한둘씩 모여들어 새로이 도시를 이루어 가고 있었다. 을지는 곧바로 앞서 공격에서 제외했던 키로폴리스로 향했다. 적들은 후잔트와 마라칸다가 함락되자 이곳을 포기하고 물러난 상태였다.

이곳에서 을지는 심히 갈등했다. 키로폴리스 도시와 연계된 가자 등의 6개 마을에는 부상으로 낙오한 헬라 용병들과 적군에게 부역한 일꾼들이 원주민의 여자들을 아내로 맞이하여 어느덧 가정을 이루며 살아가고 있는 것이었다. 을지는 걷잡을 수 없는 울분을 토하며 모두를 섬멸하려고 했다. 그러나 묘아리와 바투치 등, 여러 장교의 충언을 새겨들어야 했고 운명을 곱씹으며 그들의 정착을 받아들여야 했다.

"소그드의 모든 지역이 이러할진대 우리는 누구를 위해 싸워야 하는가? 대체 우리는 어디로 가야 하느냐?"

애끓는 을지의 한탄에 묘아리가 침통한 얼굴로 말했다.

"장군님! 적의 침략에 저항하는 소그드인이 아직 곳곳에 있습니다. 그들을 도와야 하지 않겠습니까."

헝클어진 마음을 다잡은 을지는 무와탈리부대를 이끌고 나우타카를 향해 나아갔다. 진군하는 도중에 식량과 물자들을 노획하러 돌아다니던 마케도니아 병사들을 발견하고는 전투 끝에 모두 죽여 버렸다. 이어서 한 계곡에서는 1천여 명의 알렉산드로스 병사들이 요새에서 저항하는 주민들을 에워싼 채 공격하고 있었다. 그들은 후방에서 나타난 을지의 기습적인 공격에 대처하지 못하고 우왕좌왕하다가 협공에 걸려 전멸하기에 이르렀다.

부여국의 무와탈리부대가 알렉산드로스 군대를 상대로 유격전을 펼치고 있다는 소식을 접한 소그디아나의 갈리아푸스 군대는 이것에 고무되어 활동을 재개했다. 양쪽 군대가 알렉산드로스의 점령지를 번갈아 가며 연파하고 있을 때 박트리아의 스피타메네스가 다급하게 을지를 찾아왔다.

"앞서 지원받은 마사게타이족 기병들이 전투가 소강상태일 때 모두 자기 고향으로 돌아갔습니다. 별도의 기마 병력을 지원받을 수 있겠습니까?"

"아시다시피 우리 군대는 용병이 아니라 일가친척들로 얽혀 있는 조직이라서 흩어질 수가 없습니다. 내 생각인데 갈리아푸스 군대에 합류하는 것이 어떻겠습니까?"

"장군, 정 그렇다면 여기 유격 부대와 합치고 싶습니다만."

"외람된 말씀이오나 우리 무와탈리부대는 오직 기마 전술을 다루는 유격 부대라 일사불란하게 움직여야 합니다."

썩 내키진 않았지만 하는 수 없이 을지의 권유를 받아들인 스피타메네스는 남은 병력을 이끌고 갈리아푸스를 찾아갔다. 갈리아푸스가 지휘하는 군대는 주로 소그디아나에서 전투를 벌였고 주민들의 저항 의지도 높았으며 박트리아의 호족 계급이자 왕인 옥시사르테스의 근위대가 연합하고 있어 추후 박트리아 공략에도 유리한 위치에 있었다. 반면에 스피타메네스 부대는 박트리아 지역을 옮겨 다니며 요새 수비대를 상대로 야간 유격전을 벌이던 부대였는데 잦은 전투로 병력이 급감하면서 전투 지형이 불리해진 상황이었다. 그리하여 한때 페르시아 군대에서 같이 근무한 경험이 있었던 두 사람은 을지의 중재로 의기투합하여 하나의 군대로 뭉치게 되었다.

스피타메네스까지 가세한 갈리아푸스의 군대와 을지의 무와탈리 부대는 각지의 부족을 해방하며 진군한 끝에 드디어 나우타카에 이르렀다.

거듭되는 아군의 패전 소식에 초조해진 알렉산드로스는 군사 회의를 소집했다. 애초에 아르타바주스를 소그디아나의 총독으로 임명하면서 수도 마라칸다를 카르누스와 함께 지키도록 했었다. 그러나 해치 군대의 전면적인 공격에 패하고 도망쳐 오자 알렉산드로스는 연로한 그를 해임하고 니콜라우스의 아들 아민타스를 후임으로 임명했다. 또한 코이누스의 대대를 비롯하여 멜레아그로스의 대대, 헤타이로이 4백 명, 창병 전체, 박트리아와 소그디아나의 병사들로 구성된 아민타스의 부대를 나우타카 인근에 구축한 요새에 주둔시키면서 코이누스의 지휘 아래 그곳에서 겨울을 나도록 지시했다.

바로 이러한 곳에 당도한 을지와 갈리아푸스의 연합 군대는 적군의 동태를 살폈다. 적군은 대규모의 병력과 함께 군건한 방어 태세를 갖추고 있어 쉽사리 공략될 것 같지 않았다. 을지는 갈리아푸스와 연합 작전을 펼치는 가운데 자연스레 그의 참모인 하투르크와의 접촉이 빈번해졌다. 처음에는 공적인 발언들만 오갔으나 시간이 지나면서 을지가 먼저 사적인 얘기를 넌지시 꺼냈다.

"하투르크, 예전에 자네를 무시했던 발언을 취소하겠네."

"장군님, 괜찮습니다. 그땐 분명 애송이였습니다."

"내 딸아이는 여전히 피난 속에 있는가?"

"송구스럽습니다만 그렇습니다."

"부여고을도 당했는데 그곳이라고 안전할까?"

"…먼저 아드님의 죽음에 대해 늦게나마 위로의 말씀을 드립니다."

하투르크는 을지의 물음에는 대답하지 못했다. 아리아마제스, 그곳에 가 본 적이 없어 그곳의 방어 태세를 알 수 없었다. 지금의 심정으로서는 천운에 맡긴다고나 할까.

"고맙네. …모두가 겪는 시련이니 감내해야겠지. 아무쪼록 이 전쟁이 끝나면 내 딸과 행복하게 살기를 바라네."

"감사합니다, 장군님. 아무쪼록 행복하게 살아가겠습니다."

장인어른의 혼인 승낙이 있자 크게 기뻐한 하투르크는 그 자리에 넙죽 엎드려 감사의 큰절을 올렸다. 신에게만 올린다는 배례가 해씨족을 비롯한 스키타이족에게는 어른에게 흔히 행하는 예절의 하나일 뿐이다.

을지는 군사 회의를 열어 앞으로의 연합 전략을 논의했다. 이들에게는 도시의 점령이 목표가 아니다. 1만 명 이상이 포진하고 있는 적군을 상대로 유격 작전을 펼쳐 끊임없이 그들을 괴롭히려는 것이다. 알렉산드로스 군대는 성곽을 무너뜨리고 요새를 함락시키는 전술과 장비를 갖춘 보병대 중심의 병사들이다. 물론 페르시아 기병대를 상대로 무공을 드날린 헤타이로이 기병대가 있긴 하다. 그러나 그것은 어디까지나 페르시아 기병과의 전면전에 한정될 뿐, 스키타이족의 소규모 기병들과 맞붙으면 계속해서 우왕좌왕하는 행태를 노출해 왔었다. 그러한 사실을 익히 알고 있는 을지와 지휘관들은 지구력이 탁월한 부여 말과 단궁으로 장착한 연합 군대의 특기를 살려, 치고 빠지는 유격 기마전을 펼치기로 했다. 이것에 더해 알렉산드로스 지원군이 증파되기 전에 전투를 끝내는 속전속결의 전략을 세우기 위해 가일층 머리를 맞대었다.

　다수의 병력이 포진하고 있음에도 알렉산드로스 주둔군은 성 밖으로 나서려 하지 않았다. 스키타이 기병들의 출현에 전전긍긍하며 요새 방어에만 전력을 다했다. 을지의 연합 군대는 적군을 성 밖으로 끌어내기 위해 불화살을 쏘아 올렸고 꽹과리와 나팔을 불어 대어 주둔군을 노심초사하게 했다. 결국 야만족의 모욕 앞에 자존감 없이 비굴해졌다고 느낀 코이누스 부대는 마침내 성문을 열고 총공격을 감행했다. 그들은 먼저 투석기를 사용하여 성 주변으로부터 저항군이 다가서지 못하도록 했다. 그런 다음 중무장한 보병대를 성문 밖으로 진출시켜 저항군이 물러나도록 했다. 저항군의 불화살에 대비하여 대형 방패를 머리 위로도 올려 화력에 대비하도록 조치했다. 그런 다음 헤타이로이 기병대를 보내어 보병을 엄호하며 적진을 교란하도록 했고 뒤이어 경무장한 보병대가 재빨리 주변 지대로 흩어져 유격전을 전개해 협공하도록 했다.
　이러한 전략이 제대로 적중되었다고, 코이누스는 판단했다. 자국군의 기세에 눌려 저항군이 물러서며 후퇴하는 모양새를 취한다고 생각했다. 그때 곁을 따르던 부관이 함정일지 모른다며 만류하자 기세등등해진 코이누스는 이를 무시했다.
　"무슨 소릴! 이번 기회에 철저히 몰살시켜야 하노라. 당장 돌격하라!"
　명령을 받들어 중무장한 4백 명의 헤타이로이 기병대가 선두에 나서서 돌격했고, 달아나려는 을지의 무와탈리부대와 정면으로 맞붙었다. 이때 갈리아푸스 군대는 좌우 측면으로 빠져 알렉산드로스 군대를 멀리 에워싸는 형태를 취했다.

을지의 무와탈리부대는 제1선의 3백 명이 화살을 쏘며 돌격하여 말들을 쓰러뜨렸고 적군의 노출된 부위인 팔과 다리, 목덜미를 노려 화살을 퍼부었다. 그러고는 곧장 후퇴하여 뒤로 빠져나가면서 벌판에 흩어져 있는 경무장한 보병들을 상대로 장검을 휘둘렀다. 이어 제2선의 유격대 5백 명이 다가오는 적군을 향해 화살을 퍼부었고 마찬가지로 뒤로 물러나 화살을 보충한 뒤 언월도를 빼 들었다. 마지막 제3선 대열의 유격대 2백 명은 흩어져 후퇴하는 헤타이로이 기병대의 뒤를 쫓으며 화살을 퍼부었고 중무장한 보병대 가까이에까지 이르렀다.

이에 중무장한 보병대는 긴 창과 대형 방패를 들이밀며 진격했고 그러자 제3선의 유격대는 간격을 두고 후퇴하면서 진격 중에 생기는 빈틈을 노려 뒤돌아 화살을 쏘아 대었다. 이 상황에 미처 대처하지 못한 중무장 보병대는 전열이 급격히 흐트러졌고 추풍낙엽처럼 쓰러져 갔다. 이때를 놓치지 않고 측면의 갈리아푸스 군대가 맹공을 가해 왔다. 또한 화살을 재충전한 5백 명의 제2선 유격대가 다시 돌격하여 전열이 무너진 적의 중무장 보병대를 불화살로 무력화시켰고 접근하여 언월도를 마구 휘둘렀다. 흩어져 달아나는 적군들은 앞을 가로막은 갈리아푸스 군대의 칼날에 제대로 대적하지 못한 채 고꾸라졌다.

　연합 군대의 완벽한 승리였다. 아민타스 총독과 주둔군의 지휘관 코이누스는 어느새 달아나고 없었다. 연합 군대는 곧바로 시가지로 진격하여 민가로 숨어든 알렉산드로스 군대의 패잔병과 부역자들을 철저히 소탕했다. 을지는 상황이 종료된 뒤 부근 마을에서 이틀을 쉬면서 전열을 가다듬었다. 그리고 알렉산드로스 군대의 움직임에 관해 수로가 보낸 전갈을 받고 연합 작전의 해제를 선언했다. 이에 갈리아푸스와 옥시사르테스, 스피타메네스가 지휘하는 군대는 각자의 은신처로 이동했고, 을지는 무와탈리부대와 함께 해치 군대의 본부가 있는 말굴로 돌아갔다. 아버지를 언제까지고 전장에 던져 놓을 수 없어 수로는 승전을 명분으로 삼아 부대의 귀환을 명한 것이다.

　패전 사실을 보고받은 알렉산드로스는 소그디아나 각처에 흩어져 있는 군대에 전령을 보내 즉각 나우타카로 전부 집결하라고 명령한 뒤 자신도 휘하의 군대를 이끌고 나우타카로 향했다. 분산된 병력으로는 자멸만이 있을 뿐임을 절실히 느낀 것이다. 그곳에 당도한 알렉산드로스는 각지각처에서 모인 병력을 사열한 뒤 이 정도 병력으로는 연합한 저항군을 상대하기에 부족하다고 판단하여 추가로 병력을 소집했다. 아리아의 태수 스타사노르가 부대를 이끌고 합류했고, 크라테루스와 파르티아의 태수 프라타페르네스가 지휘하는 부대도 복귀했다. 드랑기아나, 메디아, 바빌론의 태수와 총독을 교체하고, 세 명의 장교를 마케도니아로 보내 정예 증원군을 대거 모집해 오도록 지시했다.

분노나 좌절이 아니라, 막연하게나마 처음으로 공포를 느낀 알렉산드로스는 증원군이 올 때까지 나우타카에서 꼼짝도 하지 않았다.

30
전쟁은 인간을 양극단으로 몰아붙이나니

때는 단기 2006년, 보을 단군 재위 15년. 기원전 327년, 이른 봄이다.

알렉산드로스는 자신의 군대를 끈질기게 괴롭히는 무장 세력이 스키타이족의 일파일 거라 단정 지었다. 사용하는 무기류와 기마술 및 전투 전술, 겉모습과 행동 따위가 그들과 매우 흡사했기 때문이었다. 이렇듯 정체 모를 을지의 해치 군대를 견제하는 가운데 나우타카에서 한겨울을 보낸 알렉산드로스는 증원군이 합류하고 대지에 봄기운이 감돌자 곧장 군대를 일으켰다.

맨 처음으로 군대를 출격시킨 곳은 그간 미루고 미뤘던 아리아마제스라는 바위산이었다. 막상 가까이 다가가 보니 바위산의 사방은 깎아지른 듯 가팔랐다. 게다가 주민으로 구성된 수비대는 포위 공격에 대비한 상태였고 아직 눈이 두껍게 쌓여 있어 마케도니아 병사들은 산을 오를 수가 없었다. 반면 수비대는 물을 무한히 얻을 수 있었다. 이렇듯 상황이 수비대에게 유리한데도 불구하고 알렉산드로스는 공격을 감행하기로 했다.

알렉산드로스는 수비대에게 요새만 넘겨주면 안전하게 집으로 돌려보내 주겠다고 제안했으나 수비대와 주민들은 알렉산드로스의 말을 신뢰할 수가 없었다. 이미 그들은 군인이 아닌 무고한 사람들까지 마구 학살한다는 소문을 익히 들어 알고 있었다.

알렉산드로스 군대는 앞선 포위 공격에서 바위산을 올라간 경험이 있는 병사 약 3백 명을 모아 공격대를 꾸렸다. 그중 아그리아니아 병사들은 쇠갈고리와 꼬챙이를 가져와 꽁꽁 얼어붙은 눈 위나 땅 위에 박고서 아마로 만든 튼튼한 밧줄을 묶었다. 그리고 어둠을 틈타 가장 가파른 암벽을 타기 시작했다. 그쪽이 수비가 가장 약하다는 사실을 경험으로 알고 있었기 때문이다. 그런 뒤 바위 또는 압력을 받아도 잘 버틸 만한 얼음에 말뚝을 박으면서 각자 길을 내어 기어올랐다. 이 위태위태한 등반에서 도중에 30여 명이 목숨을 잃었다. 동이 틀 무렵이 되자 나머지 병사들은 꼭대기까지 올라가 바위산 정상을 차지했고 알렉산드로스가 명령한 대로 천을 흔들어 성공을 알렸다.

수비대 병력이 소수였던 바위산의 주민들은 곧바로 투항했다. 피난민을 수용한 장소였던 만큼 유달리 여자와 아이들이 많았는데 거기에 옥시아르테스의 아내와 딸들도 섞여 있었다. 특히 '록사네'라는 딸은 다리우스의 왕후인 스타테이라 이후로 페르시아 제국의 여자 중에 가장 아름답다고 사람의 입에 오르내리던 여자였다.

그런데 당대 최고로 아름다웠다는 스타테이라 왕후는 알렉산드로스의 포로로 억류되어 있던 기원전 332년 초반에 아이를 낳다가 죽었다는 사실이 뒤늦게 페르시아 일대에 알려지게 되었다.

알렉산드로스는 페르시아 제국의 각 지역을 침략할 때마다 왕족이나 귀족의 여인들을 따로 챙겨 왔고 이번에도 당연히 포로 신분이 된 록사네와 호족 부인들을 전리품으로 챙겼다. 근위대 장교들이 이런 분류 작업을 하는 중에 수라가 여기에 포함되었다. 귀에 걸린 금붙이와 외모를 보고 귀족의 여자로 판단한 것이다. 수라는 병사에게 끌려가면서 노예로 팔려 나가지 않은 것을 다행으로 여겨야 했다.

알렉산드로스는 록사네를 처음 본 순간 사랑에 빠져 버렸다. 그렇지만 그녀를 강제로 범하지는 않았다. 그녀가 적극적으로 알렉산드로스에게 달려들었기 때문이다. 그녀는 무척 자유분방했고 매혹적이고도 저돌적인 눈매와 몸매를 지녔다. 진주같이 영롱한 이를 드러내며 곧잘 웃었고 긴 속눈썹과 갸름한 얼굴에 피부는 엷은 호박색으로 매끄러웠다. 그녀는 마치 말 위를 뛰어오르는 여전사처럼 날렵

하고도 거친 야성의 몸짓을 무시로 부렸다.

알렉산드로스는 들떠 외쳤다.

"헤라클레스의 자손이자 대제국의 대왕인 나 알렉산드로스는 이제 나 자신을 낮추겠노라. 위대한 제국의 일개 속국에 불과한 박트리아의 공주인 록사네를 아내로 맞이하겠노라."

결혼식이 성대하게 거행되었다.

알렉산드로스는 장검으로 빵을 잘랐고, 신랑과 신부는 서로의 눈을 마주치며 빵을 먹었다. 알렉산드로스는 황금빛 각반을 두르고 황금빛 튜닉 위에 붉은 망토를 둘렀다. 하얀 깃털이 달린 사자머리 모양의 황금 투구를 하고 은박의 허리띠에 상아로 장식된 단검을 찼다. 록사네는 빨간 튜닉 위에 파란 겉옷을 입고 황금 벨트로 허리를 묶는 페르시아 예복을 입었다. 머리에는 청금석이 박힌 황금 왕관을 썼고 얼굴 위에는 베일이 드리워졌다. 신랑과 신부는 황금 잔을 들어 출렁이는 붉은 포도주를 마셨다.

휘영청 불을 밝힌 그날 밤 신방에서 록사네는 알렉산드로스의 몸을 위에서 짓누르며 도도하게 말했다.

"누가 왕비인 거죠? 스타테이라 그 계집이에요, 저예요?"

알렉산드로스는 선뜻 대꾸하지 못했다. 그녀의 알몸에서 야생 과일의 향기가 짙게 풍겨 몽롱해진 탓이라 생각했다. 록사네는 소리 내어 웃었다.

"아, 물론 당연히 제가 정실이죠. 공식적으로 결혼식을 올린 최초의 여자이니까. 후후!"

록사네는 곁에 놓인 포도주를 한 모금 입에 삼킨 뒤 알렉산드로스와 뜨겁게 입맞춤했다. 입가에 핏빛의 액체가 삐져나와 알렉산드로스의 목덜미를 적셨다.

바위산이 함락당했다는 보고를 받은 옥시사르테스는 그날 밤늦게 부하 몇 명을 데리고 스피타메네스가 지휘하는 부대의 막사를 은밀히 찾았다.

"박트리아 왕께서 이 야밤에 어쩐 일이십니까?"

"하하, 하도 마음이 울적하여 장군과 술잔이나 기울일까 해서 찾아왔소이다."

"저도 마침 적적하던 차에 잘 오셨습니다. 부인과 따님을 잃으시고 얼마나 마음이 쓸쓸하시겠습니까. 어떻게 위로를 드려야 할지요."

스피타메네스는 바위산의 함락으로 아내와 자식들이 포로가 된 그를 위로하고자 했다.

"처자식을 빼앗긴 아픔이 어찌 저뿐이겠습니까. 이럴 때일수록 더욱 전의를 불태워야겠지요."

옥시사르테스는 스피타메네스와 밤새껏 술잔을 나누며 앞으로의 전투 방향을 의논했다. 그러다가 새벽녘이 되어 스피타메네스가 취해 고개를 떨어뜨리자 옥시사르테스는 허리춤에 찬 장검을 가만히 빼 들었다. 그러고는 단칼에 스피타메네스의 곱슬머리의 목을 베어 버렸다.

"헉!"

소스라치듯 놀랄 때 강풍이 불어 천막의 막사가 요동쳤고 횃불이 검댕을 내며 심하게 흔들렸다. 오랜 투쟁과 고뇌로 기진해진 스피타메네스의 몸뚱이가 앉은 의자에서 맥없이 스르르 떨어져 나갔다. 옥시사르테스는 그간 생사고락을 함께했던 스피타메네스의 머리를 가죽 자루에 감추고서 부하들과 함께 유유히 그곳을 빠져나갔다.

옥시사르테스는 박트리아의 호족 출신으로서 자기 나라는 페르시아의 속국이 되어야 하며 자신들은 페르시아의 영광된 신민이라 자처하여 왕위에 오른 자였다. 그는 페르시아의 군사력 지원에 힘입어 한때 소그디아나 지역까지 통치했었다. 그 후 알렉산드로스의 침략이 있자 페르시아의 다리우스 왕에게 충성을 맹세하며 항전에 나섰었다. 그랬던 그가 아내와 딸들이 포로로 붙잡힌 뒤 알렉산드로스가 록사네를 아내로 맞이했다는 소식을 전해 듣고는, 기회를 놓칠세라 허겁지겁 스티파메네스의 머리를 잘라 알렉산드로스에게 보냈던 것이다.

그러한 공로로 드디어 고대하던 알현을 허락받자 옥시사르테스는 알렉산드로스 앞으로 나아갔다. 알렉산드로스는 자기 앞에 무릎 꿇고 엎드려 큰절을 올리는 그를 향해 시큰둥하게 물었다.

"그대는 나의 위대한 정복 앞에 줄기차게 반항했다. 이제 나를 찾은 이유가 무엇이냐?"

"그동안 위대한 영웅의 거대한 발자취 앞에서 참으로 어리석은 짓을 저질렀사옵니다. 무릇 세상은 강한 자들이 다스리는 것이 옳사옵고 또한 돌이켜보건대 각 나라의 흥망성쇠가 강자의 침략과 지배로 결정되었으며 그것이 세상의 순리였던 것입니다."

"…그러한가?"

알렉산드로스는 고개를 갸웃했다. 비록 살해된 자가 자신의 군대를 괴롭힌 적장이라지만 생사고락을 함께한 전우의 목을 친 배신자가 미더울 리 없다. 그런 까닭에 알렉산드로스는 다리를 꼰 채 왕좌에 비스듬히 앉아 건성으로 그를 대했다. 그러던 알렉산드로스가 문득 자세를 바로 했다. 옥시사르테스의 발언에 그의 귀가 솔깃해진 것이다. 비록 아부의 속삭임이라 해도 사실을 들먹인 얘기인 것에 마음이 흡족했다. 그간에 저지른 자기 행동이 정당성을 부여받는 듯했다.

알렉산드로스는 붉은 망토를 한차례 휘젓고는 느긋하게 말했다.

"내 스승이신 아리스토텔레스가 서신을 보내오기를, 헬라스인에게는 지도자로서 대하되 야만인에게는 지배자로 대해야 온당한 정치라고 말했지만 나는 그렇게 하지 않겠네. 페르시아인을 마케도니아인과 동등하게 대하고자 하네."

옥시사르테스는 황공하여 몸을 부르르 떨었다.

"폐하, 소신이 비록 미천하오나 폐하와 마케도니아 제국을 위해 충성을 다하겠나이다."

알렉산드로스는 매혹적인 여자를 아내로 맞은 즐거움에 취해 옥시아르테스를 극진히 대접했다. 알렉산드로스는 바위산을 정복함으로

써 소그디아나에서의 작전은 성공적으로 마무리되었다고 자평했다.

알렉산드로스의 군대와 맞서 싸우던 저항군은 불의의 타격을 받고 휘청거렸다. 하눌치의 습격으로 전력이 일시 위축된 부여국에 이어 갈리아푸스의 군대마저 옥시사르테스의 배반으로 인한 근위대의 이탈로 군사력이 매우 약화하였다.

한편 하투르크를 비롯한 장교들의 분노가 하늘을 찔렀다. 그것은 바로 그들의 아내와 딸들이 포로로 끌려간 데다가 이것을 역이용하여 자신의 영달과 안전을 챙기는 것에 급급했던 옥시사르테스의 천인공노할 배반에 치를 떤 것이다.

한때 왕이었다는 자의 행태가 저러할진대 대체 목숨을 내걸고 싸우는 비천한 자들의 명예는 또 얼마나 하찮은 것이겠더냐!

이러한 상황에서 알렉산드로스는 옥시사르테스와 박트리아 호족들을 모두 모은 자리에서 천명했다.

"당신네가 우리 군대에 매우 협조적이라는 보고를 받았소. 따라서 앞으로는 더 이상 박트리아에서 전투를 벌이지 않을 생각이오. 다만 마지막 공격이 하나 남았는데 그것은 박트리아 주둔군에 위협적인 파레이타카이족을 섬멸하는 것이오."

이 부족은 아무다리야강과 오렉사르테스강의 상류 지점 사이에 있는 계곡에 살고 있었다. 척후병들은 수많은 토병이 그 지역의 바위 요새를 지키고 있다고 보고했다. 부족장인 코리에네스도 그 요새에 피신해 있었다.

드디어 알렉산드로스 군대는 공격을 가했다. 그러나 쉽게 공략될 줄 알았던 요새는 한참을 전개한 포위 공격에도 끄떡없었다. 이때 때늦은 한파가 몰아쳤고 알렉산드로스 병사들은 쌓인 눈과 물자 부족으로 추위와 허기에 시달렸다. 전세가 생각보다 불리하게 돌아가자, 식민주의에 익숙한 옥시아르테스가 자청하여 평소 친분이 두터웠던 코리에네스를 찾아갔다.

"강한 나라는 하늘이 내리는 것이라네. 그러니 약소국은 기꺼이 운명을 받아들이고 따라야 하는 것일세."

이 말에 코리에네스는 분개했다.

"하늘이 강국을 일으켜 약한 자들의 학살을 부추겼다는 말인가? 선한 자들은 언제까지고 강자의 악에 오직 인내와 용서로 일관해야 하는가?"

"이보게, 페르시아가 통치할 때도 우린 잘 지내 왔지 않은가. 마찬가질세. 제국의 왕만 바뀌었을 뿐 우리는 예전처럼 호기롭게 살아갈 수가 있다네. 나를 보게나, 어떤가. 더군다나 나는 대왕의 장인이 됐다네."

옥시사르테스의 화려한 옷차림과 여유로운 말솜씨에 점차 설득당한 코리에네스는 더 이상 대세를 거스를 수 없음을 통감했다.

"알겠네. 이제라도 무모한 희생이 끝났으면 하네."

그는 결국 항복을 선언하고 자진해서 무장을 해제했다.

부족의 본대 병력을 제압한 알렉산드로스는 틈을 주지 않고 곧장 또 다른 적진으로 향했다. 파레이타카이족 중 아직 항복하지 않은 카타네스와 아우스타네스의 토병을 정벌하기 위해서였다. 스키타이족들로부터 많은 부하를 잃고 절치부심했던 크라테루스는 명예 회복을 노려 헤타이로이 기병대 6백 명과 보병 부대를 인솔하여 나갔고, 한파 속에서 격렬한 전투를 벌였다. 마침내 크라테루스가 승리를 거두면서 알렉산드로스의 재신임을 얻을 수 있게 되었다.

그동안 자신들의 부족이 요새 창고에 비축해 두었던 곡식, 포도주, 말린 고기 등의 식량이 침략자 알렉산드로스에게 제공되어 적군들의 배를 불리는 동안, 굶주림과 추위 속에 저항한 파레이타카이족의 장수인 카타네스는 장렬히 전사했고, 아우스타네스는 포로로 잡혀 알렉산드로스에게 끌려갔다. 그들이 지휘했던 토병 가운데 약 1백 명의 기병과 1천5백 명의 보병이 눈 속에 얼어붙은 채 산화했다.

임금 히누리는 해치 군대 본부에서 전체 장교 회의를 열었다. 그들은 올해 실시할 군대 운영 계획을 확정한 뒤 회의를 종료했다. 그러자 묘아리가 회의에서 제외된 추가 안건이 있다며 논의할 것을 제안했다. 히누리가 이를 받아들이자, 그는 눈앞에 닥친 시급한 과제로 최근에 발생한 바위산의 포로 문제와 스피타메네스의 암살 사건을 거론하면서 그것의 대책 마련을 주장했다.

여러 의견이 오가는 가운데 수로가 발언에 나섰다.

"옥시사르테스의 배반으로 갈리아푸스 군대의 병력이 상당수 감소했습니다. 우선 무엇보다도 전사들의 사기 저하가 큰 문제입니다. 그런데 이것이 타국 군대의 문제라는 이유로 해서 현재 우리로선 발목이 묶인 상태이며 이에 관한 해결책이 보이지 않고 있습니다."

아무래도 걱정이 되는지 바투치가 을지를 바라보며 말했다.

"만약 갈리아푸스 군대가 항전을 포기한다면 우리에게도 타격이 큽니다. 참전의 빌미가 사라질 뿐 아니라 소그드 전체가 결국은 적의 수중에 떨어질 것입니다."

지금껏 침묵으로 일관하던 을지는 여전히 입을 다물었고, 당면한 문제를 제안하는 등 처음부터 적극적이었던 묘아리가 거듭 나섰다.

"그렇게 되면 결과적으로 우리 부어국뿐만 아니라 전체 스키타이족이 심각한 상황에 놓이게 되겠지요. 우선 무역만 하더라도 그들에게 예속되기 십상이니까요. 어떻게든 소그드를 지켜 내야 합니다."

그러자 바달이 분개하여 목소리를 높였다.

"벌써 무수한 소그드 양민이 학살되었습니다. 우리도 수많은 인명 피해가 있었고요. 근데 알렉산드로스 그놈은 대체 무슨 억하심정으로 무고한 사람들을 그리 많이 죽인답니까? 제 머리로는 도무지 이해되지 않습니다."

"그놈들이 보기에 야만족의 범주에 드는 인간들은 죄다 죽이거나 노예로 팔아넘긴다고 하더군요. 그렇게 해야 정의에 부합한다며 오히려 오만의 콧대를 세울 지경이라더군요."

호위 부대의 지휘관인 여전사 아세무트의 얘기를 듣고 묘아리가
냉큼 끼어들었다.

"야만족? 그렇담 우리를 가만히 놔두는 것은 야만족이 아니라서
그런답니까?"

그 말에 바투치가 자조하듯이 헛웃음을 지었다.

"으흐흐! 그게 말입니다. 우리가 가장 지독한 야만족이긴 한데, 싸
울 자신이 없어 내버려 두는 것은 아닐까요?"

"아무튼 정말 미친놈들일세. 쯧쯧!"

듣기만 하던 무악 장교가 탄식했다. 묘아리가 자세를 추스르며 논
의에서 비껴가는 포로 문제를 꺼냈다.

"그건 그렇고 뭣보다 시급한 문제는 우리 수라 공주님을 비롯하여
갈리아푸스 군대의 장교 부인들이 포로로 붙잡혀 있다는 사실이올
시다. 무슨 대책을 세워야 하지 않겠소?"

기다렸다는 듯이 바투치가 재빨리 말을 쏟아 냈다.

"바위산에서 잡힌 포로들은 대부분 노예로 끌려가고 일부는 선별해
서 장교 놈들의 몸종으로 부려 먹는다는 말이 떠돕디다. 사람을 함부
로 다루는 짓거리를 언제까지 두고만 봐야 하는 것인지, 이거야 원!"

"쳇! 말이 몸종이지 인간으로서 할 짓이겠어요."

투박하게 내뱉는 아세무트의 말에 바달이 나섰다.

"이번 사건의 빌미가 된 반역자 옥시사르테스 놈을 그냥 살려둘

순 없지 않겠소?”

무악이 언성을 높였다.

“그렇소. 당장 자객을 보내 쳐 죽여야 할 것이오.”

“그놈은 마땅히 사지를 찢어 죽여야 하겠지만 이와 별도로 공주님을 구출해 낼 방법이 있어야 하지 않겠소?”

묘아리의 거듭되는 제안에 그 의도를 읽은 바투치가 호응했다.

“포로들은 지금 자리아스파에 억류되어 있다고 합니다. 도성까지 쳐들어가기에는 무리일 것 같고 추후 포로를 이송할 때 기회가 생기지 않겠습니까?”

“아, 그게 좋겠어요. 그렇게 합시다.”

회의 분위기가 수라의 구출로 압축되자 참석한 다수의 장교가 찬동을 표했다.

포로 구출 쪽으로 분위기가 무르익자 지켜보기만 하던 을지가 무겁게 입을 열었다.

“아무래도 아비인 내가 나서야겠소. 많은 병력은 필요 없으니, 칼과 활을 잘 쓰는 병사로 해서 2개 분대 정도가 나와 함께했으면 좋겠소.”

그러자 구출 작전이 결정이라도 된 양 바투치가 나섰다.

“아무래도 야간에 잠입하여 구출하는 전술이 좋을 것 같습니다.”

아버지가 나선 마당에 수라의 오라버니인 수로도 침묵하고 있을 수만은 없었다.

"적의 고급 장교를 생포해서 맞교환하는 것은 어떻겠습니까?"

수로가 덧붙인 제안에 귀가 솔깃해진 바달이 답했다.

"아, 그것도 괜찮은 방법이오만 생포를 어떻게 할 것인지가."

"그러고 보니 그것도 쉬운 것만은 아니겠군요. 전투 이후에 요행이 따라야 하는 문제이긴 하겠습니다."

"거물급이 아니면 자칫 공주님의 신분이 노출되어 더 큰 화근을 불러올지도 모를 일입니다."

바달 장군의 우려 섞인 말이 끝나자마자 즉각 히누리가 나섰다. 그녀는 미결의 상태로 논의를 마무리 짓고 싶어 했다.

"장교 여러분, 제가 한마디 하고자 합니다. 우리 가족이 아들을 잃었고 딸이 포로로 붙잡혀 있듯 우리 부여국의 가정마다 가족의 일부 혹은 전부를 잃었습니다. 지금은 국가와 부족민 전체를 생각해야 할 시국이니만큼 사사로이 한 개인의 목숨에 연연해하지 않았으면 합니다. 수라 또한 그 아이 나름의 운명이 기다리고 있겠지요. 지금 적군의 움직임은 소그디아나에서 조금씩 발을 빼는 분위기입니다. 아마도 스키타이족의 심기를 더 이상 건드리고 싶지 않은 모양입니다. 우리에게 나쁜 조짐이 아니니만큼 우리도 섣불리 전면에 나서지 말고 당분간 놈들의 동태를 계속 지켜보는 선에서 그쳤으면 하는 것이 제 생각입니다."

생각지 않은 히누리의 단호한 태도에 장교들은 머뭇거렸고, 갑론을박 속에 결국 왕의 의견을 받아들였다. 반역자 옥시사르테스의 저격과 수라를 비롯한 장교 부인들의 구출 문제는 일단 알렉산드로스 군대의 움직임을 지켜본 이후에 판단하기로 결론지었다.

회의가 끝난 그날 밤, 을지는 나뭇등걸에 걸터앉아 밤하늘을 물끄러미 바라보고 있었다. 잡초가 푸르무레하게 돋아난 병영을 걸으며 주위를 두리번거리던 히누리는 저만치 남편 을지를 발견하고 가까이 다가갔다.

"어디를 가셨나 했습니다."

히누리는 남편의 시선 따라 허공을 힐끗 쳐다보고는 근처의 바윗돌에 가만히 몸을 기대었다. 한동안 침묵이 흘렀다.

남편의 표정이 여전히 어두워 보여 그녀는 남편 가까이 걸음을 떼었다.

"아까부터 심기가 불편하신 것 같던데 무슨 일인지요?"

그러나 을지는 밤하늘을 묵묵히 올려다볼 뿐이었다.

"동녘 하늘에 보름달이 두둥실 떴습니다. 참 보기 좋네요."

을지는 여전히 말이 없다. 해결책이 보이지 않는 딸의 구출 문제로 이처럼 상심해 있는 것 같아 히누리는 심히 우려되었다. 속 썩여봐야 몸만 헛되이 상하는 것을.

"말씀을 해 보세요. 화병만 도진답니다."

아내의 성화에 을지는 굳게 다문 입을 열었다.

"이런 마음 처음이오. 하늘이 무너진 것 같소."

그 말에 히누리가 다가와 그의 등짝을 가만히 끌어안는다.

"당신은 일국의 왕일지라도 나는 한 딸의 아버지가 아니겠소."

히누리는 눈살을 찌푸리며 시선을 밤하늘로 옮겼다.

"그러게요. 난들 어쩌겠어요."

보듬던 팔을 푼 히누리는 답답한 마음에 주위를 어슬렁거렸다.

다시 두 사람 사이에 침묵이 흘렀다.

"…아비가 딸을 찾으러 가겠다는데 굳이 막아야 했어요?"

"살육을 멈출 수만 있다면 이제 뭔들 못할까."

아내의 무기력한 대꾸에 을지는 허탈한 듯 고개를 가로젓는다.

"당신은 날 보고 뭐라 그랬소? 가족을 먼저 생각하자고 하지 않았어요? 왕이 되어도 가족을 생각하지 않을 수 없고, 하물며 자식을 내팽개치고서야 어찌 부모라고 할 수 있겠소?"

"이상해. 전쟁은 막바지를 치닫는 것 같은데 이상하게 내 주변의 사람들이 자꾸 사라지고 있어요. 그래서 그런지도…. 희생은 이것으로 족하지 않나?"

"하긴 얄궂은 세상이긴 하오."

그러면서 을지는 자리를 박차고 일어섰다.

"으흠! 어쩌다 우리 처지가 이리 야박하게 된 것인지."

히누리는 을지의 표정과 몸짓 하나하나를 유심히 바라보았다.

"인생이 뭐 별것 있겠어요. 그래도 다들 욕망으로 나부대는 걸 보면 우린 그나마 나은 것인지도…"

을지는 푸념을 늘어놓는 아내의 모습을 힐끗 쳐다보았다. 그러고
는 허리춤에 찬 장검을 칼집에서 단숨에 쓱 빼 들었다.

"아무튼 힘내시오. 아직 전쟁이 끝나지 않았잖소. 마음이 약해지
면 힘들기만 할 뿐. 더구나 왕으로서 말이지요."

그는 번뜩이는 칼날의 끝을 응시했다.

"…나 혼자서라도 떠날 생각이오."

그 말에 히누리가 깜짝 놀란다.

"그게 무슨 말씀인지요?"

을지는 입을 다물었다. 그의 표정에는 결심을 포기하지 않겠다는
고집이 어려 있었다.

"휴!" 히누리는 거칠게 한숨을 몰아쉬었다.

"그리도 제 속을 헤집어 놓아야 직성이 풀리시겠는지요. 정말 너
무하십니다."

아내의 울먹이는 목소리에 을지는 움찔했다.

그는 고개 돌려 히누리를 바라보았다. 그러고 새삼 아내의 검디검
은 눈동자를 들여다보았다. 머루알 같은 까만 눈망울. 그녀를 낯선
타지에서 처음 보았을 때의 그 눈빛, 이슬 머금은 머루알이 반짝거
려 눈이 시려 왔던 그날의 기억. 눈부시도록 내달렸던 시베리아 대
평원 눈밭 속의 숨 가쁜 마차 질주…, 질주와 웃음소리.

을지는 자신도 모르게 뒷걸음질을 쳤다.

"한결같이 나를 만난 사내는 내게서 멀어지려 하십니다. 이리도

야속할 수가…"

을지는 다가서려다 주춤거렸다.

"왜 그런 생각을 하시오? 나는 단지…"

"압니다. 자식을 외면하는 어미가 대체 뭣을 강권할 수 있겠는지요."

"내 반드시 딸 수라를 찾아오리다."

히누리는 돌이킬 수 없는 남편의 결단 앞에서 지푸라기라도 붙들고 싶었다. 그때 문득 하투르크가 떠올랐다.

"하투르크는 어디서 뭘 하고 있답니까? 코빼기도 안 비칩니다."

"그들의 군대가 와해한 상태이지 않소. 어디에선가 재결집을 도모하고 있을 테지요."

"그렇담 시간을 두고 그 아이와 의논한 뒤 결정을 내리는 것이…"

"시간이 촉박하오. 미뤄서 될 일이 아니지 않소."

"휴!" 히누리는 거듭 한숨을 내질렀다. 머리가 무거운 듯 왼손으로 이마를 짚었다.

"정 그러하시면 전사들을 데리고 움직이세요. 시절이 무섭습니다."

그날 새벽 을지는 아무 말 없이 멧부리를 떠났다.

뒤늦게 이 사실을 확인한 수로는 급히 유격 전사 2개 분대를 풀어 장군을 찾으라고 지시했다. 히누리는 속상한 마음을 어쩌지 못하고 한바탕 눈물을 쏟은 뒤 근위대를 이끌고 야산으로 나아갔다. 히누리는 그곳을 지나가다가 키 작은 잡목이 눈에 띄자 성큼 말에서 뛰어내렸다. 그녀는 돌멩이 하나를 주워 거기 밑동에 가만히 놓았다. 그러자 왕의 심정을 알아차린 근위대 병사들이 근처에 널린 돌멩이를 가져다가 잡목의 밑동에다 차곡차곡 쌓아갔다. 그러는 동안 눈가에 맺힌 물기를 훔치며 먼 산을 바라보던 히누리는 불현듯 자기 겉옷을 찢었고 잡목 가지에다 그것을 매달았다. 마치 오방색의 천 조각과 다를 바 없었다.

히누리는 두 손을 우러러 하늘에 기원한 뒤 곧장 부여고을로 돌아갔다.

31
독재자에 휘둘리는 인간성 상실의 인간들에 맞서

알렉산드로스는 박트리아 총독으로 아민타스를 유임시키고, 기병대 3천5백 명과 보병 1만 명으로 구성된 군대를 박트라에 주둔시켰다. 그리고 알렉산드로스 군대는 인도 출정에 나섰다.

알렉산드로스는 연병장에 집결한 15만 대군을 향해 외쳤다.

"나, 알렉산드로스 군대는 소그디아나 정벌을 완수했도다. 그리하여 야만의 얼어붙은 땅을 해방했노라. 이제 동쪽으로 나아가 우리의 위대한 위업을 완성하겠노라!"

알렉산드로스는 대외적으로 소그디아나의 통치를 박트리아 왕국에 맡긴다는 명목으로 병력을 철수시켰으나 실상은 헛된 죽음을 방지하기 위해서였다. 소그디아나에서의 주둔은 하루살이의 죽음을 의미했다. 저항군의 집요한 공격으로 하루가 멀다고 수비대가 죽어나가는 것이었다. 한마디로 무의미한 점령이었다.

알렉산드로스는 박트리아 수비대를 맡은 장교들을 일일이 격려하며 수비를 빈틈없이 하라고 지시했다. 그리고 스키타이족의 땅을 절대 침범하지 말 것을 강조했다.

을지는 멀리 떨어진 언덕배기에서 막 행군을 시작한 알렉산드로스 군대를 지켜보았다. 대병력의 후미에는 수많은 수송대가 뒤따랐고 기마한 경계병들이 곳곳에 배치되어 있었다. 을지는 한동안 군대를 추격하기만 했다. 꼬리를 무는 행렬 가운데 큰딸 수라가 어디쯤 위치하는지, 대열 속으로 잠입하려면 어떤 방법을 써야 좋을지를 알지 못했다.

그렇게 며칠 날을 멀찌감치 뒤따르던 그때 맞은편 언덕 기슭에서 일단의 기병 무리가 나타났다. 용병 차림의 그들은 부여 말을 타고 있었고 선두에서 그들을 이끄는 장수는 뜻밖에도 바투치와 도수였다.

"자네가 여길 어떻게 알고 왔는가?"

"장군님과 함께하라는 대장군님의 명령입니다."

"이런! 도수, 너도 형이 보냈더냐?"

"장군님, 그렇습니다. 아버지가 적의 소굴로 떠나셨는데, 누이의 생명을 구해 내는 일에 어찌 아들들이 외면하고 있을 수 있겠습니까?"

수로는 아우 도수를 보내지 않았다. 형님 모르게 유격대에 합류한 것이다. 을지는 아들 도수의 무모한 패기를 떠올리고 심히 우려했지만, 목숨을 내건 다른 전사들 앞에서 달리 조치할 형편이 아니었다.

"하하, 장군님. 몰래 침투하려니까 저희가 성가시겠지요?"

"바투치! 그걸 알면서도 부하들을 데려온 게야? 당장 돌아가게나!"

을지는 심기가 불편해져 괜스레 역정을 냈다.

이때 한 전사가 다가와 옷가지와 전투 장구를 건넨다.

"장군님, 적군의 용병들이 입는 전투복입니다."

바투치가 눈치 보며 옷가지를 넘기려 하자 을지는 마지못해 이 상황을 받아들여야 했다.

"윗도리는 가죽 갑옷 위에 그냥 걸치세요. 용병들이야 무기가 워낙 각양각색이니 장검은 우리 것이 낫겠죠."

을지는 아들 도수의 생사를 초탈하기로 맘먹었다. 혈연이 아닌 바투치와 전사들도 기꺼이 자기와 운명을 함께하려고 하지 않는가!

을지는 전투복을 만지작거리며 중얼거렸다.

"…아무렇게나 착용해도 괜찮을까?"

그 말에 바투치는 을지의 결단을 기뻐했다.

"그럼요. 용병대는 잡동사니 집단이잖습니까. 여차하면 못 알아듣는 척만 해도 대충 넘어갈 겁니다."

"막막했는데 겨우 꾀가 생겨나는군. 어두워지거든 움직이세."

"전군 멈춰!" 구령과 함께 나팔 소리가 울렸고, 알렉산드로스 군대는 실개천이 흐르는 평원에서 행군을 멈췄다. 하늘이 점차 먹구름으로 뒤덮이고 돌개바람이 휘돌자 조금 이른 숙영을 하기로 했다. 병사들과 짐꾼들은 계속해서 전개되는 나팔 신호에 맞춰 이동 막사를 설치하는 등, 제각기 맡은 야영 준비에 들어갔다. 매서운 바람이 떠돌던 황량한 벌판은 삽시간에 떠들썩한 촌락으로 변모했고, 어둠이 내려앉아 횃불이 밝혀질 때까지 병력은 저마다 맡은 일을 처리하느라 분주하게 움직였다.

마침내 횃불이 드문드문 꺼지고 소란이 잦아들었다. 때를 기다렸던 부여 전사들은 하늘을 우러러 단검을 맞대며 불굴의 결의를 다졌다.

"천신의 가호가 의로운 전사들과 함께하시기를!"

을지는 바투치와 단둘이서 적진에 잠입하기로 했다. 도수와 2개 분대의 전사들은 먼발치서 지켜보며 만일의 사태에 대비토록 했다. 그런데 그때, 저편 어둠 속의 구릉 길모퉁이에서 무리를 지은 발걸음 소리가 어수선하게 들려왔다. "쉿! 가만!" 바투치의 손짓에 전사들은 일제히 재빠르게 몸을 숨긴 뒤 전투태세를 갖추었다.

잠시 후 모습을 드러낸 무리들은 공교롭게도 전사들이 매복한 곳으로 도망쳐 왔다. 그들은 맞은편에 나타난 전사들과 맞닥뜨리자 어쩔 줄 몰라 하며 그대로 땅바닥에 주저앉거나 허둥댔다. 낡고 추레한 옷차림의 그들은 알렉산드로스 군대의 전쟁 물자를 운반하던 노예들이었다. 상황을 간파한 바투치가 그들 앞에 나섰다. 그러자 탈주를 주동한 인물로 보이는 사내가 그의 발 앞에 엎드렸다.

"에고! 살려주십쇼. 잘못했습니다."

"달아나는 중이었소?"

"그, 그게 아니라 잠시, 그러니까…"

"겁낼 것 없소. 우린 당신들 편이오."

그러자 노예들의 소동이 일순 잠잠해졌다.

"다만 몇 가지 물어볼 게 있으니 거짓 없이 답하시오."

바투치의 부드러운 말투에 사내는 고개를 쳐들었다.

"네네, 뭐든지 제가 아는 것은 다 사실대로 말씀드리죠."

"박트리아 요새에서 붙잡힌 귀족 여자들은 어디에 있소?"

그 말에 사내는 후닥닥 상체를 일으킨 뒤 저 멀리 자리한 야영지의 한 곳을 손가락으로 가리켰다.

"저기, 저 중간쯤 막사에 있습죠. 그 사람들은 호송대 선두 쪽에서 마차를 타고 이동하더이다."

"용병 부대는 어디쯤 위치하는지 아시오?"

"네네, 용병은 정규군 다음으로 행군하던데 그러니까 호송대 바로 앞부분이 되겠죠."

"알겠소. 당신들은 이제 어디로 갈 거요?"

"고향으로 가야지요. 우린 다들 소그드 지역에 산답니다."

"그렇다면 박트라에는 놈들이 득실거리니 멀리 돌아서 가도록 하세요."

바투치의 호의에 사내는 물론이고 같이 탈출한 무리도 그제야 안도의 한숨을 내질렀다.

"어휴! 이제야 겨우 징글맞은 소굴에서 벗어나게 됐네요. 부디 신의 가호가 함께하시기를!"

무리들은 거듭거듭 머리를 조아리며 을지가 지나쳐 왔던 짙은 어둠의 산등성이 쪽으로 달아났다.

을지와 바투치가 적의 주둔지에 가까이 다다랐을 때 근처 바위틈에서 작은 소란이 일고 있었다. 바로 마케도니아 병사 세 명이 한 여자를 상대로 겁탈을 저지르고 있었다. 그들은 감독자의 눈을 피할 생각으로 몸을 숨기다 보니 오히려 이쪽에서 접근하는 을지와 바투치에게 고스란히 노출되고 말았다. 두 사람은 풀숲에 바짝 엎드렸다.

"장군님, 어떻게 할까요?"

"놈들을 처단하고 상황을 종료시켜도 문제야."

두 사람은 자신들의 정체가 드러날 걸 우려하여 그곳에서 우회하여 지나치기로 했다. 그런데…, 상처투성이의 여자는 코피를 흘리며 입에 재갈을 물린 채 힘겹게 저항하고 있었다. 두 병사는 여자의 양

팔과 다리를 잡고 그녀가 발버둥 치지 못하도록 억눌렀다. 여자의 몸에 올라탄 한 병사가 성가시다는 듯 여자의 얼굴을 주먹으로 후려쳤고 그녀는 실신한 듯 알몸뚱이가 축 늘어졌다. 여자의 뒤통수가 돌부리에 찍힌 것이다.

낄낄거리는 야수들의 기괴한 비웃음이 을지의 귓가를 때리자, 그는 마침내 참지 못하고 장검을 빼 들었다. 단숨에 달려간 을지는 미처 사태에 대처할 겨를이 없었던 병사들을 향해 주저 없이 칼날을 휘둘렀다. 그들은 피를 토하며 쓰러졌고 얼굴로 튀는 핏물에 여자는 정신을 차리며 두 눈을 번쩍 떴다. 주변으로 쓰러지는 병사들의 외마다 비명에 그녀는 상황을 이해하려 애썼다. 여자는 몸을 일으키려 했으나 움직일 수가 없었다.

바투치가 서둘러 다가왔다.

"어때요? 괜찮아요?"

바윗돌에 짓눌린 그녀는 감사하다는 듯 두 눈을 끔쩍, 감았다 떴다. 그리고 무언가 말하려고 입술을 움직거렸다. 바투치는 그녀 얼굴 가까이 한쪽 귀를 갖다 대었으나 무슨 말인지 알아들을 수가 없었다.

"안 되겠어요. 일단 몸조리부터 하셔야겠어요."

바투치의 말에 여자는 잔잔한 미소를 지었다. 그리고 두 눈을 뜬 채로 서서히 죽어 갔다. 그녀의 목덜미 뒤로 검붉은 피가 흘러내렸다. "이런 젠장!" 바투치가 비통한 소리를 내질렀다. 을지는 핏물 든

509

는 칼을 손에 쥔 채 우두커니 그녀를 내려다보았다.

지금이 봄이라지만 황야의 밤은 무척 추웠다. 저편 모닥불가에 보초병들이 잔뜩 웅크린 채 졸고 있다. 전투복 차림으로 보아 용병들이다. 몸을 숙이며 날랜 걸음으로 접근한 두 사람은 더욱 납작 엎드린 자세로 그곳의 한 천막 안을 슬쩍 들춰보았다. 그곳에는 짐꾼으로 짐작되는 사내들이 뒤엉키어 자고 있었다.

"허! 거기 누구냐?"

인기척이 나자, 저편에서 순찰하던 한 경비병이 짜증을 내며 다가오고 있었다. 두 사람은 황급히 천막 안으로 몸을 숨겼다. 하지만 지척에서 모포를 뒤집어쓴 채 자고 있던 한 사내와 눈길이 마주쳤다.

"쉿!" 그러나 사내는 놀라는 기색 없이 눈망울을 멀뚱거리며 천천히 몸을 일으켰다.

사내는 바로 목단이의 남편, 천해(바이칼)에 자리한 수로곳 출신의 실만하치였다. 그러나 을지는 아내로부터 실만하치에 관해 얘기로만 들었을 뿐 실제 마주친 적이 없어 그의 정체를 알지 못했다. 일 년 전쯤, 그는 물품을 매매하려다가 군대에 억류된 뒤 소유한 물품을 죄다 빼앗기고 지금껏 짐꾼으로 끌려다니는 중이었다.

바깥의 긴박한 상황을 눈치챈 실만하치가 모포를 들이대며 조용히 말했다.

"누워 자는 시늉을 하세요. 제가 처리할게요."

실만하치는 두 사람이 들어왔던 천막 밖으로 고개를 내밀며 다가오는 보초병에게 재빨리 말했다.

"헤헤, 접니다. 소피 보고 자려는 참입죠."

그러자 경비병은 우뚝 멈춰 서며 한소리를 했다.

"거, 쓸데없이 돌아다니지들 말라고! 정신 사납게 말이야!"

경비병이 투덜대며 돌아가자, 실만하치는 두 사람이 드러누운 자리에 냉큼 따라 누웠다. 그리고 낮은 소리로 서슴없이 얘기를 쏟아냈다.

"보아하니 납치된 누군가를 구출하러 오신 것 같습니다. 뭐든 시키는 대로 협조할 테니 저도 같이 데려가 주셨으면 합니다."

"여인네들이 머무는 숙소를 아시오? 특히 귀족이나 장교 부인들 말이오."

바투치의 재빠른 질문에 실만하치도 서둘렀다.

"알다마다요. 나중 밤이 깊을 때 안내하리다. 아직은 일부 장교들이 겁탈을 일삼는 시간대라 좀 그러네요."

을지가 꿈쩍 놀란다. "겁탈이라니?"

"쉿! 자다 듣겠어요. 에, 전쟁이란 게 다 그런 것인가 봅디다. 욕정과 탐욕에 휘둘리는 정신 상태랄까요? 짐승과 하나도 다를 바 없더군요."

을지는 마음이 흔들렸다. 혹시라도 딸 수라가 지금 봉변당하고 있지나 않을까 조바심이 일었다. 그 심정을 헤아리듯 바투치가 서둘러 물었다.

"혹시 수라라는 젊은 아낙을 모르시오?"

"수라? …혹시, 히타이트족 마을에서 소그디아나로 시집온 처자 아니던가요?"

사내의 말에 마음이 다급해진 을지가 다그쳤다.

"그렇소. 그 아이를 아시오?"

"그 처자랑 어떤 관계인지는 모르겠지만…" 그는 망설였다. "글쎄 이것이, 말하기가 좀 그렇긴 한데…"

실만하치는 섣불리 발설하기를 꺼리는 것 같았다.

"얘기해 주세요. 난 그 아이의 아비 되는 사람이오."

"네? …그렇담 공주님, …히누리 공주님의 남편 되시는…!"

실만하치는 깜짝 놀라 제대로 말을 잇지 못했다.

이윽고 을지의 거듭되는 독촉에 간신히 말을 내뱉었는데, 수라가 죽었다는 것이다. 얼마 전에 한 장교의 겁탈을 피하려다 언덕 아래로 굴러떨어졌다는 얘기였다. 실만하치는 그때의 감정이 새삼 북받쳐 오르는 듯 말을 채 맺지 못하고 숨죽여 흐느꼈다.

울음소리가 나자, 주위에서 뒤척이며 투덜거렸다.

"마음 심란하게 처 울고 지랄이야, 에이!"

을지는 벌떡 일어나 앉았다. 마치 육신이 얼어붙은 사람 같았다. 마침내 그가 침묵을 깨고 말했다.

"알렉산드로스 이놈 숙소가 어디냐!"

바투치는 화들짝 놀라 을지의 앞을 엉거주춤 가로막았다.

"안 됩니다! 지금 가시면 죽습니다!"

을지의 두 눈에서는 이미 불꽃이 활활 타오르고 있었다.

"당장 말굴로 돌아가거라. 가거든 딸과 아비는 죽었다고 전하라."

"장군님, 이럴수록 냉정해지셔야 합니다. 아무리 그렇더라도!"

"어서! 이것은 군대의 명령이다!"

어느새 사태의 심각성을 깨달은 주변 사람들이 어둠 속에서 주섬주섬 일어나 앉았다. 을지는 자리를 박차고 천막 밖으로 뛰쳐나갔다.

"이런! 괜히 쓸데없는 소리하는 바람에! 이 일을 어쩌면 좋죠?"

실만하치가 한탄하며 우물쭈물하자 바투치는 벌떡 몸을 일으켰다.

"혼자 가시게 내버려 둘 순 없지요."

바투치는 황급히 을지의 뒤를 따라나섰다. 하지만 실만하치는 뒤따라 나가려다가 주춤거렸다. 선뜻 행동으로 옮길 용기와 판단이 서질 않았다. 그는 한동안 생사고락을 함께했던 짐꾼 동료들을 힐끗 돌아보았다. 그때 어둠 속에서 두 눈을 반짝이던 한 사내가 몸을 일으켰다.

"동지들이여! 더 이상 악의 세력에 굴복하는 것은 치욕입니다. 순교를 각오하고 이제 맞서 싸워야 할 때입니다."

두 주먹을 불끈 쥐며 저항을 부르짖는 사내는 얼굴이 상처투성이인지라 언뜻 알아보기 힘들었지만, 예전에 알렉산드로스 앞에서 자라투스트라의 가르침을 설파하다 끌려 나갔던 바로 그 카를테루스가 분명했다.

하늘은 은하수를 지우고 달의 흔적을 지웠다.

먹구름이 쏜살같이 이동하며 회오리바람을 일으켰고 빗방울을 흩뿌렸다. 우르릉거리는 천둥소리에 벌판의 흙먼지가 일어나고 별똥별의 낙하인 양 벼락이 번쩍거렸다. 칼과 칼이 맞부딪혀 불꽃을 피웠고, 괴성과 비명이 밤공기를 갈랐다. 분노와 절규가 광란의 돌풍에 휩쓸리어 처박히고, 급기야 어지러이 날뛰는 말발굽 소리가 지축을 뒤흔들었다. 천지가 떠나갈 듯 뇌성벽력이 밤하늘을 때렸다.

순간, 번뜩이는 사리사의 창날이 돌연 을지의 심장을 꿰뚫었다. "헉!" 을지는 고인 물웅덩이에 머리를 떨구며 쓰러졌다. 번쩍거리는 허공에서 빗물이 얼굴로 마구 쏟아졌다. 을지는 두 눈을 뜬 채 드러누운 상태로 꼼짝하지 않았다. 그리고 세상이 고요했다.

푸른 하늘에 하얀 뭉게구름이 두둥실 떠 있다.

'언제부터 저게 떠 있었지?'

을지는 고단했던 몸이 풀어지며 평온한 기분이 들었다. 머리로 떠올린 평화가 아니라 저기 내려오는 뭉게구름처럼 온몸으로 느껴졌다. 을지는 두 눈을 감았고 세상이 삽시간에 어두워졌다. 매서운 바람 소리가 그의 귓가에서 울다가 떠나갔다.

"이리 돌아누워 봐요. 상처가 덧났나 보게."

소리에 돌아보니 히누리가 빙긋 미소를 지으며 내려다보고 있다.

"당신이 여긴 어쩐 일이요?"

"어쩐 일이라뇨? 그대가 나를 납치해서 당신 고향으로 돌아가는 길이잖아요."

"아! 꿈이었구나. 다행이로다."

"쇠비름 풀을 말린 거네? 물에 불려 으깨야 더 효과가 있지. 이 지경이 되어도 죽지 않았다니 천운이 닿은 거라 할 수밖에는. 어쨌든 덕분에 나도 살아났으니 이처럼 기막힌 곡절이 또 있을까."

을지는 그녀가 너무나 반갑고 사랑스러워 몸을 일으키려 했다. 그러자 히누리는 미소 지으며 그의 상처투성이 몸을 약초 품은 손으로 지그시 눌렀다.

"가만 그대로 계세요. 아직 성치 않은 몸인데. 한숨 푹 주무세요. 자고 일어나면 좋아질 거예요."

을지는 안도의 숨을 내쉬었다. 그리고 깊은 잠 속으로 빠져들었다.

이러한 때에 알렉산드로스는 아내 록사네와 뒤엉키어 독한 술을 마셔 대었고 취기에 빠진 그녀를 끌어안은 채 세상모를 잠에 곯아떨어져 있었다.

그리고…, 얼마나 시간이 흘러갔을까.

요란히도 드르렁거리는 알렉산드로스의 코 고는 소리에 침소 바깥의 괴성이 점차 묻혀 갔고 이윽고 돌풍의 소동 또한 서서히 잦아들었다. 잠시 후, 장미꽃 무늬가 현란하게 수놓아진 휘장을 슬쩍 걷으며 프톨레마이오스가 어둠 속에 모습을 드러냈다. 완전 무장을 갖춘 그는 왕의 수면을 가만히 확인하고는 곧장 그곳을 빠져나갔다.

왕의 숙소 밖에서 두 명의 적군이 잠입하여 전투를 전개한 것도, 댓 채의 숙소 천막이 불탄 것도, 사태를 일으킨 적군 두 명과 스물네 명의 부여 전사, 그리고 이에 동조한 이십여 명의 노예들이 사살된 것도, 그로 인해 아군 측에 막대한 피해가 발생한 사실조차도 모른 채 알렉산드로스는 먹구름이 개어지고 먼동이 틀 때까지 곤한 잠에 빠져든 것이었다. 이렇듯 그의 육체는 부스럼이 곪아 터지듯 서서히 쇠잔해지고 있었다.

행군을 재개하기 전에 열린 참모 회의에서 알렉산드로스는 프톨레마이오스로부터 간밤의 반란에 관해 보고받았다.

"간밤에 용병 두 놈이 노예 십여 명을 꼬드겨 잠시 소동을 일으켰다네. 모두 즉결 처분했네."

그는 사건의 규모를 축소해서 보고했다. 그런데도 알렉산드로스는 일순간 신경이 곤두섰다.

"아니, 그렇다면 반란이 아닌가? 왜 나를 깨우지 않았지?"

알렉산드로스는 그 무엇보다도 반란이나 역적모의에 관한 것이라면 병적으로 집착했고 과대망상에 빠져 허덕였다. 이를 익히 알고 있는 프톨레마이오스로서는 왕의 심기와 자신들의 안위를 위해서라도 용병의 반란을 소란으로 왜곡, 축소해야 했다. 만약 그러지 않고 사실대로 고하면, 역모를 획책한 주모자를 색출하기 위해 또다시 만사를 제쳐두고 파헤칠 게 뻔했다. 불똥이 어디로 튈지 모르는 것이다. 회의에 참석한 헤파이스티온과 그 밖의 참모들도 이것에 묵시적으로 동조하고 있었다.

"반란이 아닐세. 한 노예 여자를 두고 치정에 얽힌 용병 두 놈이 항의하는 과정에서 생긴 사소한 다툼이었네. 신경 쓸 거 없다네."

"피해는 따로 없었나?"

"바람에 불꽃이 튀어 천막 두 채가 불타고, 진압하던 병사 댓 명이 전사한 것뿐일세. 그리고 반항하던 노예 십여 명을 처단한 게 전부라네."

"겨우 용병 두 놈을 상대하는데 댓 명이나 죽다니. 정규군의 전투력이 갈수록 엉망이로군. 기강을 엄하게 다잡도록 하게."

간밤의 경계를 책임졌던 프톨레마이오스는 을지와 바투치의 정체를 알지 못했다. 또한 주둔지의 천막이 불타오르고 소란이 일자 외곽에서 대기하던 도수와 부여 전사들까지 출격했음에도 그들의 정체를 끝내 알지 못했다. 용병의 전투복을 입은 그들이었고 노예와 같은 생김새였기에 비롯된 착오였을 것이다. 부여의 군대가 이곳에까지 진출하리라곤 짐작조차 할 수 없었던 프톨레마이오스는 이번 사태를 용병의 반란이라 결론짓고 사실을 축소하기에만 급급했다.

전투가 끝난 뒤 프톨레마이오스는 반란 용병들과 노예들, 그리고 진압에 나섰던 아군 용병들의 시신들을 곧바로 외곽 구덩이에 파묻도록 지시했었다. 그리하여 을지와 도수, 바투치, 실만하치, 그리고 카를테루스의 시신은 용병들과 한데 뒤섞여 구덩이에 내던져졌었다.

검독수리의 군무하는 날갯짓에 먹히고 먹혀서 푸르른 하늘로 비상하리라던 을지의 죽음은 이렇게 덧없이 끝맺고 말았다.

간밤의 사태에 대해 알아차리지 못한 알렉산드로스는 장교와 병사들의 시신 다섯 구를 절차에 따라 엄숙히 장례를 치러 주었다.

알렉산드로스 군대는 행군을 재개했다. 일찍이 힌두쿠시산맥을 넘어 본격적으로 박트리아 원정을 시작했던 파라파미사데족의 땅, 그곳에 건설한 도시인 알렉산드리아에 도착했다. 그러나 황량한 바람이 흙먼지를 불러일으키고 있었다.

"왜 이리 사람이 없어? 도시가 엉망진창이잖아?"

그때보다 인구가 줄고 도시가 쇠퇴해 있자 알렉산드로스는 당시 임명했던 총독을 즉각 해임했다.

"사람이 있어야 도시가 돌아갈 게 아니냐. 당장 주변 지역의 주민들과 병약한 병사들을 이곳에 정착시키도록 하라."

그렇게 지시한 뒤 알렉산드로스는 니케아로 이동하여 아테네 여신에게 제사를 올린 뒤 코펜(지금의 카불)강으로 행군했다. 알렉산드로스는 도시 탁실라의 지배자인 옴비와 인더스강 서쪽에 사는 아리안 부족들에게 전갈을 보내 자신을 찾아올 것을 명령했다. 이에 옴비와 부족의 부족장들은 의논한 끝에 항전을 포기하고 예물을 갖추어 알렉산드로스를 찾아왔다.

알렉산드로스는 군대를 둘로 나눈 뒤 헤파이스티온과 페르디카스에게 명령했다.

"나를 알현하지 않는 페우켈라오티스를 정복하고 그곳의 지도자들을 처형하라!"

그리고 옴비와 다른 부족장들도 안내자로 함께 보내면서 진군하는 중에 마주치는 도시들을 모두 정복하라고 지시했다. 한 달 정도 소요된 헤파이스티온의 포위 공격으로 인더스강에 자리한 페우켈라오티스의 총독 아스테스는 목숨을 잃었고 그가 지키려 했던 도시도 파괴되었다.

알렉산드로스의 다음 목적지는 인더스강의 북쪽 지역이었다. 첫 번째 도시에서 수비대가 쏜 화살이 알렉산드로스의 갑옷을 뚫고 어깨에 박혔으나 상처가 깊지는 않았다. 프톨레마이오스와 레온나투스도 다쳤다. 분노한 알렉산드로스가 성벽을 부수고 투척 무기로 공격을 가하자, 수비대는 산으로 달아났다. 후퇴 와중에 수비대의 일부가 죽음을 면치 못했고 포로들도 알렉산드로스의 부상에 대한 복수로 잔인하게 살해되었다.

알렉산드로스는 도시를 파괴한 뒤 다음 도시로 이동했다. 안디카는 곧바로 백기를 들었다. 알렉산드로스는 크라테루스와 보병 지휘관들을 주둔시키며 저항하는 인근 도시들을 모두 정벌하라고 지시했다. 자신은 에우아스플라강으로 진군을 계속했다. 이틀째 되는 날 아스파시아의 총독이 있는 도시에 도착했다. 알렉산드로스가 오고 있다는 소식을 접한 주민들은 산으로 도망쳤고, 병사들은 그들의 뒤를 추격하여 산속으로 숨어들려는 주민들을 무참하게 학살했다.

한편 부여국에도 어두운 먹구름이 드리워졌다. 을지와 도수, 바투치, 그리고 스물네 명의 전사가 생사를 모른 채 연락이 끊긴 것이다. 거기다가 이웃 소그디아나 지역에 염병이 퍼졌다는 소식이 있었고 언제 이곳으로 덮칠지 모른다는 공포와 절망감이 사람들 사이에 흉흉히 떠돌았다. 칼날보다 매섭다는 염병이 사방에 덮쳐 수많은 사람의 목숨을 앗아가고 있다는 것이다. 이럴 즈음 한동안 소식이 끊겼던 하투르크가 일단의 소그디아나 병사들을 이끌고 멧부리 진지를 찾아왔다. 그들의 모습은 매우 초췌했다.

"강행군을 치렀나 보군. 그동안 어떻게 지냈는가?"

수로가 반갑게 맞이하자 하투르크는 그를 와락 끌어안았다.

"복수하려고 지금껏 칼을 갈았다네. 여긴 나를 따르는 전사들일

세. 당장 뭣보다 수라를 찾아야 해!"

"당장에 급한 건 자네의 휴식인 것 같네. 몰골이 말이 아닐세."

수로는 부관을 시켜 하투르크와 병사들에게 따로 안식처를 마련해 줄 것을 지시했다.

"혹시나 염병이라도 옮겨 온 건 아닐까요? 모두가 안색이…"

웬일인지 부관의 염려를 단번에 무시하는 수로다.

"무슨 소릴! 다들 지쳤을 뿐이야."

수로는 해치 병사들의 동요를 우려했다. 그만큼 염병은 예민한 문제였다. 누울 자리가 필요한 동지들이 일단 영내에 발을 들여놓은 이상, 운명에 맡길 수밖에 없다고 생각했다. 군대를 책임진 대장군 수로로선 부관의 섣부른 추측을 일찌감치 차단해야 했다.

부여국의 왕 히누리는 남편 을지의 생사보다도 염병에 관한 대책에 고심했다. 원로들과 오가 대신이 모인 대책 회의에서 부족 전체의 이주 외에는 아무런 해결책이 없다는 사실을 절감하고, 한시가 급한 만큼 서둘러 이주할 지역을 물색하기에 이르렀다.

여기서 히누리는 자신들을 받아 줄 수 있는 나라, 대륙의 동북쪽에 있다는 고리국을 언급했다. 별다른 대안이 없는 데다가 부여족으로서는 그곳이 선조들의 땅에 속했고 이제 후손이 되어 본향으로 돌아간다는 명분도 서는 것이었기에 원로들과 대신들은 별다른 의견 충돌 없이 찬동의 뜻을 표했다.

그리고 전체 부족민 중에 이주를 꺼리는 파라마누의 안골 마을 출신들과 이제는 연로하여 고향에 머물기를 원하는 아수탄과 아란 등의 몇몇 원로들, 이러한 일부의 해씨족을 제외한 다수의 부여국 주민이 이주를 받아들였다. 그리하여 마침내 본격적인 이주 준비에 들어가게 되었다. 일찍이 을지가 구상했던 부족의 이주가 어이없게도 알렉산드로스 군대의 침략이 아니라 그들의 학살로 뿌려진 염병으로 인해 이루어지게 된 것이다.

이주를 며칠 앞둔 어느 날, 수로는 나랏일로 분주한 어머니를 불러 세웠다.

"임금님, 저 좀 보세요!"

다가서는 어머니 앞에서 수로는 빙긋 미소를 지어 보였다. 그러나 꺼내든 얘기는 의미심장했다.

"어머니는 부족을 이끌고 고리국으로 가십시오. 바달 장군과 장수들, 그리고 대신들이 어머니를 잘 보필해 줄 것입니다."

"아들아, 어찌하여 너마저! …아니다. 계속 얘기하거라."

히누리의 가슴에 서늘한 기운이 휘돌았지만, 그녀는 아들의 말이 끝나기를 기다렸다. 먼 옛날 한 장수가 싸움터로 떠나며 읊조렸던 말들이 희뿌옇게 맴도는 듯했다.

"저는 하투르크와 함께 전사들을 이끌고, 적군에게 붙잡혀 있는 포로들과 누이 수라, 아버지, 도수, 그리고 위대한 전사들의 소식을 직접 확인하고자 출격할 것을 결심했습니다. 임무를 끝내고 나서 어머니의 뒤를 따르겠습니다. 반드시 살아서 어머니를 뵐 것이니 저의 간곡한 청을 물리치지 마소서, 어머니!"

'딸의 호소를 이기지 못해 딸을 잃었고, 남편의 결의를 말리지 못해 끝내 남편을 잃었다. 이제 아들의 결전을 거절하지 못해 아들을 잃을 차례인가!' 히누리는 그간에 이주 준비로 지친 데다 아들의 충격적인 통보에 그만 어지럼증을 느끼고 비틀거렸다.

며칠 뒤, 히누리 임금을 필두로 우수크와 아물 사제, 묘아리와 바달, 아세무트 등의 군대 장수와 원로들이 이끄는 2만여 명의 부여국 사람들은 잔류를 결정한 안골 마을 사람들의 환송을 받으며 고리국을 향해 출발을 서둘렀다. 대륙의 동북쪽에 신불사가 칸으로 있다는 미지의 땅을 찾아 나선 것이다.

수로는 아우들과 일일이 포옹하며 아쉬운 작별의 인사를 나누었다.

"잘 가라, 아우들아!" 그러면서 수로는 눈물을 글썽이는 아우들에게 반드시 재회하게 될 것임을 언약했다. 설령 이루어지지 않을지라도….

수많은 말과 마차의 대이동으로 흙먼지가 뿌옇게 피어올랐다.

이번 부여국의 대이동에 안골 사람뿐만 아니라 하투르크가 지휘하는 병력과 처자식을 잃은 다수의 전사도 동행하지 않았는데, 그 숫자가 3천여 명에 이르렀다. 그들은 알렉산드로스와 한바탕 목숨을 건 전투를 원했고, 수로가 지휘하는 해치 유격대가 그것을 이루어 낼 거라는 기대 속에 합류했다. 수로는 뜨거운 복수심으로 이글 거리는 전사들을 사열했다. 그러는 중에 대열 속에 우두커니 서 있는 태산을 발견했다.

그날 저녁에 수로는 자기 막사로 태산을 불러들였다.

오랜만에 보는 태산의 모습은 예전의 앳된 얼굴은 간데없이 온통 상처로 얼룩져 있었다. 그간에 치른 숱한 전투들로 인해 그가 매우 담대해지고 강인해졌음이 한눈에 느껴졌다.

"다가와 여기 의자에 앉게."

수로는 자기 가까이에 있는 의자를 권했고 긴장을 풀지 않은 태산이 쭈뼛거리며 다가와 앉았다. 그러한 태산의 행동을 유심히 바라보던 수로는 회억에 잠기는 듯 표정이 침울해졌다. 그러나 이내 상념을 떨쳐 버리려는 듯 고개를 가로저으며 빙긋 미소를 지어 보였다.

"자네가 해치 유격대에 합류할 줄은 미처 생각하지 못했네. 부모를 따라 이주하는 줄로 알았지. 태산, 왜 그런 결정을 내렸는가?"

태산은 낯빛이 붉어진 얼굴로 수로의 물음에 답했다.

"부모님은 아득한 조상의 땅을 그리워하셨지만 저는 다릅니다. 저는 염병도 두렵지 않고 오직 복수만을 생각할 뿐입니다."

"이 자리에서 나는 대장군이 아니네. 친구로서 나를 대해 주게나."

그러자 태산은 기다렸다는 듯이 그의 제안을 받아들였다.

"그러지. 나는 그 무엇보다도 사랑스러웠던 내 누이 녹수의 원혼을 달래 주어야만 하네."

태산이 녹수 얘기를 꺼내자, 수로의 안색이 다시 어두워졌다. 알 수 없는 죄책감이 가슴속을 에는 듯했다. 불현듯 다시는 만나지 못할 곳으로 떠나간 사람들이 눈앞에 어른거렸다.

"그 심정 충분히 이해하네. 나도 마찬가지니까. 녹수의 죽음은 내 잘못이 컸다네. 내가 경당을 추천하지만 않았어도…"

수로의 자책이 깊어지려나 싶어 태산은 얼른 그의 말을 가로챘다.

"그럴 거 없네. 녹수는 학업을 즐거워했어. 자네 탓이 아니야."

태산은 녹수의 죽음이 그 누구의 잘못이 아닌, 오직 알렉산드로스의 침략 때문에 빚어진 불상사였다고 했다. 그리고 누이 녹수는 한 남자의 영혼을 운명처럼 사랑하다 떠나간 만큼 이승의 짧은 삶이 안타까웠던 것만은 아닐 것이라 했다.

"내 누이 녹수는 생기가 넘쳐흘렀다네. '아직은 가슴으로만, 영혼의 흔들림만으로 한 운명을 사랑하지만, 때가 되면, 운명의 눈빛이 마주치는 그날이 오면, 자기의 사랑이 마침내 불꽃을 피울 것이라고, 영혼의 사랑이 육체의 몸을 입어 뜨겁게 타오를 거라고', 그렇게 노래하곤 했다네."

녹수의 오라버니인 태산이 들떠 읊조리는 동안 수로는 묵묵히 그를 응시하기만 했다. 그의 얘기가 끝나자 이윽고 수로가 입을 떼었다.

"나도 가슴이 아픈데 오라버니로서 그 상심이 얼마나 컸겠나. 무척 사랑스러운 낭자였지. 연인이 있었다고 하니 더욱 안타깝군. 열매를 채 맺지 못하다니…"

태산은 충동적으로 무언가 말을 덧붙이려다 이를 악물며 참았다. 상대방은 모르는, 오라버니인 자기에게 겨우 사랑의 심경을 토로한 누이의 모습이 아련하게 다가왔다. 녹수의 숨겨진 외짝사랑을 알 리 없는 수로는 그만 화제를 바꾸려 했다.

"자네도 알다시피 한 개인의 야망이 인류를 도탄에 빠트리고 있네. 복수라 해도 좋고 의로운 항전이라 해도 좋네. 친구여! 우리 모두 죽기까지 맞서 싸우는 것일세. 어떤가?"

"고맙네, 수로! 바로 내가 바라던 것이네."

수로가 몸을 일으키자, 태산도 의자에서 벌떡 일어났다. 수로는 태산의 손을 맞잡으며 일전 불사의 결의를 다졌다.

며칠 뒤 수로는 애마 햇살의 콧잔등을 쓰다듬으며 속삭였다.

"앞으로 많은 고난이 뒤따를 거야. 그럴수록 용기를 내자꾸나. 좋은 일도 분명히 있을 테니까. 사랑한다. 내 벗, 햇살아!"

애마 햇살과 서로 눈빛을 나눈 수로는 거침없이 말 등에 올라앉았다. 수로는 통역에 필요한 북방 인도인 용병 20여 명과 궁술에 뛰어난 무사 1백여 명 등, 모두 3천여 명의 해치 전사들을 이끌고 장도에 올랐다.

드디어 알렉산드로스 군대의 행로를 뒤쫓아서….

32
결국 전쟁의 목적과 방향성을 잃어버리고

산맥을 넘은 뒤 알렉산드로스는 아리가이움이라는 도시에 진입했으나 주민들은 이미 철수한 상태였다. 알렉산드로스는 도시의 기반이 훌륭한 이곳에 도시 방비를 강화하도록 한 뒤 심신이 지친 병사들을 정착시키도록 했다.

알렉산드로스는 구라이아족의 땅을 지나 구라이아강에 도착했다. 그는 인근에서 가장 큰 도시인 마사가를 치러 나섰다. 마사가의 수비대는 인도 내륙에서 모집한 7천여 명의 용병들을 데리고 맹렬히 저항했다. 나흘간의 공방전에서 아리안들은 부족장인 아사케누스가 투석기에서 날아온 돌에 맞아 사망하고 많은 병사가 전사하거나 다치자, 전의를 상실하고 휴전을 요청했다. 알렉산드로스는 자기 군대에 복무하는 조건으로 제안을 수락했다. 이에 따라 용병들은 마케도니아의 진지 맞은편 산에 진영을 마련했다. 그러나 같은 아리안들과 맞서 싸우고 싶지 않았던 일부의 용병들은 밤을 틈타 각자의 고향으로 달아날 생각을 하고 있었다. 하지만 그날 저녁, 알렉산드로스는 군대 전체를 동원하여 산을 에워싼 뒤 용병들을 가차 없이 몰살했다.

그라니코스 전투에서의 용병 학살로 페르시아 전 지역에 극도의 공포감을 조성하는 데 성공했듯이 이번에도 그런 효과를 노려 재탕

한 것일지도 모른다. 비록 그것이 추악한 반인륜적 행위라 할지라도 적군의 사기를 꺾을 수만 있다면 뭔 짓인들 주저하지 않는 알렉산드로스 군대였다. 항복한 용병들을 전원 몰살한 알렉산드로스는 무방비가 된 도시를 점령했다. 포로 가운데는 부족장 아사케누스의 어머니와 딸도 있었다.

알렉산드로스는 코이누스를 바지라로 보냈다. 바지라 사람들이 마사가의 처참한 운명을 알게 되면 곧바로 항복할 것으로 생각했다. 그리고 기병대 지휘관들인 아탈루스, 알케타스, 데메트리우스를 오라로 보내 자신이 도착할 때까지 도시 둘레에 성벽을 쌓아 봉쇄하라고 지시했다. 오라 주민들은 알케타스 부대를 향해 반격을 시도했으나 결국은 성안으로 물러나야 했다. 한편 바지라 주민들도 항복하려고 하지 않았다. 오라에서의 포위 공격은 손쉬워 단 한 번의 공격으로 도시를 점령했고 주민들이 남겨둔 코끼리도 차지했다. 오라가 함락되었다는 소식을 듣고 바자라 주민들은 더 이상 진지를 지키기 어렵다고 판단하여 어둠을 틈타 도시를 떠났다. 이에 인근의 다른 주민들도 모두 도시를 떠나 아오르노스(피르사르) 바위산으로 피신했다. 이 산은 인더스강을 내려다보고 있으며 해발 2천 미터가 넘는 평정봉이었다.

포로로 붙잡힌 오라의 주민이 진술했다.

"아오르노스 산은 제우스의 아들 헤라클레스도 정복하지 못했다는 이야기가 전해지는 바위산입니다. 이 산은 엄청나게 크고 높으며 올라가는 길은 바위 표면을 깎아서 만든 험한 외길밖에 없습니다."

"그런 곳에서 놈들은 무엇으로 버티겠다는 것이지?"

"산꼭대기에는 샘이 있고, 그 샘에서는 깨끗한 물이 흘러넘친답니다. 그리고 숲과 천여 명이 경작하고도 남을 비옥한 농토도 있습니다."

알렉산드로스는 바위산에 관한 얘기를 듣고 나서 정복욕에 휩싸였다. 특히 헤라클레스에 관한 전설이 그를 부추겼다.

알렉산드로스는 오라, 마사가, 바지라를 보급 기지 겸 요새로 만들었다. 헤파이스티온과 페르디카스는 오로바티스라는 또 다른 도시를 요새로 만들고 수비대를 배치한 뒤 인더스강으로 출발했다. 강에 도착한 뒤에는 알렉산드로스의 지시대로 다리를 놓기 시작했다.

아오르노스 산을 향해 행군을 시작한 알렉산드로스는 인더스강 쪽으로 출발했다. 아오르노스 산에서 가까운 도시인 엠볼리마에 도착한 뒤 알렉산드로스는 군의 일부를 크라테루스에게 맡기고 장기간 버티는 데 필요한 갖가지 물자들을 충분히 노획하라고 명령했다.

이때 주민 일부가 찾아와 바위산에서 가장 취약한 지점을 안내해 주겠다고 했다. 험한 경로였지만 들키지 않고 목적지에 도착한 프톨레마이오스는 고지에서 봉화를 올렸다. 이것을 확인한 알렉산드로스는 진군을 시작했으나 아리안들의 강한 저항에 부딪혔고 지형이 험해서 별다른 성과를 거둘 수 없었다.

알렉산드로스 군대는 아오르노스 산 쪽으로 높은 토루를 쌓아 나갔다. 그리하면 바위산의 아리안들이 화살과 투석기의 사정거리 안에 들 것으로 판단했다. 그러자 아리안들은 동요하여 안전한 철수를 조건으로 바위산을 넘겨주겠다고 했다. 이에 알렉산드로스는 아리안들이 철수할 때까지 기다렸다가 7백 명의 근위대를 이끌고 무장 해제된 바위산으로 향했다. 알렉산드로스가 가장 먼저 그곳에 발을 들여놓고 병사들은 서로 끌어주면서 뒤따랐다. 그런 뒤 알렉산드로스의 신호가 떨어지자마자 병사들은 철수하는 아리안들을 공격하기 시작했다. 이에 많은 아리안이 목숨을 잃었고 낭떠러지에 몸을 던지는 자들도 많았다.

그렇게 해서 알렉산드로스는 헤라클레스마저 좌절시킨 바위산을 손에 넣게 되었다. 그는 바위산 꼭대기에서 제사를 올린 뒤 그곳에 병사들을 주둔케 하고 시시코투스라는 아리안에게 관리를 맡겼다. 시시코투스라는 자는 예전에 박트리아에서 베수스의 편에 섰으나 알렉산드로스가 박트리아를 정복하자 변절하여 그의 밑에서 충성을 다하던 인물이었다.

알렉산드로스는 이제 아오르노스 산을 떠나 아사케니아족의 영토로 들어갔다. 디르타라라는 도시에 도착했으나 인근 지역과 마찬가지로 주민들은 모두 떠난 상태였다. 다음 날 알렉산드로스는 정찰을 보내면서 주민들이 보이면 잡아서 심문하되 특히 코끼리에 대한 정보를 캐내도록 했다.

이제 알렉산드로스는 인더스강으로 향했다. 지대가 험해 병사들은 길을 만들며 진군해야 했다. 도중에 사로잡은 원주민들로부터 이 지역의 아리안들은 카슈미르의 지도자인 아비사레스에게로 도망쳤으며 코끼리들은 강가에서 풀을 뜯어 먹도록 놔두고 갔다는 사실을 알아내었다. 알렉산드로스는 안내자를 앞세워 코끼리 사냥에 나섰다. 사냥할 때 일부는 절벽 아래로 떨어져 죽었으나 나머지는 모두 포획할 수 있었다. 코끼리들은 몰이꾼들과 함께 마케도니아군 소속이 되었다.

알렉산드로스는 강 근처에 우거진 숲이 있어 나무를 베어 배를 만들게 했다. 그리고 헤파이스티온과 페르디카스가 강 하류에 완공해 놓은 다리까지 배들을 끌고 갔다. 알렉산드로스가 인더스강에 도착했을 때 헤파이스티온은 이미 다리를 놓고 작은 배들과 노가 30개인 갤리선 두 척을 준비해 두고 있었다. 인더스강은 히말라야산맥에서 발원하여 남쪽의 인도양으로 흘러 들어갔다. 어귀는 두 군데였는데 하류 유역은 모두 습지였다. 또한 이집트의 나일강처럼 삼각주가 발달해 있었다. 일단 강을 건넌 알렉산드로스는 관례대로 제사를 올리고 번성한 대도시인 탁실라로 행군을 계속했다.

이 무렵 수로와 하투르크가 이끄는 해치 전사들은 산맥을 넘어 알렉산드로스 군대의 행렬을 따라잡았고 부상병들이 정착한 아리가이움 가까이에 이르렀다. 수로는 태산이 이끄는 정찰 분대를 보내 적의 동태와 포로에 관한 정보를 은밀히 취합하도록 지시했다. 다음 날 임무를 마치고 돌아온 태산의 모습은 침통했고, 그의 보고는 충격적이었다. 알렉산드로스의 장교들이 천인공노할 강간 등의 만행을 저질렀으며 그 와중에 여자 포로가 시시로 살해당하기까지 했는데 그러한 참사에 수라가 비껴가지 못했다고 한다. 또한 포로들을 구출하기 위해 잠입했던 부여 전사들도 결국 장렬한 최후를 맞았다는 얘기였다. 이것은 마케도니아 병사들과 함께 정착지에 남겨진 몇몇 노예들에게서 들은 진술이라고 했다.

보고를 받은 하투르크는 망연자실하여 그 자리에 털썩 주저앉았다. 수로는 불같이 타오르는 분노를 어쩌지 못해 막사 안을 휘저으며 돌아다녔다. 그러다가 칼을 빼 들어 천막을 찢었고 밖으로 달려나가 허공을 향해 괴성을 내질렀다. 온몸의 근육과 혈관과 말초신경이 용솟음쳤다. 가히 대지를 불사를 만한 기세였고 울분의 분출이었다.

뒤이어 달려 나온 하투르크와 태산, 그리고 장수들은 수로 대장군과 생사고락을 함께하겠다는 맹세의 표시로 일제히 단검을 빼 들었다. 그리고 허공을 향해 칼끝을 맞부딪히며 결사 항전의 결의를 굳게 다졌다.

"하늘이시여! 우리에게 우레와 같은 힘을 내려 주시옵소서!"

수로와 해치 전사들은 곧장 아리가이움으로 쳐들어갔다. 원주민을 몰아내고 주둔했던 알렉산드로스 병사들의 정착촌은 단숨에 해치 전사들의 수중으로 넘어갔다. 대항한 적군들은 물론이고 항복한 부상병들 또한 전쟁의 책임을 물어 죽음을 면치 못했다. 그리고 억류되었던 노예들은 각자의 고향으로 돌아가도록 조치했다.

별다른 희생자 없이 전투에서 승리한 해치 전사들은 사기가 충천했고 당장이라도 알렉산드로스의 본대와 맞붙을 기세였다. 그러나 수로와 하투르크는 더 이상 진격하지 않고 당분간 알렉산드로스 군대의 동태를 살피기로 했다. 실상 패배한 적군은 낙오한 소수의 병력에 불과한 게 아니던가. 게다가 알렉산드로스가 진출한 방향은 막강한 군대를 보유한 파우라바스 왕국의 지역이며 그곳은 계절성 우기로 인해 폭풍우가 몹시 내리퍼붓는 밀림과 늪지의 땅이었다.

"다들 아시다시피 숲과 늪지대는 기병들에게 극히 불리하잖소. 그러니 무리하게 그들의 뒤를 쫓을 이유가 없을 것 같소."

수로와 하투르크의 짐작에 알렉산드로스는 이내 군대를 되돌릴 것으로 봤다. 수로가 자신의 판단을 개진하자 하투르트는 막사 앞에 늘어선 장수들을 향해 외쳤다.

"필시 적들은 천재지변과 포루스 군대의 항전에 고전하여 후퇴할 게 분명합니다. 그때 치를 전투에 대비하여 식량과 무기를 비축하는 데 최우선을 두어야 할 것입니다."

한편 히누리가 이끄는 부여족은 이동 도중 이식쿨호 서편에 자리한 알타이족의 도움을 받아 겨울을 보냈다. 봄이 되자 병약한 사람들과 이곳에 잔류를 원하는 1만여 명의 사람들을 남겨두고 떠나야 했다. 여기에는 우수크와 아내 에바트, 아물, 마라치, 우르의 가족이 포함되었다. 어느덧 이주 인원이 1만여 명으로 줄어들었다.

"아무래도 내 기력이 다한 것 같습니다. 이 나이에 낯선 타지보다는 이곳에서 여생을 보내는 게 낫지 싶어요. 설마하니 염병이 여기까지 덮치기야 하겠소이까. 그러니 임금께서는 저희 걱정하지 마시고 아무쪼록 목적지에 무사히 도착하시길 기원하겠습니다. 임금님, 어서 떠나세요. 갈 길이 멉니다."

히누리는 잔류를 선택한 우수크와 가족, 그 외의 부족민과 아쉬운 작별을 한 뒤 동쪽으로의 이동을 계속했다.

탁실라는 인더스강과 히다스페스강 사이에서 가장 큰 도시였다. 알렉산드로스는 이곳에서 지배자인 옴비와 그 지역의 아리안들로부터 융숭한 대접을 받았다. 옴비가 준비한 막대한 선물과 함께 7백 명의 아리안 기병대가 알렉산드로스 군대에 합류했다. 알렉산드로스는 항상 모시던 신들에게 제사를 올리고 강가에서 운동 경기와 승마 시합을 열었다.

한편 히다스페스강과 아케시네스강 사이에 있던 파우라바스 왕국의 왕인 포루스는 병사들을 이끌고 강 건너편에 진을 치고 있었다. 보고를 받은 알렉산드로스는 코이누스를 불렀다.

"자네는 인더스강으로 가서 배들을 히다스페스강으로 옮기도록 하라. 거기서 본진과 합류하라."

명령을 내린 뒤 알렉산드로스는 자신의 군대와 옴비의 아리안 병사 5천 명, 지역 족장들을 이끌고 히다스페스강으로 진군했다. 그런데 몇 날을 두고 계속해서 폭풍우가 몰아쳤다. 동틀 무렵, 비가 그치고 바람이 약해지자 마침내 알렉산드로스는 강을 건널 수 있었다. 그때 맞은편에는 포루스의 아들이 1천 명의 기병과 60대의 전차를 이끌고 포진해 있었다. 드디어 전투가 벌어졌다. 그러나 진흙탕이 되어 버린 땅에서 무엇 하나 속력을 낼 수 없었고 전투에 쓸모 없었던 전차와 말들은 달아나다가 모두 붙잡혔다. 그리하여 아리안 군대는 약 4백 명의 기병을 잃었고 전투 중에 포루스의 아들도 전사했다.

"왕이시여, 알렉산드로스가 병력을 이끌고 강을 건넜습니다. 그리고 왕자께서 그만 전사하시고 말았습니다."

살아 돌아온 병사의 보고를 받고 포루스는 분개했다.

"전군은 출격 준비를 서둘러라! 내가 기필코 그놈의 목을 베고 말리라!"

포루스는 기병 3천 명, 전차 3백 대, 코끼리 85마리, 3만 명의 보병 부대를 이끌고 알렉산드로스를 향해 진격했다. 이 전투에서 아리안 군대는 다수가 전사하고 많은 병력이 포로로 붙잡혔다. 알렉산드로스 군대도 1천여 명의 병력이 전사했고 큰 손실을 보았다. 포루스는 병사들과 함께 싸우다가 오른쪽 어깨를 다친 뒤 타고 있던 코끼리를 되돌려 후퇴하기 시작했다. 그리고 적이 추격해 올 때마다 후퇴하기를 거듭했다.

"거참! 미꾸라지처럼 잘도 빠져나가는구나."

추격에 몰두하던 알렉산드로스는 문득 다리우스를 떠올렸고 돌연 마음에 변화를 일으켰다. 포루스를 죽이지 않고 회유하여 이곳 아리안족들의 추종 세력으로 삼는 게 좋겠다는 생각을 한 것이다. 자신은 물론이고 병사들도 심신이 지칠 대로 지친 데다 열악한 환경에서 자칫 다리우스의 경우처럼 오랫동안 추격전을 벌이게 되지 않을까 우려된 것이다. 알렉산드로스는 여러 차례의 시도 끝에 포루스의 오랜 친구인 메로에스를 보냈고, 결국 포루스는 그의 설득을 받아들였다. 알렉산드로스는 포루스에게 왕국을 계속 통치하도록 했고 더 넓은 영토까지 얹어 주었다. 히다스페스강 너머에서 포루스와 아리안을 상대로 한 전투는 이렇게 끝을 맺었다.

때는 단기 2007년, 보을 단군 재위 16년. 기원전 326년 5월에 벌어진 일이다.

전사한 병사들의 장례 의식을 치른 후 알렉산드로스는 히다스페스강을 처음 건넌 지점에서 관례에 따라 승리에 대한 감사의 제사를 지내고 운동 경기와 승마 시합을 열었다. 이곳에서 한 달가량을 쉰 알렉산드로스는 글라우가니카이라는 부족을 향해 진군했다. 주민들은 알렉산드로스에게 항복했다.

그 무렵 카슈미르의 통치자 아비사레스가 사절단을 보내어 항복과 더불어 영토를 넘겨주겠다는 뜻을 전했다. 알렉산드로스는 당장 아비사레스를 불러오라고 명령하면서 나타나지 않으면 조만간 알렉산드로스와 그 군대를 만나게 될 것이라고 경고했다.

알렉산드로스는 아케시네스강을 건넜고 히드라오테스강을 건너 강둑을 따라 진군했다. 이 지역에 사는 부족들은 대부분 저항 없이 항복했으나 몇몇 부족들은 무력으로 진압되었다.

그런데 이들 부족 중에 유독 완강하게 저항하는 세력이 있었다. 그것은 바로 상갈라라는 도시의 카타에이족과 인근의 옥시드라카이족, 말리족, 이 세 부족이 합세하여 항전에 뛰어든 것이다. 이에 포루스와 아비사레스가 이 부족들을 진압하러 원정에 나섰으나 별다른 성과를 올리지 못하자 알렉산드로스가 직접 카타에이 부족의 정벌에 나섰다.

상갈라 도시의 산에는 카타에이족과 이웃 부족들이 방어 태세를 취하고 있었다. 이 공격에서 부족민 1만 7천 명이 죽고 7만 명 이상이 포로로 붙잡혔으며 기병 5백 명과 전차 3백 대를 잃었다. 알렉산드로스 군대의 사망자는 1백 명에 못 미쳤으나 부상자는 1천2백 명이 발생했다. 알렉산드로스는 예우를 갖춰 장례를 치렀다.

그런 뒤 투항하지 않은 두 도시로 기병 3백 명을 보냈다. 그러나 옥시드라카이족과 말리족의 주민들은 이미 달아난 상태였고, 보고를 받은 알렉산드로스는 맹렬히 추격했으나 숨어 버린 뒤였다. 도시에는 5백여 명의 병자가 남아 있었는데 이들은 알렉산드로스 군대의 칼에 죽임을 당했다. 알렉산드로스는 추적을 중단하고 상갈라로 돌아와 도시를 완전히 파괴한 뒤 포루스와 그의 병사들을 여러 도시에 파견하여 수비하도록 했다.

알렉산드로스는 더 먼 곳까지 정복하려는 야심을 불태우며 히파시스(베이스)강으로 진군했다. 그는 자기 명령에 복종하지 않는 부족이 남아 있는 한 전쟁을 끝낼 생각이 없었다.

히파시스강 너머의 땅은 풍요롭고 비옥했다. 주민들은 농부이자 군인이었으며 질서 있고 효율적인 사회 체제 아래 살아가고 있었다. 그 지역의 정치 체제는 대부분 귀족 정치였으나 전혀 억압적이지 않았다. 코끼리도 인도의 어느 곳보다 더 많았으며 몸집도 크고 용맹했다. 이러한 이야기들은 새로운 모험에 도전하고 싶은 알렉산드로스를 자극했다. 하지만 부하들의 생각은 달랐다.

마케도니아 병사들은 위험하고 힘든 모험이 끝없이 이어지자 마침내 지치기 시작했다. 더군다나 히다스페스강을 떠난 이후로 끊임없이 폭우가 내렸고 악천후에 병사들이 시달렸다. 그리고 목숨을 내던지는 원주민의 기습 공격에 인명과 재물 손실이 갈수록 심해졌다.

무릎까지 빠지는 진흙탕 속을 행군했고 악어와 짐승의 습격에 제대로 잠을 이루지 못했다. 아물지 않는 상처 때문에 몸이 썩어 들어갔고, 복통과 고열에 시달렸으며, 뇌성벽력의 하늘 아래 한둘씩 픽픽 거꾸러졌다. 병사들의 옷이 해어지고 말들의 발굽이 닳아 피를 흘렸다. 병사들은 추위와 배고픔의 고통 속에서 이곳에 주둔군으로 잔류하게 되는 것을 두려워했다. 그들은 고향에 두고 온 아내와 자식들을 그리워하고 있었다.

마침내 병사들은 몰래 막사에서 집회를 열어 자신들의 운명을 불평했다. 어떤 병사들은 알렉산드로스의 지시를 따르지 않을 것이라 맹세하는 등 모두가 충성심이 식어가고 있었다. 이런 낌새를 느낀 알렉산드로스는 병사들 사이에 떠도는 불만과 항명의 분위기를 일찌감치 차단하기 위해 장교 회의를 열었다. 그 자리에서 주장한 알렉산드로스의 연설은 자신의 야망을 피력하는 데에 급급했다. 그의 장황한 연설이 끝난 뒤 장내에 긴 침묵이 흘렀다. 그곳에 있던 장교들은 알렉산드로스의 말을 선뜻 받아들이지 않았지만 그렇다고 섣불리 대꾸할 용기도 내지를 못했다. 알렉산드로스는 요구 사항이나 다른 의견이 있으면 서슴없이 말하라고 여러 차례 권했으나 누구도 나서지 않았다. 그러다 마침내 코이누스 장교가 용기를 내어 말했다.

"왕이시여, 저는 병사들의 처지에서 말하지 않을 수 없습니다. 병사들은 지금껏 생사를 넘나드는 전투에서 묵묵히 이겨 내며 진격했고, 무수한 전과를 거둬 왔었습니다. 그런 만큼 이제부터는 위험을 자초하는 진군을 줄일 필요가 있다고 봅니다. 전하께서는 이번 원정에 함께 나섰던 헬라스인과 마케도니아인이 현재 어느 정도로 남아 있는지 알고 계실 것입니다. 오랜 원정에 지쳐 불만을 토로한 테살리아인들을 엑바타나에서 돌려보내신 조치는 현명한 결단이었습니다. 헬라스인들 중에는 여러 알렉산드리아 도시에 정착한 사람들도 있지만 모두가 기꺼이 그곳에 남은 것은 아닙니다. 그들은 전하와 우리 마케도니아인과 함께 목숨을 건 전쟁을 같이 겪었습니다. 그중 일부는 전사했고 일부는 불구가 되어 낙오되었습니다. 병으로 죽은 사람은 더 많습니다. 이제 그들은 소수밖에 남지 않았습니다. 그들마저도 몸이 쇠약해지고 예전의 패기 또한 사라졌습니다. 모두가 부모님과 아내와 아이들을 보고 싶어 하고 낯익은 고향 땅을 그리워하고 있습니다. 그러니 이제 전하를 따르려 하지 않는 자들을 억지로 이끌려 하지 마십시오. 전하께서도 고국으로 발길을 돌리셨으면 합니다. 돌아가셔서 위대한 왕으로서의 추앙을 받는 삶이 더 낫지 않겠습니까. 만약 전하께서 다음에 원정을 원하신다면 그때는 전쟁에 지친 노병들 대신 헬라스와 마케도니아의 젊고 패기만만한 병사들이 전하를 따를 것입니다. 전하, 성공한 사람이라면 멈출 때가 언제인지를 아서야 합니다. 우리 마케도니아 군대를 이끄는 전하께서는 두려운 적이 따로 있을 리 없겠지만, 그러나 운명은 종잡을 수 없고, 어떤 사람도 운명에 대항할 수 없다는 것을 부디 기억하셨으면 합니다."

코이누스의 연설에 박수가 쏟아졌다. 눈물을 흘리는 사람까지 있었다. 계속되는 원정을 얼마나 두려워하는지, 회군 명령이 떨어진다면 얼마나 기뻐할지를 짐작하게 했다. 코이누스의 솔직한 말과 다른 장교들의 무기력한 모습에 분노한 알렉산드로스는 그 자리를 떠났다.

화를 삭이지 못한 알렉산드로스는 다음 날 장교들을 다시 불러 모았다. 그 자리에서 알렉산드로스는 마케도니아인 그 누구에게도 함께 가자는 명령을 내리지 않겠지만 자신은 계속해서 나아갈 것이라고 선언했다.

"자발적으로 왕을 따를 사람들을 데려가겠다. 고향으로 돌아가고 싶다면 마음대로 가도 좋다. 가서 그곳 사람들에게 전하라. 적들이 우글거리는 한가운데에 왕을 버리고 왔다고!"

이 말을 던진 뒤 알렉산드로스는 막사로 돌아가 이틀 동안 아무도 만나려 하지 않았다. 장교들이 자기 말에 마음을 돌리길 바랐다. 몇 차례 경험으로 봤을 때 심경의 변화를 보이는 자들이 적지 않았기 때문이다. 그러나 침묵이 이어졌다. 왕이 자신만을 생각하여 울화통을 터뜨린 것에 대해 부하들은 결정을 바꾸지 않기로 했다. 하지만 부하들이 반대하는데도 알렉산드로스는 강을 건너도 좋다는 징조를 얻고자 제사를 올렸다.

한편, 이 무렵의 인도 대륙은 난다왕조의 마가다국이 북동부 지역에서 강력한 제국을 이루고 있었다. 불교와 자이나교 등의 새로운 종교, 발달한 벼농사와 상업, 그리고 예술과 문화를 일으키어 고도의 번영을 누리고 있었다. 그리고 마가다국은 히말라야산맥 기슭에서 내려온 북방 부족들이 연합한 나라이며, 자유를 찾아 각처에서 도망쳐 온 노예들로 주민이 형성되어 있어 기마 병력의 전투력 또한 막강했다. 이러한 사실이 알렉산드로스 병사들 사이에 공공연히 퍼져 있어 그것이 그들의 행군을 돌이키게 하는 데 지대한 영향을 미쳤을는지 모른다.

아무튼 자신에게 불리한 징조가 아리스탄데르의 점괘에 나타나자, 알렉산드로스는 마침내 뜻을 꺾고 헤타이로이의 최고 장교들과 가장 친한 친구들을 불러 모은 뒤 모든 상황을 고려하여 회군하기로 결심했음을 알렸다. 이에 수많은 병사가 기쁜 나머지 열화와 같은 함성을 터뜨렸다. 병사 대부분이 눈물을 흘리면서 알렉산드로스의 막사로 찾아왔고, 자신들의 뜻을 들어준 왕에게 갖가지 행운과 건강을 기원했다.

알렉산드로스는 제단을 짓도록 명령했다. 높이는 가장 높은 공성무기 정도인 23미터로 쌓고 폭은 더 넓게 만든 이 제단은 지금까지 승리하게 해준 신에게 바치는 감사의 제물이자 알렉산드로스의 업적을 기리는 기념비였다.

그는 히드라오테스강 쪽으로 회군 길에 올랐다. 강을 건넌 뒤에는 왔던 길을 되밟아 아케시네스강까지 갔다. 아케시네스강에 도착했을 때는 헤파이스티온에게 맡겼던 요새화 작업과 정착지 건설이 완성되어 있었다. 알렉산드로스는 주변의 부족들과 다치고 병든 용병 중에서 자원자들을 이 도시에 정착시켰다. 그러고는 다시 아케시네스강을 건너 히다스페스강으로 행군했다.

한편 아리가이움에 머물고 있던 수로와 해치 전사들은 알렉산드로스가 이곳으로 회군하지 않고 강을 따라 남하할 것이라는 첩보를 입수했다. 하투르크와 장수들이 모인 회의에서 수로는 알렉산드로스 군대와 유격전을 펼치기로 했다. 적의 전후방을 교란하여 그들의 기세를 꺾고, 응전하는 주변의 부족들과 합세하여 알렉산드로스의 침략 야욕을 분쇄하기로 의견을 모았다. 수로와 하투르크, 그리고 3천의 해치 전사들은 그간에 비축해 둔 식량과 화살 등의 무기를 마차에 옮겨 실은 뒤 적군을 향해 출발했다.

히다스페스강에서 알렉산드로스는 회군 준비를 마쳤다. 다양한 방식으로 제작된 갤리선 중에는 노가 30개 달린 배와 더 작은 배들도 있었으며, 말들을 태울 바지선, 그밖에 군대가 강을 건너도록 도울 다른 배들도 준비되었다. 알렉산드로스는 히다스페스강을 따라 인도양까지 남하할 생각이었다.

이 무렵 회군을 부채질했던 코이누스 장교가 아케시네스강에서 불의의 사고로 죽었다. 고하를 막론하고 반역의 기미를 보였던 자들은 어느덧 방심하여 눈치채지 못할 시점에 감쪽같이 처치되곤 했다. 알렉산드로스는 이번에도 성대하게 장례를 치러 주었다. 그런 뒤 헤타이로이 대원들과 충성을 맹세한 아리안족 사절들을 불러 지금까지 자신이 정복한 서인도(지금의 파키스탄 주변 지역) 영토 전체의 왕으로 포루스를 임명한다고 선언했다.

알렉산드로스는 이후의 회군을 위해 아리안들을 포함한 12만 명의 군대를 세 부분으로 나누었다. 근위대 전체, 궁수들, 아그리아니 아군 그리고 정예 기병 대대는 알렉산드로스의 지휘 아래 배를 타고 가기로 했다. 크라테루스는 보병과 기병 일부를 지휘하여 히다스페스강의 오른쪽 강둑으로 행군하고, 헤파이스티온은 가장 뛰어난 전투병들 대부분과 약 2백 마리에 달하는 코끼리들을 데리고 왼쪽 강을 따라 이동하기로 했다.

네아르쿠스를 함장으로 임명했고, 알렉산드로스가 탈 배의 키잡이는 오네시크리투스에게 시켰다. 함대는 노가 30개 달린 갤리선 80척 외에도 말들을 싣는 배, 작은 갤리선, 이미 사용하고 있었거나 특별히 제작된 나룻배 등을 포함한 갖가지 종류의 배가 약 1천 척 정도 동원되었다.

33
누구에게나 자기 목숨은 소중하다

때는 단기 2007년, 보을 단군 재위 16년. 기원전 326년, 11월 초이다.

알렉산드로스 군대의 본진은 최종 준비를 끝낸 뒤 동틀 무렵에 승선이 시작되었다. 알렉산드로스는 예언자의 주문대로 뱃머리에 섰다. 돋을새김한 각반을 두르고 은박을 한 갑옷의 허리에 상아 손잡이가 달린 검을 찼다. 사자머리 모양의 투구에 달린 하얀 깃털이 해풍에 곤추섰다. 그는 신에게 바치는 황금 잔의 술을 강물에 부으면서 엄숙하게 히다스페스강과 아케시네스강의 이름을 불렀고, 이 두 강이 흘러드는 인더스강의 이름을 마지막으로 불렀다. 그는 헤라클레스와 암몬과 다른 신들을 위해 강물에 술을 부은 다음 나팔수들에게 출발 신호를 울리도록 했다. 나팔 소리가 울리자 곧이어 함대 전체가 출발했고 배들은 각자 거리를 유지하면서 강 하류로 나아갔다.

알렉산드로스는 강을 따라 내려가는 중에도 기회가 닿을 때마다 강둑에 배를 대고 주변 부족들을 정벌했다. 일부 부족들은 항복했고 일부는 저항하다가 몰살되었다. 그러면서 알렉산드로스는 말리족과 옥시드라카이족의 땅에 되도록 일찍 도착하기를 바라고 있었다. 두 부족은 인구도 많고 용맹한 데다가 여자와 아이들을 요새 도시에 피신시켜 놓은 뒤 대항할 준비를 하고 있었고, 여기에 정체 모를 부족의 기병대가 합세했다는 보고를 받았기 때문이었다. 알렉산드로스는 이들이 대비를 완전히 끝내기 전에 덮쳐야 한다는 생각으로 최대한 빠르게 배를 몰았다.

드디어 함대는 히다스페스강과 아케시네스강이 합류하는 지점에 도착했다. 그런데 이곳의 강물은 급류가 흐르고 소용돌이치는 지역이었다. 이것에 대비하지 못하고 예기치 않은 소용돌이에 휘말린 배들이 서로 충돌하고 가라앉으면서 다수의 조난자가 발생하기 시작했다. 돌연한 사태에 대처하느라 병사들이 경황이 없을 때 어디선가 폭풍처럼 말을 몰고 나타난 일단의 무리가 함대를 향해 불화살을 퍼붓기 시작했는데…. 바로 수로가 이끄는 해치 전사들이었다. 혼비백산한 함대는 간신히 좁은 급류를 통과했다. 그곳은 물살이 느리고 소용돌이가 없어 알렉산드로스는 곶 아래 오른쪽 강둑 편으로 방패와 창으로 무장한 병사들을 먼저 상륙시켰다. 그러자 해치 전사들은 그 기회를 놓치지 않고 우선 함대에서 내리려는 기병들과 말들을 화살 세례로 쓰러뜨렸다. 그런 뒤 강둑을 오르는 병사들을 향해 언월도와 삼지창을 휘둘렀다. 이윽고 나가떨어진 동료들의 시신을 밀쳐 내며 보병들이 꾸역꾸역 몰려들자, 수로는 퇴각 명령을 내린 뒤 홀연히 그곳을 빠져나갔다.

이렇게 해서 알렉산드로스 군대의 병력에 비해 극소수에 불과한 해치 전사들은 기대 이상의 성과를 이뤘는데, 이번 전투에 앞서 벌어진 유격전에서도 상당한 전과를 거뒀었다. 그것은 우측의 강을 따라 행군하던 크라테루스의 부대를 급습하여 다수의 기병과 보병들을 무찔렀고 그 여세를 몰아 곧장 이곳으로 진격해 왔던 것이었다.

알렉산드로스 군대는 상당한 숫자의 함대 손실과 함께 수많은 사상자가 발생하였고, 이에 따라 병사들의 사기가 한층 더 크게 위축되었다. 하지만 이대로 물러설 알렉산드로스가 아니었다. 그는 분노하여 즉각 말에 올랐고 병사들을 독려하여 근처의 마을로 진격했다. 일정에 없던 약탈이었지만 자기 병사들에게 강력한 살의의 기운을 새로이 불어넣어야 했다. 알렉산드로스 군대는 원주민들을 급습하여 말리 부족을 지원하지 못하도록 몰살했고, 부족한 식량을 채운 뒤 말리족의 영토로 행군했다. 알렉산드로스가 택한 경로는 물이 거의 없는 지대인 산다르바르 사막이었다. 첫날은 아케시네스강에서 20킬로미터 정도 떨어진 연못에서 식사와 휴식을 취하고, 통마다 물을 가득 채운 뒤 낮부터 밤까지 80킬로미터를 행군하여 말리족이 피신해 있는 도시에 도착했다.

뜻밖의 습격에 비무장 상태였던 그곳의 말리족 사람들은 저항조차하지 못한 채 창에 찔려 죽었고 살아남은 소수의 사람은 도시 안으로 숨었다. 말리족은 사수하기 어려운 바깥 성벽을 버리고 내부 요새로 피신했다. 그러나 알렉산드로스 군대의 공세에 곧바로 무너지며 내부 요새를 지키던 2천 명의 수비대 전원이 처참하게 몰살당했다. 또한 도시 밖에서 침략군에게 쫓기던 말리족 주민들은 결국 붙잡혀 목숨을 잃었고 일부 주민들은 가까스로 습지로 몸을 피했다.

이것에 그치지 않고 알렉산드로스는 밤새워 행군하여 새벽녘에 히드라오테스강에 도착했는데 대부분의 말리군은 이미 강을 건넌 뒤였다. 알렉산드로스는 잠시도 망설이지 않고 강을 건넌 뒤 도망자들을 바짝 추격하여 죽이거나 포로로 붙잡았다. 알렉산드로스는 요새를 공격하여 진지를 점령한 뒤 생존자들을 모두 노예로 삼았다.

한편 말리군의 정예 부대가 브라만의 도시 중 한 곳에서 반격 준비를 하고 있다는 소식에 알렉산드로스는 다시 그쪽으로 향했다. 그러나 도시로 진격하는 도로의 주요 길목에서 예기치 못한 저항군의 기습 공격에 시달려야 했다. 바로 수로의 해치 전사들이었다. 알렉산드로스는 치고 빠지는 저항군의 전술에 대응하기 위해 반격과 추격에 나설 기마병과 보병의 병력을 별도로 투입하고 프톨레마이어스에게 지휘를 맡겼다. 그리하여 프톨레마이어스 부대가 수로의 해치 전사들을 상대하는 동안 알렉산드로스가 이끄는 본진은 예정대로 목적지에 당도할 수 있었다.

도시는 작고 낮은 움막들이 모인 형태였고 그리 높거나 두껍지 않은 방벽이 그 주위를 둘러싸고 있었다. 알렉산드로스는 단숨에 그곳을 무너뜨렸고 집에다 불을 지르며 학살에 뛰어들었다. 더러 집 안에 앉아 있다가 붙잡혀 죽은 주민도 있었으나 대부분은 저항하다가 죽었다. 사망한 말리군은 5천여 명이나 되었지만 포로로 잡힌 자는 얼마 되지 않았다.

도시를 완전히 장악한 뒤 알렉산드로스는 장교들을 긴급 소집했다. 느닷없이 나타나 유격전을 벌였다가 곧장 사라지는 무리의 정체 파악과 그에 따른 대처가 필요해진 것이다.

"이곳의 원주민이나 아리안족이 아닌 걸로 안다. 대체 그놈들은 어디서 무엇을 하던 족속이냐? …아는 자 아무도 없는가?"

이곳의 말리족은 유격 전술을 제대로 쓸 줄 모른다. 기껏해야 요새에서 방어하거나 숲으로 숨을 뿐이다. 모두가 말조심하는 가운데 그의 친구인 페르디카스가 질책성의 물음에 조심스레 답했다.

"내가 보기에는 소그디아나 패잔병 같아 보였네. 달아나다 죽은 놈의 면상과 복장, 무기, 말들을 살펴본 결과 그리 확신이 들었다네."

"소그디아나 놈들이라고?"

알렉산드로스는 벌떡 일어나 주변을 어슬렁거렸다. 혼잣소리로, '히타이트 놈들이 아니라고?' 그러는 것 같았다. 그러다가 다시금 말을 내뱉었다.

"그런데 그놈들이 왜 이곳까지 와서 설쳐 대는 것이지? 대체 왜?"

강박적인 말투의 물음에 다시 페르디카스가 대답했다.

"아마도 포로로 잡혀 온 처자식 때문이 아닐는지 싶네. 그들을 구하고 싶은 거겠지. 하지만 놈들은 겨우 수백 명에 불과하네. 제아무리 날뛰어 봤자 금방 씨가 마르고 말 테지."

페르디카스는 3천 명에 달하는 유격대를 축소해서 말했다. 고의라기보다는 종횡무진하는 그들이었기에 병력의 인원수를 제대로 파악하지 못한 것 같았다. 알렉산드로스는 대답을 듣고 가소로운 듯이 웃어 보였다.

"그렇다면 놈들은 멀리 있지 않다. 주변을 수색해서 모조리 소탕하도록 하라. 반드시 섬멸해야 한다."

아무리 소수라 해도 일찌감치 제거하지 않으면 그 싹이 일시에 불어날 수 있는 법. 자신과 친구들이 부왕에게 반란을 일으킬 때도 그러했지 않은가. 알렉산드로스는 주변 숲으로 달아난 말리족과 유격전을 펼치던 무리들을 찾아내어 모조리 죽이라고 명령했다. 이곳에서 이틀을 머무는 동안, 이 명령에 따라 전투와 아무 관련이 없는 수많은 사람이 붙잡혀 죽음을 맞았다.

알렉산드로스의 다음 목적지는 말리족이 건설한 도시 중 가장 큰 도시였다. 달아난 말리족들은 고향을 떠나 친척들이 사는 이 도시로 피신했지만, 알렉산드로스의 추격에 다시 도시를 버리고 히드라오테스강을 건너 맞은편 고지대에 지어진 요새로 들어갔다.

이때 말리군과 합세한 수로의 해치 전사들은 강둑에 매복해 있다가 강을 건너는 알렉산드로스 기병대를 향해 화살을 퍼부었고 많은 창기병이 강물 속으로 고꾸라졌다. 얼마 후 대형 방패를 앞세운 보병대가 전면에 나서며 지형지물을 이용한 인해전술로 밀어붙이자,

수로는 퇴각 명령을 내렸고 말리군은 주변의 마을로 황급히 도주했다. 이에 알렉산드로스는 그 뒤를 바짝 뒤쫓으며 수많은 말리군의 목을 베었고, 기병들과 보병들이 성벽 둘레에 저지선을 치도록 하여 도시 안에 숨어든 패주병들을 포위했다.

한편 들녘으로 퇴각한 수로의 해치 전사들은 전열을 가다듬으며 잠시 휴식을 취했다. 막사 근처에서 활시위를 당기는 수로 곁으로 하투르크가 다가왔다.

"수로, 이제 어떻게 할 생각인가?"

수로는 겨누던 활을 내리고 하투르크를 바라보았다.

"말리족의 참상이 남의 일 같지 않아."

"나도 그래. 이번만큼은 물러서고 싶지 않아. 끝까지 사생결단을 내고 싶은 마음이라네."

그 말에 수로는 고개를 가로저었다.

"분노와 패기만으로 될 일이 아닐세. 절대다수의 적군을 상대로 단번에 이길 수 없지 않은가."

"물론 그렇긴 하네만…"

하투르크는 말을 잇지 못했다. 가슴속에 치미는 울분을 삭이려 허공을 응시하는 그때 수로가 뜻밖의 말을 꺼냈다.

"암살하는 것이네."

그게 무슨 소린가 하여 머뭇거리는데 수로가 내처 말했다.

"알렉산드로스를 죽여야 비로소 이 전쟁이 끝나겠지. 그래서 전쟁 미치광이를 암살하기로 결심했네."

여태껏 생각지도 못한 발상이었다. 그만치 근위대의 경계와 호위가 철두철미할 것으로 생각하고 있었다. 생각을 뛰어넘는 수로의 결단을 듣고 하투르크의 마음이 어수선해졌다.

"아니, 그렇지만 어떻게? 대체 그 누가 적진을 뚫고 나아가 그자와 마주할 수 있단 말인가? 그 많은 근위대를 무찌르고, 그러고서 그자를 무력으로 꺾을 전사가 천하에 어디 있단 말인가? 그게 가능하다고 생각하는가?"

수로는 말없이 활을 들어 올려 시위를 힘껏 당겼다.

"이 활과, 이 화살로 놈의 숨통을 끊을 작정이네. 내 손으로, 직접 상대할 것이야."

다음 날 알렉산드로스는 병력을 둘로 나누었다. 요새 공략은 자신이 맡고, 요새 외곽에서 기습 공격을 가해 오는 저항군과의 전투는 페르디카스에게 맡겼다. 알렉산드로스 군대의 공격이 시작되자, 말리군은 외벽 진지를 포기하고 내부 요새로 후퇴했다. 알렉산드로스와 병사들은 일찌감치 성문을 부수고 도시로 침투했다. 그러자 페르디카스의 병력도 저항군의 접근을 견제하면서 성벽 안으로 진입했다.

후퇴한 말리군이 전열을 가다듬기 전에 일사천리로 내부 요새를 공략하고 싶었던 알렉산드로스는 사다리를 들고 있는 병사를 불렀다.

"꾸물대지 말고 냉큼 이리 가져오너라!"

그는 사다리를 직접 성벽에 세우더니 방패로 몸을 가리면서 거침 없이 뛰어올랐다. 이때 페우케스타스가 트로이의 아테네 신전에서 가져온 '신성한 방패'를 들고 그의 뒤를 따랐다. 알렉산드로스는 이 방패를 항상 곁에 두었고 전투에 나갈 때마다 사용했다. 근위대 장교 레온나투스가 뒤이어 올라갔고, 두 배의 급여를 받는 정예병 중 한 명인 아브레아스도 다른 사다리로 올라갔다.

드디어 꼭대기에 다다른 알렉산드로스는 갓돌 위에 방패를 받친 채 말리군 십여 명을 요새 안으로 몰아넣고, 몇몇을 검으로 베어 넘기면서 흉벽 위에 한 명의 말리군도 남지 않을 때까지 결투를 벌였다. 이러한 알렉산드로스의 돌발적인 행동에 놀란 근위대 병사들은 왕의 안위를 지키기 위해 앞다투어 사다리로 돌진했다가 과도한 무게로 인해 사다리가 부러졌고 병사들은 땅으로 추락하고 말았다. 그 때문에 나머지 병사들은 성벽을 올라갈 길이 막막해졌다.

말리족의 군사들은 성벽 위에 서 있는 알렉산드로스에게 접근했다. 그리고 미리 야밤에 잠입하여 주변 탑들에 포진해 있었던 수로와 태산, 십여 명의 해치 궁사들은 사정거리가 가까운 성벽 근처의 둔덕으로 올라가 결투 중인 알렉산드로스를 겨냥했다. 알렉산드로스는 적군을 얕잡아 보았다. 미개하여 전술이 없고 다들 무술도 형편없을 것으로 생각했다. 다가오는 적을 맞상대하느라 알렉산드로스는 검을 휘두르며 의기양양하게 대결에 나섰다. 그러나 결투 끝에 말리군이 휘두른 곤봉에 투구를 강타당한 뒤 쓰러졌고 다시 비틀거리며 일어섰지만, 그때 화살이 흉갑을 뚫고 가슴에 정통으로 꽂혔다. 수로는 자신도 모르게 엄폐한 벽돌 사이에서 벌떡 몸을 일으켰다.

"맞췄도다! ……드디어!"

이에 해치 전사들이 흥분하여 하나같이 괴성을 내질렀다. 그때 근처에서 활을 쏘던 태산이 쏜살같이 둔덕을 뛰쳐나가더니 성벽을 따라 질주했다. 너무 급작스레 일어난 일이라 수로는 그를 제지할 수 없었다. 화살을 맞고 요새 안으로 굴러떨어진 알렉산드로스는 생사의 갈림길에 선 자기 자신을 보았다. 그는 겨우 성벽에 등을 대고 방어 태세를 취했다.

"근위대는 다들 어데 갔느냐! 왕이 죽으려 하는구나!"

알렉산드로스가 고래고래 소리를 내지르자, 사다리가 무너지기 전에 성벽을 오른 페우케스타스, 아브레아스, 레온나투스가 요새 안으로 뛰어들었고 왕을 지키기 위해 응전에 나섰다. 수로와 해치 전사들은 천금 같은 기회를 놓치지 않으려고 비 오듯 화살을 퍼부어 대었다. 마침내 아브레아스는 얼굴에 화살을 맞아 쓰러졌고, 알렉산드로스는 가슴 위쪽의 흉갑에 또다시 화살을 맞았다. 상처에서 흘러내리는 피와 찢긴 폐에서 새어 나온 공기가 뒤섞였다. 피가 따뜻할 때는 고통을 참을 수 있었으나 폐에서 출혈이 계속되자 현기증을 느낀 알렉산드로스는 방패 위로 털썩 쓰러졌다. 페우케스타스는 트로이의 신성한 방패를 들고 알렉산드로스의 몸 위로 다리를 벌리고 서서 방어했고, 레온나투스는 그 반대편을 지킴으로써 이제는 그들이 투척 무기의 표적이 되었다. 피를 많이 흘린 알렉산드로스는 거의 의식을 잃은 상태였다.

태산은 그의 앞을 막아서는 마케도니아 병사들을 삼지창으로 무찌르며 바닥에 쓰러진 알렉산드로스에게로 점차 다가갔다. 그러자 용맹한 말리군들도 태산을 도와 뛰어들었고 이것을 본 해치 전사 몇몇도 칼을 빼 들고 달려 나갔다. 알렉산드로스의 병사들은 왕을 구출하기 위해 서둘러 성벽을 기어올랐고 태산을 비롯한 말리군들과 격렬한 전투를 벌였다. 몇몇 근위대 병사들은 쓰러진 알렉산드로스를 지키기 위해 대형 방패로 엄폐했다. 그러는 동안 요새 밖의 병사들은 격벽의 성문 빗장을 때려 부수고 한꺼번에 안으로 쇄도했다. 다른 병사들은 반쯤 열린 문을 안으로 밀어붙였고 이로써 요새는 완전히 뚫려 버렸다.

이렇게 되자 상대보다 부족한 병력과 장비의 열세를 극복하지 못한 태산과 말리군은 결국 수세에 몰렸고 사리사에 찔려 최후를 맞고 말았다. 태산은 여러 차례 적군의 창에 찔려 죽어 가면서도 미소를 잃지 않았다. '누이의 한을 이제야 풀었도다!'

태산은 화살을 맞고 땅바닥에 쓰러져 있는 알렉산드로스를 멀찍이 바라보며 그의 죽음을 확신했다. 수로와 해치 전사들은 전세가 기운 것을 애석히 여기며 하는 수 없이 그곳을 빠져나가야 했다.

이윽고 여자와 아이들까지 인정사정없이 죽이는 살육전이 전개되었다. 근위대 병사들은 왕을 방패에 뉘어 옮겼으나 상태가 워낙 위중하여 생사를 가늠할 수 없었다.

"어서, 내 몸의… 화살을, 뽑아내라!"

이 위급한 순간에 페르디카스는 알렉산드로스의 요구에 따라 화살을 뽑았고 피가 치솟았으며 다급히 출혈을 막아야 했다. 알렉산드로스는 곧바로 혼절하고 말았다.

알렉산드로스는 한동안 그곳에 머물며 치료를 받았다. 처음에는 알렉산드로스가 다쳐 죽었다는 소문이 주둔지에 나돌기도 했다. 마침내 알렉산드로스가 아직 살아 있다는 소식이 전해졌으나 병사들은 좀처럼 믿지 못했고 그가 회복하리라 기대하지도 않았다. 이런 상황을 알게 된 알렉산드로스는 나들이가 가능할 만큼 회복되자 배를 타고 히드라오테스강의 하류로 이동했다. 병사들은 히드라오테스강과 아케시네스강이 만나는 지점에서 야영하고 있었다. 배가 야영지에 거의 다다를 즈음 알렉산드로스는 근위대 장교에게 지시했다.

"모든 병사가 왕을 볼 수 있도록 차양을 걷어라."

마침내 배가 강둑에 닿았고 알렉산드로스는 배에서 내려 말을 대령토록 했다. 말을 탄 알렉산드로스가 모습을 드러내자, 우레 같은 박수가 터져 나왔고 강둑과 협곡에 울려 퍼졌다. 알렉산드로스는 자신의 막사 근처에 다다르게 되자 말에서 내려 걸었다. 병사들은 왕의 주위로 몰려들어 그의 손과 무릎과 옷을 만졌다.

"오! 왕이시여. 만수무강하시옵소서!"

알렉산드로스의 머리에는 활짝 핀 꽃들을 엮은 화관이 씌워졌다.

알렉산드로스의 몸이 회복되는 동안 마케도니아군은 이곳의 나무들을 재료로 써서 새로운 배들을 만들었다. 이 무렵 옥시드라카이족이 대표단을 파견하여 항복 의사를 밝혔다. 그들과 협상이 마무리되자 알렉산드로스는 배를 타고 히드라오테스강을 따라 내려갔다. 그는 아케시네스강과 인더스강의 합류 지점에서 페르디카스의 파견대가 도착할 때까지 기다렸다. 페르디카스는 알렉산드로스 본대와 합류하는 도중에 독립 부족인 아바스타니족을 섬멸했다. 그즈음 이미 항복한 사트리족이 새 갤리선과 화물선들을 제공하여 함대가 보강되었고, 오사디아족의 사절단도 선물을 들고 찾아와 항복 의사를 밝혔다.

그 무렵 왕비 록사네의 아버지인 박트리아의 옥시사르테스가 찾아왔다. 알렉산드로스는 실정을 저질렀다고 보고받은 티리아스페스를 해임하고 옥시사르테스의 요청을 받아들여 그를 파라파미사데의 총독으로 앉혔다.

알렉산드로스는 이번에도 크라테루스에게 육지로 진군할 것을 명령한 뒤, 자신은 인도에서 가장 부유하다는 무시카누스의 왕국을 향해 강을 따라 내려갔다. 무시카누스는 지금까지 항복하지 않았고 친교 사절도 보내지 않은 상태였다. 알렉산드로스가 단숨에 왕국의 경계까지 도착했다는 소식에 놀란 무시카누스는 알렉산드로스를 찾아와 항복했고, 알렉산드로스는 그가 계속 왕국을 지배하도록 허락했다. 그리고 크라테루스에게 이 도시의 내부 요새를 강화하도록 지시한 뒤 수비대를 배치했다. 주변 부족들을 계속 감시해야 했기 때문에 이곳은 부족들을 통제하는 기지로 사용되었다.

한편 이 지역의 총독인 옥시카누스도 알렉산드로스를 찾아오지 않았고 항복의 사절도 보내지 않았다. 그래서 알렉산드로스는 옥시카누스가 다스리는 지역에서 가장 큰 두 도시를 공격하여 정복했고, 그중 한 도시에서 옥시카누스가 포로로 붙잡혔다. 알렉산드로스는 전리품들을 모두 부하들에게 나눠준 뒤 코끼리는 자신의 군에 편입시켰다. 이후 다른 도시들은 알렉산드로스가 가까이 접근할 때면 저항할 엄두도 내지 못하고 곧바로 항복했다.

알렉산드로스는 고산 부족들의 총독을 자처하는 삼부스의 수도인 신디마나를 공략했고, 반란을 일으킨 또 다른 도시를 진압하여 반역의 책임자인 브라만들을 처형했다. 이 지역에서 수많은 아리안이 살해되었고 노예로 붙잡혔다.

그 무렵 무시카누스가 반란을 일으켰다. 알렉산드로스는 이 지역의 총독인 아게노르의 아들 페이토를 시켜 반란을 진압하도록 지시하고 자신은 무시카누스의 영토에 속한 여러 도시로 진군했다. 일부 도시는 파괴한 뒤 주민들을 노예로 팔았고 일부 도시는 요새를 강화하여 수비대를 배치한 뒤 함대가 기다리고 있는 기지로 돌아왔다. 기지에는 페이토에게 붙잡힌 무시카누스가 끌려와 있었다. 알렉산드로스는 무시카누스와 반란을 선동한 브라만들을 그들의 땅에서 목매달아 처형하도록 지시했다.

알렉산드로스는 회군 경로를 세 갈래로 나눴다. 크라테루스와 헤파이스티온에게 군대를 나눠 맡겼으며, 페이토에게는 수로의 해치 전사들을 상대할 창기병들과 아그리아니아군을 지휘한 뒤 강을 건너 파탈라에서 자신과 합류하라고 지시했다.

알렉산드로스가 강 하류로 내려가기 시작한 지 사흘째 되는 날, 파탈라의 통치자인 부족장이 부족민 대부분을 이끌고 도시를 떠났다는 보고가 들어왔다. 알렉산드로스는 기병들을 보내이 달아난 주민의 일부를 사로잡은 뒤 그들에게 말했다.

"가서 전하라. 돌아온다면 고향에서 평화롭게 땅을 일구며 살아갈 수 있도록 해주겠다."

그러자 다수의 사람이 알렉산드로스의 말을 믿고 귀환했다. 그는 돌아온 주민들을 해치지 않았다. 자신의 군대에 식량 등의 물자를 공급해 줄 병참기지가 필요했기 때문이다.

파탈라에서 인더스강은 두 개의 넓은 지류로 갈라지는데 두 지류는 바다에 도착할 때까지 모두 인더스강이라 불리었다. 알렉산드로스는 이 분기점에 항구와 기지창을 짓도록 했고 이 작업이 순조롭게 진행되자 서쪽 지류인 오른쪽 강을 따라 어귀까지 내려가기로 했다. 알렉산드로스는 가장 빠른 배들을 선택했다. 하지만 뱃길을 경솔히 여기는 바람에 현지인 도선사를 구하지 않았고 결국 곤경에 처하고 말았다. 출항 다음 날에 남동 계절풍의 강풍이 몰아치더니 거칠고 높은 물살을 맞아 배가 대부분이 심한 손상을 입었고 갤리선 가운데 몇 척은 완파되고 말았다. 배들이 완전히 해체되기 전에 강가에 닿기는 했으나 다시 운항하려면 새로 배를 건조해야 할 판국이었다. 각 부대의 지휘관이 점호했다. 그 결과 1천5백 명 이상의 병사들이 물에 빠져 죽었다. 분개한 알렉산드로스는 강 주변의 주민을 잡아 들여 도선사로 기용했다. 하지만 고난은 여기서 멈추지 않았다. 거센 바람과 파도가 몰아쳤고 이에 놀란 병사들은 도선사의 지시에 따라 작은 만으로 피신해야 했다.

알렉산드로스는 두 번째 항해에 도전했다. 이번에는 인더스강의 다른 지류를 선택했고, 앞서 지류보다는 훨씬 수월하게 내려갈 수 있었다. 알렉산드로스는 가까운 연안에 배를 대고 상륙한 뒤 일단의 기병들을 이끌고 사흘 동안 해안을 행군하면서 군이 항해할 연안 지역을 살피고 함대에 물을 공급할 우물터를 확보했다. 그런 뒤 다시 배를 타고 파탈라로 돌아와 우물을 팔 병사들을 파견하고 작업을 마치는 대로 합류하도록 지시했다.

이제 알렉산드로스는 넉 달 치의 물자와 연안 항해에 필요한 만반의 준비를 마쳤다. 하지만 그즈음은 항해에 적합하지 않은 시기였다. 함장 네아르쿠스가 9월 21일에 파탈라를 떠났으나 북동 계절풍이 불 때까지 인더스강의 동쪽 어귀에서 기다리는 동안, 알렉산드로스는 전군을 이끌고 아라비우스강으로 간 뒤 해안으로 향했다. 그리고 해안을 따라 서쪽으로 나아갔다.

알렉산드로스의 목표는 우선 네아르쿠스의 병사들이 해안을 항해하는 동안 물을 충분히 공급받을 수 있도록 우물을 파는 것이었고, 다음으로는 오랫동안 독립을 유지해 온 이유에서인지 아직 알렉산드로스 군대에 항복하지 않은 오레이타이족을 공략하는 것이었다.

아라비우스강 부근에 사는 아라비타이족은 알렉산드로스 군대가 다가오고 있다는 소식을 듣고는 항복을 택하지 않고 황야로 달아났다. 그곳의 습지가 많은 초원에는 물소들과 영양들이 풀을 뜯고 있었다. 멀리 사자들이 떼 지어 다니는 모습도 보였다. 온갖 새들이 모여 있는 키가 큰 나무들로 울창한 지역을 지나자 다시 초원으로 바뀌었다. 알렉산드로스는 얕은 개울을 건넜고 밤새 황야를 가로질렀다.

동틀 무렵이 되어 주거 지역에 도달한 알렉산드로스는 보병들에게 행군 속도로 따르도록 한 뒤 기병 부대를 둘로 나누어 에워싸듯이 오레이타이족의 마을로 진입했다. 방어를 준비하던 많은 주민이 새벽에 들이닥친 기습으로 목숨을 잃거나 포로로 붙잡혔다.

알렉산드로스는 작은 강 근처에 잠시 멈췄다가 헤파이스티온이 합류하자 오레이타이족의 땅에서 가장 큰 마을인 람바키아로 진군했다. 주민들은 이미 달아나고 없었다. 알렉산드로스는 그곳의 지세와 산물의 현황을 둘러본 뒤 매우 흡족하여 외쳤다.

"이봐, 헤파이스티온. 이곳에 대규모의 병참기지를 세우면 게드로시아 사막을 통과하는 데 많은 도움이 되겠어. 어떻게 생각하나? 자네가 책임지고 병참 도시를 건설하는 것 말일세."

"나도 그 생각을 했네. 여긴 모든 생산물이 한데 모이는 곳이야. 반드시 긴요하게 쓰일 병참 요새가 될 것이네. 그런데 알렉산드로스, 굳이 사막을 횡단해야 속이 후련하겠나?"

"하하, 사막이 나를 부른다네. 자네는 이곳을 지휘한 뒤 드랑기아나 쪽으로 우회해서 오게."

"알렉산드로스! 위대한 역사를 만드는 것도 좋다만 아무튼 몸조심해야 하네. 원대한 야망의 성취 뒤에는 마무리가 중요한 것일세."

"친구여, 고맙네! 이것이 내게 궁극의 모험이 될 것이라네."

이제 알렉산드로스는 오레이타이와 게드로시아의 경계 지역으로 향했다. 이즈음 오레이타이의 족장들이 제 발로 알렉산드로스를 찾아와 항복했다. 알렉산드로스는 이곳의 총독으로 아폴로파네스를 임명하고 근위대 장교인 레온나투스를 오레이타이족의 영토에 남겨 총독을 돕도록 했다.

34
헛되고 헛된 것을

히누리의 부여국 사람들은 이동과 체류를 2년여에 걸쳐 천천히 진행했다. 아기들이 태어나고 식량을 마련해야 하는 등, 1만여 명의 집단을 이끌고 이동하기가 그리 쉬운 일이 아니었다.

어느 날, 부여족은 북서쪽으로 향하던 유목민 무리와 접촉하여 다량의 육포와 치즈, 가죽 등을 사들여 비축할 수 있게 되었다. 히누리는 몇 날에 걸쳐 가축을 도살하는 과정에서 그들로부터 고리국과 대부여 제국에 관한 소식을 들을 수 있었다. 그들은 초원을 찾아 순회하는 중이며 북막 족속이라 했다.

"고리국 사람들은 여러 해에 걸쳐 많은 이들이 죽어 나갔지요. 번조선을 돕는답시고 화하족 놈들과 싸우다가 희생된 것이지요. 게다가 엎친 데 덮친다고 가뭄과 한발까지 들이닥쳐 땅덩이까지 황폐해지자 결국 민심이 흉흉해져 도저히 나라를 유지할 형편이 못 되었지요. 그래서 모두가 뿔뿔이 흩어지고 말았답니다."

유목민을 인솔한다는 나이 지긋한 하누사 촌장의 얘기를 듣고 히누리는 적잖이 놀랐다.

"저런! 그렇다고 나라가 없어지다니? 그럼, 고리국의 칸은 어찌 되었소?"

"번조선으로 갔다는 소문도 있고, 진조선의 장당경으로 떠났다는 소문도 들리긴 했습니다만 실상 아무도 알 수 없지요."

"답답하구나! 그래도 명색이 일국의 왕인데 거처를 모른다고 하고, 백성들은 하나같이 흩어졌다는 것이 말이 되는 소리인가!"

히누리는 혼잣소리로 투덜대다가 억장이 무너지는 듯 가쁜 숨을 몰아쉬었다. 그 모습에 움찔 놀란 하누사가 황급히 말했다.

"그러니까 에, 여기저기 오가다가 주워들은 얘기로는, 칸께서는 기자조선도 그렇고 대부여의 권력자들로부터 눈 밖에 난 위인인지라 맘 놓고 거동하시기 어려웠을 겁니다. 그래서 제 판단으로는 신분을 감추시고 어디론가 종적을 감추신 게 아닌가 생각됩니다. 탁발도추 대장군도 전쟁 중에 험독 근처에서 의문의 죽음을 맞았으니까요. 그 후로 크게 상심한 칸께서는 백성들을 향해 각자의 부족으로 돌아가기를 종용하셨다고 들었습니다. 저희 북막 마을로 되돌아온 사람들이 그때 꽤 됐었다고 하니 말이지요."

"그렇군요. 탁발도추 그분도 결국 돌아가셨군요."

애통한 마음을 겨우 추스른 히누리는 긴 한숨을 내쉬었다. 추장 하누사가 답답한 듯 팔뚝을 걷어붙이는 중에 늑대 문양의 문신이 드러났고 히누리의 시선이 절로 그쪽으로 향했다.

아마도 양쪽 팔뚝, 어쩌면 온몸에도 문신했을지 모르겠다. 스키타이와 알타이족뿐만 아니라 해씨족 또한 문신을 즐겨 하고 있지만, 이들 북막 족속은 사슴이나 독수리가 아니라 늑대의 문양을 하고 있다는 점에서 다소 이질감이 느껴졌다.

잠시 침묵이 흐르다가 하누사가 내처 말했다.

"소수의 사람이 세상을 변화시키고 이끌어 가기도 하지만 시대의 흐름 앞에서는 돌이키지 못하고 좌절과 절망의 구렁텅이로 내몰리기도 하는 게 세상이고, 우리는 그것이 운명이라고 말하지 않습니까. 고리국의 해체는 그 누구의 잘못도 아니고 그저 시대를 잘못 만나 그런 것일 뿐입지요."

히누리는 간신히 입술을 떼었다.

"노인장, 고맙습니다. 제게 많은 도움이 되는군요."

"별말씀을요, 여왕님. 그런데 제 생각에는 번조선으로는 가시지 않는 게 좋을 것 같습니다."

"그건 왜죠?"

"지금 번조선의 칸이신 수한의 건강이 좋지 않으십니다. 세상 사람들은 이제 곧 기자조선(수유)의 기후가 왕위를 이을 거라는 소문이 파다합니다. 기자의 후손들은 늘 번조선이 차지한 영토가 자기 선조들의 땅이라 여기고 있지요."

"한심합니다. 그게 그것 아닌가요? 상나라의 중원이나 동이족의 산동이나 번조선의 땅이나 어차피 같은 핏줄의 조상 땅이거늘, 휴! …혹시 천해 근방에 있는 아사달에 관해 들은 얘긴 없으신지요?"

"글쎄요? 천해 쪽에 이런저런 부족들이 있다는 것은 알고 있습니다만 별스럽게 들은 기억은 없습니다. 한 귀로 흘러들었을지도 모르겠습니다만…. 혹시 가시는 길에 북막을 들르게 되면 이사라는 사람을 찾으세요. 히타이트 출신이라 하더군요."

"이사…?"

"추장의 딸과 결혼했는데 앞으로 추장이 되실 분이랍니다. 아마 귀한 손님으로 맞이하실 겁니다."

'그 옛날, 남편 을지는 메디아의 상인과 함께 주나라로 떠났다가 그곳에서 조카 둘을 잃어버렸다며 안타까워한 적이 있었다. 어쩌면 그 조카일지 모른다. 지금 남편과 같이 있고 이 소식을 들었다면 그는 얼마나 감개무량해할까.'

그렇지만 히누리로서는 별다른 감흥이 일지 않았고 일부러 그곳을 방문할 생각도 없었다. 오히려 히누리는 1만여의 부여족 무리를 이끌고 나아가는 데 있어 유일한 이정표가 눈앞에서 사라진 것 같아 막막한 심경에 빠져들었다. 현재로서는 여루 단군의 지시로 건설했던 부족 국가, 아사달로 향할 수밖에 없을 것 같았다.

히누리는 천해에서 추종자의 무리와 함께 마을을 이뤘던 당골이 언뜻 떠올랐다. '그래, 박고시라였지. 그분은 지금 어찌 지내시나? 살아나 계시려는지….'

히누리의 뇌리에 수많은 옛 얼굴들이 스쳐 지나갔다.

그 언제 적 일이었던가. 한때 못내 꿈에 그렸던 아사달의 성채에 마침내 다다른 히누리는 그곳 사람들로부터 뜨거운 환대를 받았다. 히누리 공주를 기억하는 사람들은 살아 돌아온 히누리가 부족장의 자리를 되찾을 것이라 쑥덕거렸다. 히누리의 실종 이후, 신불사 장군의 부하였던 수비대 장수들이 아사달의 패권을 놓고 다투다가 우여곡절 끝에 장교 사공용이 부족장의 자리에 올랐고, 그가 지금까지 아사달을 이끌고 있었다.

사공용은 사슴 모양 장식의 손잡이가 달린 황금 단검과 옥팔찌를 그녀에게 증정했다. 그것은 지금까지 실종되었던 부족장을 이제 원래의 자리로 맞아들인다는 의미가 아니라 그녀를 국빈으로 여긴다는 것을 뜻했다. 부족장의 자격이라면 무엇보다 청동거울과 용 문양의 청동 단검이어야 했다. 사공용은 오랜 이동으로 지치고 굶주린 부여족에게 먹을거리를 공급하라고 지시했다. 아사달 사람들은 마을 앞 넓은 뜰에 모여 각자 자기 집에서 들고 온 청동 솥에다 불에 달군 자갈돌과 준비한 고기와 내장 따위를 넣어 요리하는 등, 손님 맞을 잔칫상을 차리기에 분주했다.

다음 날, 히누리는 눈을 뜨자마자 가장 먼저 지하에 설치된 도서관을 찾았고 문헌과 기록물들이 안전하게 보관되어 있어 마음이 놓였다. 여루 단군천자께서 그토록 바랐던 중요 문헌의 보존이 이처럼 언제까지고 유지될 수 있을 것 같았다. 사공용은 히누리와 그녀의 무리들을 반겨 맞았지만, 한편으로 서역의 히타이트족을 거느리고 나타난 히누리를 경계했다. 이미 권력의 맛에 익숙해진 그와 측근들은 혹여나 권력을 상실하게 될까 노심초사했다.

"저희야 공주님께서 얼마든지 아사달에 머무시길 바라 마지않습니다만 이곳이 워낙 척박한 땅인지라 많은 사람이 모여 살기에는 현실적으로 매우 어렵습니다. 공주님께서도 잘 아시다시피 이곳은 주거 시설도 그렇고 자원 또한 많이 부족한 땅이라서 말이지요."

사공용의 복잡한 심경을 눈치챈 히누리는 그의 마음을 다독여야 했다. 심사가 뒤틀리면 예기치 않은 불상사가 언제 어디서 터질지 모르는 일이다.

"나도 잘 알고 있소이다. 겨울나기만 하고, 진조선으로 가려고 합니다. 아무 걱정하지 마세요, 부족장님."

"그렇지만 저 많은 무리들을 먹일 비축 식량이 없습니다, 공주님."

히누리는 아무렇지 않다는 듯 미소를 지어 보였다.

"부족장님, 우린 얼마든지 식량을 구할 수가 있습니다."

"아니, 어떻게 말입니까?"

"천해가 있지 않습니까."

히타이트와 진조선의 후예들이 말과 마차를 몰고 천해 일대를 질주했다. 말굴과 부여고을을 떠나오면서 기마 족속의 기상을 되찾은 부여족은 끈기와 패기의 부여 말에 채찍을 가하며 순록과 곰, 사슴 등의 야생동물을 잡아들였다. 천해에 서식하는 물개와 물고기를 포획했고 나무와 갈탄, 식물 등을 채취했다. 부여족은 성채 외곽에 우뚝 서 있는 백악산 기슭에다 통나무집을 짓고 여기저기 산재한 동굴들을 곳간이나 거소로 사용하는 등, 거처를 마련하고 겨울나기에

들어갔다. 이곳에는 따뜻한 온천 지하수가 샘솟고 있었고 부근에는
개울이 흘렀다.

　이곳 아사달에서도 신불사에 관한 여러 이야기가 근거 없는 소문
으로 무성하게 떠돌았다. 히누리는 한참이나 지난 뒤 사공용에게
신불사의 안부를 물어보았다. 그러자 그는 뜻밖에도 고리국을 방문
하여 신불사를 만난 적이 있다고 했다.
　"몇 해 전에 제가 신불사 장군님을 찾아뵌 적이 있었습니다. 칸의
신분임에도 혼자 사셨고 탁발도추가 전사한 뒤라 그때 상심이 많으
셨던 걸로 기억합니다만. 아무튼 갈수록 쇠퇴해져 가는 단군조선을
향한 근심은 물론이고 불어닥친 고리국의 극심한 자연재해에 대처
하느라 이미 건강을 많이 잃으신 상태였습니다. 그 후에 모두를 위
한 자구책으로 나라를 해체하신 걸로 알고 있습니다. 개별적으로
각자의 부족과 나라로 돌아가지 않는 한, 그들을 받아들이는 나라
가 아무 데도 없었으니까요."
　"참으로 고지식한 양반이로세!"
　히누리는 버럭 화를 냈다. 그녀가 울컥 치밀어 올라 내지르는 소
리에 사공용이 놀라 되물었다.
　"네? 고지식하다니요?"
　"신불사 그 양반 말이오! 받아 주지 않으면 쳐들어가면 될 것이지,
칸이라면서 그따위로 눈치나 보고 앉았으니!"

히누리는 화가 풀리지 않는지 거칠게 콧김을 내 불었다. 사공용은 그녀의 시퍼런 기세에 침을 꿀꺽 삼키며 목줄띠를 움츠렸다.

"그래서 그곳의 부족민들은 칸의 뜻을 고이 따랐는가요?"

"워낙 땅이 메말라 풀 한 포기 나지 않으니, 대부분은 순순히 따랐다고 합니다만 일부의 대신들과 장수들이 크게 반발하였고, 따로 무리를 지어 이동하면서 자신들은 고리국의 사람이며 어차피 유목민이라 잠시 이곳을 떠나는 것일 뿐 다시 돌아올 본토라고 했다는 군요. 그들의 의기를 가상히 여기시어 칸께서는 그 후에 후계자를 지명하고 왕권을 넘겨주셨다는 소문도 들리긴 했습니다. 오랫동안 덕을 쌓아 오신 임금이시라 지금껏 사람들 사이에 전설처럼 얘기되곤 합니다."

"지금은 어떻습니까? 여전히 땅이 메마른가요?"

"말도 마십시오. 이젠 가물다 못해 사막처럼 되어 버렸습니다. 완전히 버려진 땅이 되었지요."

히누리는 가만히 고개를 가로저었다. 한때 자신의 약혼자였던 신불사의 생사가 지금 문제가 아니다. 이곳의 북방 족속들이 보기에는 자신이 이끄는 부여족을 이질적인 서역의 스키타이족으로 여길 게 분명할 것이기에 정착하는 데 많은 어려움이 따를 거라는 생각이 들었다.

본래 북방 족속들은 동이족(구이족)의 경우처럼 도시 국가(도읍지)를 형성하여 살아가되 국경이 따로 있을 수 없고, 있다고 한들 언제 어디든 왕래할 수 있어야 하는 생활이었지만, 시대가 바뀌고 시절이 하도 수상하여 모두가 경계를 짓고 살려는 요즘의 상황에서 자칫 부족의 이동을 침략 행위로, 협조 요청을 위협으로 받아들여 저마다 적으로 규정짓고 대적하지나 않을까 하여 심히 우려되는 것이었다.

히누리는 여독을 풀기가 바쁘게 천해의 수로곶을 찾았다. 바로 박고시라를 만나기 위해서였다. 여기서 히누리는 목단이의 소식을 듣게 되었다. 동구 밖에 모인 사람들에 의하면, 실만하치는 무역하러 서역으로 떠난 뒤 아무 소식이 없고 아내 목단이는 그런 남편을 찾으러 어디론가 떠났다고 한다. 히누리는 그 얘기를 듣고 마음이 아팠다. 어수선한 세상이니만큼 불길한 생각을 떨칠 수가 없었다.

히누리는 수로곶 사람의 안내를 받아 마을의 한 통나무집 안으로 들어섰다. 박고시라는 양털로 짠 모포로 몸을 감싼 채 하염없이 병상에 누워 있었다. 그녀는 가까이 다가서는 히누리를 처음에는 알아보지 못했다. 그녀는 기침을 가볍게 했고 가녀린 목소리로 말했다.

"거기 누구신지 모르지만, 문 좀 열어주시려오? 공기가 매캐한 것이…."

그러고 보니 화덕에는 타다 만 숯덩이가 매캐한 연기를 슬슬 피워 내고 있었다. 히누리는 문을 열어 환기하고 화덕을 뒤적여 불을 살렸다.

“이곳 사람이 아닌 것 같은데, 어디서 오셨소?”

그녀는 쇳소리를 내며 숨이 가빴고 떠듬떠듬 말을 이었다.

히누리는 침상에 의지한 박고시라 곁에 다가가 앉아 그녀의 손을 가만히 매만졌다. 그러면서 한참을 물끄러미 바라보았다. 박고시라도 미소 띤 얼굴로 말없이 히누리와 눈빛을 나누었다.

“그간 제자들이 많은 가르침을 받았겠지요. 기록한 말씀이 있다면 저도 읽고 길을 얻고 싶습니다마는…”

“가르침은 무슨. 말은 또 다른 말을 낳고 삿된 길을 만들지. …휴!”

그녀는 긴 숨을 몰아쉬었다. 그러고는 말을 이었다.

“굿을 받으러 왔다면, 냉수를 떠 놓고 빌어. …기대지 말고 스스로 일어서란 말이야.”

히누리는 말문을 잃었고 한참 동안 침묵이 흘렀다.

이윽고 박고시라가 물었다.

“오랜 벗을 만난 정이 흐르기는 하는데… 뉘시지요?”

그녀는 정작 히누리를 알아보지 못했다. 히누리는 그녀의 기억을 떠올릴 옛일을 생각해야 했다.

“그러니까… 그 언젠가 들판을 뛰놀다 할머니께 안기던 아이가 있었어요. 꺾은 꽃으로 할머니의 코를 간질이던…”

히누리가 어린 수로를 들먹이고 나서야 박고시라는 겨우 알아차리고 히누리를 반겼다.

"이런! 그렇군요. 공주님이시군요."

히누리는 마음이 놓였다. 혹시라도 그녀가 늙어 망령이 들었으면 어쩌나 했다. 한참을 눈물짓던 박고시라가 여전히 기진한 목소리로 말문을 열었다.

"이젠 북채를 잡을 기력조차 없답니다. 하늘로 돌아갈 때가 되어 가니 이처럼 만날 사람은 만나게 되는군요."

"수로가 무척이나 그리우셨나 봅니다. 이럴 줄 알았으면 어떻게든 그 아이를 데리고 찾아뵐 것을 그랬습니다."

"우리 수로가 많이 컸지요?"

"크다마다요. 어느새 어엿한 청년이 되었답니다."

"그러네요. 내 눈엔 아직도 어린아이로 보이지요. 그때의 웃음소리가 귓가에 여전하다오. 가끔 내 꿈에 나타나 '할미'하고 부르며 달려와 안기곤 하지요. 내 앞에서는 통 자라지 않아요."

박고시라는 나지막하게 소리 내어 웃었다. 히누리는 강직했던 옛 모습은 간데없이 야위고 온유한 모습만이 남은 그녀 앞에서 따라 웃을 수가 없었다. 적진으로 가겠다는 아들을 만류하지 못한 죄책 감이 가슴 속에 울컥 파고들었다. 이제 수로의 안부를 물으면 뭐라 답할 것인가.

"우리 수로는 결혼했는가요?"

"아직 결혼은…."

"역시 그렇군요. 전쟁으로 온통 세상이 난리라는데 결혼이 쉬울

리가요. 우리 수로가 칼을 든 무사로 사는지가 궁금합니다. 천궁을 나는 나비의 꿈이 아직도 생생한 것이."

박고시라는 도중에 말을 끊었다. 어두운 그늘이 그녀의 얼굴을 덮쳤다. 히누리는 혹여 수로에게 불길한 일이라도 생겼는가 하여 공연히 조바심이 일었다.

"어미의 마음을 저버리고 적장을 때려잡겠다며 전쟁터로 달려갔습니다. 당골님, 괜찮을까요, 우리 수로…?"

밖에는 싸락눈이 소리 없이 내리고 있었다.

"오! 보시오, 공주님. 세상에 하얀 나비들이 날아들고 있네요. 때가 되면 이러하거늘…"

박고시라는 잠시 말을 멈췄다가 넋두리하듯이 읊어 댔다.

"죽은 자들은 말이 없고 아직 산 자들은 언제까지고 죽지 않을 것 같은 착각에 말을 멈추지. 중천을 떠도는 억울한 혼백들이 있다면 저 눈꽃처럼 하얗게 웃고 말 것이야. 꽃다운 생명들이 허망스레 짓밟혀도 끝내 미소 짓는 저 악의 눈빛처럼 말이지. 인간들은 어쩔 수 없어. 죄다 헛되고 헛된 것을…"

히누리는 눈물을 흘렸다. 참고 참았던, 케케묵은 옛 기억들까지 치밀어 올라 하염없이 눈물을 흘렸고 신음 소리를 냈다.

박고시라는 길게 숨을 들이켜고는 서서히 숨을 거두었다.

35
정의의 심판을 말한다지만 언제나 뒤늦게

지금껏 길 안내를 수행했던 아리안들이 발걸음을 멈췄다. 이 지역부터는 자신들에게 낯선 오지라 지형지물의 파악이 불가능하다는 얘기였다. 실상 그들은 게드로시아의 사막을 두려워하고 있었다. 모험과 고난을 마다하지 않았던 알렉산드로스는 이 지역의 주민들을 안내자로 기용하여 계속해서 행군을 이어 나갔다.

얼마쯤 나아갔을까. 한 안내자가 길 근처에 남긴 말발굽과 배설물 따위의 흔적을 발견하고는 유심히 살폈다. 그는 일단의 외지 세력이 주위를 배회하면서 염탐하는 것 같다고 알려 왔다. 그러나 그 무엇하나 두려울 게 없었던 알렉산드로스는 이런 우려 섞인 보고를 대수롭지 않게 여겼다. 알렉산드로스는 행군을 중단하거나 우회할 생각이 없었다. 더구나 한 치 앞을 식별하기 어려운 이곳에서 허투루 정찰대를 풀어 수색에 나설 수도 없었다.

어느덧 밤이 되었고 불을 밝힐 장작이 없어 행군을 멈춰야 했다. 군대는 만일의 사태에 대비하느라 경계 속에 선잠을 자야 했다. 뜨거운 대지는 식을 줄 몰랐고 어두운 밤이 지루하게 흘러갔다. 열기와 갈증에 지친 병사들이 뒤척이다 점차 깊은 잠으로 빠져든 바로 그 시각에, 마침내 설마설마했던 적의 급습이 그들 앞에 전개되었다. 밤의 장막을 찢듯 꽹과리를 두들기며 질풍노도와 같이 말을 몰고 달려온 세력은 바로 수로의 해치 전사들이었다.

활을 쏘고 칼을 휘두르는 해치 전사들의 거친 돌격 앞에 적병들이 추풍낙엽처럼 쓰러져 갔다. 한편에서는 비명과 아우성 속에 화염이 막사를 덮치며 붉게 타올랐다.

수로가 말을 몰아 전황을 살피던 하투르크에게 다가갔다.

"하투르크! 자네가 지휘하게. 나는 왕을 찾아야겠어!"

"아니! 안 될 말일세. 놈의 주위엔 근위대가 에워싸고 있네. …수로, 위험해!"

그러나 수로는 듣는 둥 마는 둥 이미 어느 한 곳을 향해 달려가고 있었다. 적진을 짓이기며 돌격하던 수로는 왕의 깃발이 걸려 있는 막사를 찾아내기도 전에 대형 방패와 사리사로 무장한 보병들과 맞닥뜨렸다. 수로는 긴 창을 내뻗치며 밀집대형을 이룬 그들을 격파하기가 버거웠고 하는 수 없이 말 머리를 돌려야 했다. 하투르크의 신호에 따라 나팔수들이 꽹과리를 두들기자, 적진을 짓밟던 해치 전사들이 일제히 퇴각하기 시작했다. 알렉산드로스가 투구와 청동 갑옷으로 무장한 뒤 호위 장교들을 대동하고서 막 침소를 나섰을 때였다.

혼란이 채 가시지 않은 진영에 어느덧 날이 밝았고, 전사한 병사가 1천여 명에 달했다. 특히 무장을 해제하고 취침 중이던 창기병의 피해가 컸다. 알렉산드로스는 분노를 삼키며 언제 쓸려 나갈지 모를 모래 구덩이에다 시신들을 묻어야 했다.

한편 오레이타이 지역으로 물러난 해치 전사들은 계곡의 강가에 진지를 구축했다. 그들은 알렉산드로스 군대로부터 빼앗은 상당한 수량의 보석과 금괴들을 군자금으로 사용하기로 했다. 수로는 장수들을 소집하여 노지의 풀밭에 앉아 작전 회의를 열었다.

멀리 풀어 놓은 부여 말들이 기슭을 오가며 풀을 뜯어 먹고 있다. 하늘은 시푸르고 뭉게구름이 한 점 떠 있다. 어디선가 바람이 살랑살랑 불어와 상투를 동여맨 수로의 하얀 끄나풀이 흔들거린다.

이 자리에서 수로는 전날 밤에 치른 무공을 격려한 뒤 앞으로 전개할 전투 계획에 대해 토의했다.

"정보에 의하면 게드로시아 사막은 소수의 현지인을 제외하고는 살아서 빠져나갈 수 없다고 하더군요. 그러니 더 이상의 추격은 무리일 것 같습니다."

하투르크의 보고에 수로는 어이없어 고개를 가로저었다.

"도무지 인간이 아니도다. 그자의 덧없는 공명심이 무지한 병사들마저 사지로 내모는구나! 음, 그렇담 우리는 어디서 무엇을 해야 좋겠습니까?"

장수들을 둘러보며 수로가 묻자, 그중에 나이 들어 보이는 한 장수가 나섰다. 그는 아낙타르라는 이름을 가진 박트리아 출신으로 하투르크를 뒤따르던 자다.

"대장군님, 제 생각엔 적의 보급로를 끊는 것이올시다. 필시 적군은 사막 한가운데를 헤매다가 기아와 갈증에 허덕이게 될 것이고, 그때를 대비해서 물자 공급이 약속되어 있을 것인바 그 길목을 지키고 있다가 치는 것입지요."

귀가 솔깃해진 하투르크가 얼른 대꾸했다.

"보급로 차단이라! 그야말로 괜찮은 전략인 것 같습니다. 장수님은 그 길목이 어딘지 아십니까?"

"글쎄요? 대충 짐작이 가는 곳이야 있습니다만 확실한 건 놈들이 기지에서 출발할 때 그 뒤를 밟다가 치는 것입지요."

하투르크는 문득 적군의 동태가 확실치 않겠다는 생각이 들었다.

"아니지? 어쩌면 우리까지 헛고생하게 될지도 모르겠습니다. 과연 사막에서 놈들이 헤맬 것인지, 물자 공급이 있을 건지도 의문이고."

두 사람의 얘기를 듣다가 수로가 도중에 참견했다.

"보급로의 차단도 괜찮겠지만 이참에 보급창을 공격하는 건 어떻겠습니까?"

"보급 기지 말씀입니까? 그곳은 분명 요새화되어 있을 것인데 기병만으로 가능할까요? 우리 전사들의 희생이 클 것 같습니다."

하투르크의 우려에 아낙타르가 맞장구쳤다.

"그렇고말고요. 적을 유인하여 벌판에서 상대해야 승산 있습죠."

하투르크와 장수들이 성채 공략에 대해 너나없이 우려를 표명하자 수로는 한층 목소리를 높이며 거듭하여 다시 말했다.

"우린 당장 식량과 물자가 부족한 데다가 지치고 다친 전사들의 사기를 생각해서라도 휴식을 취할 만한 마을이 절실한 상황입니다. 그러니 놈들이 차지한 원주민의 요새를 되찾는 것이 최우선이라고 봅니다만…."

수로가 뜻을 굽히지 않자 아낙타르는 앞서 언급한 자기 말을 바로 번복했다.

"대장군님의 말씀을 듣고 보니 그런 것 같기도 하군요. 군마들도 그렇지, 언제까지 풀떼기만 먹일 수 없는 게고. 아무래도 요새 공략이 그중에 가장 나은 듯싶네요. 우리에게는 보병 부대가 없어 주저하는 것 같은데 그렇다면 흩어지고 없는 말리군을 재규합하는 게 어떻겠소이까? 그들이야말로 용맹한 보병이지 않겠어요?"

선뜻 자신의 의견을 바꿔 제안한 아낙타르의 말에 하투르크의 낯빛이 밝아졌다. 그가 재빨리 말했다.

"아, 미처 생각지 못했군요! 말리 군대와의 연합을 중단하면 안 될 것 같습니다. 오레이타이족의 합세도 염두에 둬야 하고요."

답은 정해졌다. 수로는 아낙타르의 제안을 즉각 실행하고자 했다.

"우선 합세할 수 있는 말리군을 찾는 게 급선무일 것 같소."

수로는 말리족과의 재규합 시도를 하투르크에게 맡겼다. 하투르크는 3개 분대의 전사들을 데리고 곧장 오레이타이족의 큰 마을인 람바키아로 향했다.

알렉산드로스는 게드로시아 영토를 가로질러 행군했다. 이 경로는 매우 험악할 뿐만 아니라 물자는커녕 병사들이 마실 물조차 구할 데가 없었다. 병사들은 우물 파는 작업을 해 가면서 함대의 정박이 가능한 곳을 찾아야 했기 때문에 해안을 따라 행군하다가 밤이 되면 내륙으로 들어가느라 먼 거리를 이동해야 했다. 그러다 마침내 알렉산드로스는 게드로시아에서 물자가 풍부한 지역에 도착했다.

그는 물자들을 약탈한 뒤 동물에 나눠 싣고 자신의 인장을 찍은 뒤 해안으로 옮기도록 했다. 그러나 수송하던 병사들은 배고픔을 이기지 못해 봉인된 식량들을 뜯어 동료들과 나눠 먹었다. 기아에 시달리던 병사들은 크게 노한 알렉산드로스의 처벌보다도 굶어 죽지 않는 게 우선이었다. 알렉산드로스는 명령을 어길 만큼 굶주렸다는 사실을 헤아려 그들의 잘못을 용서할 수밖에 없었다.

"병사들은 굶주렸도다. 처벌보다도 더 많은 식량 확보가 먼저로다."

알렉산드로스는 함대에 보낼 식량을 구하기 위해 다시 주변 지역을 샅샅이 뒤졌다. 내륙의 원주민들이 비축해 둔 빻은 곡식과 가축들을 약탈했고, 밀가루를 구할 수 있는 지역으로 헤타이로이 대원인 텔레푸스와 병사들을 급파했다. 노획한 물자를 운송할 감독관을 새로 임명하여 가능한 한 최대한의 물자를 해안으로 들여왔다.

때는 단기 2008년, 보을 단군 재위 17년. 기원전 325년, 11월 말이다.

알렉산드로스의 다음 목적지는 푸라 지역에 있는 게드로시아의 수도였다. 오리아에서 그곳까지는 엿새가 소요되었다. 행군하는 알렉산드로스 군대가 겪은 고통은 아시아 땅에서의 그 어떤 고난보다 극심했다. 병사들과 달리 알렉산드로스는 그 같은 난관을 진작 알고 있었다. 그럼에도 세미라미스가 서인도에서 철수한 경우를 제외하곤 그 누구도 군대를 무사히 통과시키지 못했다는 점이 이 경로를 선택하게 했다. 알렉산드로스는 여전히 공명심으로 들떠 있었다.

그 지역에 전해지는 이야기에 따르면 세미라미스의 군사 중에서 이 길을 통과하여 살아남은 사람은 스무 명이 채 되지 않았고, 캄비세스의 아들 키루스의 병사들도 단 일곱 명이 통과했었다. 키루스는 인도를 침략할 목적으로 이곳에 왔지만 길이 너무 험한 데다 지대가 황량하고 척박하여 인도에 도착하기도 전에 병사 대부분을 잃고 말았다. 이러한 옛 일화들이 키루스와 세미라미스를 능가하고 싶은 알렉산드로스의 욕망을 부추겼다. 여기에 함대와의 연락 유지와 그곳에 물자를 공급하려는 계획이 합쳐져 벌어진 일이었다.

이 선택의 결과는 처참했다. 날씨는 타는 듯이 뜨거웠고 물이 부족하여 수많은 사상자가 속출했다. 동물들은 갈증을 이기지 못해 뜨겁고 깊은 모래에 쓰러져 죽어 갔다. 때로 높은 모래언덕과 맞닥뜨려 발이 푹푹 빠질 뿐만 아니라 지면이 수시로 바뀌어 노새와 말들이 극심한 고통을 겪어야 했다. 또한 어디쯤에서 물이 발견될지 몰라 규칙적인 행군이 불가능했다.

거의 모든 동물이 이동 중에 죽었고, 때로는 병사들에게 도살되기도 했다. 식량이 떨어지면 병사들은 노새와 말을 잡아먹은 뒤 탈진하여 죽은 것처럼 꾸몄다. 알렉산드로스는 모른 척했다. 그러는 것이 규율 위반을 묵인하는 태도보다는 나을 터였다. 행군 도중에 병이 들거나 지쳐 쓰러진 병사들을 싣고 가는 것도 쉬운 일이 아니었다. 병자들을 수송할 동물들도 거의 남아 있지 않은 데다 수레들은 자꾸 깊은 모래에 빠지면서 부서졌기 때문이었다.

행군 초기에는 가까운 길보다 수레를 끌 수 있는 먼 길을 택했지만, 시간이 지날수록 병자들과 탈진으로 행군하지 못하게 된 자들을 내버려 두고 떠나야 했다. 그들을 도와 줄 사람도 없었고 남아서 돌봐 줄 사람도 없었다. 최대한 빠른 속도로 진군하는 게 중요했고, 군 전체를 구하는 것이 개인의 고통보다 우선할 수밖에 없었다. 행군 대열에는 이리와 맹금류가 뒤따랐다.

행군이 대부분 야간에 이루어지다 보니 많은 병사가 길 위에서 잠이 들었다. 기력이 남은 사람들은 잠에서 깨는 즉시 일행을 뒤쫓아 갔지만 드넓은 모래사막에서 조난자 신세가 되어 목숨을 잃는 병사들도 많았다.

재앙은 이것으로 끝나지 않았다. 서인도에서처럼 게드로시아에도 장마철 폭우가 찾아온 것이다. 병사, 수송대, 말, 노새라 할 것 없이 모두에게 또 다른 재앙이었다. 바람이 몰고 온 비구름들은 산마루에 걸려 거기 비를 퍼부었고, 공교롭게도 그때 알렉산드로스 군대는 작은 개울가에서 야영하고 있었다. 비가 내리기 시작하자 삽시간에 물이 불어나 금세 개울에는 급류가 쏟아졌다. 살아남은 수송대 중에 여자와 아이들, 그리고 왕의 막사와 그 안에 있던 모든 물건과 동물들이 물살에 떠내려갔다. 병사들은 가까스로 무기의 일부만을 챙겨 몸을 피했지만, 이윽고 배탈을 심하게 앓기 시작했다.

급기야 예기치 않은 고난이 또다시 닥쳤다. 길을 찾는 데 필요한 지표들이 바람에 날린 모래들로 지워져서 안내원들이 길을 찾을 수 없게 된 것이다. 광대하고 단조로운 사막에는 어느 방향으로 가야 할지를 알려줄 만한 것이 아무것도 없었다. 길가의 나무도 없었고 단단한 흙으로 이루어진 언덕도 없었다. 페니키아의 선원들은 작은 곰자리를 보고 길을 찾고, 북방의 유목민들은 북두칠성을 통해 방향을 알아냈지만, 여기 안내원들은 별이나 태양으로 방향을 가늠하는 방법을 알지 못했다. 하는 수 없이 알렉산드로스가 직접 길을 찾아 나서야 했다.

알렉산드로스는 소규모의 기병들과 함께 앞장서서 사막을 내달렸다. 하지만 얼마 가지 못해 더위에 지친 말들이 기진맥진하여 쓰러지자, 알렉산드로스는 일행 대부분을 사막에 남겨둔 채 다섯 명만 데리고 나아갔다. 그리고 천신만고 끝에 마침내 바다를 발견했다. 해변의 조약돌을 파내자 맑고 신선한 물이 새어 나왔다. 뒤이어 살아남은 병력이 도착했고, 7일 동안 해안을 따라가며 식수를 모았다. 그사이 안내원들은 그곳의 위치를 알아내어 다시 내륙의 길로 군대를 이끌 수 있었다.

드디어 게드로시아의 수도에 도착한 병사들은 고통에서 벗어나 쉴 수 있게 되었다. 알렉산드로스는 물자를 보내라고 지시한 사항을 따르지 않은 오레이타이의 총독 아폴로파네스를 해임하고 토아스를 그 자리에 앉혔다. 그러나 아폴로파네스는 이미 알렉산드로스가 떠난 뒤 벌어진 대전투에서 전사한 상황이었다.

수로의 해치 전사와 말리족의 군사, 그리고 오레이타이족이 연합한 군대의 총공격으로 레온나투스가 이끄는 주둔군이 섬멸당하고 요새가 점령당한 것이었다.

알렉산드로스 주둔군과의 전투를 대승으로 이끌고 오레이타이족 지역의 땅을 수복한 수로의 해치 전사들은 람바키아의 요새에서 사흘간 휴식을 취했다. 그런 뒤 말리군과 일부의 오레이타이족을 이끌고, 말리족의 땅에 건설한 알렉산드리아 요새를 향해 나아갔다. 드디어 그곳에 도착한 수로의 해치 전사들과 연합군은 요새의 주둔군을 급습하였고 치열한 전투 끝에 모조리 몰살시켰다. 이로써 말리족도 그들의 고향과 자유를 되찾게 되었다.

수로의 해치 전사들은 고향을 떠나 숱한 전투를 치러 오는 동안에 5백여 명의 해치 전사가 목숨을 잃었고 다수가 다친 상태였다. 일각에서는 이제 더 이상의 전쟁은 무의미하다는 목소리가 나오고 있었다. 이에 수로와 하투르크를 비롯한 장수들이 모여 전투의 지속 여부를 놓고 늦은 밤까지 열띤 토론을 벌였다.

다음 날, 전체 해치 전사들이 지켜보는 가운데 수로가 연설했다. 그의 표정은 매우 엄숙했다.

"영광스러운 우리 전사들이여! 여기까지 참으로 잘 달려왔소. 일개 미물의 어리석은 야망으로 인해 무수한 생명들이 쓰러져 갔고 절망의 구렁텅이로 내몰렸었소. 이에 우리는 분연히 들고 일어나 악마와 악을 추종하는 무리에게 항거하였고 마침내 악마를 쓰러뜨리기에 이르렀소. 아니, 악마는 쓰러졌소이다. 우리 전사들의 독화살을 맞고 비틀거렸고 고꾸라졌으며 잠시 일어났으나 스스로 죽음의 땅으로 걸어 들어갔소. 신성한 대지에 피를 뿌리고, 그 피를 들이마시며 그놈은 살려고 발버둥 치나 이미 심장과 폐부에 박힌 하늘의 심판을 어찌하지 못할 것이오. 거듭 말하지만, 그놈은 벼락을 맞은 고목의 신세라, 마침내 나는 결심했소이다. 나의 뜻에 장수들은 결단했고 이제 우리 전체 전사들의 뜻을 구하고자 하는 것이오. 그간 우리의 의지는 확고했고 우리의 행동은 정의로웠소. 이제 놈의 죽음이 눈앞에 다다른 만큼 멸망에 이르고야 말 악의 길을 더 이상 뒤쫓을 이유가 없어졌소. 이제 우리는 우리의 길을 가야 하는 것이오. 따라서 우리 해치 유격대를 이제 해산하고자 하는데 어찌 생각하시오?"

여기저기서 비통해하는 울음소리가 들려왔다. 유격대의 해체를 반기는 자들도, 아직 채 이루지 못한 복수심에 분개하는 자들도, 그동안 생사고락을 함께한 전우를 서로 부둥켜안으며 울음을 터트렸다.

수로는 그러한 모습을 묵묵히 지켜보다가, 한층 목소리를 높여 연설을 이어 나갔다.

"울고 싶으면 맘껏 우시오! 그러나 그 눈물과 통곡은 사랑하는 가족 품에 안기는, 그리웠던 고향의 흙냄새를 맡는 환희의 빗물이 되어야 할 것이오. …전사들이여! 우리들의 뜨거운 가슴에는 티끌만큼의 두려움도 없이 악의 세력을 무찌르다가 산화한 수많은 우리네 동지가 있소이다. 우리 박트리아 전사들, 소그드 전사들, 말리 전사들, 오레이타이 전사들, 스키타이 전사들, 그리고 히타이트와 부여 전사들, 그 외에 출신 부족을 알 수 없는 수많은 우리 무명전사, 바로 이와 같은 전사들의 희생으로 우리가 살아남았고 악마의 멸망을 보게 된 것이오. 그동안 우리는 전투를 치르느라 독수리가 되고 나무가 되고 하늘의 구름이 되어 떠가는, 우리 전사들을 제대로 추모하지 못했소이다. 이제 그들을 제사하여 그들을 위로하고 서로의 행복을 비는 시간을 가졌으면 하는 것이오. 그것이 우리 해치 유격대의 영광스러운 해단식이 될 것이오."

다음 날, 수로와 해치 전사들은 지극정성으로 위령 제사를 올렸다. 그리고 평화가 이 땅에 정착되기를 바라며 유격대의 해산을 선포했다.

수로는 해가 떠오르는 동녘을 바라보며 인도 대륙의 북부를 거슬러 이동하기로 했다. 어머니가 인솔하는 부여족과 뒤늦게나마 합류하려면 그 방법이 최고의 선택일 것 같았다. 이동 경로가 짧았고 비교적 길이 평탄했으며 알렉산드로스의 주둔군과 마주칠 일도 없었다. 게다가 그곳은 마가다 왕국이 평화로운 세상을 이루고 있었다. 수로의 행로에는 대부분의 해씨족과 부여족 출신의 전사들이 따르기로 했고, 소그디아나로 돌아가기를 원하는 1천5백여 명의 소그디아나 전사들과 부상자들은 하투르크와 동행하기로 했다.

두 갈래로 나뉜 전사들은 뜨겁게 포옹하며 서로를 격려했다.

"하투르크, 잘 가게나. 자네의 무공과 우정을 내 잊지 못할 걸세."

"알렉산드로스의 죽음을 직접 보지 못해 아직도 아쉽긴 하네만 어쩌겠나."

"광기는 한 줌의 재로 타 버려야 끝난다네. 그날이 머지않았어. 그 자와 달리 우리의 생명은 소중하지 않은가."

"듣고 보니 그렇군, 하하…."

하투르크는 소리 내어 웃던 웃음을 그치더니 표정이 어두워졌다.

587

"수로! 자네가 있어 내 영혼이 즐거웠어. 우리의 우정을 가슴 깊이 언제까지고 간직하겠네. 그렇듯 나는 수라를 잊지 않을걸세. 언젠가 다시 만나기를 기대하네."

잘 가게! 그들은 그렇게 각자의 길을 떠나갔다.

36
저지른 일은 기어이 자신에게로 되돌아오고

한편 알렉산드로스는 카르마니아로 향하던 중에 서인도 총독 필리포스의 사망 소식을 들었다. 그의 죽음은 용병들이 음모를 꾸미고 마케도니아 호위병들이 암살한 사건으로, 그들 가운데 일부는 현행범으로 잡히고 일부는 나중에 붙잡혔다. 알렉산드로스는 에우다무스와 탁실레스에게 서한을 보내 새 총독을 파견할 때까지 그가 다스리던 지역을 통치하라고 명령했다.

카르마니아에서는 여러 지역의 총독들이 찾아왔고, 크라테루스가 병사와 코끼리를 이끌고 다시 합류했는데 알렉산드로스에게 불만을 품고 소란을 일으켰던 오르다네스를 끌고 왔다. 그리고 메디아에 남아 군대를 지휘하던 클리안데르, 시탈케스, 헤라콘, 아가톤도 부하를 데리고 돌아왔다. 그러나 주민들은 이들 4명의 장교가 사원을 약탈하고 무덤을 훼손했을 뿐만 아니라 주민들에게 포악한 범죄를 저질렀다며 고발했고, 이에 알렉산드로스는 장교들과 이들의 부하 6백 명을 뭉뚱그려 처형했다. 이들 중에 클리안데르와 시탈케스는 일찍이 알렉산드로스의 지시를 받아 직속상관인 파르메니오 장군을 처형한 장본인들이었다. 알렉산드로스로서는 배반이 배반을 낳을까 우려되어 후환을 덮어야 했다.

한편 알렉산드로스가 게드로시아로 행군하고 있다는 소식을 들은 스타사노르와 파리스마네스는 짐을 운반할 낙타와 노새들을 이끌고 왔다. 알렉산드로스는 병사들의 수에 맞춰 동물들을 각 장교에게 나눠 주었다. 아울러 스타사노르와 파리스마네스에게 식량을 공급해 오라고 지시했다. 그러면서 알렉산드로스는 이번 행군에서 생존자가 무려 4분의 1 정도는 된다며, 그들에게 누누이 강조해서 언급했다.

알렉산드로스는 말리족과의 전투에서 보여준 혁혁한 무공을 고려하여 페우케스타스를 개인 호위대의 일원으로 임명했다. 생사의 갈림길에 선 자신을 신의 방패로 막아낸 장본인이었다. 알렉산드로스는 일찌감치 그를 페르시아 총독으로 점찍어 놓았지만, 현재는 프라사오르테스가 자리를 차지하고 있어서 개인 호위대로서의 영예와 신뢰를 누린 다음에 총독 자리를 물려주기로 작정했다.

카르마니아에 머무는 동안 알렉산드로스는 서인도를 정복하고 게드로시아 사막을 무사히 빠져나온 것에 대한 감사의 표시로 하늘에 제사를 올렸다. 그리고 축제를 열어 운동 시합과 예술 경연을 벌였다.

기원전 325년 12월 초순. 이제 알렉산드로스는 헤파이스티온에게 코끼리, 짐 운반용 짐승들, 병사 대부분을 이끌고 해안을 따라 페르시아로 진군하라고 명령했다. 겨울이었지만 페르시아의 해안 지방이 따뜻하고 물자도 풍부하다는 사실을 알고 있었기 때문이다. 자신은 가장 기동력이 뛰어난 보병대, 헤타이로이, 일부 궁수 부대를 이끌고 파사르가데로 전진했다.

페르시아 국경에 도착한 알렉산드로스는 자신이 인도 원정을 떠나 있는 동안에 총독 프라사오르테스가 죽고 현재는 오르크시네스가 그 지역을 다스리고 있음을 알게 되었다. 사실 오르크시네스는 정식으로 임명을 받지 않았으나 총독이 부재한 상태에서 페르시아를 원만하게 운영하고 있었다. 그는 알렉산드로스를 도울 적임자라 자처하면서 키루스의 피를 이어받은 자라고 말했다는 소문이 떠돌았다.

한편 메디아의 총독 아트로파테스가 바리아케스라는 메디아인을 붙잡아 파사르가데로 끌고 왔다. 바리아케스를 도와 쿠데타를 일으키려 했다는 공모자들도 함께 끌려왔는데, 알렉산드로스는 재판 없이 이들을 모두 처형했다.

어느 날, 알렉산드로스는 키루스 대왕의 묘지가 무참하게 도굴되었다는 사실을 알고 놀라워했고 일찍 그의 묘를 찾지 않은 것을 후회했다. 알렉산드로스는 묘를 지키던 마구스를 잡아들여 범인의 정체를 추궁했다. 그러나 이들은 자신의 죄를 고백하지 않았고 다른 누군가를 고발하지도 않았다. 결국 범죄에 연루되었다는 증거를 찾지 못한 알렉산드로스는 이들을 풀어 주었다. 무수히 많은 사람을 헬라스의 노예로 팔아먹었던 알렉산드로스는 정작 키루스가 노예 제도를 폐지하고 노예를 해방한 인물이었다는 사실에 대해서 무시하고 경멸했었다. 그 후 알렉산드로스는 자신이 예전에 불을 질렀던, 페르세폴리스에 있는 페르시아 왕궁으로 갔다. 폐허가 된 궁전을 다시 마주한 알렉산드로스는 그때 저지른 일을 후회하며 때늦은 탄식을 했다.

한편 프라사오르테스가 죽은 뒤 페르시아를 다스렸던 오르크시네스에 대한 고발이 빈발했다. 결국 알렉산드로스는 명령을 내렸다.

"사원과 왕의 묘를 약탈하고, 페르시아인들을 부당하게 죽인 죄가 드러났다. 이에 왕이 명하노니 오르크시네스를 교수형에 처하라."

그러나 사실 오르크시네스는 죄가 없었다. 그가 죽게 된 것은 알렉산드로스가 아끼던 바고아스의 술책 때문이었다. 바고아스는 고소인들을 매수해 거짓 증언을 하게 했다. 하지만 이것은 알렉산드로스의 은밀한 지시였을 가능성이 컸다. 그 후 알렉산드로스의 개인 호위대 일원인 페우케스타스가 높은 충성심을 인정받아 페르시아의 총독으로 임명되었다.

페우케스타스는 총독으로 임명되자마자 페르시아인들의 생활방식을 따랐다. 그는 메디아의 옷을 입은 유일한 마케도니아인이었고 페르시아어를 배웠다. 알렉산드로스는 이런 처신을 모두 허용했으며, 페르시아인들은 그가 자신들의 생활방식을 따르는 행위를 보고 기뻐했다. 하지만 마케도니아인들은 페우케스타스가 동양인처럼 변한 것을 싫어했다.

알렉산드로스는 메디아의 총독 아트로파네스를 그의 통치 지역으로 돌려보내고 자신은 수사로 향했다. 수사에서는 총독 아불리테스를 체포해 직권 남용의 죄를 물어 처형했다. 파라에타카이를 다스리던 아불리테스의 아들 옥사트레스도 같은 운명을 맞았다. 알렉산드로스는 직접 옥사트레스를 사리사, 즉 긴 창으로 찔러 죽였다.

알렉산드로스가 정복한 여러 나라에서 관리들의 부정행위가 많이 발생했고, 주민들을 폭력적으로 다스리거나 사원과 묘를 약탈하는 일도 잦았다. 어떻든 간에 알렉산드로스는 관리들에 대한 비난을 전적으로 수용하여 사소한 잘못이라도 엄중하게 처벌하려고 했다. 겨울철만 되면 심판대에 세우고 죄를 묻는 처형의 행진이 올해도 어김없이 실행되었다.

수사에서 알렉산드로스는 헤타이로이들의 합동결혼식을 올렸다. 그 자신도 정식으로 다리우스의 맏딸인 스타테이라 2세와 오쿠스의 막내딸 파리사티스(드리페티스)를 아내로 맞이했다. 페르시아와 메디아에서 가장 고귀한 신분의 젊은 여성들을 신부로 천거하여 총 80명의 장교가 결혼식을 올렸다. 결혼식은 페르시아식으로 거행되었다. 식이 끝난 뒤 신랑들은 자기 신부를 거처로 데려갔다. 알렉산드로스는 모두에게 지참금을 지급했다. 당시 아시아 여성과 결혼한 마케도니아인의 수가 1만이 넘었는데, 알렉산드로스는 그들 모두에게 결혼 선물을 하사했다.

이밖에 알렉산드로스는 병사들이 수송대에 속한 창녀와 상인에게 진 빚을 모두 청산해 주었다. 이렇게 병사들에게 베푼 금액이 1만 달란트에 이르렀다. 그리고 알렉산드로스는 전장에서 공을 세우거나 뛰어난 활약을 펼친 병사들에게 상금을 내렸고, 자신의 용맹성을 드높인 장교들에게는 황금 왕관을 하사했다.

알렉산드로스는 근위대, 특수 부대, 헤타이로이 몇 명을 데리고 에울라이우스강을 내려가 바다로 나갔다. 거기서 가장 빠른 배를 타고 해안을 따라 티그리스강 어귀까지 나아갔다. 알렉산드로스는 티그리스강 상류로 올라가 헤파이스티온과 군 전체가 야영하고 있는 곳에 이르렀고, 이곳에서 더 위쪽으로 올라가 강둑에 형성된 오피스라는 도시에 도착했다.

알렉산드로스는 이곳에서 마케도니아 병사들을 모아 놓고 일장 연설을 했다.

"나이가 많거나 몸이 불편한 자들은 제대와 함께 고향으로 돌려 보내겠다. 그리고 두둑한 보상을 해주겠다."

그러나 병사들은 왕이 자신들의 공을 과소평가하고 쓸모없는 전투병으로 취급하고 있다고 생각했다. 나아가 이번 발표가 원정 내내 자신들의 감정을 상하게 했던 알렉산드로스의 수많은 행태, 예컨대 페르시아의 옷을 입는다거나, 페르시아의 소년 병사들에게 마케도니아의 장비를 나눠 주거나, 외국 병사들을 헤타이로이에 포함한 일들의 연장선으로 여기고 분개했다.

그들은 경건한 태도를 보이지 않았고 끝까지 연설을 듣지도 않았다. 차라리 모든 병사를 제대시키라고 요구하면서 다음 원정 때는 아버지(암몬)를 데려가면 되겠다고 비웃기까지 했다. 이런 반응에 알렉산드로스는 화가 치밀었다. 이즈음 알렉산드로스는 더더욱 쉽게 분노했고 아첨에 익숙해져 자국민에게 개방적이었던 예전의 태도를 많이 상실한 상태였다. 알렉산드로스는 단상에서 뛰어내린 뒤 분란을 일으킨 자들을 손가락으로 가리키며 체포하라고 명령했다. 열세 명이 붙잡혔고 모두 처형대로 끌려갔다. 뒤이어 공포의 침묵이 찾아왔다. 알렉산드로스는 다시 단상에 올라가 연설했다.

"동포들이여, 그대들은 고향을 그리워하고 있다. 좋다! 고향으로 돌아가고 싶다는 갈망을 제지할 생각은 없다. 그대들이 원하는 곳으로 가라. 막지 않겠다. 하지만 먼저 그대들이 알아야 할 것이 하나 있다. 바로 내가 그대들에게 무엇을 해주었고, 그대들이 어떻게 되갚았는가 하는 점이다…"

그는 잠시 주위를 둘러본 뒤 그동안 자신이 베푼 시혜에 대해 장황하게 연설을 늘어놓았다. 연설을 마친 알렉산드로스는 연단에서 벌떡 일어나 황급히 궁으로 돌아갔다. 그리고 그날 하루 종일 아무것도 먹지 않고 씻지도 않았으며 친구들도 만나지 않았다. 다음 날도 궁에 틀어박혀 있었다.

그러다 사흘째 되는 날, 가장 총애하는 페르시아 장교들을 불러 여러 부대의 지휘권을 나눠 주었다. 이제부터는 알렉산드로스가 지명한 혈족들만 그에게 관례적인 뺨 인사를 할 수 있었다. 혈족은 페르시아의 왕이 페르시아의 지도적인 인물들에게 부여한 경칭이었다.

한편 알렉산드로스의 연설은 마케도니아인들에게 즉각적인 효과를 불러일으켰다. 병사들은 무거운 침묵 속에서 연단 앞을 지켰다. 가장 가까운 수행원과 개인 호위 대원을 제외하고는 아무도 왕을 따라가지 않았다. 병사들은 아무 말도 행동도 하지 못한 채 꼼짝하지 않고 그 자리에 서 있었다.

하지만 페르시아 장교들에게 지휘권을 주고, 외국 병사들이 마케도니아의 부대에 선발되고, 페르시아 근위대와 보병대에 선망의 대상인 '친구들'이라는 칭호가 붙고, 페르시아의 은방패 부대와 새로 만들어진 왕실 부대 그리고 페르시아의 헤타이로이 기병대에게 마케도니아식 이름이 주어지는 등, 페르시아인과 메디아인에게 너그러이 처우한 사실이 알려지자, 그들은 더 이상 참지 못하고 궁으로 몰려갔다.

이들은 간청의 표시로 궁궐 문 앞에 무기를 내려놓고 들어가게 해 달라고 애원했다. 왕에게 항의하는 데 앞장섰던 사람들을 따르지 않겠다면서 알렉산드로스가 자비를 베풀 때까지 낮이고 밤이고 그 자리에서 꼼짝하지 않겠다고 맹세했다. 알렉산드로스는 마케도니아 병사들의 이러한 변화를 보고받고 서둘러 이들을 맞으러 나갔다. 그리고 후회하며 애통해하는 마케도니아 병사들의 모습에 감동하여 뜨거운 눈물을 흘렸다.

알렉산드로스는 병사들과 화합을 이룬 것을 기념하기 위해 신들에게 제물을 바치고 공식 연회를 열었다. 알렉산드로스도 이 연회에 나가 마케도니아인들 사이에 앉았다. 마케도니아인들 옆에는 페르시아인들이 앉았고, 그 옆에는 다른 나라의 고위 인사들이 자리했다. 알렉산드로스와 친구들은 그리스의 예언자들과 마구스의 방식에 따라 같은 그릇에 담긴 포도주를 떠서 신에게 바쳤다. 알렉산드로스는 페르시아인과 마케도니아인이 조화롭게 통치할 수 있길 바란다는 기도를 올렸다. 이 연회에 9천 명이 참석했고, 모두가 동시에 건배를 한 뒤 승리의 노래를 불렀다.

이후 알렉산드로스가 원했던 대로 나이가 많거나 다른 이유로 복무가 어려운 마케도니아 병사들의 신청을 받아 모두 제대시켰다. 총

1만여 명이었다. 이들에게는 지금까지의 복무 기간뿐 아니라 고국으로 돌아가는 기간까지 포함한 급여를 지급했으며, 각각 급여에 더해 1달란트의 퇴직금을 주었다.

어느 날 알렉산드로스는 크라테루스를 궁으로 불러들였다. 그리고 그에게 병사들을 고향으로 인솔한 뒤 마케도니아, 트라키아, 테살리아의 통치를 맡아 헬라스의 자유를 지키라고 명했다. 코린트 동맹의 패권자로서 알렉산드로스의 권위를 대행해 왔던 안티파테르 장군에게는 귀국한 병사들을 대신할 신병들을 데리고 이곳으로 오라는 지시를 내렸다. 알렉산드로스는 폴리스페르콘을 부지휘관으로 임명해 크라테루스를 보좌하게 했다. 전투 중에 입은 잦은 부상으로 크라테루스의 건강이 좋지 않았기 때문에 여행 중에 무슨 일이 생기면 그가 병사들을 책임지도록 조치한 것이다.

그러나 그 후 9개월이 지나기까지 크라테루스는 킬리키아를 지나지 못하고 있었다.

안티파테르는 알렉산드로스를 대신하여 마케도니아를 통치하고 있었다. 하지만 안티파테르 장군과 올림피아스 왕비 사이에 끊임없이 불화가 일어나고 있었다. 이때 퍼진 구설수로는 알렉산드로스가 안티파테르를 헐뜯는 어머니의 이간질에 넘어가 그를 나라에서 내쫓으려 한다는 것이었다. 두 사람 모두 계속해서 알렉산드로스에게 편지를 보냈다.

안티파테르의 편지에는 올림피아스가 고집불통이며 난폭한 성미에다 모든 일에 사사건건 간섭한다는 불평들로 가득 차 있었다. 올림피아스의 이런 행동을 전해 들은 알렉산드로스는 이렇게 말했다.

"어머니는 9개월 동안 나를 자궁 속에 살게 해준 대가로 너무 많은 집세를 청구하고 있도다."

한편 올림피아스의 편지에는 안티파테르가 높은 지위를 누리면서 그에 따르는 존경을 받게 되자 참기 어려울 정도로 오만해졌다며 불만을 토로했다. 누가 그 자리에 앉혔는지 까맣게 잊고서 안티파테르는 고국 사람들과 헬라스인들을 대할 때마다 스스로 우월한 인물인 양 행동한다는 것이었다.

자신의 명성을 더럽히는 그런 말을 들을 때마다 알렉산드로스는 점점 의혹의 눈길을 보냈다. 권력의 정점에 서 있는 사람이라면 누구나 우려할 만한 얘기였다. 그래서 그는 안티파테르를 이곳 페르시아로 소환하기로 한 것이다.

알렉산드로스는 기쁜 일이 있을 때는 늘 하던 대로 엑바타나에서 제사를 올렸다. 또한 문학 경연과 운동 경기를 열고 친한 친구들과 마음껏 술을 마셨다. 그 무렵 가장 친한 친구이자 뜻을 같이하는 동지인 헤파이스티온이 병을 앓게 되었다. 헤파이스티온이 병석에 누운 지 7일째 되던 날, 소년들이 달리기 시합을 벌이고 있었고 많은 구경꾼이 경기장에 모여 있었다. 이때 헤파이스티온이 위독하다는 소식을 받고 알렉산드로스는 서둘러 달려갔지만, 그가 도착하기 전에 이미 숨을 거두고 말았다. 헤파이스티온을 잃은 알렉산드로스는 슬픔에 빠져 친구를 애도하며 머리카락을 짧게 잘랐다. 헤파이스티온이 죽은 뒤 꼬박 이틀 동안을 먹지 않은 채 은둔했고 애타게 울다가 침묵에 잠기곤 했다.

그러다가 어느덧 마음을 추스른 알렉산드로스는 바빌론으로 가는 길에 헬라스에서 온 여러 대표를 만났다. 그중에는 에피다우루스(헬라스의 아르골리드에 있는 아스클레피오스 숭배의 본거지)에서 온 사절들도 있었다. 알렉산드로스는 그들의 배알 요청을 들어주었다. 그들에게 귀중품을 하사하면서 알렉산드로스는 말했다.

"고국으로 가져가 아스클레피오스의 신전에 제물로 바쳐라. 하지만 한편으론 그렇다. 아스클레피오스는 나에게 친절하지 않았다. 목숨만큼 아끼는 나의 친구를 구해 주지 않았기 때문이다."

알렉산드로스는 바빌론에서 화장용 장작더미를 1만 달란트나 들여 준비했고 아시아 전체에 애도 기간을 정했다. 수많은 헤타이로이 대원이 알렉산드로스에 대한 존경심의 발로로 헤파이스티온에게 자기 자신과 무기를 바쳤는데, 이전에 헤파이스티온과 심하게 다툰 적이 있는 에우메네스가 가장 먼저 앞장섰다. 에우메네스는 알렉산드로스가 헤파이스티온의 죽음에 대해 자신이 기뻐할 것으로 생각지 않기를 바랐다. 일찍이 그는 이유를 밝히지 않은 채 군대에서 사라졌다가 한참 만에 다시 나타났고, 이것에 대해 알렉산드로스는 아무런 질책 없이 순순히 그를 받아들인 적이 있었다.

알렉산드로스는 헤타이로이의 지휘관을 새로 임명하지 않았다. 헤파이스티온의 이름이 길이 남기를 바랐기 때문이다. 그는 헤파이스티온의 부대가 계속 그 이름으로 불리고 헤파이스티온을 상징하는 문양이 항상 부대 앞에 있기를 원했다. 알렉산드로스는 헤파이스티온의 장례를 기리는 문학 경연과 운동 시합을 벌였다. 축제는 비용이나 참가자의 규모 면에서 그 어느 때보다 성대하게 치러졌고 다양한 종목에서 3천 명이 경쟁을 벌였다.

알렉산드로스는 죽은 헤파이스티온에게 항상 제물을 바치도록 하여 신격화했다. 그리고 암몬 신전에 사람을 보내 헤파이스티온을 신으로 모시는 문제로 신탁을 구했는데 암몬이 거부했다고 한다.

헤파이스티온을 잃은 슬픔은 오랫동안 이어졌다. 하지만 친구들의 위로에 힘입어 알렉산드로스는 서서히 슬픔에서 벗어나기 시작했다. 알렉산드로스가 정신을 차리고 가장 먼저 한 일은 코사이아족을 정벌하는 것이었다. 욱시이족의 이웃인 코사이아족은 높은 산에 사는 산악 부족으로, 이들은 적이 접근하면 무리를 지어 한꺼번에 사라지는 생존술을 구사했다. 적이 떠나고 나면 그들은 다시 돌아와 촌락 생활을 꾸려 나갔다. 전혀 위협적이지 않은 세력임에도 불구하고 알렉산드로스는 이 부족을 토벌했다. 시기는 겨울이었고 나쁜 날씨와 험한 지형이 군대의 진격을 더디게 했지만, 알렉산드로스를 막지는 못했다. 이번 원정에서 프톨레마이어스 역시 불굴의 기백을 발휘했다. 알렉산드로스는 일단 목표를 정하면 그 어떤 역경에도 굴하지 않고 달성하고 마는 인물이었다. 코사이아족은 열병으로 죽은 헤파이스티온에 대한 제물로 학살당했다.

바빌론으로 돌아오는 길에 알렉산드로스는 리비아의 사절단을 만났다. 사절단은 알렉산드로스에게 아시아의 지배자가 된 것을 축하하며 왕관을 바쳤다. 이탈리아에서도 브루티, 루카니아, 에트루리아의 사절단이 같은 임무를 띠고 찾아왔다. 카르타고도 사절을 보냈고, 에티오피아에서 온 사람들과 유럽의 켈트족, 멀리 이베리아인도 모두 친선을 청했다. 헬라스인들과 마케도니아인들은 난생처음 이 부족들의 이름을 들었고 그들의 낯선 의복과 장비도 처음 보았다. 이에 알렉산드로스와 친구들은 자신들이 정말로 세계의 지배자로 군림하게 되었음을 실감하고 우쭐거렸다.

이런 일들이 있고 난 뒤에 알렉산드로스는 아르가이우스의 아들 헤라클레이데스를 조선공들과 함께 히르카니아로 파견하여 헬라스식 전함을 만들라고 지시했다. 새로운 정복 전쟁을 준비하려는 것이다. 알렉산드로스는 티그리스강을 건너 바빌론으로 향했다.

37
푸른 꽃송이는 바람을 붙들려는데

때는 단기 2010년, 보을 단군 재위 19년. 기원전 323년, 음력 정월
이다.

수유의 기후가 병력을 이끌고 번조선의 궁궐로 진주했다. 수한 칸
은 후계자를 정하지 못한 채 의문의 죽음을 맞아 서거했고, 이에 권
력을 장악한 기후가 사절단을 보내어 진조선의 보을 단군에게 윤허
를 구했다. 천자는 귀족들의 의견을 수용하여 이를 허락하였고 연
나라의 침략에 대비할 것을 당부했다.

마침내 기후는 그토록 바라던 왕위에 올랐다. 그는 단군조선(대부
여)인 삼 조선(진, 번, 막)의 일원으로 나라를 이끌겠노라 선언하고,
수유와 통합한 뒤 번조선의 국명을 기자조선으로 명명했다.

한편 북방 대륙을 떠도는 유목민과 다를 바 없게 된 히누리의 부
여족은 대흥안령산맥의 북단을 지나 진조선 권역의 송화강으로 나
아가던 중에 이 같은 소식을 전해 듣게 되었다. 히누리는 부족의 이
동을 멈추었다. 전횡을 일삼는 진조선 귀족들의 손아귀에 놀아나고
싶지 않았고 어쩌면 드세진 기자조선의 음모에 자신이 당할지도 몰
랐다. 한때 번조선의 공주였으며 여루 단군의 총애를 받던 신불사

장군의 약혼자였으니까. 게다가 그동안의 이동 과정에서 합류한 유목민까지 더해 어느덧 인구수가 3만 명에 달했고 이에 따라 부족이 움직이는 데에 많은 제약이 따르게 되었다.

히누리는 원로 회의를 열어 대책을 논의했다. 회의의 결론은 유랑을 끝내고 이곳 송화강의 지류에서 고을을 건설하여 나라를 이룰 것을 결의했다.

알렉산드로스는 바빌로니아에서도 사이프러스를 베어 새로운 전함을 건조했다. 사이프러스는 아시리아에서 유일하게 풍부한 목재였다. 새로 만든 배에서 일할 승무원과 인력은 페니키아와 주변의 해안 지방에서 조개를 따는 잠수부들이나 바다와 관련된 일을 하던 사람들로 충원했다.

알렉산드로스는 페르시아만의 해안 지방과 연안의 섬들이 페니키아만큼 번영할 수 있다는 판단 아래 이 지역을 식민지로 삼을 계획을 세웠다. 함대를 준비한 이유는 아라비아인을 치기 위해서였다. 표면적인 명분은 유일하게 사절을 보내지 않았고 의례적인 경의를 표하지 않았다는 것이었으나, 실상은 영토를 확장하고 싶은 알렉산드로스의 식을 줄 모르는 갈망이 그 이유였다.

새로운 전함을 만들고 항구를 파내는 작업이 진행되는 동안 알렉산드로스는 바빌론에서 유프라테스강으로 내려가 도시에서 약 160킬로미터 정도 떨어져 있는 팔라코파스강으로 향했다. 그곳을 둘러

본 뒤 바빌론으로 돌아오자 페우케스타스가 페르시아에서 페르시아인 병사 2만 명을 이끌고 돌아와 있었다.

알렉산드로스는 페르시아인 병사들의 충성심에 감사를 표했고, 페우케스타스에게는 성공적으로 군을 이끌었다며 치하했다. 알렉산드로스는 페르시아인 병사들을 병력이 부족한 마케도니아 부대에 편입시켰다. 마케도니아인 병사들은 마케도니아의 전통 장비를 착용했고, 페르시아인 병사들은 활이나 가벼운 창을 들었다.

이 무렵 함대는 훈련을 계속하고 있었다. 강에서 트리에레스선과 노가 4단인 갤리선 선원들 간에 경쟁이 자주 벌어졌는데, 노 젓기 시합과 선장의 기술을 시험하는 시합을 통해 승자에게는 상을 내렸다.

헬라스의 사절단도 찾아왔다. 사절들은 의식용 화관을 쓰고 엄숙하게 알렉산드로스에게 다가가 머리에 황금 화관을 씌워 주었다. 마치 신을 기리는 의식을 치르기 위해 순례 온 사람들 같았다. 사람들이 의식용 화관을 썼다는 것은 사절들이 신성한 특사이며 이들의 나라가 알렉산드로스를 신으로 인정했음을 보여주는 것이었다. 알렉산드로스는 자신이야말로 신이니, 반드시 신으로 대접해 줄 것을 사람들에게 요구한 적이 있었다. 그러나 인간의 욕망과 달리 알렉산드로스는 파국으로 치닫고 있었다.

알렉산드로스는 관례적인 제사 의식을 올려 앞으로 있을 아라비아 원정에 대한 성공을 기원했고 예언자들의 조언에 따라 다양한 제물들을 더욱더 바쳤다. 그리고 포도주와 제물들을 여러 부대에 나눠 준 뒤 친구들과 어울려 저녁을 먹고 밤늦도록 술을 마셨다. 술 자리에 친구들을 남겨두고 침실로 돌아가려던 알렉산드로스는 메디우스를 만났다. 메디우스는 알렉산드로스가 가장 신뢰하던 헤타이로이 대원으로, 그는 알렉산드로스에게 자기가 마련한 술자리에서 술을 좀 더 마시며 즐기자고 했다. 알렉산드로스는 이미 많이 마신 상태였지만 메디우스와 다시 술을 마셨다. 그러다가 술자리를 벗어나 목욕하고 잠자리에 들었다. 이후 알렉산드로스는 늦게 일어나 메디우스와 식사를 한 뒤 다시 밤늦게까지 술을 마셨다. 그런 뒤 또 목욕하고 약간의 음식을 먹고는 바로 잠자리에 들었다. 이때 이미 몸에 열이 나고 있었다.

다음 날 알렉산드로스는 침대에 누운 채 실려 나와 평소처럼 일상적인 종교의식을 올렸다. 그런 뒤에는 의사의 처방에 따라 약을 먹고 어두워질 때까지 병사들의 막사에 누워 있었다. 그는 장교들에게 계속 명령을 내렸다. 육지로 행군할 병사들은 사흘 후에 출발할 준비를 하고, 자신과 함께 뱃길로 움직일 병사들은 그보다 하루 뒤에 출항할 채비를 갖추라고 명령했다. 아라비아 원정과 관련된 지시였다. 그런 다음 알렉산드로스는 침대에 실린 채 강으로 가서 배를 타고 건너편 공원으로 갔다. 그는 이곳에서 목욕하고 쉬었다. 이렇게 하루, 이틀, 사흘째 되는 날 저녁에 또다시 목욕한 뒤부터 그의 몸 상태가 급격히 심각해졌다.

다음 날 아침, 알렉산드로스는 수영장 근처의 건물로 옮겨졌다. 그리고 제사를 올린 뒤 점점 기운이 빠지는데도 불구하고 상급 장교들을 보내 재차 원정과 관련된 명령을 내렸다. 그는 이처럼 고열에 시달리면서도 과거에 이랬다가도 회복되었던 자신의 병치레를 믿는 눈치였다. 다음 날 알렉산드로스는 가까스로 기도 장소에 도착하여 종교의식을 올린 뒤 기운을 잃은 상태에서 참모들에게 계속 지시를 내렸다. 이렇게 또 하루가 지나갔다. 이제 알렉산드로스는 대단히 위중한 상태였지만 종교의식만큼은 생략하지 않으려 했다.

알렉산드로스는 숨을 헐떡이며 간신히 말했다.

"상급 장교들은 궁에서, 각급 부대 지휘관들은, …내 방문 밖에서 기다려라."

그런 뒤 궁으로 돌아갔다. 알렉산드로스가 방으로 들어갈 때 프톨레마이어스와 장교들을 알아보았지만 이미 아무 말도 할 수 없는 상태였다. 프톨레마이어스는 그런 알렉산드로스를 묵묵히 지켜보았다. 그때부터 임종의 순간까지 알렉산드로스는 한마디도 하지 않았다. 그날 밤과 다음 날 그리고 그다음 날까지 알렉산드로스는 고열에 시달렸다.

알렉산드로스는 기원전 323년 6월에 숨을 거두었다. 그의 나이

33세였다.

후계자 없이 왕이 죽자, 알렉산드로스의 친구들과 각 지역의 총독들을 비롯한 군대의 지휘관들이 너나없이 무기를 들었다. 점령한 영토를 자신이 차지하기 위해 또다시 대지에 피를 흩뿌리는 치열한 전쟁이 수년에 걸쳐 치러졌다.

때는 단기 2010년, 보을 단군 재위 19년. 기원전 323년, 가을이다.

히누리와 부여족은 우선 급한 대로 통나무와 진흙, 돌을 사용하여 집을 짓고 성채를 건설했다. 히누리는 단군조선(대부여)의 자손이라는 정체성을 살리고자 나라 이름을 '북부여'라 명명하고 자신들을 스스로 '부여인'이라 불렀다. 모든 체제와 운영은 기존의 방식을 그대로 유지하기로 했다.

막사에 꽂힌 깃발들이 미풍에 펄럭이는 가운데 넓은 마당의 연단에 올라선 히누리는 묘아리를 비롯한 원로들과 군대의 장수, 전체 부여인들이 모인 자리에서 연설했다. 서두에서 히누리는 앞으로 이 땅에서 살아가야 하는 사람들이 반드시 알아야 할 가르침이라 했다.

"우리가 누구입니까? 우리 부여인은 단군조선의 후손입니다. 아득한 태곳적에 시비리(시베리아)의 하늘로부터 한인(천신)께서 내려오시어 흑수와 백산의 땅에 한국이라는 나라를 세우고 다스리시다가 후손이신 환웅께서 천신의 뜻을 받들어 태백산의 신단수 아래에 도읍을 세우신 뒤 그곳을 신시라 하고 나라를 배달이라 부르셨습니다. 이러한 시기에 각 부족이 각 지역과 서역으로 흩어져 구한을 이루셨고 신시시대 말기에 이르러 치우천황이 도읍을 청구로 옮기셨지요. 이윽고 단웅천황 때에 웅족의 왕녀와 혼인하여 아들을 낳으셨으니, 그가 왕검이시라. 그는 단군조선의 시대를 여신 분이십니다. 이후로 우리 단군조선은 중원의 상나라와 고죽국, 그리고 구이(구려, 동이)족의 도시 국가인 회이, 서이, 래이, 엄 등등의 여러 나라와 분리되고 한때 상나라와 다투기도 했지만, 지금은 남방의 화하족인 주나라의 일부 제후국들과 끊임없이 전쟁을 벌이는 시국이기에 뭉치지 않을 수 없는 상황에 놓여 있습니다. 우리는 히타이트의 후예와 단군의 자손으로 나뉘어져 있었으나 알렉산드로스 군대에 대항하기 위해 새로이 부여국의 사람으로 모였고, 이제는 북부여라는 나라를 구심점으로 해서 북부여인으로 살아가려고 합니다. 우리는 연합한 북부여인이지만 본래 하나였고 다 같은 북방의 기마 유목민으로서 살아왔던 겨레이기에 하나로 뭉칠 수 있었던 것입니다. 이제 우리의 목표는 하나입니다. 다 같은 단군의 자손으로서 '홍익인간'이라는 거룩한 정신으로 주변의 부족들과 화합하며 서로를 이롭게 하여 이 땅에 평화의 시대를 열어가는 것입니다. 그러기 위해서는 우선으로 강력한 군대를 유지해야 하며 북방 족속들이 연합하여 강력한 연맹체를 형성할 수 있도록 타 부족들과의 교류를 강화해야 합니다. 노골적으로 침략의 야욕을 드러내는 화하족이 버티고 있어서 그렇습니다. 그들은 불행히도 수치를 모르는 탐욕 덩어리들입니다."

시비리 남쪽 하늘 아래에서 거듭 부여인으로 태어난 그들은 새로운 정체성과 자긍심을 부여하는 히누리 임금의 연설을 경청했다. 군중 앞에 자리한 원로와 대신, 장수들 너머로 히누리의 자녀들이 보였고, 어머니의 연설을 듣는 막내 모수의 두 눈이 반짝거렸다.

이주와 혼란을 겪는 가운데 부쩍 눈에 띄게 성장한 모수가 중얼거렸다.

"알고 보니 세상은 살아남으려고 다투는 땅이던데…."

1천여 명의 전사들과 함께하는 수로는 험준한 산맥이 겹겹이 에워싼 인도 북단을 넘지 않고 횡단하다가 갠지스강의 바다와 마주하게 되면서 말발굽을 돌려세웠다. 여기서 북쪽 육로로 나아가는 길은 한 치도 내다보기 힘든 운무의 땅이라 했다. 온갖 이민족을 상대해야 하며 어떤 고난이 닥칠지 모를 거라 했다. 고민 끝에 수로와 전사들은 그들에게 낯설기 이를 데 없는 바다로 항해를 감행하기로 했다. 낯선 곳을 헤쳐 나간다는 점은 매한가지이지만 바다로의 진출은 항해술에 익숙한 선원과 배를 구하면 해결될 문제였으니까. 그러나 이러한 결정이 그들의 발목을 붙잡게 될 줄을 이때는 미처 알지 못했다. 항해할 선박들을 건조하고 선원들을 모집하고 항해에 쓸 물품들을 하나씩 구하는 동안에 많은 일들이 생겨난 것이다.

지금껏 응징과 보복을 위해 한눈팔지 않고 달려온 그들의 눈앞에 온갖 이국적인 모습들과 신비에 가득한 풍물들이 마구 쏟아졌고, 고개를 돌릴 때마다 꽃으로 치장한 아리따운 여인들이 한 걸음씩 발꿈치를 사뿐 내디디며 그들에게로 다가왔다.

오직 부여국으로의 합류를 열망하던 수로에게도 그의 마음을 사로잡는 한 소녀가 마침내 모습을 드러내었으니…. 아마포 천으로 몸을 두른 수수한 차림의 그녀가 수로에게 다가와 환히 웃으며 꽃 한 송이를 건네는 것이었다.

"용모가 조각처럼 반듯하시고 사슴의 눈망울같이 영롱하신 분이 어찌하여 수심이 가득한 낯빛을 하고 계실까? 그것이 못내 궁금하여 물어봅니다."

"나는 알 수 없는 것을, 그대가 본 것이 그대로라면 아마 살육의 땅을 지나온 까닭에서이겠지요. …그런데 이 꽃은 무엇이오?"

"푸른 꽃이라고, 야생에서 피는 꽃이옵고 십 년마다 이처럼 화사하게 피어난다고 하지요."

"왜 내게 이 꽃을 주는지를 물은 것이오."

"처음엔 석가모니불에게 헌화하려고 구한 것이오나 제게 찾아온 귀인이시라 특별히 드리는 것이오니 사양 말고 부디 받아 주시기를 바랄 뿐입니다."

수로는 대답할 말을 찾지 못했다. 그 자신도 소녀를 본 순간 뭔가에 이끌리듯 그녀에게 다가선 것이었으니. 소녀는 머뭇거리는 그를 붙잡으려는 생각인 듯 대화를 이어 나가려 했다.

"좀 전에, 살육의 땅을 지나오셨다고 하셨는데 그렇담 그대도 삶을 악하다 하시어 인간을 도외시하려는 것입니까?"

"본디 인간은 악하다고 보나, 나 역시 어리석은 한 인간이기에 결국은 인간을 사랑하지 않을 수 없겠지요."

소녀는 마음이 한결 놓이는 듯 미소를 머금었다.

"그대 말씀처럼 그렇답니다. 인간은 너나없이 어리석어 고(苦)를 안고 살기에 측은지심의 자비로 서로를 보듬지 않을 수 없습니다. 그리고 무엇보다 탐욕과 집착과 무지를 깨트리는 깨달음에 이르러야 한답니다. 말씀을 들어보니 그대는 석가모니이신 싯다르타 붓다의 가르침에 온전히 녹아들 수 있는 고매한 사람 같사옵니다. 아무쪼록 어린 소녀와 진리의 지혜를 얻는 데 함께하시는 것이 어떻겠는지요?"

"보아하니 그대는 아직 나이가 어린 것 같은데 어찌 그리 많이도 아시오?"

"단지 아는 게 아니라 스승의 가르침에 따라 무명을 깨트리려 노력하는 중이랍니다."

"그대는 사카족의 사람이오?"

그녀가 사카족의 왕자였던 싯다르타 붓다를 섬긴다는 말에 수로는 그렇게 짐작했다. 게다가 그녀는 수로가 알아듣는 사카족의 언어를 구사했기 때문이다.

"소녀는 고향을 잃고 쫓겨 다니는 불쌍한 드라비다족이지요. 자그마한 도시 국가에서 살고 있답니다."

일찍이 인더스강 유역에서 고대 문명을 이룩했던 드라비다족은 아리안족의 침입으로 인더스강 유역에서 갠지스강으로, 이제는 산맥과 바다에 막혀 인도 대륙의 남쪽으로 떠밀리고 있었다.

"그럼 여긴 어떻게…?"

"잠시 놀러 온 것이지요. 석가모니불의 사원에 헌화도 할 겸 해서."

산천이 꽃들로 만발한 춘삼월 저잣거리의 한 꽃집 앞에서 두 사람은 시간이 흐르는 줄도 모른 채 정담을 나누기에 여념이 없었다. 그러다가 불현듯 저잣거리가 인파로 붐비더니 어디선가 일단의 사람들이 나타나자, 소녀는 떠날 채비를 서둘렀다.

"이런, 내 정신 좀 봐! 어른들이 나를 찾으시네. 소녀는 아유타국의 공주입니다. 한시바삐 저를 찾아오세요. 언제까지고 기다리겠습니다."

소녀는 말을 끝내기 바쁘게 무리에 휩쓸려 그곳을 빠져나갔다.

"참! 나는 이름이 수로라 하오, 해수로!"

큰소리를 내질러 보았지만, 소녀는 떠들썩한 소음에 묻혀 인파 속으로 사라졌다.

…그대는 이름이? 입 속으로 되뇌던 수로는 떠나간 그녀의 자리를 물끄러미 바라보았다. 남기고 간 그녀의 꽃송이가 한 줄기 바람을

붙들려고 하늘거린다.

수로는 어디론가 발걸음을 서둘렀다.